欧亚古典学研究丛书

乌云毕力格 主编

古韵今传

蒙古史诗《达尼库尔勒》译注

赵文工　译注

特·莫日根毕力格　审校

上海古籍出版社

本书出版受到中国人民大学国学院西域历史语言研究所
“西域历史语言研究专项资金”资助

译 者 的 话

一

20多年前，特别是1997年参加了新疆的集体项目“汉译《江格尔》”工作后，我下了决心，将自己翻译蒙古英雄史诗的方向定在学界少有人问津的中短篇上。经过与同仁的共同努力，第一部卫拉特中篇史诗《祖乐阿拉达尔罕传》(3 700余行)汉译本于2002年由内蒙古人民出版社出版。之后，我对蒙古中篇史诗有了新的思考，意识到自己今后将独立面对七百余部(篇)蒙古中短篇史诗，无疑不可能将它们全部翻译，因此翻译的第一要务就是如何选题。经过一段时间的学习摸索，虽不能说全无收获，但因学养、经验欠缺，周围熟悉蒙古中短篇史诗的同仁又很少，所以还是没明白该从哪里入手，于是便带着这一困惑去请教诗学泰斗巴·布林贝赫先生。布师先是肯定了我的想法，鼓励我把此项工作做下去，然后在纸上写下三部中篇史诗的题目：1.《罕哈冉惠传》；2.《达尼库尔勒》；3.《宝玛额尔德尼》。布师叮嘱，这三部史诗是目前发现的卫拉特中篇史诗的代表作，如能将这三部史诗准确、高质量地汉译出来，翻译蒙古中短篇史诗就算得上入门了。要下决心，脚踏实地攻克它们！得恩师鼓励、指点，我豁然开朗，便着手翻译《罕哈冉惠传》。老实说，第一次独立翻译这部中篇史诗，光下决心是远远不够的。我遭遇了未尝经历过的困难，难懂的宗教术语、古老的卫拉特方言和谚语、陌生的蒙古史诗叙事方法和修辞技巧等，一度让我产生打退堂鼓的念头。是诸多良师益友的帮助和鼓励，才使我逐步克服畏难情绪，重振了精神。经过努力，汉译本《罕哈冉惠传》在2006年由内蒙古教育出版社出版。2009年，此译作还获得了内蒙古自治区第九届索龙嘎文学翻译奖。

这部史诗译作出版后，先后有几家学术团体和出版社约我翻译蒙古文书籍，或许是“贪欲”作祟吧，这些约请竟无一被我谢绝。“有所不为才能有所为”的做人道理被我抛之脑后，布师嘱我去完成的另两部中篇史诗的汉译工作被搁置下来。在那段时间翻译的作品中，除应约翻译了《鄂尔多斯史诗》（全书14部中短史诗，8 000余行，内蒙古大学出版社，2011年）外，再没有蒙古史诗。

退离教学工作后，出于常情，我总结起自己学习和工作的过往，想到最多的就是“蒙译汉”，自然回忆起布师生前对我的教诲，觉得辜负了老师的期望，拖了这么久也没去翻译那两部史诗。之所以这样，是因为自己做事缺乏定力，空有“美好理想”，却没有将理想付诸行动的决心。幸而我还能反省自己，2019年总算又拿起了三部史诗中最长最难的《达尼库尔勒》。盯着这部史诗看了半天，在汉译《达尼库尔勒》的首页稿纸上写了几行字，一是狠狠责骂自己，翻译蒙古史诗之所以“半途而废”，说到底是因为自己还没真正立志；一是宽容鼓励自己，觉得面对错误能幡然悔悟，不论怎样总还不是坏事。这次务必要真下决心，用行动告诉曾教导、帮助过自己的良师益友，我没有让他们失望。

功夫不负有心人。经过两年多的努力，8 600余行的蒙古中篇史诗《达尼库尔勒》汉译及注释工作终于完成了！

二

在实践中，边翻译边用心研读《达尼库尔勒》这部卫拉特中篇史诗，感觉其中有不少“母题”确实值得史诗界学者探索研究。

（一）本史诗中反映出的社会形态、宗教思想、道德理念方面的母题

1. 婚姻母题。本史诗对三段婚姻进行了比较生动细腻的描述。主人公达尼库尔勒的义兄弟扎那贝坦及达尼库尔勒的儿子额尔德尼库尔勒的两段婚姻，都与我曾读过的蒙古史诗中常见的状况相似，情节也较为清晰明了，都是听从了度母的喻示完成了婚姻，体现出古代蒙古人“婚姻须从天命”的信仰。最终，扎那贝坦娶到乌兰达日为妻，额尔德尼库尔勒娶到和布达日为妻。只是度母（达日）嫁

给英雄这一情节母题，我在读过的蒙古史诗中未曾见到过，尚待进一步学习和思考。

我觉得，应重点关注的是主人公达尼库尔勒的婚姻。这段婚姻起初描写的，是产生于蒙古原始社会末至奴隶社会初期比较典型的抢婚习俗。达尼库尔勒受阿必达佛国两千五百位可汗之邀，光临他们的领地。在那里，达尼库尔勒相中八龙王可汗的美貌女儿都古丽格·格日勒，便要抢她为妻。八龙王可汗并未谴责达尼库尔勒的抢婚是什么不义之举，只是怒斥达尼库尔勒的父亲达赖可汗“竟连二岁马驹，都舍不得奉献”，是个“悭吝小人”，从而拒绝达尼库尔勒抢婚，并且对达赖恶言辱骂。可见，“抢婚”在当时人们的心目中并非是不合伦理道德的行为，但抢婚者似乎也要为抢婚付出一定代价。达赖和八龙王两位可汗之间因抢婚“代价”引起的矛盾，导致了家族部落间的大战。达赖可汗家族大败八龙王可汗家族，使达尼库尔勒最终抢到都古丽格·格日勒并做了他的妻子。

据《蒙古秘史》载，铁木真家族就有抢婚经历。铁木真父亲也速该抢娶诃额伦的记载，人们耳熟能详。也速该在斡难河畔行猎，遇到蔑儿乞惕人也客·赤列都从斡勒忽讷兀惕部娶妻回来。也客·赤列都美貌的妻子诃额伦即遭也速该兄弟三人劫掠，成了也速该的妻子。[参见札奇斯钦《蒙古秘史新译并注释》第五十五至五十六节，(台北)联经出版事业公司，1979年]参照史诗《达尼库尔勒》，我们能否得出这样的结论：史诗《达尼库尔勒》的抢婚情节艺术地再现了见诸史乘的蒙古古代社会抢婚习俗？另外，史书《蒙古秘史》中也速该所抢是已婚女子，有人认为，严格来讲，这种抢婚可称之为“抢亲”，而史诗《达尼库尔勒》中达尼库尔勒所抢是未婚女子，可称之为“抢婚”。就抢亲和抢婚“对象”而言，“已婚女子”“未婚女子”两者之间是否存在着一定区别？古代蒙古人对“抢婚”和“抢亲”行为所持有的道德评判理念是否存在区别？这些问题都有待今后进一步探索。

史诗中对主人公达尼库尔勒抢婚的艺术描写，较之《蒙古秘史》对也速该抢婚（或抢亲）的历史记载，要复杂很多。达尼库尔勒与都古丽格·格日勒成婚后，奥塔奇药师和呼吉库尔勒可汗、度母乌兰达日、和布达日的喻示，使达尼库尔勒得知自己这段“抢婚”是错误行为，是这桩婚姻给家族招致了灾难。于是达赖可汗决定将抢到的都古丽格·格日勒退还给八方领地可汗（八龙王可汗），并遵奥塔奇等人喻示，达尼库尔勒另聘娶了西林陶格斯可汗女儿的仆人，一个牧牛老头（可汗的下民）的女儿艾莉亚敏达苏为妻，并生下一男童额尔德尼库尔勒。额尔德尼库尔勒竟然否定奥塔奇药师和呼吉库尔勒可汗、度母乌兰达日与和布达日的喻示，说服达赖可汗和达尼库尔勒重新接回都古丽格·格日勒，做了自己另一位母亲，并吃着都古丽格·格日勒的奶水长成“神人”。

达赖可汗家族的“抢婚”“休妻”，可汗之子达尼库尔勒与平民之女艾莉亚敏达苏成婚生子，新生孩童能直言否定奥塔奇药师和呼吉库尔勒可汗、度母乌兰达日与和布达日对达赖可汗家族婚姻的喻示，继而又使达尼库尔勒和都古丽格“复婚”，其中“休妻”“再婚”“复婚”，在其他蒙古史诗中较难见到，可能属于史诗中的晚期母题。值得思考的是，这些母题固然属于民间文学范畴的艺术构思与描写，但是否也反映出蒙古古代社会特定时期与地域曾存在的婚姻制度或现象？这些文学构思与描述，是否反映着古代蒙古人在婚姻方面所持有的宗教与道德的理念呢？这些问题尚有待研究。以前我在翻译《鄂尔多斯史诗》时，见到了英雄可汗的“多妻”现象，便在论文中提出英雄“多妻母题”只出现在晚期史诗中的看法。那么，《达尼库尔勒》是否属于晚期史诗？显然不是。在《达尼库尔勒》中，都古丽格·格日勒、艾莉亚敏达苏这两个人物显然都应看作是达尼库尔勒的妻子，那么，自己以前对“英雄多妻”母题只出自晚期史诗的看法确实应该加以纠正。由此给我的启示是，判断史诗产生的时代是个比较复杂的问题，不能只根据史诗中出现的个别母题便对史诗产生时代妄下结论，史诗有产生的时代，同时也有传承变异的漫长过程，随着时间推移，晚期母题也完全有可能进入早期史诗。因此我们应正确分析出现在史诗中的早期母题与晚期母题间的矛盾性，正确把握史诗所反映的时代特征的整体性。如果此说不错，那么此部早期史诗中出现“休妻”“再婚”“复婚”等晚期母题，似乎就较容易理解了。

值得提及的还有，达尼库尔勒作为可汗之子，面对将与平民牧牛老头的女儿艾莉亚敏达苏结为夫妻，表示道："既然命中注定，/别说仆人的女儿，/即使是婢女又当如何？"面对此事，呼吉库尔勒可汗也说道："既然命中注定，/岂能违背天命！/女儿门杜尔苏布达，/艾莉亚敏达苏，/都应遵从天命。"可见，可汗、可汗之子都笃信"婚姻须从天命"的大则，他们对君主与平民通婚如此淡定接受，不得不令人思考，"君主与平民通婚"这一母题，是史诗在传承过程中，出于对"婚姻平等"的美好理想而由后人加进去的，还是艺术地再现了古代蒙古人当时在特定地域婚姻制度或现象的历史真实？我的回答倾向于前者。在婚姻上"君民平等"，可看作是民主思想的萌芽，也反映了古代蒙古人在理念信仰方面的追求。

2. 女性形象母题。蒙古史诗中的女性形象，是我们应当认真关注的内容。一般地说，正确分析女性人物在史诗中的地位和作用，是我们考察蒙古史诗产生时代早晚或者史诗所反映的社会形态的重要方法之一。换言之，一部史诗中女性形象的地位和作用越突出，该部史诗越能体现母系社会特征。

在该部史诗环境中，女性形象的地位和作用的确是不容小觑的。

史诗开始部分，就出现了对达赖可汗的哈屯牧森格日勒的描述："达赖可汗的哈屯牧森格日勒，/能预测后九十九年的事情，/能将前九十九年的往事追述。"这段描述，极容易让我们联想到《江格尔》中主人公江格尔的右翼将军阿拉腾策吉，这位萨满人物能"预知未来九十九年吉凶，牢记九十九年往事"。就此看来，女萨满牧森格日勒的智慧、神力堪与男萨满比肩。

三百七十岁的达赖可汗狩猎时，感觉到自己年迈力衰，但膝下仍无子嗣继承汗业，便向自己的哈屯牧森格日勒倾诉满腹惆怅。牧森格日勒不但鼓励达赖可汗应坚信他俩此生定会迎来孩儿的降生，而且展示出她具有预测未来的神力，启示达赖可汗修筑金银宝塔，燃十三堆煨桑，向苍天求子。达赖可汗践行了夫人喻示，夫妻果真得到了"金胸银臀"的"真人"达尼库尔勒。当阿必达佛国二千五百位可汗邀请达尼库尔勒去他们领地时，遭到达赖可汗的阻挠，是牧森格日勒说服达赖，让达尼库尔勒光临阿必达佛国领地，之后便引出达尼库尔勒和都古丽格·格日勒两人曲折的爱情和婚姻故事。当达尼库尔勒将马群中四匹出色的马匹送给初识的四位英雄，并与他们结拜为兄弟后，达赖数落达尼库尔勒遇事不征询为父训言便自作主张，而牧森格日勒却“心里琢磨：/在三方领地上，/得之不易的/这个独子，/究竟是真人，/还是凡夫”？在达赖可汗面前，牧森格日勒向我们展示的是一位能高瞻远瞩、胸怀大略的女性形象。

牧森格日勒能在征战蟒古斯、扎那贝坦和额尔德尼库尔勒的婚姻等大事上，为家族成员们多次指点迷津。达赖可汗的领地因蟒古斯施魔咒而遭受风雪冰雹灾害，在人畜被冰雪掩埋的危难时刻，牧森格日勒“能预先知晓，九十九年后的事情”，派达尼库尔勒去寻找谙熟经书的莫日根经师，求到禳除灾难、使人畜复生的神奇法术。扎那贝坦惨遭蟒古斯杀害后，她告诉达尼库尔勒只有寻找到药师奥塔奇，才能救活扎那贝坦的性命。这些情节都彰显出，牧森格日勒这位女性的智能，甚至比达赖可汗更胜一筹。

非但如此，《达尼库尔勒》中某些反面人物形象，也反映出女性人物在本部史诗环境中的地位和作用。英雄和蟒古斯之间进行殊死搏斗，几乎是所有蒙古史诗的重要组成部分。史诗《达尼库尔勒》不惜篇幅，描述了蟒古斯黑妖婆妖性十足，本领高强，她和她手下的三个蟒古斯，残酷地将达尼库尔勒的义兄弟扎那贝坦戕害，并将扎那贝坦的坐骑枣红马弄伤。达尼库尔勒与黑妖婆展开了殊死搏斗，情节曲折跌宕，惊心动魄。达尼库尔勒费尽周折，历尽艰辛，顽强拼搏，才抢救出扎那贝坦的尸骨，让扎那贝坦起死回生，并成功救出扎那贝坦的坐骑枣红马，最后施法术将黑妖婆和她手下的三个蟒古斯杀死。蟒古斯黑妖婆形象，给我们留下了“巾帼不让须眉”的深刻印象。蟒古斯黑妖婆，让我们从对反面女性角色的描写中依稀看到母系社会的遗痕。

我觉得，《达尼库尔勒》中女性形象母题非常明显地反映出了母系社会形态的特征，属于比较古老的史诗母题。

3. 英雄结义母题。对史诗中“义”的内容，前人已多有研究，著述颇丰。“义”母题中体现出古代蒙古人信奉的古老的宗教意识和道德理念。

在史诗中较多地出现了英雄之间“结义”的母题。例如，在中篇史诗《罕哈冉惠传》中，哈冉惠、乌兰岱兄弟俩在征途中遇到了外族英雄吉尔吉斯·赛音·贝托尔，双方交战。贝托尔化作一只土蜂向哈冉惠猛螫，但最终没能战胜哈冉惠，于是他知道哈冉惠是不可征服的英雄，便找到哈冉惠兄弟俩，表示愿意与他俩交好。随后他们三人举行了结拜仪式。“罕哈冉惠，/合掌举过头顶，/祭拜了金刚持佛，/合掌举上前额，/祭拜了大黑天神。/他们举行了安答盟誓，/结义成为三个兄弟”（赵文工译注：《罕哈冉惠传》，内蒙古教育出版社，2006年，第110页）。这里，我们看到英雄们结拜为义兄弟，是要向大黑天神即向佛陀发下誓言，也就是说，违背誓言是要遭天谴的。这就是结义中“以言为盟”母题[参见扎格尔《古代蒙古人盟誓仪礼》，载《内蒙古师范大学学报》(哲社版)，2002年第6期]。

《蒙古秘史》中也留下了铁木真和札木合面对自然山水发下誓言，结拜为盟的记载。[参见札奇斯钦《蒙古秘史新译并注释》第一一七节，(台北)联经出版事业公司，1979年]在古代蒙古人心目中，神灵寄寓在自然山水中，对山水发誓，即是向苍天、向神灵发誓。后来札木合背叛了铁木真，最终被铁木真所诛。

《达尼库尔勒》在这方面，能否给我们以新的启发呢？在该部史诗中，我们见到了达尼库尔勒和扎那贝坦“结义”情节的生动描写。扎那贝坦是八龙王可汗之义子，由于八龙王可汗与达赖可汗结怨，他去盗窃达尼库尔勒家族的马群，与达尼库尔勒发生激烈的厮杀搏斗，达尼库尔勒最终战胜了扎那贝坦。在达尼库尔勒要杀死扎那贝坦前，出于古代蒙古人信奉的“义”气，允许他讲述自己临死前的三个遗愿时，扎那贝坦勇敢地把头颅伸向达尼库尔勒，表现出英雄忠贞不渝、临难不屈、视死如归的豪迈品格。扎那贝坦的行为，让达尼库尔勒深深折服，使其放弃了杀死扎那贝坦的想法，与他结为“义兄弟”。我们看到了他们结义仪式的细节描写：“无论经历几世几代，/永不离分的两位英雄，/从粗大黑弓的弓梁弓弦间，/伸进头颅，/舔舐了矛枪的/锋利矛刃，/结拜为兄弟，/共同发下了誓言：‘流血的战争，/有油脂的婚宴，/我俩永不缺席，永不背叛！’”要深入理解这段诗文中“从粗大黑弓的弓梁弓弦间，/伸进头颅，/舔舐了矛枪的/锋利矛刃”的细节描写，应回看此情节前面的诗文，当达尼库尔勒和扎那贝坦搏斗时，达尼库尔勒“想折断他（指扎那贝坦）的弓却无从下手，/因为男人的灵魂在弓里，/想折断他的箭却无从下手，/因为男人的灵魂在箭里”。可见，“上天”将男人的魂灵放进他使用的武器，显示出男儿武器的高贵圣洁。若要征服一个男人，必须得征服他所使用的武器。后来，双方发誓与对方结拜，双方须将头颅伸进弓弦、弓柄中间，用舌头舔舐矛枪，这一展示双方诚意的行为，须展现在上天赋予的双方灵魂面前。蒙古史诗《罕哈冉惠传》和《达尼库尔勒》在对结义仪式的描写方面，二者共同点在于，都反映了古代蒙古人的崇天意识，双方结义的见证者都是苍天、灵魂。不同的是，后者比起前者，不只是对“以言为盟”的意识、信仰的交待，还让我们看到了结义行为过程与细节的形象描写。《达尼库尔勒》结义情节中对“武器”的描写，使我们对《罕哈冉惠传》中“祭拜大黑天神”也有了进一步深入了解。大黑天神，佛教密宗护法神之一，此为战神，礼祀此神，可增威德，举事能胜。英雄双方用弓箭、矛枪举行结义仪式所表现出的，是古代蒙古民族的尚武精神。

《达尼库尔勒》的结义母题中，达尼库尔勒与“四位结义哥哥”之间的故事也非常值得我们关注。外部落的四位英雄，要用自己的马群换取达尼库尔勒马群中四匹出色的马作自己的坐骑时，达尼库尔勒不仅应允了四位英雄的请求，并谢绝接收他们作为交换补偿的马群。“我的父汗，/是条血性好汉，/我不收取你们马群，/你我不做等价交换”，这表现出达尼库尔勒大度、重义的情操。这位英雄的高瞻远瞩，使他在与蟒古斯的搏斗中得到四位“结义哥哥”的鼎力相助，赢得了一次次胜利。从中不难看到，古代蒙古人在交友、结义时，其道德理念、习俗中闪现出的美的光环。这也提醒我们，研究古代蒙古人结义行为，不能只重视其中蕴含的宗教文化因素，同时也不能忽视其中蕴含的道德理念、民间习俗等文化因素。

（二）本史诗中反映出的古代蒙古人所经历的战争、生产、生活实践活动的母题

蒙古英雄史诗，运用神话构思和浪漫主义彩笔，为我们描绘了一幅幅五彩缤纷的神话世界画卷。可我们仍能从这神话世界里，依

稀看到古代蒙古人遗留下的历史足迹和当时现实生活的影子。

1. 象阵母题。史诗《达尼库尔勒》中，有一处情节描写引起了我们的关注。达尼库尔勒的家乡，遭蟒古斯查干阿斯楞率领的八万大军的侵袭，蟒古斯掳走了达尼库尔勒的父母。达尼库尔勒对来犯的查干阿斯楞展开了英勇搏击。

蒙古史诗在描写英雄和蟒古斯之间发生的战争时，双方的骑乘多为战马，可在这里，达尼库尔勒“杀死蟒古斯的大象，/八千零九头”。这是史诗中蒙古英雄战胜了以查干阿斯楞可汗为首、以大象为骑乘的蟒古斯部众的情节描写。问题是，从此段有关“象阵”的文学描写中，能否看到古代蒙古人历史的影子？中外古籍中，有着丰富的有关我国北方民族与中亚、南亚各部落、国家发生战事的记载。较早的，如北方的“嚈哒”小国，“主要由鲜卑、匈奴和高车等阿尔泰系诸族融合而成”，早在公元4、5世纪，嚈哒就与中亚的吐火罗斯坦、萨珊波斯、笈多印度等部落、国家发生过很多军事冲突。（参见余太山《嚈哒史研究》，商务印书馆，2012年，第45、80—104页）较晚的，如元代忽必烈时期，曾征战过“大理”等国。[参见《元史·土土哈传》（标点本），中华书局，1976年]波斯、吐火罗斯坦、印度、大理等国家或部落自古出产大象，象可作生产劳动工具，也可作士兵征战的骑乘。冯承钧所译《马可波罗行纪》（上海古籍出版社，2014年）一书的第120—122章，就记录了1277年蒙古军队与缅国军队在金沙江畔发生的一次战役，其中就有蒙古军队大破缅军“象阵”的描写。1277年，蒙古大汗遣重兵戍守云南永昌及哈喇章两地，“时尚未遣皇子出镇其地。嗣后始命已故皇子某之子皇孙也先帖木儿为其地国王。所以当时缅（Mien）及班加剌（Bangala）之国王据有土地、财货、人民甚众；其势甚强，尚未臣属大汗。然其后不久，大汗即征服之，而取上述两国”。于是蒙古汗王与缅国王之间发生了一场大战。缅国王“大聚其众，与夫兵械，得大象二千头”。当时，蒙古军只有千骑，当缅军象阵向蒙古军进攻时，蒙古军“立命各人下骑，系马于附近森林树上，已而引弓发矢射象，鞑靼善射，无人能及，前进之象，未久死伤过半。敌军士卒射不如鞑靼之精，亦伤亡甚众”。（参见该书第250—254页）这堪称蒙古军事史上以少胜多的一次著名战役。文学当然不是史学，但是否可以这样理解，史诗《达尼库尔勒》中，关于英雄战胜来犯蟒古斯“象阵”的情节描写，在某种程度上艺术地再现了蒙古军事历史的真实？对此，我的回答是肯定的。

研读《达尼库尔勒》史诗中出现的“象阵”母题，我感悟到，在历史的长河中，蒙古文化涉及的范围非常广阔，历史运行轨迹也非常辽远。绝不能因为《达尼库尔勒》属于卫拉特史诗，就把它所反映的历史文化，仅仅限定在卡尔梅克、新疆这一地域来加以考察。在研究蒙古史诗时，要充分注意到蒙古民族和我国北方其他民族甚至世界各民族在历史上发生过的接触和碰撞，努力挖掘蒙古历史文化中的外来文化因素。

2. 酒文化母题。酒，是蒙古史诗中尽人皆知的内容之一。在中国古典文学作品中，有许多涉酒文化的作品。古典长篇小说《水浒传》中的武松，就是国人尽知的醉酒后打死猛虎，为民除害的英雄形象。杜甫的“李白斗酒诗百篇”，则是赞颂诗仙李白豪放不羁、潇洒浪漫情怀的名句。如此等等，不一而足。

在史诗《达尼库尔勒》中，没有见到如李白那样的文人雅士豪饮以抒情怀的诗句，但像描写武松那样，以饮酒海量，凸显人物豪爽、武勇的英雄品格的情节母题却比比皆是。例如，当达尼库尔勒来到呼吉库尔勒可汗、和布达日的领地时，当地人们正忍受着九十五颗头颅的蟒古斯的欺凌和残害，和布达日和呼吉库尔勒可汗向达尼库尔勒敬献美酒，向他发出降服这个蟒古斯的请求之后，“在七十个人/也担不动，/能盛一担酒的花瓷碗中，/一连七十八次，/将阿日扎、胡日扎倒满，/敬给了达尼库尔勒，/达尼库尔勒，/一碗碗将其喝干”，这预示着英雄在与九十五头颅蟒古斯搏斗中必胜无疑。又如，当达尼库尔勒救活了被蟒古斯戕害的四位哥哥之后，举行了宴会，达尼库尔勒和四位哥哥“大口吞食七岁羯羊肉，/狂饮阿日扎、胡日扎”。这彰显了英雄豪爽豁达、武勇强悍的性格特征。

非常值得关注的是，史诗《达尼库尔勒》中，不仅只对英雄饮酒情节进行了精彩描写，而且对饮酒中“君民同乐，普天同庆”的艺术氛围进行了铺写和渲染。给人印象最深的是，当得知上天要将贵子赐予达赖可汗和牧森格日勒哈屯的喜讯，在达赖可汗的领地将要举行盛大酒宴，“吹响黑色（黑，代表俗界——笔者注）号角，/可汗召集全体属民，/宣布重大喜讯。/吹响黄色（黄，代表僧界——笔者注）号角，/可汗召集所有僧人，/宣布了重大喜讯”。“全体阿勒巴图，不分高低贵贱，都被邀请到来，尽享幸福喜宴”。“数万人，/推出白色的硕大葫芦，/马奶酒在葫芦里盛装，/奶酒献给周边人们，/人们瞬间醉得癫狂”。“人们幸福无比，/不觉宴会持续六年，/宴饮进入高潮，/人们不知今夕何年”。这些艺术描写，都反映出蒙古史诗中难能可贵的“君民同一”“普天同庆”的民本主义思想意识。

蒙古人的酒文化是有其自身特点的。古代蒙古人的酒，奶酒是其主要种类。其中常见的是齐格（马奶酒）、阿日扎（头锅奶酒）、胡日扎（二锅奶酒）等。然而我们还看到，《达尼库尔勒》中除了上述奶酒外，还出现了葡萄酒、果酒。这和本史诗中多次在宴会中出现的“水果”仿佛有着一定关联。大家知道，这部卫拉特史诗是从卡尔梅克蒙古地区搜集到的（参见蒙古国巴·卡陶为蒙古文版《达尼库尔勒》所作《序》）。总体来看，卫拉特史诗产生在蒙古阿尔泰地区。阿尔泰地区因阿尔泰山脉而得名，位于中国新疆北部、蒙古国西部，西北延伸至俄罗斯，呈西北至东南走向的一狭长地带，长2 000余公里，海拔1 000—3 000米，中段在中国境内，长约500公里。在古代，阿尔泰地区有中国新疆原住民和哈萨克人，还有少数俄罗斯人。卡尔梅克地区即阿尔泰地区中一部分。据《元史·土土哈传》载，蒙古钦察汗国，“自曲出徙居西北玉理伯里山”，“去中国三万余里”。据韩儒林《西北地理札记·玉理伯里山之方位》一文考证，玉理伯里山在今伏尔加及乌拉尔两河下游，靠近里海处。（参见韩儒林《穹庐集》，河北教育出版社，2000年，第82—87页）这就提供了这样一种可能，即蒙古钦察汗国的酒臣是在这里习得西方酿制葡萄酒或果酒的方法。阿尔泰地区的新疆地区，自古以来盛产葡萄，这是否也给在特定地域的古代蒙古人酿制葡萄酒提供了条件，有待今后进一步考证。

3. 吊控马、骆驼母题。本史诗中出现了几处在别的民族看来不是很容易理解的细节描写。例如，扎那贝坦落入蟒古斯的魔爪后，达尼库尔勒去蟒古斯领地寻找自己的义兄弟扎那贝坦，途中遇到一拾捡牛粪的老太太。达尼向老人问路时，老人告诫他，这里的蟒古斯极其狠毒："别说是你，/即便比你出众的各路好汉英雄，/被抓住后，/便从钱孔拉出皮肉刮割，/最终让他送命。"这里描述的蟒古斯对被俘获人使用的酷刑，即"从钱孔中拉出皮肉刮割"，颇令人费解，这是怎样一种刑罚？其实，大凡熟悉蒙古牧区生活的人都知道，铜钱这种内方外圆的货币，在蒙古民族牧业生产中，至今在某些地区，也还充当一种劳动工具，即把比较细的，用奶浸泡过一段时间的生牛皮条伸入铜钱方孔，来回反复拉抻，使生皮条变软变韧，变得更细更圆润，做成生活、生产中使用的熟皮条，如在牲畜身上拴系驮载物的皮梢绳等。这种牧业生产实践活动，为史诗创作这一"酷刑"母题提供了艺术构思的基础。

这个"酷刑"母题，使我们联想到蒙古史诗中常出现的"吊控马"的情节母题。马，是我国诸多民族，特别是北方游牧民族生活和劳动的工具、出行和作战时的骑乘，对马适时进行吊控，是牧养马匹的重要方法之一。这种方法，自古受到汉族学者的关注，并留下了这方面的文字记载，成为我们研读蒙古及北方其他民族牧业文化的资料。例如，晚明重臣萧大亨在《北虏风俗》一书中记道："凡马至秋高则甚肥，此而急驰骤之，不三舍而马毙矣，以其膘未实也。于是择其尤良者，加以控马之方，每日步马二三十里，俟其微汗，则絷其前足，不令之跳蹈踯躅也；促其衔辔，不令之饮水吃草也。每日午后控之至晚，或晚控之至黎明，始散之牧场中。至次日，又复如是，控之至三五日或八九日，则马之脂膏皆凝聚于脊，其腹小而坚，其臀大而实，向之青草虚膘，至此皆坚实凝聚，即尽力奔走而气不喘，即经阵七八日，不足水草而力不竭。"（载《内蒙古史志资料选编》第三辑，内蒙古地方志编撰委员会总编室编印，第146页）这给我们研究北族牧业文化留下了可资借鉴的史料。受此启发，我们在本史诗中还看到，经吊控的马不仅筋、骨、肌肉发生了上述变化，而且"缠绕一起的/细细肠子，/已将黑色粪便排光"。可见，吊控马匹起到清除淤积马体内的粪便，通过排毒改变马体能的作用。这一母题当源自古代蒙古人在畜牧业生产方面的丰富经验，古代蒙古人不仅注意观察马的体外变化，同时也关注马的体内变化。本史诗中出现的这一细节描写，无疑充实丰富了前人在北方游牧民族“吊控马”方面留下的记载。

蒙古史诗中，除了“吊控马”的母题之外，还出现了“吊控骆驼”的母题。骆驼，是古代蒙古人征战和日常生活中的重要工具，在征战和迁徙的艰难跋涉中，承担着驮载战争和生活所需沉重物资的重任。蒙古草原地域辽阔，在路途遥远、自然环境恶劣的条件下征战或运输物资，骆驼显示出它不可或缺的作用。

《达尼库尔勒》中，出现了以下几处“吊控骆驼”的描写：

①“在坚硬砂砾上吊控”，是说明吊控骆驼应选择的地点；②“让四蹄的血液，经受日晒风吹”，这是吊控骆驼的主要方法；③“四只驼掌发白闪亮”；④“炼就已排出污血的驼掌”，则说明了吊控驼蹄的目的；⑤经历了长途行走，历经磨难之后，“四只大黑驼掌，磨得灰白无光”，这告诉我们，如何通过观察驼掌色泽判断骆驼体能。

通过与“吊控马匹”的对比可以知道，吊控马主要针对的是马的筋、骨、皮肉和体内排毒，而吊控骆驼主要针对的是骆驼的蹄掌。

显然，史诗中这几处对“吊控骆驼”细节的描述，是以牧业生产实践为构思基础的。我们从这些母题中看到了古代蒙古人生产、生活的影子。在蒙古史诗中，不太常见的“吊控骆驼”的描写和常见的“吊控马匹”的描写，具有同等重要的资料价值，同样应受到学界的重视。

除了上述几个母题之外，笔者觉得史诗《达尼库尔勒》中还有不少母题内容颇值得我们今后深入思考和研究。

三

笔者翻译所依蒙古文底本《达尼库尔勒》，由民族出版社1990年出版。这本书是根据1987年巴·卡陶整理、蒙古人民共和国出版的新蒙古文版《达尼库尔勒》，由拉苏荣、周·特木尔琪琪转写成旧蒙古文。限于当时诸多客观原因，民族出版社的旧蒙古文版《达尼库尔勒》中出现了不少舛误。初读此书，感到非常困难，求问精通新、旧蒙古文的学者，他们也发现此书的确存在一些转写错误。为解决研读原文之难，笔者向内蒙古大学留学生、蒙古国金莎博士求助。她趁假期回国之机，去蒙古国科学院查到巴·卡陶整理的新蒙古文版《达尼库尔勒》，并将此书复印稿交给了我。

原以为翻译所依底本比较齐备了，但又出现了新的问题。新蒙古文版《达尼库尔勒》似乎也存在某些转写错误，但新蒙古文版转写所依，藏于俄罗斯科学院圣彼得堡东方文献研究院的94页旧蒙古文手抄本，以及收入此手抄本的苏联科学院语言文化研究院1972年编纂发行的《民间文学集》丛书微型胶卷，一直没能获得。更主要的问题在于，自己在蒙古文尤其新蒙古文方面修养非常欠缺，所以在翻译过程中遇到了不少意想不到的困难。

原文中出现的一些卫拉特方言词，如蒙古式摔跤比赛的服饰，和蒙古其他地区的相比，在样式和称谓上有很大区别；卫拉特蒙古包的天窗，与蒙古其他地区的叫法也很不一样；就连简单的食品“糖”，在卫拉特语言中也有其独特读音，诸如此类的方言词汇都成了我翻译路上的一个个拦路虎。史诗中还出现了一些与宗教有关的词语，如“阿比达佛国”“诺木图·查干佛”等，这给自己的汉译工作造成了困难。然而，这些毕竟还是较小的问题，认真查阅有关资料，虚心向专家学者求问，这些拦路虎基本已被扫清。

对我来说，最难的莫过于翻译反映蒙古民族独特生活、极具蒙古民族思维特色的诗句。例如，原诗中有一段英雄给坐骑戴辔嚼的描写，我起初没能读懂，于是向多方请教，得专家学者指点后反复研读，才将内容直译出来，然后再按汉语语法规则调整语序，构思韵脚，按诗歌节奏译成诗文：

坚硬的银色口铁，
从融化白银般的马唇间，
套入坐骑嘴中，
将玉石般马牙撞碰。
在峡谷般宽大马嘴里，
红色舌头被口铁压控，

再不能像蛇身一样翻动。

短短几行诗文，翻译起来却费了好一番工夫。对马嘴唇的描写，对马嘴空间巨大的夸张修辞手法，对马舌在马嘴中翻动状态的生动刻画，不仅使我折服于蒙古史诗描摹马、马辔嚼的艺术手法，而且对翻译史诗的艰难有了进一步体会。

下面一段诗文，是描写西林陶格斯可汗为英雄达尼库尔勒和自己仆人的女儿艾莉娅敏达苏成婚，建造的一座宫帐：

这座宫帐，
四十四片檀木哈那，
四千根檀木乌尼，
圆形檀木陶诺，
黑檀木门，
纯净白银围裹着哈那，
金灿灿的帐顶，
红铜丝做毡片滚边，
下垂黄铜丝随风摇摆，
宫帐外没有箍绳，
宫帐内没有立柱，
让工匠精心安装装饰起
银白色的宫府。

众所周知，蒙汉两族的居住文化存在着较明显的不同。半个世纪前，我在蒙古草原做过十年知青，居住过蒙古包，对蒙古包有一定的了解，因此开始时对原诗这段描写并不感到特别陌生，但艺术作品中的“宫帐”，和现实生活中的“蒙古包”相比，虽有相似之处，但毕竟存在很大差异。要将其准确翻译成汉语，无疑也面临着非常大的困难。

最难的是，当达尼库尔勒费尽艰辛得到坐骑枣红马后，达赖可汗将马鞍、嚼辔、马鞭、铠甲戎装、各种兵器授予爱子，史诗竟不惜用300余行诗句，对这些宝物进行了铺写，形象地刻画出英雄骑乘宝马、穿戴戎装、佩带兵器、跃马奔驰时威武豪迈的气概。这大段的诗文横在了面前，犹如我在翻译这部史诗过程中遇到的最难攀登的一座高峰。

翻译史诗中诸多极具民族特色的生动描摹、刻画，的确耗费了我不少心力，但如果没有身边精通蒙古文、蒙古学的诸位专家学者，没有这些良师挚友的悉心指教、热情无私的帮助，要完成这项汉译工作，是绝对不可能的。

在这部蒙古中篇史诗《达尼库尔勒》的汉译本即将付梓之际，很想说几句平常却又是发自肺腑的话。我非常怀念巴·布林贝赫老师对我的不倦教诲，是他引导我走上蒙古中短篇史诗的翻译之路。衷心感谢我的挚友莫日根毕力格、斯琴、阿尔丁夫、乌其拉图、扎格尔、布仁巴图等人，正是有了他们，我才攻克了汉译和注释中的道道难关，最终完成了这项工作。他们都是蒙古学方面的优秀人才，尤其是莫日根毕力格、斯琴两位，不厌其烦地为我讲解史诗中的难点，帮我查找、核对资料。莫日根毕力格还做了此部译作的审稿工作，纠正了我译文中的不少错误。对他们渊博的学识，对他们真诚、善良、友好的为人品格，我由衷感到钦佩，向他们表示深深的谢意。

应特别提到的是，中国人民大学国学院的领导，尤其是乌云毕力格教授，从始至终支持我的翻译工作，将这部译著列入他主编的《欧亚古典学研究丛书》，以“西域历史语言研究专项资金”资助出版。对此，我将永志不忘。

“不忘初心”这句话被人们常常说起，说起我的初心，就是半个世纪前在草原做知青时立下的志向，即在翻译的道路上矢志不渝，顽强坚守，不断超越自我，不断探索前行！

赵文工

2022年11月记于内蒙古大学

目　录

序

[蒙古国]巴·卡陶

在蒙古地区流传的丰富多彩的民间文学作品中，诸多英雄史诗占据着极其重要的地位。

蒙古说唱艺人伴随马头琴和弹拨乐器的乐曲说唱的，从祖上传承下来的英雄史诗中，以素有“中亚《伊利亚特》”之称的《征服十方恶魔的英明圣主格斯尔传》为代表的《江格尔》《罕哈冉惠传》《宝玛额尔德尼》《达尼库尔勒》《骏马额尔顿》《兔崽岭》《多泰门杜尔汗传》《坚固的金砧银针》等数十部英雄史诗最为著名。

《达尼库尔勒》是在西部蒙古人中广泛流传的史诗之一。现藏于苏联科学院列宁格勒东方研究院，以旧蒙古文记录的94页手抄本《达尼库尔勒》，被收入苏联科学院语言文化研究院1972年编纂发行的《民间文学集》丛书微型胶卷（Ⅶ卷Ⅹ册）。

原手抄本首页，在蒙古文“吉祥太平”之后，写有一段俄文：

Дани Курлю былина Дёрьбетовь записанная 1910 году на Р.Хагельцека Сословь Парцинь Тайжи(тульци) Тюми баирь гуня хошуна Баитского А.В.Бурдуковъ.（汉译文：1910年，杭吉拉齐德河畔的巴雅特图门巴雅尔公旗的史诗说书艺人帕日钦演唱了杜尔伯特部史诗《达尼库尔勒》。阿·瓦·布日杜克夫记。）

这段文字清楚地写明，《达尼库尔勒》是在何处、由何人、何时说唱并被记录下来的。具体地说，是1910年，杭吉拉齐德河畔的旧杜尔伯特部达赖可汗会盟阿日本巴雅特图门巴雅尔公旗的说书艺人台吉（台吉，即贵族——译者注）帕日钦说唱并被记录了下来，于是就有了《达尼库尔勒》最初的手抄文本。

关于这部史诗是在何时，由何人记录，从哪里得来的，阿·瓦·布日杜克夫在1910年2月26日给沃·拉·库特维奇教授的信中写道："《乌德呼和》《罕哈冉惠传》《达尼库尔勒》《莫和赖可汗》《青克可汗》《图谢图的儿子和他的宝马》《青色的寒剑》《狂野的青格勒》《达拉特莫日根可汗的儿子塔林宝通》《好汉赛额日格勒图日格勒》这些史诗，如有需要，我可以让人给您记录。"在同年4月4日的信中写道："我委托马扎尔记录说书人帕日钦演唱的《达尼库尔勒》，完稿后即刻奉寄。"（1.227,229）

其后，在1910年7月1日阿·瓦·布日杜克夫给沃·拉·库特维奇的信中写道："《达尼库尔勒》已寄出。读后请回复。如另有需要，还可以委托他人为您记录其他史诗。"（2.234,235）

由此看来，说书人莫·帕日钦说唱的史诗《达尼库尔勒》，大概是在1910年4或5月，由阿·瓦·布日杜克夫委托马扎尔记录，7月将手写稿寄给了沃·拉·库特维奇教授。

然而，阿·瓦·布日杜克夫却在其论文《卫拉特卡尔梅克史诗》中写道："大约在1909年，根据库特维奇教授的要求，我委托巴雅特部的笔帖式（笔帖式，官职，相当于文书、书记员——译者注）莫·帕日钦说唱史诗《宝玛额尔德尼》，用蒙古文记录成初稿，寄给了沃·拉·库特维奇教授。"（4.90）

但阿·瓦·布日杜克夫在1909年写给沃·拉·库特维奇的信中，并未提及史诗《宝玛额尔德尼》。而他在1911年6月3日给库特维奇的一封信中写道："我从乌里雅斯太将史诗《宝玛额尔德尼》寄给您。"（Сейцас из Улясутаи посылаю Вам одну былину《Бум эрдэнэ》）（3.259）可见，史诗《宝玛额尔德尼》寄给沃·拉·库特维奇的时间1911年被误记成了1909年。

这些证据表明，阿·瓦·布日杜克夫首次将蒙古英雄史诗《达尼库尔勒》寄给了沃·拉·库特维奇教授，阿·瓦·布日杜克夫委托笔帖式马扎尔记录了《宝玛额尔德尼》《达尼库尔勒》这两部史诗的事实是不容置疑的。但抄录这两部史诗手稿呈现了两种不同字体，两部手稿仿佛并非出自一人之手。

尽管如此，但这种可能性也不能被排除，即阿·瓦·布日杜克夫从莫·帕日钦说唱的诸多蒙古英雄史诗中选出精品《达尼库尔勒》，寄出前又委托笔帖式马扎尔认真重新誊抄一遍，因此造成两部史诗书写字体的不一致。

关于这部史诗的题目，学者们有各自不同的写法。1972年发行的《民间文学集》丛书（Ⅶ卷Ⅹ册）中，是用旧蒙古文写为“达尼库尔勒”，但在绪论中却又用新蒙古文写为“岱乃库尔勒”。苏联科学院列宁格勒东方研究院藏94页手抄本写作“达尼-库尔勒”（将一个词语分写成两个词语书写——译者注）。科学院院士鲍·雅·弗拉基米尔佐夫在《蒙古卫拉特史诗》（《Монгол-ойрат ский героицеский эпос》）一书中，用俄语写作“岱尼-库尔勒”（Дайни-кюрюль）。比较这部史诗的几种写法，前辈学者分析认为，旧蒙古文书写（新蒙古文转写）的“达尼库尔勒”最为准确。该词语的意思是“纯净无瑕的青铜”。

史诗说唱艺人策·哈日查盖的胞妹策·杜泰老奶奶和史诗说唱人策·卓德巴、特·普日布、拉哈巴等人通过论证，将此部史诗的题目，由“岱乃库尔勒”“岱尼-库尔勒”纠正为“达尼库尔勒”。

这里，向读者简单概括地介绍该部史诗的内容。

三百七十岁的达赖可汗，向哈屯倾吐满腹惆怅：“前面的路越来越短，/后面的路离我越来越远，/可至今膝下仍无子嗣，/没有儿郎守卫我国土江山。”能预测后九十九年事情、能追述九十九年前往事的牧森格日勒哈屯向他喻示：“在长满松柏的/杭盖的山顶，/建起金银两座宝塔，/向大地各方之主祈求，/命中的儿郎。”

达赖可汗遵行了哈屯的喻示，于是牧森格日勒生下一个金胸银臀的男婴，父汗为孩子取名“达尼库尔勒”。当爱子长到三岁，可汗邀请天下各方长者、所有阿勒巴图属民，为孩子剃度胎发举行盛宴。之后，阿必达佛国两千五百位度母（度母，诗文中为可汗——译者注）邀请达尼库尔勒骑乘他的枣红宝驹去他们领地。达尼库尔勒到了那里，佛国的诸位公主慑于英雄的威武神勇，不敢抬头，只观察到达尼库尔勒膝盖以下的部位。公主中的都古丽格·格日勒公主“从嗓子射出了阳光，从臀部射出了月光”，于是便被达尼库尔勒相中，一心要娶这位公主为妻。

其父八方领地可汗怒斥达尼库尔勒：“你的父汗是悭吝小人，

我不愿将爱女许配与你!”达尼库尔勒返回故乡,向父汗禀报实情。达赖可汗、达尼库尔勒的四位兄长与八方领地可汗发生大战。四位兄长战死,达赖可汗和达尼库尔勒降服了八方领地的士兵,达尼库尔勒抢娶了都古丽格·格日勒,回到故乡后召集所有属民举办盛大婚宴。盛宴进行中,父汗见达尼库尔勒神情沮丧,便问他何至于此。达尼回答父汗:“想起了在与敌人搏击中殒命的四位哥哥。”于是,达赖父子俩赶赴八方领地,将达尼库尔勒四位哥哥的尸骨抢救出来,并让四位哥哥起死回生,返回故乡后,举行盛大宴会。

八方领地士兵疯狂盗抢,赶走了达尼库尔勒的马群,达尼库尔勒和扎那贝坦兄弟俩一次次消灭了这些士兵。这时候,天下十洲暴风雪肆虐,座座高山被冻成冰山,人和其他各种生灵被冰雪吞噬,只剩下了达赖可汗、牧森格日勒哈屯、达尼库尔勒、扎那贝坦、都古丽格·格日勒公主等五人。

怎样禳除这场冰雪造成的灾害？能预测后九十九年事情、能追述九十九年前往事的牧森格日勒哈屯喻示,应当快去向神灵的乌兰达日度母求救。达尼库尔勒遵照哈屯额吉旨意,找到神灵的乌兰达日度母,获得了禳除灾难的法术,冲破重重艰难险阻,融化了冰雪,拯救了被冰雪深埋的人和其他生灵。

可是,扎那贝坦却落入凶恶的蟒古斯的魔爪,成了一具骷髅。此刻,斑点黄白宝驹为达尼库尔勒指点迷津,从蟒古斯魔掌中抢出扎那贝坦的尸骨,使扎那贝坦起死回生。兄弟俩带着仇恨冲入敌阵将敌人消灭。

在此之后,达尼库尔勒梦到自己和四位哥哥被青铜铃部落七十九位英雄掳获。醒来后,他和扎那贝坦登上山顶,果真看到了青铜铃部落的马群。于是,达尼库尔勒和扎那贝坦从他们的马群中赶出并宰杀七百四十匹不孕骒马,将马肉放于火堆上烤食。他俩昏睡过去时,青铜铃部落的蟒古斯士兵黑压压地向他俩逼来,将他俩里外包围了七十八层。他俩奋起与蟒古斯搏斗十五个昼夜,最终镇服蟒古斯,掳获了青铜铃部落的阿勒巴图和牲畜、财产,并将其分给四位哥哥,让四位哥哥有了安居领地。

其后，遵天师喻示，弟弟扎那贝坦将都古丽格·格日勒送还八方领地，并连同很多礼物送给八方领地可汗，消除了可汗心中的积怨，双方可汗和好如初。

在此之后，阿拉坦高娃公主向达尼库尔勒求救，达尼库尔勒赴西林陶格斯可汗领地，征服了万颗头颅的蟒古斯图黑乌兰、七十五颗头颅的蟒古斯达尔罕哈日。迎娶了西林陶格斯可汗的（属民）牧牛老头的女儿、十五岁的姑娘艾莉亚敏达苏为妻，又为弟弟扎那贝坦迎娶了神灵的乌兰达日为妻。

艾莉亚敏达苏生下一个金胸银臀男婴，带着青铜肚脐带。经过三个昼夜，达赖可汗看出这个男孩“浑身凝聚着男儿的巨大力量，头脑具有非凡的智慧”，便为他取名“额尔德尼库尔勒”。

额尔德尼库尔勒从父母的言谈中得知，都古丽格·格日勒被遣送回八方领地可汗身边，便要求长辈将都古丽格·格日勒这位额格其（额格其，蒙古语译音，意思是“姐姐”或“女性长辈”——译者注）寻找回来。当扎那贝坦将都格丽格·格日勒接回来后，都古丽格·格日勒的乳房涌出乳汁，额尔德尼库尔勒吸吮着都古丽格的乳汁，渐渐长大。

额尔德尼库尔勒到了剃胎发的日子，在夏季初月初三寅时，八十二首圣歌圣乐响起，举行了为期八十天的盛大喜宴。

达尼库尔勒、扎那贝坦去为儿子额尔德尼库尔勒寻找坐骑。在三片相连的杭盖，他俩套住一匹象灰宝马。达赖可汗赐予象灰宝驹二岁骆驼也驮不动的马嚼、如杭盖大的象牙座板和紫檀鞍桥的马鞍、带有公狍颈皮编织的绾套的暴戾马鞭。爷爷达赖可汗像对待爱子那样，将男儿的各种武器赐予了额尔德尼库尔勒。

达尼库尔勒和扎那贝坦带领着额尔德尼库尔勒，赴呼吉库尔勒可汗领地，征服了颜乞拉马部落的九十五颗头的蟒古斯，迎娶了和布达日度母，让她做了额尔德尼库尔勒的妻子。在洁白的毡帐中，举行盛大的宴会。史诗故事到此结束。

在结束史诗演唱之前，说书艺人唱道：“达赖可汗前辈的生活一无所知，额尔德尼库尔勒婚后的事情不得而知，台吉帕日钦我老夫，心智愚钝，只会向诸位演唱这段故事……”从此句话中可推知，可能有达赖可汗、达尼库尔勒、额尔德尼库尔勒的系列独立故事，这里演唱的只是其中“达尼库尔勒”一部。

愿将蒙古著名史诗说唱艺人莫·帕日钦说唱的这部史诗的记录文本奉献诸君赏鉴。

《达尼库尔勒》译注

达尼库尔勒

在久远久远的过去，
在美好幸福的
世纪末期，
在安宁太平的
世纪初期，
苍生安康，
长寿万年，
兴旺繁衍生息，
众生富足，
福乐无比，
富饶宽广的大地，
处处祥和顺遂，
那是无限美好的时期。

太平盛世，
已经历八万余年；
卷帙浩繁的佛经[①]，
已阅读八万四千余卷。

葱葱绿绿的

① 佛经：指《大藏经》，由《甘珠尔》《丹珠尔》两部分组成。《甘珠尔》又称“正藏”，即释迦牟尼本人语录译文；《丹珠尔》，又称“副藏”，即佛教弟子及后世佛教学者对释迦牟尼的教义所作的论述和注释。《大藏经》产生于公元13—14世纪，是关于藏传佛教的举世闻名的经典著作。除宗教思想外，《大藏经》内容包罗万象，堪称百科全书。

座座山顶，
与凹凸不平的
杭盖[①]相接；
错落参差的山峦
相接相连。
阿尔泰[②]高山层峦叠嶂，
红色山峰，
青色高坡，
被漂亮的松柏，
浓密覆盖。
片片祥和的杭盖，
若隐若现尽收眼底，
清泉汇成的八面大海，
波光粼粼，浩瀚洁白。
繁茂生长的
沉香紫檀，
在美丽的密林中，
数也数不过来。

长满白蒿的洼地，
片片相连。

---

① 杭盖：蒙古语译音，意思是水草茂盛肥沃的山林，汉文古籍中最早译音为"燕然"，始见于《后汉书·窦宪传》。需要说明的是，华夏族所说的水草茂盛肥沃的山林，周围多居民，而北族所说的"杭盖"，周围人烟稀少，出于这种考虑，参照古籍，此处选择音译。

② 阿尔泰：蒙古语译音，意思是"金"。阿尔泰地区因阿尔泰山脉而得名，位于中国新疆北部、蒙古国西部，西北延伸至俄罗斯，呈西北至东南走向的一狭长地带，长2 000余公里，海拔1 000—3 000米，中段在中国境内，长约500公里。在古代，阿尔泰地区有中国新疆原住民和哈萨克人，还有少量俄罗斯人。阿尔泰地区蒙古语属于卫拉特语，卫拉特古称斡亦剌惕、瓦剌等。产生在这一地区的蒙古史诗，学界称之为卫拉特蒙古史诗。

色彩斑斓的野草，
莽莽芊芊。

力大凶猛的野兽，
相互撕咬争强。
鸟儿放开优美歌喉，
众多可爱的小鸟，
叫声清脆响亮。
六十种巧舌小雀，
啁啾欢唱。

七十种毛色的野鹿，
觅食青草相跟相随。
能结出万种药材的花朵，
挨挨挤挤随风摇摆。
千种成熟的美味水果，
在枝头挂缀。
故乡那片土地，
就是这样的美。

在阿尔泰杭盖，
片片金色原野上，
马群繁衍兴旺。
狭长峡谷里，
一匹匹骏马，
浑身彰显着，
阿兰占神驹①的血性。

① 阿兰占神驹：蒙古英雄史诗代表作《江格尔》主人公江格尔的坐骑枣红马的名字。江格尔的这匹坐骑，与主人生死与共，驰骋疆场，能上天入海，在征战的关键时刻，为主人指点迷津，传达上天旨意。在蒙古史诗中，阿兰占是英雄的坐骑——“神驹”的典型艺术形象。

在宽阔无边的山坡上，
神奇草木茁壮生长，
艳丽花朵竞相绽放。

要说那些
数以千万计的
花色马群，
遍野漫布，
马颈鬃随风飘逸，
为补充体能，
在座座山梁觅食，
在无垠的大地上，
繁衍不息。

儿马[①]、骒马，
在群中穿梭而行，
一匹匹骟马，
跳跃嬉戏不停。

二岁、三岁马驹，
与同伴一起嘶鸣，
发出天鹅般的叫声，
阵阵清风刮起，
团团尘雾弥漫空中。

野马的二岁驹，
飞快奔跑，
蹄声哒哒，
尥着蹶子互踢玩耍。

① 儿马：即公马，在蒙古牧区口语中普遍使用“儿马”这一称谓。

原野上，
布满花色马群，
好一派兴旺景象。

南面查黑日查干杭盖，
八十二片山林彼彼相连，
在半山腰上，
棕黄色骆驼数也数不完。
驼身高大如陶布罕杭盖，
驼头戴着油红木鼻栓，
鼻栓两端系着金色皮结纽，
编织驼缰用的是丝绵绸缎。
驼身的力量，
如年轻大象一般。
棕黄色驼群游走在
九十九片
暴虐贫瘠的沙滩。

一岁、二岁驼羔，
数量十万、百万，
三岁、五岁公驼，
数量超过五万，
骟驼、母驼，
更有千万之多。
在长满野韭的沙滩上，
驼群尽享美味，
在高高的坡地，
驼群悠闲地倒卧。

再往那边，
是辽阔草原，

遍布草场的
花斑犍牛，
数以万计的
红色牛群中，
黑色、青色犍牛，
在山间平地上，
气喘吁吁刨着地面，
相互顶撞争斗。

四岁小牛，
在群中耍玩；
三岁牛犊，
转圈耍玩；
二岁、一岁牛犊，
在沙湾中，
抛起后腿耍玩。
小牛吃着杂色牧草，
顶撞着沙柳枝条耍玩，
偶尔去喝上几口
河中清水。
它们在广袤大地上，
用犄角挑着地面，
四处游走耍玩。
在山梁上，
红色牛群，
茁壮成长，
兴旺繁衍。

再往那边，
是阿尔泰十三座山梁，
上面布满了

雪白的羊群，
各领地的阿勒巴图[①]，
将羊群牧放。

成年羯绵羊、羯山羊，
体态出众尽情耍玩；
山羊羔、绵羊羔，
咩咩欢叫，尽情撒欢。
羊群在无尽地繁衍。

许多许多年后，
牲畜规模无限；
年复一年，
畜群一望无边。

雪白羊群，
红色牛群，
花色马群，
棕黄色的驼群，
四种毛色的牲畜，
片片映入眼帘。

中央汗权统领的
美丽国土，

① 阿勒巴图：蒙古语译音，意为属民。有一点需明确，蒙古古籍中的“阿勒巴图”不可理解为汉语古籍中的“奴隶”甚至“属民”，关键在于，阿勒巴图是蒙古古代社会承担汗廷赋税劳役义务的人。这一特殊社会群体，基本享有人身自由。而汉语古籍中的“属民”“奴隶”属于部分或全部失去人身自由的人。亦邻真的《关于十一十二世纪的孛斡勒》一文专门谈到蒙古史上的“奴隶”（孛斡勒）问题，理解“阿勒巴图”的意义，可以此作为参照。（《亦邻真蒙古学文集》，内蒙古人民出版社，2001年）

一片太平祥和景象。
草原的河面上，
波光闪闪。
八十八阶的
金色宝塔，
塔顶耸入云端，
在远处隐约可见。
那里是草原可汗
雄伟的宫殿。

要说那
阿尔泰杭盖，
两片草原的汗主，
他拥有着
数万阿勒巴图，
是一位
高大富有的诺彦①，
他是呼和胡图勒杭盖汗主，
他是草原上，
拥有众多人畜的汗主，
如今他已
三百七十七岁，
是一位神奇老人，
他就是达赖可汗。

达赖可汗的哈屯牧森格日勒，
能预测后九十九年的事情，

① 诺彦：蒙古语译音，也译作“那颜”“那演”等，意思是君主、领主、官员等。此词在蒙古史诗、蒙古谚语和民间故事中多见。在不同时代、不同的语境中，“诺彦”会呈现出不同意思。这里，显然指达赖可汗，是“君主”的意思。

能将前九十九年[①]的往事追述。

这位可汗，
男子汉的双手，
能驾驭各种武器，
他身着银灰色铠甲，
上面布满钢铅佩饰。

他的坐骑，
漂亮无比。
在阳光普照的领地，
骑马飞快奔驰
八千年的
遥远地方，
宝驹只需一个昼夜，
便能往返一次。

宝驹身躯高大如山，
细长腰身毛色金黄，
黑色的鞍鞒，
像杭盖般宽广。
硕大的黑钢嚼子，

① 九十九年：在蒙古史诗中，能述说多年前往事，尤其能预测多年后福祸的人物，属于萨满形象，其中有男人，最典型的是《江格尔》中的阿拉坦策吉，他能"预知未来九十九年吉凶，牢记九十九年往事"。而在中篇史诗，如《罕哈冉惠传》中，"美丽的陶丽高娃公主/能述说十二年前的往事，/能预知未来十二年的吉凶"（赵文工译注：《罕哈冉惠传》，内蒙古教育出版社，2006年，第42页）。又如《祖乐阿拉达尔罕传》中的可汗夫人，"她能述说/百年往事，/她能预测/未来的灾难吉祥"［赵文工、丹巴译注：《祖乐阿拉达尔罕传》（修订本），中国国际广播出版社，2016年，第28页］。这样的女性，属于女萨满形象。学者们普遍认为，男萨满当是父系社会的产物，而女萨满应为母系社会的产物。

粗得像小臂一样。
用薄薄白银，
包裹的鞍座，
鞴上马背，
嚼子辔绳，
佩戴在宝驹头上。

可汗身着黑色铠甲，
手握百种武器，
滚鞍骑上，
细长黄金色宝驹，
向远方驰骋而去。

在阿尔泰杭盖，
两块领地上奔驰，
可汗看到了
一群群野鹿，
便从腋下抽出
带黄斑的强弓，
弓上凝聚着九十九种神力。

青铜箭[①]镞显示出勃勃朝气，
刻在钢箭上的文字名气非凡，
根根羽毛扎满箭尾，
钢箭疾驰时无比凶悍。
可汗将白色钢箭搭上长弓，
定睛瞄向前方，

---

① 青铜箭：青铜是金属冶铸史上最早的合金。蒙古史诗中出现了青铜武器和器皿。但随着历史的发展，史诗在说唱传承中，青铜箭有时也成了钢箭，于是在同一部史诗中会出现青铜箭和钢箭混用的现象。

用力将弓弦拉满。

钢箭从他颚下
刚飞出一庹长，
箭尾搭口，
烟雾弥漫，
箭镞冒出火星，
仿佛有一道彩虹，
在箭杆上若隐若现。

飞箭射向
前方鹿群，
飞箭射穿了
三百头野鹿，
又径直向前飞去，
击穿了一座黑色山头。

可汗在一天之内，
剥下三百头鹿皮，
用鹿皮将鹿肉裹起，
想把三百头鹿肉搬上马背，
但突然觉得浑身乏力。

他不觉回想起，
年轻时即使腹中饥饿，
将六百头鹿皮
包裹的鹿肉，
放上黄金马背，
也是轻而易举！

血气方刚年华已过，

浑身肌肉变得松弛，
他说了声“糟糕”，
只好将一百头野鹿，
扔在原地，
让坐骑驮着二百头野鹿，
返回府邸。

来到牧森格日勒身旁，
可汗沉重地向哈屯倾诉：
“昔日的我，
年轻力壮，
单手能擎举，
六百头鹿皮
包裹的鹿肉，
平稳行走。
如今三百头鹿皮
包裹的鹿肉，
也已无力举起。

三方领地，
我再无力统领，
可至今膝下，
尚无继承汗位的
出色儿郎，
仍独自在世间闯荡。”
向着哈屯，
达赖汗倾吐着满腹惆怅。

“我汗莫要哀愁，
继承汗位的儿郎，
必有出生时运，

既然命中注定，
就定能降生世上。”

“生命虽渐渐
离我而去，
但我现在仍未衰老，
尚未生育的儿郎，
何时来到我的身旁。”

牧森格日勒哈屯
禀求可汗：
“在长满松柏的
杭盖的顶部，
建起金银两座宝塔，
点燃十三堆煨桑[①]，
向苍天祈求命中儿郎。”

达赖可汗，
手执男儿各种武器，

① 十三堆煨桑：煨桑，是藏族“本”教中一种烟祭形式，后进入藏族佛教，成为藏佛教的一种祭祀形式。这种藏佛教后传入蒙古地区，称为藏传佛教。其中数字“十三”，原属萨满教的祭祀形式。阿塔十三家神，是指古代蒙古人信奉的长生天所衍生的十三方神灵。信奉者认为，得到这十三方神灵保佑，便不惧怕一切，能战胜一切。［参阅拉·胡日查巴特尔著《哈腾根十三家神祭祀》(蒙古文)，内蒙古文化出版社，1987年，第29—79页］另外，史诗《格萨尔王传》有这样的描述：“在古热石山上，有十三个供烧香敬神的神房，人们在那里烧起祭神的柏树枝和一种叫‘桑’的树枝，香烟缭绕，布满天空。佛灯也在神器的坛城周围燃起，灯火闪耀，扑朔迷离，只听螺声呜呜，人们匍匐在地，口中念念有词，向天神、护法神祈祷，为战神唱赞歌。”［吴伟、降边嘉措：《格萨尔王全传》上部，(北京)宝文堂书店，1987年，第162页］这种祭祀有佛教成分，也有萨满教成分。本部史诗，有多处出现了“十三”这个数词，大概与这种宗教文化因素有关。

骑乘着细长黄金宝驹，
登上长满松柏的
杭盖山顶，
将金银两座宝塔，
着手建起……

砌起了
十三级台阶，
燃起了
十三堆煨桑。

“恩赐吉祥三宝的
我们的圣主，
霍尔穆斯塔天神①，
谨向您祈求，
恩赐我能统领一方的
出色孩童！”
可汗说完要踏上归程。

恰在此刻，
一皮肤黑紫的英雄，
来到金银两座宝塔近旁，

① 霍尔穆斯塔天神：霍尔穆斯塔的宗教来源，以及这一天神形象在宗教领域中的变化十分复杂。最早是波斯火祆教，也称琐罗亚斯德教中光明之神，是古代流行于伊朗和中亚西区一带的宗教。其教义保存于《波斯古经》中，认为世界有两种对立的本原在斗争：一种本原是善，化身为光明神阿胡腊玛兹达，希腊语为霍尔穆斯塔（奥尔穆兹德）；另一种本原是恶，化身是黑暗神安赫腊曼纽，希腊语为阿利曼。而火则是善和光明的代表，故以礼拜“圣火”为主要仪式。北魏时期传入中国，故名之为祆教、火祆教、拜火教或波斯教。在本史诗中，霍尔穆斯塔应是萨满教诸天神之首。但霍尔穆斯塔何时、通过何种渠道传入蒙古地区并成为蒙古史诗中屡见的善神、光明之神，还有待今后进一步研究。

他扎着九庹长宽幅丝绸腰带，
骑乘着一匹浅黄马，
只见他那黑色眼睛，
流水般洁净闪亮，
牙齿如雪洁净晶莹。

“你统领着各方百姓，
圣主定会赐予您，
出色的孩童。”
英雄说完要转身离去，
可汗追问他尊姓大名。

“我叫那日图，
是那日图领地的主人。”
话音未落，
英雄便消失了踪影。

达赖可汗面带笑颜，
围着宝塔转了三圈，
如同跳鼠般体态轻盈，
纵身跃上黄金马背，
宝驹快如鹞鹰，
迅疾飞奔，
瞬间来到牧森格日勒身边。

“那日图领地主人告知，
上天要赐予我们神童！”
哈屯回禀：“他对我也如此喻示，
说完便消失了踪影。”

可汗、哈屯，

内心充满欢喜，
即刻决定，
将全体属民召集。

吹响黑色号角，
召集全体属民，
宣布重大喜讯；
吹响黄色号角，
召集所有僧人[①]，
可汗宣布了重大喜讯。

汗廷召集的属民议论纷纷：
可汗所宣，
无疑是莫大喜讯，
一代圣子，
即将降临！

可汗的宫帐，
人群拥挤。
声音嘈杂不堪，
留着银白胡须，
年逾八旬的老者，
个个捋着长髯，
穿梭行走，
拄着拐杖，
“嘟嘟”戳着地面。

八岁以上，

① 黑、黄：黑色，代表俗界，现代蒙古语口语中的“黎民百姓”，若直译成汉语，是“黑人”；黄色，代表僧界，因佛教中“黄教”而得名。

八十岁以下，
青年壮年，
个个骑上他们坐骑中
最善奔跑的爱驹，
使出浑身力气，
骑手互相抓着
骑友的袍肩，
坐骑撒开了四蹄。

匹匹骏马，
四腿强劲，
健壮的肌肉，
与马镫交错互动，
呈现出和谐节奏。

那边传来，
清新悦耳的喜庆歌声，
眼前出现，
娇美温和的容颜。
年龄相仿的
个个漂亮媳妇，
浑身珠光宝气，
光鲜耀眼。

达赖可汗，
从属民中，
选出八十位出色英雄，
选出八百名勇猛士兵，
将他们各自职位、
各自职守申明：
让他们不断为宴会，

提供充足肉食。
可汗下达旨令，
属下一一敬承汗命。

可汗向八十位出色英雄、
八百名勇猛士兵发出命令：
在吉祥的八十条黑河岸边，
在幸福的六十条黑河岸边，
拉起条条六十庹长索绳，
拉起条条八十庹长索绳，
要让马驹
多如水中鱼苗，
让马驹习惯绳索拴绑，
让马驹适应辔嚼。
奶食饮品、
马奶酒，
要准备得
多如海水。
可汗将旨令下达，
属下一一敬承汗命。

在此之后，
在可汗金宝塔附近，
全体属民，
所有僧人，
日以继夜，
欢乐喧闹，
人们鱼贯而来，
拥挤喧闹不堪，
里外围坐
七十八层。

层层人群，
拉开空当，
空当中卧进
三岁、四岁绵羊。

上万个人，
推不动的硕大葫芦中，
马奶酒满满，
奶酒献给周边人们，
人们瞬间醉得狂癫。

葡萄酿制的
黑紫色甜酒①，
望而欲醉的各色美酒，
供周边人们一起享受。

服饰漂亮的五百侍从，
将阿日扎、胡日扎②，
斟满金杯银杯，
举向火神敬奉，

---

① 葡萄酒：作为游牧民族，蒙古人自古以来以酿制奶酒著称，酿制葡萄酒一俗可能源自西方。据《元史·土土哈传》载，蒙古钦察汗国，“曲出徙居西北玉里伯里山”，“去中国三万余里”。据韩儒林《西北地理札记·玉理伯里山之方位》一文考证，玉理伯里山在今伏尔加及乌拉尔两河下游，靠近里海处。此地域，或许提供这样一种可能，即蒙古钦察汗国的酒臣是在这里习得西方酿制葡萄酒法。新疆的阿尔泰地区自古以来盛产葡萄，这或许也给在特定地域的古代蒙古人酿制葡萄酒提供了条件。有别于蒙古其他史诗，这部史诗中在描写喜庆宴会或招待宾客的酒宴上，几乎每次都有“水果”出现，这可能与史诗中“酿制葡萄酒”母题不无关系。俟后考。

② 阿日扎、胡日扎：阿日扎，头锅奶酒；胡日扎，二锅奶酒。另一说，阿日黑，头锅奶酒；阿日扎，二锅奶酒；胡日扎，三锅奶酒。参见霍尔查译《勇士谷诺干》，内蒙古人民出版社，1980年，第125页。

向大地祭拜祼洒[1]。

祭祀的十三首
长调歌曲，
随着伴奏，
和谐吟唱，
伴着优美乐声，
将美酒高举敬向众人。

六十二首
长调圣歌，
庄严吟唱，
与威严圣乐，
和谐交融在一起。

盛宴的八十二首
长调歌曲，
悠扬婉转吟唱，
和欢乐乐曲，
融为一体。

人们幸福无比，
不觉宴会持续六年，
宴饮进入高潮，
人们已不知今夕何年。

宴饮正在持续，

① 祼洒：祭祀的一种形式，将奶或酒向苍天、大地、神灵泼洒，以祈求福运，禳除灾害。参见赛音吉日嘎拉编著、赵文工译《蒙古族祭祀》，内蒙古大学出版社，2008年，第108—109页。

牧森格日勒哈屯，
已经迎来
临产日期……

达赖可汗火速赶来，
牧森格日勒哈屯，
吩咐手下众人：
“宴会暂停，
稍后再返回宴饮。”

人们正要各自离去，
牧森格日勒哈屯，
生下一个
金胸银臀[①]男婴。
金发男婴生得可爱，
脐带是锃亮的青铜。

要将男婴的
脐带切断，
但用尽所有
锋利刀剑，

---

① 金胸银臀：这是常见于蒙古英雄史诗的母题。此母题也多见于蒙古民间故事。例如，卫拉特民间故事《藏布勒赞丁汗》里就出现了这样母题——“金胸银臀”的孩子（参阅王清、关巴编《蒙古族民间故事》，新疆人民出版社，1987年，第206—216页）。值得注意的是，这则故事（其实是一篇散文化的短篇史诗）说的是，双胞胎兄妹，男孩是“金胸”，而女孩是“银臀”。“胸”的方位是“前”，“臀”的方位是“后”，从方位角度考虑，“金胸”似太阳所赋予，“银臂”似月亮所赋予。这与蒙古先民原始思维——“人是日月结合的后裔”不无关系。比照史诗《江格尔》中人物阿拉坦策吉（汉语的意思是“金胸”）考虑，“金胸”似有“智慧”的涵义。而“银臀”，结合“月亮”“女子”考虑，似有“貌美”的涵义。（参见赵文工《蒙古英雄史诗〈罕哈冉惠传〉中母题研究举隅》，载《中央民族大学学报》（哲社版）2009年第4期）。

也终未能如愿。

达赖可汗，
抽出随身佩带的
黑钢腰刀，
也没能将脐带砍断。

金胸银臀小婴，
滚动几下身体，
突然开口言讲：
“三方领地，
没有人能将
我脐带切断。
唯我年迈父汗，
用神奇宝刀才能如愿。
在我故乡
正西方向，
向下直挖三个洞穴，
从洞穴下边得到一把钢刀，
那时我脐带才能被砍断。”

达赖可汗按小婴指点，
终于挖出一把神刀，
他将神刀折叠处展开，
终于割断小婴青铜脐带，
再用百张绵羊羔皮，
将小婴包裹起来。

侍者擦拭了小婴身体，
人们举行了盛大宴会，
幸福欢乐无比。

可爱金发小童，
飞快成长，
百张雪白的绵羊羔皮，
已不够做他衣襟下摆。

日复一日，
孩童渐渐成长，
他的父汗，
仔细将孩儿端详。

只见这孩儿，
头顶冒着
威慑妖魔的神气。
他的前额，
仿佛将非凡力量凝聚。
他的囟门，
透出一股
能降服狮虎的威猛。
他喉咙发出的声音，
可镇伏凶恶顽敌。
他五脏六腑，
蕴含着大鹏般能量。
他的双肩，
凝聚着七十只鹏鸟的力气。
他的脊梁，
具备能战胜
凶猛蟒古斯的神力。

于是父汗，
为膝下非凡男婴，
取下英名——

达尼库尔勒。

牧森格日勒哈屯，
将白绸上衣，
披在达尼库尔勒身上，
又将爱子抱在身旁。

在场所有人，
伴随着优美乐曲，
开始尽情欢乐宴饮。
山林树木，
更加青翠茂密。
杜鹃、斑鸠，
欢快歌唱鸣啼。

男女老少，
在乐曲声中欢乐无比。
枝叶杈桠的树木，
在风中摇曳身躯。
林中百鸟儿，
清脆悦耳地啼叫不已。

全体阿勒巴图，
不分高低贵贱，
都被邀请到来，
尽享幸福喜宴。

达尼库尔勒，
转瞬长到三岁，
三百七十七岁的
父汗、哈屯额吉，

要为爱子，
将金色胎发剃去。
为了择定，
剃度胎发时日，
去向于己有恩的天师，
求问良辰吉日。
可汗带上八十八度
南吉旺丹哈达[1]，
怀揣着
八百两灿灿黄金，
骑乘宝驹，
奔赴那日图领地。

骑马需行八千年的
遥远地方，
细长黄金马，
仅用一天，
便能往返一次，
它的身躯高大如山。

当朝阳升起之时，
达赖可汗骑乘宝驹，
奋力驰骋，
直奔那日图领地。

可汗用力拉紧
钢铁嚼子，
勒到黄金马的臼齿。

---

① 南吉旺丹哈达：南吉旺丹，藏语，也称达西旺丹，意思是尊贵、完满的意思。哈达，表示敬意、祝贺的长条丝巾，一般为白色或蓝色。

厉害无情的黑鞭，
能将骨肉抽打分离，
可汗紧握鞭柄，
抽打坐骑迅猛奔驰。

大片黑色尘雾，
在可汗身后升腾，
行进中的十万大军，
发出震天动地的吼声。

细长黄金宝驹，
浑身顿时生出
无尽力量。
天空颜色，
由三种色彩，
变得发红。
大地颜色，
由三种色彩，
变得发黄。
只奔跑一昼一夜，
便到达骑马奔行八千年
才能到达的远方。
可汗来到了
天师北方，
辽阔故乡的近旁。

这位天师，
对突如其来的
天地巨变，
感到震惊。

“三百七十七岁的达赖可汗，
已到达那日图领土，
这巨大声音，
正是他黄金宝驹发出。

这位大汗，
共统领着
三方领土：
八龙王领地，
上天的领地，
那日图领地。”

他将旨命向属下颁发：
“为到来的可汗，
扶缰接驾！”

达赖可汗的银色头盔，
将天空的白云，
映成棕黄。
他的右锁骨，
遮住了阳光，
他的左锁骨，
挡住了月亮。

达赖汗到来之时，
神主天师
众多门徒中的
八十八位，
迎向可汗，
想稳住细长黄金马，
却没能揪住

粗大的黑色马缰。

“我生性悭吝，
心地不够温存。
你们要抓的马缰，
似乎太沉。
我的为人，
心地不够善良温存。”

可汗说完将马缰挂上鞍桥，
坐骑仰脖身躯形如岩石，
一动不动像一尊方箱。

可汗绊住坐骑，
抽出一支钢箭，
将箭镞戳入地里，
在箭杆上挂满
男儿使用的
百种武器。
他走进天师的
金黄色庙宇，
行九十九叩拜大礼。

天师奉上甘泉满溢的
金色贲巴瓶[①]，

① 贲巴瓶：也叫“甘露瓶”。贲巴，系藏语，汉义“壶”。藏族金属壶式之一，器形为洗口，束颈，球形腹，高足外撇，腹部有龙首形流（多见为兽吞式流），弯曲向上，无柄，是一种佛教祭祀用品。佛教认为，贲巴瓶盛装圣水，滴落在人身上，可禳除灾害，祈得福运，甚至可让人起死回生。贲巴瓶传入汉族地区后，演变为瓷质贲巴壶（瓶）。史诗中本瓶当随藏传佛教传入蒙古地区。参阅冯先铭主编《中国古陶瓷图典》，文物出版社，1998年，第154页。

可汗张开嘴，
想将整瓶泉水喝干，
却饮不尽瓶中甘泉，
他一连大饮三口，
总算止住舌燥口干。

可汗已变得黢黑的胸膛，
此刻现出光泽，
可汗已变得浑浊的头脑，
此刻显得澄澈。

回头看去，
金色贲巴瓶，
甘泉又已满溢。

可汗思忖再三，
感到这大瓶，
神奇无比。
他取出怀揣的
八千庹哈达
南吉旺丹，
向天师敬献：
“我膝下有了
出色的爱子，
取名达尼库尔勒。

爱子已到剃度胎发时日，
祈求天师，
恩示剔发的吉日良辰。”

天师用七色彩绸，

将一个金瓶裹起，
并向可汗喻示：
须将金瓶带给达尼。

剃度胎发仪礼当在今年，
夏季初月，
初三寅时，
隆重举行。

仍在该月，
十五这天，
让孩儿骑乘一匹枣红驹，
启程出行，
朝东南方向驰骋。

“将你三方属民召集，
一个不能遗漏，
向他们，
将旨命发布，
让天下阿勒巴图，
举行盛大那达慕[①]。”

达赖汗要将神主天师喻示，
向天下的
阿勒巴图宣布，
邀他们参加盛大那达慕。

---

① 那达慕：蒙古语译音。意思是喜庆日子里举行宴会的同时，人们不光宴饮狂欢，更重要的是男子要展示三项技艺：骑马、射箭、摔跤。起初，“三项技艺”只呈现“游戏”的意思，后来演变成了气氛庄重的男子三项竞技大赛。到了现代，那达慕又增加不少其他内容，例如歌舞表演、商业贸易活动等。

达赖可汗，
滚鞍跃上黄金马背，
直向着北方家乡，
疾驰如飞。

棕红色的尘雾，
在空中升腾，
好似百万士兵，
高声吼喊向前疾冲。
在银青色天空底下，
在金色大地上奔驰，
发出震天动地的响声。

坐骑鬃尾遭触碰脱落，
鞍屉磨损，
年迈的达赖可汗，
身体已难适应宝驹飞奔。

歇息片刻，
可汗拉紧
黄金马钢嚼，
将口铁勒至坐骑臼齿，
宝驹继续向前奔跑。

一路迅疾奔驰，
坐骑历尽艰辛，
蹄下砾石飞溅，
终于回到北方广袤草原。

达尼库尔勒速迎上前，
手握黄金马缰绳，

将父汗扶下马鞍。

达尼将达赖父汗，
搀进帐中，
把父汗坐骑牵到树旁，
大树枝叶繁茂蓬松，
黄金马被拴系树上吊控[①]。
之后进入帐里，
上前聆听父命。

父汗训示：
“今夏初月初三，
我孩儿的胎发
当在那一天剃去，
在那天寅时，
那日图领地所有属民，
要举行盛宴欢乐聚集。

仍在夏季初月，
十五这天，
我的孩儿啊，
你将一匹枣红宝驹骑乘，

① 吊控：吊马，也称“吊控”，在蒙古史诗中频繁出现，而且有比较精细的描写刻画。(见霍尔查译《勇士谷诺干》，内蒙古人民出版社，1980年，第24—26页)明代萧大亨在《北虏风俗》一书中记道：“凡马至秋高则甚肥，此而急驰骤之，不三舍而马毙矣，以其膘未实也。于是择其尤良者，加以控马之方，每日步马二三十里，俟其微汗，则縶其前足，不令之跳踃踯躅也；促其衔辔，不令之饮水吃草也。每日午后控之至晚，或晚控之至黎明，始散之牧场中。至次日，又复如是，控之至三五日或八九日，则马之脂膏皆凝聚于脊，其腹小而坚，其臀大而实，向之青草虚膘，至此皆坚实凝聚，即尽力奔走而气不喘，即经阵七八日，不足水草而力不竭。”(载《内蒙古史志资料选编》第三辑，内蒙古地方志编撰委员会总编室编印，第146页)。

朝着东南，
启程驰骋。”

达尼库尔勒，
向父汗回禀：
“父汗莫要担心，
我要向那日图三方领地，
发出这样的信息。”
说完,他向帐外走去。

他将能鸣叫七十种言语的
百种鸟儿，
召集到一起。

百鸟在他身旁聚集，
他抓住了
黑花雄凰，
命鹦鹉骑乘它，
赶赴上天领地，
将那里阿勒巴图召集，
向他们发布圣上旨意：
今夏初月
初三这天，
是达尼库尔勒
剃度胎发日期，
所有人须前往参加仪礼。

他抓住
棕花雄凰，
命鹦鹉骑乘它，
到天师那日图领地，

将属民一个不漏召集，
向他们发布圣上旨意：
今夏初月，
初三这天，
是达尼库尔勒
剃度胎发日期，
所有人须前往参加仪礼。

他又抓住
青花雄凰，
命鹦鹉骑乘它，
赶赴八龙王领地，
将阿拉巴图召集，
向他们发布圣上旨意：
今夏初月，
初三寅时，
是达赖可汗爱子
达尼库尔勒
剃度胎发日期，
所有人须前往参加仪礼。

达尼库尔勒，
进入父汗的黄金宝塔，
向着父汗
一一禀述：
“我已向三方领地，
所有阿勒巴图，
将汗父旨意发布。

为弘扬父汗英名，
喜宴要比以往

筹备得更加丰盛，
喜宴要比以往
举办得更加隆重！”

三方领地，
全体阿勒巴图到来，
达尼库尔勒速迎向前，
向他们施礼问安。

接受了属民崇高礼仪，
让属民进入金宝塔，
属民里里外外，
围坐九十九层。
人圈中间的空隙，
卧进三、四岁牛群绰绰有余。

在宴会上，
人们尽享鲜肉，
互敬美酒。

五百位服饰漂亮的哈屯，
在金杯银盏中，
斟满阿日扎、胡日扎，
斟满白酒、马奶酒，
举杯祭献火神[①]，
向苍天大地祭洒。

---

① 祭献火神：蒙古民族自古有祭火神习俗，即将三块石头当作火撑，点燃旺火，以“火撑三石”比喻振兴、发达，向火堆投放肉食，祭洒奶、酒，吟诵祝词。参见赛音吉日嘎拉编著、赵文工译《蒙古族祭祀》，第390页。

伴随着优美乐曲，
哈屯们放开歌喉，
高声唱起
十三曲圣歌。

欢宴从午夜，
持续到次日凌晨，
直至寅时朝霞微露，
神主天师，
手持金剃刀宣布，
剃度胎发仪礼开始，
他要为达尼库尔勒，
将金色胎发剃度。

三方领地，
全体阿勒巴图，
陆续拿起
金色剪刀，
开始剃度达尼的金发，
六十二首圣歌，
与宴会乐曲交响，
歌声嘹亮回荡。

酒喝多了不清醒，
宴会长了心焦急。
来的时候，
八十岁以上的
耄耋老者，
不停地旋转着

一百零八颗捻珠[1]。

八岁以上的英雄，
体力充沛斗志昂扬，
为较量技艺、力量，
扯断象皮制作的翻毛坎肩，
拇指被捏得声声作响，
锁骨、肩胛骨相互碰撞。

在此之后，
嘹亮的歌声，
交织在一起，
野马、岩羊般相貌的人 ，
会聚到一起。

“我的所有属民，
去我的马群中，
各自抓来一匹好马，
由于我已年迈，
无力给你们套来，
我马群中的马儿，
需行七月的里程，
只需一日，
便能奔跑一个来回。”

“快如疾风的马儿，
我们何苦去套抓？

---

① 捻珠：又称数珠。一些宗教在祈祷、念经、念咒或灵修时所用法器，一般在印度教、佛教、东正教等传统宗教中使用。宗教不同，珠子数字会有所不同，佛教中捻珠珠子共108颗。

我们只接受
可汗亲手赏赐的骏马。”
达尼听人们如此的话语，
便抄起黑绸缎缠裹的辔嚼，
掖在健壮的腰胯。

在高高的山上，
在杭盖坡梁，
遍布着
八群马匹。
从八群马中，
达尼赶离出来
一群马儿，
毛色淡黄。

用父汗的
细长套绳套住，
十匹、二十匹马儿，
再一匹匹，
鞴上马鞍，
向属民一一赠予。

在此之后，
达赖可汗，
为达尼库尔勒，
去套抓坐骑，
他将六十庹长
黑色长绳，
系在宽平马鞍上，
滚鞍跃上细长黄驹脊背，
扬鞭策马驰骋。

达赖汗登上座座高山，
登上片片杭盖的
山头梁顶，
将那八群
花色马群，
一一看清，
却没见到
出色骑乘。
八群马中没有
适于达尼库尔勒
骑乘的骏马，
寻到它该是多难的事情？

可汗正在纳闷，
突然看到，
南面相连的
三片杭盖上，
被积雪覆盖的
白茫茫的杭盖里，
一片浓黑尘雾升腾。
那里发生什么事情？
可汗向着
腾起的尘雾奔跑，
要去那里看个究竟。
他突然发现，
一匹枣红马，
身躯高如山峰。

可汗定睛细看：
“似乎是我的
斑点象白儿马后裔，

分明就是，
我铁青骒马
生下的宝驹。”

宝驹的胞兄都是，
见到套绳就跑掉的
细长黄驹、
稳重的黄驹、
垂耳黄驹、
非凡的灰驹、
米黄马驹、
白额棕驹，
还有不到三、四岁的
黄白各色马儿，
足足八千多匹，
它们都是一匹骒马所生，
匹匹骏马桀骜不驯，
与枣红马同一血统。

可汗磕了下马镫，
要去看个究竟，
他卷起了黑色套绳，
扬鞭催马驰骋。

只见那匹枣红马，
蹄下腾起烟尘，
惊悚地向远处飞奔。

在天国领地，
奋力追赶了
八十八圈。

在七十七龙王领地，
不停追赶了
七十七圈。
又到了那日图领地，
奔跑了八十八圈。

此时此刻，
细长黄金宝驹，
被汗水浸湿了躯体，
胸部、鬃鬐，
汗流如雨。
枣红马驹，
刚被撵上，
可它掉头又向别处跑去。
黄金马剧烈奔跑，
达赖可汗，
突然感到身体不适，
他奋力拽住坐骑。

达尼库尔勒，
上前抓住
黄金马辔嚼，说道：
“我的可汗慈父，
请将使命赐予孩儿，
我定能将枣红马抓到！”

父汗将黄金宝驹，
交到达尼库尔勒手里。

达尼库尔勒，
将黑色长套绳抄起，

身体如跳鼠般轻盈，
滚鞍跃上黄金马背，
向枣红马飞奔而去。

尚没有跑完
骑马奔行六月的里程，
达尼手中的黑色长套绳，
已经牢牢套住，
口硬的枣红马的脖颈，
将它压到坐骑内镫。
这匹深色枣红马，
拖着达尼库尔勒，
继续奋力前冲。

“配我骑乘的宝驹，
看来就是你！”

枣红马听后回过头，
它张开的嘴，
大如峡谷，
嘴中露出的四颗牙齿，
高如松树。

达尼将漂亮的辔嚼，
戴在枣红马头上，
滚鞍跃上，
细长黄金马脊背，
将枣红驹牵在手里，
向着归程，
带着呼啸声归来，
将黄金马拴在紫檀树上，

快速跑进可汗宫邸。

父汗达赖，
将十年未动的箱子，
搬了出来，
咔嚓一声，
将银白色
狮头锁打开。

从箱子里面，
取出飘飘悠悠的
雪白丝绸坐垫。

将银光闪闪的马嚼，
赐予爱子。
马嚼上，
带着衣袖长的
黑色口铁、
坚硬的钢嚼襻、
闪亮的银纽结。

细细的红铜、黄铜丝，
均匀交织，
将马嚼锻铸而成，
即使二岁骆驼，
也难将马嚼驮动。

在此之后，
可汗将马鞍赐予爱子。
鞍夹用象皮制作，
鞍桥用紫檀制成，

鞍夹雕刻着凤凰，
鞍桥刻有盘绕的三十二龙头，
黑色鞍垫，
用堪布缎[①]缝制，
马鞍如杭盖般宽广，
如峡谷般高耸。

在此之后，
可汗将大黑马鞭赐予爱子，
十张犍牛皮，
勉强将鞭芯编织，
花纹像蜘蛛网一样紧密。
二十张犍牛皮，
勉强将鞭皮编织，
密密花纹如虫子爬行的踪迹。

马鞭上的扣结，
大如二岁驼头。
鞭上三层绾套，
用公狍颈皮编织，
鞭柄用漂亮木头镟成，
皮鞭威猛无比，
能将马的骨肉抽打分离。

在此之后，
牧森格日勒哈屯，
拿出一副

① 堪布：藏语译音。堪布词义有三：(1)藏传佛教寺院僧职名；(2)原西藏地方政府僧职名；(3)藏传佛教中主持受戒者称号。堪布缎是一种比较厚实的缎子，由佛教僧侣服饰而得名。后文“堪布帷幔”亦是如此。

宽如草场的
洁白柔软鞍屉，
赐予爱子。

达尼库尔勒，
伸出右手，
用饿鹰爪般的
手指指尖，
将马鞍屉
接到身边。

他牵来
枣红宝驹，
将带铁环的
黄斑嚼辔，
套上了
枣红宝驹的
粗壮脖颈，
拴牢了嚼绳。

坚硬的银色口铁，
从融化白银般的马唇，
套入坐骑嘴中，
将玉石般马牙撞碰。
在峡谷般宽大马嘴里，
红色舌头被口铁压控，
不能再像蛇身一样翻动。

口铁撞击着枣红马
水晶般的洁白犬齿，
口铁撞击着枣红马

黄色臼齿。

枣红马宽阔的前额，
上扬高挺，
枣红马漂亮的双耳，
不停剪动。

枣红坐骑脖颈
被套上辔嚼。

像蛇身舞动的
带斑纹的辔绳，
贴着冰一样的下颚拴系，
丝绸编制的嚼绳，
在宝驹头上摆动，
八绺额鬃转动，
宝驹被拴系在马桩上吊控。

达尼转过身来，
定睛细瞧枣红马，
只见宝驹鼻翼笔直，
高贵的眼神炯炯，
它侧耳细听着
远方的动静，
双耳犹如一对坠铃[①]。

宝驹脊梁肌肉盈实，
小腿筋骨强健，

---

① 坠铃：这里指佛教法器金刚杵上的铃铛，有降魔镇邪作用。关于金刚杵，见第195页页下注。

大腿肌肉坚硬，
腰部已长得硬朗，
腿腘变得更有力量。

胸肌像五座敖包，
完美无瑕，
内心无所恐惧，
心脏毫无瑕疵，
肋骨没有缝隙，
脊椎的骨节间，
连刀刃也插不进去[①]。

宝驹身躯漂亮，
臀骨端正匀称，
颈骨笔直，
腰胯强劲，
鬃毛蓬松，
尾如串串珍珠烁烁闪光。

赴遥远征程奔跑，
它不会失前蹄摔倒，
在它胸骨下端，

① 椎骨骨节间，连刀刃也插不进去：蒙古史诗中常见的对英雄及其战马的描写。例如《江格尔》中描写雄狮洪古尔："他的两肋骨生来没有缝隙。"（霍尔查译：《江格尔》，第103页）又如《罕哈冉惠传》写主人公罕哈冉惠与他的深棕马："肋骨无缝，椎骨无节。"（赵文工译注：《罕哈冉惠传》，第3页）甚至在《蒙古秘史》195节中，对成吉思汗也出现了这样的文学描写："他全身是用生铜制成的，/就是用锥子去扎，/也找不出空隙；/他全身是用精铁锻成的，/就是用大针去刺，/也找不出空隙。"[札奇斯钦：《蒙古秘史新译并注释》，（台北）联经出版事业公司，1978年，第267页]这表现了古代蒙古人对英雄及战马身体如磐石坚不可摧的赞美，对力量的崇仰。参见赵文工《晋重耳骨相"骈胁"词义新探》，载《内蒙古社会科学》（汉文版）2014年第3期。

长有三簇旋毛，
在辽阔大地上奔跑，
永不疲劳。
它颅骨顶上，
端正匀称地
分布着三簇旋毛，
在通往他乡路上奔跑，
绝不会被滑倒。
任何地方的遥远，
在它蹄下都变得短小。

骏马具有的
十三种
内在能力，
集于一体；
骏马身上
八十二种[①]
外表美，
无一不具。

可汗拿出专为坐骑，
用象皮制成的
洁白鞍屉。
枣红马身躯高耸，
宽大漂亮的皮鞍屉，
铺上了它的背脊。

---

① 八十二种：此数字在本部史诗中多次出现，是否有专门涵义，尚不得而知。为此，笔者想到108颗念珠的第82颗，其寓意是，佛法无边，凡事应遵行佛法中因果定律。诗文中的“八十二”这个数字，是否与此有关联，尚有待今后进一步探究。此处的“八十二”好像是英雄的坐骑彰显出上天赋予的神奇。

峡谷般黑马鞍，
鞴上马背，
稳稳压住腰胯，
宝驹臀肌凸显出来，
马身两侧，
八十二根肋骨，
被马鞍覆盖。

向北行驶，
在刮风的日子里，
风声习习，
好命运男子，
鞴这具马鞍出行时，
打着六十四绾结的
八十四个铁环，
在带有金银佩饰的后鞧上，
显得漂亮无比。
皮革下垂，
卡上马尾，
看上去舒适无比。
长长马缰，
搭上宝驹漂亮背脊，
五种体能，
在胯骨上一一展示。
胯骨间，
布满白色绾结，
灰褐色皮鞍屉，
将马鞍向上托举。

在风和日丽的日子，
风声习习，

机灵敏捷男子，
鞴上这具马鞍出行，
能见到瓷白色后鞧，
分布着二十四个绾套，
后边绾套，
将马后鞧，
紧紧套牢。

向前拉拽，
宝驹宽阔胸部，
套上了高高的
白斑攀胸。

在宝驹宽阔漂亮的
前胸中央，
挂着五十二个铃铛，
发出阵阵清脆声响。

健壮帅气的前胸，
挂着五十二个铜铃，
发出轰轰响声。

堂堂男儿，
鞴上这具马鞍赶赴他乡，
能行走得无比遥远。
宝驹前胸，
佩戴攀胸，
攀胸上有十五个绾套，
最后一个绾套，
牢牢勾着马鞍。
齐马头高的

血红色穗子，
垂挂在马胸前，
散落在
马桡骨上端，
飘散在
马肋骨前端。

向后拉拽，
宝驹身上已成深槽的
道道勒痕上面，
紧紧勒着
七十八条肚带，
肚带上有颗颗琥珀镶嵌。

丝绸缠裹的嚼绳，
挂着粗大马鞭，
鞍上四根结实的
黑色鞍绳始端，
越过高高的
马鞍桥座，
向下垂落。

好男儿，
将粗壮长偏缰，
在枝叶茂密紫檀树上，
系了活扣，
将宝驹拴系停当。

达尼库尔勒刚走出一步，
回头观望，
只见枣红马，

甩着头嬉戏，
用漂亮前鬃，
频频撞击着
天上稀薄的白云，
好汉见此情景心想，
该让宝驹一口气
奔跑一程，
试试它体能究竟怎样？

奔跑了远远一程，
枣红马丝毫不显疲倦，
好汉知晓宝驹当属自己，
它像一个结义兄弟，
就是自己最亲密的
命运宝驹。
达尼策马向金色宝塔，
飞驰而去。

达赖可汗转身，
将十年未动的
狮头白箱
锁头打开。
从中拿出，
银质头盔授予爱子，
头盔发出铿锵声响，
如杭盖雪峰般晶莹闪亮，
头盔上布满银泡钉，
钢环哗哗作响。

达尼库尔勒，
接过头盔仔细观看，

环绕头盔，
雕刻着万只鹦鹉，
栖息在一条河流两岸。

硕大明亮的
太阳、月亮，
升起在前额，
宝物头盔，
银白闪光，
达尼库尔勒，
将头盔戴在了头上。

在此之后，
可汗拿出火灰色铠甲，
授予爱子。

只见铠甲两侧，
錾着雄狮、大象，
铠甲前胸，
錾着凤凰，
雄凰仿佛从嗓子迸发出
二十一种神奇力量。

铠甲靠锁骨两处，
錾着一对
白色天鹅，
比翼齐飞。

铠甲袖上，
錾着雄凰飞翔，
山梁上猛虎徜徉。

铠甲的两扇前襟，
倒錾着
雄鹰头。

铠甲凝聚四十四种神力，
带着四千条穗子，
钉着八百个扣子。

达尼库尔勒接过铠甲，
铠甲闪烁着
七十种色彩光芒，
他抖抖铠甲穿在身上。

他将双肩套进铠甲，
宽阔的肩膀，
放射着光芒。
他手臂紧压在
宽大漂亮的刀柄上。

在此之后，
可汗将腰刀，
授予爱子。

三个匠人，
耗时三十载，
打造腰刀凹纹，
四个匠人，
耗时四十年，
为腰刀着色，
五个匠人，
将泡钉在刀上钉铆，

厄鲁特部落工匠，
耗时费力，
巴雅特部落工匠，
用工具修配，
杜尔伯特部落工匠，
辛苦劳作，
喀尔喀[①]部落工匠，
冶炼腰刀，
为了腰刀完美，
用湖水将腰刀淬火锻造。

腰刀铸有八十八道折弯，
八个折叠处，
腰刀被锻造出锐利刀锋，
配着各种钢铁装饰，
坚硬的刀背，
镶满玉石的刀柄。
腰刀挥动一下，
一千五百妖魔头颅，
就被砍得一个不剩。
将带有八十八道折弯，
八个折叠处的腰刀，
咔嚓一声插入刀鞘，
被金色踝骨卡在鞘中。

达尼库尔勒，
挎上腰刀，
细长的刀鞘，

① 厄鲁特、巴雅特、杜尔伯特、喀尔喀：古代蒙古族部落名称。

犹如北山上
松树下垂摇曳的枝条。

达赖可汗
将凝聚千种力量的
粗壮白弓，
赐予爱子。

象白色大弓，
凝聚了千种神奇力量。
弓身上
雕刻着的
乌鸦、大雁，
在展翅飞翔。

弓身凹处，
雕刻着
黄色、黑色
公母野猪。

白弓柄上，
端端正正刻着
巨龙猛虎
两个头颅。

五百头
犏牛角，
镶嵌在白弓上，
白弓无比坚牢。

弓身像源自黄河的

一条小河，
蜿蜒曲折。

用大黑蟒古斯的筋，
制作成的弓梁，
凶悍无比，
硬硬梆梆。

用蟒古斯女妖皮，
将弓弦里外三层，
拧制而成。

达尼库尔勒
挎上了
圣洁高贵的箭囊，
这壮硕的箭囊，
是用十张蒙皮蒙成。

在此之后，
可汗将三十支火药白箭
赐予爱子。

白箭尾金色搭口，
像凹凸的山坡，
像宽广的草原。

青色箭镞闪亮耀眼，
配有木质箭杆，
钢箭穿透力非凡，
飞速射出无比凶悍。

达尼库尔勒，
接过箭支，
放入高大的白斑箭筒。

在此之后，
可汗将未要玩过的红缨矛枪，
授予爱子。

钢铁矛头，
紫檀木枪杆，
用野鹿皮，
做成挎绳，
用公狍皮，
做成标记。

达尼库尔勒，
接过矛枪，
冲出帐门，
猛地将枪头戳入地面，
足足扎进八十尺深。

达赖可汗，
向佩带男儿各种兵器的
达尼库尔勒，
发出喻示：
“让牧人驱赶，
我那八群
毛色淡黄的马匹，
清晨启程，
午时能回到这里；
午时启程，

夜晚能回到这里。

天下诸汗，
来这里之后，
总得赠送他们
骟马、公驹，
去马群后当快速返回，
务在十五早晨，
太阳初升时分，
即启程回归。”

达尼库尔勒，
接父汗旨命即刻出发，
像空中太阳精神昂扬，
像黑色石崖浑身闪光。

高如杭盖的
枣红宝驹，
向后刨挖地面，
向前翻动嘴唇，
细细腰身反射着阳光，
胸部脊背反射着月光，
缠绕一起的
细细肠子，
已将黑色粪便排光。

宝驹使出浑身解数，
撒开四蹄狂奔，
转瞬身影小如顶针。

枣红马奔行了一阵，
达尼库尔勒拉住
黑色缰绳，

发现软底香牛皮靴[①]，
尚未蹬进
青铜白银的
马镫镫盘，
就已疯跑一程。
此刻枣红马尥着蹶子，
又冲上一座高坡。

向左面拽拽马嚼，
马头磕碰了左膝盖；
向右面拽拽马嚼，
马头磕碰了右膝盖。
达尼将红缨矛枪，
从腋下抽了出来。

向着高坡的
那片杭盖，
枣红马尥着蹶子，
向前疾冲，
登上高耸的坡顶。

达尼库尔勒在八群
深棕、淡黄马周围，
转了两遭，
用足力气，
吼喊三回。
密密麻麻的
八群马匹，

① 香牛皮靴：蒙古民族适于骑马时穿的皮靴，靴面绣制蒙古族传统花纹、图案，靴尖呈钩状，穿着美观大方，实用舒适，至今深受蒙古牧民喜爱。

发出嘶鸣，
向着阿尔珊图泉水
汇成的八方白海①，
冲跑而来。

达尼库尔勒，
让八群马匹，
饮足海水，
便按原路，
策马返回。

到了松柏覆盖的
五片相连的杭盖，
达尼库尔勒策马冲上山脊。
四周是达尼神圣家族的，
草原八洲②。
他睁大了碗大的双眼，
这双眼有四千余条纹路，
有四十四条根基，
他瞭望着
骑马奔行十五年的
广袤土地。

---

① 海：又称海子。在蒙古草原上，由雨水或山泉水汇聚而成的大大小小的水洼和湖泊，被称为“海”“海子”。大的如“哈素海（湖）”“黄旗海（湖）”等等。还有许许多多小“海子”，因水量不够丰盈，易枯干，极不稳定而无名。史诗中的“海”有很多和一般所说“海洋”中的“海”有很大不同。蒙古牧民常在这样的“海”“海子”边饮牲畜。

② 洲：就地理学而言，指河流、湖泊、海洋所包围的陆地。而在佛教领域里，洲有四、六、七洲等不同的概念，例如我国就属于南赡部洲。这和地理学所谓的“洲”区别很大。此处的“洲”，说的应当是佛教中的概念。参阅张怡荪主编《汉藏大辞典》，民族出版社，1985年。

他突然见到西南方，
一片黑色尘雾，
升起在大地上空，
在那片土地上，
怎会有尘雾升腾？

此刻一个黑红色英雄，
留着支棱的黑胡须，
骑乘着一匹草黄马，
马的身躯九庹长，
如石崖一样高大。

另一个黑红色英雄，
骑着一匹枣红马，
马身高大如山；
又一个黑红色英雄，
骑着一匹黑枣骝马，
马身高大如杭盖一般；
最后一个英雄，
浑身棕红，
留着尖硬的黑胡须，
骑着一匹雪白快马，
马身高耸宛若山峦。

四条好汉来到达尼身边，
下马开口说道：
“天生的三方领地可汗，
亲爱的达尼库尔勒！
你可安好？”

“我一切安好！

四位好汉，
你们的故乡在哪里？
敢问你们尊姓大名？
此行竟为何事，
或为寻找谁人，
胸怀怎样远大的目标，
去拜见何方神圣？”

四位英雄，
清清楚楚，
一一回复。

“得知达尼库尔勒来到马群，
我等四人，
今日也来您马群，
是想为我等换乘，
四匹坐骑。

我们要将
所有马匹，
一群一群
奉献于你，
想以此换取，
你马群中
出色的四匹宝驹，
请你开恩允许。”

“扎[①]，那好的，

---

① 扎：蒙古语语气词。在不同的语境中，表达不同意思，多表示遵从对方指令去做。此处用以引出要说的话，表示同意对方的要求、意愿等。

我的父汗，
是条特别厉害的好汉，
我不收取你们马群，
你我不作等价交换。
你们从我的马群中，
抓来三岁骒马[1]宰杀，
你们吃完小住一晚！”
……

四英雄携十方属民，
精神激昂来到这里，
与达尼库尔勒
共享了欢宴。

他们即将告辞离去，
达尼库尔勒说道：
“事情就到这里，
现在你们去我马群，
挑选各自中意的坐骑。”

四条好汉去到马群，
只见斑点象白儿马
和褐色骒马所生的马驹，
毛色相近几无差异。

四人从千匹
淡黄马群中，
赶出四匹淡黄宝驹，

---

① 宰杀骒马：见第90、250页页下注。

将它们
鞴牢马鞍，
戴好辔嚼。

不管是鞴鞍，
还是戴嚼辔，
不管戴攀胸、后鞧，
还是拴系滚肚，
拴绳都不够长，
于是他们断套绳接长拴绳，
把马鞍、辔嚼一一鞴稳拴牢。

达尼库尔勒问道：
“你们用几天几夜，
从那么远赶到这里？”

“去那里骑马需行九十九年，
可我们仅用时三夜三天，
便到达了这边。”

“那么，我们的马儿，
面对需行七十月的距离，
曾仅用一个白天，
便将一个来回跑完。
你等骑乘这四匹宝驹，
定能按时回返。

快将你们骑来的
四匹坐骑链在一起，
牵着它们返回家园！”

四人将坐骑链在一起，
开口说道：
“亲爱的达尼库尔勒，
如遇流血战争，
或在你成婚时刻，
请向我们告知！
我们高举战旗，
手持武器，
做你左膀右臂！”
他们说完踏上归途，
向着故乡，
策马驰骋而去。
骑来的四匹马儿，
嚼辔虽被紧拽，
可缰绳终被揪断，落在原地。

达尼库尔勒，
在天色将黑时分，
赶回到了
父汗府邸。

达尼库尔勒
将枣红宝驹的马缰，
绾了活扣，
拴系在枝叶杈桠的
紫檀树上，
飞快跑向汗帐。

汗父达赖生气地说道：
“这个达尼库尔勒，
不到七岁，

就不听为父嘱托，
若长到七岁，
会让我缝纳靴底，
做下贱活计。”
父汗怒将爱子数落，
达尼站立聆听父汗训责。

牧森格日勒心里琢磨：
在三方领地上，
得之不易的
这个独子，
究竟是真人[①]，
还是凡夫？

“夫君可汗，
马群出了什么事端？
达尼库尔勒，
我亲爱的孩儿，
快来我身边。”
儿子在母亲怀里，
含起柔软洁白的乳房吸吮。
母亲将达尼库尔勒，
安置在自己右边，
铺好被褥枕头让爱子酣眠。

汗父渐渐入睡，
哈屯额吉也进入梦乡。

---

① 真人：这种称谓源自道教，针对凡夫俗子而言，即所谓能洞悉世界本源，达到天人合一境界的神奇之人。本史诗中牧森格日勒属萨满形象，可她说的这句话与道家思想有相似或相通之处。待后考。

到了午夜时分，
突然听到金夜莺啼鸣，
声音宛如口哨清脆响亮，
可汗、哈屯，
所有听到鸟鸣的人们，
心中都泛起一阵哀伤。

母驼发出
哀婉叫声，
骟马发出
轻轻嘶鸣。

达赖可汗、牧森哈屯说道：
“达尼库尔勒啊，
七十种巧舌
鸟儿的语言，
你虽然不能全懂，
可金夜莺啼鸣的意思，
你当心知肚明。”

达尼库尔勒回禀：
“鸟语我确实不能全懂，
你们当向夜莺诉说分明。”

牧森格日勒走到帐外，
站在枝叶杈桠的
紫檀树旁说道：
“究竟是为何事，
你发出如此叫声？
请下来将缘由讲明。”

八洲最美貌的仙女，
阿拉坦高娃，
从空中飘然而下。

“请问你因何事，
啼鸣如此悲凉?”

“我受阿必达[①]佛国
两千五百可汗差遣，
来此向您请示，
邀请达尼库尔勒，
光临我们领地，
我们期盼这份惊喜，
祈求你们的恩准。”
哈屯听后带着仙女，
来到红色宝塔跟前，
进入了府邸。

到了达赖可汗身旁，
牧森格日勒哈屯，
将事情原委细说分明。

达赖可汗说道：
“今秋达尼去那里，
恐不适宜。”

① 阿必达：佛教中，释迦牟尼的十六罗汉阿必达尊者。尊者双手持佛塔，坐于山石之上。根据西藏传说，当该尊者要到须弥山北面的罗刹（食人血肉的恶魔）居住地区弘扬佛法时，释迦牟尼赐给他一座小佛塔，此塔有镇伏罗刹之法力。

牧森格日勒回禀：
“因向三方领地神主祈求，
我们才喜得了贵子，
若不许他瞻仰神主领地，
那成何道理？”
于是达赖可汗，
向达尼库尔勒，
下达旨意：
“你去阿必达佛国，
瞻仰二千五百个
可汗领地，
然后火速返回这里。”

“扎！”儿子谨承父命，
遂对天国仙女允诺：
“明日早晨，
当朝阳升起，
我随你去瞻仰天国领地。

我用八十八昼夜，
飞速奔行，
能赶行八千年路程。”

“怎在正午时分赶到天国？”
天国仙女深感困惑。

“我自有办法如愿！”
达尼说完带仙女走到帐外，
来到枣红宝驹身边，
从马尾上揪下，
两根尾鬃毛绾了结扣，

放入自己鼻孔里边，
瞬间一匹鞴鞍粉红马出现在眼前，
粉红马抖擞身躯气度不凡。

达尼让仙女等到次日，
骑乘这匹宝马，
和他一同出发。

仙女骑乘着粉红宝驹，
马身迸发出狂暴力气，
仙女一刻也坐不稳身躯。

眼看仙女要摔下马背，
身体正向前栽下，
宝驹高大漂亮的颈骨，
将她身子拦住；
当身体后仰即将摔下，
宝驹翘起臀骨，
将她身躯托扶；
当仙女要向两侧甩出，
宝驹张开肋骨，
将她身子拦住。
宝驹飞速驰骋，
奔向仙女的天国。

次日早晨，
当太阳刚刚升起，
达尼库尔勒，
拿出了
火光闪闪的铠甲头盔、
男人使用的各种兵器。

各种武器配饰，
都已穿戴整齐，
达尼跃上枣红宝驹，
即刻启程，
向着阿必达天国，
两千五百位
可汗的领地，
疾驰而去。

去天国路途遥远，
常人骑马奔行，
需整整八千年，
而他中午时分便已到达，
骄阳在当空高悬。

天国的阿勒巴图，
纷纷前来接迎，
他们感到惊奇，
那日图领地上，
竟有如此美颜英雄！
他们都折服于，
达尼库尔勒的威武神勇。

所有仙女公主，
都不敢抬眼，
只从达尼膝盖以下部位，
将这位英雄打量观看。

这些仙女公主中，
八龙王可汗的
公主姑娘，

都古丽格·格日勒，
从嗓子射出阳光，
从臀部射出月光[①]。
达尼库尔勒，
一眼便相中这个貌美姑娘。

“公主姐姐们，
你们可安好？
恭祝你们幸福吉祥！”

他说完将枣红马缰绳，
挂上松柏紫檀树枝，
将偏缰绾了结扣，
这是即使跑动的男人，
也能解开的活扣。
只见他快步跑进，
八龙王宫殿。

所有仙女公主，
都感到异常惊奇，
达尼身材体魄如此完美，
我们怎没有如此福气！
仙女个个忧伤悲戚，
他身上每处皆非我辈所及！

所有仙女公主中，
唯都古丽格·格日勒，
敢仔细盯看，

---

① 从嗓子射出阳光，从臀部射出月光：这两句诗，和前文的“金胸银臀”的文化内涵一脉相承。见第23页页下注。

达尼库尔勒全身，
觉得他堪称，
盖世无双的英俊男神。

她将阿日扎、胡日扎，
白酒、奶酒，
满满摆放。
食品、水果，
应有尽有。
金杯、银杯中，
斟满美酒。

达尼库尔勒，
豪放不羁，
领头高唱宴歌，
人们尽情宴饮欢乐。

在此之后，
都古丽格·格日勒，
向达尼开口述说：
“达尼库尔勒，
你我二人，
沿着这片领地边缘，
向着阿爸、额吉二老，
快速赶赴那里。”
她说完走了出去。

她领上八个侍从，
骑上白鼻黑马，
摇摆着身子，
奔颠前行。

达尼库尔勒，
欲前往跟行，
可遭公主们一一阻拦，
达尼库尔勒的
枣红宝驹，
发出冰冷的嘶鸣：
“此刻一个女妖，
正要揪断
你坐骑的辔嚼，
想骑乘它窜逃，
你须将坐骑护好。”

达尼库尔勒听后，
为保护他的宝驹，
立即向外疾冲而去。

他整理戴牢坐骑嚼辔，
猛地拉住缰绳，
滚鞍跃上马背，
将男儿各种兵器，
佩挂在身，说道：
“众姐姐们啊，
你们比孔雀羽毛漂亮，
恭祝你们吉祥太平！”
他策马前行，
瞬间在尘雾中消失了身影。

都古丽格·格日勒说道：
“你若是真正好汉男儿，
就追赶上来！
一座白色高山的梁顶，

那里有个，
琥珀黄色包裹，
包裹上缠着三四十个
虫子一样的
黄色皮条扣结，
你把扣结一一解开，
将包裹里面看清。”

“言而无信的孬种，
不如摇摆不停的枯树枝[①]。
待找到包裹便知朝哪儿向你追去。”

达尼库尔勒顺着
都古丽格的行迹，
傍晚时分踏上回家路，
他在途中发现，
一个闪闪发光的东西，
拿起来仔细观看，
正是个琥珀黄色包裹，
包裹分明是邀我同行的
都古丽格·格日勒扔在这里。
他在马背上俯身抄起包裹，
继续向前奔去。

都古丽格·格日勒
却在山北的
十三片树林里，

① 言而无信的孬种，不如摇动不停的枯树枝：蒙古族谚语。其意与汉语中“人而无信，不知其可”大体相同。这里表示达尼库尔勒要完成都古丽格交给他的任务的决心，暂时分离后一定要回到都古丽格身边的许诺。

准备好十峰骆驼，
将酒肉驮载，
她此刻在静静恭候，
达尼向她追来。

“男人的幸福
是在荒野。
我们为您，
做了这样的准备。”
达尼库尔勒，
狂饮了三个昼夜，
对都古丽格·格日勒表白：
“我俩现在启程
立即赶赴你的家中。”

都格丽格·格日勒说道：
“我们的父汗，
为人非常厉害，
去我们那里需时三十个月。”

到了傍晚将黑时分，
达尼库尔勒，
便已到达，
都古丽格·格日勒家门附近。

八方领地父汗，
获知这一切，
便叫来两个
小象一样健壮的搏克手，
向他俩吩咐道：
“你们两人，

去迎接都古丽格·格日勒，
如果天下众多可汗，
也跟随达尼库尔勒来到这里，
你俩要把他们统统杀死，
再挥舞起
黑色大旗[①]，
让爱女都古丽格·格日勒，
骑乘白鼻黑驹回归故里。”

两个搏克手，
奔跑而来，
发现都古丽格·格日勒
洁白帐篷外，
一个巨大影子，
像山不是山，
像马似乎又不是，
走近看果真是一匹宝驹。

这样的马，
谁在哪里可曾遭遇？
它的主人，
究竟是谁？
该是怎样一个美男？
两个搏克手感到惊慌恐惧，
便慢步走上前去。

---

① 黑色大旗：蒙古语“黑、黑色”其中一个义项，就是凶猛、强悍。古代蒙古军队战旗的“黑色”，具有威武、勇敢的意思，以黑色象征不可战胜的战魂。元明戏曲中出现“云月皂雕”旗，当是指这种“黑色大旗”。参见拙文《关于元明戏曲中的两个蒙古语词》，载《内蒙古大学学报》（人社版）2000年第6期。

看到男人的各种武器，
他俩心中感到震惊：
这个英雄，
大弓的硬弦，
我可汗全领地，
没人能拉开，
我俩实难将它掌控。
他俩拿起大弓，
一一尝试，
都未能将它拉动。

我们的好汉达尼，
天下无敌，
是非凡英雄。
他得知俩搏克手到来，便说：
“二位请入帐中！”

达尼库尔勒的气势，
已将他俩震服，
二人依着左门框，
迟迟站立未敢进入。

都古丽格·格日勒说道：
“人不值得提及，
东西也没什么了不起，
只是英雄能力有些神奇。
你们回去向父汗告知。”

于是他俩向八方领地可汗，
一五一十，
将事情禀述。

都古丽格·格日勒，
将八十二根弦的雅托嘎[1]，
拿出来搭在手上，
峰峰骟驼，
匹匹骟马，
所有的人畜，
熙熙攘攘络绎而来。

八龙王可汗，
听到了琴声，说道：
“这是在拨动
都古丽格·格日勒的
八十二根琴弦，
弹琴者有着英雄血统。”

八龙王可汗，
对两个小象似的
搏克手吩咐道：
“奏响琴弦的人，
一定是位英雄，
那是一条怎样
出色的好汉？
你们去他那里，
给我看个究竟。”
说完便打发他俩启程。

① 八十二根弦的雅托嘎：问题在于，蒙古语hʊgʊr的一个义项是“胡琴”，又可泛指一般“琴（多种乐器）”。在中篇史诗《罕哈冉惠传》中可以看到，维兰·苏龙嘎奏响八十二根琴弦的乐器是“雅托嘎”，即类似中原地区“筝”的一种乐器。雅托嘎，似乎也应在我们的思考范围之内。参见赵文工译注《罕哈冉惠传》，第101页。

两个搏克手，
找到了都古丽格·格日勒，
将可汗所言，
向她一一述说。

都古丽格·格日勒说道：
“不是别人，
请告知父汗，
是我拨响了琴弦。”

达尼库尔勒，
迎上前说道：
“去向八龙王可汗，
如实禀述，
占领着那日图领地，
在诺木图·查干女神
领地出生的
达赖父汗，
如今已经
三百七十七岁。
母后是牧森格日勒哈屯。
我身为好汉，
今年已三岁①，
名叫达尼库尔勒，
奏响琴弦的正是我！”
说完便打发小象般的
两个博克手，

① 三岁：蒙古史诗描写英雄人物的常见手法。三岁，体现出英雄人物的特点是：朝气蓬勃、身强力壮、武艺高强，但涉世未深，在经验、智慧方面尚不够成熟。例如卫拉特史诗《三岁的英雄古那干》、鄂尔多斯史诗《三岁的俄列德特德可汗》等等。

打道回府。

两个搏克手，
将达尼库尔勒所说，
向八龙王可汗，
如实禀述。

八龙王可汗，
怒不可遏，
即刻变了容颜：
“既然来到
八龙王领地，
竟连匹二岁马驹
都舍不得奉献，
他竟有这样
小气不知耻的父汗！
如果他想活命，
快快滚蛋。
如果不顾性命，
就与我们较量一番，
战个天昏地暗！
对不守家规的都古丽格，
也如实传我训言。

身为可汗富家儿子，
身着九彩服饰，
处处受人青睐，
身为人主的独子，
快快回返他的家园！”
可汗对小象似的
两个博克手吩咐之后，

派他俩再传圣旨。

两个搏克手来到，
都古丽格·格日勒身边，
传八龙王可汗圣言：
“达尼库尔勒听命，
我八龙王可汗有旨，
你的父亲，
达赖可汗，
连一匹二岁马驹，
都舍不得奉献，
是个悭吝的
无赖可汗。
如果你想活命，
快快回返家园，
如果不顾性命，
就前来应战，
你我双方斗个天昏地暗！”

“身为阿必达佛国的
两千五百领地的汗主，
广受世人敬仰瞩目，
现在却成何体统？
父汗竟被这无耻可汗
骂得禽兽不如！”
达尼库尔勒怒不可遏，
一口应允，
要会会这位汗主，
与他拼个天昏地暗，
遂打发他俩向其汗主回复。

达尼库尔勒，
半夜时分想到，
对八龙王可汗，
不是还有话尚未说完？
他起身向外跑去，
都古丽格喊道："且慢！"
她拿出一条
南吉旺丹哈达，
将一块九宝方糖裹在里面，
递到达尼库尔勒面前。

达尼草草把哈达整饬，
快速跑到外面，
拿起男儿各种武器，
骑上细长黄马，
驰骋而去。

飞奔跑到
八龙王可汗领地，
达尼扶着帐门吼喊：
"你是否要和我，
杀个昏天黑地？
我要以割尽野草之势，
捣毁你汗权，
斩尽你手下万户臣民，
凭威武神勇抢走你的爱女，
都古丽格·格日勒。
叫你的高山倾倒，
叫你的河流枯干。
将你都古丽格·格日勒，
绑上马鞍带回故土。

快向你的男儿好汉呼喊，
将他们召集到你身边！”

他喊完骑马踏上归程，
八龙王可汗境内
片片湖泊波浪汹涌，
眼眼山泉不息喷涌，
个个山丘隆起，
座座山峦摇动！

达尼离开那里之时，
用力扯动
枣红宝驹的嚼绳，
马口铁将黄色
臼齿磕碰。
他扬鞭催马，
马鞭抽进，
马腿骨髓中。

他骑马飞快奔行，
蔚蓝天空震颤，
金色大地晃动，
相连的山峦合成一体，
八面大海咆哮翻腾。
八十二层金宝塔，
三种艳丽色彩融为一色，
挺拔高耸。

达赖汗得知爱子归来，惊呼：
“我的达尼库尔勒，
与何人动怒，

与何人纷争，
你如此快速归来，
坚硬大地被你马蹄踏裂，
座座高山晃动，
你遭遇了什么事情？”
可汗正困惑不解，
达尼库尔勒已冲进家中。

“我的达尼库尔勒，
遭遇了什么大事，
这么着急地赶回，
何以这么久才归来？”

“耽误太久才急着赶回。”

“遇到什么大事，
耽误了这多时日？”

“我向都古丽格索求，
七位圣师赐予她的
一点点宝物，
于是她将这份礼物，
赠送给我。”
达尼说完将九宝方糖、
金色的南吉旺丹哈达，
敬呈父汗。
可汗接过尝尝宝糖，
又将它们放置一边。

牧森格日勒额吉，
敞开柔软洁白的乳房，

给达尼库尔勒，
喂着奶水，
达尼库尔勒，
像柔软皮条倒在母亲怀里，
吸吮着母亲的乳汁，
像一丛红柳静静入睡。

发生在阿必达佛国的
两千五百方领土，
一幕神奇的故事，
就是这一章。

*　*　*

汗父，哈屯额吉，
进入了梦乡。

到了午夜时分，
达尼起身向帐外走去，
他滚鞍上马，
跑去找到四位兄长，说道：
“我的父汗，
在我七岁之前，
不准我婚娶，
可我想娶，
八龙王可汗之女，
都古丽格·格日勒为妻。

都古丽格的父汗，
咒骂父汗吝啬小气，
正是这黑心可汗，

骂我是父汗独生犬子，
怒斥我如想活命，
就滚回家乡离他远去，
如若不顾性命，
就去寻他，
他要与我，
战个昏天黑地！
他对我恶语相向，
恶毒攻击！
我来这里，
是向四兄长讨教主意！”

四位兄长说道：
“我们便去捣毁
八龙王汗权，
将他军队杀尽，
凭威武神勇，
将其爱女，
都古丽格抢占！”
四位英雄抓来
八十匹三岁骒马，
将其宰杀煮熟[①]，
分而食之。
为自己的四匹坐骑，

① 宰杀骒马：参照本部史诗后文可知，英雄宰杀俘获的敌人马群中的马充饥时，都应是选择不孕骒马。后面诗文中出现的就是宰杀“不孕骒马”。这种不杀母、幼牲畜、野兽的“生态”意识，古华夏民族中也是存在的。例如，《礼记·王制》在谈到天子诸侯田猎时说：“不麛，不卵，不杀胎，不殀夭。”不麛(mí)，不杀小鹿；不卵，是不掏飞禽巢中卵；不杀胎，指不杀怀胎母兽；不殀(yāo)夭，是不使正值生长期的动植物夭折。参见李学勤主编《十三经注疏》简体横排标点本《礼记正义》上册，北京大学出版社，1999年，第373页。

铺上鞍垫骣骑，
直向达尼库尔勒领地，
疾驰而去。

达尼库尔勒，
和四兄长回到家乡。
达赖可汗，
听到响动，
走出帐外谛听四方，
他听到众多英雄
发出阵阵声响。

可汗要唤醒
达尼库尔勒，
达尼此刻却不在家中，
这响声不是达尼发出，
分明来自
众多英雄。
可汗正惊奇不已，
突然听到达尼库尔勒，
发出的“咯咯”笑声。
“原来是我的达尼库尔勒，
他已广交了天下英雄！”
他坐下来把野火烧红。

四位英雄，
来到后下马，
走进汗帐说道：
“达赖可汗，
您现在已是
三百七十七岁年纪。

责令达尼库尔勒，
在七岁之前，
不能成亲娶妻，
可他执意要
娶八龙王之女，
都古丽格·格日勒为妻。

八龙王可汗，
咒骂达尼库尔勒，
说他的父汗，
吝啬小气，
是黑心悭吝可汗，
他要和达尼，
拼个昏天黑地，
欲将达尼库尔勒撵走。
此事该如何应对？”

“既然如此，
就应与八龙王可汗，
决一死战！”

“我的达尼库尔勒，
你是否已向他宣战？”

“约定七天后决斗！”
达尼向父汗述说，
临来时向对手的许诺。

“事已至此，
去将我战时骑乘的
细长黄马、

温顺黄马、
双耳不对称黄马、
健壮淡黄马、
拴系绸带[1]的淡黄马，
这五匹宝驹，
一一套来。”
“扎！”达尼库尔勒谨承父命。

达尼从马群中，
套抓住那五匹宝马，
鞴好了细长黄驹，
将其交给阿爸。

将那四匹宝驹，
嚼辔戴好，鞍具鞴上，
一匹匹，
交给四位兄长。

他们各自拿起，
男儿使用的
各种武器，
骑上各自宝驹，
鱼贯启程，
向着八龙王可汗领地，
驰骋而去。

走过一天的路程，

① 绸带：蒙古语称其为“色特尔”。在重大祭祀日将这种绸带拴系在马头、犬颈上，表示是祭天的牲畜，称为“归圣畜”。参见赛音吉日嘎拉编著、赵文工译《蒙古族祭祀》，第417—418页。

他们将坐骑拴系吊控，
枕着各自马鞍，
铺着鞍屉进入了梦境。

达尼库尔勒，
佯装睡去，
睁着双眼静静躺在那里。

几天几夜之后，
一只苍鹰飞来，
在他们上空，
盘旋飞翔几圈，
又朝来时方向回返。
达尼库尔勒暗自思忖：
飞来的苍鹰，
或许是八龙王可汗，
派遣的使臣？

他抽出
凝聚千斤力量的
象白色大弓，
抽出尖利钢箭，
搭上弓弦。
向前张弓，
弓弦被拉长半庹，
向后拉弦，
弓弦被拉长一庹，
箭尾的搭口，
冒出烟团，
钢箭射出的瞬间，
一道彩虹在箭杆上闪现。

只见那只苍鹰，
向远处飞去，
瞬间变得小如针眼，
达尼发出虔诚祈祷：
神奇的白色钢箭啊，
将苍鹰心肺射穿，
让它从八龙王可汗
家中的天窗，
摔落死去！

达尼愤愤咒骂，
只见凶悍的白色钢箭
射中的苍鹰，
从八龙王可汗
家中的天窗，
掉落下去。
八龙王的侍卫接住苍鹰，
将它的性命拯救保全。

“来了多少英雄，
来了几千士兵？”
“来了六位英雄，
他们赴约前来应战！”

此刻几个英雄议论：
“尊贵的达尼库尔勒，
我们从摇篮中孩童起，
到头发花白变老，
都要一直坚持英勇搏击，
直到马镫、镫环断裂，
也奋战不息。

要消灭干净
所有敌顽，
让高山倾倒，
让河水干涸，
要捣毁八龙王汗权，
凭威武神勇将其爱女
都古丽格·格日勒抢夺！”

八龙王可汗，
派七十五颗头颅的
大黑蟒古斯达尔罕，
率领百万大军，
大声叫嚣着围着
约定的宝日乌拉浑山①绕行，
之后便踏上征程。

八龙王派出八十个出色英雄，
率领八百万军队，
启程围堵占领，
八方花的原野。

达尼库尔勒正在酣睡，
枣红宝驹向主人开了腔：
“你所期盼的对手，
不正逼近你身旁？”

达尼库尔勒，
纵身跳起，

---

① 约定的宝日乌拉浑山：见第104页页下注。

快速给细长黄驹，
鞴起马鞍戴好辔嚼。
为亲爱的四位兄长，
将四匹坐骑备好。

达尼库尔勒，
向父汗禀求：
“异乡敌人，
率军来将我们围剿。
我的汗父，
如今年事已高。

您与其被敌兵战败，
不如骑乘细长黄马，
及早启程回返，
勿在此将坏名声留下。”

“亲爱的四位哥哥，
你们的四匹宝驹，
在战乱中，
应力避遭飞箭射击，
看来现在情势不妙，
应及时逃离，
勿将败名留在此地。”

“从北面十三片森林，
袭来百万大军，
四位兄长应向那里进攻，
将那里围堵占领；
从八方花的原野，
侵入八十万大军，

父汗应向那里进攻，
将那里围堵占领。

达尔罕大黑蟒古斯，
率领前锋百万大军，
已经到达，
约定的宝日乌拉浑山头，
让我去与他单打独斗。”

六位英雄，
穿戴好火光闪闪的
黑色铠甲头盔。

带有八十八条褶皱的
细长黑色钢刀，
已被展平，
八十八条褶皱中的
八大褶叠处，
也被展平。

整张牛皮制成的
黑色皮靴的靴腰，
将钢刀降温磨光。
黑色腰刀的套绳，
搭在六位英雄的
锁骨上面，
向下垂落。

他们骑乘着宝驹，
像离弦飞箭，
呼啸着向前驰骋。

他们向着各自
要进攻的敌军，
呼喊着猛冲，
马蹄下腾起七十层，
黑色尘雾，
翻滚升腾迷人眼睛。
他们向敌军冲去，
冲开了敌阵个个豁口，
撕开了敌阵道道裂缝。

被砍杀的敌军像被伐倒的树林，
像卧着的峰峰骆驼，
像被锯倒的棵棵树干，
像被竖立起的捆捆谷子。

一连十五昼夜，
不断劈砍，
一连二十五昼夜，
不停厮杀，
一连八十八昼夜，
不间断地扭打。

达尼将七十五颗头
达尔罕大黑蟒古斯，
率领的百万大军，
杀得片甲不留，
士兵、战马的尸骨，
像原野上碎石散落。
男儿、坐骑的
尸骨遍野，
血流成河。

达尼库尔勒，
思念着父汗，
思念着四位亲爱的长兄，
他们现在是怎样的处境？
他迅疾登上，
约定的宝日乌拉浑山峰。

他望到，
四位兄长骑乘的
四匹宝驹，
正拖着偏缰，
飞快奔向北方的家乡。

他不由想道：
“莫非我的四位兄长，
死于敌人魔掌？
我亲爱的父汗，
境况又该怎样？”

他手遮眼眶眺望远方，
见到父汗，
只将包围占领
八方花的原野的
敌方八十个英雄留了下来，
八十万士兵被杀得精光，
可父汗身躯已开始摇晃。

达尼高声喊道：
“我亲爱的父汗，
松开细长黄驹的
缰绳辔嚼，

策马迅跑!”

达赖可汗,
听到儿子的呼喊,
憋闷的胸口瞬间变得敞亮,
暗淡的前额顿时明亮发光。

他松开细长黄驹的辔嚼[①],
扬鞭策马奔跑,
坐骑腾起在,
八十个英雄上方,
飞也似的离开了沙场。

八十个彪悍英雄对准达赖汗,
拉开弓弦,
八十支白色钢箭,
一起射向前方
腾起的黑色雾团。
可除了细长黄驹尾尖鬃毛,
他们什么都没看见。
达赖可汗憋足力气,
终于冲进家乡地面。

达尼库尔勒又在琢磨:
“八龙王可汗的军队,
如果不能

---

① 松开辔嚼:蒙古草原上受过驯化的马,当主人身体受到伤害或遇到紧急情况无暇控制坐骑行进方向,或迷失道路时,将马辔嚼完全松开,只需扬鞭策马或干脆不用鞭击打,坐骑就能领悟主人的状况和意图,准确无误地辨明方向,将主人安全送回原住地。

断其后代，
灭其根基，
必会砍下我的锁骨，
砍断我的拇指，
我将招致大错。”

他咬紧臼齿，
扬鞭抽打，
枣红宝马，
他发出吼声，
如一千五百条巨龙咆哮，
他冲向八十个彪悍英雄，
冲向长着七十五头颅
大黑蟒古斯的
残兵败将，
将他们斩尽杀绝。
敌军肉、骨、血已干枯，
又化成了粉屑。

此刻一只黑鹰飞来，
展开双翼飞行时，
大如龙王可汗毡帐帐顶，
收翅俯冲时小如顶针。
黑鹰在高空盘旋三圈，
蟒古斯军队，
即刻比过去
增加了三成。

达尼库尔勒，
凝神思忖：
“这只黑鹰，

正是个孽种！”
于是他将沉甸甸的钢刀，
搭放在右锁骨上，
使出男儿九十九种神奇法术，
唤来一阵
千载难逢的
阴冷黑色暴风，
下起巨石般坚硬雹冰。
黑色尘雾，
层层翻滚，
他又发出
一千五百条
巨龙般的怒吼声。

敌军所有的士兵，
在达尼库尔勒的
怒吼声中，
魂飞胆丧，
相互残杀离析分崩。

达尼将个个敌人劈砍，
从黑色尘雾中间，
敌军四散逃离，
一个个被英雄碎尸数段。

达尼库尔勒，
就像砍伐北山的
松树柏树，
将敌兵一个个砍倒。

在十三片树林中，

在八方花的原野上，
在约定的宝日陶拉盖山头[①]，
一月接着一月，
不分黑夜白昼，
转着圈劈砍敌兵，
一丝空隙不留。

敌兵将被砍杀净尽之时，
那张开双翼飞翔，
大如龙王可汗帐顶，
收缩双翅俯冲，
小如顶针的黑鹰，
仿佛从死亡中苏醒呼啸飞来，
莫非它身具魔法能起死回生？

达尼将凝聚千斤力量的
白色大弓，
拉满了弦，
强劲的白色钢箭，

---

① 约定的宝日陶拉盖山头：有时也写作“约定的宝日乌拉浑山头”（见第96页页下注）。这是蒙古史诗中习见的古老母题，中篇以上的蒙古英雄史诗中几乎都会出现。其中“约定”一词，如出自双方之口，则非常容易解释，蒙古族先民存在过的双方共同见面的地方（见《蒙古秘史》108节）。而出自一方之口则令人费解，因为这个“约定”无从说起。在其他蒙古史诗中我们常看到，这个“约定”的山头是萨满或得到萨满指点委派的凡人或英雄的坐骑登上此山头，便能使英雄悟得天意。例如，史诗《罕哈冉惠传》中，凡人牧牛老头受女萨满陶丽·高娃差遣，登上了“约定的陶拉盖山头”后，望到火堆，找到了英雄哈冉惠，向他传达了陶丽·高娃的重要口信。本史诗此处，登上“约定的宝日陶拉盖山头”的是达尼库尔勒，前面曾有交待，达尼库尔勒是不同于凡夫俗子的“真人”，他能“悟得天意”。那么“约定”一词就呈现出“双方”的意思，即天与人，此词似带有浓厚的宗教色彩。关于此问题，可参见拙文《蒙古英雄史诗〈罕哈冉惠传〉中母体研究举隅》，载《中央民族大学学报》（哲社版）2009年第4期。

向狡黠的黑鹰射去，
箭杆上冒出一股白烟。

那只黑鹰，
嘴和下巴被钢箭击破，
腰肢也被击穿，
翅膀羽毛在空中散落，
群龙无首的
众多敌军将领士兵，
或四散逃亡或被掳获。

达尼库尔勒，
使出男儿九种法术，
带上男儿各种武器，
用力挥鞭抽打，
他的坐骑，
枣红宝驹，
奔跑速度倍增，
达尼库尔勒，
迅速恢复了体力。

上午把敌兵，
烧成灰烬，
到了晚上又把敌人
杀了个精光，
腾起的两层尘雾，
飘离散净。
达尼登上了
约定的宝日乌拉浑山顶。

达尼手遮眼眶眺望，

只见八龙王可汗，
强壮如小象的
八十万士兵，
正向那日拉格草原，
铺天盖地进犯围攻。

达尼库尔勒，
怒吼着冲上前去，
左右劈砍着周围敌兵，
对八龙王可汗怒吼：
“你方与我厮杀的士兵，
没有与我匹配的搏克英雄！”
八龙王听后，
吓得胆战心惊。

达尼库尔勒吼道：
“你这夸下海口的
可恶可汗，
我要让你高山坍塌，
我要让你河水枯干，
要捣毁你的汗权，
将你士兵斩尽杀完，
我要凭威猛神勇，
将你的爱女
都古丽格·格日勒抢占。

从此以后在我眼中，
你只是一只小蝉，
你胆敢和我要一点心眼，
我就把你捏得薄如纸张，
让你碎成一块块冰糖，

叫你命归西天!”

他来到了
都古丽格·格日勒门前,喊道:
“都古丽格·格日勒,
快快出来见我!”

甩着红绸衣袖,
都古丽格走出毡帐。
达尼库尔勒将她
从肩上揪起驮上马背,
挥鞭奔向北方的家乡。

达尼库尔勒,
来到父汗门前高喊:
“我的父汗,
哈屯额吉!
你们快快出来!”
宫帐中却悄无声息。
“我的阿爸额吉,
莫非他们已经死去?
都古丽格·格日勒,
快进帐中看个仔细!”

都古丽格走进帐中,
只见达赖可汗、
牧森格日勒哈屯,
正围转着灶火,
玩耍嬉戏。
莫非人上年纪就是这样?
于是她将三颗金药丸,

在水里搅拌让二老服下，
二老顿时恢复了
健康的体魄神气。

达尼库尔勒，
卸下了枣红马的
辔嚼、马鞍。
透过攀胸压痕，
宝驹五脏六腑呈现，
透过后鞧压痕，
密密马骨突显。
透过肚带勒痕，
空空马肠清晰可见。

都古丽格·格日勒说道，
清澈的泉水、新鲜的牧草，
能使坐骑迅速恢复体膘，
于是立即将枣红马放跑。

枣红宝驹意识到，
自己已回到家乡，
它想恢复浑身体能，
便将身心全然放松，
它挺起红色前胸，
冲上杭盖青翠的山顶，
发出声声嘶鸣。

此刻，
拖着蒙古包大的乳房，
身躯高大如山的
铁青骒马，

发现孩子已返回故土，
枣红宝驹，
在骑马需行一天的远处，
站下来吸吮母亲的乳头。

达尼库尔勒，
跑进宫帐，
看到二老双亲，
又恢复成
原先模样，
便向他们问安，
恭颂吉祥。

阿爸、额吉，
搂住爱子
坚实健美的脖颈，
他们紧紧拥抱，
消除了心中的怨恨苦痛。

父母祝福着爱子：
“亲爱的达尼库尔勒，
你是不是已战胜顽敌？
心上人都古丽格·格日勒，
你是否已将她带回故里？”

父汗，
哈屯额吉，
将两个孩儿揽入怀中，
将他俩脸颊，
亲吻不停。

都古丽格·格日勒，
点燃了紫檀树枝，
火苗噼啪作响，
酽红的茶水已煮沸，
浓浓香气飘逸，
茶水倒进紫檀木壶，
木壶顶着松木色盖子。

味道佳美的
水果食物一应俱全，
放进了马倌的
带斑点的皮盘。

所有阿勒巴图，
被召集在一起，
他们按礼仪敬承汗命，
将盛大那达慕筹备。

准备好所用建材，
操九种语言的能工巧手，
准备为达尼库尔勒，
将大白宫帐建造。

四十五根
紫檀哈那，
四千根檀木的
殿顶椽子，
圆形檀木天窗，
镶玉紫檀殿门，
纯银殿壁，
黄金殿顶，

红铜铸成的边线，
装饰着殿顶，
白银拧成的箍绳，
黄金混杂其中，
殿下方没有木质立柱，
殿上方没有箍绳。

海螺白色宫帐，
建造在一片高地，
坐落在一片美丽宽阔
湿地的中央，
位于山下一片
平整幽美的湿润土地上，
掩映在一片
青翠的树荫中。

宫帐凝聚着各种美好，
宫帐摒弃了所有邪恶，
洁白宫帐好似圆形瓶，
被装饰得无比漂亮，
被建造得富丽阔绰。

达赖可汗，
让达尼库尔勒和都古丽格，
在选择好的日子，
在吉祥的时候，
合适的时辰，
抓起羊的踝骨、肱骨[①]，

① 抓着羊踝骨、肱骨：这是卫拉特蒙古族婚礼礼俗。在婚礼上，新郎、新娘同握一根羊胫骨，每人手抓羊踝骨，叩拜太阳（后文有叩拜太阳的情（转下页）

宫廷开始操办，
盛大喜宴，
庆贺爱子达尼库尔勒
和都古丽格·格日勒的到来，
为他俩许定终身祝福。

阿日扎、胡日扎，
白酒、奶酒一应俱全，
桌上摆满各种食品，
人们在达尼库尔勒的
海螺白色毡帐举杯畅饮。

众多漂亮的哈屯，
在金杯、银杯中，
将阿日扎、胡日扎，
白酒、奶酒，
斟得满溢，
那十三首
动听宴歌，
伴随着优美乐曲，
纵情唱起。
人们频频，
将白酒、果酒举起。
幸福相爱的夫妻二人，
在盛大喜宴中沉醉。

此刻达尼库尔勒却纠结不已，

（接上页）节），以求多子多福，人丁兴旺。参见德·塔雅《〈江格尔〉中“手握羊胫骨叩拜初升太阳”仪式母题》，载《内蒙古大学学报》（蒙古文哲社版）1995年第1期。

内心充满忧郁。

达赖父汗问道：
“亲爱的达尼库尔勒，
福气你已尽享，
可你为何如此忧伤？”

“我已享尽富贵荣华，
可死去的四位哥哥，
怎样才能让他们起死复活？”

父汗听后立即下达旨意：
“亲爱的达尼库尔勒，
将阿爸的细长黄马，
将你的枣红宝马，
这两匹宝驹，
连同八千匹白黄马，
火速赶到这里。”

“扎！”达尼谨承父命，
将黑绸缎前襟，
掖进粗壮的腰胯，
带上黑色套绳、
银质辔嚼，
跑到辽阔的杭盖，
登上青翠的山顶。

从八方马群里，
达尼套住了
细长黄驹、
枣红宝马，

套住了八千匹
黄白驹，
将匹匹马儿鬃尾相连，
他骑乘着
枣红爱驹奔驰，
将八千匹
黄白马群驱赶，
牵着链在镫边的细长黄驹，
飞速向父汗宫府回返。

他给父汗的
细长黄驹，
鞴上宽如杭盖的马鞍，
又给自己
枣红爱驹，
鞴上宽如杭盖的马鞍，
飞也似的奔跑，
来到父汗跟前。

父汗将八千条
金色南吉旺丹哈达[①]，
揣进怀里，
品尝了白酒、果酒，
品尝了佳肴、水果，说道：
“你我一同赶赴八龙王领地，
让你的四位哥哥起死复活！”

---

① 金色南吉旺丹哈达：现实中的哈达，只有白色、蓝色，而“金色”属于文学描写，极言其高雅、珍贵。有似《西游记》孙悟空的“紧箍”，在诗歌中曾为押韵，将“紧”换作“金”，也属于这种文学手法。

达尼库尔勒，
跟随着父汗，
驱赶着八千匹
黄白马群，
策马启程，
奔向八龙王可汗领地。

父子俩径直奔来，
八龙王可汗已感知，
达尼库尔勒，
来到了自己领地。

他向小象般两个搏克手[①]，
发出命令：
“快去迎接两位英雄！”

两位搏克手，
为达赖可汗、
达尼库尔勒接驾，
扶父子二人下马。

父子俩面见八龙王可汗，
八龙王可汗，
向达赖可汗叩拜问候，
达尼库尔勒，
向八龙王可汗恭请福寿。

二位可汗同坐闲聊，

---

① 搏克手：搏克，是蒙古式摔跤的意思。“搏克”一词在20世纪80年代，被我国官方规定为蒙古语音译词进入汉语。

八龙王可汗，
讲述着我怎样了，
询问着你怎样了，
他呆头呆脑说漏了嘴，
说自己口出恶言，
惹怒达尼库尔勒，
因此闯下祸端。

达赖可汗说道：
“亲爱的可汗，
达尼库尔勒，
领回了您的爱女
都古丽格·格日勒，
于是乎，
我把儿子带到贵府。”
说着奉上南吉旺丹哈达，
献上八千两
灿灿黄金。

“除此之外，
还有八千匹黄白马，
向可汗奉献。”

八龙王可汗，
恭敬地接受了礼物，
达赖可汗说道：
“祈求让达尼的四位哥哥，
快快起死复活！”

八方领地可汗，
用力拧开，

箱子的大锁，
从箱中拿出
一碗白色神药，说道：
“快去救活，
达尼的四位哥哥！”

达赖可汗，
为感谢八龙王可汗，
将酿造十年的阿日扎、
酿造二十年的胡日扎，
在瓷碗里斟满。
向可汗、哈屯，
向在场所有人，
一一敬献。

四位英雄，
已散落的骨骼，
按原位安放，
散落的毛发，
按原位摆放。
可汗授予的神奇药水，
三滴三滴落在骨骼、毛发上面，
四位英雄即刻站起身来，
恢复了原来的模样。

达尼库尔勒和四位哥哥，
声如虎啸，
述说着怨恨、牢骚，
大口吞食羯绵羊肉，
狂饮阿日扎、胡日扎，
八方领地的

一位位父老，
不久便醉得纷纷跌倒，
人们横七竖八地倒卧。

达赖可汗说道：
“达尼库尔勒，
你从八千匹
黄马当中，
为你四位哥哥，
每人套来一匹坐骑，
再放开其余马匹。”

达尼库尔勒冲进马群，
套抓了四匹出色坐骑，
为四位哥哥鞴好马鞍，
又驱散开其他马匹。

达尼库尔勒回帐中说道：
“四位哥哥,坐骑已鞴好。”
“扎!”四兄长走出去，
滚鞍上马挥鞭启程，
与达尼一起向故乡驰骋。

他们在马桩上拴牢坐骑，
到达赖可汗的
金色宝塔入住，
达尼库尔勒为四位兄长，
起死复活，
举行盛宴，
尽享欢乐幸福。

喜宴即将结束,
达尼库尔勒说道:
“我从母亲体内离开,
至今已整整七载,
但从没有
安稳睡过一夜,
因此我要
一连十五昼夜,
睡个痛痛快快。

父汗,
哈屯额吉,
我的四位兄长啊,
八方领地可汗,
有可能再来这里,
将八群马赶走,
我那两匹坐骑,
万不能落入他们手里!”
达尼把坐骑缰绳递给四兄长,
兄长将缰绳在腰带上拴系。

达尼走进螺白色宫帐,
在床上摆好
黑绸缎面枕头,
将都古丽格·格日勒,
搂入怀中酣睡,
他身体像伸展的皮条,
他皮肤像绯红的红柳[①]。

---

① 皮条、红柳:蒙古史诗中经常出现的描写人物外貌、体态的词汇。皮条,是形容人的身体放松、柔软,像用奶子熟制过的牛皮切割成的条子(转下页)

正睡至午夜时分，
在距离骑马行三个月的
遥远地方，
在青山坡杭盖北面，
一棵紫檀树，
被枣红马一条腿撞断。
达尼库尔勒，
猛地从噩梦中惊醒，
快速跑到帐外，
发现他的两匹坐骑，
贼人已将其盗抢逃窜。

“我的四位哥哥，
我酣睡之时，
你们答应要看护好的
两匹坐骑去向哪边？”
达尼库尔勒说完，
抄起粗大黑弓、白色钢箭，
将黑缎子前襟，
掖进粗壮腰胯的腰带，
抄起了黑色马鞭。

站在蔚蓝色杭盖的山梁，
达尼手遮眼眶眺望，
侧耳细听远方，
他听到了
在需行九个月的远方，
铁青马群

（接上页）似的。红柳，是生长在沙漠中的灌木，生命力顽强，颜色绯红。这种描写带有较明显的民俗、地域特色。

奔跑的声响。

这是怎样一条黑狗，
心肠狠毒，
性情凶残，
赶走了我马群，
可偷去的马群他不专心驱撵，
一心将我的枣红宝驹追赶？

达尼越过道道山梁，
踩踏着狭窄山脊，
寻着马群的踪迹，
步行追赶不已。

他追行整整一夜，
到了次日清晨，
朝阳升起时分，
行了骑马需行十月的路程，
终于撵上铁青马群。

中午炎热难耐时将会怎样，
自己的身体怎吃得消？
顶着正午灼热的骄阳，
我又将会怎样？
达尼正痴痴地想，
突见一片马蹄腾起的尘埃，
翻滚上扬，
他立马穿上七十层铠甲戎装。

他冲入，
腾腾升起的烟尘，

又从烟雾中冲出，
到了雾团前面。
将白色钢箭，
搭上黑色大弓，
卧倒在地拉开弓弦。

一个黑红脸膛英雄，
正骑乘着父汗的
细长黄驹，
赶着一股子马匹，
从马群中冲了出来。
达尼库尔勒，
将锋利白箭搭上弓弦射出，
细长黄驹知晓主人用意，
于是连一根尾鬃，
也没有留下，
匆忙逃离。

在此之后，
那个棕红脸英雄，
骑乘着父汗
战时骑乘的
粗壮淡黄色
白鼻坐骑，
驱赶着一股子铁青马，
奔跑离去。

达尼跑到前面，
将一支白箭，
搭上黑弓，
射向那棕红脸英雄，

钢箭射断他臀骨、胸骨，
让他当场毙命。

达尼套住
粗壮淡黄色的
白鼻坐骑，
骑乘着它返回时，
看到三个黑红脸膛汉子，
正骑着父汗三匹坐骑奔行：
它们是戴彩绸祭天黄马、
性情温顺黄马、
双耳不对称的黄马。

达尼将三个英雄，
一个接一个砍倒在地，
又夺回了
三匹宝驹。

一个黄脸膛英雄，
头系绸带，牙齿洁白，
一头长发飘散。
他一个肩膀，
挡住了月光，
他另一个肩膀，
遮住了阳光，
他骑乘着枣红马，
拼命逃向远方。

达尼库尔勒，
将八群铁青马群，
归拢到一起，

赶回了家乡。
在八片白海子岸边，
将马群饮足后散放在草滩。

白天牧放，
黑夜守护，
寝食难安。
一连七十昼夜，
在八方领地，
将马群死死盯看，
达尼已饥饿困顿不堪。

他牵着温顺黄马、
两耳不对称黄马、
戴彩绸的祭天黄马，
骑乘着粗壮的
白鼻淡黄宝驹，
回到家里。

拜见父汗时说道：
“父汗、额吉、四兄长，
你们都安好无恙？”
然后将经历的事情，
向他们一一言讲。

“美味菜肴、水果，
肉食、白酒、奶酒，
此刻已吃饱喝足，
父汗、哈屯额吉、兄长，
我要大睡，
十天十宿。

亲人们啊，
切不要因贪睡，
再让我的坐骑丢失。”
他说完将坐骑缰绳，
一一递到亲人手中，
把缰绳别进亲人的腰带。

达尼库尔勒，
走进螺白色毡帐，
在床上摆好
黑缎面枕头，
搂着都古丽格·格日勒，
身体像伸展的皮条，
昏昏入睡，
他的脸膛红得像一丛红柳。

午夜时分，
达尼在酣睡时听到，
在骑马需行四月的远方，
在被松柏覆盖的
凸起的杭盖北面，
在一座高坡上，
传来一棵白檀树
被枣红马的
蹄子碰断的声响，
达尼库尔勒从梦中惊醒，
他起身冲出毡帐。

得知那四匹坐骑，
都被盗贼盗走，
达尼库尔勒惊呼：

“四匹宝驹去了何处？
它们刚刚还在这里！”
四位哥哥
面面相觑，说道：
“四匹马刚刚还在。”

“你们答应一夜不睡，
看护我的坐骑，
可它们此刻去了哪里？”
达尼将袍子前襟，
掖进腰带，接着讲起：
“前段日子，
我从八方领地可汗那里，
赶着马群，
从骑马需行九个月
遥远的地方出发，
足足行走了
骑马需行十个月的
遥远距离，
累得骨架散落，精疲力竭，
恐追不上被盗的马匹！”

可他说完，还是抄起
强劲粗壮的黑弓、
飞快锋利的白箭，
将它们佩带在身，
将暴戾黑鞭抓在手上，
策马冲向青翠的杭盖，
登上山顶，手遮眼眶眺望，
谛听着四方声响。

他听到了，
八龙王可汗驱赶着
八群铁青马，
已经走到
骑马需行十个月
遥远的地方，
他听到了，
马蹄奔跑的声响。

“他为什么
不专心驱赶马群，
一心追撵我的枣红宝驹，
这究竟为了哪般？
他为什么，
无心驱赶马群，
一心追撵我枣红宝驹，
他究竟有什么目的？”
达尼步行，
冲过座座山头，
踏过道道山岭，
整夜整夜不停赶路，
整日整日行走不停。

天黑时分，
他来到骑马需行
十一个月的地方，
他手遮眼眶眺望，
发现被盗马群就在前方。

达尼钻进腾起的尘埃，
将尘埃变成铠甲戎装，

他又化作一顶针大的黑影，
飞快跑在马群前方，
卧倒将白色钢箭，
搭放在粗大黑弓的弦上。

一黑红脸膛英雄，
骑着父汗的细长黄驹，
正驱赶着
铁青马群，
飞快逃去。

弓弦向前
被拉长了半庹，
弓弦向后
被拉长了半庹，
钢箭飞出，
可达尼库尔勒的钢箭，
没射中那英雄的一根毫毛。

又一个黑红脸膛的英雄，
骑乘着父汗战时所骑的
祭天淡黄驹，
正驱赶着
铁青马群，
疾奔而去。

又一支白色钢箭，
向黑红脸膛英雄飞射，
击断了他的臀骨、胸骨，
黑红脸英雄从马背跌落。

达尼套住了
戴彩绸的祭天淡黄马，
返回原地，
将骑乘着温顺黄马、
两耳不对称的黄马、
粗壮的白鼻淡黄马的
三位出色的英雄
一一射落马下。

骑乘着枣红马的
黄脸膛英雄，
又和上次一样，
已消失得无影无踪。

达尼库尔勒，
驱赶着八群铁青马，
行至午夜时分，
便来到
阿尔珊[①]八面海子附近，
在海子岸边，
将马群饮足散放在草滩。

他又来到
海子岸边草滩，
夜以继日，
一连七八十个夜昼，
废寝忘食，
将马群牧放看管。

① 阿尔珊：海子的名称，关于阿尔珊的意思，见第164页页下注。

粗壮的白鼻淡黄马，
温顺的黄马，
两耳不对称的黄马，
达尼牵着这三匹坐骑，
返回家里。
拜见父汗，
请安施礼，
向父汗一一讲述，
这段时日的经历。

各色各样的水果、佳肴，
阿日扎、胡日扎，
白酒、奶酒，
已经吃饱喝足，
达尼向父汗禀述：
“从母腹中降生后，
我至今尚未
大睡过一宿，
特向父汗、
哈屯额吉、
四位兄长禀求，
我的四匹坐骑，
你们要好好守护
十五个昼夜。”
他说完将缰绳递给他们，
四兄长把缰绳别进腰带，
达尼倒头昏昏睡去。

正睡至午夜时分，
突然传来

亚西拉·额尔顿大树[①]，
折断倒下的声音。

达尼库尔勒从梦中惊醒，
匆忙跑到外面，
发现贼人割断缰绳，
盗走他四匹坐骑，
达尼惊呼:“我的四匹坐骑，
去了哪里?”
他们答道:“刚才还在这里!”

“我的汗父，
哈屯额吉，
我是你们的爱子啊，
我的四位兄长，
你们是否只等着领取奖赏?
请你们好自为之!
八方领地可汗的属地，
我是怎样穿越过去?
我曾经两次
赶着马群，
从那里冲出，
现在力竭精疲，
虽无力拼杀，
也要速去与敌人搏击!”

---

① 亚西拉·额尔顿大树:世界许多地方都有某种古树被视为当地传统文化中神树的情况。蒙古地区同样如此，例如，阿拉善地区的胡杨、阜新地区的古柳等等。此部史诗描写中，汗廷周围生长的是各种各样的檀树，这可能是随佛教传入蒙古地区的外来文化。亚西拉·额尔顿檀树，好像是虚拟环境中的一株神树，梦到这株神树倒掉，是一种不祥征兆。待考。

他抄起男人的
各种武器，
一把将粗大黑鞭，
抄在手上，
步行来到，
高山上的
一片杭盖，
登上青翠山梁，
将十面八方细心瞭望。

达尼库尔勒，
清晰地听到，
骑马需行十三个月
遥远的地方，
传来八群铁青马，
遭驱赶奔跑的声响。

“我以前虽是
步行追赶，
也终将马群撵上，
此刻面对的马群，
距离遥远，
再无力追上。”

达尼浑身突生神奇，
立在原地不动，
他摇身变成一只
羽毛带黑纹的雄鹰。

雄鹰追寻着
嘶鸣的马群，

不停飞翔，
撵上超过马群后，
整整七昼夜过去，
他来到了一个陌生地方。

他埋伏等待，
在白色大弓上，
搭上白色的锋利钢箭，
向前张弓，
拉长一庹，
向后拉弦，
拉长一庹半。

在漆黑夜里，
一路斩杀所遇敌兵，
突然看到，
一黑红脸膛英雄，
正骑乘着父汗的
细长黄驹，
驱赶着一群
铁青马，
疾驰而去。

达尼库尔勒冲进马群，
迎面朝着
黑红脸膛英雄，
将钢箭射出，
击中了他扁平的白色胸脯，
黑红脸英雄即刻从马背跌落。

达尼套住了，

细长黄驹，
疾驰向前，
一把抽出，
沉重的黑色钢刀，
抹平了刀上
八十八个细小褶皱，
展平了刀上
八个粗大折叠处，
将钢刀放上
右面锁骨，
把骑乘父汗四匹坐骑的
四条汉子，
一个接一个，
相继砍倒。

达尼库尔勒，
正在砍杀敌兵，
一个黄脸大汉，
出现在他眼前，
他正骑着自己的
枣红宝马，
拉开了青色钢箭。

达尼库尔勒看到
对手的箭镞，
迸发出火星，
弓柄冒出烟团，
闪出一道彩虹。

于是达尼想到，
我和他都持有弓箭！

于是他将身子一闪，
绕过云雾缭绕的山峦，
抽出了大象般的巨大白弓，
将锋利钢箭搭上弓弦。

达尼用力将弓弦拉紧，
他的头颅下颚仿佛变小，
弓柄上雕刻的盘羊、岩羊，
像相向奔跑冲顶。
弓弦飘出煳焦气味，
仿佛听到铁水沸腾。

他的钢箭，
射向方箱状
黑山山坡前，
英雄雄狮般
白色的前胸。

那位英雄，
雄狮般的前胸，
被达尼的利箭猛烈击中，
此刻如同苍天的闪电，
射中黑山，
闪电回落之时，
只见两团火灰，
坠落到
黑色的山峰。

那位英雄，
遭到达尼的白色钢箭，
猛烈射击，

却仍伸着胳膊迈开双腿，
从容离去。

达尼库尔勒眼看着，
却没能拉住
这家伙的大腿。
想折断他的弓却无从下手，
因为男人的灵魂在弓里，
想折断他的箭却无从下手，
因为男人的灵魂在箭里[①]。

他拉开黄脸汉的大弓，
用拇指食指，
将箭射了出去。

那支飞箭，
击穿了黄脸大汉
像山头般坚硬的脑袋，
钢箭继续向前飞行，
射穿黑色高山顶峰，
钢箭继续向前飞行，
达尼看到，
在退木尔[②]荒原
熊熊大火，
燃成一片。

达尼库尔勒，

---

① 见第147页页下注。

② 退木尔：蒙古语译音，意思是野火、荒火。在蒙古史诗中，这种地方是英雄战胜并杀死敌人后，焚烧敌人尸体的地方。

把黄脸大汉，
驮在枣红马背上面，
牵着枣红马，
登上连鹞鹰
也飞不上去的山巅。

达尼给黄脸汉的坐骑，
松开肚带，
卸下鞍鞯，
换乘了自己的枣红宝驹。
那位黄脸英雄
杭盖大的马鞍上
长长的套绳，
被达尼一把抄起，
又用套绳把这位英雄的
膝盖下面牢牢捆系。

达尼掏出玉嘴烟袋，
装进青色烟叶，
击打锋利的黄色火镰，
燃起桦木屑，
坐着抽起烟来，
烟锅冒出一缕缕青烟。

突然间，
达尼看到黄脸大汉，
渐渐苏醒。
黄脸英雄看到，
捆绑自己的套绳。

看到眼前坐着一个

黑红脸膛英雄，
身躯高如山峰，
黄脸大汉吃了一惊，
挣扎着要重新站起，
挣断了捆绑他的层层套绳。

达尼库尔勒向他说道：
“看你这只丧家狗，
自小偷吃别人奶水游走。
你的前身，
已被狂风吹得枯朽，
你的后背，
饱经风吹日晒，
你这个黄脸傻汉子，
究竟为何，
将我的马群，
盗抢赶走！

你家的辽阔土地，
是在哪里？
请问你大名，
请问你尊姓？
你去找谁，
有何贵干？
你的远大目标，
究竟是什么？
快向我一一讲明。”

“我没有教我说话的阿爸，
也没有额吉，
为我缝补衣衫，

我凭空降生人间，
我的名字，
叫扎那贝坦。

是八方领地可汗，
把我养育，
我年已七岁，
父汗嘱我征讨达尼库尔勒。

我向他询问了你俩间的
情仇恩怨，
思虑再三，
三次盗走，
悭吝达赖可汗的
强悍儿子
达尼库尔勒的马群，
这就是事情的根源。

你就是一头
四岁暴虐牤牛；
你就是一头
三岁暴虐公牛。
你像一只饥饿鹰雕，
像个傻瓜饿昏了头。
你究竟是谁?
我俩年纪尚小，
仿佛刚刚升起的太阳，
你我不妨比试下各自身手！”

“你要寻找的
达尼库尔勒就是我，

我答应你的请求。
我俩不要比试，
男人的武器，
先来比比，
各自锁骨、肩头、
拇指、食指的
功夫力气。”

他俩说完离开各自退行
骑马需行一个月的路程。

达尼库尔勒，
将成万张
生牛脊背皮，
拼接缝制的跤裤，
套上又粗又白的大腿，
又将跤裤拉紧叠拽，
跤裤大腿间的缝隙，
连蚊子也伸不进嘴。

牢牢系上，
用各种颜色丝线、
密密银线，
编织缝纳出的腰带。
将腰带打上死结。
腰带的死扣结，
即使花一生时间，
也难以将它解开。

二岁驼头大的
闪亮的银耳坠，

从又红又圆的脸上，
摘了下来。

骟驼鬃毛般长的头发，
被揪起梳拢成的
七十八撮毛毽般发髻，
像两盆祭火，
敖包似的
在头上耸立。

扎那贝坦，
在青色小腿上，
在又白又粗的大腿上，
套上踥裤，
又将踥裤拉紧叠拽，
踥裤大腿间的缝隙，
连蚊子也伸不进嘴。

牢牢系上，
用各色丝线、密密铁线，
缝纳编织的腰带，
打上了死结。
腰带的死扣结，
即使花一生时间，
也难以将它解开。

二岁驼头大的
闪亮的银耳坠，
从又红又圆的脸上，
摘了下来。

骆驼额鬃般金发，
像鹞鹰两只翅膀，
沿着双耳，
向下垂落。

两位英雄像顶架犴牛，
开始摔跤较量。
他俩像鹞鹰似的，
跳跃旋转，
地面像沙丘似的，
被踩得片片塌陷。
他俩像两只大鸨，
嬉戏耍玩；
如仙鹤一般
浑身闪亮；
像高大树木，
茂盛参天；
如形状各异的花朵，
随风摇曳,色泽光鲜。

苍天一道闪电，
落上黑色山峰。
轰隆轰隆，
响起雷声。
上空一道闪电，
落上白色山峰，
咔嚓咔嚓
发出巨大声响。
英雄相互将对手举起，
相互把对手抛扔。

大地震动，
一切生灵，
仿佛面临，
灭顶灾难。
天上飞禽，
仿佛将失去飞行空间，
地上走兽，
好像无处栖息。

草原大地，
被踏出大坑；
片片山地，
露出荒凉的红色山头；
片片草场，
变成沼泽泥泞不堪；
草原大地，
座座山峦坍塌；
江河湖海，
肆意泛滥。

达尼库尔勒，
此刻浑身顿生
雄狮般的力量，
他扭动强悍有力的胯骨，
发出吼声，
像草滩万峰骆驼，
发出嗥叫声，
扎那贝坦被远远甩出。

扎那贝坦的身体，
将八十个小山口，

死死堵住，
将八座大山口，
牢牢封堵，
压得地面，
向下深陷，
足足八十尺多。

在扎那山丘般的
两块胸肌中间，
达尼跪压上坚硬的膝盖，
让他讲述，
男儿临终前，
心中三种遗怨[①]。

扎那贝坦说道：
“形单影只无法倾诉，
徒步行走难起尘雾。
这句话难道你从没听说？

如果有
苍老父亲，
他临死时，
儿子当为他送终，

① 让他讲述，/男儿临终前，/心中的三种遗怨：这是蒙古史诗中常见的母题，即双方交战，战胜方在杀死战败方之前，允许战败方讲述内心的积怨和遗愿，更有甚者，英雄要帮助被杀死的对手实现他的遗愿。参见史诗《罕哈冉惠传》(汉译本)，第61页。蒙古民间故事中这一母题也屡见不鲜，例如，故事《奈伊姆岱老人》记录了蒙古族谚语：“要死的男女把话留下，要宰的牲口把血留下。”这反映了蒙古族较为原始的习俗，正是蒙古史诗精神“义、勇、力、智”中“义”母题的具体描写。参见［蒙古］德·策伦索德诺姆编，史习成、支水文译《蒙古民间故事选》，北京世界知识出版社，1987年，第218页。

如果有
为你缝补衣衫的
苍老母亲，
她临死时，
儿子当为她送终。

你要询问临死的人，
心中遗怨
究竟是了为什么？
难道你曾问过，
你父亲临死前
心中有何遗怨？
你母亲临死时，
心中有何遗怨？
要杀要剐，
悉听尊便。”
扎那将脖颈伸出六拃，
将头颅冲向达尼库尔勒。

扎那贝坦袒露着
比纸还白的腰胯，
脸上闪着红铜色的光，
他静静躺在了地上。

达尼库尔勒，
附身看着扎那贝坦，
心中泛起丝丝怜悯同情。
听完他的话语，
周身骨节松软；
看着他的容貌，
如心碎一般。

如果我将他杀掉，
他的肉体，
我不能食用。
他的血液，
我不能饮用。
在漫漫征途，
或许他能成为我的至爱亲朋。
在残酷征战中，
或许他能助我将战旗高擎。
这只身一人，
可爱的小家伙，
或许能成为我结义的弟兄。

“你性格义无反顾，
你有顽强毅力，
力量永不枯竭。
面对外来强敌，
你不可征服，
利箭射不穿你的身躯。
亲爱的小弟兄，
我俩当结为，
生死与共的兄弟。

嘴上的泥土，
该用手抹净；
眼里的灰尘，
要用舌头舔去[①]。”
达尼说完将扎那一把拉起。

① 嘴上的泥土，/该用手抹净；/眼里的灰尘，/要用舌头舔去：蒙古族谚语，意思是，既然成了朋友，双方就应放下恩怨，不计前嫌，彼此宽容。

他俩的头顶，
闪着骄傲自豪的光芒，
他俩的前额，
犹如初升太阳，
他俩的囟门，
显现出无比的武勇顽强。

无论经历几世几代，
永不离分的两位英雄，
从粗大黑弓的弓梁、弓弦间，
伸进头颅，
舔舐了矛枪的
锋利矛刃，
为结拜为兄弟，
共同发下了誓言：
“流血的战争，
有油脂的婚宴，
我俩永不缺席，永不背叛！[①]”

他俩嘴对着对方耳朵，
倾吐着亲热话语，
细细品尝，

---

① 要理解这段诗文，首先应回看前面的诗文：“想折断他的弓却无从下手，/因为男人的灵魂在弓里，/想折断他的箭却无从下手，/因为男人的灵魂在箭里。”（第136页）这段诗文是说，上天将男人的魂灵放进他使用的武器，这显示出武器的高贵圣洁。若要征服一个男人，必须得征服他所使用的武器，这一理念，表现出古代蒙古人的尚武精神。再看本段诗文，男人发誓与对方结拜，须将头颅伸进弓弦、弓柄中间，用舌头舔舐矛枪以示双方诚信，这一行为，须展现在上天赋予双方的灵魂面前，反映了古代蒙古人的崇天意识。关于这一结拜母题，可参阅扎格尔《古代蒙古人盟誓礼仪》，载《内蒙古师范大学学报》（哲社版）2002年第6期；还可参阅《蒙古秘史》117节，铁木真和札木合结拜情节。

各种美食，
谈论天下大事，
讲述战争、顽敌，
话题包罗万象，无所不及。

达尼库尔勒说道：
“扎那贝坦，我的兄弟，
你是否想回八方领地，
去寻找养育你的父汗
和你的哈屯额吉？
如果没有坐骑，
就骑乘我心爱的
枣红宝驹。”

扎那贝坦回应：
“恩重的父汗、哈屯额吉，
他们都安好无恙，
现只想与兄相依为命，
有福共享，
有难同当。”

扎那贝坦，
穿戴好衣服配饰，
将飞快枣红马，
鞴好马鞍戴上辔嚼。
达尼库尔勒也将细长黄驹，
鞴好马鞍戴上辔嚼。

扎那贝坦，
抓着细长黄马
黑牤牛皮编织的缰绳，

扶达尼库尔勒上马，
让汗兄踏上归程，
自己骑上枣红马，
跟随汗兄前行。

他俩佩带着各种
男子的武器，
赶着八群
铁青马匹，
来到北方大草原。
在阿尔珊图
白茫茫的海畔，
饮足马群，
将马群赶到故乡草原。

达尼、扎那两人，
为能早日见到父汗，
朝着呼和胡图勒杭盖，
拼尽全力迅猛飞奔。

再说四位英雄，
循着达尼库尔勒的行迹，
不停向前奔走，
来到阒无人迹的荒滩，
被困在戈壁荒原，
他们向来路回返，
但已人困马乏，
止步不前，
再无可能，
回到呼和胡图勒杭盖
北面的草原。

达尼库尔勒发现了他们，
对扎那贝坦说道：
“他们正是，
我的四位哥哥。
为了寻找我，
他们长途跋涉，
此刻被困途中。
你去搭救，
他们两个；
我去搭救，
他们两个。”

他们把四人扶起问道：
“你们是从哪里，
来到了这里？”

“走了骑马需行九个月的路程，
我们已无力返回，
才困入这种境地。”
他们跟着达尼、扎那奔行，
终于回到了故里。

宫帐外父汗的紫檀树，
枝叶杈桠蓬松，
两匹飞快骏马，
被拴系在紫檀树上吊控。

让四位哥哥走进宫帐，
达尼库尔勒、扎那贝坦，
也跑进帐中，
来到父汗面前，

叩问安好，
恭请吉安。

汗父、哈屯额吉说道：
“出去的时候，
只达尼库尔勒一人，
回来之时，
却成了兄弟二人！”
二老深情地
将俩孩儿的脸颊亲吻。

父汗问道：
“黄脸小英雄，
我亲爱的孩儿，
你叫什么名字？”

“我名叫
扎那贝坦，
今年两岁[①]。”

在新来的孩子面前，
摆放了各种
食品、水果，
将紫檀木筒中茶水，
斟满了
漂亮的瓷碗，
接着又将

---

① 两岁：和前面的“三岁英雄”意思大致相同，见第83页页下注。但前文（第139页）说他年龄七岁，这可能是此部史诗在传承过程中因说书人或文本整理者的失误造成的前后抵牾。

阿日扎、胡日扎，
白酒、奶酒，
在金杯银盏中，
斟得满满，
向两个孩子，
举杯祝愿。
为结义的兄弟两人，
祈祷幸福，
举办盛大欢宴。
……

达尼库尔勒，
下令把螺号吹响，
将阿勒巴图，
和僧俗两界人们，
聚集到身旁。
按照父汗的
传统礼仪宣布，
欢宴的白酒、肉食、奶酒，
要如期准备妥当！

众属下一一
敬承旨命。

在汗父的
金色宝塔前面，
阿勒巴图，
众多属民，
不分白昼，
七夜七天，
熙熙攘攘，

鱼贯涌来，
人们里里外外，
围坐七十八圈，
在人们围坐的
间隔里面，
能卧进三岁、四岁绵羊。
欢宴的阿日扎、胡日扎，
白酒、奶酒、马奶酒、
肉食、各种食品，
一应俱全，
美酒在杯盏中斟得满满。

服饰华美的
五百名侍从高举起
满溢着阿日扎、胡日扎，
白酒、奶酒的
金杯、银杯。
祭祀的十三首
长调歌曲，
随着音乐节奏，
伴着优美乐声，
齐声唱起。

达赖父汗，
拿着金色剪刀，
将祝辞诵念，
将剪刀伸进扎那
黄色胎发里面。

牧森格日勒额吉、
都古丽格·格日勒嫂子、

四位兄长、
达尼库尔勒一起动起剪刀，
跟随父汗的礼仪，
向扎那贝坦发出祝愿，
他们每人，
向扎那贝坦，
赠送淡黄马万匹。

在此之后，
饱读经书的
莫日根经师，
僧俗两界，
所有民众，
送上美好，祈祷祝愿。
剪胎发仪礼圆满完成，
白酒、葡萄酒，
人们频频交杯换盏。

欢宴的八十二首
长调歌曲，
悠扬婉转地吟唱，
和欢乐乐曲融为一体。
祈福的六十二首
长调歌曲，
庄严吟唱，
与威严乐曲，
交织在一起。

在此之后，
达尼、扎那开口言讲：
“四位兄长，

你们每人从千匹
淡黄的马群里，
挑选健壮的坐骑，
向故乡北方，
平安驰骋，
去享受幸福美好时光。”

扎那贝坦，
滚鞍骑上，
飞快的枣红宝驹，
迅疾奔驰而去，
将八千匹
淡黄马匹，
驱赶回来，
将马群交到
四位哥哥手里。

四位兄长，
从淡黄马群里认出，
曾骑乘过的
最出色的爱驹，
一匹匹套住，
将辔嚼戴牢，
将鞍座鞴起，
骑乘着它们，
赶着心爱的八千马匹，
向领地奔驰而去。

达尼向扎那说道：
“我从母亲肚里出生，
时至今日，

没有睡过，
一宿整觉，
今天我要
大大睡他个
十五昼夜。
呼和呼日勒杭盖[①]的
八群马匹，
交由你去牧放照料。”
“扎！”扎那应道。

扎那抄起，
六十庹长的
铁柄套马杆[②]，
骑马向胡图勒杭盖的
八群马匹奔颠。

达尼库尔勒，
走进洁白的毡帐，
拉下黑缎枕头，
抱着爱妻都古丽格，
话也没顾得多讲，
便昏昏进入梦乡。

到了午夜时分，

① 呼和呼日勒杭盖：疑此“呼和呼日乐杭盖”当为“呼和胡图勒杭盖”之误。待考。

② 铁柄套马杆：在现实生活中，蒙古牧民套马使用的套马杆是用桦木制成。桦木质地坚韧、柔软，牧民用桦木杆套马，马杆能灵活弯转，改变方向时不易被折断。史诗中出现的用“铁柄套马杆”套马，属于文学艺术构思，突出套马杆坚硬有力，尤其能和后文用套马杆击打野狼的情节相呼应。这也体现出蒙古史诗对“力”的崇尚与追求。

达尼做了噩梦，
从梦中惊醒，
他立即起身向帐外跑去。

他走近汗帐，
燃起枝叶杈椏的紫檀树的枝叶，
发出唰唰声响。

父汗惊醒后问道：
“亲爱的达尼库尔勒，
你不是说过，
黑夜连着白天，
要大睡十五昼夜？
怎么在这午夜，
就已经醒来？”

“我夜间做了怪梦，
愿请教父汗，
将此梦征兆指点？”

“我的儿啊，
但说无妨。”

“自世间平定以来，
天上从来，
没滴落过
一个雨点，
可我梦见，
如山高的
呼和胡图勒杭盖
峰顶上面出现，

帽子大的
黑色云团，
黑云聚集了七夜七天。
我梦见我的粗壮强弓，
弓弦突然折断。

我梦见，
我的那支锋利的
金刚矛枪
被弄得卷刃。”

“你分明做了个好梦，
多年未见
一个雨点的
呼和胡图勒杭盖，
峰顶上空，
帽子大的
黑色云团，
聚集了七夜七天。
雨飘落不断，
是苍天降下圣水甘霖，
世间肮脏的东西，
将被洗涤，
变得一尘不染。

你的粗壮强弓，
弓弦断裂。
分明是个好梦，
预示恶毒敌人，
要被斩尽杀净。

你那支锋利矛枪
被弄得卷刃,
分明也是好梦,
战争、敌人,
带给你的
所有厄运灾星,
都将被禳除干净。”

“祈愿我父汗的
喻示成真!”
于是达尼在父汗身边,
白日闲居,
夜晚酣眠。

然而,扎那贝坦,
骑马奔驰而来,说道:
“自世间平定以来,
从未见到,
上天滴落过
一个雨点。
如山高的
呼和胡图勒杭盖,
峰顶上面,
帽子大的
黑色云团,
聚集了七夜七天。
这究竟是怎么回事,
这征候会招致什么祸端?”

达尼库尔勒说道:
“父汗已解梦喻示,

苍天将降下甘霖圣水，
肮脏的东西，
将被洗涤，
世间将变得洁净无比。”

“诚心祈愿，
父汗喻示成真！”

扎那祈祷：
“祝亲爱的故乡，
所有民众，
安康吉祥！”
他又回到呼和胡图勒杭盖，
将八群铁青马，
精心照料牧放。

七个昼夜过去，
七十层
浓密的黑云滚涌，
来势汹汹。

七天七夜过后，
纷纷扬扬的大雪，
下了七个昼夜，
呼和胡图勒杭盖，
所有山林，
被积雪覆盖。

二岁羊大的冰雹，
连续不停地
下了三天三夜，

扎那贝坦，
再无法支撑下去，
便套住骑乘上
细长黄马，
一路狂奔回到府邸。

达尼库尔勒，
接替扎那牧放八群铁青马，
他也无法忍受，
冰雹的猛袭，
套住骑乘上
迟钝的黄驹，
奔回了府邸。

在此之后，
大千世界，
暴风肆虐，
冰雪四处纷飞。

呼和胡图勒杭盖，
所有阿勒巴图，
所有家业财富，
被冰山埋没。

只有五人幸免：
达赖可汗，
牧森格日勒，
达尼库尔勒、都古丽格·格日勒，
扎那贝坦……

达尼库尔勒，

向汗父、哈屯额吉求问：
“二老双亲，
我们面对的冰山，
要将它融化，
难道无计可施，
毫无办法？”

牧森格日勒额吉，
能预先知晓，
九十九年后的事情；
能详细述说，
九十九年前往事。
此刻，她发出喻示：
“达尼库尔勒，
这是九种语言魔咒在发威，
阿塔扎图、奥布尔扎图、
阿斯楞胡鲁格图、
嘎尔迪胡鲁格图、
乌仁海其、
乌仁孟克，
六方领地，
念诵了咒语，
将你所有的马群，
抢夺驱赶而去。

禳除雨雪灾难的灵方，
饱读经书的，
莫日根经师熟谙，
快去将他拜见。”

达尼库尔勒，

携带着
十万两黄金，
怀揣着
十五庹彩绸哈达，
跨上了枣红快马。

他抽打坐骑三鞭，
发出三声吼喊，
枣红快马，
像离弦之箭，
带着声声呼啸，
转瞬穿越过，
冰雪覆盖的山峦。

在此之后，
向着骑马需行八千年
才能到达的远方，
拜见熟谙经书的
经师莫日根，
达尼迅疾奔驰，
赶到那里，
已是傍晚时分。

达尼库尔勒下鞍，
将枣红马辔绳，
挂上鞍鞒吊控，
走进府中，
向经师道安，
敬颂吉祥太平。

经师将盛有阿尔珊[①]圣水的
贲巴瓶递到达尼手上，
达尼一连大饮三口，
暗淡的前额
变得明亮发光，
憋闷的胸口
变得宽展敞亮。
干渴的喉咙，
得到润泽，
饥饿的身体，
得到滋养。
贲巴瓶被放还原处，
圣水又已溢满，
恢复成原来模样。

达尼从怀中掏出，
八千两灿灿黄金、
金色彩绸哈达，
向经师莫日根敬献，
恭颂大安：
“我们家乡，
遭冰雹突袭，
如山高的
呼和胡图勒杭盖，
被埋没在冰雹下面。
这原因究竟何在？
如何禳除这场灾难？
该怎样抢救出，

① 阿尔珊：佛教中的圣泉。常见于地名。

深埋冰雹下的家产?
被冰雹压死的人畜,
如何才能复活脱险?”

熟谙经书的
莫日根经师说道:
“达尼库尔勒,
你遭受敌人发出的九种
恶毒咒语的攻击,
阿塔扎图、奥布尔扎图、
阿斯楞胡鲁格图、
嘎尔迪胡鲁格图、
乌仁海其、
乌仁孟克,
六方领地的可汗,
联手发出魔法淫威,
让你领地蒙受了灾难。
茫茫冰雪,
将你领地埋没。
敌人将你的马匹畜群,
掠夺驱赶。

你出去紧闭双眼,
伸出右手,
能摸到九块黑色石头,
伸出左手,
能摸到九块白色石头,
回来将它们交于我手。”

达尼库尔勒走了出去,
将双眼紧闭,

把九块黑石，
抓到右手，
把九块白石，
抓到左手，
回来交给了经师。

“你再出去一次，
给我抓回一把沙子。”

达尼库尔勒走了出去，
抓住一把沙子，
用手巾裹好，
回来交给了经师。

“你去呼和胡图勒杭盖，
登上梁顶，
祈求禳除九语魔咒，
将九块黑石，
按太阳逆行方向，
投掷抛扔！
将九块白石，
按太阳顺行方向，
投掷抛扔！
祈祷将雪山消融，
让雪水流向
骑马需行六十个月
才能到达的遥远地方，
再按太阳顺行方向，
将这把沙子，
扬撒抛扔！”

经师又将
三粒金丹[①]，
放入盛有圣水的贲巴瓶，
在瓶口缠绕了
七十层彩绸，
向达尼言明：
“为天下处于水灾一洲
死去的人畜祈求，
重获生命，
重现原来模样，
再将沙子抛扔撒扬。”

经师将贲巴瓶，
交给达尼库尔勒，叮嘱：
“要珍爱金瓶中圣水！
我的达尼库尔勒哥哥，
火速向你故乡返回！”

到了黎明时分，
达尼库尔勒，
登上了
呼和胡图勒杭盖山顶。
祈祷将那九语魔咒，
禳除干净。
将九块黑石，
逆太阳运行方向抛扔，

① 金丹：又称仙丹，古代道教炼丹术名词。古代方士，即能访仙炼丹以求长生不老的人，炼金石为丹药，认为服用它便可长生不老。蒙古史诗中屡见，如《罕哈冉惠传》就有这样的情节，见该书汉译本第155页。当是道教文化在传承过程中作为外来文化进入蒙古史诗。

祈祷将那九语魔咒，
禳除干净。
将九块白石，
顺太阳运行方向抛扔，
向着沙子祈祷，
将雪山消融，
让雪水流向
骑马六十个月能到达的远方，
顺太阳运行方向将沙子撒扬。

雪山瞬间消融，
雪水流向了骑马需行六十个月，
才能到达的远方。

达尼拿出盛有圣水的贲巴瓶，
顺太阳运行方向转动，
将三段咒语念诵：
“被压在冰雹下
死去的生灵，
一一复活重生，
再回到各自位置，
重获吉祥，
重享安康！”

万类生灵果真复苏，
在各自位置，
再现了生机。

达尼库尔勒，
骑马奔驰，
回到故乡。

拜见父汗恭请福安，
向哈屯、额吉叩问吉祥，
将事情经过，
一一禀述端详。……

在此之后，
达尼库尔勒、达赖可汗、
扎那贝托三人，
佩带着男儿的
百种武器，
跃上三匹快马，
一路跟踪，
马群蹄印，
向前行进，
追寻着被盗的马群，
来到北方草原。

八群铁青马，
朝东北行进的
马蹄踪迹，
像来自八十源头，
再分成千条支流的
一条大黑河流，
踏着马蹄踪迹，
父子三人不停歇地奔走。

正向前行进之时，
突然发现前方腾起
一团黑色尘雾。
那里究竟
发生了什么？

他们边走边警觉寻摸。

一匹琥珀黄白驹，
飞驰而去，
马身躯瞬间小成一尺，
看去只一拃长的尾巴，
在臀部蓬松奓起。
马前胸的正中，
有碗大的
一块白斑看得清晰。

达赖可汗说道：
“看上去，
这匹马儿，
像我的白斑儿马，
和铁青骒马生下的宝驹。

它可能正是达尼库尔勒
命中的坐骑，
让细长黄金马，
撒开四蹄向它追撵，
搞清是否如我所讲，
若是,追上它很难，
若不是,则容易将它撵上！”

达尼库尔勒，
骑上黄金细马，
狠狠抽打一鞭，
宝驹尥着蹶子疯狂奔颠，
直冲向呼和胡图勒杭盖，
那匹马的身影却没能看见。

“它是怎样一匹神驹？”
达尼调转马头，
跑了回来，
到父汗、兄弟身边启禀：
“马驹飞快奔驰，
几乎看不清它的身影，
它瞬间便冲上了
呼和胡图勒杭盖山顶。”

达尼不停地
向前奔驰，
登上高与天齐，
象白色的
高山顶端，
他看到，
奥布尔扎图、阿塔扎图、
乌仁海其、乌仁孟克，
四方领地有几个英雄，
正用坐骑铁马绊、笼头耍玩。

多么奇怪，
这些马匹从哪里来？

他定睛细瞧，
只见那几个英豪，
将他们的兵器，
挂上太阳、月亮的腿脚。

达尼感到奇怪，
一直坐到天黑，
只见那里一匹匹骟马，

一个个阿勒巴图的身上，
都笼罩着一层神秘色彩。

达尼库尔勒心想，
趁着父汗、
扎那贝坦父子两人，
正在这里，
我一人去将他们偷袭。

达尼库尔勒，
步行绕到
几位英雄后边，
猫在帐后阴影里面。

只听帐中一神女说道：
“大地发出奇怪的震颤，
达尼库尔勒是否来到身边？”

一位英雄说道：
“在这三方领地，
无男儿能与达尼匹敌，
但我们尚未听说
这样信息：
他能将我们施用咒语，
冻成的雪山融化，
让被冰雪压埋的生灵，
起死回生。

他惧怕我们六方领地，
尚未带领人马，
征战这里。

我们可否趁此机会享乐，
再抓住良好战机，
和达尼库尔勒一决高低？”
于是他们摆下白酒、葡萄酒，
阿日扎、胡日扎，
举办宴会欢乐无比。

午夜时分，
那些英雄，
已酩酊大醉，
达尼机灵地起身，
悄无声息地走上前去，
将英雄们
挂在太阳、月亮脚下的
全部兵器收拢聚集。

英雄的骑乘，
被达尼卸下马鞍、嚼辔，
又将马鞍、嚼辔包裹，
背上双肩。
翻过山岭，
越过山峦，
双脚将地面，
蹬踩得塌陷。
达尼点燃如山高的三堆旺火，
将收缴的马鞍、嚼辔、
全部兵器烧成灰烬。

“我来也！”
达尼发出，
排山倒海般呼喊，

飞速冲到，
汗父和义兄弟身边。

扎那贝坦，
跨上飞快枣红马，
从十字形金色刀鞘中，
抽出沉重腰刀无比威严，
将刀上八十八道褶皱、
八大折叠处弄得平展。
又把腰刀，
按大小摆弄整齐，
扛上右肩。

罕乌拉[①]雪山，
北面山腰上，
那片辽阔的
金色草原，
八十位好汉，
率领着八十万大军，
像寻摸羊踝骨一样，
寻找驱赶着
胡日勒杭盖的四群马匹。

扎那贝坦，
大吼一声，
冲进人群，
猛地砍倒，

① 罕乌拉：蒙古语译音。其中，“罕”，意思是高贵圣洁；“乌拉”，意思是山。罕乌拉山（音译加意译）一词，在蒙古民间故事、传说、谚语、祝赞词、民歌、英雄史诗中频繁出现，它高峻圣洁，常表示意念中的“圣山”。

一个士兵。
被扎那接连劈倒的士兵，
像串串连接卧倒的骆驼，
像密密麻麻被砍断的树丛。

天亮了，
太阳升起在当空，
从各处跑来，
一个个
前胸带着黑色石头，
骑着无鞍生个子[①]黄马的
紫红色脸膛英雄，
一个个骑着没戴嚼嚼
暴烈黄马的
紫红脸膛英雄。

扎那贝坦，
怒吼一声，
策马迎向
领头跑来的
扎哈图手下
粗壮的搏克英雄，
嚓嚓几声
将他连人带马，
劈成七段。

接下来，
又是嚓嚓几声

---

① 生个子：又称生格子、生葫芦等，指未经调教、尚未骑乘过的马。

将鱼贯而来的，
三位英雄劈砍了几刀，
把他们连人带马，
劈成五段。

扎那贝坦听到达尼高喊：
“听听剩下的这位英雄的口供，
切要留住他的性命！”

扎那贝坦，
询问阿塔扎图领地的
这位英雄：
“你把我们
四群铁青马，
赶到了哪里？”

“不知别的马群在哪儿，
只知道，
我赶走的四群铁青马，
是在这里。”

扎那贝坦，
将那英雄的肩膀，
抓了起来，
在空中，
足足转了
七十八圈，
然后重重地
摔进地面。

扎那贝坦，

把黑犍牛皮编织的马绊，
抽了出来，
牢牢绊住
搏克手大腿，
使劲拧了三下，
搏克手的
皮、肉、筋、骨，
被拧得破碎错位。

“你将我们
那四群铁青马匹，
究竟赶到了哪里？
快快如实招来！”

搏克手被拧得
疼痛难耐，
只好一一道来：
“你的另外四群
铁青马匹，
被嘎日迪呼鲁格图、
阿斯楞呼鲁格图，
两位可汗盗去，
我们六方领地可汗，
发出魔咒，
让你们领地遭受了
暴风雪的袭击。
达尼库尔勒的
那四群马匹，
被他们驱赶迁徙，
事情如此而已。”

扎那贝坦，
拔出沉重的黑色腰刀，
正要朝他劈砍，
达尼库尔勒说道：
“他黑灰色的肉，
不能食用，
他棕黑色的血，
不能饮用。

让他发下毒誓：
从此之后，
如若对我们不忠使坏，
他的尸体将被压成薄纸，
尸体像糖块被碾得粉碎！”
他发下毒誓被放开后离去。

达赖可汗，
将坐骑，
颈戴绸带的黄马放开，
换乘的健步黄金驹，
被戴好嚼辔，
鞴上鞍座，
达赖骑乘着它，
发出高声呼喊，
驱赶着四群铁青马匹，
向故乡奔跑而去。

达尼库尔勒、扎那贝坦，
骑乘飞快宝驹，
快速启程，
循着嘎尔迪呼鲁格图汗，

留下的蹄印，
向前奔行。

来到了，
嘎尔迪呼鲁格图汗
领地的南面，
那里骄阳当空，
八片草原毗连，
他俩登上，
长满紫檀的
哨兵瞭望台山巅。

瞭望着
辽阔无垠的
那日图四洲，
他俩看到，
嘎尔迪呼鲁格图汗的
大黑花凤凰，
正咯咯叫着玩耍，
六只黑棕花
小凤凰，
正展翅尽情玩耍。

达尼库尔勒高声喊道：
“嘎尔迪呼鲁格图可汗！
趁太阳初起，
趁你正值少年，
快快出来，
耍玩耍玩！”

嘎日迪呼鲁格图汗出来，

放出六只
小花凤凰，
他骑乘着大黑花凤凰，
叫喊喧闹着
飞到了天上。

飞快枣红马，
向达尼问道：
“你是否能像
嘎日迪呼鲁格图汗一样，
具有翱翔空中的
一双翅膀？
你飞快暴戾的
白色钢箭，
是否能射中
在空中飞翔的
大黑花凤凰？”

此刻塔拉盖黑山脚下，
有八万士兵，
正寻找着
两群铁青马匹，
扎那贝坦，
像被摘去眼套的
黑白相间的雄鹰，
呼叫着冲进敌士兵群中。

嘎日迪古呼鲁图汗，
骑乘凤凰飞在高空，
将七十支钢箭，
搭弦射了出去，

前七支钢箭，
快速飞驰，
先行射向达尼。

达尼库尔勒，
在凝聚千种神力白弓上，
搭放锋利的白色钢箭，
拉弓射出的
万支钢箭，
快速射向
嘎日迪呼鲁格图汗。

达尼库尔勒的
锋利白色钢箭，
将大黑花凤凰
右翅膀射断。
嘎日迪呼鲁格图汗，
连同他骑乘的凤凰，
一起跌落地面。

他吓得心脏快要破裂，
向达尼大声求情：
“三方领地的汗主，
达尼库尔勒，
祈求你饶我性命！”

“从今以后，你如若再起
手指大歹意，
我让你不得好死，
把你当糖块碾压粉碎，
把你碾压得薄如白纸！”

说完便将他放开。

扎那贝坦，
砍杀着八万士兵，
几乎斩尽杀绝，
尽管惨不忍睹，
仍吼喊着劈砍。
碗口大的双眼，
变得血红，
河流被他劈砍得干涸，
高山被他劈砍得坍塌。

达尼库尔勒，
看到扎那后，
发出大声呼喊：
“亲爱的扎那贝坦，
敌兵已被你斩尽杀绝，
高山、河流，
岩崖、树木，
所有东西已被你砍完，
你还要将什么劈砍？”

扎那贝坦，
将沉重的
大黑腰刀，
扛在肩上，
大声吼喊着，
冲向汗兄达尼库尔勒。

达尼库尔勒说：
“敌兵都已被你

斩尽杀绝，
你怎么又向我冲来？”

扎那贝坦，
听出是汗兄的声音，
便开口言讲：
“不曾想到，
我的汗兄，
锈迹已经
布满你刀戈的刃上，
罪孽的战争，
充满肮脏！”

他说完抽出
沉甸甸的黑色腰刀，
将一座高大黑石崖，
劈得粉碎，
终于停稳站立下来。

达尼、扎那两人，
趁这股气势，
向前行进，
循着阿斯楞呼鲁格图的踪迹，
到达他的领地，
一座方箱般的
白狮山，
横亘于他俩眼前。

他俩登上
白狮山山崖，
看到了

阿斯楞呼鲁格图汗的
大白雄狮，
戴着铁套绳，
在网笼里，
咆哮玩耍，
六只幼小白狮，
也在咆哮玩耍。

他俩发现，
白狮山
北面山坡下，
八万士兵，
正在找寻，
两群铁青马群。

扎那贝坦，
像投石器[①]射出的石头，
发出大声吼喊，
勇猛冲击向前。

阿斯楞呼鲁格图汗，
放出六只小白狮，
骑着大白狮，
吼喊着迎向达尼库尔勒。

---

① 投石器：古代蒙古族的一种打猎工具和战斗武器。世界上其他民族也曾使用过这种工具或武器。投石器一般有两种：一种是从中间劈开木棍，在木棍裂缝中填进一块石头；一种是使用皮条或棕绳，皮条或棕绳上有特制小兜，兜里放着未加包裹的石头。用弹出或甩出石头的方法，击打小兽或人。参见［苏］柯斯文著、张锡彤译《原始文化》，三联书店，1962年，第61页。这里，用投石器比喻英雄人物像投石器射出的石头，极言其动作迅速敏捷，攻击力强。

达尼预料到，
狮子的力量，
绝不容小觑，
便在象白色大弓上，
搭放锋利钢箭，
向着前方，
猛射出去。

那七头白狮，
两条前腿，
被飞箭穿射，
阿斯楞呼鲁格图汗，
从坐骑上坠落下来，
向达尼库尔勒求饶：
“身为三方领地的
达尼库尔勒汗主，
祈愿以前的恩怨，
像流水一样逝去，
祈愿以后的仇恨，
像冰雪一样消融。
汗恩浩荡，
祈求汗主饶我性命！

我六方领地，
不曾对汗主忤逆，
出于对八方领地汗主同情，
我们曾对你略起歹意。”

汗主达尼库尔勒说道：
“从此以后，
如若你对我们再起

手指大歹意，
我叫你不得好死，
把你当糖块碾压粉碎，
把你碾压得薄如白纸！”
达尼最终免他一死。

这就是发生在
阿塔扎图领地的一段故事。

*　　*　　*

达尼、扎那两人，
趁这股气势，
将两群马匹，
合拢在一起，
大声呼喊，
赶着四群铁青马，
回到故乡北方的草原，
打着尖利口哨，
发出铿锵吼喊，
驱赶着八群马匹，
回到汗府门前
滚鞍下马，
吊控起两匹坐骑，
把嚼绳挂上马鞍。

拜见了父汗，
向阿爸、额吉，
叩拜请安，
向二老讲述发生的事情，
桩桩件件。

帐中摆放味美水果，
摆放大块肉食，
举行盛宴。

召集阿勒巴图民众，
为征服了阿塔扎图领地，
按传统礼仪，
筹备举行了
盛大舞乐。

当欢宴结束之时，
达赖可汗，
发布旨令：
“阿塔扎图、奥布尔扎图、
阿斯楞古勒呼鲁格图、
嘎尔迪呼鲁格图、
乌仁海其、
乌仁盂克，
六方领地可汗，
曾经联手，
盗窃赶走了
我们的铁青马匹，
赶回这八群马之时，
掉头逃跑了一匹
斑点黄白马驹。
现在应是成年骏马，
速将它套回试骑！”

达赖可汗，
庄重下达旨令，

“扎！”达尼谨承父命。

达尼、扎那两人，
抄起如意纹[①]青色套绳，
滚鞍骑上
细长黄马，
枣红宝驹，
一起奔向
呼和胡图勒杭盖，
一起冲上
杭盖的高高梁顶，
瞭望着八群
铁青马，
从八群铁青马中，
却没能看到，
斑点黄白马的身影……

他俩停下马来，
议论黄白宝驹
此刻会跑到哪里？

突然发现，
前方弥漫起
一片黑色尘埃！
是谁骑马奔腾，
扬起尘雾，

---

① 如意纹：如意，比较古老的器物名。关于如意的来源，有两种说法：一是由中国古代的笏和搔杖发展演变而来，一是产自印度，随佛教传入中国，梵语译作“阿那律”。其造型如灵芝，被赋予了吉祥驱邪的涵义，承载着祈福禳灾的美好愿望。

正向这边跑来?

他俩看到,
一匹斑点
黄白马,
身躯如杭盖般高大,
在三片相连的山丘间,
跑来跑去,
尽情玩耍。

这匹狂野的马,
英雄不能让它变得乖巧,
也难用计策将它降服,
达尼果断扬鞭抽打,
汗父的瘦长黄金宝驹,
奋力向黄白马追逐。

达尼紧盯雾团,
飞快向前追赶,
转瞬冲入天国领地,
绕行了八十八圈。

只见那匹黄白驹,
立起前蹄扭转身躯,
掉头奔向可汗的
七十八方领地。

达尼库尔勒紧盯雾团,
飞快追赶,
转瞬来到,
七十八方

可汗领地，
奔驰绕行了七十八圈。

斑点黄白马，
向这边扭转身躯，
又快速奔向，
那日图领地。

达尼死盯着升腾的尘雾，
不停追逐，
扬鞭抽打着
细长黄金马，
暴戾的黑马鞭，
抽进了宝驹的皮肉。

细长黄金驹，
浑身大汗淋漓，
不停奔行追撵，
终于追上精疲力竭的
斑点黄白马驹。

达尼库尔勒抛出
黑色套绳，
勒住黄白马嘴巴，
套住黄白马脖颈，
将它拴在镫带继续前行。

达尼骑乘的黄白马，
跑到胡德尔草原，
身体僵直站了下来，
此刻斑点黄白马，

将大黑套绳挣断，
它的蹄下腾起，
黑色尘烟，
掉头向相反方向，
拼力逃窜。

达尼库尔勒对扎那说道：
“黄白马的身影，
尚未到达
大地尽端，
快速追撵，
定要将它套回身边。”
扎那贝坦扬鞭策马，
枣红马向黑影奋力追赶。

达尼库尔勒，
登上了
呼和胡图勒杭盖山梁，
坐下来
将扎那贝坦瞭望。

达尼库尔勒，
睁大的碗口大的双眼，
深邃的双眼有四千条纹路，
有四十四条根基。
他望尽那日图四洲的
八方领地，
在高高的山顶上，
他看到了需行三十昼夜里程的景象。

向西北奔去的

斑点黄白驹，
此刻从东边跑来，
达尼见到一溜细长烟尘，
如同听到，
八万匹骟马奔腾的声音。

黄白马肚子干瘪，
饿得前心贴了后背，
从狭长黄岭的南面，
跑了过来，
在三方杭盖山林间，
嬉戏耍玩。

此刻想让
吃饱肚子的
细长黄马追上黄白驹，
已绝无可能。
达尼对此，
心知肚明。

达尼突然使出
神奇法术，
让酷热大地，
刮起红色暴风，
整个草原江河湖海，
骤然变得干涸，
唯黑冷泉水仍在喷涌。

达尼摇身一变，
成了一只黄蜂，
起伏盘旋飞翔，

漂浮在黑色冰冷的泉上。

只见八群
铁青马匹，
夜以继日，
一连七天，
在黑色冰冷的
泉水周围，
盘踞拥挤。

斑点黄白马，
就在第七天，
来到泉边，
它饮了几口泉水，
向着周围，
张望察看。

达尼顿时恢复原形，
将黑色套绳抛出，
套住狂野的黄白驹，
稳稳蹲下戳住身，
从马胯上侧身翻跃上，
黄白马的背脊。

斑点黄白驹，
尽力挣脱，
惊动了苍天，
拼力挣脱，
震撼了大地。
奋力挣脱，
呼和胡图勒杭盖，

群山晃动不已。

在松柏覆盖的
杭盖山丘，
被马蹄踏出
一道豁口。
白檀覆盖的杭盖山丘，
被马蹄踏出一道豁口，
黄白马又冲出山林跑走。

黄白驹躲闪着回返，
飞快奔跑嬉戏耍玩，
达尼拽紧辔嚼，
奋力冲到
呼和胡图勒杭盖梁南。

达尼咬住牙关，使出浑身解数，
身体迸发出，
男儿的神勇，
他紧紧
蹬住马镫，
将浑身力气运入腰部，
呼和胡图勒杭盖梁顶，
一连三次剧烈晃动。

此刻斑点黄白马，
回头开口说道：
“你就像我身后的
一只小壁虱，
嵌在我身上，
这是怎么回事？”

达尼回应：
“能骑乘你，
方为豪杰；
适合我骑乘，
堪称骏骑。”

斑点黄白马，
张开的嘴，
大如峡谷，
剪动的双耳，
就像坠铃金刚杵[1]。

达尼问斑点黄白驹：
“扎那贝坦，
是我的兄弟，
你快快告诉我，
他在哪里遭遇了不测？”

“要说你的扎那贝坦，
妖魔头领，
将黑妖婆派遣，
妖婆施用魔法，
弄瞎了他的双眼。

他的枣红宝驹，
被套上

---

① 金刚杵：金刚杵是藏传佛教中常见法器，梵语称“伐折罗”(Vajra)。原为古印度的一种兵器，在藏传佛教中，成为具有坚利之智、割断烦恼、降伏恶魔功效的法器。

三十八副
钢铁羁绊，
被关入七十八层
黢黑的铁房里边，
八千士兵，
将他日夜看管。

扎那贝坦，
被关入七十层
黄色牢房，
他的四肢，
被铁钉
牢牢钉死，
他的四肢，
被套进铁环，
三个蟒古斯，
将铁钩穿过钱孔把铁环紧拽，
扎那的皮肉被死死控制。
从那次被害，
至今已近
三个月时日。”

达尼库尔勒，
要将细长黄驹的马鞍，
稳稳鞴放在
斑点黄白驹脊背，却小了点，
理顺拉拽好
缰绳嚼辔，长度却稍欠缺，
勉强为它戴好口铁，
箍上后鞧、攀胸，
勒好马鞍滚肚、吊带。

身躯高大如山的
飞快枣红马，
父汗的细长黄驹，
身躯高大，
如呼和胡图勒杭盖。
这副鞍座辔嚼，
用于这两匹坐骑，
宽绰有余，
可用于斑点黄白驹，
却显得又短又小？
斑点黄白驹身矫健似野兔，
可踏出的蹄印却大如山脚。

达尼翻身跃上
斑点黄白驹，
黄白驹扯着嚼子，
撒欢奔跑，
犹如天上的闪电，
击落在
黑色山崖，
发出了
“嘎嘎”的声响，
宝驹狂奔而去。

达尼库尔勒，
挥起盘口粗的绡鞭，
在斑点黄白马身上，
抽打出马驹大的淤青。
向左扯动马嚼，
将马头拽到左膝旁边，
向右扯动马嚼，

将马头拽到右膝旁边。

斑点黄白马，
在阿尔泰杭盖驰骋，
蹄下发出阵阵响声，
转瞬间，
斑点黄白驹，
已被达尼驯服，
按主人旨意奔行，
顺从了主人指令。

达尼飞快返回驻地，
在父汗府门前说道：
“我的阿爸、额吉，
请赐孩儿灰黑色
铠甲头盔、
男儿的各种兵器。”

阿爸、额吉说道：
“亲爱的孩子，
你骑乘你的
斑点黄白驹归来，
你的扎那贝坦兄弟，
境况怎样，现在哪里？”

“要说扎那贝坦兄弟，
是暴虐蟒古斯恶婆，
派出三个蟒古斯，
将他抓去，
吞噬了他的血肉，
他却把我规劝：

我死便死去，
尸骨枯干就枯干，
亲爱的达尼库尔勒，
你一定要活下去，
将生命珍惜！……”

“事已至此，
那八群
铁青马匹，
现已四散离去，
你去把马群，
收拢聚集赶回领地。”

达尼将话题一转，
接着说道：
“汗父、
哈屯额吉，
你们的心肠，
为何如此坚硬？
竟能这样抛弃，
扎那贝坦兄弟性命！
如果他的性命，
如今尚存，
我定要将他拯救，
誓与他同死共生！”

达尼狠狠抽打，
自己的坐骑，
斑点黄白马，
快速奔跑离去。

汗父、哈屯额吉感到惊慌：
这不是将
手无寸铁的
亲爱孩儿，
推向蟒古斯嘴旁！
他俩心神不定，
向后倾倒，
后脑海被摔伤，
向前倾倒，
前额被磕伤。

达尼骑马快如疾风，
径直穿越，
食人的
黑色九海，
像射出的飞箭，
掠过海面驰骋。

玉白色的
高高山崖，
横亘眼前，
达尼没有惧怕，
他扬鞭抽打斑点黄白马。
黄白马哒哒狂奔，
奋力一跃而起，
越过了白色山崖。

他冲进了
黑妖婆领土，
他看到了
一个周遭六十庹的

三角形魔窟。
达尼惊异无比，
感到无所措手足。

靠近地狱洞口
不远的地方，
一皮肤黢黑的老女人，
背着铁背篓，手持粪叉，
正在拾捡牛粪。

达尼问道："老额吉，
请指给我，
这片树丛中，
路在哪里？"

"孩儿啊，
这里道路无法辨清，
你走进我们这里，
小心别丢失了性命！
没哪条路能将你容纳，
别说是你，
比你出众的
各路好汉英雄，
被抓住后便从钱孔
拉出他的皮肉刮割，
最终让他送命①。

① 从钱孔拉出他的皮肉刮割，最终让他送命：从"钱孔"中拉出人体，刮割人的皮肉，无疑是文学作品中用夸张手法，通过艺术想象，创作出来的一种酷刑。铜钱这种货币，在蒙古民族牧业生产中也能充当一种劳动工具，即把细的、用奶浸泡过的生牛皮条伸入铜钱方孔，来回拉抻，使生（转下页）

我本是
哈日腾可汗
原配夫人，
被黑妖婆抓到这里，
学着怎样对人
施用这种酷刑，
至今已三月整。

因未学会施用酷刑，
腰身饱受铁背篓摧残，
我的身子已变得
小如鹞鹰、飞燕，
我的躯体已变得
小如背篓。
我劝你趁早沿来路回返！”

此刻，突然传来扎那贝坦，
发出的怒吼，
声音震天动地：
“我的汗兄是条好汉，
是我心中的唯一。
带斑点的
黄白宝马，
我认可它是，
群中飞快的宝驹，
配成为你的坐骑。
我的皮肉饱受磨难，

（接上页）皮变软变韧，变得更细，成为生活和生产中使用的细皮绳、鞭梢等。这种牧业生产实践活动，或许为史诗创作这一情节母题提供了艺术想象的基础。

至今已三月有余，
久久期盼汗兄到来，
可我已无法等待，
现已心如死灰！”

听到喊声，
达尼库尔勒说道：
“斑点黄白驹，
你快速冲进，
幽深黢黑的洞穴，
把埋着扎那贝坦
尸骨的魔窟，
一举捣毁！

你如果失败，
狼狈而归，
我将你胸部割开，
让老鼠啃噬，
你的骨髓！
如果我不能，
抢出扎那的尸骨，
让我拇指断掉，
让我锁骨裂开！”

达尼像投石器射出的石头，
飞速射入魔窟，
他斜身贴在
斑点黄白马
健壮漂亮的前胸上面，
仔细察看，
他看到一个铁栅栏 ，

栅栏一侧的铁钩上，
腰刀、矛枪挂满。
栅栏中一座
黑色的牢房，
里外铁墙共设七十层，
里面囚禁着扎那贝坦。

斑点黄白马，
扬起铁蹄，
将黑牢房顶砸烂，
它冲进黑牢，
三三九个
蟒古斯看守，
个个失魂丧胆！

达尼库尔勒一把将
扎那贝坦尸骨拽起，
就在此刻，
斑点黄白马开口，
向达尼献计：
“缠绕抓牢
我的颈鬃，
高高扬起马鞭，
将鞭梢抽进我的大腿，
在铁牢房中，
将我驱赶逼催。

我的双耳，
听到了一阵呼喊，
仿佛三岁马驹在嘶鸣，
可能是凶恶妖婆，

已冲入铁牢中！”

达尼揪起绕住马颈鬃，
挥鞭发出吼声，
带斑点的
黄白宝驹，
像投石器射出的石头，
带着呼啸声迅猛前冲。

黑妖婆骑着
高大如山的
琥珀黄白坐骑，
从远处跑来戏谑达尼：
“达尼库尔勒，
你骑乘的
斑点黄白马，
从黑海岸边来到这边，
它的四条腿，
是否已经跑断？”

琥珀黄白马，
开口笑骂：
“别说我腾起四蹄，
奓奓尾扭扭臀也能甩掉你！”
黑妖婆马蹄下腾起黑色烟尘，
飞速奔跑离去。

这黑妖婆，
跑向了何方？
达尼一时辨识不出
妖婆奔逃的方向。

达尼库尔勒满腔愤恨，
从需行八千年的
遥远地方，
清晨踏上归途，
在夕阳西斜时分，
便飞赶到
父汗的府门。

“父汗大人，
爱弟扎那贝坦，
惨遭戕害，
为表示对三个蟒古斯的愤恨，
恳请父汗，
直接接过爱弟尸骨，
不要将其落在地面。”

达尼的父汗，
刚要抱下，
扎那贝坦的尸骨，
却无奈已力不能任。

达尼库尔勒，
将扎那尸骨放在鞍上，
将斑点黄白马，
吊控得像
一座岩石，
吊控得像
一尊方箱[①]。

---

① 方箱：此史诗多处出现此词，是描写山的形状，这里用此词描写马的外形，意思都是“高大方正”。蒙古地区有的山以此为名，例如内蒙古巴（转下页）

达尼库尔勒，
将扎那贝坦的尸骨，
夹在腋下，
快速跑进，
汗父府中。

尸骨放在哈屯额吉的
床榻上面，
拿过红脸圣师赠送的
金色贲巴瓶，
打开了瓶盖，
把瓶中圣水，
涂抹在
扎那贝坦身上，
将圣水灌入
扎那贝坦口中。

扎那贝坦尸骨，
浑身顿生，
血液、皮肤、肌肉，
就像一峰骆驼，
尥蹶玩耍活泼打斗。

扎那搂着汗兄脖颈，
讲述遭遇的苦难，
倾吐满腹衷情：
“我虽然死去，
但汗兄让我转而复生。

（接上页）林右旗一座山名为“哈日齐根”。“哈日齐根”意为“方箱”，形容山高峻方正。此可为旁证。

能跟随汗兄，
我还会再有
什么怨恨不幸！”
他如猛虎咆哮，
发出声声大笑。
他如野马嘶鸣，
发出阵阵笑声。

他向汗父、额吉、五位哥哥，
请安问候，
发出美好祝福。

帐中举办了欢宴，
人们尽享，
美酒、奶食、肥肉。
和从前一样，
众人载歌载舞。

这章讲的是，
达尼库尔勒，
征服斑点黄白坐骑，
扎那贝坦起死回生的
动人故事。

* * *

话说某天，
扎那贝坦，
郁闷地说道：
“蒙兄长之恩，
我已享尽

世间福分。

可我的爱马，
飞快的枣红宝驹，
它过得幸福，
还是深陷苦难？
或者它已不在世间？”
扎那贝坦说着，
心中充满幽怨。

达尼库尔勒说道：
“亲爱的扎那贝坦，
莫要忧愁，
你的哥哥，
只要四肢健全，
斑点黄白马，
飞快的四条腿，
只要完整强健，
你的枣红快马，
定能回到你身边。
我的扎那贝坦，
骑乘汗父的细长黄驹，
即刻随我启程莫再迟延！”

他俩手持各种兵器，
身着灰色铠甲，
头戴帽盔，
快速冲出帐外。

兄弟二人骑乘着
斑点黄白马、

细长黄驹，
奔驰而去。

来到山峰林立的杭盖，
在高高的山峰上，
极目远眺，
细心观望，
那日图领地
四面八方的境况。

他俩突然看到，
西北方向，
大片黑色烟尘升腾，
听到震天动地的
阵阵响声。

达尼库尔勒说道：
“这烟尘吼声，
绝不是那黑妖婆能发出。”
话音未落，
扎那贝坦顿悟，
那可能正是，
心爱的枣红马，
蹄下腾起的尘雾。
于是便向那片尘雾疾驰，
像巨石顺着山沟滚落。

达尼库尔勒也策马奔驰，
向着那片尘雾奔驰而去。

是飞快的枣红宝驹，

戴着辔嚼鞴着马鞍，
迎面跑来，
只见扎进它心脏的
六十支矛枪已折断，
宝驹脊梁上，
扎着七十支钢箭。
系在它腿上的
三十八层铁绊，
已被挣断。

达尼抽出
虎斑皮夹，
从皮夹中取出，
白色药末，
白药能神速治愈伤口。

达尼用白药，
涂抹枣红马的
每个伤口，
伤口即刻愈合。
只听咕噜一声，
枣红马呈现出原先模样，
开口对达尼说道：
“扎那贝坦，
快骑乘我驰骋，
那妖魔，
正是黑色妖婆，
她带领九个蟒古斯，
从我们家乡逃走，
已整整三个昼夜，
至今音信皆无。”

是枣红马杀死了，
里外八层
看守黑牢的，
八千敌兵，
踢破并逃出了
黑色牢笼。
这便是
事情整个过程。

扎那砍下，
枣红马腿上的马绊，
骑乘着
飞快枣红宝驹，
链着细长黄马，
跟随汗兄回到故地。

扎那贝坦，
来到洁白毡帐前，
将自己的坐骑，
拴牢吊控，
跑进帐中拜谢哥哥，
畅饮美酒佳酿，
尽享美食、鲜果。

在此之后，
达尼对扎那说道：
“从娘胎出生以来，
我未曾享受一宿酣睡。
现在我要，
连续大睡，
十五昼夜。

成全我,在我睡醒之前,
牧放照管
八群铁青马匹,
这重任就交给了你。”

扎那翻身跃上,
飞快枣红宝驹,
一把将冰冷,
金光闪闪的
钢铁套马杆抄起,
吹着鸟鸣般口哨离去。

达尼库尔勒,
走进洁白毡帐,
到了床上,
放平了,
黑缎花枕,
抱着都古丽格·格日勒,
进入了梦乡。

正睡到午夜时分,
八群铁青马,
发出嘈杂的嘶鸣,
达尼库尔勒,
从梦中惊醒。

他冲出帐外,
滚鞍骑上斑点黄白驹,
飞奔到,
八群铁青马群那里。

只见一只母狼，
五十庹长身躯，
五庹长的尾巴，
五庹长的嘴，
身边带着
三只青黑色狼崽。

四只野狼，
把一半马匹连咬两口，
把五十匹马两个两个地撕咬。

扎那贝坦，
挥起六十庹长
如意铁马杆，
将野狼击打驱赶。

达尼库尔勒发出怒吼，
向马群冲去，
几只野狼，
把马六十匹六十匹地
撕咬吞噬后逃离。

五十庹长的
青黑色母狼，
嗥叫着说道：
“达尼库尔勒，
我将你家族诅咒，
诅咒你断子绝后！”

达尼库尔勒发出怒吼：
“在到达九海之前，

若不把母狼杀掉，
我愿发誓，
砍断自己的锁骨，
拧断自己的指头！

斑点白黄马，
你如果不能
把母狼甩在身后，
我宁可愿意，
把你的四蹄砍掉！”

达尼和扎那两人，
骑乘两匹宝驹，
挥鞭向野狼追击。

那只母狼，
竟然回过头来，
夸下海口：“我若被你追到，
宁愿后踵连同尾巴断掉！”
说完，它飞速逃跑。

达尼库尔勒，扎那贝坦，
奋力向野狼追逐，
奔行里程足有，
骑马行七十八个月的遥远路途。

终于撵上三只青灰狼崽，
将它们驱赶围在中间，
兄弟二人协力，
把三只狼崽碎尸数段。

他俩又向母狼
奋力追赶，
达尼库尔勒的
斑点黄白驹，
将奔行速度放缓，
要与枣红宝马，
并辔前行，
可斑点黄白马，
仍跑在枣红马前面。

达尼库尔勒说道：
“父汗曾经说过，
斑点黄白驹奔行速度，
无与伦比。
枣红驹的智慧，
不可匹敌。

扎那，你去将
八群铁青马群照管牧放；
追赶母狼重任，
就放在我一人肩上。”

达尼说完，
挥鞭抽打斑点黄白驹，
宝驹精力速度倍增，
向着母狼飞驰，
宝驹连续跑出，
骑马需行
七十个月距离，
撵上母狼之时，
斑点黄白驹已力竭精疲。

达尼库尔勒举起，
能将骨肉，
抽打分离的
粗大威猛黑鞭，
正要朝母狼
头骨、短尾
抽打之时，
灰色母狼，
翻身跃上马背，
立马加速逃窜，
跑在达尼的前面，
将达尼心爱的宝驹，
斑点黄白马的
一条前腿，
狠狠打断。

达尼抱着
斑点黄白爱驹的前腿，
哭泣不已。
灰色母狼，
那个黑妖婆，
此刻返回这里，
调侃着达尼：
“斑点黄白马的腿啊，
也真是可惜！”
于是伸出嘴，
呼呼咬下，
马腿上整块花肉，
呼呼扯下，
马腿上勺子大
黄白色的皮。

斑点黄白驹，
此刻开口说话：
“达尼库尔勒，
快快追击她！
我凭三条腿，
在到达黑色九海之前，
撵超她俩不在话下！”

达尼库尔勒，
终于撵上母狼，
将它连同它身下地面，
抽打成两截。

达尼库尔勒看到，
从母狼妖婆那里，
突然出来三只小雀，
直向着天空飞去。
“这可不得了！”
达尼说完使出男子
九十九种神力。

瞬间阴冷暴风大作，
天空上面，
阳光全然消失，
达尼把太阳变得，
小如油灯，
将太阳在马鞍上放置。

寒冷的世界，
暴风雪肆虐，
持续了三天三夜。

风雪持续不停，
不同种类、
各种名目、
毛色各异的鸟雀，
冻得瑟瑟发抖飞来聚集。

到了最后，
一只带黑斑纹鹏鸟，
也冻得难耐，
无奈飞来争夺阳光。

黑斑鹏鸟，
右翅膀下，
藏着三只
金色小雀。
达尼捉住它们，
将它们捏得粉碎，
终于禳除了厄运灾害。

太阳在空中高悬，
达尼把招致厄运的
黑妖婆、三只飞快的小雀，
堆在一起，
将旺火点燃，
火光直冲山巅。

达尼让妖魔尸骨，
在火堆中被烧成灰烬，
让牛再啃不到一根骨头，
让狐狸闻不到一点腥味。
妖魔子孙已断绝，

大风吹散了妖魔的骨灰。

达尼库尔勒，
骑上斑点黄白马，
凭三条马腿驰骋，
来到阿尔珊白海，
清洗宝驹皮肉筋骨后吊控。

达尼背着马鞍，
踏着座座山岭，
翻越过宽阔山峦，
跑回家中，
拜见了父汗，
向双亲问安。

达尼向父母讲述，
征服黑妖婆，
和她手下三个黑蟒古斯的
详细经过。

为胜利征服妖魔，
按传统礼仪，
举行欢宴，
吃着美食、果品，
饮茶畅谈，
喜乐无边。

这就是，
达尼征讨黑妖婆，
和她手下三个黑蟒古斯，
将它们尸骨焚烧骨灰散尽的

动人故事。

*　　*　　*

达尼库尔勒发出请求：
“我要一连酣睡，
十五个昼夜，
为我能得偿所愿，
扎那贝坦，
请求你去，
将八群铁青马匹，
牧放照管。”

扎那即刻跑出帐外，
拉起枣红宝驹的
缰绳嚼辔，
滚鞍跃上马背，
将六十庹长的
如意钢铁套马杆抄起，
向着铁青马群，
策马疾驰而去。

达尼库尔勒，
走进洁白毡房，
到了床上，
放好黑缎枕头，
搂着都古丽格·格日勒，
进入了梦乡。

酣睡到午夜时分，
八方领地传来，

阿拉巴图属民，
大声吼喊的声音。

达尼从睡梦中惊醒，
发现床上，
只剩下了自己。
他意识到大事不妙，
这定是蟒古斯，
查干阿斯楞来袭。

他起身跑到帐外，
高声呼喊：
“我的父汗啊，
你去了哪里？”
他已知晓，
父汗右侧腰带，
和哈屯额吉右边头发，
拴系在一起，
被驮上一峰黑棕色公驼，
正离他们而去。
一峰棕黄色母驼，
正驮载着
盔甲、兵器、坐骑离去。

达尼一把
将红缨长矛抄起。
他看到有人，
骑乘着懒散母驼行走，
便将斑点黄白驹嚼绳，
一把扯过，
策马冲上，

呼和胡图勒杭盖
高高的山梁。
他隐约听到,
在呼和胡图勒杭盖南坡,
大刀长矛,
长弓箭囊,
撞击折断的声响。

达尼放出狂风,
驱散了笼罩大地的
层层迷雾,
他看到扎那贝坦,
正与八万蟒古斯恶魔,
厮杀拼搏。

达尼库尔勒看到,
扎那手握六十庹长
铁柄套马杆骑马颠行,
便骑乘着
斑点黄白驹,
像山上滚落的飞石,
冲向蟒古斯。

他时而飞快穿透
蟒古斯一边的围堵,
时而猛烈豁开
蟒古斯另一边的包围,
一场搏击,
在楚鲁图山脚下展开,
八千蟒古斯,
瞬间被达尼斩杀净绝。

达尼策马返回，
一场搏击，
再次杀死，
八千蟒古斯。

在哈图伊尔盖图河畔，
达尼与蟒古斯，
厮杀搏斗，
两个回合，
杀死蟒古斯的大象，
八千零九头[①]。
可是突然之间，
他的红缨矛枪杆断裂！

“如此不祥怪异，
不该在我身上发生！
怎会遇到这等事情！”

向着呼和胡图勒杭盖，

① 杀死蟒古斯的大象，/八千零九头：这显然是史诗中蒙古英雄战胜了骑着大象来犯、以查干阿斯楞可汗为首的蟒古斯部众的情节母题。问题是，从此段有关“象阵”的文学描写中，能否看到历史的影子。我国北方民族自古就有与中亚、南亚各部落、国家发生战事的记载。较早的，如北方的“嚈哒”小国，公元4世纪就与中亚的波斯、吐火罗斯坦等部落、国家发生过很多军事冲突。（参见余太山《嚈哒史研究》，商务印书馆，2012年）较晚的，如元忽必烈时期，元廷曾征战过“大理”等国。［参见《元史·土土哈传》（标点本），中华书局，1976年］波斯、吐火罗斯坦、大理等这类国家或部落自古出产大象，象可做生产工具，也可做士兵征战的骑乘。尤其是冯承钧所译《马可波罗行纪》（上海古籍出版社，2014年）第121、122章中，就记录了1277年蒙古军队与缅甸国军队在金沙江畔发生的一次战役，其中就有蒙古军队大破缅军“象阵”的描写。（见该书第250—254页）史诗中有关“象阵”的文学描写，可能在某种程度上艺术地再现了蒙古军事历史的真实。待考。

达尼策马疾驰，
回头四下张望，
只见扎那贝坦，
连根拔起了
五棵落叶松树，
与蟒古斯厮杀搏斗，
松树被用光之时，
八千支矛枪，
一起对准，
扎那贝坦，
洁白无瑕，
如杭盖般
宽阔的胸膛，
七十支
长矛枪头，
扎进扎那贝坦的胸腔。

从太阳升起的早晨，
到太阳西斜的傍晚，
扎那贝坦，
又将黑蟒古斯的松树，
七根七根地
连根拔起两回，
不停息与蟒古斯，
拼杀鏖战。

戳进他胸口的矛头，
毒性渐渐发作，
英雄扎那贝坦，
停止了吼喊。

达尼看到，
扎那眨了眨，
转动的双眼，
从枣红驹马鞍右侧，
伸开四肢，
重重摔落在
沙地上面，
嘴里沾满沙子，
双手紧压地面。

“我的扎那贝坦兄弟，
没想过与你到死分离，
更料想不到，
将在瞬间，
将你失去！”

达尼库尔勒，
万分焦急，
扎那的枣红宝马，
飞速跑向达尼，
向他告知扎那的信息。

达尼施法术将自己，
变成拇指大的鹰隼，
将自己的坐骑，
变成了燕子大的鹰隼，
将自己的长矛，
变成一棵，
三色小草。

他飞到蟒古斯上空，

将九海的
双层铁网卡口，
控制占据，
将自己的坐骑，
变成几颗马粪蛋，
自己静静潜伏隐蔽。

他要去征讨，
上万个头颅的
凶恶蟒古斯首领、
长着七十五颗头的
蟒古斯达尔罕哈日的时候，
长着十五颗头的
蟒古斯阿特嘎尔哈日，
胸中疑团顿起，
他出来将周围查看仔细。

达尼库尔勒，
挥舞起红缨长矛，
将十五头蟒古斯阿特嘎尔，
推进九海。
接着又将，
七十五头的蟒古斯
达尔罕哈日推入海水。
将十五头的阿特嘎尔推入黑色的海水后，
所有的小蟒古斯，
都溺死在九海。

整整七天七夜，
达尼库尔勒缴获了
蟒古斯的所有财产、

群群家畜，
掳获了蟒古斯的
全部属民阿勒巴图。

达尼库尔勒，
恢复了原貌，
将哈屯额吉、父汗，
解救到身边。

在父母的伤口上，
将白药热敷涂抹，
没过多久，
父母的伤口愈合。

他牵来细长黄驹，
鞴起了马鞍，
为哈屯额吉，
牵来粗壮白鼻棕马，
鞴起了马鞍。
牵来了稳健黄驹，
为都古丽格·格日勒，
将马鞍鞴起。

蟒古斯所有阿勒巴图，
所有牲畜，
被驮运过来，
从九海的九层铁网卡口，
达尼用钩子勾了七昼夜，
勾出了人畜，
一起向着家园，
鱼贯行走。

夜以继日，
向前行进，
终于回到北方草原，
将属民安置在各领地，
建起他们安居的家园，
按传统方式精心筹备，
人们欢聚一堂，
要举行盛大欢宴。

将八万之众的
食人蟒古斯消灭，
像投掷石头一样，
将他们扔进九海，
掳获了他们的阿勒巴图，
将其带回故乡，
举行宴会庆祝，
幸福无比,喜乐开怀。

这就是，
降服剿杀
偷袭而来的黑蟒古斯，
一段惊险故事。

*　*　*

在此之后，
达尼库尔勒问道：
“我的父汗，
哈屯额吉，
去哪里才能找到，
拯救爱弟扎那贝坦的

灵丹妙药?”

牧森格日勒哈屯坦言：
“额吉告诉你，
扎那贝坦，
有三条性命，
你已将他两命救活，
救他那一命你力不能任。
现在别无他法，
速去寻找奥塔奇药师[①]，
向他诉说你的惆怅、哀怨。”

“阿爸、额吉二老，
救治扎那贝坦的神药，
寻得到也罢，
寻不到也好，
我只身一人，
骑乘一马，
即便精力枯竭，
也要拼力寻找!”
他说完告别额吉、阿爸，
向二老发出祝颂，
将毅然踏上征程。

他一把拉过，
高大如杭盖的
斑点黄白爱驹，
滚鞍跃上马背，

---

① 奥塔奇药师：奥塔奇，蒙古语译音，意思是喇嘛教中所说的“药王爷”，在蒙古文学作品中屡见，泛指技艺高超的神医。

朝着熟谙药典的
奥塔奇药师
居住的领地，
奔驰而去。

达尼朝准一个方向奔行，
傍晚时分，
他来到药师家乡，
那是骑马需行八千年，
才能到达的
遥远地方。

斑点黄白马，
被吊控拴绊，
他抽出一支钢箭，
将箭镞戳进地面，
将男子使用的
各种武器，
在箭杆上挂满。

达尼向奥塔奇药师，
敬请福安，
恭颂大吉，
药师拿出，
盛满圣水的贲巴瓶，
对他行三次洗礼，
贲巴瓶被放回原处，
圣水又在瓶中满溢。

达尼库尔勒，
向药师坦言：

“没料到八万黑蟒古斯，
袭击我的家园，
众多阿勒巴图，
被他们掳去。
他们杀害了扎那贝坦。
为救治爱弟性命，
特来向大师讨要妙药灵丹。”

“你们的扎那贝坦，
此人身具，
三条性命。
他的两条性命，
你已将其拯救，
第三条性命，
乃天赐神授，
救他我没有疗法、药物。

你白天没有过太平，
夜晚没曾睡得安稳，
终日戎马倥偬，
首次骑上异乡的马匹，
选错了方向，
便策马驰骋。

八方领地可汗的
高山崩塌，
河水干涸，
你凭借勇力，
将都古丽格·格日勒，
掳掠抢夺，
由此铸成大错。

你当速速返还
都古丽格·格日勒！”

“我俩自幼结交，
一起长大不曾分离，
爱妻都格丽格·格日勒，
怎舍得将她失去！”

“你的命中，
亲密无间，
两小无猜的伴侣，
应去南方寻觅。

西林陶格斯可汗的女儿，
是门杜尔苏布达公主，
公主的仆人是个牧牛老头，
老头的女儿年方十五，
名叫艾莉亚敏达苏。
你若娶她为妻
会长生不老，
永远富足，代代幸福。”

达尼库尔勒求问药师：
“拯救扎那贝坦的
疗法、药物，
如果您这里没有，
敬请指教，
当去何处寻求？”

“那日图这片领地，
没有疗法、药物，

你应到遥远边陲，
呼吉库尔勒可汗的领地，
如从那里仍寻求不到，
那便回天无力。”

“尊贵的药师，
向您恭颂，
吉祥平安！
我单枪匹马，
即使精力枯竭，
也要救活我的扎那贝坦！”

达尼库尔勒滚鞍骑上，
斑点黄白宝驹，
向着天地相连的边陲，
朝着西北方向驰骋如飞。

星星闪烁，
直至空中繁星，
布满之时，
达尼扬鞭催马，
仍不停驰骋。
山丘的碎石在马蹄下溅起，
高山的巨石，
在马蹄下飞迸。

斑点黄白马疯狂奔跑，
鬃尾发出
阵阵呼啸，
鞍鞯、鞍屉
被颠得离位晃摇。

白天行走，
宝驹体能倍增；
夜晚奔行，
宝驹更显神勇。

到了天地相连的边陲，
达尼库尔勒，
不时翻身下马，
将斑点黄白驹吊控。
之后便把宝驹放开，
抽打它的脊背，
骑乘它奔行。
斑点黄白驹四处踩踏，
四蹄踏过上千士兵，
向着远方驰骋。

达尼向远方奔跑不停，
天边渐露曙色，
他饥饿的肚子，
仿佛被食物填饱，
燥热的喉咙，
好像不再干渴。
究竟是怎么回事？
达尼感到无比惊愕。

突然眼前出现，
金、银两座闪亮的高山，
两河泛起粼粼波光，
山外草丛，
色彩艳丽茂盛，
山里草丛，

像海面水波荡漾，
一群群大雁，
发出动听的鸣叫，
一只只大鸨，
欢快追逐嬉戏，
好一片水色山光！
达尼正在遐想，
神灵乌兰达日度母感觉到，
天地发出剧烈轰响。

“我们呼吉库尔勒可汗，
以前曾经谈及，
没人来过这片土地，
常人来这里，
骑马需行两千余年，
举世难寻有如此体能的宝驹。
唯那日图领地的
达赖可汗，
曾骑乘细长黄马，
来过这里。

三方领地可汗达赖，
如今是否在世？
即使活着恐已年老力衰，
莫非是他的家乡，
另有人到来？”

乌兰达日下令和布达日度母，
带着仆人走了出来，
下令仆人接驾达尼，
达尼库尔勒的威风，

让五百仆人恐惧折服。
自愧生来，
不如这英雄一个指甲，
不如这英雄一段骨头。

他们正吃惊呆立，
达尼翻身下了坐骑。
抽出一支钢箭，
将箭镞戳进地里，
把武器挂上箭杆，
将斑点黄白宝驹，
在箭杆上吊控拴系。

达尼走进和布达日帐中，
恭请大安，拜颂大吉，
和布达日取出盛满圣水的
金色贲巴瓶，
为他行三次洗礼，
贲巴瓶被放回原处，
圣水又在瓶中满溢。

和布达日，
向达尼问道：
“你的征程，
水长路远，
看来是去征讨
强大敌顽。

这位可汗仁兄，
你的故乡，
是在哪里？

敢问你的
尊姓大名？
现竟为何事，
赶赴哪里？
你究竟是
何方神圣？”

“我是达赖可汗的儿子，
名叫达尼库尔勒，
父汗年已三百七十有七。
斑点黄白马，
身躯高如杭盖，
它就是我的坐骑。
今有要事求助于你。”

达尼库尔勒，
将八万两灿灿黄金、
南吉旺丹哈达，
向和布达日敬献，
向她发出美好祝愿。

“我有一个兄弟，
名叫扎那贝坦，
八万蟒古斯，
戕害了他性命，
让他惨遭不幸。
请赐我疗法药物，
让我兄弟复活苏醒。”

和布达日说道：
“我的小弟兄，

切莫悲伤!
我有办法让他苏醒。

你白天没享有幸福太平,
夜晚没曾睡得安稳,
终日戎马倥偬,
你首次骑乘异乡的坐骑,
选错了方向,
便策马驰骋,
八方领地可汗的都古丽格,
你应让她返回父母家中。

在太阳升起的
遥远地方,
居住着一位
西林陶格斯可汗,
可汗的女儿,
门杜尔苏布达公主,
她有一个仆人,
是位牧牛老头,
老人的女儿年方十五,
名叫艾莉亚敏达苏。
你若娶她为妻
定会长生不老,
永远富足,代代幸福。"

侍从为达尼库尔勒,
摆放各种美食、水果,
忙里忙外招待贵客。

和布达日接着讲述:

“你的阿爸，
达赖可汗，
过去曾来找过
我的父汗，
他骑乘着细长黄金马，
到达金、银两山西边，
再沿三条路的
中间那条，
向故乡回返。
路上还留有他坐骑的蹄印，
你沿蹄印前行便能得偿所愿。”

她在盛有圣水的贲巴瓶中，
放入三颗金丹，
均匀搅拌，
用七十种色彩丝绸，
将贲巴瓶裹缠。

“你用瓶中圣水，
涂抹扎那贝坦伤口，
再将圣水灌入他的嘴中！
将所剩圣水代代存储，
它能使人起死回生，
它能使人神闲气定！”
她说完将宝瓶递到达尼手中。

达尼库尔勒，
向和布达日拜谢，
敬颂平安大吉，
将男儿的各种兵器，
有条不紊佩挂在身，

跃上斑点黄白驹，
即刻启程离去。

来到金、银两山
西山脚下，
三条大路，
呈现在他眼前，
在中间那条路上行进，
父汗黄金马的蹄印，
在路面仍依稀可见。

他沿路前行，
策马昼夜驰骋，
到了次日，
太阳高悬当空，
他来到一个地方，
正是在这里，
扎那贝坦丧失了性命。

此刻枣红马正守护着主人，
扎那贝坦的身上，
没遭受蚊叮，
也没被蜂螫。

枣红宝驹站立，
成了寒冷原野的山脚，
让扎那躲避风雪咆哮，
成了炎热草原的阴凉地，
为扎那遮挡阳光炙烤。

达尼扶起扎那贝坦，

拿出盛有圣水的贲巴瓶，
用圣水涂抹他伤口，
将圣水灌入他口中。

扎那贝坦，
突然变得像一峰骟驼，
一跃而起蹦跳撒欢，
当他看到汗兄，
一把搂住，
汗兄的健壮脖颈，
激动万分说道：
“我扎那贝坦，
尽管曾经死去，
现在却又起死回生。
我的汗兄，
有了你啊，
今后还会有什么
怨恨不幸！”
扎那发出爽朗大笑，
像野马嘶鸣。
兄弟俩细细讲述，
发生过的件件事情。
他俩跃上飞快的宝驹，
踏着归程颠跑前行。

达尼、扎那回到故地，
下了坐骑，
跑进宫帐拜见父汗，
向阿爸、额吉，
恭颂吉安。
向二老讲述，

发生的事情桩桩件件，
尽享肉食、水果、奶酒，
香甜丰盛，
一应俱全。

按传统礼仪，
达尼筹备了宴席的
各种所需，
为庆祝扎那贝坦，
起死回生，
达尼和父汗一起，
举办了盛大宴会，
将属民召集。

此后，达尼库尔勒，
走进洁白的毡房，
在绘有双耳图的床上，
进入了梦乡。

正睡到午夜时分，
达尼从噩梦中醒来，
他惊恐地坐起身，
跑到了帐外。

他又跑进，
父汗帐中，
点燃胡杨枝条，
火苗发出噼啪响声。
被声响弄醒的父汗，
坐起身时，
达尼向父汗启禀：

“我做了一个噩梦！”

“我的孩儿，
但说无妨！”

“我梦见，
我的四位哥哥，
被青铜铃部落[①]的
七十九位英雄掳获！”

达赖可汗说道：
“达尼库尔勒，
你的梦非假而真，
你的梦非虚而实。

要说青铜铃部落的，
七十九位英雄，
顶尖好手的体能武艺，
和达尼、扎那相比，
要胜于你俩九倍，
他们中的末等男子，
也要胜于你俩三倍。

他们坐骑中的顶级，
比起你俩的坐骑，
要强于九倍，

---

① 青铜铃部落：该部落的马、驼身上所系铃铛的质地为青铜，而不是纯铜或其他非青铜金属。另一种可能是，英雄所在的部落尚不具备在马、驼身上佩戴青铜铃的条件。这一特征说明，入侵部落来自英雄较为陌生的遥远地方。这个细节，或许客观地反映出部落之间生产力发展状况存在着较大差异。

他们坐骑中的末等，
也定能好于
你俩坐骑的三倍！”

达尼库尔勒听后颇感诧异，
扎那贝坦闻此话语，
快速跳起说道：
“哥哥，这有什么惊奇？
他们不过也是男儿，
有充沛力气，
他们的骨髓，
有如他们的坐骑，
不过是充沛饱满，
这又何足惊慌，
这又何足畏惧？”

达赖父汗说道：
“事情远非如你所言，
可要当心这些英雄，
我在年轻之时，
便与他们有过交锋。”

扎那贝坦说道：
“他们至今不过已是，
衰老的东西，
亲爱的达尼库尔勒哥哥，
咱去把梦中真伪分辨仔细。”

达赖可汗说道：
“梦中所现确定无疑！”
扎那便说：“达尼库尔勒，

无妨先去摸清事情端的！”

他们两人佩挂起，
男儿的各种兵器，
跑出帐外，
跃上枣红马，
跃上斑点黄白驹，
向着西拉芒乃、
西拉那布奇、
胡巴芒乃、
呼日乐道里的领地，
飞奔而去。

来到那几片领地，
看到地上留下，
已风干的马粪，
可断定领地已遭掳掠，
人畜正在向西迁徙。

西拉芒乃府前，
有一株枝叶杈桠的檀树，
枝条上挂着一封书信，
扎那取下信件拆开细读，
只见信中写道：
“青铜铃部落的
七十九位英雄来袭，
将我们俘获掳掠。

他们中的
顶尖好手，
要胜于你俩九倍，

他们坐骑中的顶级，
比起你俩的坐骑，
要强于九倍，
他们坐骑的末等，
也要强于
你俩的三倍。”

扎那贝坦说道：
“四位哥哥，
竟为这无聊小事困扰！”
说完他将信件焚烧。

朝着他们离去的方向，
扎那贝坦，
扬鞭策马疾速奔驰。
达尼库尔勒，
紧紧跟行向前。

达尼库尔勒突然发现，
地上有一马蹄粘连的泥块，
便向弟弟喊道：
“扎那贝坦，快看！
这是马蹄上掉下的泥块，”
他说着返回从坐骑上下来。

扎那骑着枣红马，
围着泥块踩踏察看，
枣红马蹄印，
好似一岁马驹的蹄印。
达尼骑上斑点黄白马，
围着泥块踩踏察看，

斑点黄白马蹄印好似二岁驹蹄印。

达尼库尔勒琢磨，
看马蹄的样子，
可知英雄强悍[①]。

扎那贝坦说道：
“您见到孤独流浪，
自由长大的，
熊的爪印，
竟至于如此
慌张灰心！”

他用力抽打坐骑，
快速奔跑离去，
达尼库尔勒，
也吃惊地策马疾驰。

他俩快速奔行，
来到了
七十九英雄
领地的前边，
登上了
连鸟儿
也飞不上去的
高耸山巅，

① 看马蹄的样子，/可知英雄强悍：诗句的文学描写基于现实生活，长期生活在草原，牧业生产经验老到的蒙古牧民，能通过观察留在地面的马蹄印，看出马奔行的步幅、马蹄蹬踩地面的力度，大致判断出马的年龄和体能，进而推断出骑手驾驭坐骑的能力。

将周围景物尽收眼前。

那座黑色高山，
后面的山脚下，
多如发丝，
数不尽的
饥饿的黄色马群，
不吃草，不饮水，
只是不断发出阵阵嘶鸣。

马群前面，
一匹身躯高大如杭盖，
黄白色的
肥壮儿马，
望着扎那贝坦的
家乡领地，
剪动着双耳，
两胯一高一低地站立。

“哥哥，这匹儿马，
带着它的家族，
想要奔往，
我们家乡的领地。
咱们不如将这群马中，
不孕骒马套来，
宰杀烤食。”

那座黑色大山，
被檀树林覆盖，
淡黄色的马群，
就在后山脚下，

扎那向着马群走来。

他一气宰杀了
七百四十匹不孕骒马[①]，
把七棵黑檀树削成木签，
把全部马肉串好，
点燃了旺火，
火焰有如山高，
将马肉放在火上炙烤。

他俩以马鞍为枕，
以鞍屉、鞍鞯为床，
舒展开身体像两根皮条，
昏昏进入了梦乡。

青铜铃部落的马倌，
见到两个英雄便厉声呵斥：
“你等二人，
将七百四十匹不孕骒马，
随便套来宰杀，
炙烤着马肉竟昏昏大睡，
你们究竟是何人？
两个愚痴盗贼！”

骂声没能将英雄唤醒，
马倌挥起套马杆，
向两个英雄头部，

① 不孕骒马：不孕母畜，指的是不能受孕的马、牛、羊等，这样的母畜肉质好，宜宰杀食用，蒙古语称这样的母畜为“苏拜”(sʊbai)。这里的情节可证实，本史诗第66页和第90页的“宰杀骒马”，当为“宰杀不孕骒马”之误。

击打不停，
英雄仍未被击醒。

两位英雄，
正遨游梦乡，
像遭蚊虫叮咬几下，便说：
“要咬就把我咬疼，
别弄得我不疼不痒。”

马倌感到恐惧，
策马跑回向头领禀报：
“青铜铃部落的
七十九位英雄啊，
来了两位好汉，
已将河水弄得干涸，
已将高山弄得倒坍。

在檀树林覆盖的
黑山脚下，
他俩套住，
七百四十匹不孕骒马，
宰杀后将马肉炙烤，
竟然倒地睡起大觉。

我用铁柄套马杆，
向一个好汉的头颅，
击打碰撞，
可他就像，
挨了蚊虫叮咬，
咬到和没咬到一样，
无关痛痒。”

青铜铃部落的
七十九位英雄明白，
他们正面临一场灾难，
达尼库尔勒、扎那贝坦已经到来。

七十九位英雄，
带领着手下
蟒古斯士兵，
黑压压逼向
檀树林覆盖的
黑山背面的山脚，
将两位英雄围剿。

他们将两位英雄，
里外包围了
七十八层，
对着他俩，
发出恶狠狠的叫骂声：
“两个愚痴盗贼，
就像是见到，
没有主人的牲畜，
随便抓来宰杀烤食，
竟然还倒地昏睡不醒！”

两位英雄，
不慌不忙穿上衣服，
将七百四十匹
不孕骒马的
大块肉骨，
嘎巴嘎巴嚼着将骨头用嘴吐出，
小块肉骨，

吸溜吸溜吸着将骨头用鼻孔喷出。

他俩给各自宝驹，
鞴好马鞍，
有条不紊佩挂好
男儿的各种武器。

将沉甸甸的黑色腰刀，
伸展开来，
在右锁骨上，
威严搭放。

扎那贝坦发下誓言：
“莫给咱祖上七十九代英雄丢脸，
你我也要做那样的好汉，
持久与对手决战！
生在一起，
死在一起，
共荣辱，同患难。”

枣红马听到他俩的话，说道：
“且不要说，
那七十九支枪矛，
即使再有，
七十九支抽棍，
也休想把我身子打着！”

扎那横扫敌军，
冲破重围，
拼杀着奔驰了
骑行需行七十九个月的距离。

他掉转马头回杀，
相距一个月行程的敌兵，
一群群陆续逼来，
扎那一个接一个地砍杀不停。

扎那贝坦，
将个个敌兵，
当成在山上吃过的
二岁马驹踝骨掌控，
将敌兵摞起，
砍成七段，
砍了个光，
劈了个净！

大战几个回合，
青铜铃部落的
古那哈日搏克手，
和扎那贝坦，
拼斗到最后，
谁都没能摔倒对手。

又连续不停，
比试搏克，
拼斗了十五昼夜，
双方约定：
“咱们不再比试，
男儿难以承受打击的
各种武器，
只较量锁骨肩膀的力气！”
说完他俩各自向后，
退行一个月的距离。

两位搏克手，
全身披挂抖起威风，
像天上的闪电，
击打着
高大岩石，
双方发出“呼哈”吼喊，
张开双臂相互将对手举起，
相互厮杀将对手抛扔。
大地发出剧烈震颤，
所有生灵，
像面临着一场灾难。

他俩正激烈拼搏，
扎那贝坦，
浑身猛地生出神力，
犹如雄狮一般，
将对手高高举起，
重重摔在地面。
地面塌陷，
足足八十余尺，
扎那脚踩着对手胸膛，
将他的头颅揪断！……

古那哈日手下的英雄，
被燃起的大火焚烧，
那里牛再啃不到一块骨头，
狐狸再闻不到一丝腥味，
他们的后代灭绝，
他们的尸体灰飞烟灭。

西拉芒乃为首的

四位英雄，
也一举战败了
五千五百个
蟒古斯士兵。
四位英雄，
骑乘着白花马，
杀出一条血路，
坐骑被染成血红，
身上的银灰色盔甲，
也被鲜血染成猩红。

四位英雄，
冲杀出来，
拜见了两位爱弟。
六位英雄，
互相诉说着
与敌人搏斗的经过、
搏击中的苦乐。

达尼库尔勒说道：
“四位亲爱的哥哥，
咱们应即刻启程，
征讨青铜铃部落的
七十九位英雄，
夺取他们财产，
俘获他们阿勒巴图，
带着战利品踏上归程！”

西拉芒乃为首的
四位英雄，
发出誓言：

“我们四人，
死，
要与两位弟弟同死！
生，
要与两位弟弟同生！”

他们征讨了青铜铃部落的
七十九位英雄，
俘获了他们阿勒巴图，
夺取了他们牲畜，
掳掠了他们财富，
连一只山羊羔、
一匹小马驹也没有剩留，
没留下一个孤儿，
没留下一条母狗，
将能成为蟒古斯的杀尽，
将能成为属民的带走，
将有毒的饭食扬撒，
将能充饥的食物带走。

“此刻我俩，
要返回我们家乡！”
达尼库尔勒、扎那贝坦说完，
翻身跃上飞快宝驹，
向着北方家乡，
驰骋而去。

回到家乡领地，
将两匹坐骑，
拴绊吊控，
然后跑进，

父汗帐中，
向父汗问候安好，
恭颂吉祥太平。

兄弟俩边细细讲述，
件件事情的经过，
尽情享用，
茶饮、肉食、奶酒、水果。

彻底镇服了
青铜铃部落
七十九位英雄，
按传统礼仪须精心筹措，
为庆贺镇服青铜铃部落
七十九位英雄，
为庆贺成功解救，
达尼、扎那的四位哥哥，
举行盛大那达慕。

在那达慕欢宴中，
达尼库尔勒说道：
“父汗，
哈屯额吉，
亲爱的扎那贝坦，
亲爱的四位兄长，
听我细说端详。

神灵的乌兰达日度母，
呼吉库尔勒可汗，
圣洁的和布达日度母，
都曾向我发出训言。

他们都说，
应将都古丽格遣回家中。
你白天没享有过太平，
夜晚未曾睡得安稳，
终日戎马倥偬，
是因为在错误时间，
将都古丽格·格日勒抢夺，
才把灾难招致家中。
给我双亲，
给我弟兄，
连同给我达尼库尔勒，
招致危机不幸。

他们说都古丽格·格日勒，
脾气秉性，
与我不合，
不应是我命中深爱的女性。”

扎那贝坦说道：
“将都古丽格遣回家中，
难道你要做个
受戒喇嘛格隆[①]？”

“让都古丽格返回后，
在太阳升起的
遥远地方，
西林陶格斯可汗的女儿，
门杜尔苏布达公主，

① 格隆：藏传佛教中戒律性称谓。格隆是受过戒的喇嘛，按佛门戒律，格隆终生不能婚娶 。

她的仆人是个牧牛老头，
老人的女儿年方十五，
名叫艾莉亚敏达苏。
我若娶她为妻，
会长生不老，
永无贫苦，
永远富足，
代代幸福。”

都古丽格说道：
“你们让我返回，我即刻出发，
你们愿意收留，我便留下。”

达赖可汗，
牧森格日勒哈屯，
西拉芒乃、西拉那布奇，
呼日乐道里、胡巴芒乃，
扎那贝坦几人，
为了此事，
共同商议，
决定让都古丽格·格日勒，
回归故里。

之后将十部阿勒巴图，
一组一组分开，
命他们牵来五百峰沙漠骟驼，
在坚硬的砂砾上吊控[1]，
却又担心它们孤独，

① 见第294页页下注。

于是叫来五百名
醉醺醺的狂野彪悍英雄，
将银白色驼鼻栓，
递到他们
每人的手里边，
五彩缤纷的
条条丝绸线，
拴上骆驼鼻翼，
将它们拉进
贫瘠的戈壁荒滩，
放入棕黄色驼群中间。

英雄们抓住
沙漠中五百峰骟驼，
给它们穿上
银白色鼻栓，
用多彩绸丝，
将鼻栓装扮。

一峰峰骆驼被牵回，
在坚硬的
布满沙砾的地上，
拴系吊控，
放了四蹄的血液，
经受日晒风吹[①]。

达赖可汗，
牧森格日勒哈屯，

---

① 见第294页页下注。

把都古丽格·格日勒
唤至身旁，
向她喻示汗命：
“亲爱的都古丽格·格日勒，
神灵的乌兰达日度母喻示，
你与达尼库尔勒，
没有终生厮守的缘分。
现在你应
回到父母身边，
尽享幸福平安。

牧养八千匹白黄马的
阿勒巴图，
跟随你同去，
扎那贝坦的枣红宝马，
是你今后的坐骑，
以此做你家业的基底。

让五百峰
棕黄的骆驼，
驮着洁白毡房，
伴你返回故里，
建起你的家园牧场。”

达赖可汗，
牧森格日勒哈屯，
在绸缎哈达、
金色的库锦巾上，
放上马头大的
水晶宝石，
放上马头大的

黄色冰糖，
交到都古丽格手上，
深情地亲吻了
她的左右脸颊。

都古丽格开口说道：
“我今后再不能享受
在这里得到的幸福，
从此以后，
只是不时有人，
把我当成啃食的干粮，
把我当作使用的手套[①]。”

在汗父北面，
正背着脸
睡觉的
达尼库尔勒，
听到都古丽格
如此言讲，
骨节阵阵疼痛，
内心无比凄伤，
他将痛苦在心中隐藏。
都古丽格·格日勒，
将哈达、冰糖，
兜在衣襟，
然后走进了

① 把我当成干粮，把我当作手套：蒙古族谚语。干粮，在没有可口食物时，勉强用它充饥；手套，劳作时用它来干肮脏活。它们都用来比喻人们不屑理睬的东西。这里，都古丽格以此抒发自己的抱怨之情，预感到离开达尼库尔勒返回故里后，再得不到别人的喜爱和重视。

洁白的毡房。

父汗吩咐扎那贝坦：
“你骑乘达尼哥哥的
斑点黄白驹，
去护送都古丽格，
回归故里。

你去将马群聚拢，
将阿勒巴图安顿，
为都古丽格·格日勒出行，
给枣红驹鞴好马鞍，
做她的骑乘。”

扎那贝坦谨承汗命，
跑出帐外，
将都古丽格·格日勒的
马鞍嚼辔，
鞴放佩戴。

命一部落阿勒巴图，
选出千名出色英雄，
将洁白毡房，
拆卸归整，
用彩绸装饰
骆驼鞍屉，
驮放在五百峰
沙漠骟驼的背上。

骆驼将毡房，
有条不紊驮载停妥，

上面用花色毡毯覆盖，
峰峰骆驼下面，
有个个英雄牵扶。
阿勒巴图，
赶着一群群牲畜，
将部落一切财物，
聚拢在一起，
都古丽格·格日勒，
骑乘的枣红马，
跟随在驼队后面，
踏上洒满阳光的大路。

都古丽格·格日勒被人们搀扶，
跟行在驼队后方，
像柔嫩树枝轻轻摇曳，
像叶子花朵光鲜闪亮。

掌管驮载货物的
阿勒巴图、
群群牲畜，
在不停迁徙，
像飞来的一只只鸟儿，
啁啾不已，
像飞去的一只只鸟儿，
嘎嘎鸣啼。

骆驼发出声声嗥叫，
头上凸显出，
黑亮的眼睛，
野兔般漂亮的鼻翼，
峭峭楞楞。

峰峰骆驼，
四只驼掌发白闪亮[①]，
双臂搂不过来的
骆驼粗黑的后腿上，
挂着不足几拃长
铁钩子似的尾巴，
来回摆动，
下巴偏斜嘴巴翕动，
鬃毛稀疏散乱，
脊背上的肌肉磨损，
鬃毛凌乱蓬松。

扎那贝坦，
都古丽格·格日勒，
两人并辔奔颠，
转瞬来到，
八方领地可汗
洁白毡帐的门前。

来到枝叶杈桠的
檀树的树荫地，
两匹坐骑被拴绊吊控，
像两座高耸岩石一样，
形如两个巨大方箱。

他俩快速跑进，
八方领地可汗府中，
拜见汗父，

① 见第294页页下注。

拜见哈屯额吉，
向二老问候，
恭颂吉祥如意。

扎那贝坦启禀：
“启奏八方领地可汗，
我的哥哥达尼，
脾气发作，不守礼仪，
将都古丽格·格日勒，
休归故里。
他之所以如此，
是遵行乌兰达日度母的训谕。”

于是可汗准备了
美食茶饮、
佳肴美酒，
宴请来宾。

扎那将驮载的货物，
带领的阿勒巴图民众，
聚集一起，
一起向可汗走来。

扎那贝坦走出帐外，
搭起了
座座洁白毡房，
组建起
安定祥和的领地。
安顿好
八千马匹的草场营地。

扎那停留了七天七夜，
向前嫂夫人告知：
“此刻我当返回故里。”

都古丽格·格日勒，
将金色丝绸哈达、
金色库锦长巾、
马头大的
金色冰糖，
赐予扎那贝坦，
对他言讲：
“你是出色男子，
枣红宝马，
本是你与凶恶敌人搏斗的坐骑，
你应再骑它回去。
阿爸赐予的
八千匹黄白马中，
我再看看哪一匹，
是适合我骑乘的宝驹。”

扎那贝坦，
发出了
虎啸般狂笑，
发出了
岩羊嗥叫般大笑，
他欣然接受了枣红快驹，
向都古丽格祝颂平安，
冲出帐外迅跑。

他翻身跃上，
斑点黄白马，

将枣红马链在身旁，
向北方大草原，
迅猛驰骋，
径直奔向故乡。

扎那把两匹宝驹
拴绊吊控，
快速跑进
汗父帐中，
向阿爸、额吉、哥哥，
恭颂平安吉祥，
向他们一一讲述，
经历的桩桩事情。

他们坐在一起畅谈，
品尝着水果佳肴，
尽享着美酒肥肉。

扎那贝坦说道：
“我的父汗，
我的哥哥，
难以除掉的
都古丽格招致的灾祸，
现在已被禳除。
难以送回的
都古丽格·格日勒，
已经将她送回故土。
现在哥哥要去迎娶，
怎样一位公主？”

达尼说：“既然命中注定，

别说仆人的女儿，
即使婢女又当如何？
无战事无敌人的日子，
即使只有一两天，
也应尽情享乐！”

达尼白天参加欢宴，
夜晚酣眠，
将一切福乐享尽，
到了酣睡的
午夜时分，
一只金夜莺，
落在枝叶杈桠的树上，
发出的啼叫声悲伤婉转。

达尼库尔勒听到鸟鸣，
跑到帐外察看，
美丽的阿拉坦高娃公主，
飘然来到身边。

达尼库尔勒上前问道：
“你为何事来到这里，
鸣叫何以如此悲戚？”

公主说道：
“达尼库尔勒，
西林陶格斯可汗的
女儿门杜尔苏布达公主，
派遣我来求救于你：
三个凶恶蟒古斯，
力大无比，

犹如雄狮，
向我可汗威逼，
可汗的公主，
即将被他们掳掠而去。

为让公主，
从蟒古斯魔爪中，
重获生命，
为找到力大无比，
雄狮般的英雄，
救她于危难之中，
公主将我派遣，
赶赴这里，
将她的口信传送。”

达尼库尔勒回应：
“你速回返转告我明早启程！”

“骑马需行六十九年的
遥远距离，
我飞行三昼夜终来到这里。

不停扇动翅膀飞驰，
腋下肌肉已耗尽，
奋力振翅疾速飞翔，
手指皮肉已磨光。
我哪里再有精力，
火速飞回家乡！”

“我有办法，
帮你疾速返回故里。”

达尼说完，
从斑点黄白马尾上，
揪下一根尾毛，
从马前胛揪下一根细毛，
将两根毛拧编在一起，
放到鼻孔前停留片刻，
他俩面前突然出现
一匹戴嚼鞴鞍的黄白驹。

“扎，骑上这匹宝马，
你飞速到达后再放开它。”
达尼说完让公主即刻出发。

这匹宝驹，
奋起腾跃空中，
顿时消失了踪影。

达尼将男儿的各种武器，
有条不紊佩挂整齐，
从容坦然走到帐外，
骑上斑点黄白驹，
向西林陶格斯可汗领地，
驰骋而去。

次日朝阳升起时分，
达尼便到达那里。
他将斑点黄白坐骑，
施法术变成，
浑身长癞的
二岁小驹。
将自己变成一个小童，

脸上挂着鼻涕[①]。

可汗的仆人，
一位牧牛老头，
正在给五百头
三岁红色乳牛
挤出初乳，
又将初乳，
放进铁锅熬煮。

达尼库尔勒，
吊控了二岁马驹，
走进老人帐里。
向老人问安，
向老人的妻子行礼。

牧牛老头问道：
“我的孩儿，
你来自哪里，
家在何方？
你姓甚名谁，

---

① 这是蒙古史诗中很常见的情节母题。当英雄靠“勇”“力”难以战胜凶恶、强大的蟒古斯时，常常施法术将自己变成一秃头小儿或脸上挂着鼻涕的小脏孩儿，把自己的坐骑变成一匹浑身长癞的小马驹，扬言自己为寻找走失的畜群，迷失了方向，来到蟒古斯领地，以此蒙蔽蟒古斯的眼睛，分散、麻痹他的注意力，再悄悄接近蟒古斯，寻找合适机会，战胜甚至消灭蟒古斯。对于这种情节，学界存在两种不同看法：有学者认为，这是后人加进史诗的“令人难以理解的成分”，在很大程度上对史诗原有内容起到损害作用（参见仁钦道尔吉《蒙古英雄史诗源流》，内蒙古大学出版社，2001年，第289页）；另有人认为，这是史诗中存在的“智”母题，表现了英雄人物本身具有的“智慧”和神奇的“法术”[参见赵文工、丹巴译注《祖乐阿拉达尔罕传》（修订版）“前言”，中国国际广播出版社，2016年]。此问题，还有待今后进一步探讨。

竟是谁家儿郎？”

“我是上苍可汗
一个牧驼小儿。
有三峰骆驼，
一峰性情狂野的黑公驼，
一峰性情温顺的黑公驼，
一峰性情慵懒的黑母驼，
还有肋骨皮毛上，
没鞴过鞍屉的
三百三十峰
三岁棕黄小公驼，
牧放时不慎将它们丢失，
来此就为寻找它们。
你们这里，
是否见过
这样的驼群？”

牧牛老头答道：
“在我们这方领地，
未曾见到这样的骆驼。
快给这鼻涕小儿，
喝些牛初乳。”

老头将十三碗
可汗能喝，
平民也能喝的牛初乳，
倒给小童，
小童一碗碗将其喝光，
立马又倒满
七十三碗，

小童一口气将其喝净，
喝足初乳的小童，
倒头昏睡不醒。

牧牛老头，
端详鼻涕小童，
暗自思忖：
“这个孩子，
在近处未曾见过，
在左近从未现身，
他就是位英雄，
是能拯救我汗领地的
一颗福星？”

这时小童醒来，
他坐起身，
向牧牛老头询问：
“你们的可汗，
我能否谒见，
可向可汗打听我的驼群？”

“拜见可汗，
你有何要事？
你要询问，
丢失的驼群，
是否就是
我们这里的
那三个
凶恶的蟒古斯？

你瞧，

驮载大锅的
那三峰公驼，
可能是西林陶格斯可汗，
和他的哈屯；
你的三百三十峰
棕黄色三岁小公驼，
或许是门杜尔苏布达公主
三百余个仆人。”

鼻涕小童说道：
“我没有那样的慧眼，
不能将真伪辨认，
我来这里，
只为寻找丢失的驼群。”
他说完跑了出去，
翻身跃上长癞的
二岁小驹，
向西林陶格斯可汗领地，
奔驰而去。

可汗的两条
四眼花狗，
哈斯尔、巴斯尔，
迎着小童跑上前去，
围着小童要玩嬉戏，
汗府家仆颇感惊奇，
忙向可汗禀告信息。

可汗下达旨命：
“那个孩子，
身上不像带有什么罪孽，

不会给我们招致灾害，
看我家里的狗，
愿和他玩耍嬉戏，
应快把他唤进帐来！”

此时三个凶恶的蟒古斯，
正要把门杜尔苏布达抢夺，
进入汗帐商讨婚事，
恰巧鼻涕小儿，
也跑进可汗宫邸。

长着十五颗脑袋的
阿特嘎尔黑蟒古斯说道：
“在我们可汗领地，
从没有见过，
这么丑陋的小孩，
还是让他远远滚开！”

西林陶格斯可汗正说：
“给这个丑陋孩子，
送上茶饭，
供他享受。”
可小童立马改变可汗主意，
让他们先给三个蟒古斯，
送上茶饭美酒，说：
“作为孩儿，我还是稍后。”

一个凶恶的蟒古斯，
得寸进尺向孩子叫骂：
“你倒像一只
会说话、有驯养的鹰雕，

你这丑陋的傻瓜，
远远地滚吧！”

阿特嘎尔黑蟒古斯，
用力猛捶，
小童的后背。

小童怫然作色，
一把揪住，
阿特嘎尔黑蟒古斯，
将他的肱骨、手指，
扭断捏碎。
小童降服住
三个蟒古斯手臂，
蟒古斯终于败下阵来。

小童走出正要离去之时，
西林陶格斯可汗的女婿，
上天之子，
铁木尔布斯，
带着周围众生，
向小童发出恳求：
“这位鼻涕小童，
你本是一位可爱的英雄。
你生来足智多谋，
力气巨大无比，
犹如一头雄狮，
能奋力发出
雷霆般怒吼！

你身上闪光与雷鸣伴随，

射入我的枯黑的眼睛，
将强大智慧，
注入我的羸弱的前胸。

亲爱的英雄，
我们恳请你去镇压降服，
三个凶恶蟒古斯恶魔！”

鼻涕小童说道：
“你们可汗这里，
天上人间，
尚难找到征服他们的
英雄好汉，
我一个区区毛孩儿，
为寻骆驼浪迹天涯，
怎能征服如此敌顽！”

他们围坐一团，
尽享各种水果，
品尝白酒、马奶酒。
小童开口说道：
“你们如果
肯在黎明之前，
将门杜尔苏布达公主，
送到三个蟒古斯手中，
在此之后，
我可能会将蟒古斯征服。”

门杜尔苏布达，
将三个蟒古斯
引入黑貂皮帐篷。

“鼻涕小儿
进入黑貂皮帐篷时，
便立即将他杀死，
把他们的身体，
剁成七段。”
七十五颗脑袋的
达尔罕哈日蟒古斯如此盘算，
便把沉重的黑色腰刀
放在西面墙根，
一心盼望那一刻的到来。

鼻涕小童施计，
趁黎明之前，
把西林陶格斯可汗的
门杜尔苏布达公主，
送到三蟒古斯手中，
在此之后，
他奔行了
三个月里程。

小童笑卧歇息少许，
跨上斑点黄白爱驹，
启程奔驰。
从后面顺着
三个蟒古斯脚印，
追逐上去。

长着万颗脑袋的
图黑乌兰蟒古斯，
正带着门杜尔苏布达，
左顾右盼策马向前，

达尼库尔勒凭借，
斑点黄白驹的体能、速度，
冲到他身边，
把门杜尔苏布达抢夺过来，
朝来路疾驰回返。

七十五颗脑袋的
达尔罕哈日蟒古斯，
向前拉开
歪歪扭扭的黄斑大弓，
向怀里拉开半庹，
向身后拉长半庹。

离弦的白色钢箭，
向达尼库尔勒，
快速飞去，
可是飞箭，
始终追不上，
快速奔驰的
斑点黄白宝驹。

三个凶恶蟒古斯叫骂：
“被割掉耳朵，
被打断肱骨，
这个跑得飞快的
该死家伙！”
他们拼命追赶达尼库尔勒。

达尼库尔勒，
把门杜尔苏布达送到
西林陶格斯可汗门前，

又独自向蟒古斯回返。

长着万颗脑袋的
图黑乌兰蟒古斯，
凭借浅色枣红马的
飞快速度，
迎了上去，
和达尼迎面相遇。

达尼库尔勒挥刀，
把蟒古斯图黑乌兰，
连同他的
浅色枣红马，
劈成七段。

在此之后，
将七十五颗脑袋的
达尔罕哈日蟒古斯，
连同他的
黑色白鼻马，
劈成七段。

山岩碎裂，
乌树倾倒，
达尼看到，
长着十五颗脑袋的
阿特嘎尔黑蟒古斯拼命窜逃。

达尼库尔勒，
狠狠抽打坐骑，
奋力追赶上去，

将他劈成了七段。

达尼燃起
如山高的旺火，
焚烧了三个蟒古斯的尸体。

这里牛再啃不到一块骨头，
狐狸再闻不到一点腥味，
三个蟒古斯断绝了后代，
他们的尸体也灰飞烟灭。

这章讲述的，
就是这样一段故事。

*　　*　　*

达尼库尔勒登上，
长满落叶松的
陶布罕杭盖山梁，
点燃了
十三堆煨桑。

达尼让心爱的坐骑，
沐浴着阿尔珊山泉的圣水，
宝驹躯体的征尘被洗净，
达尼翻身跃马启程。

达尼一路迅疾奔跑，
来到西林陶格斯可汗门外，
将斑点黄白马辔缰，
在枝叶杈桠的

檀树枝上，
绾系了一个活扣结。
这活扣结，
好汉男儿跑来，
能瞬间将其解开。

跑进西林陶格斯可汗宫帐，
达尼向可汗及众人禀述：
“事情的来龙去脉，
听我一一道来。
我遇到的事情紧急，
迫不及待。

我未曾向
父母兄弟辞别，
便跑了出去。
当我听到，
三个蟒古斯消息，
赶到这里将他们诛杀，
铲断了他们后代根基，
让他们尸骨灰飞烟灭。

我带着他们领地的
阿勒巴图属民、
财产、畜群，
特来此拜见你们。

圣灵的乌兰达日，
谙熟经书的经师，
都曾向我示喻，
命运中，

与我亲密无间、
终生厮守的伴侣，
正是你们牧牛老人的
十五岁女儿，
她名叫艾莉亚敏达苏。

此事无需长久等待，
我会再度赶来将她迎娶，
我的扎那贝坦兄弟，
可能与我同行，
不可向外泄露这一信息。”
他说完向在座的人们
恭颂安好吉祥，
便火速奔跑出去。

达尼跨上，
斑点白黄宝驹，
向着北方故乡，
驰骋而去。

达尼来到
故乡西北边缘，
在父汗宫帐西边，
将斑点黄白宝驹，
拴系吊控。
他跑进宫帐，
拜见父汗、哈屯额吉，
也问候了他的
所有兄弟。

父汗询问爱子：

“亲爱的达尼库尔勒，
你去了哪里？”

“我梦中见到，
一只精瘦的黄狐狸，
拖着三庹长的尾，
翘着三拃长的嘴，
它嗥叫的声音，
能给人带来厄运灾害。

我跑到帐外，
只见精瘦的黄狐狸，
嗅着地面颠跑离去。

我骑乘斑点黄白马，
追赶狐狸。
斑点黄白宝驹，
奔跑飞快无比，
追到路的尽头，
查遍四周每个角落，
黄狐狸最终无处藏匿，
我把它拦腰砍成两截，
狐狸被我焚烧成灰。”

帐中摆出美酒佳肴，
大家围坐享用，
扎那贝坦建言：
“如今我可与你同去，
迎娶艾莉亚敏达苏哈屯。”
“好吧！”达尼应允。
酒宴昼夜持续，喜乐无尽。

在此之后，
扎那贝坦，
备齐金色、银色哈达，
备齐真金白银，
胡日扎、阿日扎，
白酒、奶酒，
将这些聘礼驮上马背。
有条不紊佩挂好
男儿的各种武器，
骑乘着两匹
飞快宝驹，
迅疾奔向
西林陶格斯可汗领地。

他们径直冲到，
西林陶格斯可汗宫帐门前，
将两匹坐骑，
拴绊吊控，
两匹宝马像两尊方箱，
像两座巨岩。
他俩跑进，
西林陶格斯汗的
宫帐里面，
向可汗、哈屯，
向他们众属下，
恭颂吉祥，
和他们寒暄畅谈。

扎那贝坦从怀里，
取出八十八庹
南吉旺丹哈达，

取出八千两
灿灿黄金，
在金杯银盏中，
将阿日扎、胡日扎，
白酒、奶酒斟满，
一并敬献，
西林陶格斯可汗。

扎那贝坦启奏：
“神灵的乌兰达日，
曾对我们发出示谕，
我哥哥达尼库尔勒，
与他亲密无间、
终生厮守的伴侣，
正是你们牧牛老人
十五岁的女儿，
她名叫艾莉亚敏达苏。
我俩遵行礼仪，
前来谒见可汗祈求俯允。”

西林陶格斯下达旨令：
“既然命中注定，
岂能违背天命？
无论女儿门杜尔苏布达，
还是艾莉亚敏达苏都应遵从。”
可汗命属下为两位英雄，
将各色各样水果敬奉。

在此之后，
在金杯银盏中，
斟满了

阿日扎、胡日扎，
白酒、奶酒，
一个个装束艳丽的侍女，
放开了优美歌喉。

十三首圣歌，
伴随优美乐曲，
庄重地演唱，
歌声乐曲声交融在一起；
八十二首长调歌曲，
悠扬婉转吟唱，
和欢乐乐曲融为一体。

西林陶格斯可汗，
将多方领地匠人，
召至身旁，
设计建造起
一座洁白宫帐。

这座宫帐，
四十四片檀木哈那，
四千根檀木乌尼，
圆形檀木陶诺[1]，
黑檀木门，
纯净白银围裹着哈那，
金灿灿的帐顶，
红铜丝做毡片滚边，
下垂黄铜丝随风摇摆，

---

① 哈那、乌尼、陶诺：哈那，蒙古包毡壁的木支架。乌尼，蒙古包上面类似椽子的木杆。陶诺，蒙古包顶上的圆形天窗，卫拉特方言中也称“哈拉查”。

宫帐外没有箍绳，
宫帐内没有立柱，
工匠精心安装装饰起
银白色的宫府。

宫帐建造在
宽阔草坪中央
平坦的地基，
匀整宽广，
禳除了周边障碍，
祈求来福乐吉祥，
在绿树荫下，
金色圆形宫帐，
拔地而起，
被装饰得
富丽堂皇，
豪华漂亮……

扎那贝坦，
向牧牛老人夫妇，
向那里所有
阿勒巴图属下，
恭敬地献上丝绸、
金色银色哈达。

西林陶格斯可汗的
八十名出色英雄，
八百个彪悍士兵，
手中紧握，
白银制成的驼鼻栓，
将色彩缤纷的

丝绸驼缰绳，
别在腰间。

油亮爆木驼鼻栓，
金色驼鼻栓皮结纽，
在他们手中紧握，
丝绸编织的驼缰，
别在他们腰带上，
他们走向
乌龙图戈壁沙漠，
他们走向
群群棕黄色的骆驼。

那些英雄，
给同样毛色的
一岁驼羔，
五百峰
沙白色的骆驼，
戴上银白鼻栓，
系上金色皮结纽，
佩戴好丝绸编织的驼缰。
拉到沙地石头上，
在坚硬砂砺上，
放了四蹄污血，
将它们拴系吊控[1]。

在此之后，
达尼库尔勒、艾莉亚敏达苏，

---

① 见第294页页下注。

两人一同抓着羊肱骨，
齐向太阳叩拜[①]，
为喜结连理，
结成终身伴侣，
举行了盛大宴会。

宴会不间断，
持续了月余，
一峰峰骟驼，
仿佛也过得舒心，
喜露笑颜，
大嘴频频不停张合，
鬃毛也变得明亮舒展。
达尼库尔勒掐算时日，
此刻当向故乡回返。

西林陶格斯可汗，
为艾莉亚敏达苏陪送，
两方领地畜群，
两方领地属民。

为艾莉亚敏达苏，
送上了四腿无比强劲的，
白鼻黑驹，

---

① 向着太阳叩拜：前文出现“新郎、新娘同握一根羊胫骨，每人手抓羊踝骨”的结婚仪式。这里出现了“男女双方叩拜太阳”的结婚仪式。这一情节母题和前文出现的描写英雄“金胸银臂”母题文化内涵一脉相承，都体现出古代蒙古人的太阳崇拜理念。蒙古人自古以来有崇尚日、月的习俗，认为自己是日、月的后代。参见［苏］加尔达诺娃著、宋长宏译《喇嘛教前的布里亚特宗教信仰》，收录于吕大吉、何耀华主编《中国各民族原始宗教资料集成》，中国社会科学出版社，1999年。

镶嵌宝物的马鞍嚼辔，
有条不紊地佩戴鞴起。
又为八位陪嫁侍从，
按年龄不同，
配备清一色的黑鬃黄驹。

在此之后，
向个个醉醺醺的英雄，
命令吩咐，
将驮运的财物，
在驼背上捆放牢固。

他们按礼仪接受旨命，
将艾莉亚敏达苏的
洁白毡房拆卸，
让千峰骆驼驮载。

锦罗绸缎
做成的骆驼鞍屉，
用哈达做驮架幅面，
将座座驼峰，
用金毯银毯苫盖蒙起。

五峰五峰
链在一起的骆驼，
踏上金色大路，
驼队后跟随着个个英雄。

陪嫁的阿勒巴图属民，
准备迁徙，
他们携带家资，

驱赶畜群。
艾莉亚敏达苏和她的侍从，
去拜见辞别，
阿爸、额吉，
然后向大道走去。

达尼、扎那两人，
向岳丈二老辞行，
恭颂福安，
启程向故乡回返。

白天不打尖，
夜晚不露宿，
阴雨无可遮挡，
酷暑不避骄阳。

峰峰骟驼，
凸起的眼睛，
几乎迸出眼眶。
野兔般漂亮的鼻翼，
频频向上峭楞。
黑亮的眼睛，
也变得浑浊不清。

四只大黑驼掌，
磨得灰白无光[①]，

① 在蒙古中篇史诗中，“吊控马”的情节时常出现，对其描写也具体细腻。吊控的目的与方法，已见第34页页下注。值得重视的是，本部史诗中出现了有关“吊控骆驼”的描写，共五处，很值得总结研究：①“在坚硬砂砾上吊控”（第260页），说明了吊控骆驼的地点；②“放了四蹄的血液，经（转下页）

一搂多粗的大腿，
瘦得可以拃衡量。

像野鸡似的驼尾，
来回摇摆不停，
脊背肌肉变得松软，
鬃毛变得乱乱蓬蓬，
嘴巴频频翕动。

宽广的道路边，
生长着
高高的白蒿，
骆驼偶尔，
啃食着草尖，
一行人驼终于来到，
呼和胡图勒杭盖
南部边缘。

扎那贝坦，
将骆驼驮载的辎重，
卸放下来。
将一座洁白毡帐，
搭建在
美丽的高山坡上，
在宽阔草坪中央，

（接上页）受日晒风吹”（第261页），说明了吊控骆驼的方法；③“四只驼掌发白闪亮”（第266页）；④“放了四蹄污血，/将它们拴系吊控”（第291页），说明了吊控驼蹄的目的；⑤“四只大黑驼掌，磨得灰白无光”（第294页），说明了如何通过驼掌观察骆驼体能的方法。“吊控马”是针对马的筋、骨、肌肉，是为了使马适于奔跑征战；“吊控骆驼”则是针对骆驼的蹄掌，为了使骆驼适于驮载重物，长途跋涉，穿越环境险恶的地带。

平坦的地基，
匀整宽广，
铲除掉周边障碍，
祈求来福乐吉祥，
在翠绿的
树荫底下，
金色贲巴瓶形宫帐，
拔地而起，
被装饰得
富丽堂皇，
豪华漂亮。

达尼和扎那，
向汗父、哈屯额吉，
献上四件宝物：
丝绸哈达，
足足有十五庹长，
库锦头箍金光闪亮，
犹如马头大的
水晶宝石、
金黄色冰糖。
在银酒杯中，
斟满奶酒，
恭祝父母双亲，
长寿安康。

在此之后，
扎那贝坦，
将阿勒巴图召集齐全，
让出色的英雄，
筹措大型喜宴，

奶酒、白酒、肉食，
在喜宴上，
必须一应俱全。
众英雄按诸项仪礼，
一一操办。

艾莉亚敏达苏身披，
闪着金光银光的
库锦斗篷，
一庹宽丝绸帷幔，
遮挡着她的身体，
进宫帐拜见阿爸、额吉。

各方阿勒巴图，
各种生灵，
一连七天，
一连七夜，
络绎赶赴宴庆，
在达赖可汗
金宝塔周围齐聚欢腾，
里里外外，
围了八十八层。

五百位衣着装饰
漂亮无比的侍女，
在金杯银盏中，
斟满阿日扎、胡日扎，
斟满白酒、奶酒，
她们放开了歌喉。
十三首圣歌，
伴随着优美乐曲，

庄重唱起，
歌声、乐曲声水乳交融。

这一章讲的是，
从西林陶格斯可汗领地，
迎娶艾莉亚敏达苏的故事。

*　　*　　*

办那次欢宴的时候，
达赖可汗、牧森格日勒哈屯，
曾对儿子说：
“亲爱的达尼库尔勒，
神灵的乌兰达日，
对你的扎那贝坦兄弟，
有过喻示，
提起过命运中，
与他亲密无间、
终身厮守的伴侣。
可扎那贝坦至今尚无
膝下承欢的子女。”

达尼库尔勒，
扎那贝坦，
带上了
八千两灿灿黄金、
南吉旺丹哈达，
骑乘着
斑点黄白驹，
飞快枣红马，
朝神灵的乌兰达日驻地，

快速出发。

他们径直到达那片领地时，
乌兰达日边去迎接边说：
“我所有的
阿勒巴图属民啊，
我即将赶赴达赖可汗领地，
你们也将
被接到那片驻地。”

当乌兰达日说话之时，
达尼、扎那两人，
来到神灵的乌兰达日跟前，
翻身下了坐骑，
将两匹宝驹，
吊控拴系。

他俩向前迈进一步，
乌兰达日将金色贲巴瓶，
赐予他俩，
他俩各将圣水饮下三口，
瓶中圣水又变得满溢。

在此之后，
神灵的乌兰达日，
为达尼、扎那，
摆出阿日扎、胡日扎，
白酒、奶酒，
用各色美酒，
将金杯银盏斟满，
人们频频推杯换盏。

达尼库尔勒，
喝着马奶酒，
脸色变得绯红，
遂从怀中取出，
八十八庹长
南吉旺丹哈达、
八千两灿灿黄金，
恭敬地奉献给
神灵的乌兰达日，说道：
“我们此来，
是向您求问，
扎那贝坦
一生当中，
与他终生厮守的公主。”

“你父汗所言非虚，
你哈屯额吉所说没错，
现在终于到了
我赶赴你家乡的时刻。”

于是为两位英雄，
唱起颂歌，
将阿日扎、胡日扎、
白酒、奶酒敬献，
隆重举办
盛大喜宴。

神灵的乌兰达日，
将她全体英雄召集，
向他们发出喻示：
“让阿勒巴图齐聚，

驱赶着一群群牲畜，
带上一峰峰骟驼，
准备向遥远地方，
启程迁徙。

你们要昼夜不停，
快速拾掇整理，
备好途中所需！”

各路英雄接受了
乌兰达日各项指令，
纷纷开始行动。

在此之后，
十五昼夜，
连续不停，
欢乐宴饮，
二十五昼夜，
宴饮欢乐
毫无停息，
借此时机，
所有属民，
被召集在一起，
所有骟驼，
被吊控拴系……

在一千五百峰
棕黄骟驼背上，
将乌兰达日的
洁白宫帐，
驮载捆绑。

一峰峰骆驼，
脊背苫盖着
金色、银色毛毯，
按五峰一组
链成一串，
每串骆驼，
跟行着一个英雄，
在大路上行进不停。

神灵的乌兰达日，
为骑乘的四蹄强劲，
快跑如飞的
细长宝驹，
有条不紊地
佩戴鞴起，
镶嵌宝物的
马鞍、嚼辔。

她带领着
装束漂亮的三百侍从，
朝着远方启程。

所有阿勒巴图启程，
飞来的群鸟欢叫，
飞去的群鸟，
发出悦耳的鸣声。

队伍踏上的条条大路，
像来自上百源头的河流，
又分成上千支流向远方流去。

黑夜不住宿，
白天不打尖，
在酷热烈日下，
不寻阴凉地避暑，
不停向前行进，
骑马需要八千年的
遥远路途，
仅仅奔跑颠簸
五个昼夜，
便已快速跑过。
他们到达了
高山林立的
呼和胡图勒杭盖，
他们到达了
故乡边缘西侧。

可汗达赖，
哈屯牧森格日勒，
带领全体阿勒巴图，
前去迎接，
奔行了骑马需九个月，
才能走完的路。

这章讲述的是，
扎那贝坦，
迎娶神灵乌兰达日的
精彩故事。

*　　*　　*

在此之后，

达尼库尔勒，
艾莉亚敏达苏哈屯，
生下一个银臀金胸，
前额凸起的孩子，
是个黄皮肤男婴。

神灵的乌兰达日，
挥起腰刀，
砍向可爱
男婴的脐带，
坚硬锋利的腰刀，
却难将孩子脐带
劈砍下来。

牧森格日勒哈屯，
惊奇之余，
突然想起：
“达尼库尔勒降生之时，
就是被年迈阿爸，
用神奇折刀，
砍断了脐带。”
于是她将那把
黑色折刀取了出来，
用它在可爱孩子的
铁脐带上，
连砍三下，
脐带像马尾鬃绳般断开。
她用百张洁白绵羊羔皮
拼接而成的襁褓，
将男婴包裹起来。

可爱的男孩，
仅过去一昼夜，
百张羔皮拼接的襁褓，
已裹不下他的身躯。
才过去两昼夜，
二百张羔皮拼接的襁褓，
已包不住他的躯体。

两个昼夜过去，
孩子仿佛长成一个
两岁龙子。

三个昼夜过去，
达赖可汗，
仔细端详，
可爱小童，
已长成三岁模样。
小童带着龙颜，
生来具有非凡智慧，
浑身凝聚着
男儿的巨大力量。

达赖可汗，
设盛宴赐予可爱小童，
额尔德尼库尔勒——
这一英名。

额尔德尼库尔勒，
方才长到两岁，
就稳稳当当跑来问道：
“可汗父亲，

哈屯额吉，
我的诸位哥哥[①]，
求你们听我诉说。
在我这位额吉之前，
和我的父汗，
一起生活的额吉，
如今她去了何处?
请将详情告知于我。”

达赖可汗
带领众人，
发出五十条巨龙般
洪亮的声音，
向小童回答：
“昔日你父亲达尼库尔勒，
将神力凝聚全身，
让八龙王可汗高山坍塌，
叫八龙王可汗河水枯干，
威慑他所有属民，
撼动他汗权。
将他的女儿，
都古丽格·格日勒抢夺为哈屯，
都古丽格没享尽福分，
却最终被遣送回故园。

---

① 哥哥：在蒙古及诸多北方民族语中，“哥哥”“姐姐”在不同的时代、不同的语境中，会呈现出不同的涵义。例如，在蒙古国，至今“姐姐”(额格其)一词，在不同的语境中分别是“姐姐”和“阿姨”的意思(参见本史诗《序》，史诗的转写整理者巴·卡陶，就将都古丽格·格日勒称为额尔德尼库尔勒的“额格其”)。至于“哥哥”的词义，在历史文献中，有时还表示官位、地位。参见拙文《唐代亲属称谓“哥”词义考释》，载《内蒙古大学学报》(哲社版)1999年第1期。

后迎娶艾莉亚敏达苏，
让她最终
享受了哈屯的幸福。”

额尔德尼库尔勒说：
“过去的应让它过去，
未来的才能给我们，
带来福气。
八方领地可汗，
虽铁石心肠，
而我的那位额吉，
心地慈悲。
快快接回，
都古丽格哈屯，
她是我的另一位额吉！”

众人按理接受了他的主意，
个个跑了出去，
可爱小童所说话语，
让所有人高兴不已。

这一章讲述的是，
额尔德尼出生的故事。

*　　*　　*

达赖可汗命令，
额头凸起小童、扎那贝坦，
给八方领地可汗捎去口信，
将发生的一切，
将额尔德尼出生的故事，

向诸可汗一一讲述，
达尼要与爱妻都古丽格，
和好如初，
要将她接回故土。

曾经赠予
都古丽格的家产
八千匹
黄白宝驹，
不再带回，
要将马匹留给
八方领地可汗。

遵父汗的
旨义命令，
扎那贝坦、额头凸起小童，
把八条圣洁的哈达
南吉旺丹、
八千两灿灿黄金，
揣进胸襟，
两人一起走出帐门。

额头凸起的小童，
鞴好父汗的
细长黄驹，
将一匹奔行平稳的黄马，
牵在手里。

扎那贝坦，
跃上飞快枣红宝驹，
挥鞭启程，

向八方领地可汗领地，
迅猛驰骋。

青色长生天乌云翻滚，
金色大地剧烈震颤，
八领地可汗听到了
巨大响声，
开口说道：
“这声音惊天动地，
莫非是达尼库尔勒，
为了某事又来到了这里？”

都古丽格·格日勒，
对父汗说起：
“达尼库尔勒，
生来具有，
明辨是非的超凡能力。”

扎那贝坦、额头凸起小童，
跑来下了坐骑，
冲进汗帐，
向所有人问安，
祝福吉祥。

扎那贝坦，
将八条金色的
南吉旺丹哈达、
八千两灿灿黄金，
从怀中取出，
敬献八方领地可汗，
并向可汗坦言：

“我哥哥达尼库尔勒，
迎娶了西林陶格斯可汗
牧牛老仆人的
十五岁女儿，
她名叫艾莉亚敏达苏，
夫妻俩生下一爱子，
名叫额尔德尼库尔勒。”

额尔德尼库尔勒曾询问，
以前和我父汗，
结为伉俪的额吉，
如今她在哪里？
有人告知他因选择错误，
便将额吉送归故里。”

此刻额尔德尼库尔勒开口说道：
“过去的不必纠缠，
未来的才能给我们带来福运。
我的额吉，
不是铁石心肠，
我们的祖父，
达赖可汗，
和八方领地可汗，
只因几句口角，
才闹下事端，
如今可汗祖父，
已幡然知悔，
命我们快速接回，
我的那位额吉。
于是我俩，
专程为此事赶来，

拜谒可汗。

以前赠送的
八千匹黄白驹，
仍留给您可汗，
只将都古丽格·格日勒，
连同她的东西，
接回我们故里。”

八领地可汗，
如虎啸般
发出狂笑，
如岩羊般
发出长长笑声：
“与生俱来的
高贵血统，
绝非等闲之辈，
这个小童，
智勇超凡，
能将三方领地统领，
应叫他额吉回到夫婿家中。”

十五昼夜，
连续不断，
举行盛大欢宴，
驼、马已养得
体壮膘肥，
都古丽格·格日勒的
洁白毡帐，
被拆解开来，
被捆绑上五百峰

棕黄骆驼的脊背，
每峰骆驼背上，
都用毛毯苫盖。
骆驼被五峰五峰地
链成一串，
每串驼队旁边，
都有一英雄跟随。

驼队踏上，
金色大道，
跟随的阿勒巴图，
发出一片喧嚣。

都古丽格·格日勒，
昼夜奔行不已，
骑马需行六十九年的
遥远地方，
只用四个昼夜，
便到达了那里。

达赖可汗，
让醉醺醺的剽悍英雄，
为都古丽格
搭建洁白的宫帐，
备好了基地，
一座宫帐，
按传统样式拔地而起。

达尼将都古丽格·格日勒，
接回家园，
为此举行盛大的

婚礼喜宴。

额尔德尼库尔勒，
在都古丽格怀里，
撒娇玩耍，
都古丽格·格日勒，
爱抚着额尔德尼库尔勒。

都古丽格柔软的乳房，
像突然裂开豁口，
涌出奶水，
额尔德尼库尔勒，
意识到额吉已到来，
躺卧下来吸吮着
额吉的奶水。

都古丽格就这样，
像是幸福快乐地
度过了一年的时光。

额尔德尼库尔勒，
剃度胎发的时日，
和达尼库尔勒
剃度胎发的时日，
同在一天，
都是夏季初月，
初三寅时。

达赖可汗，
伴随优美乐曲，
在祝福声中，

将锋利的金剪刀，
率先拿起。

侍从属下，
在优美祝福声中，
为小童剃度胎发。

连续不停，
三个昼夜，
大把大把地把胎发，
剃度完毕。

装束漂亮的
众多侍女，
在金杯银盏中，
将阿日扎、胡日扎，
白酒、奶酒，
斟得满溢。
人们伴随
优美动听的
乐曲旋律，
唱起一首首
长调歌曲。

人们久久沉醉于
歌舞酒宴，
欢宴持续了
六十昼夜，
又持续八十个白天夜晚。

这一章讲述的是，

额尔德尼库尔勒用慧眼，
辨识都古丽格·格日勒，
将她重新
接回故土，
成了汗父的哈屯，
成了自己的母亲。

*　　*　　*

一日，达尼对扎那说道：
“我俩现在启程，
为额尔德尼库尔勒，
寻找他的骑乘。”
“好吧！”扎那一口答应。

他俩抄起皮筋拧成的套绳，
跨上了两匹
飞快坐骑，
向着高山林立的
呼和胡图勒杭盖，
疾驰而去。
恰在此时，
八方铁青马群，
出现在
达尼库尔勒的眼底。

仔细观察，
马群中却没有
适合额尔德尼库尔勒
骑乘的宝驹，
他俩感到无比诧异。

被松树覆盖的
陶卜罕杭盖，
三片相连的山林中间，
突然升腾起
恐怖的黢黑雾团。

“那里出了什么事情？
咱们去黑雾那里，
将情况摸清。”

他俩向雾团冲了过去，
只见一匹
象灰色神驹，
身躯长九庹有余，
它从三片杭盖中，
腾跃出来玩耍嬉戏。
两英雄意识到，
这匹宝驹定是，
额尔德尼命中坐骑。
想智取这匹神驹，
它绝对不会中计，
想温和靠近它更是不易。
要想追撵上它，
看来唯有依靠，
斑点黄白宝驹。

扎那贝坦说道：
“亲爱的哥哥，
请把你的
斑点白黄马，
暂赐予我，

让我骑乘宝驹，
去追撵套抓象灰马。”
达尼一口答应了扎那。

扎那贝坦，
翻身跃上斑点黄白宝驹，
带着皮筋拧成的长套绳，
迅猛驰骋。

扎那贝坦挥起，
厉害的粗大黑色马鞭，
抽打斑点黄白马的胯骨，
鞭梢击入宝驹皮肉里面。

扎那磕镫催马前行，
只见象灰神驹，
举起前蹄冲向高空。

扎那贝坦
在空中绕行八十八圈，
不停追赶象白驹，
在大地上绕行七十七圈，
在诸汗领地，
绕行七十八圈，
来到阳光普照的那日图领地，
绕行八十八圈，
宝驹不停朝象灰马追赶。

斑点黄白马，
凭借与生俱来的
奔行速度，

终于撵上了
象灰色神驹。

扎那贝坦，
甩出皮筋拧成的套绳，
套住象灰马的坚硬脖颈，
身躯高大如都西杭盖的
斑点黄白驹，
被扎那贝坦用力
蹬住马镫，
黄白驹奋力戳住四蹄急停。

扎那连人带马，
被象灰马拖拽，
在陶卜罕杭盖北面，
宝驹终于戳住地面站立下来。

达尼库尔勒浑身，
无尽的力气顿生，
他一把揪住
象灰神驹额鬃，
将漂亮嚼辔，
戴上神驹头顶。

扎那、达尼两人，
牵着象灰神驹回归，
英雄吹起响亮口哨，
神驹轻快有节奏地颠跑。

他俩将三匹骏马，
拴在枝叶杈桠的

紫檀树枝干上吊控，
快速跑进汗宫。

达赖父汗，
转向身后，
咔嚓一声，
打开白箱狮头大锁，
从中拿出一副马嚼。

马嚼上黑钢口铁，
足有手镯口粗壮，
坚硬的黑钢马嚼箍绳上，
泡钉银白闪亮。

父汗将二岁骆驼，
难以驮动的马嚼，
庄重地递到，
额尔德尼库尔勒手上。

在此之后，
汗父取出，
一具硕大如杭盖的马鞍，
象骨座板，
紫檀木鞍桥，
座板上雕刻着展翅鹏鸟，
鞍桥上雕刻着
三十二个相互缠绕的龙头，
鞍座铺着黑色丝绸。
汗父将马鞍，
郑重交给额尔德尼库尔勒。

在此之后，
汗父拿出一支马鞭，
这支马鞭用十张犍牛皮，
编织拧成鞭芯，
用二十张犍牛皮，
编织成鞭皮，
鞭皮上花纹细密，
如虫子爬行的足迹。
三层公狍颈皮，
编成皮鞭绾套，
黄金镶嵌鞭柄内侧，
白银镶嵌鞭柄外侧，
鞭柄被装饰得漂亮无比，
马鞭威猛暴戾，
能将坐骑的肉骨抽打分离。
父汗将马鞭递到
额尔德尼库尔勒手里。

牧森格日勒哈屯额吉，
拿出宽如原野的
雪白鞍屉交给额尔德尼。

额尔德尼库尔勒，
伸出雄鹰利爪般的
双手十指，
接过鞍屉，
放开了桩上象灰宝驹。

他举起
银白马嚼，
掐住神驹银灰色嘴唇，

将黑钢口铁戴进马嘴，
口铁撞击着宝驹玉石般牙齿，
压住宝驹如蛇身翻动的红舌，
卡住宝驹硕大的臼齿。

马嚼辔绳，
从宽阔的额头，
绕过两只野兔般
耸立的双耳，
最终戴在
神驹口中、脖颈上。

丝绸嚼绳绕着宝驹头顶，
打上吉祥结，
挂在颈鬃上，
宝驹被拴系吊控。

英雄围着象灰马观看不停，
只见神驹身上，
凝聚着骏马，
八十二种体态的美好，
神驹体内蕴藏着
骏马十三种内在的美好品性。

象灰马身躯，
高与山齐，
英雄给它鞴上马鞍，
在枝叶杈桠的紫檀上拴系。
英雄有条不紊地抄起
男子的各种兵器。

为了聘娶，
能与额尔德尼库尔勒，
终生厮守的命中公主，
达尼库尔勒、扎那贝坦，
与额尔德尼库尔勒三人，
像柔细摇曳的柳条，
像绿叶花朵光彩夺目，
三人策马踏上旅途。

额尔德尼库尔勒看到，
他的象灰神驹，
扬起双层漂亮的额鬃，
频频甩动击打着
空中淡淡的白云。
便用力扯动
粗壮黑色的缰绳。
马头偏向右边，
香牛皮靴靴底，
蹬踩着紫红的
马镫银盘，
马头被扯着碰到马镫。

象灰驹极力躲闪尥着蹶子，
英雄将马头扯到左镫边，
马左唇角被扯烂，
英雄将马头扯到右镫边，
马右唇角被扯烂。

小英雄跟着达尼、扎那，
三人并辔齐驱，
转瞬来到，

呼吉库尔勒可汗、
和布达日的领地。

和布达日已感知，
三位英雄，
正向她靠近，
便将洞察一切的
七千位莫日根，
通晓一切的
八千位策辰[①]，
召唤到身边，
开口训示他们：
“达赖可汗的儿子，
达尼、扎那两人，
带领他们的儿子，
额尔德尼库尔勒，
来这里是为寻找我。
此时此刻，
我须立即奔赴，
达赖可汗的故土。”

---

① 莫日根、策辰：包括蒙古民族在内的北方民族比较古老的词语。“莫日根”与“策辰”，都具有“聪明、睿智”等义。但二者都是见诸史称北方民族官爵的称谓。作为文学作品的本部史诗中，名为“莫日根”的人，熟谙经书，具有向可汗喻示重大事情的能力和权力，根据这里“被召集”的情节，仿佛又是某领地可汗的下属官员。北方民族语“策辰”一词，曾被司马迁写作汉语“贤王”。此词在这部史诗中只出现一次，且与“莫日根”同时出现，根据“被召集”的情节分析，仿佛也是官爵称谓。然而史学和文学毕竟分属不同领域，在本史诗中，这两个词语词义究竟是什么，还有待今后进一步研究。参考乌其拉图著《匈奴语研究》(内蒙古大学出版社，2013年蒙古文版，第153—175页)，或许能对我们今后对此二词在古代蒙古语中词义的研究有所启发。

洞察一切的
七千位莫日根，
通晓一切的
八千位策辰，
一起向和布达日禀求：
“那九十五颗头蟒古斯，
给我领地生灵，
带来灾难痛苦，
就让那三位勇士，
将他镇压降服，
我等再随他们踏上归途。”

三位英雄来到近前，
分别将三匹坐骑，
拴系在枝叶杈桠的紫檀，
分别将一支钢箭的箭镞，
用力戳进地面，
把男儿的各种兵器，
有条不紊挂上箭杆。
他们走上前去，
向和布达日，
祝福叩拜，恭颂平安。

在七十个人
也担不动，
能盛一担酒的花瓷碗中，
一连七十八次，
将阿日扎、胡日扎倒满，
敬给达尼库尔勒，
达尼库尔勒，
一碗碗将其喝干。

眼看达尼略显醉意，
又即刻在花瓷碗中，
一连七十八次，
将葡萄酿制的
黑色美酒倒满，
敬给额尔德尼库尔勒，
额尔德尼一碗碗将其喝干。

在此之后，
又在花瓷碗中，
一连七十八次，
将烈性的
黑色果酒倒满，
敬给达尼库尔勒，
达尼又一碗碗将其喝干。

向扎那贝坦，
将美酒敬献，
扎那一碗接一碗，
也将美酒喝干。

达尼库尔勒、扎那贝坦，
到了说话时候，
扎那贝坦从怀中，
取出南吉旺丹哈达，
取出八千两
灿灿黄金，
向和布达日敬献：
“我的父汗、
哈屯额吉、
神灵的乌兰达日，

曾向我们喻示，
我哥哥的儿子
额尔德尼库尔勒，
与他终生厮守，
命定的情人，
就是您和布达日，
我们遵嘱，
赶到了你们领地。”

“我本应现在，
赶赴你们领地，
可是我三方领地，
饱受灾星恶魔，
九十五颗头蟒古斯折磨，
我们每一年，
要向他赠送，
整整三千
可爱的三岁孩童①，
这已经成为
不变的律令。
如不铲除这颗灾星，
我不能与你们同往，
不能踏上归程。”

额尔德尼库尔勒说道：

① 祭奉孩童：蟒古斯大量食孩童，史诗中不多见，这一情节有可能源于蒙古民间故事母题。例如，鄂尔多斯韵文体民间故事《奥勒扎岱和胡毕泰》（见拙译《鄂尔多斯史诗》，内蒙古大学出版社，2011年，第195页），讲的就是暴君道可辛可汗，为禳除肆虐疾病，便用百姓孩子祭天，给百姓造成极大灾难。待考。

“那就让我去将
凶恶蟒古斯降服，
阿爸你们兄弟二人，
带和布达日先行踏上归途！”

达尼库尔勒说道：
“额尔德尼库尔勒，
你尚年幼，
应让阿爸兄弟二人，
降服那蟒古斯恶魔！”

他俩翻身跃上坐骑，
疾驰而去。

达尼库尔勒正催马疾驰，
他的枣红宝驹，
此刻开口说道：
“这凶恶蟒古斯，
力大无比，
身怀百种魔力。

要去找到
能保佑你的
三件宝物①，
才能有方法

---

① 三件宝物：蒙古史诗中，英雄的坐骑在关键时刻，为英雄指点迷津，一定会起到至关重要的作用，这是毋庸置疑的。但在这里，枣红马提醒主人达尼库尔勒要去找到“三件宝物”，否则不能战胜蟒古斯，但后文的描写，没有交待这三件宝物究竟何指，也没出现此三件宝物在英雄与蟒古斯搏斗的关键时刻发挥出怎样的作用。疑在传唱或文本的记录整理中出现了遗漏，有待今后进一步研究。

迅速将他降伏。
这个蟒古斯，
绝非轻易便能对付。”

达尼将弯如山丘的黑弓，
挂上脖颈，
将小胫般粗的矛枪，
别在腰上，说道：
“不宜两人同去，
我先独自一人，
奔赴搏斗沙场。
扎那贝坦，你留在这里，
步履不能超越，
七十个月行出的距离。”

凶恶的蟒古斯，
得知达尼库尔勒，
正向他这边驰骋，
便快步登上，
查干杭盖北面
七十八层山峰，
对着达尼库尔勒大吼：
“你我二人，
别用能工巧匠打制的
男儿的各种兵器，
较量比试，
干脆用父母赐予的
锁骨、肩膀、
十根手指，
较量比试
体能技艺！”

于是双方各自向后退行，
骑马需行一月的距离。

两人张开双臂，
冲到一起扭打，
像苍天的闪电光，
击打在
黑色的山崖。

他俩发出“呼哈”吼喊声，
张着四肢向对手冲去，
扭作一团,杀气腾腾。

金色大地，
发出晃动，
各种生灵，
仿佛面临灭顶灾星。

此时此刻，
达尼从不发热的躯体，
突然阵阵发热，
他浑身变得潮湿，
三十三种神奇的力量，
凝聚于他的四肢。

他奋力举起蟒古斯，
地面发出震颤，
骤然向下八十尺，
轰然塌陷。

达尼挥起金刚腰刀，

将蟒古斯的肚子，
狠狠劈开，
带着驮子的峰峰骟驼，
众多艾寅勒[①]的人畜，
从恶魔腹中冲出。

达尼库尔勒点燃了
三堆如山高的旺火，
将蟒古斯尸体燃烧，
让牛啃不到一块骨头，
让狐狸闻不到一点腥臭。

蟒古斯子孙已断绝，
蟒古斯尸体灰飞烟灭。

达尼翻身跃上坐骑，
朝着和布达日，
疾驰而去之时，
天国领地，
突然降下，
阿尔珊甘霖，
甘甜的圣水冲刷了
达尼和坐骑的身躯。

---

① 艾寅勒：蒙古语译音，也译作“艾勒”。在现代蒙古语中，是村落的意思。在古代，是指蒙古人经营牧业比较成熟后而产生的最基层的行政组织。据史料记载，蒙古人牧养五畜（马、牛、骆驼、绵羊、山羊），是他们的牧业经历了一段时期以后才有的事。而且放牧各种大量畜群，为躲避或应对袭击、掠夺、战争，就必须把牧户组织成古列延、艾寅勒等最基层的行政单位。参见［苏］鲍·雅·符拉基米尔佐夫著、刘荣焌译《蒙古社会制度史》，中国社会科学出版社，1980年，第60—61页。

达尼库尔勒，
与扎那贝坦欢乐重逢，
达尼向扎那讲述着
发生的一切，
两位英雄，
娓娓诉说着经历的事情。
马不停蹄地
并辔前行。

达尼、扎那来到，
和布达日身边，
额尔德尼库尔勒迎接上前，
接过阿爸、叔父的坐骑，
向他俩道安询问：
“想必你们
已彻底征服敌顽？”
他俩将自己的坐骑，
拴绊吊控，
一起走进帐中。

和布达日，
向达尼库尔勒问候，
向他祝福吉祥，
遂捧起金色贲巴瓶，
将瓶中圣水，
三次滴落在
达尼库尔勒身上，
达尼昏暗干涩的前额，
又变得宽展明亮。

随即举办盛大欢宴，

庆祝征服了
九十五颗头凶恶蟒古斯，
一连十五昼夜，
欢宴持续不已。

这章讲述的是，
征战九十五颗头蟒古斯的
精彩故事。

* * *

在此之后，
和布达日，
决定赶赴，
达尼库尔勒家园。
她随之赶来，
十六匹出色马儿，
给它们一一鞴上，
镶嵌宝石的马鞍，
将她手下阿勒巴图召集，
带领着十五个侍从，
向着达尼家乡北面，
奋力跋涉向前。

达尼库尔勒率先，
来到汗父面前，
禀告和布达日即将到来，
达赖可汗，
召集属民下达旨令：
“全体属下，
你们尽快，

在高地美丽的登吉河边，
在宽广的朱乐格河畔，
修造搭建起，
银白色宫帐，
四十四片檀木哈那，
四千根檀木乌尼，
圆形紫檀陶诺，
黑檀木门，
纯净白银围裹着哈那，
金灿灿帐顶，
红铜丝做毡片滚边，
下垂黄铜丝随风摇摆，
宫帐外没有箍绳，
宫帐内没有立柱，
用闪闪的白银，
为宫帐镶边。”

众多属下，
谨承汗命，
遵可汗旨意建造宫帐，
遵可汗旨意装饰宫帐。

婚礼喜宴的
白酒、奶酒、美食，
一应俱全，
按传统精心筹办。

和布达日身披
闪着金光银光的
库锦斗篷，
金丝绸帷幔，

遮挡着她的身体，
她手捧美食美酒德吉[①]、
金色丝绸哈达，
将马头大的
水晶宝石、
马头大的
黄色冰糖，
向父汗敬献。

牧森格日勒哈屯，
在银白酒杯里，
斟满奶酒，
达赖汗父，
送上长久美好的祝愿；
牧森格日勒慈母，
送上永恒美好的祝福。
父母向两位新人，
赏赐群群牲畜。

在此之后，
所有的属民，
阿勒巴图相聚一团，
开始举行，
盛大喜宴。

恰在此刻，

① 德吉：蒙古语译音，其义为“精华”“珍品”，又为“物之第一件”“饭之第一碗”“酒之第一盅”等等。“献德吉”是蒙古民族的一种古老礼俗，通常用来表示对长者的尊重，对尊贵宾客的欢迎；或在喜庆节日聚会时，对尊长的祝福等。在蒙古族祝赞词中，经常使用“德吉”一词。

额尔德尼库尔勒，
跑了出来，
给达尼库尔勒阿爸、
扎那贝坦叔父，
连同自己的三匹坐骑，
卸下马鞍，
摘下辔嚼。

三匹骏马腾起泥块尘雾，
向着呼和胡图勒杭盖
漫山遍野的同族马群，
奔跑而去。

从此之后，
上面再无战事，
周围再无厮杀怒吼，
没有恶毒争斗，
再无危险潜伏，
没有缺憾失落。
人们舒心安逸，
器皿盈实日子富足，
生活美满幸福。

达赖可汗的
前辈生活我一无所知，
额尔德尼库尔勒的
婚后事情也不得而知[①]。

① 从这几句诗文可推知，可能有达赖可汗、达尼库尔勒、额尔德尼库尔勒等一系列的故事，这里演唱的只是其中“达尼库尔勒”一部。参见巴·卡陶为本史诗所作《序》。

附录:《达尼库尔勒》（蒙古文）

ᠳᠠᠨᠢᠬᠦᠷᠡᠯ

[illegible] 《Дани Курлю Былина Дёрьбетовъ

[illegible] Ⅶ [illegible] Ⅹ [illegible]

[illegible] 1972 [illegible] 94 [illegible]

[illegible]

[illegible]

[illegible]

[illegible] ::（2，234，235）

[illegible] 1910 [illegible] 7 [illegible] ::（1，227，229）

[illegible] 4 [illegible] 4 [illegible]

[illegible] 26 [illegible] 1910 [illegible]

[illegible] 1910 [illegible] Баитского А.В.Бурдуковъ》[illegible] Парчинъ Тайжи（тульчи）Тюми Баиръ гуня хошуна записанная 1910 году на Р.Хангельцыка Сословъ

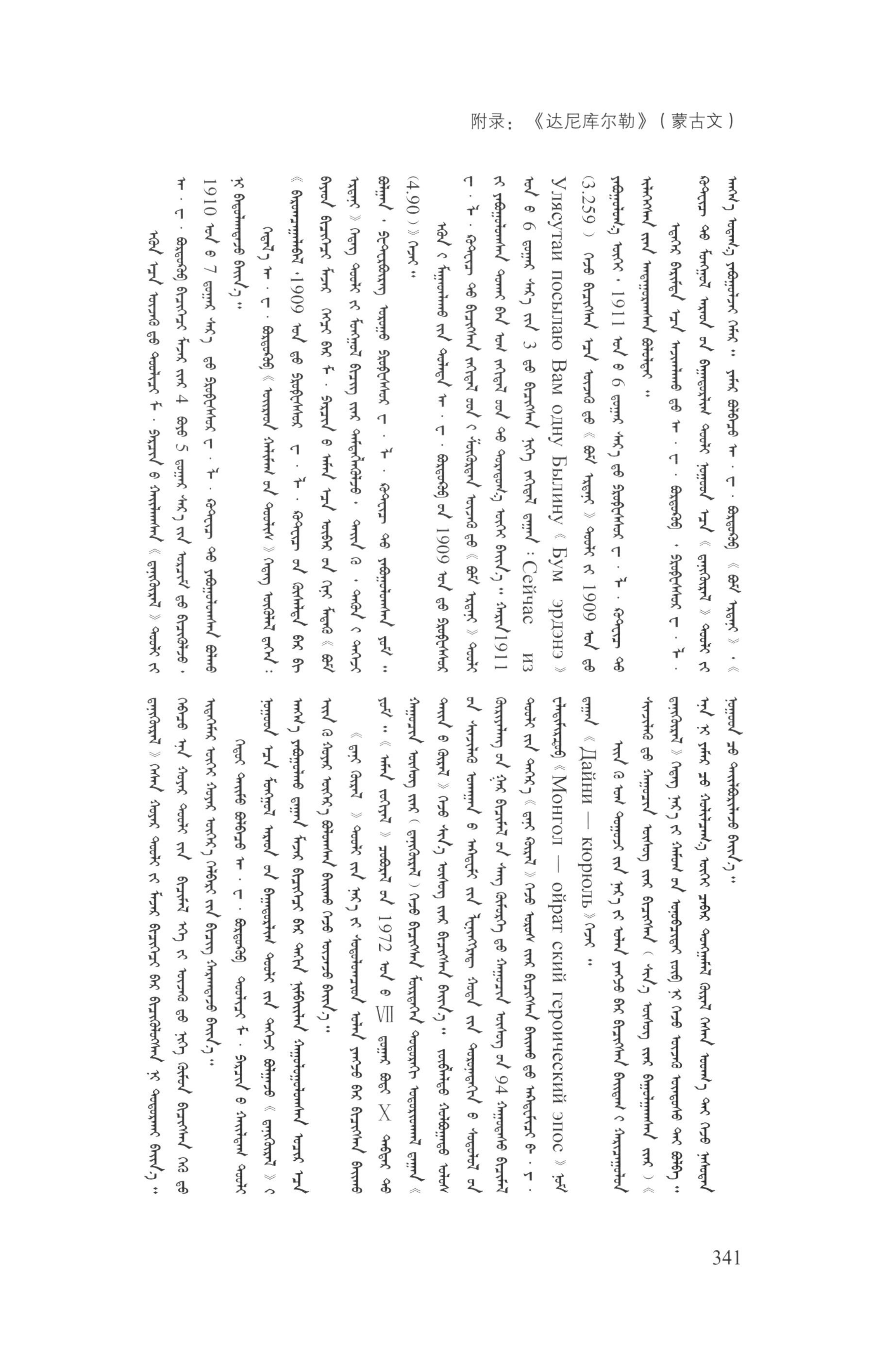

1911 … 6 … 1909 … (3.259) …

Улясутаи посылаю Вам одну Былину《Бум эрдэнэ》: Сейчас из … 1911 … 6 … 3 …

… 1909 … (4.90)》…

…《…》… 1909 …

… 1910 … 7 …

… 4 … 5 …

《Дайни — кюроль》…

《Монгол — ойраг ский героический эпос》… 94 …

… 1972 … VII … X …

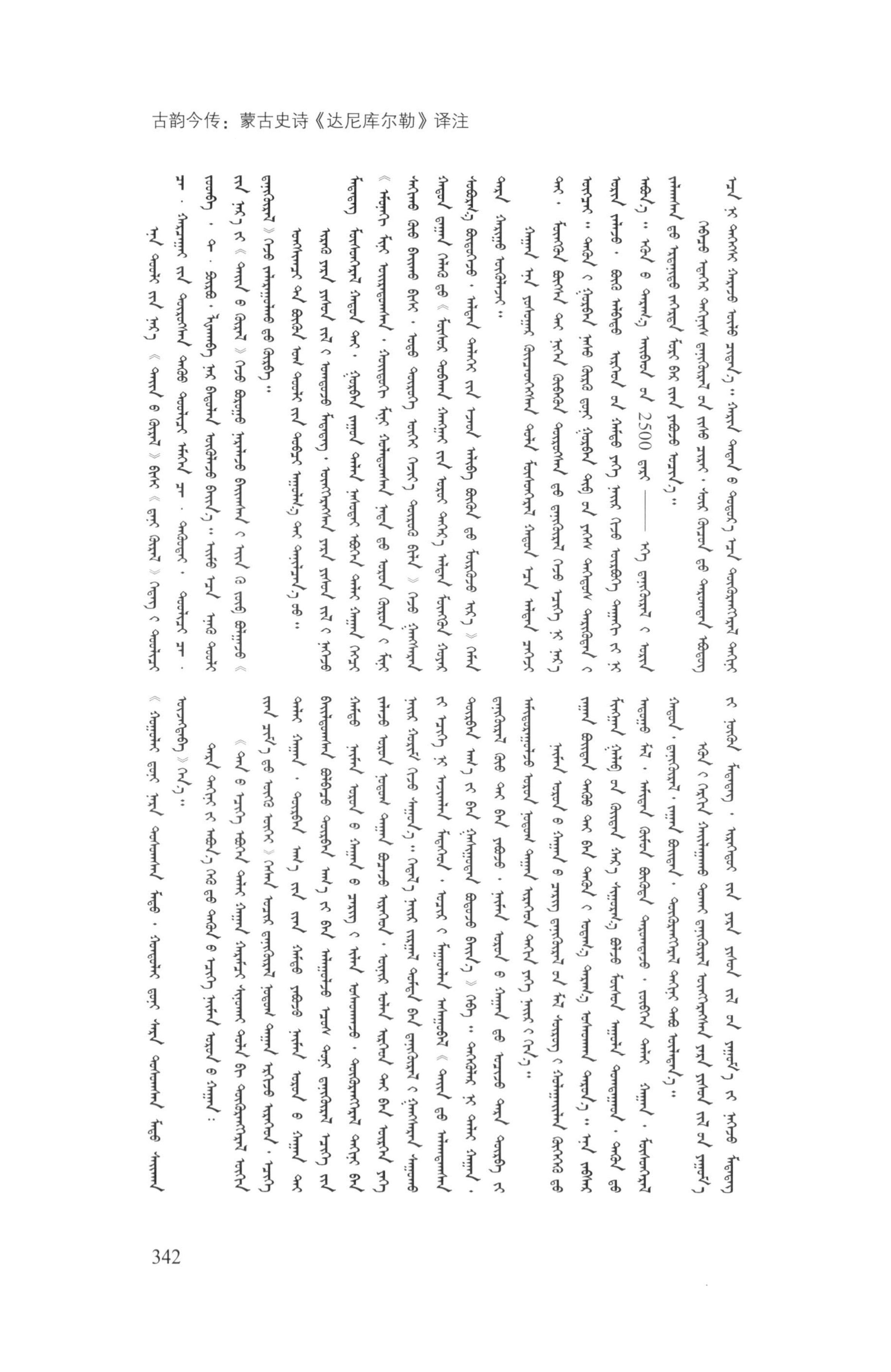

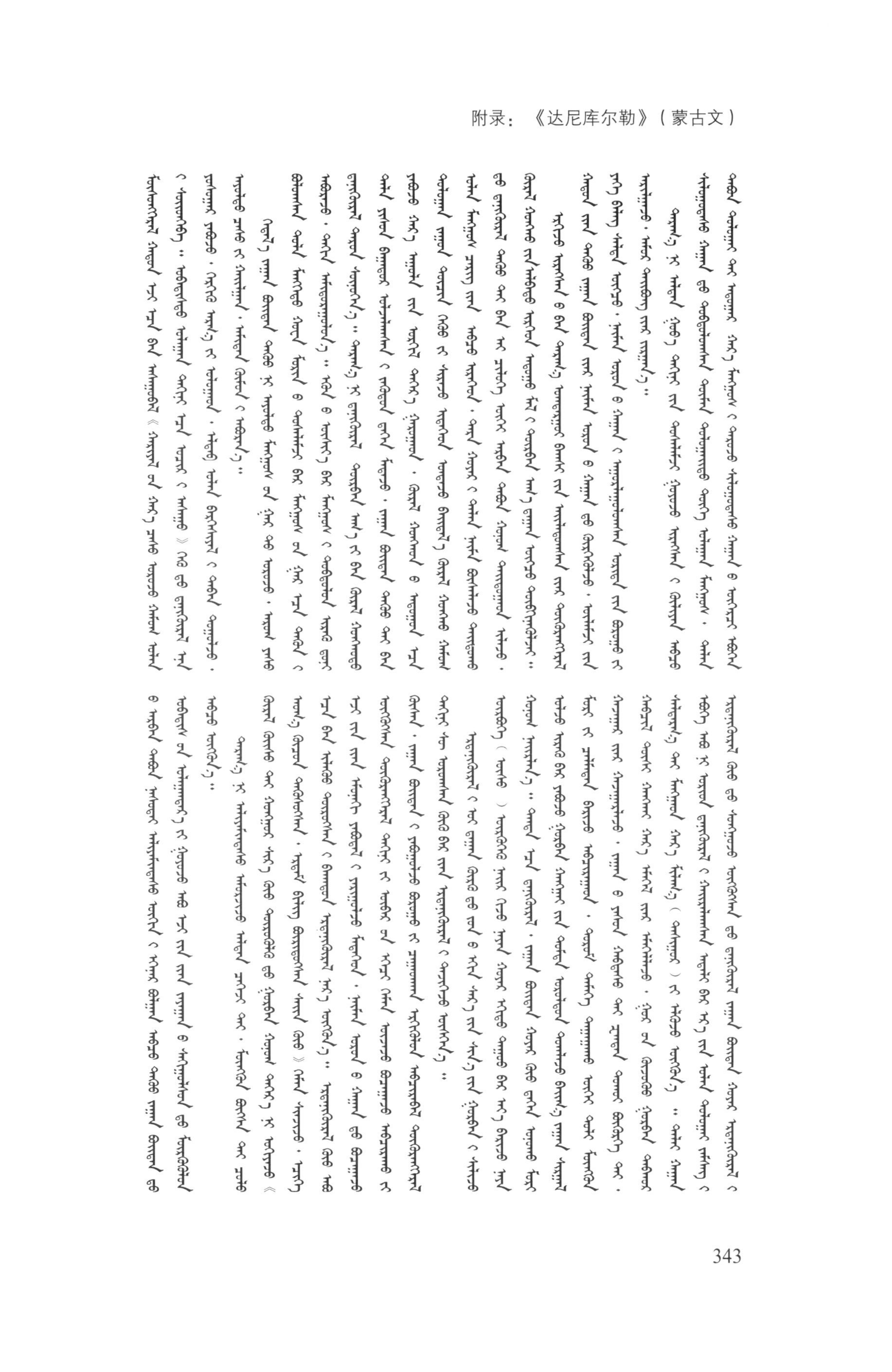

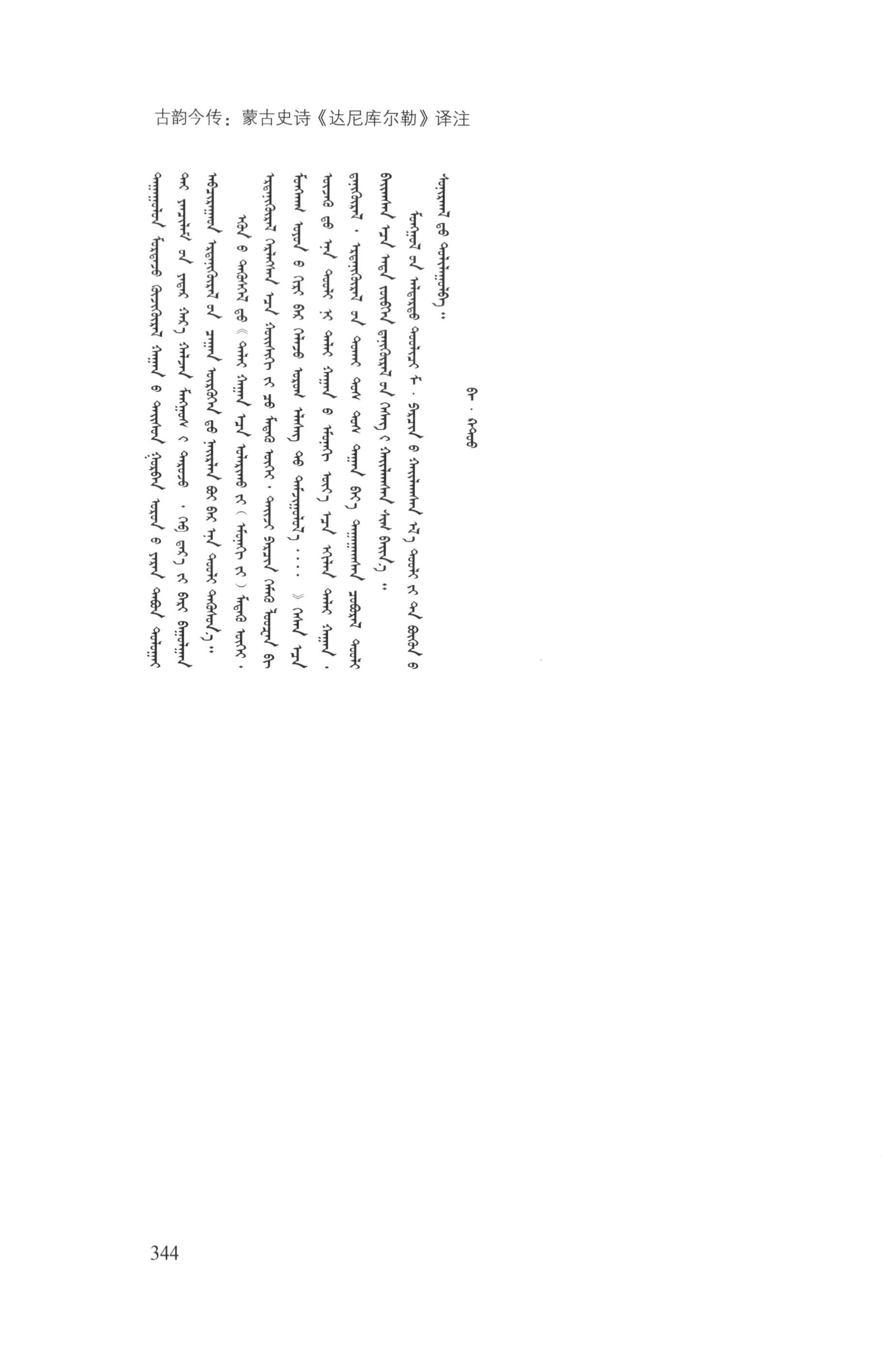

[illegible]

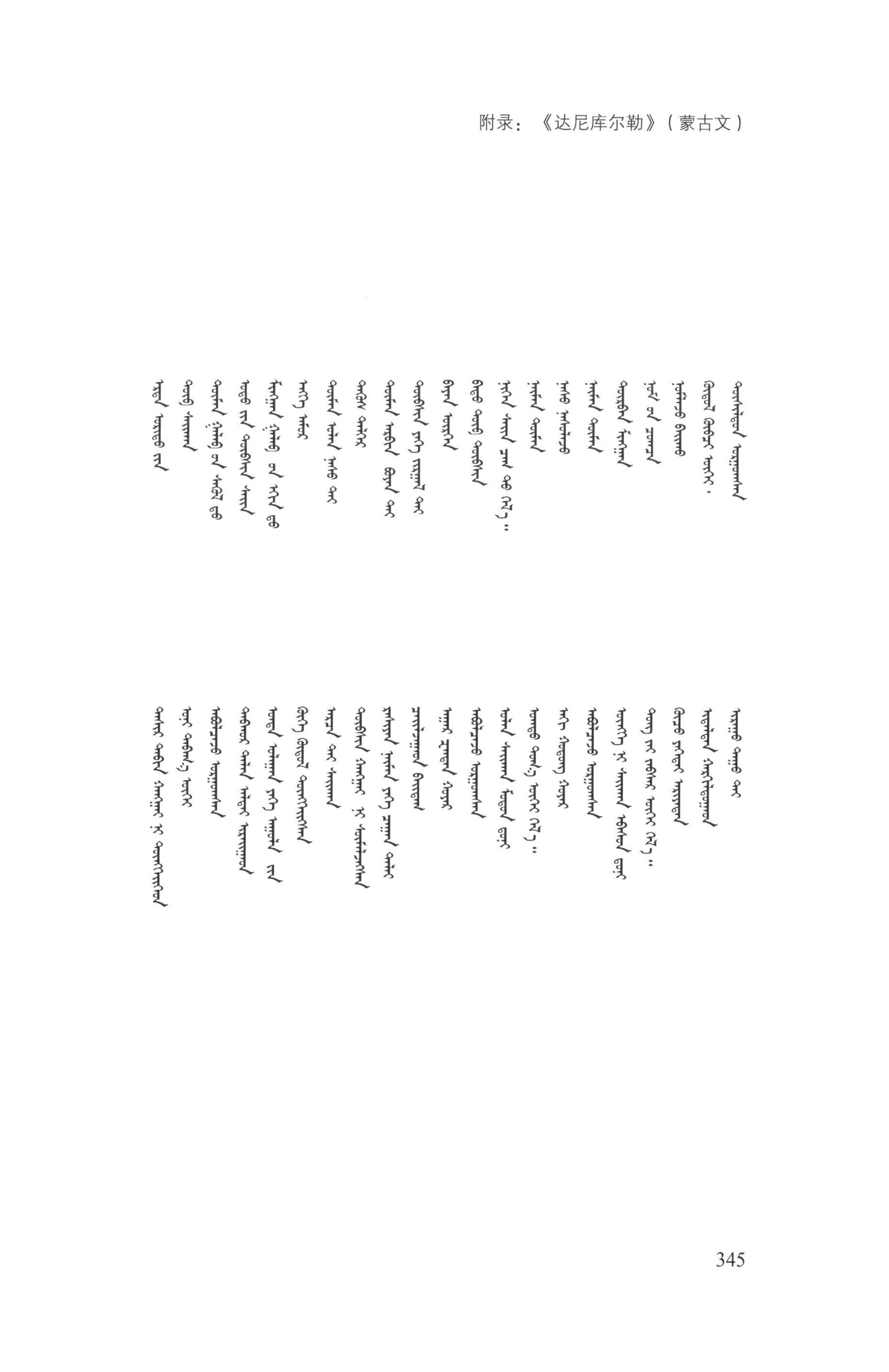

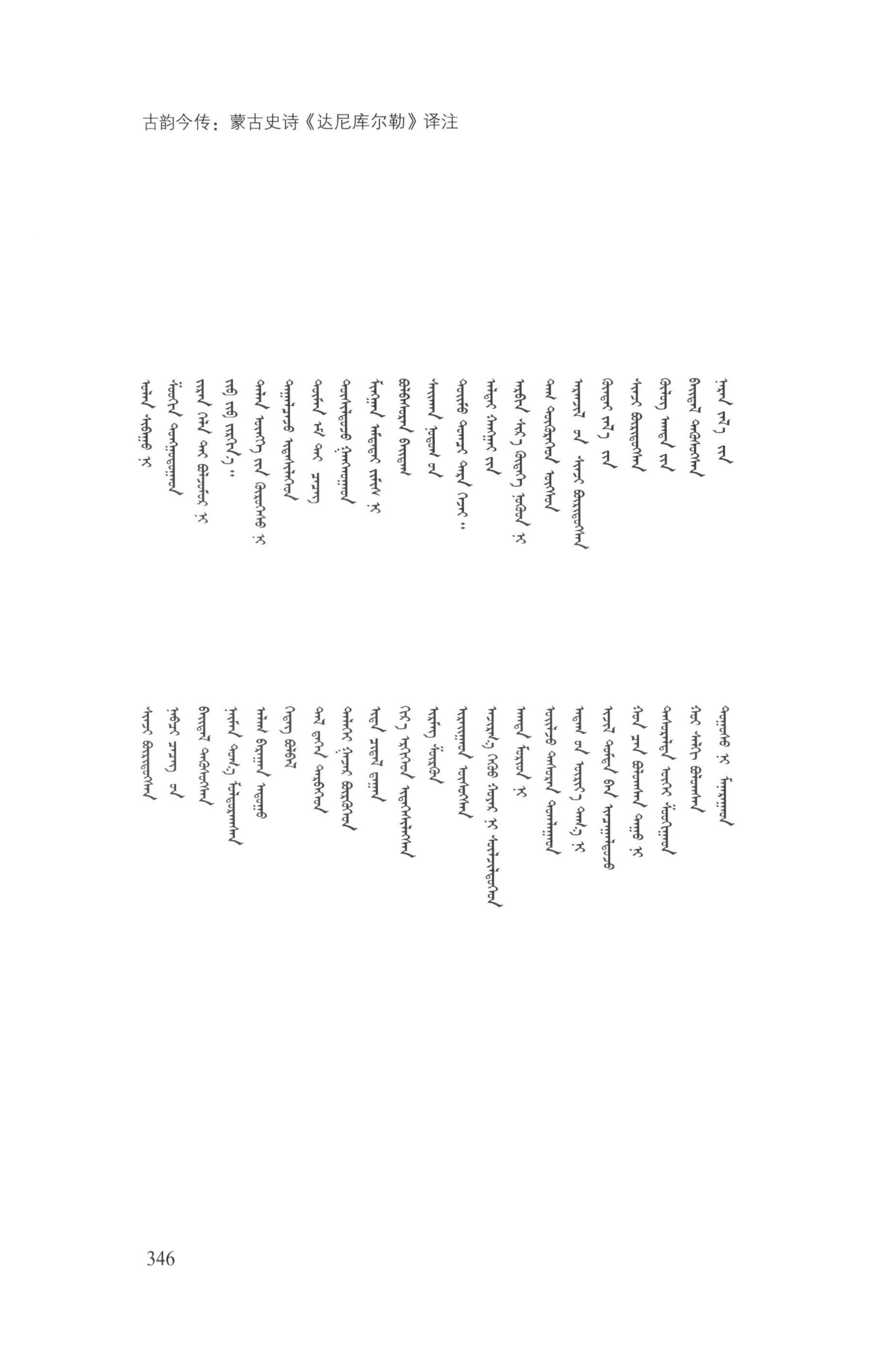

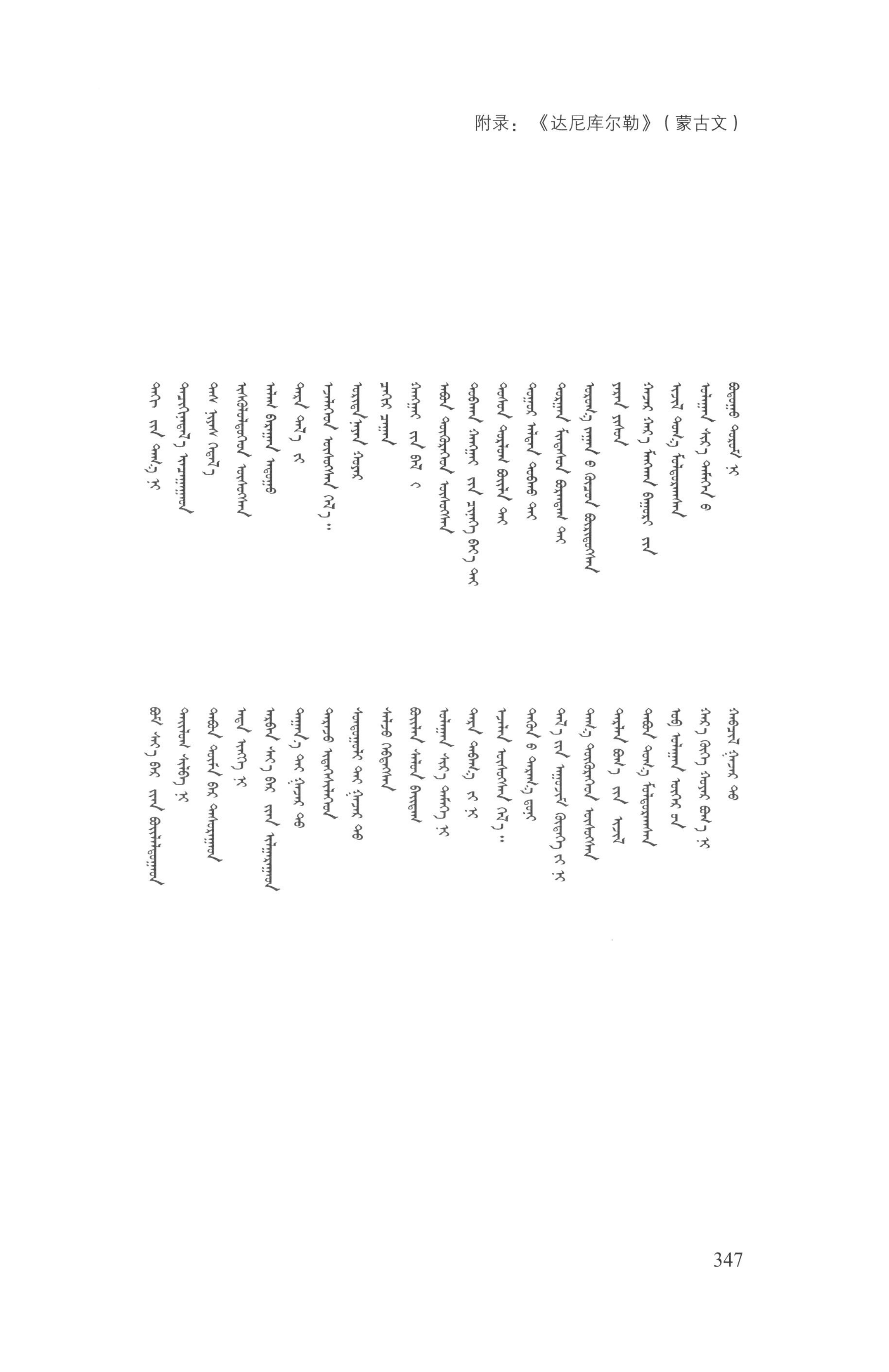

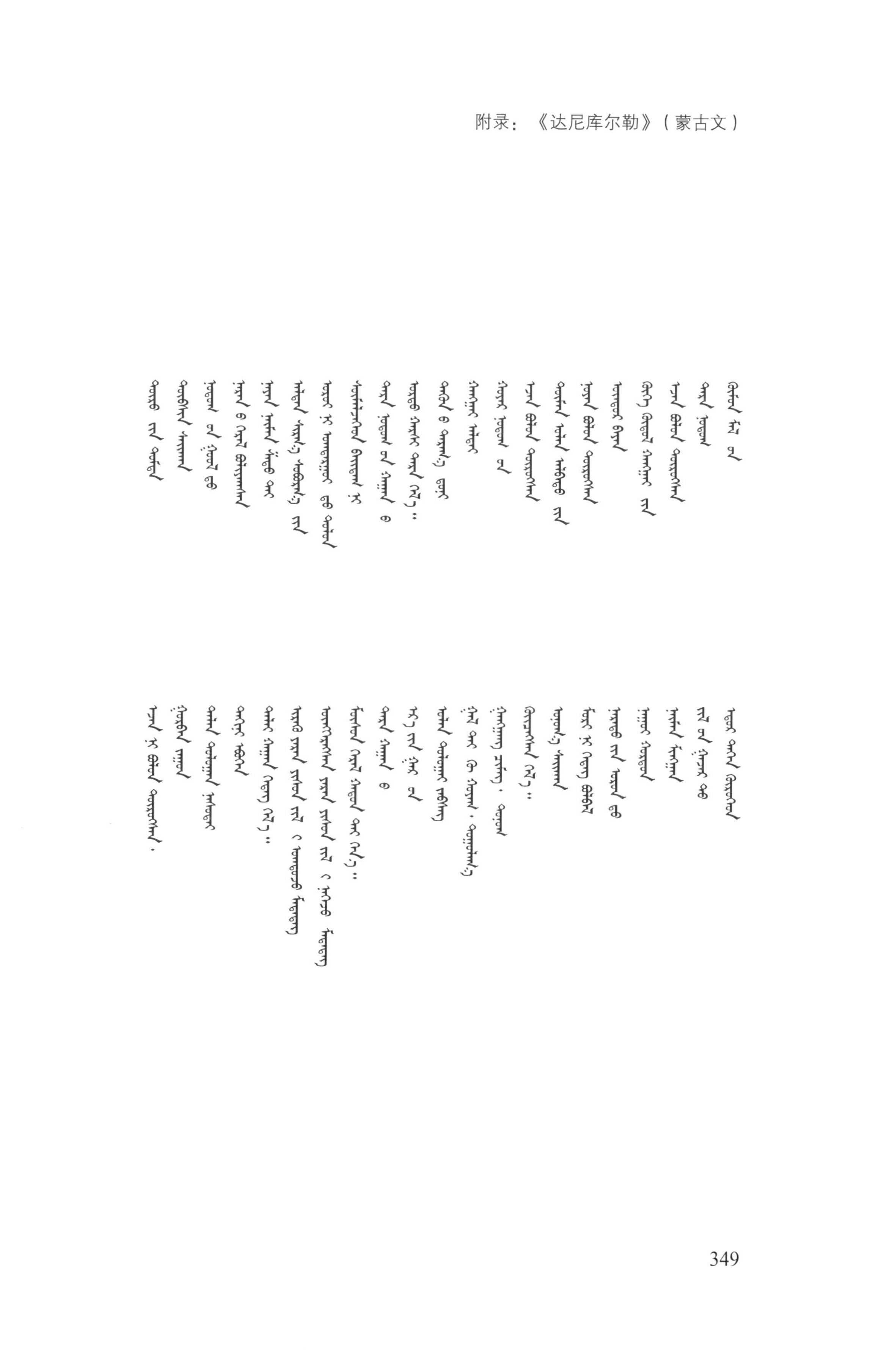

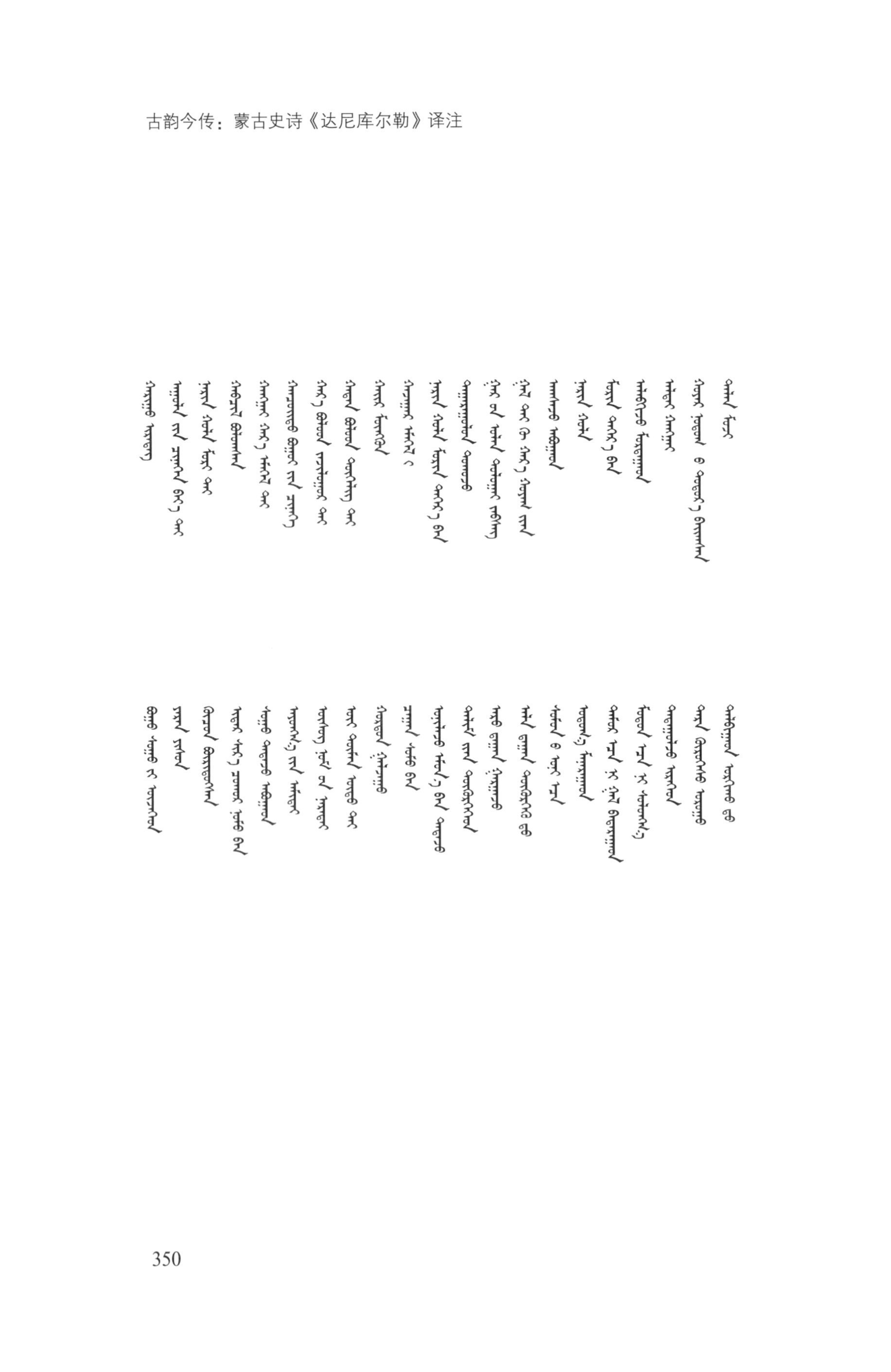

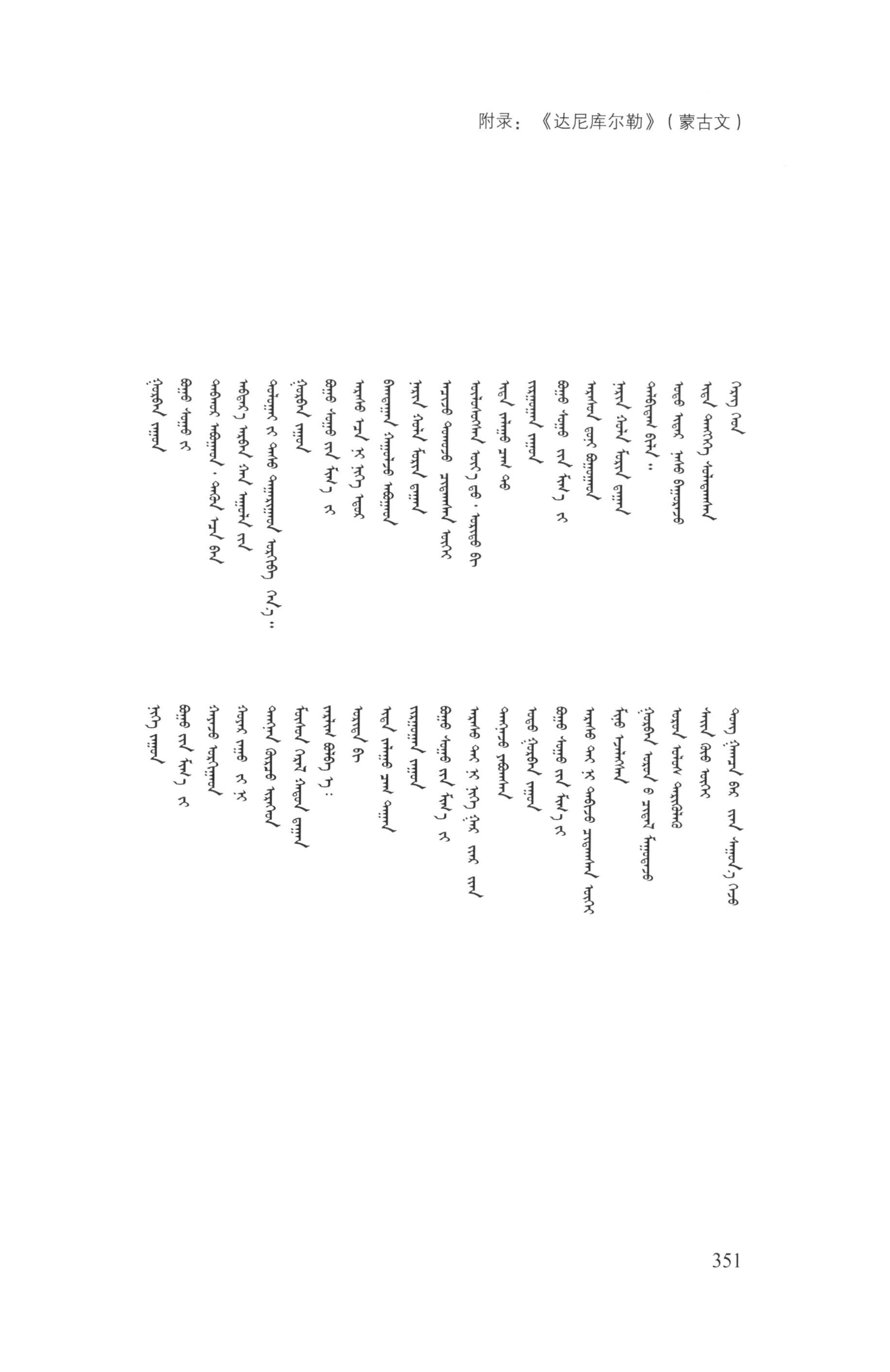

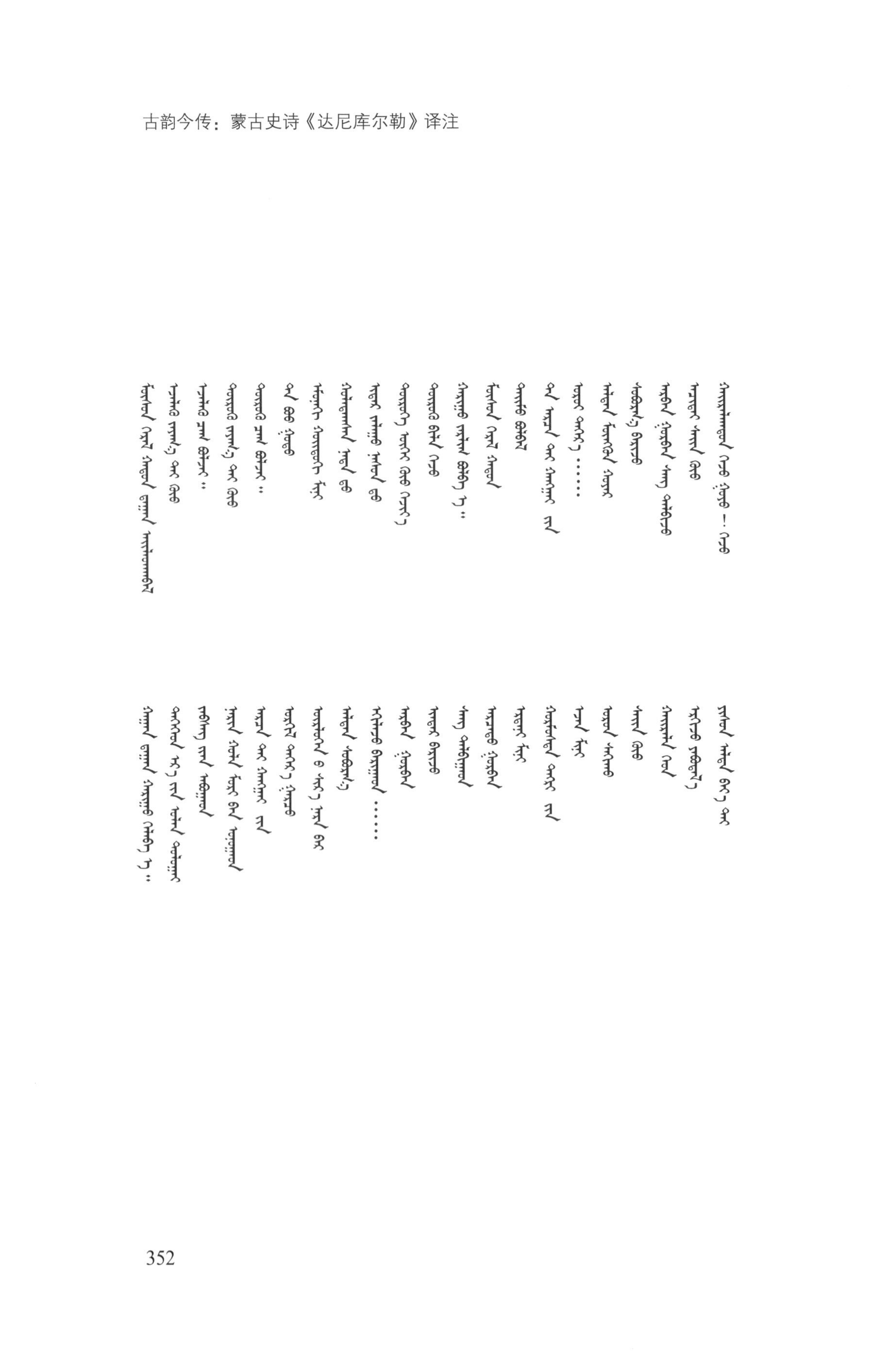

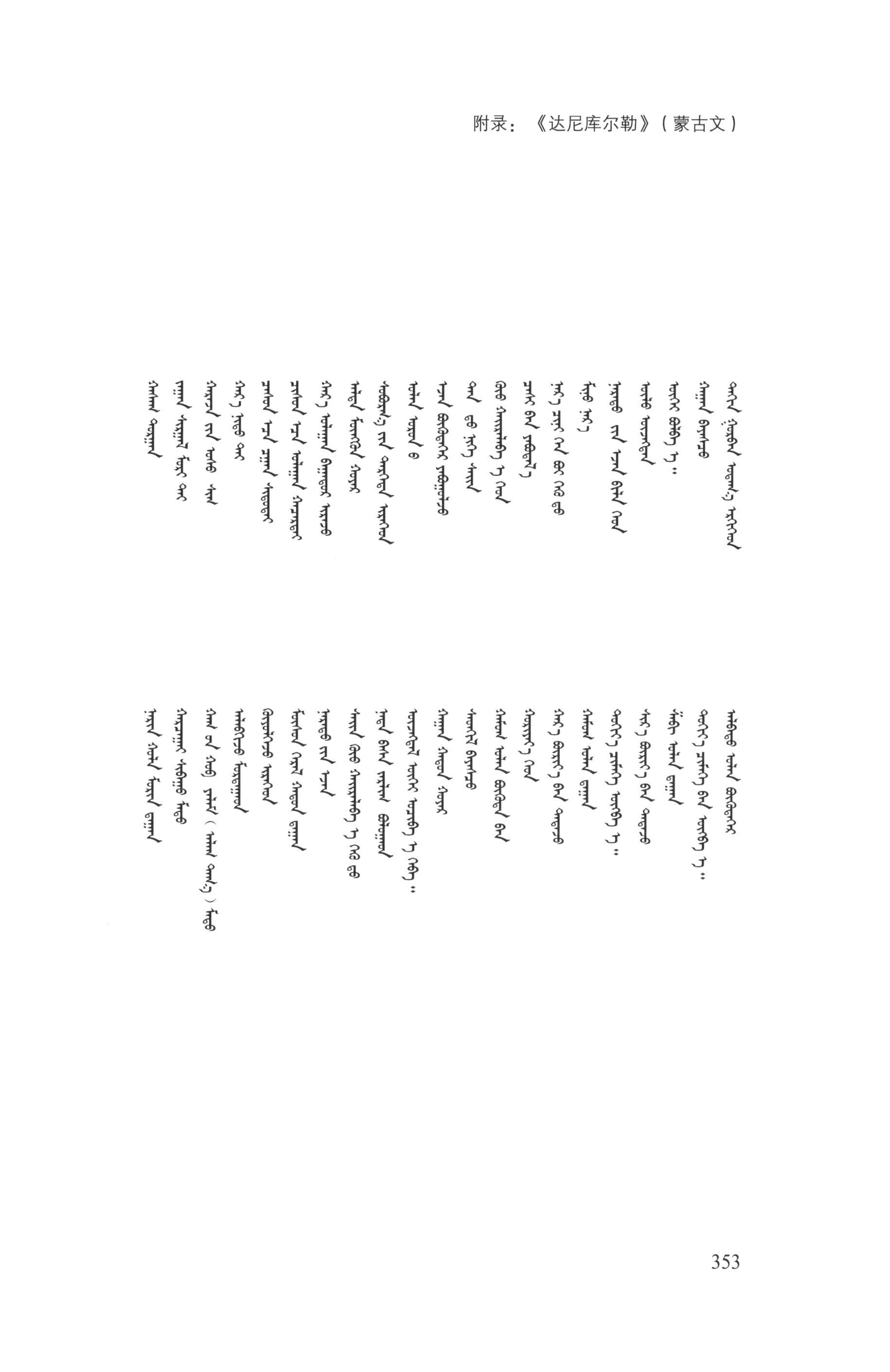

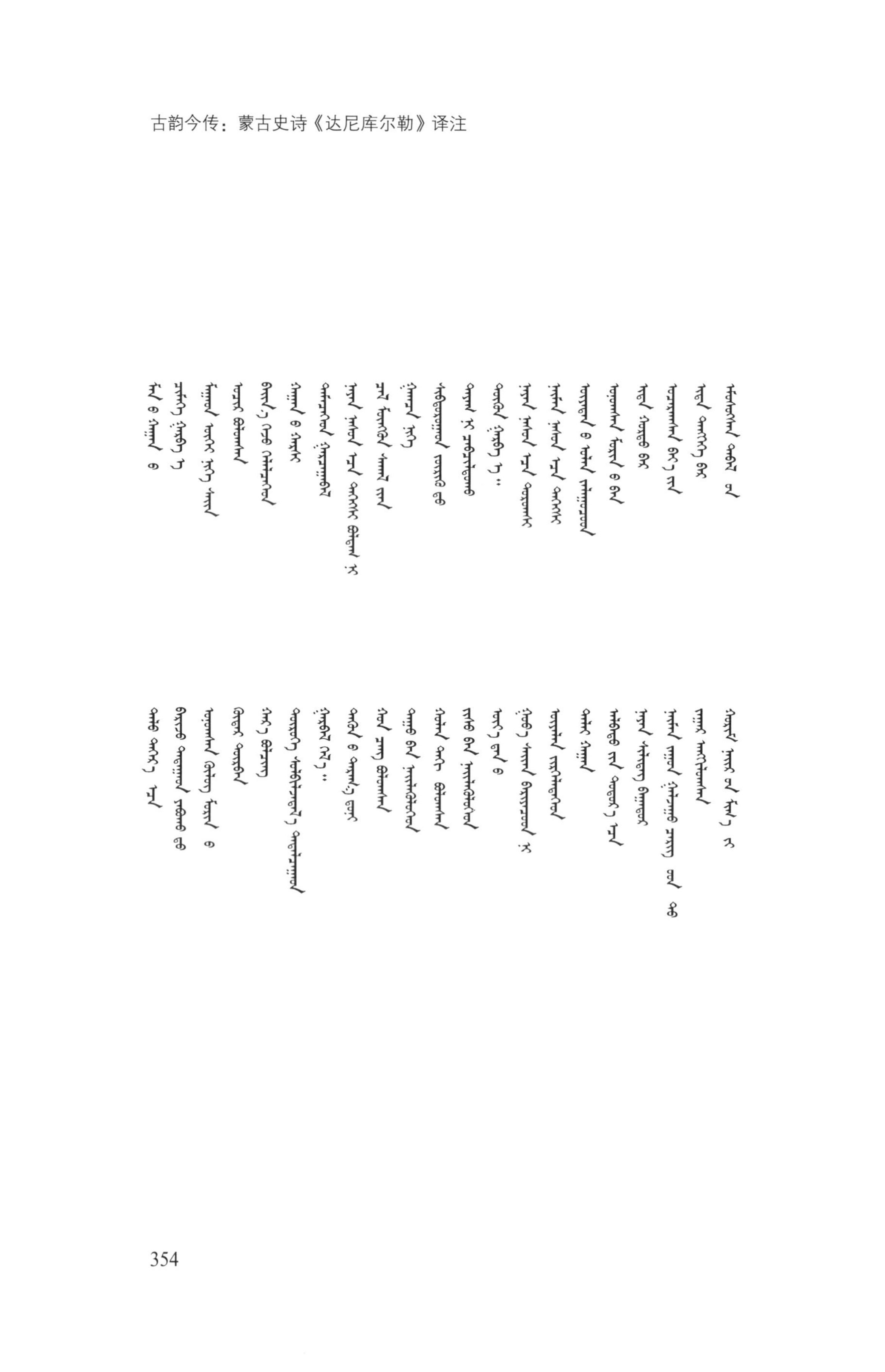

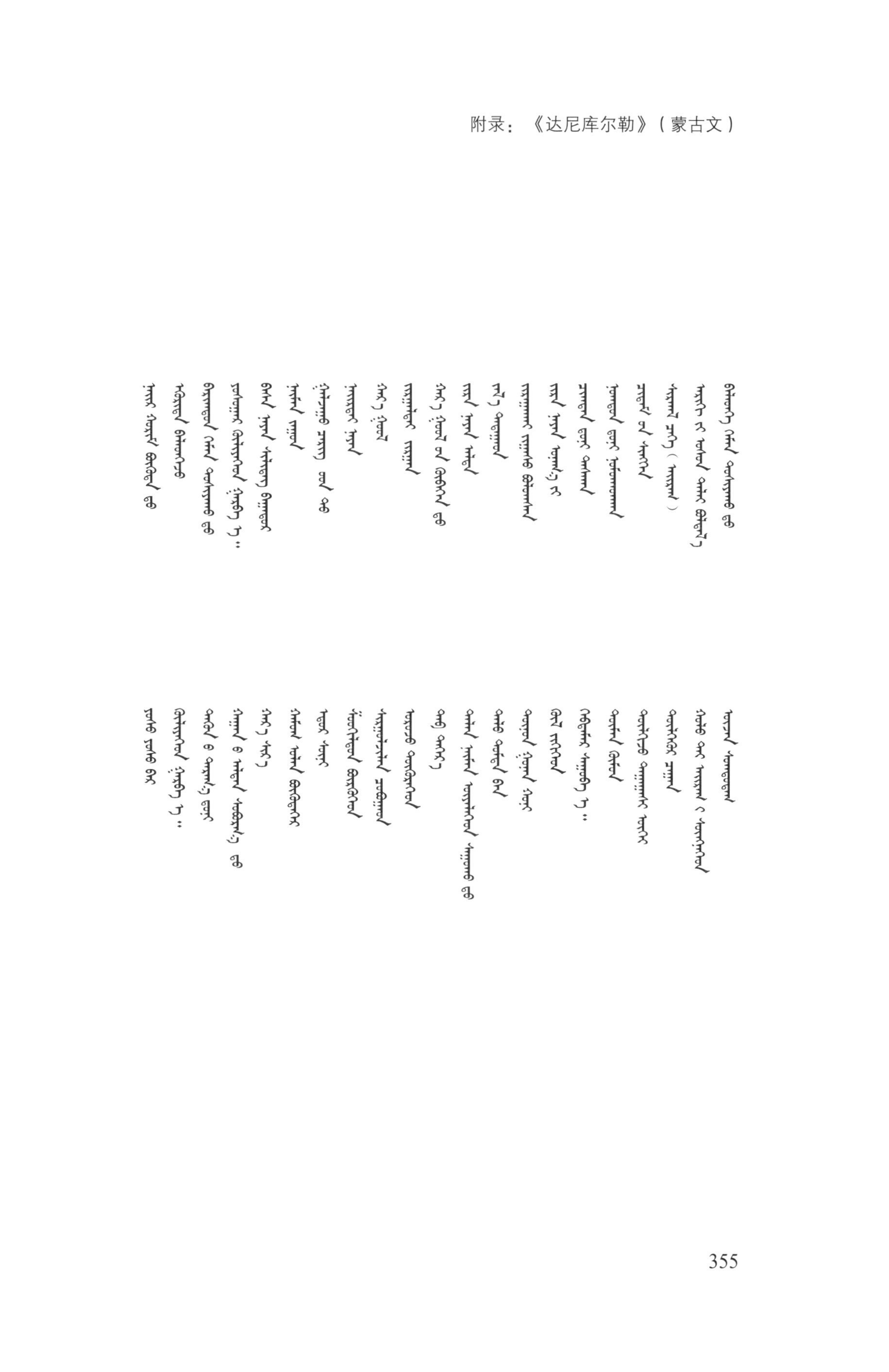

[illegible]
[illegible]
[illegible]
[illegible]
[illegible]
[illegible]
[illegible]
[illegible]
[illegible]
[illegible]
[illegible]
[illegible]
[illegible]
[illegible]
[illegible]
[illegible]
[illegible]
[illegible] ..
[illegible]
[illegible]

[illegible]
[illegible]
[illegible]
[illegible]
[illegible]
[illegible] ..
[illegible]
[illegible]
[illegible]
[illegible]
[illegible]
[illegible]
[illegible]
[illegible]
[illegible]
[illegible]
[illegible]
[illegible]
[illegible] ..
[illegible]

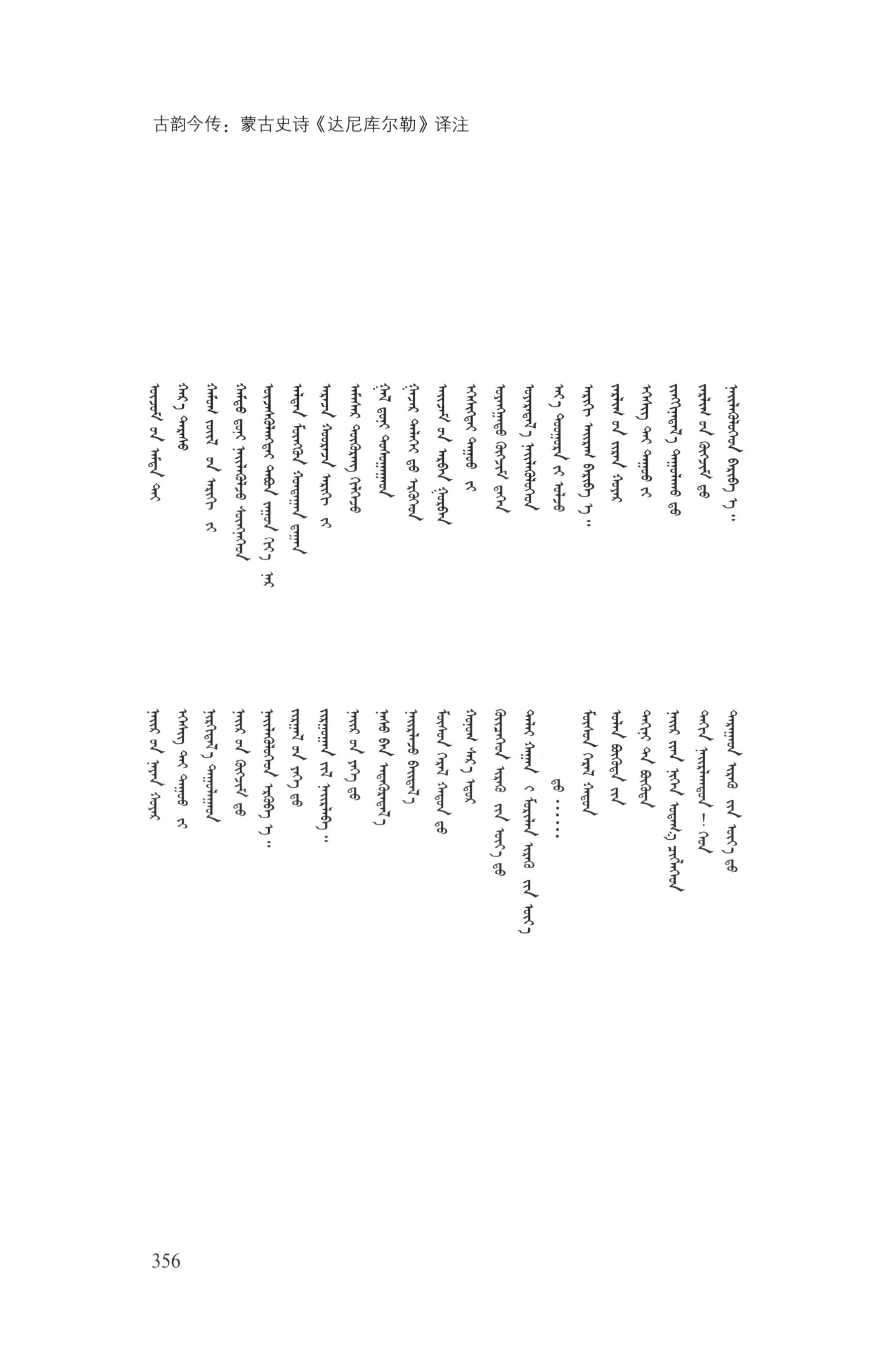

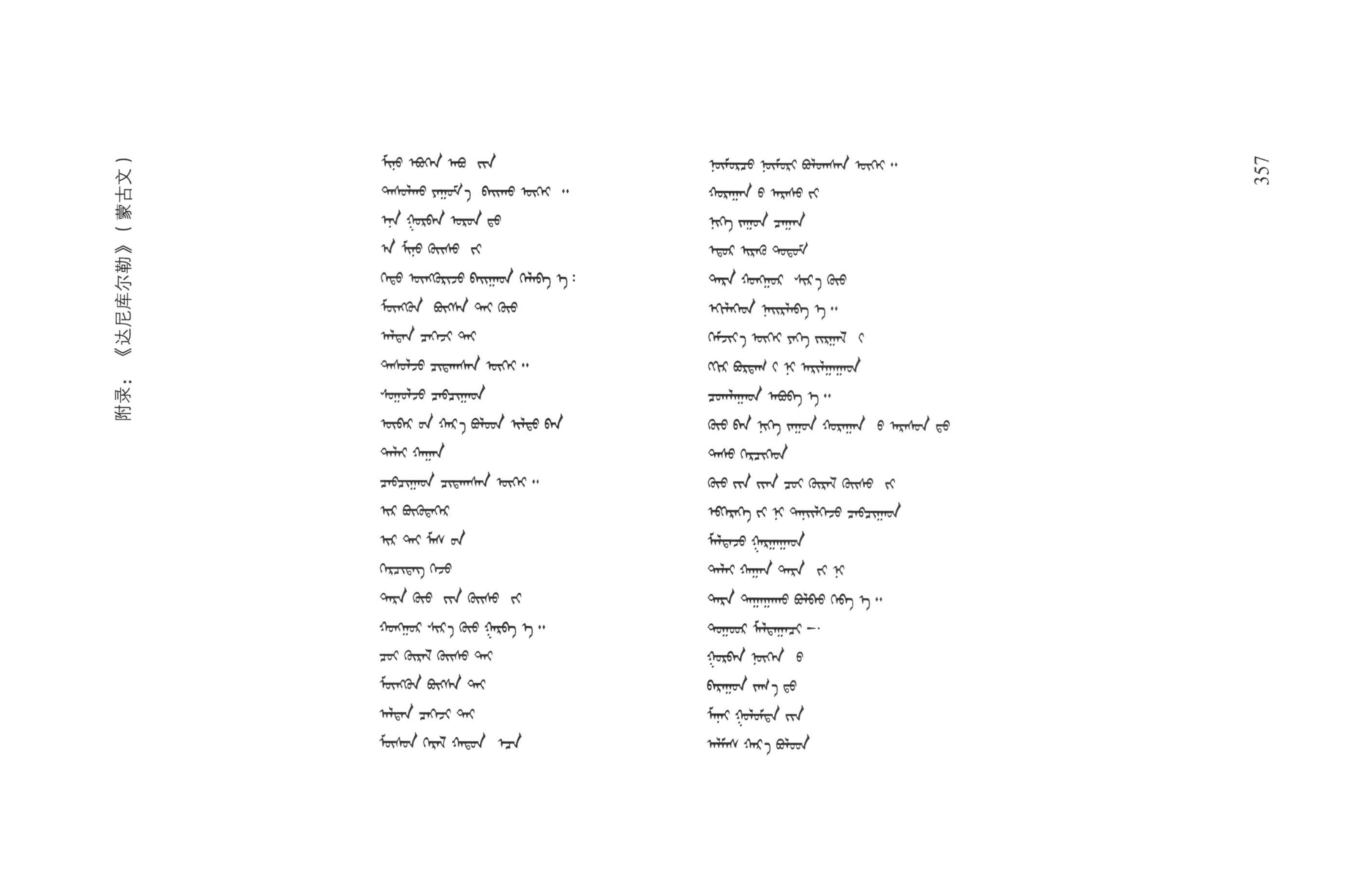

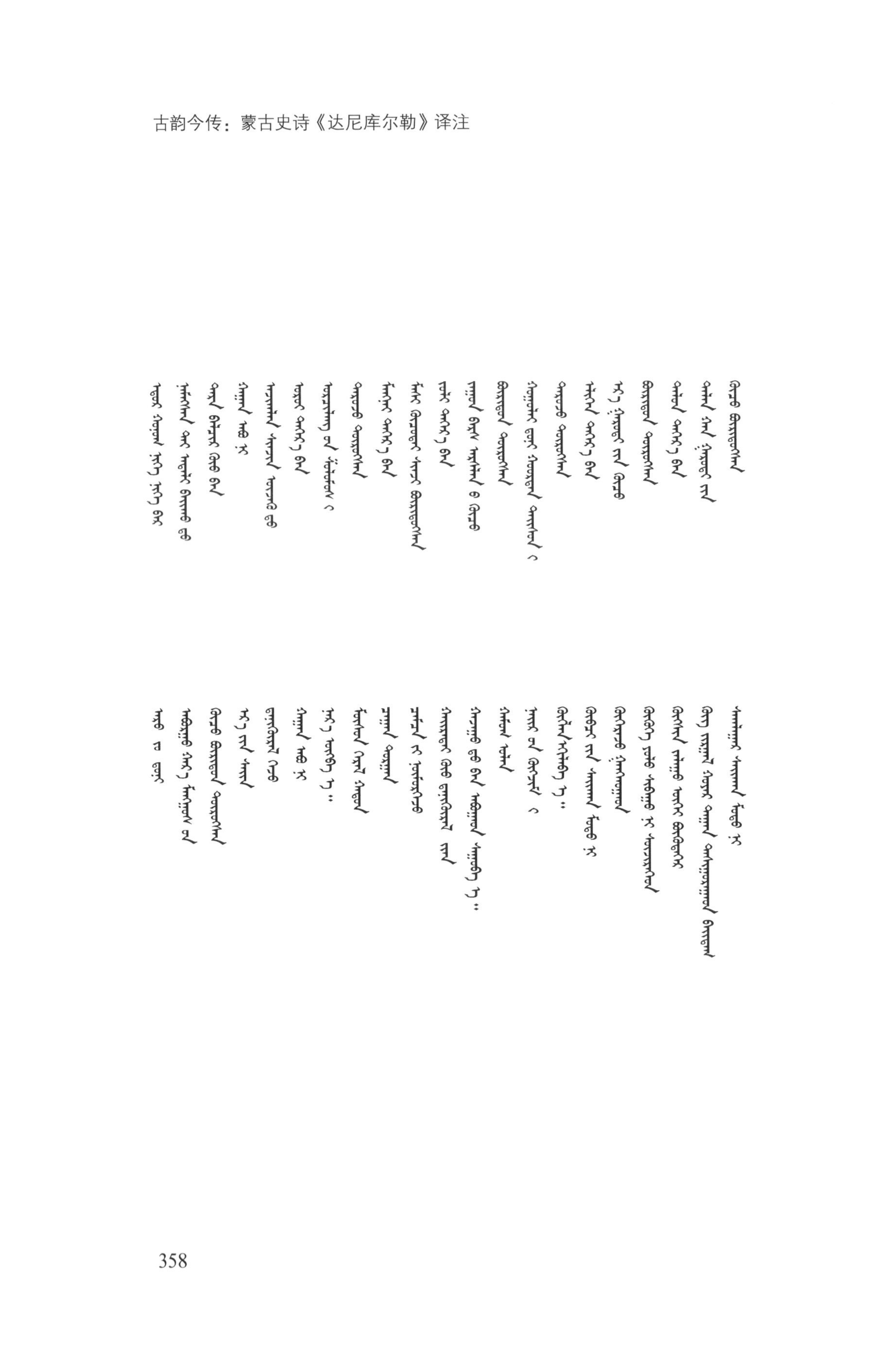

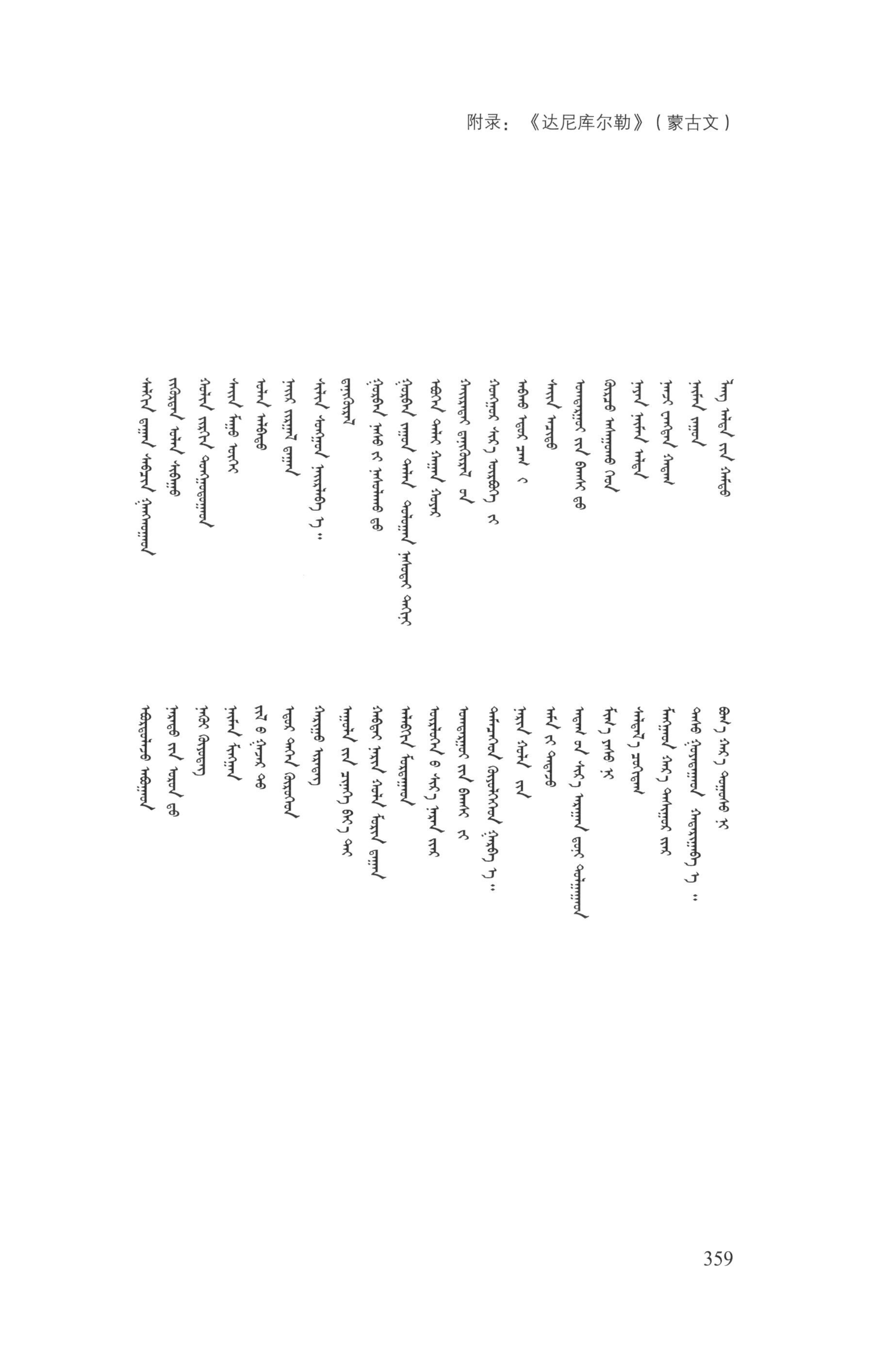

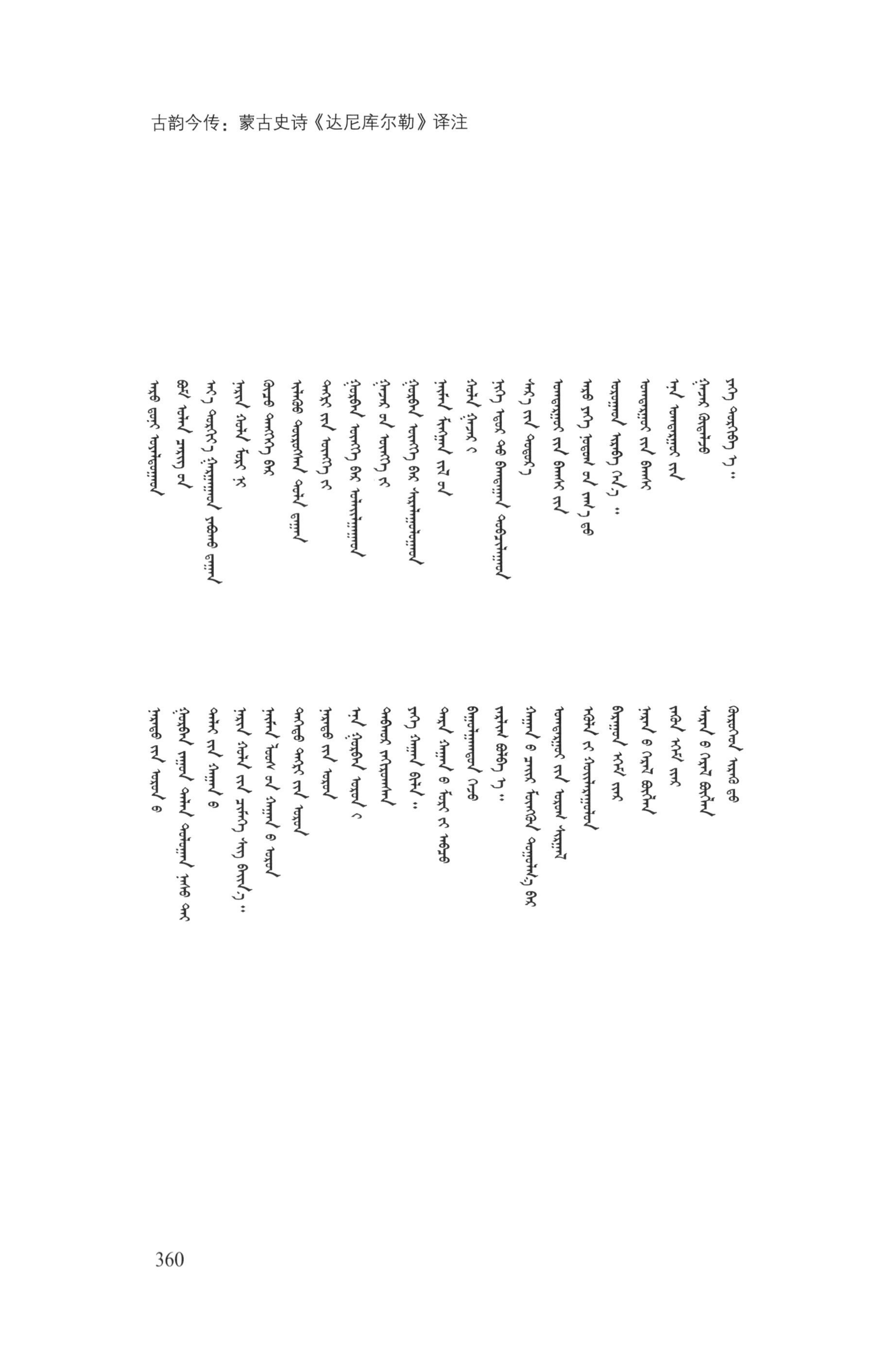

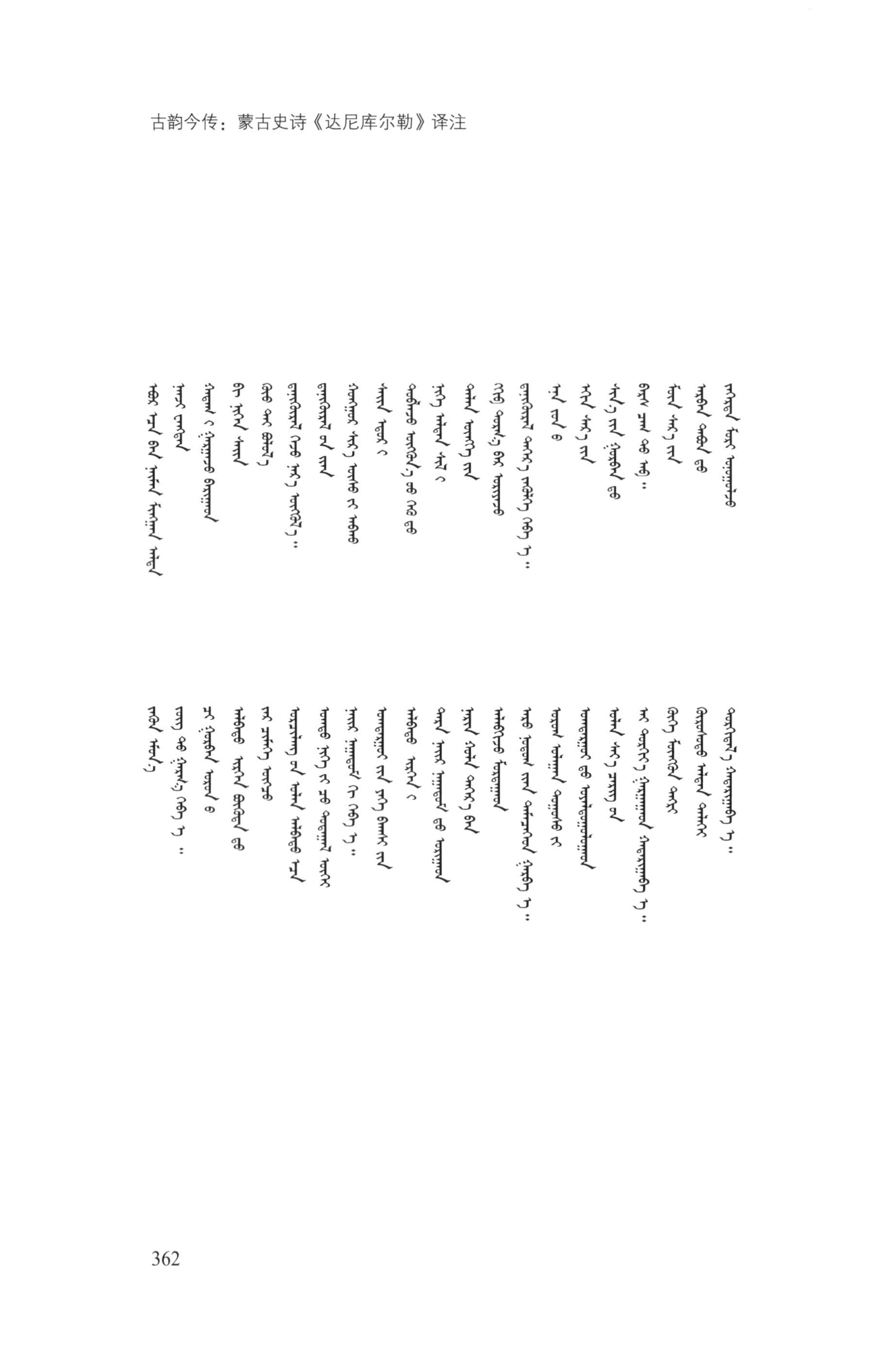

[illegible]

ᠨᠢᠭᠡᠨ ᠭᠡᠷᠡᠯ ᠦᠨ ᠴᠢ
ᠲᠡᠷᠡ ᠰᠠᠷᠠᠨ ᠤᠷᠭᠤᠮᠠᠯ
ᠰᠢᠨᠡ ᠴᠡᠴᠡᠭ ᠮᠢᠨᠢ ᠪᠣᠯ
ᠬᠤᠪᠢᠷᠠᠯ ᠤᠨ ᠮᠥᠷ ᠪᠡᠶᠡᠲᠡᠢ ᠪᠠᠢᠨ᠎ᠠ ::
ᠨᠢᠭᠡᠨ ᠭᠡᠷᠡᠯ ᠦᠨ ᠪᠠᠢᠳᠠᠯ ᠢ
ᠪᠠᠢᠭᠤᠯᠤᠯᠲᠠ ᠮᠢᠨᠢ ᠲᠡᠷᠡ
ᠪᠠᠢᠳᠠᠯ ᠬᠢᠴᠢᠶᠡᠨ ᠪᠣᠯᠤᠨ᠎ᠠ ::
ᠬᠡᠷᠪᠡ ᠴᠢᠨᠢ ᠬᠦᠮᠦᠨ ᠪᠣᠯ
ᠬᠠᠷᠠᠭᠠᠯᠵᠠᠬᠤ ᠶᠢᠨ ᠪᠢᠴᠢᠭᠰᠡᠨ
ᠬᠡᠯᠡᠨ ᠲᠡᠷᠡ ᠵᠢᠷᠦᠭᠡ
ᠪᠣᠯᠤᠭᠰᠠᠨ ᠰᠢᠳᠠᠷᠠᠭᠤᠯᠤᠭᠰᠠᠨ ᠪᠠᠢᠨ᠎ᠠ ::
ᠬᠠᠷᠠᠨ ᠳᠦ ᠬᠡᠯᠡᠨ ᠬᠠᠷᠠᠭᠠᠳ ᠪᠤᠰᠤ
ᠬᠡᠯᠡ ᠶᠢᠨ ᠰᠠᠷᠠᠭᠤᠯ
ᠨᠢᠭᠡᠨ ᠭᠡᠷᠡᠯ ᠲᠡᠷᠡ
ᠠᠮᠢᠳᠤᠷᠠᠯ ᠬᠠᠷᠠᠭᠤ ᠲᠡᠷᠡ ᠬᠡᠯᠡᠨ ᠪᠣᠯ
ᠲᠠᠯᠠᠪᠤ ᠶᠢᠨ ᠰᠠᠷᠠᠭᠤᠯᠤᠭᠰᠠᠨ ᠬᠡᠷᠪᠡ
ᠨᠢᠭᠡᠨ ᠭᠡᠷᠡᠯ ᠬᠡᠯᠡᠨ ᠦ
ᠪᠣᠯᠤᠨ ᠰᠢᠨᠡ ᠭᠡᠷᠡᠯ
ᠬᠠᠷᠠᠪᠤ ᠲᠡᠷᠡ ᠬᠡᠯᠡᠨ ᠪᠣᠯ
ᠰᠢᠨᠡᠪᠡᠷ ᠪᠠᠢᠭᠰᠠᠨ ᠬᠠᠷᠠᠭᠠᠯᠵᠠᠭᠰᠠᠨ
ᠪᠢ ᠶᠠᠭᠤᠨ ᠲᠤᠷᠰᠢᠭᠰᠠᠨ

ᠪᠢ ᠠᠮᠢᠳᠤ ᠪᠠᠢᠭᠠ ᠶᠠᠭᠤ ᠪᠣᠯ
ᠬᠦᠮᠦᠨ ᠪᠣᠯ ᠬᠡᠨ ᠪᠤᠢ :
ᠪᠣᠳᠣᠯᠭ᠎ᠠ
ᠳᠣᠲᠣᠭᠠᠳᠤ ᠵᠢᠷᠦᠬᠡ ᠪᠤᠢ ::
ᠰᠡᠳᠬᠢᠯ ᠰᠠᠨᠠᠭ᠎ᠠ ᠲᠠᠢ
ᠬᠡᠯᠡᠨ ᠦ ᠴᠢ ᠮᠡᠳᠡᠭᠰᠡᠨ
ᠪᠠᠢᠭᠰᠠᠨ ᠠᠮᠢᠯ
ᠰᠠᠢᠬᠠᠨ ᠪᠣᠯ ᠪᠠ
ᠬᠠᠷᠠᠨ ᠲᠡᠷᠡ
ᠰᠠᠷᠠᠨ ᠤ ᠲᠣᠭᠲᠠᠭᠰᠠᠨ ᠨᠢᠭᠡᠨ ::
ᠨᠢᠭᠡᠨ ᠲᠡᠷᠡ ᠪᠢᠳᠡᠨ ᠰᠠᠢᠬᠠᠨ
ᠪᠢᠳᠡᠨ ᠭᠠᠷ ᠪᠠ ᠰᠠᠢᠬᠠᠨ ᠪᠣᠯᠤᠨ
ᠬᠡᠷᠡᠭ ᠲᠡᠷᠡ ᠰᠢᠨᠡᠯᠡᠨ ᠪᠠ
ᠬᠡᠷᠡᠭ ᠬᠡᠯᠡᠨ ᠲᠡᠷᠡ
ᠬᠠᠷᠠ ᠲᠡᠷᠡ ᠦ
ᠬᠠᠷᠠᠪᠤ ᠪᠣᠯ ᠲᠡᠷᠡ ᠰᠠᠷᠠᠭᠤᠯᠤᠭᠰᠠᠨ ᠤ
ᠪᠣᠯᠤᠨ ᠮᠢᠨᠢ ᠴᠢ
ᠲᠠᠯᠠᠪᠤᠯᠤᠭᠰᠠᠨ ᠬᠡᠯᠡᠪᠡ ::
ᠪᠣᠯᠤᠨ ᠮᠢᠨᠢ ᠲᠡᠷᠡ ᠪᠣᠯᠤᠨ
ᠲᠠᠯᠠᠪᠤ ᠲᠠᠯᠠᠭᠰᠠᠨ
ᠠᠮᠢᠳᠤᠷᠠᠯ ᠠᠮᠢᠲᠠᠨ ᠪᠠᠢᠭᠤᠯ ᠤ ᠠᠮᠢᠲᠠᠨ ᠪᠢᠯᠡ

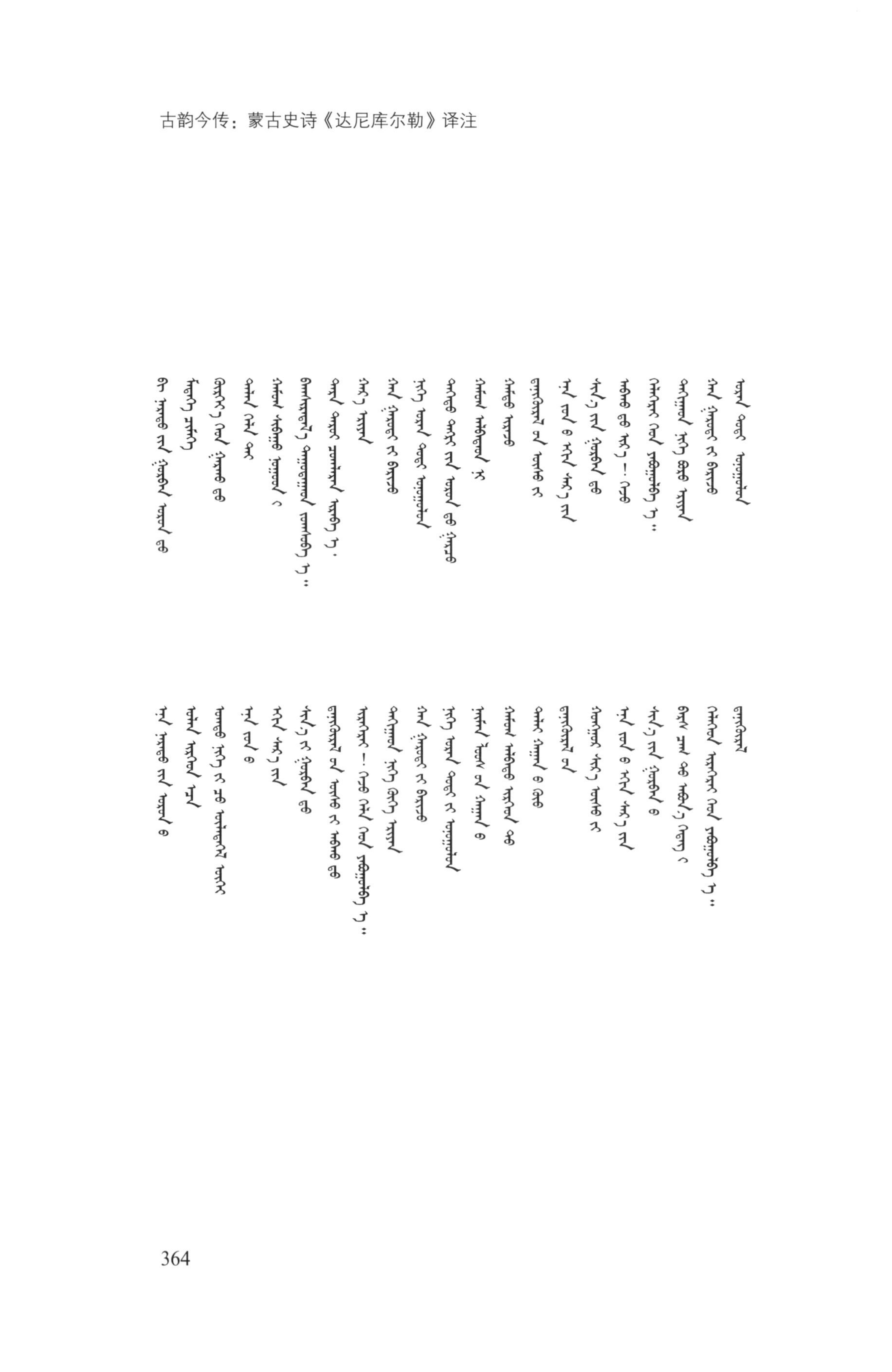

[illegible]

[illegible]

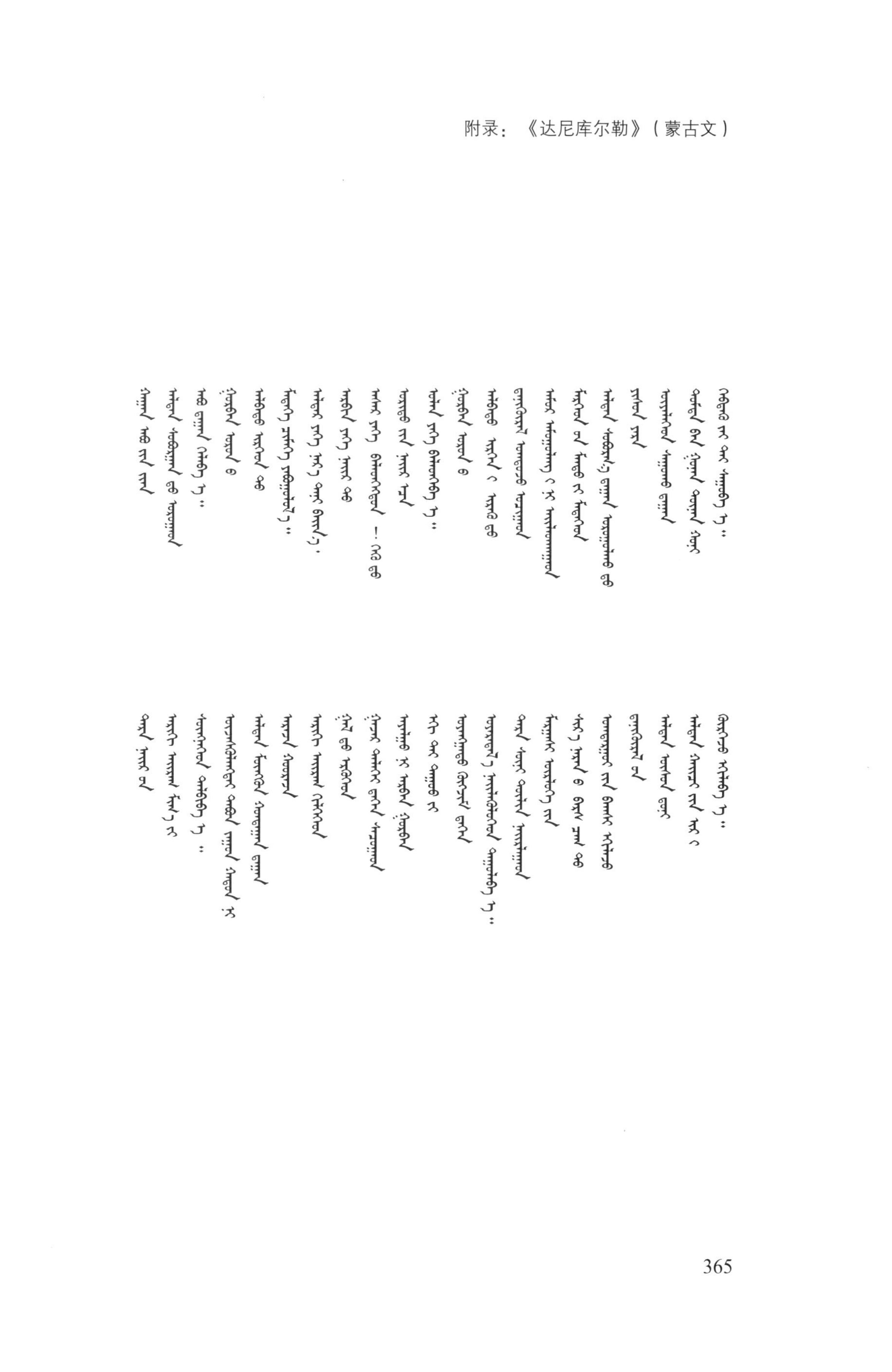

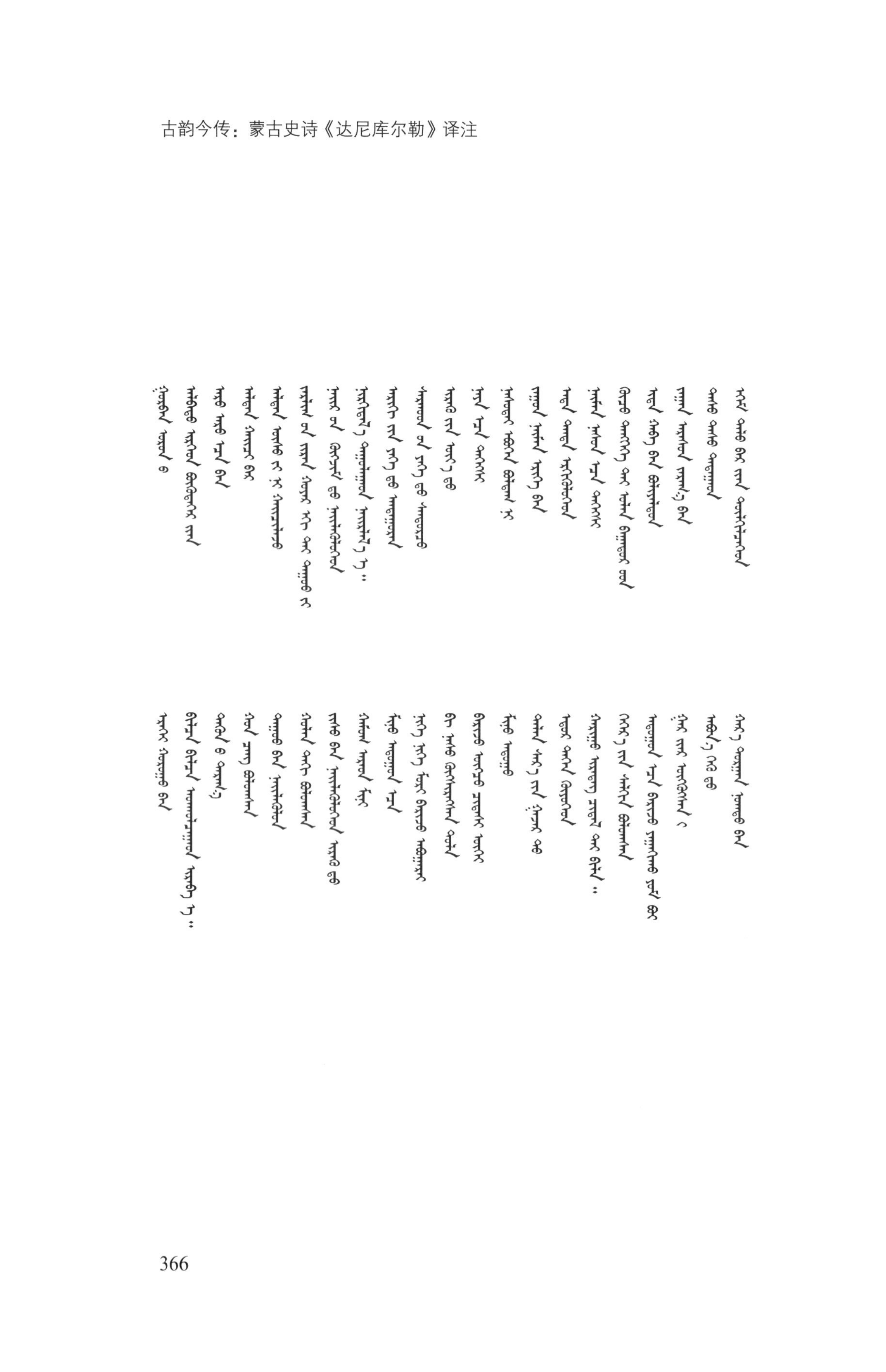

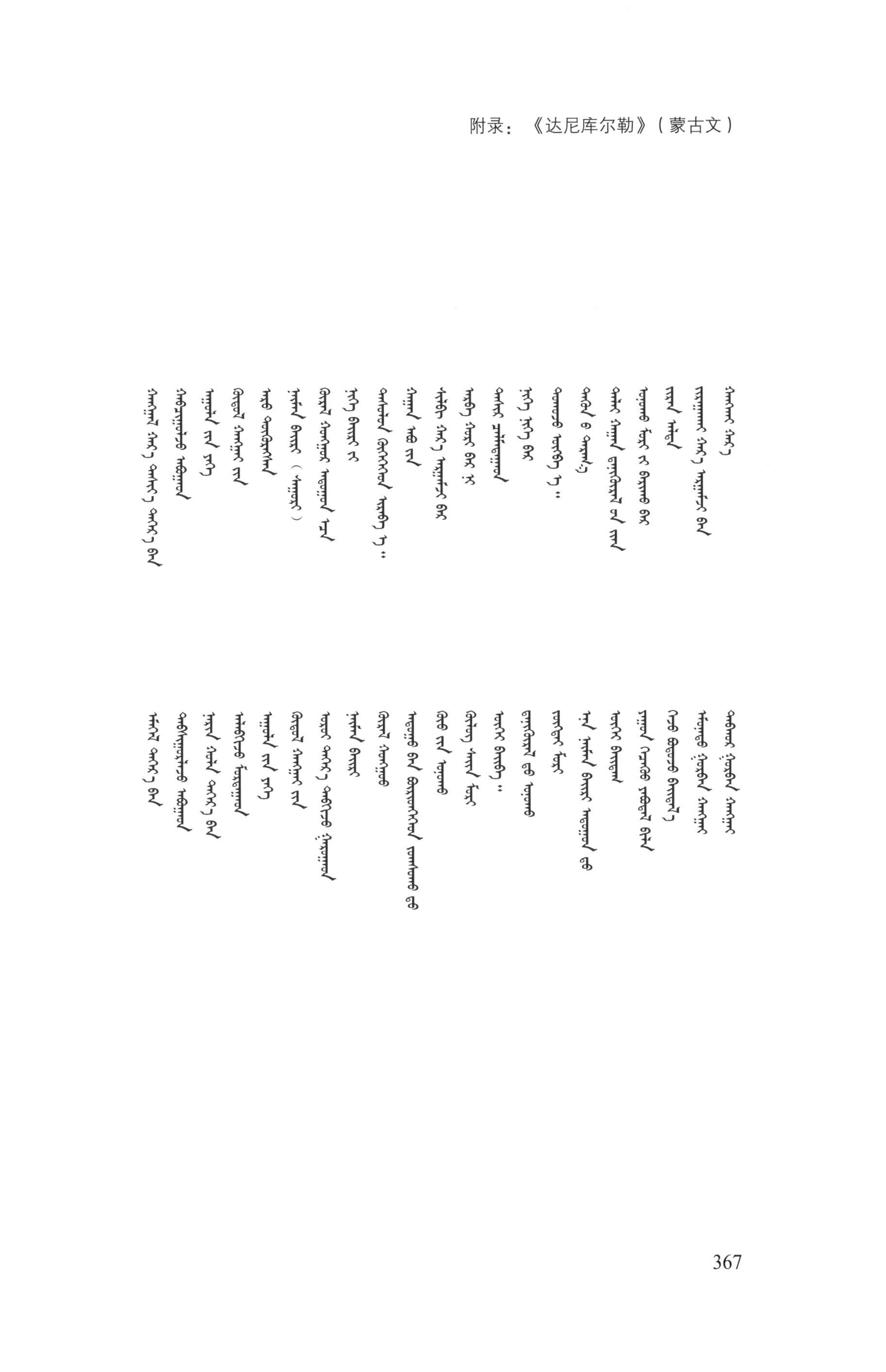

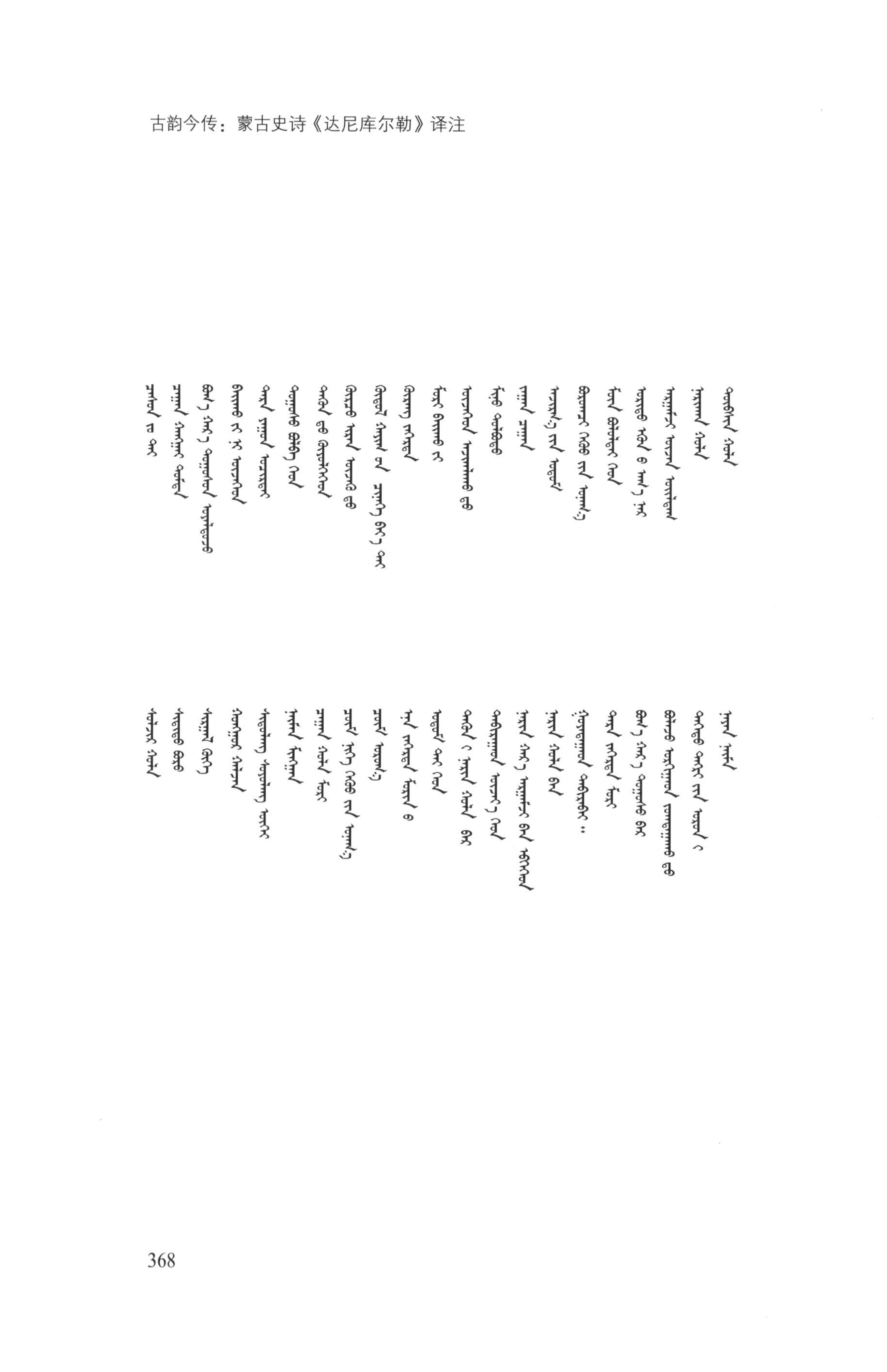

[illegible]

[illegible]

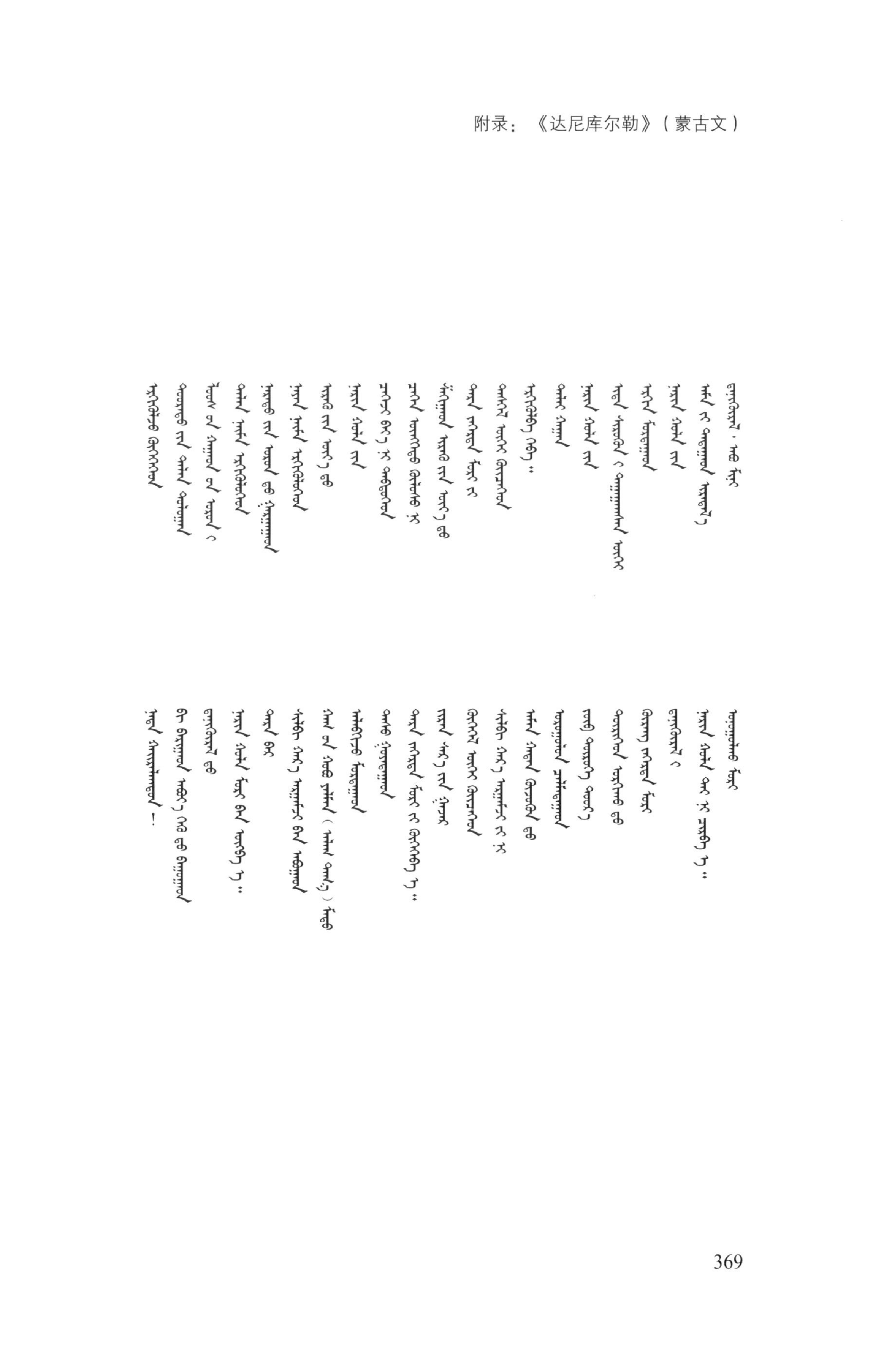

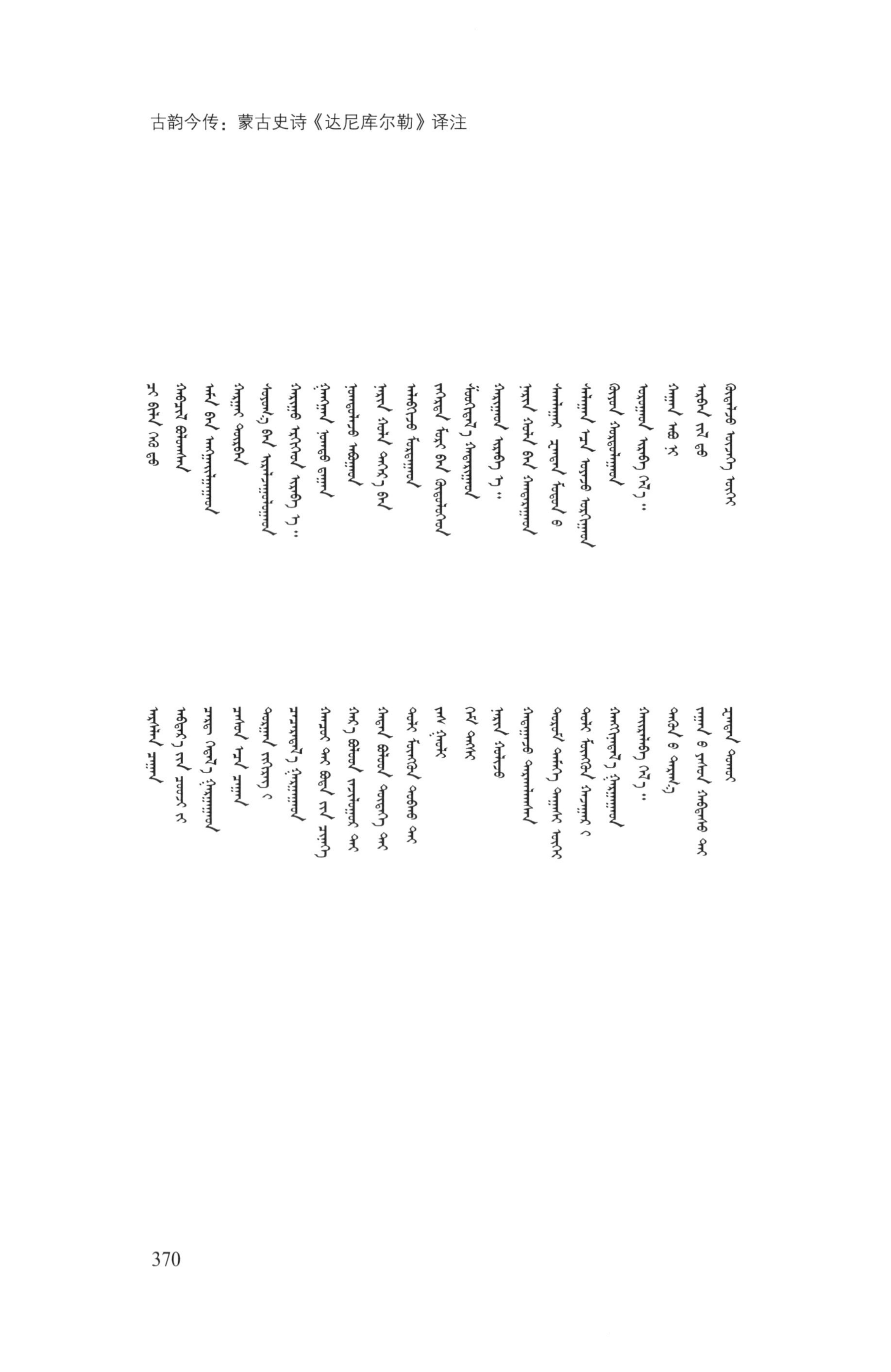

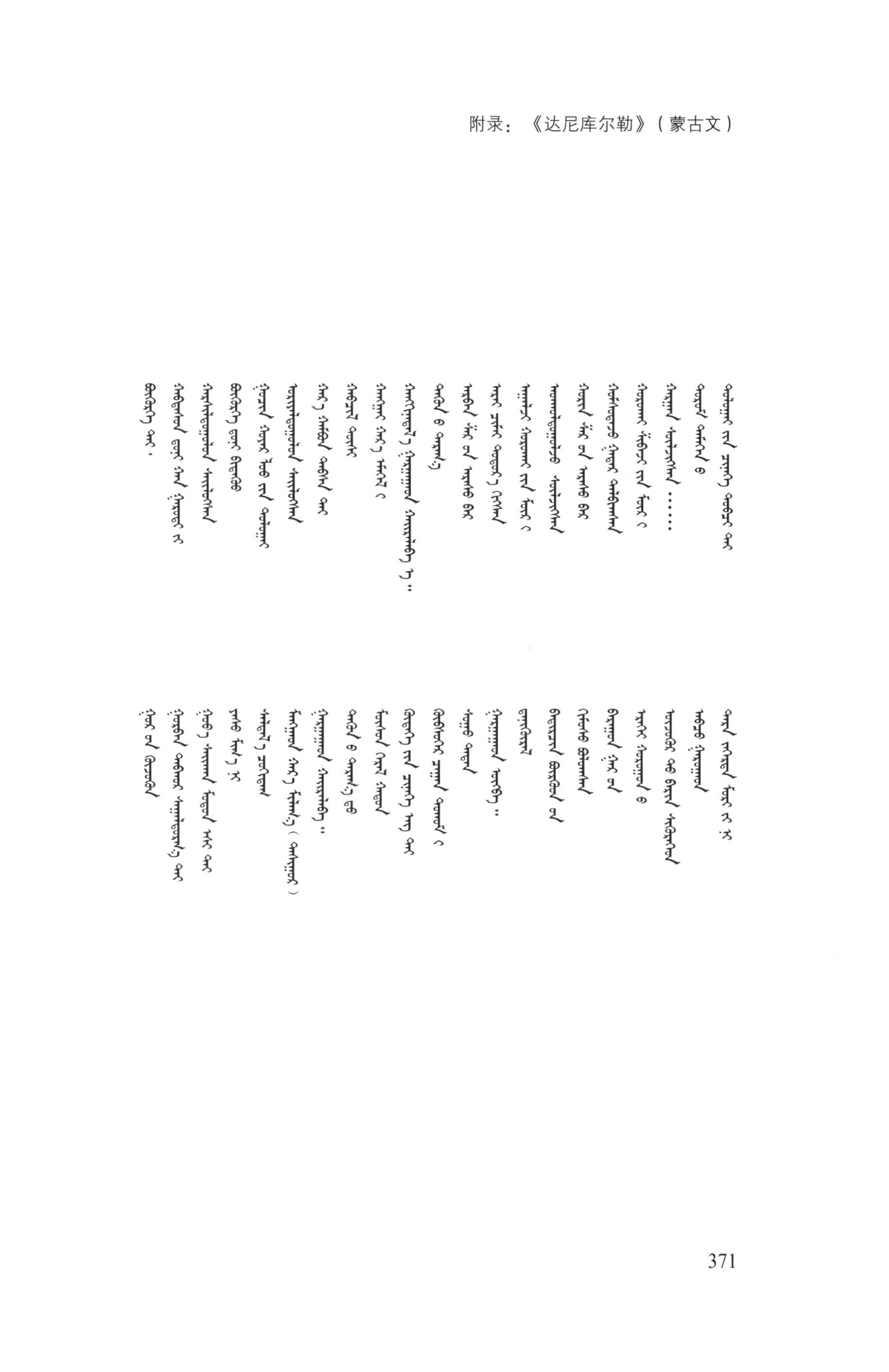

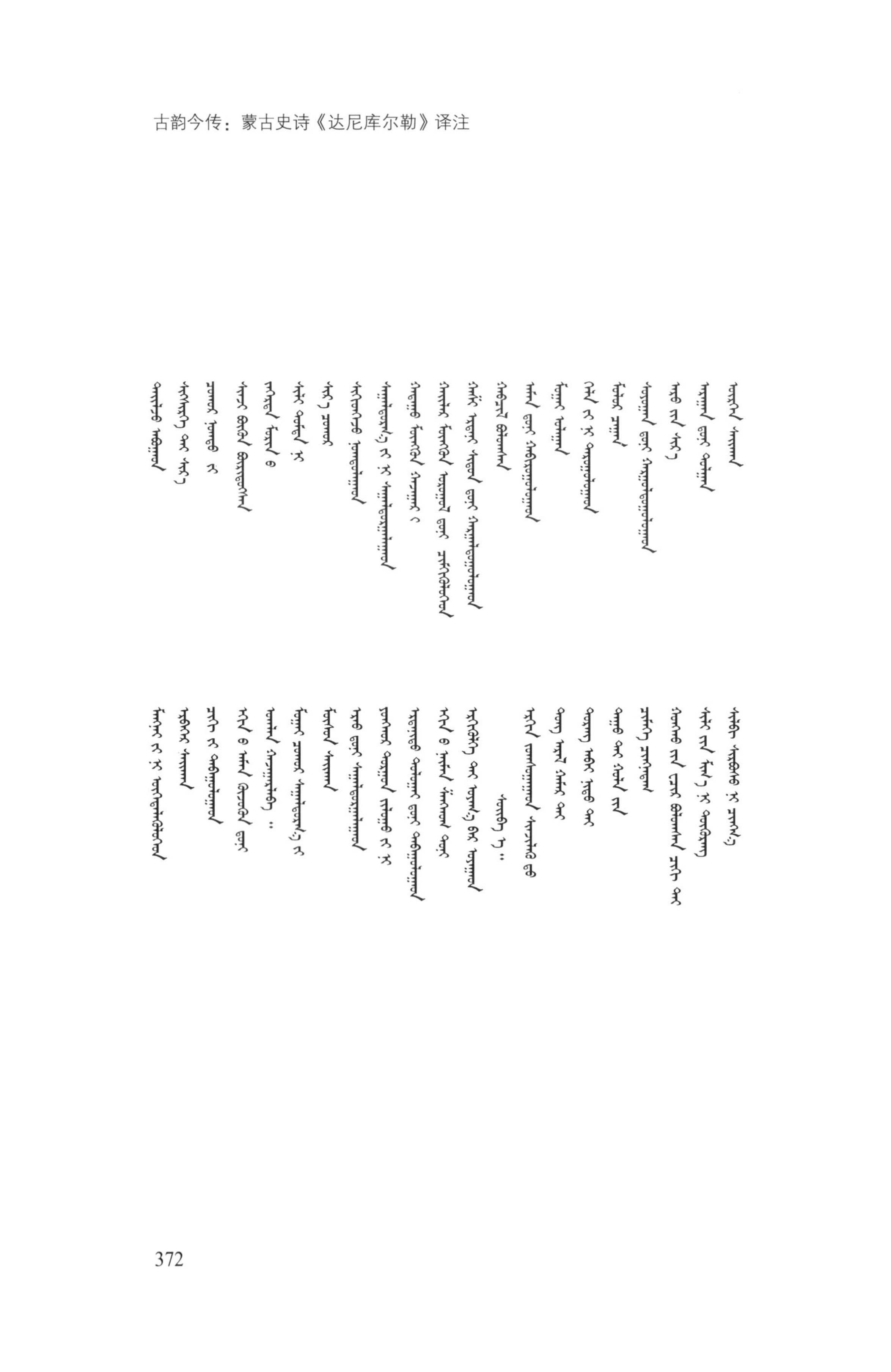

[illegible]

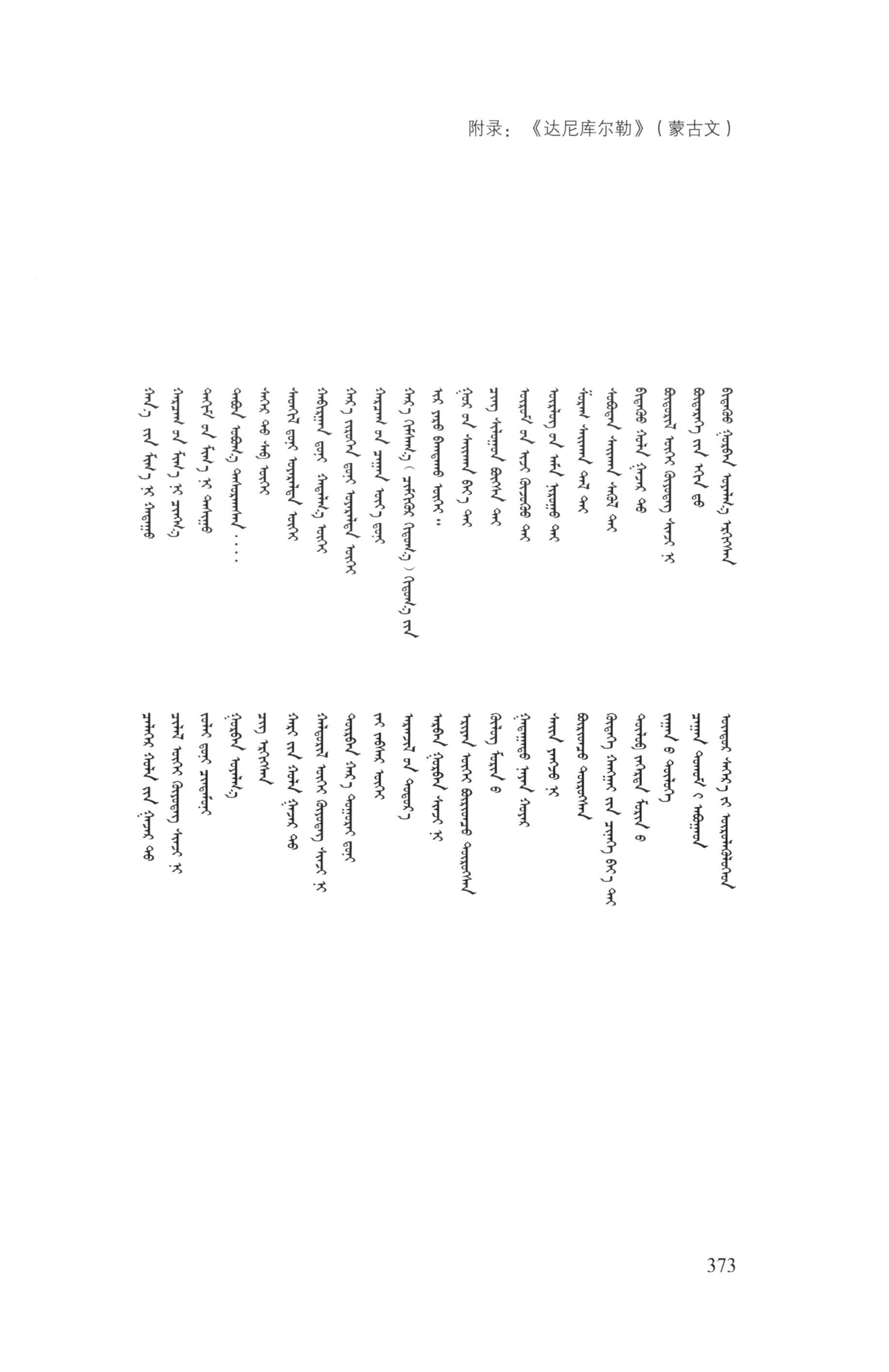

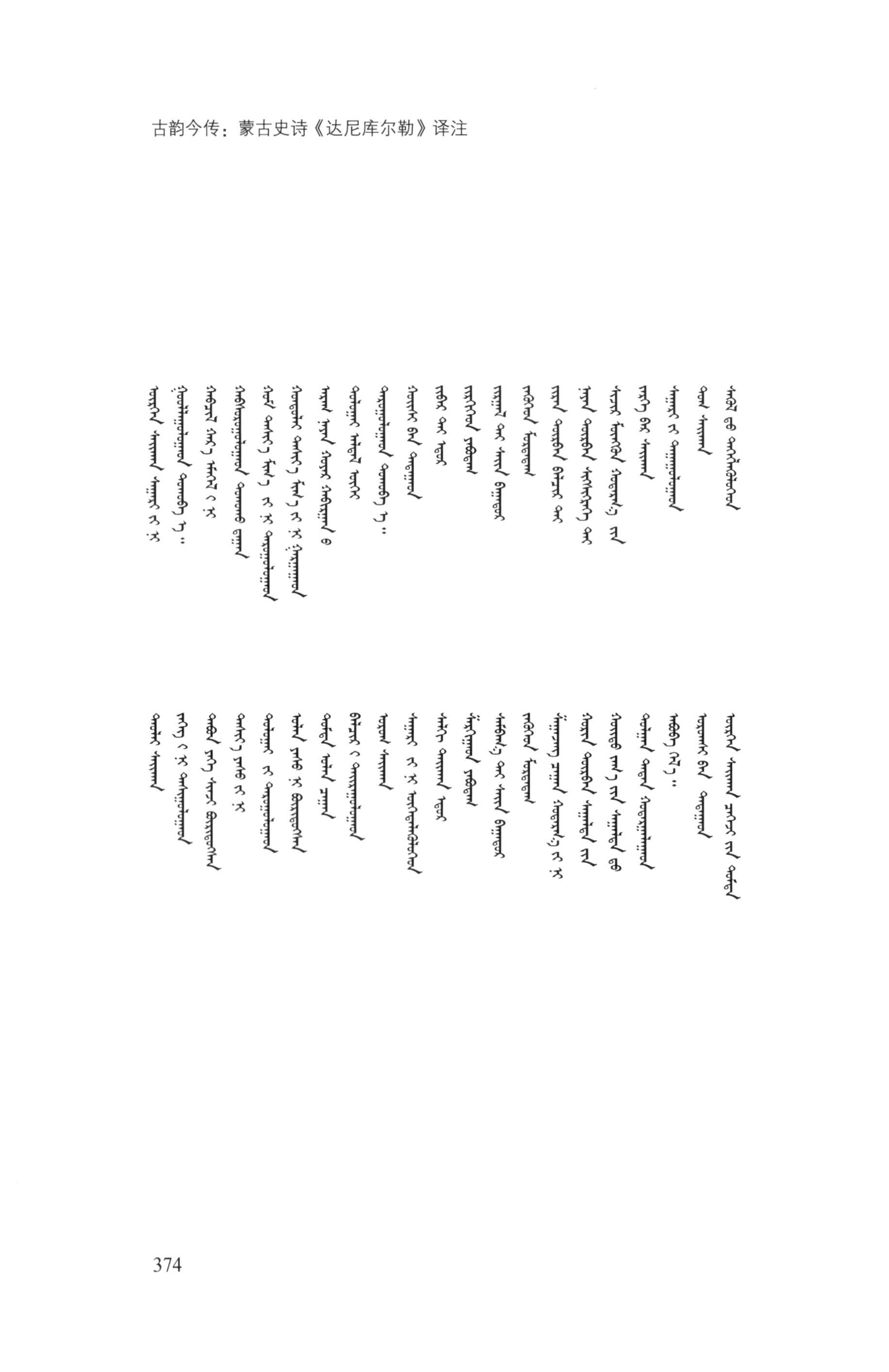

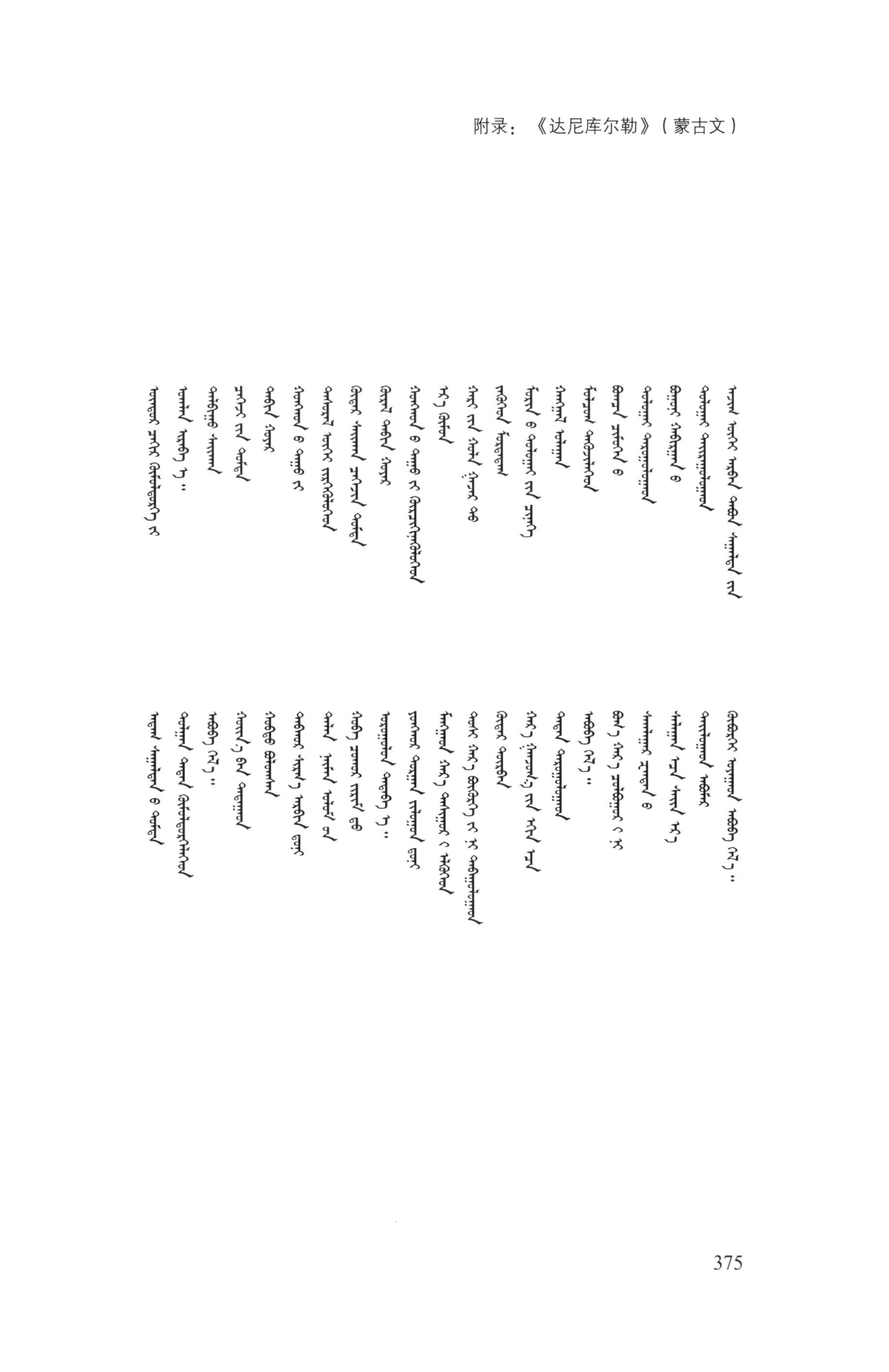

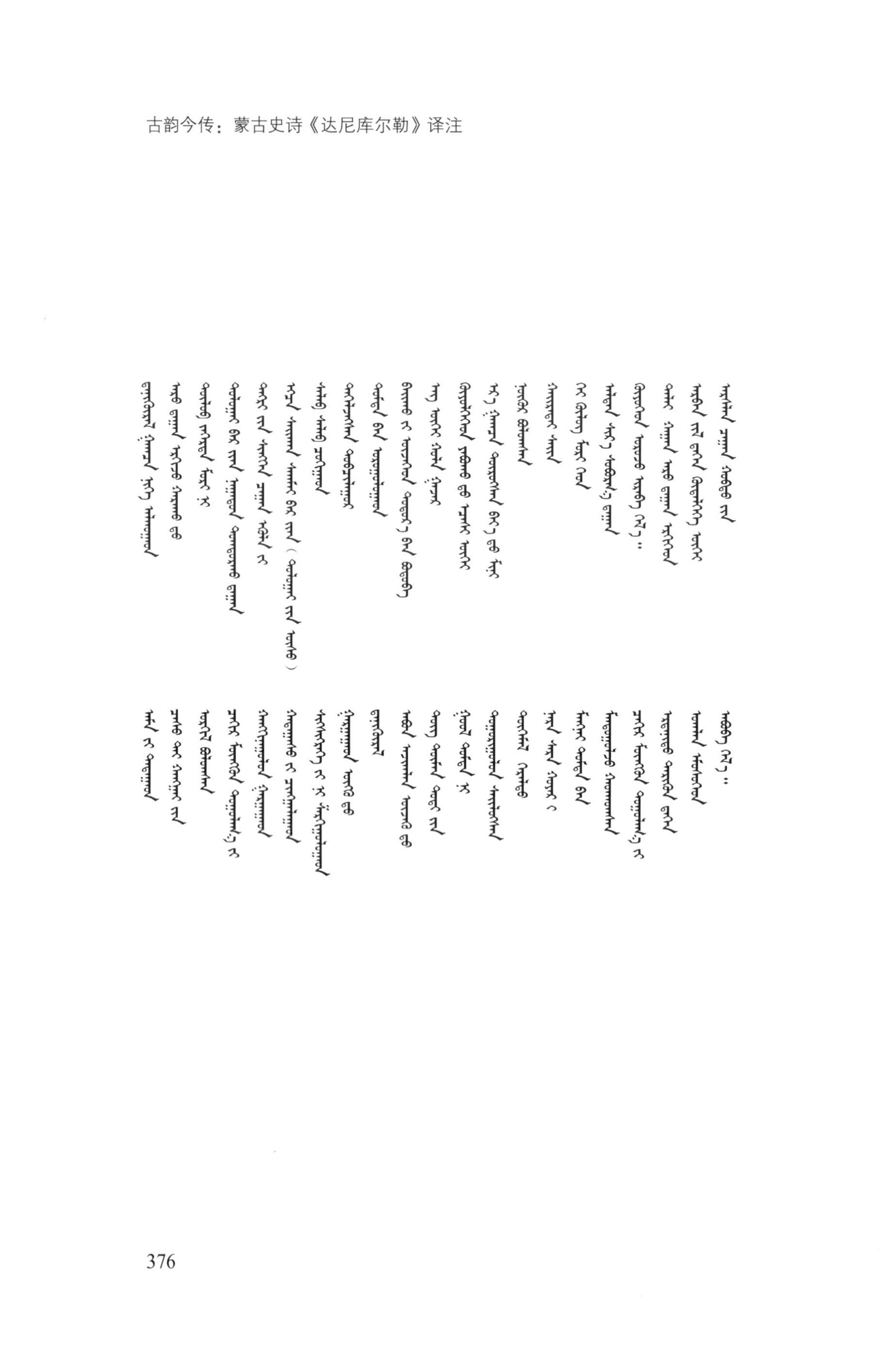

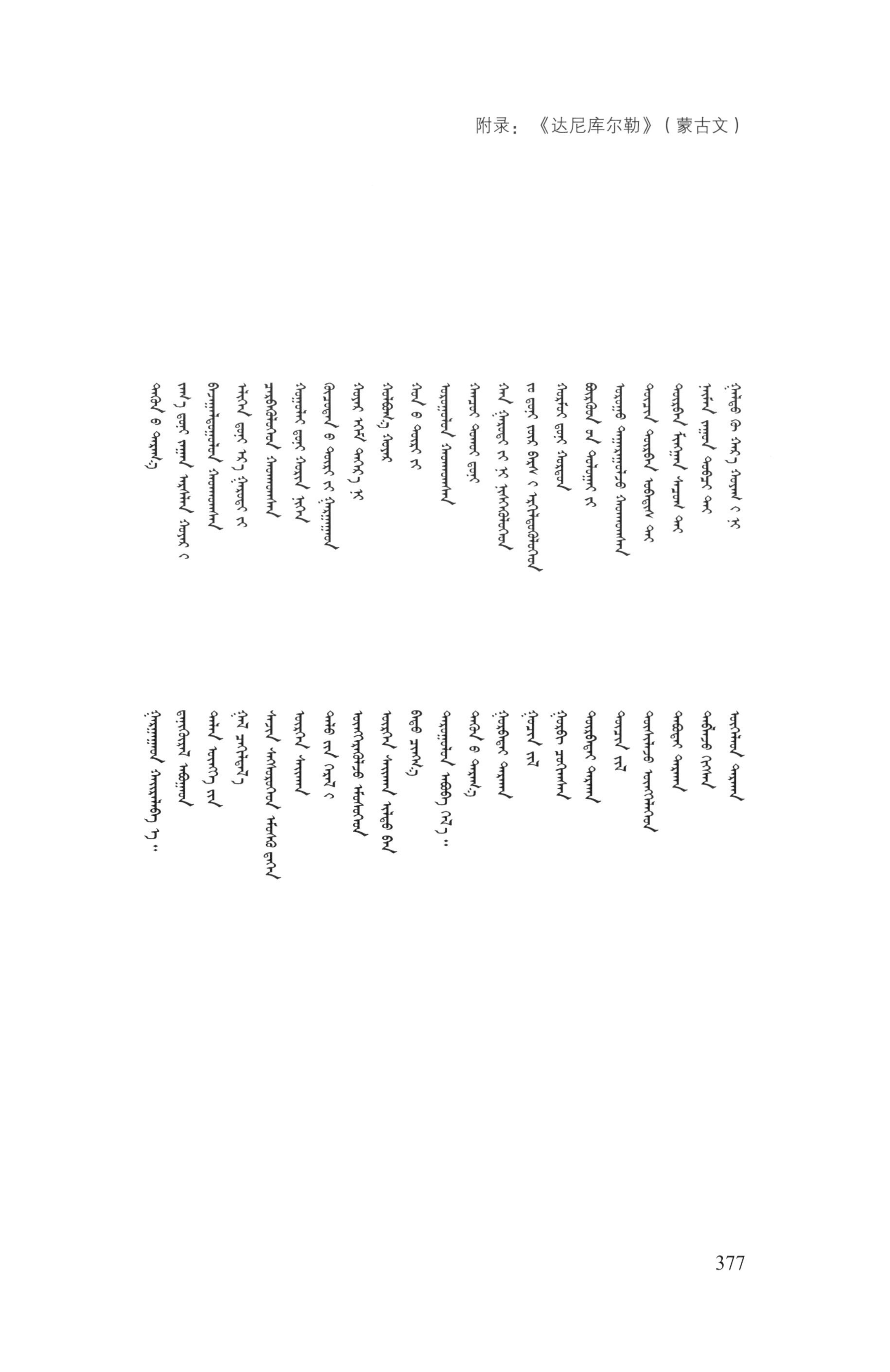

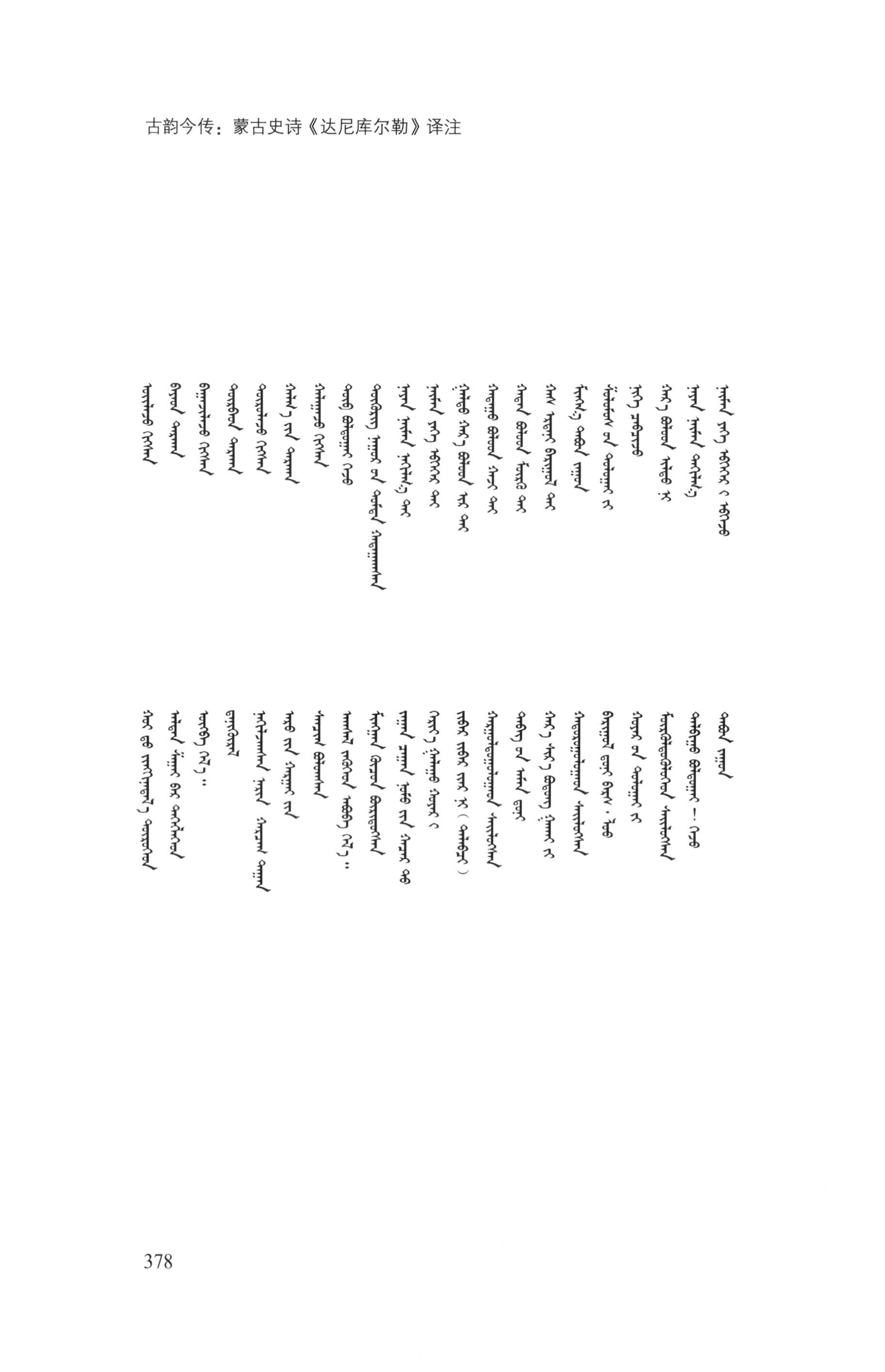

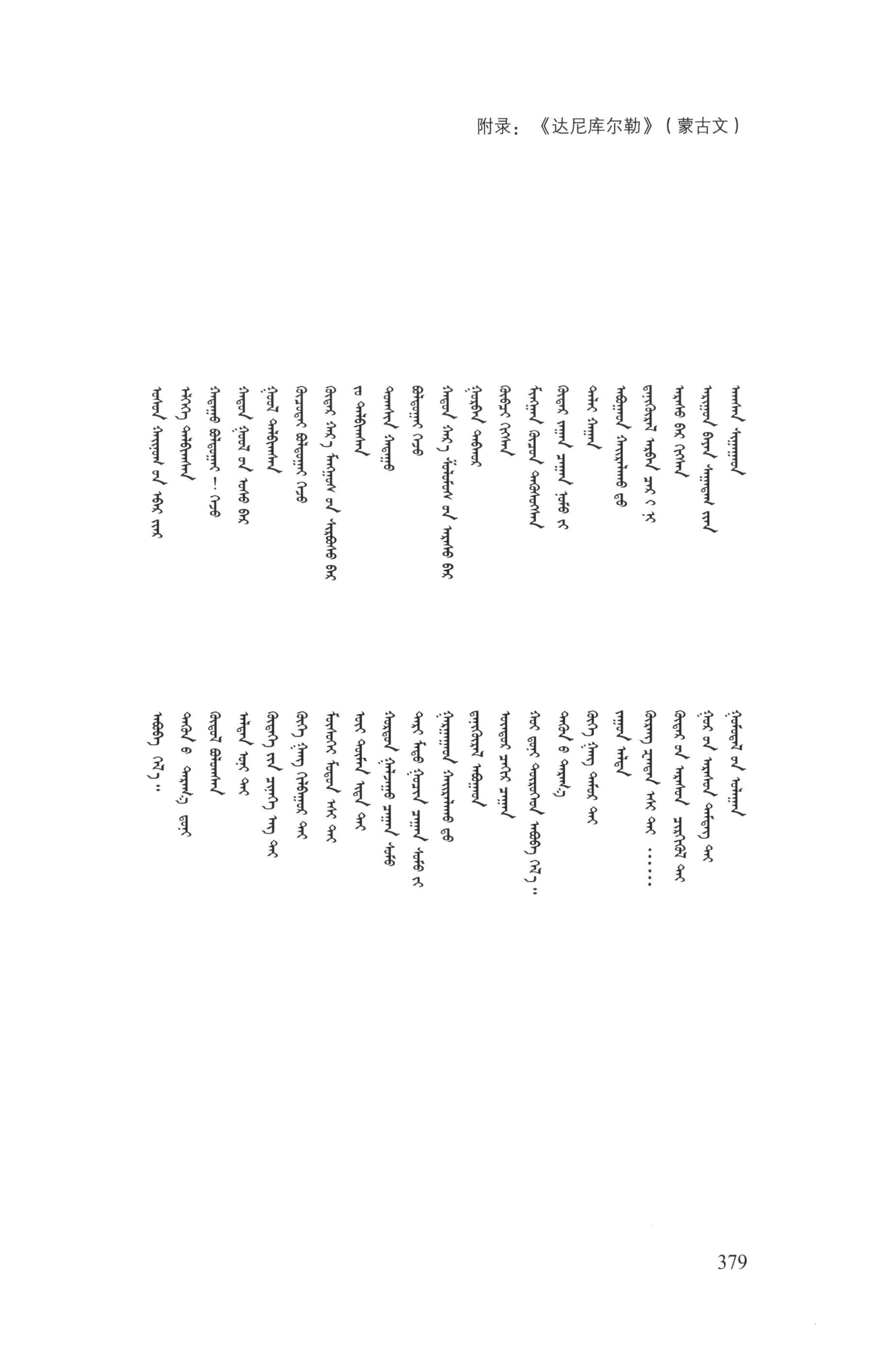

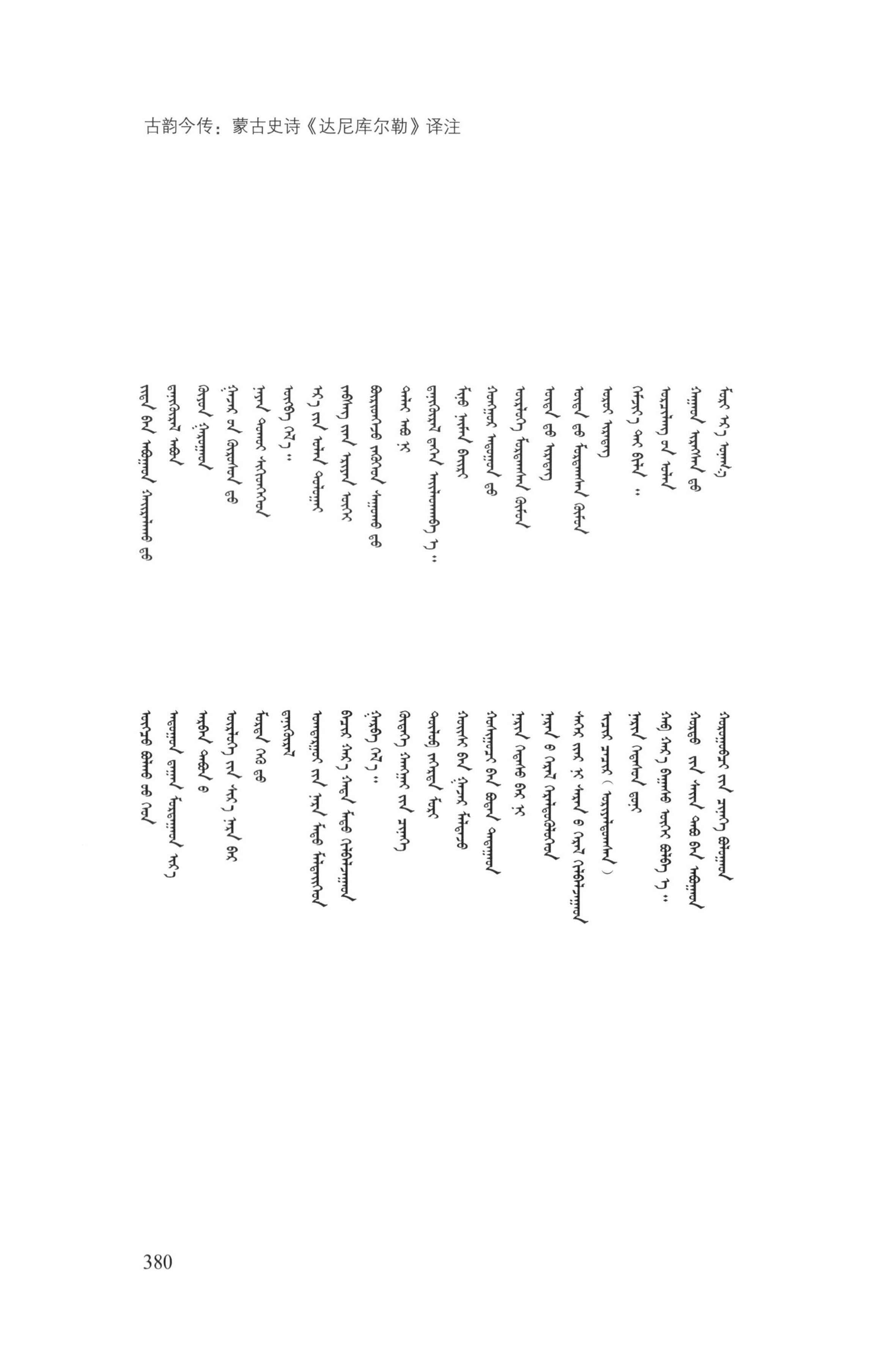

[illegible]

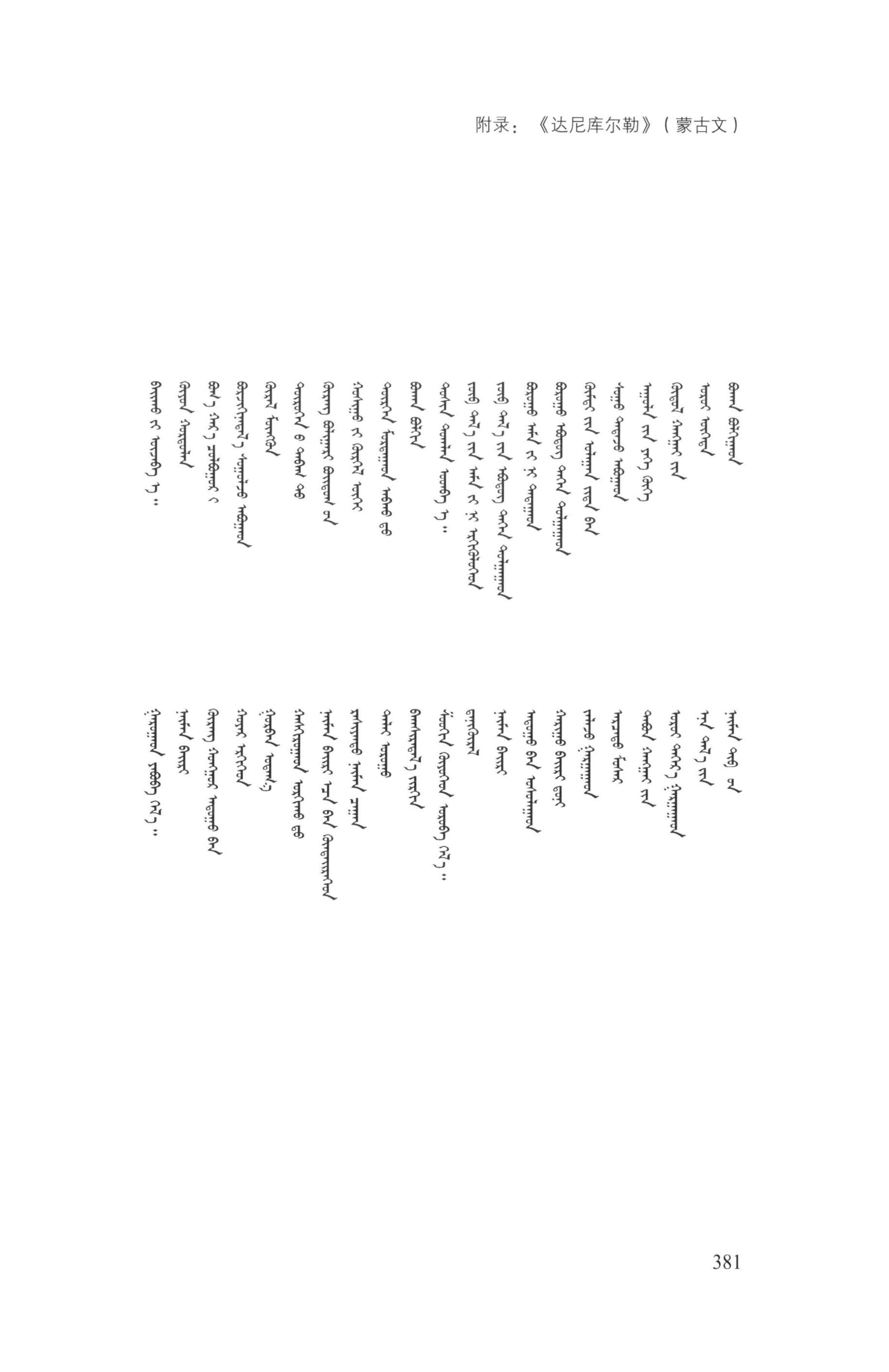

[illegible]

[illegible]

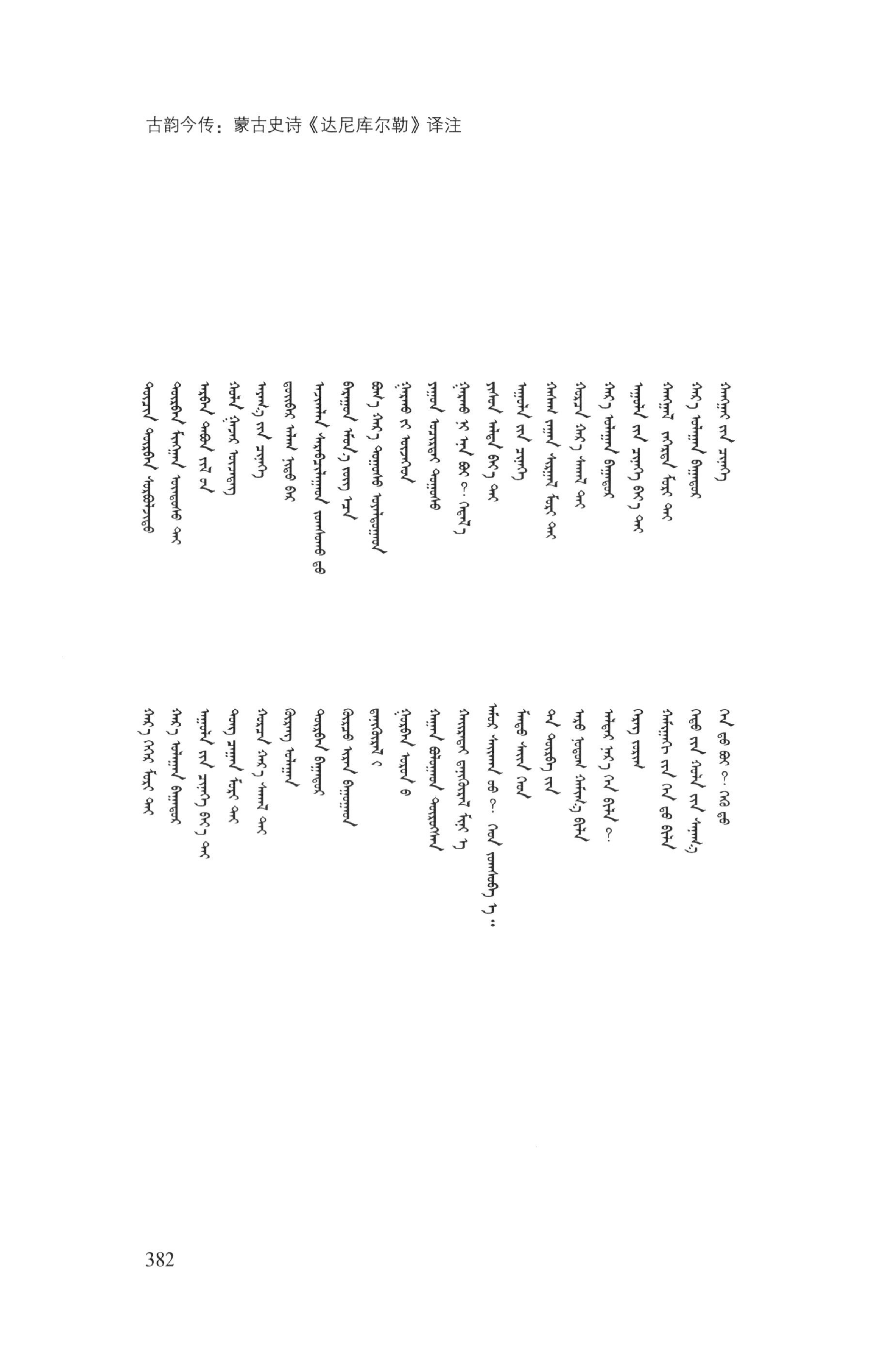

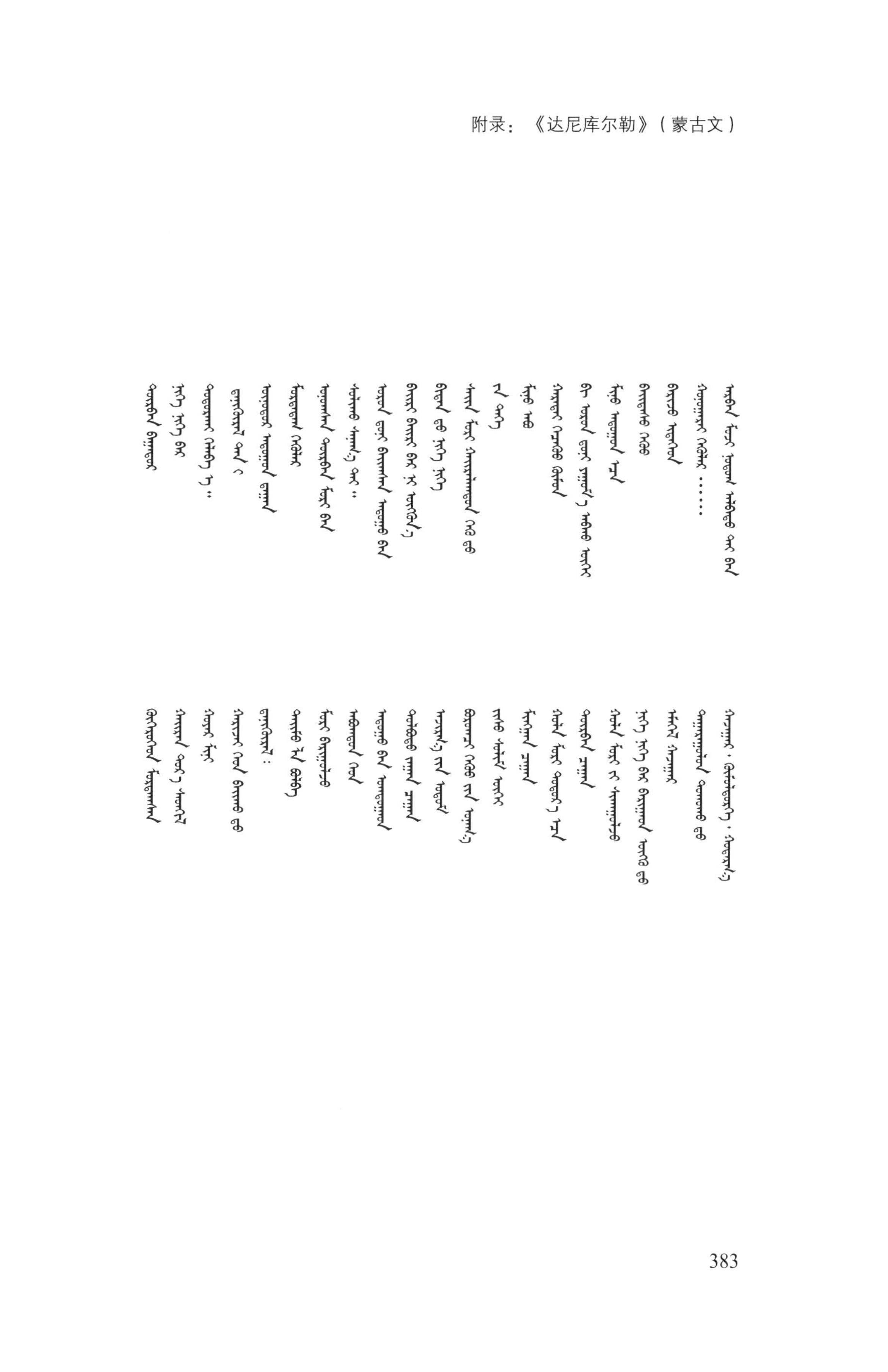

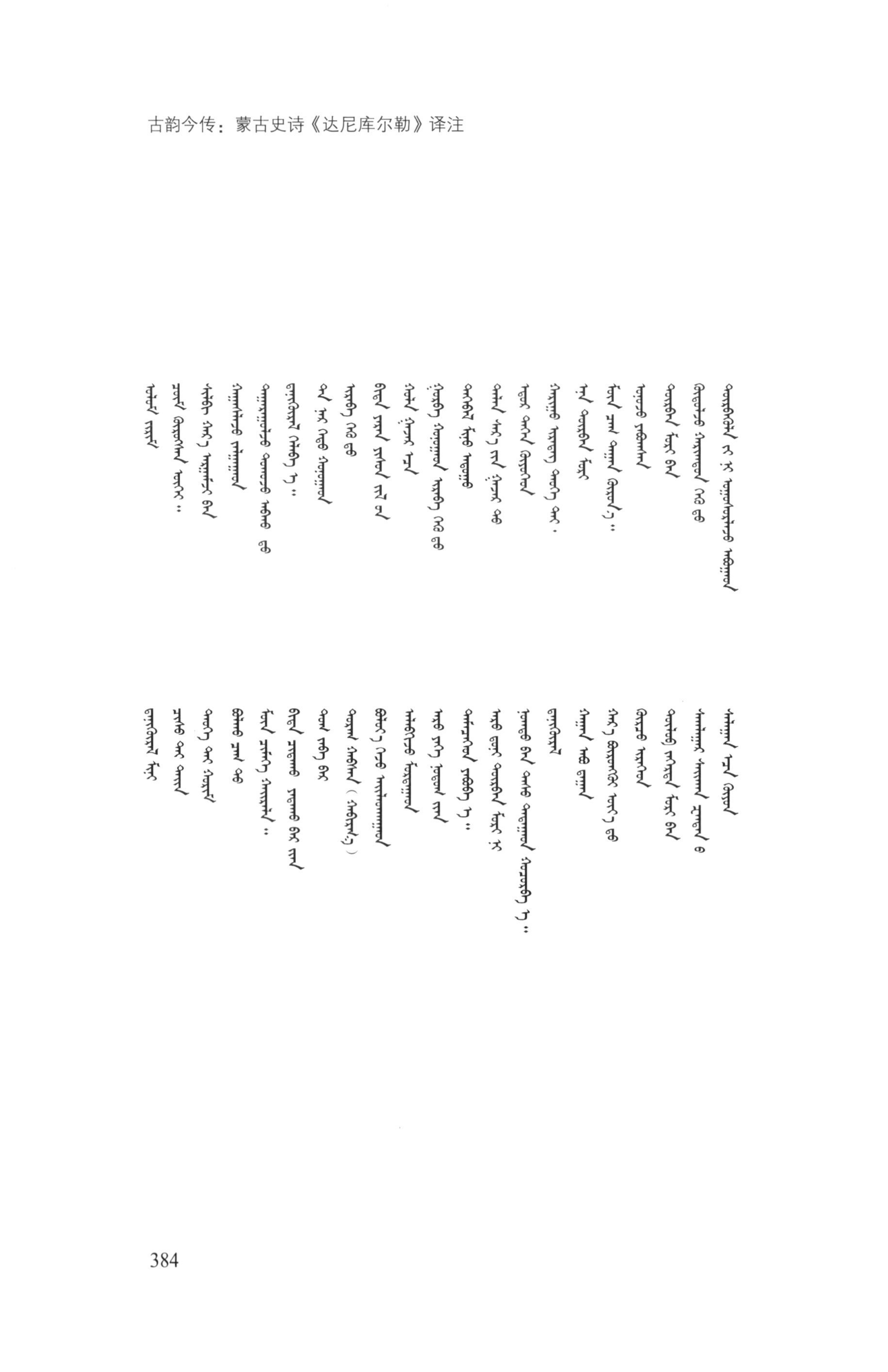

[illegible]

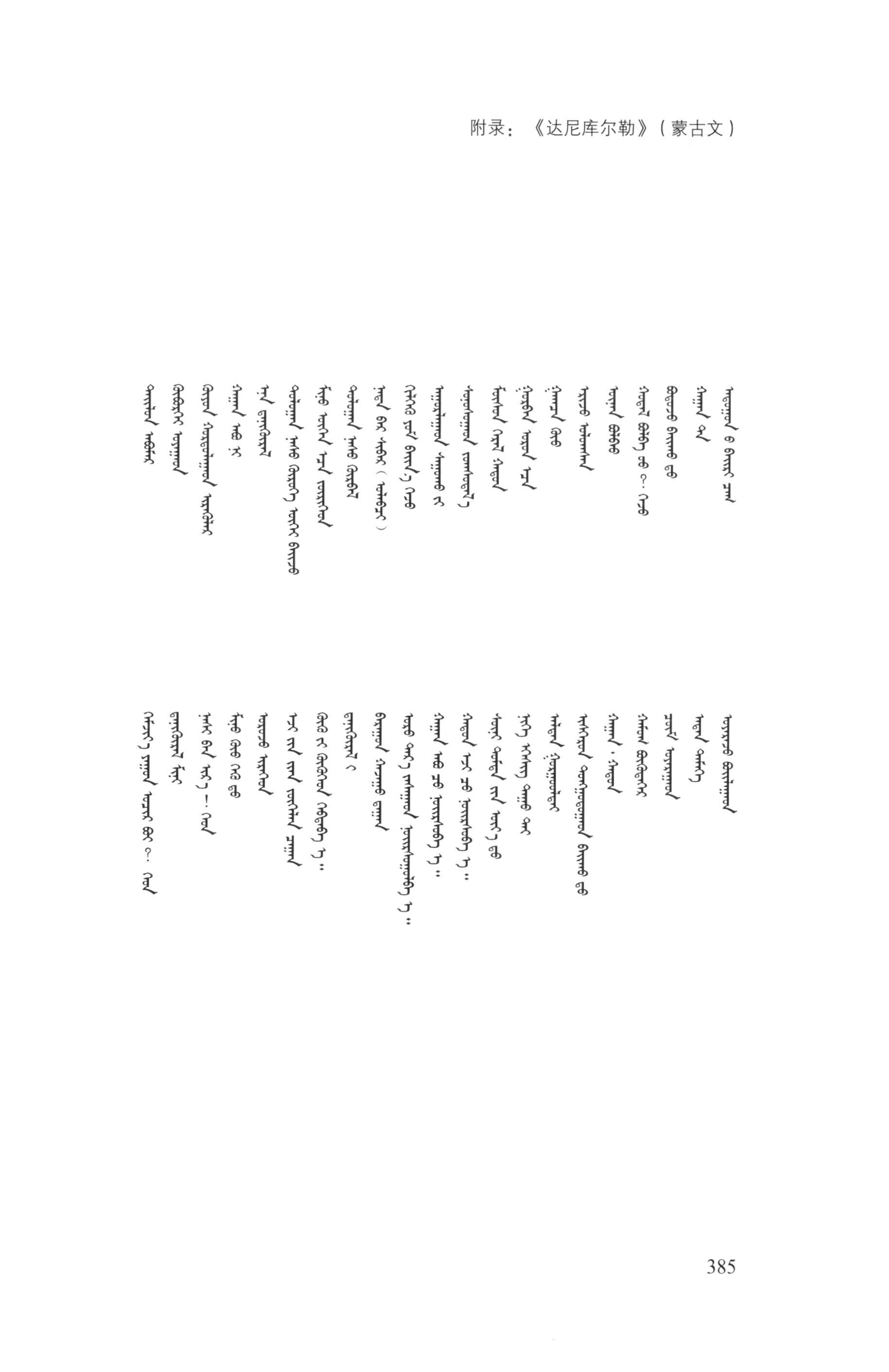

[illegible]

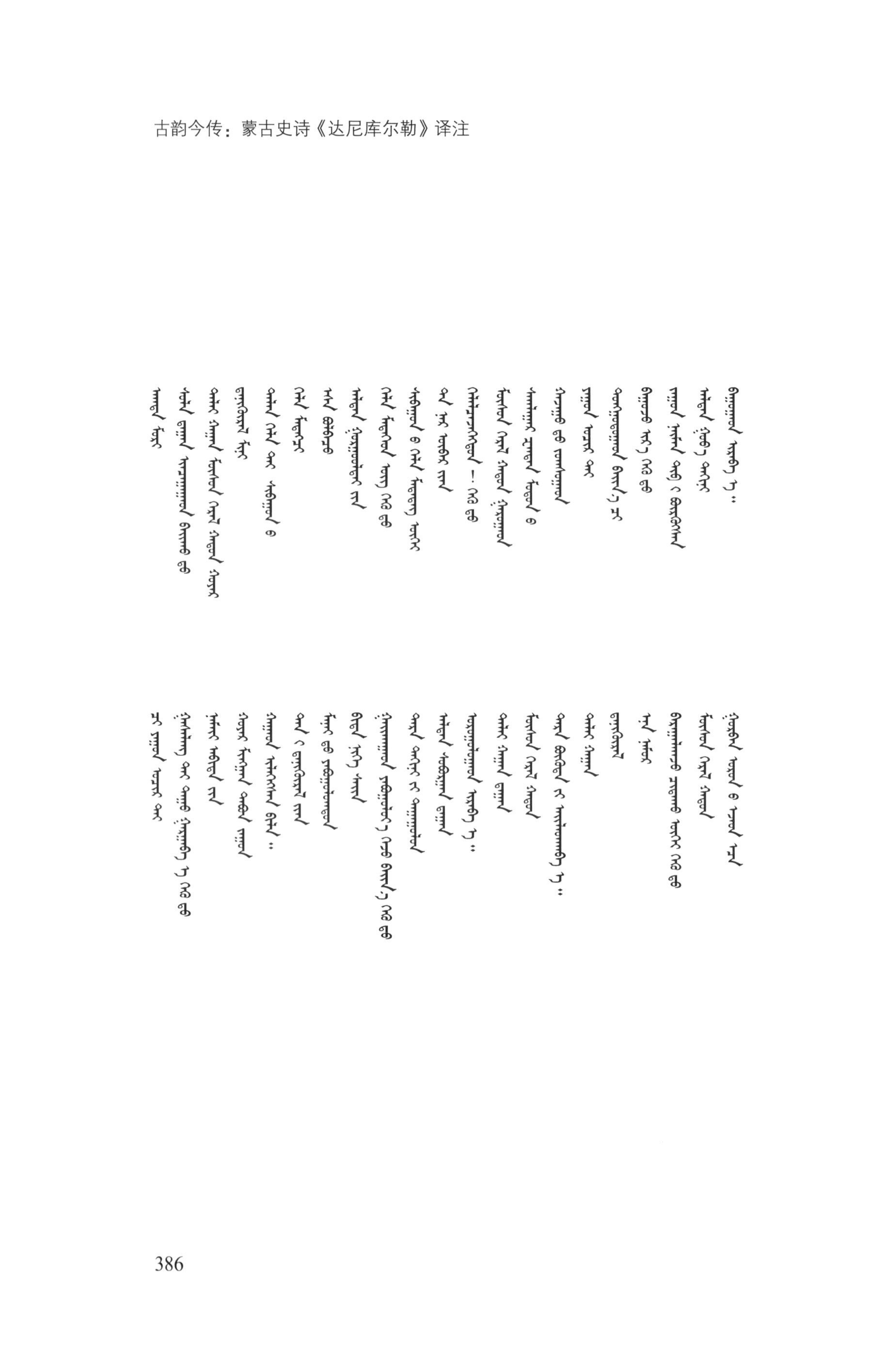

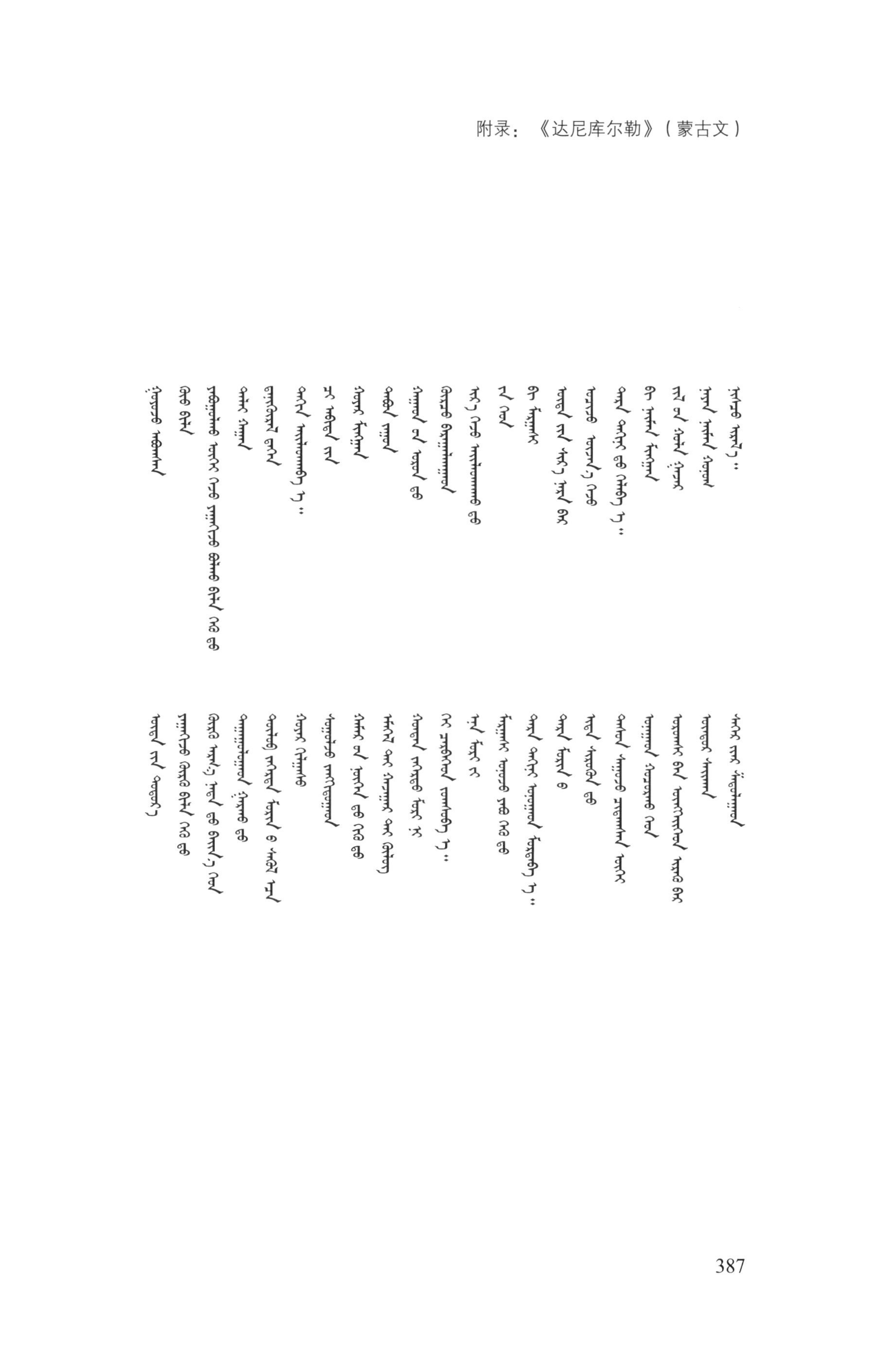

[illegible]

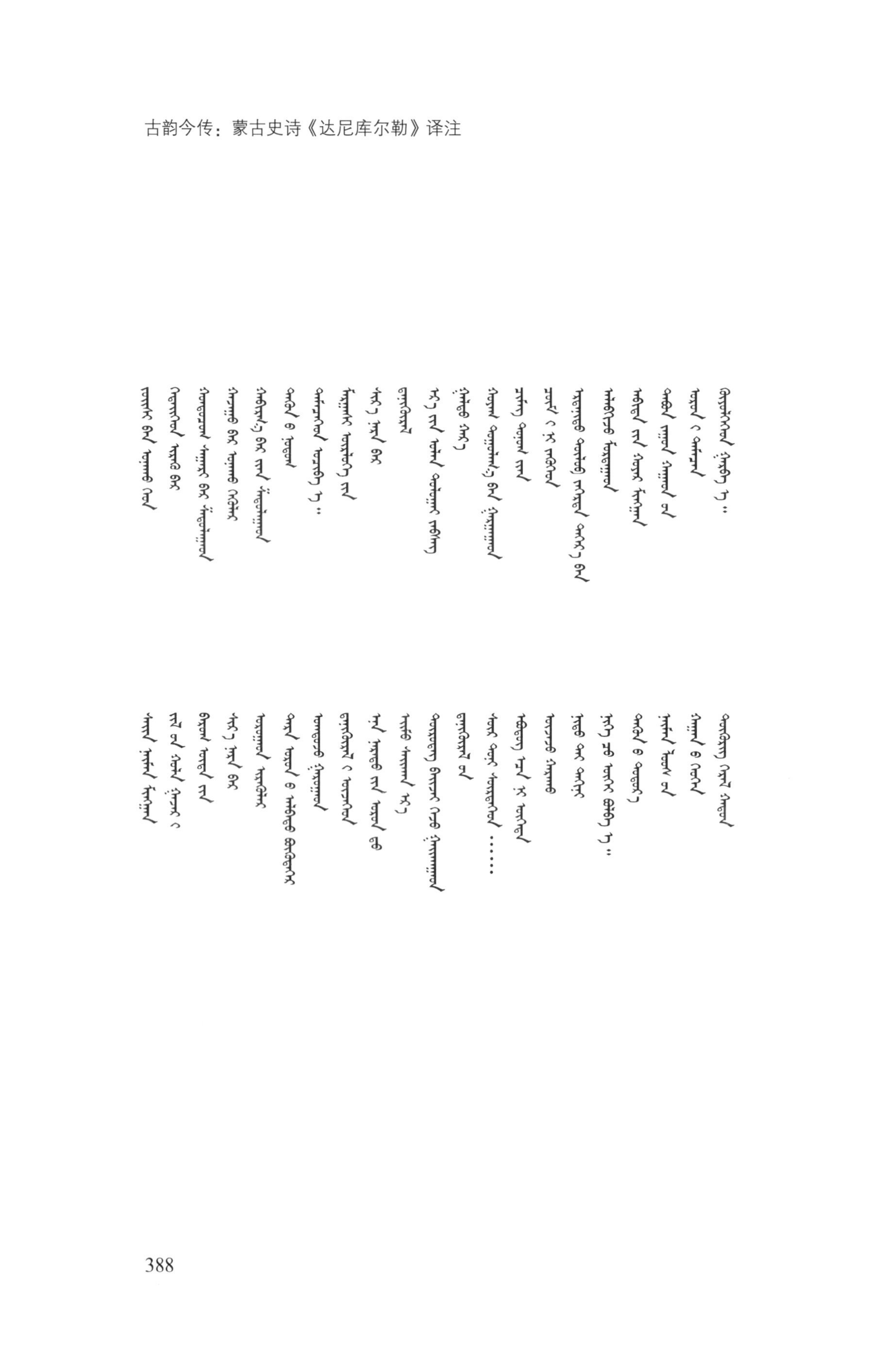

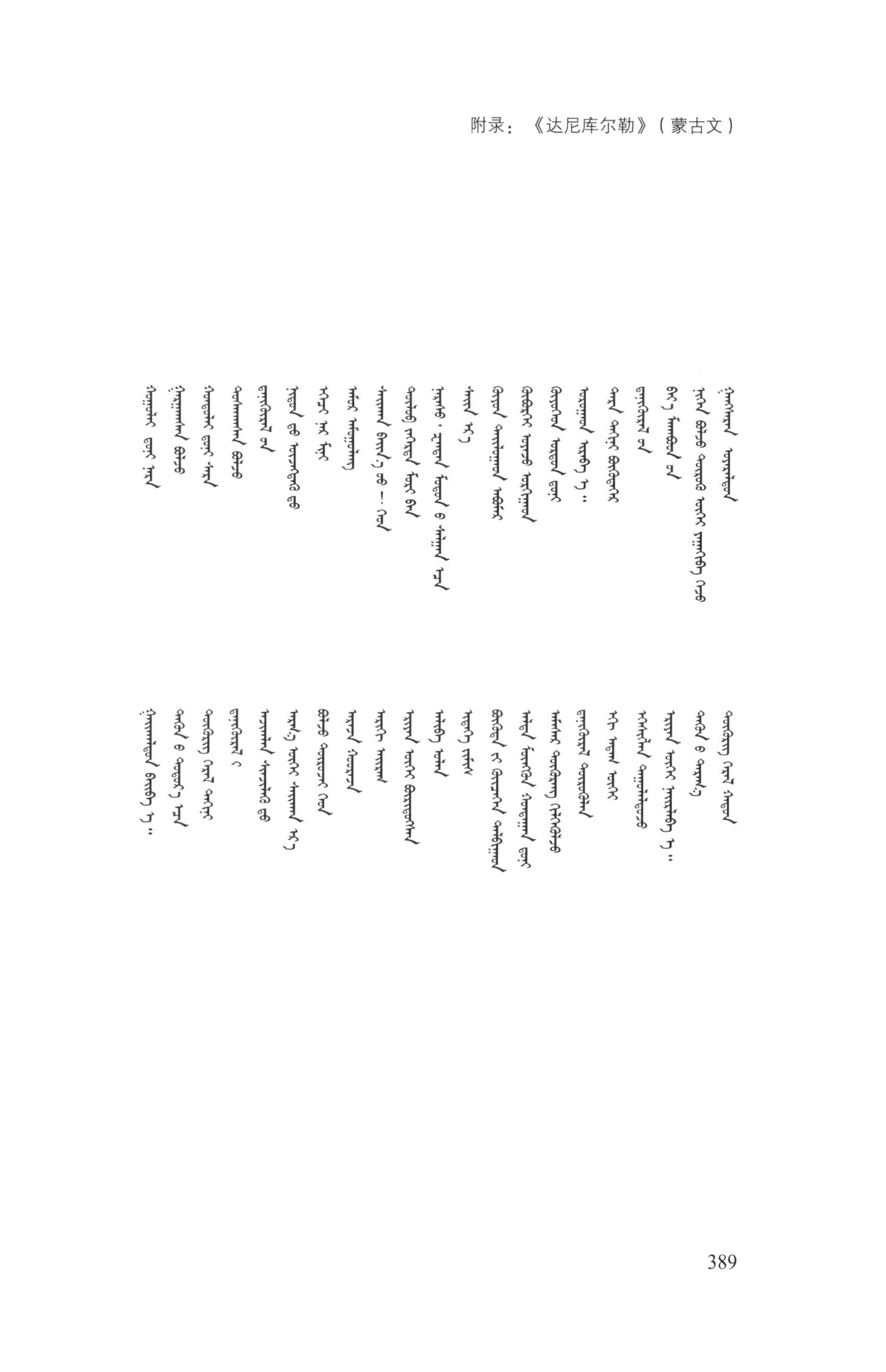

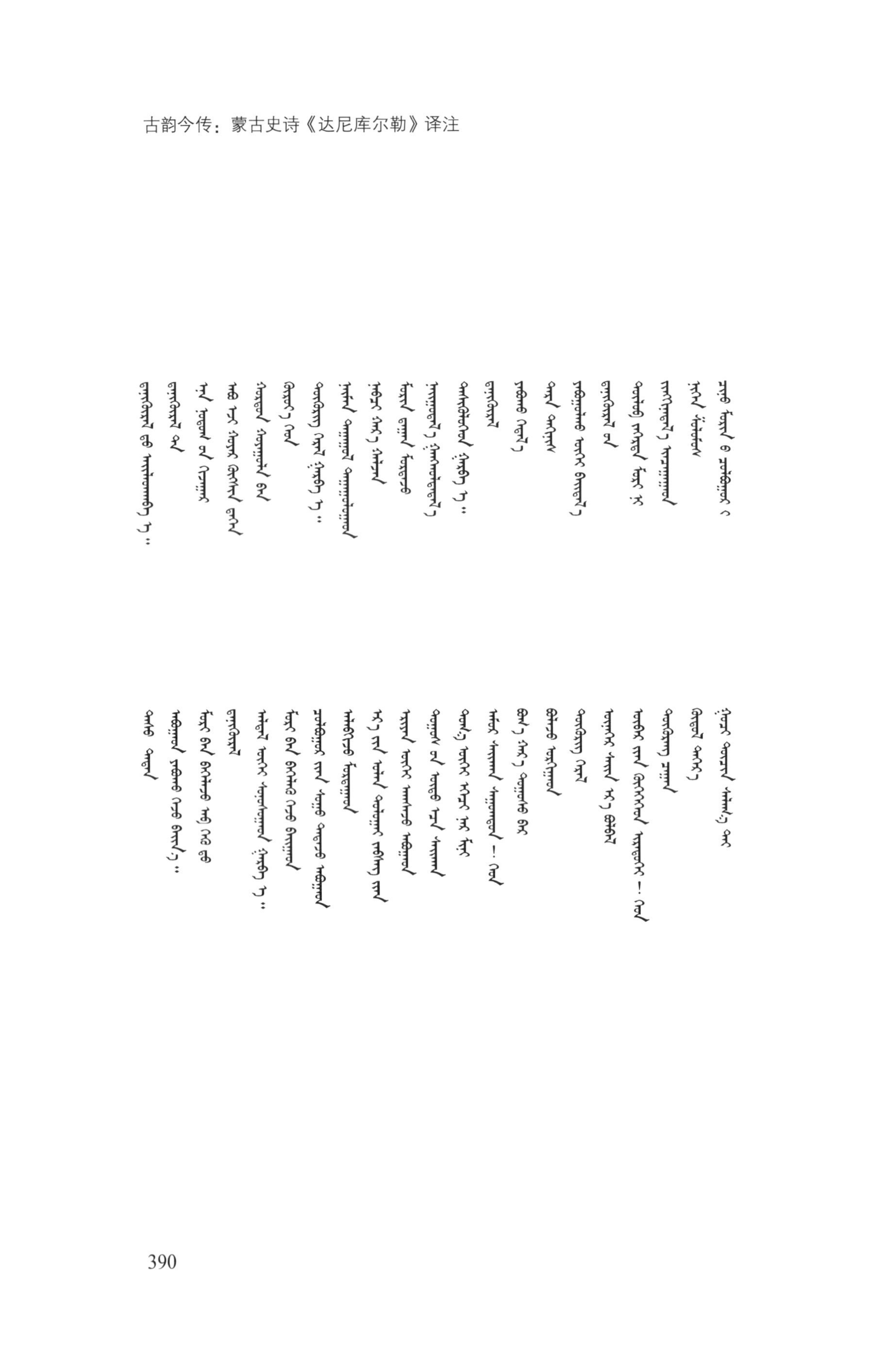

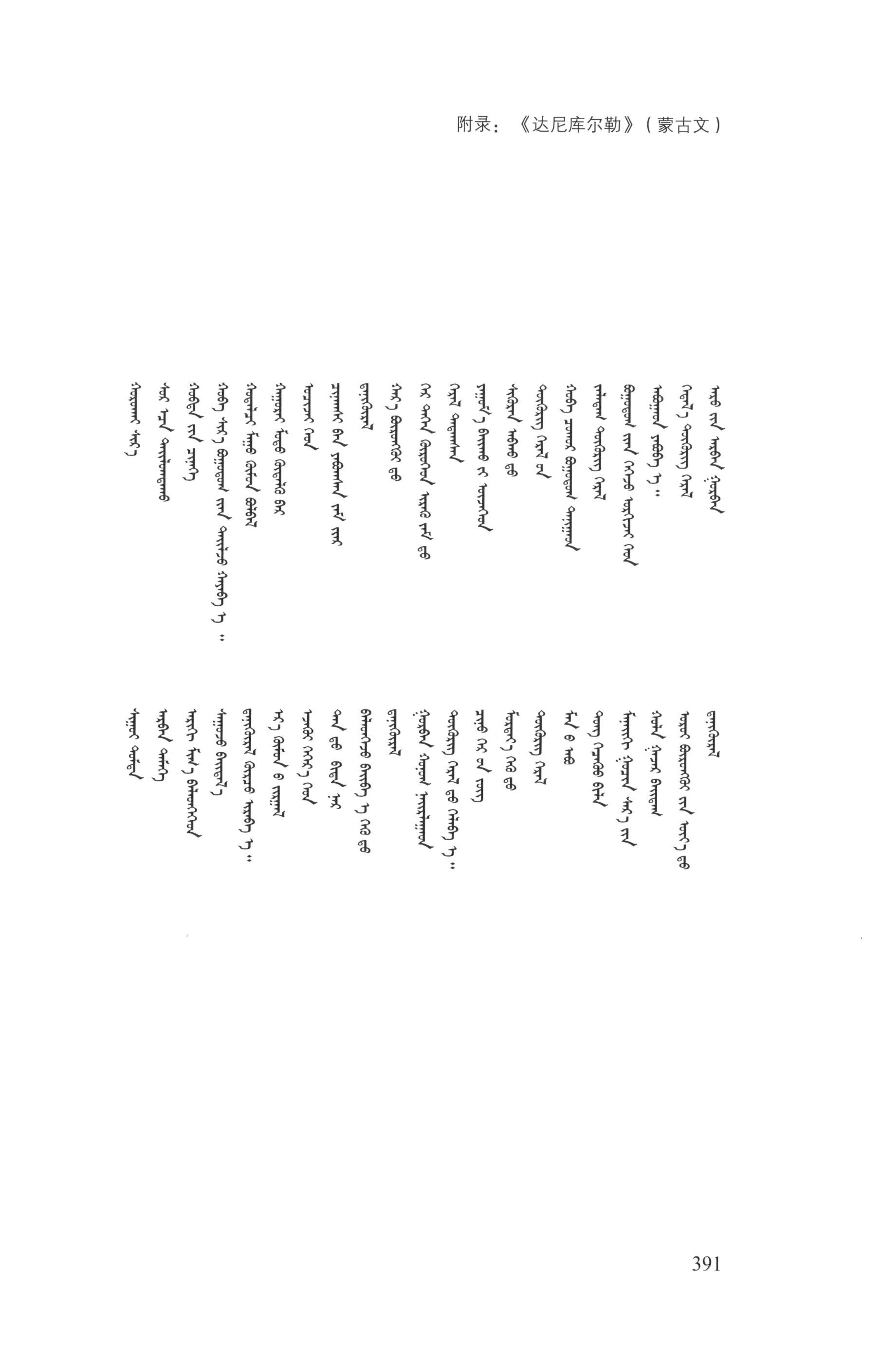

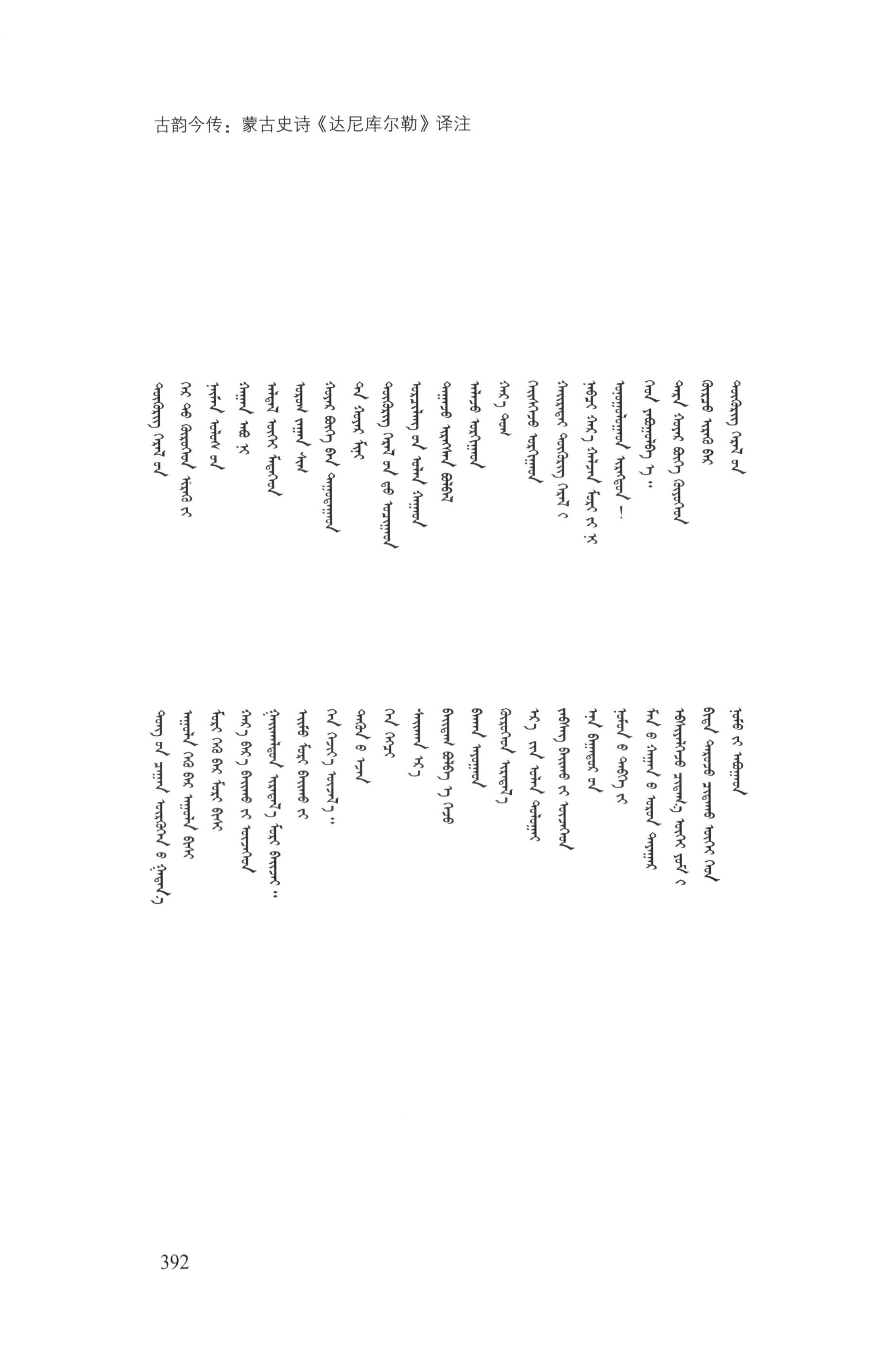

[illegible]

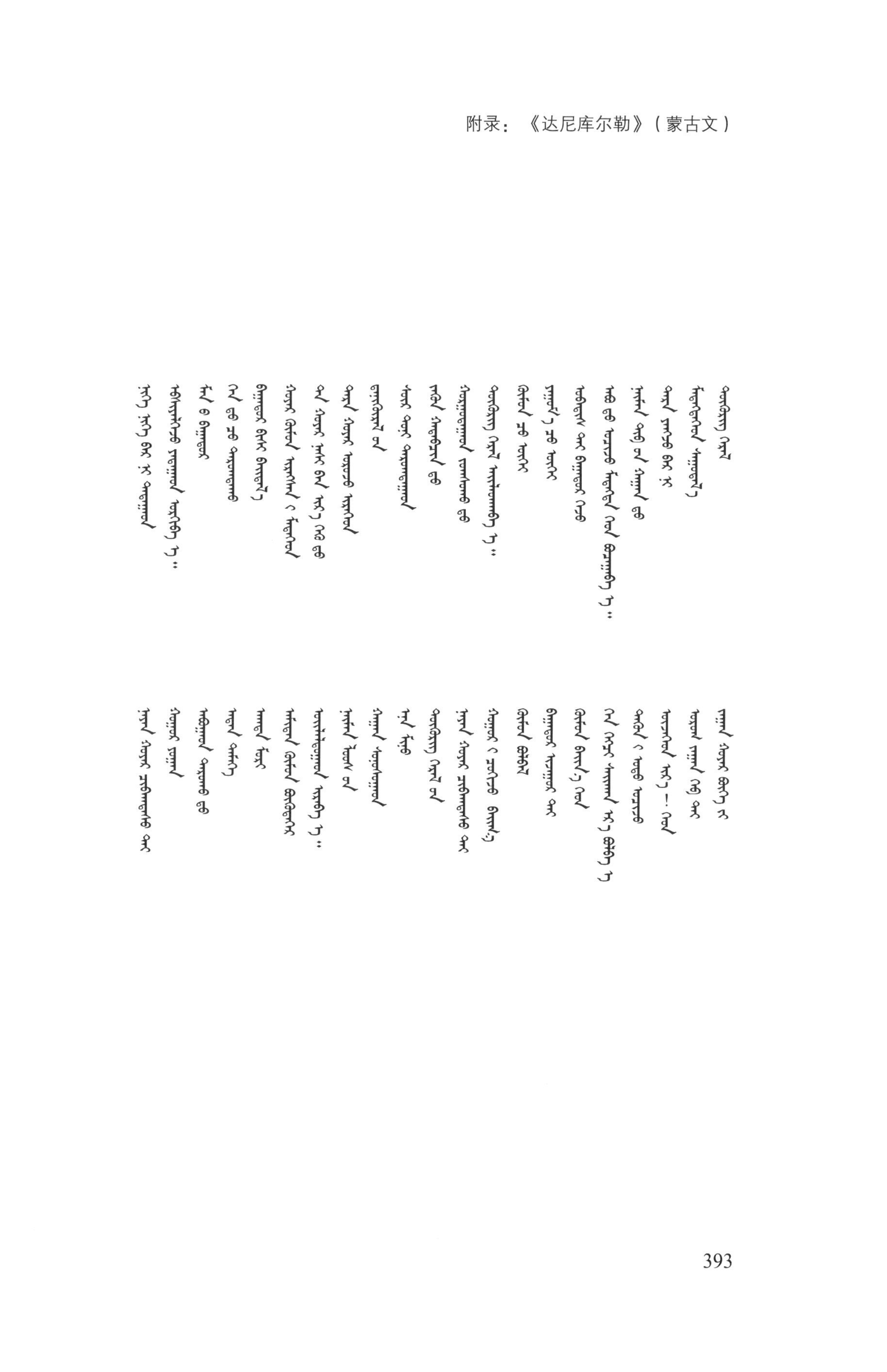

[illegible]

[illegible]

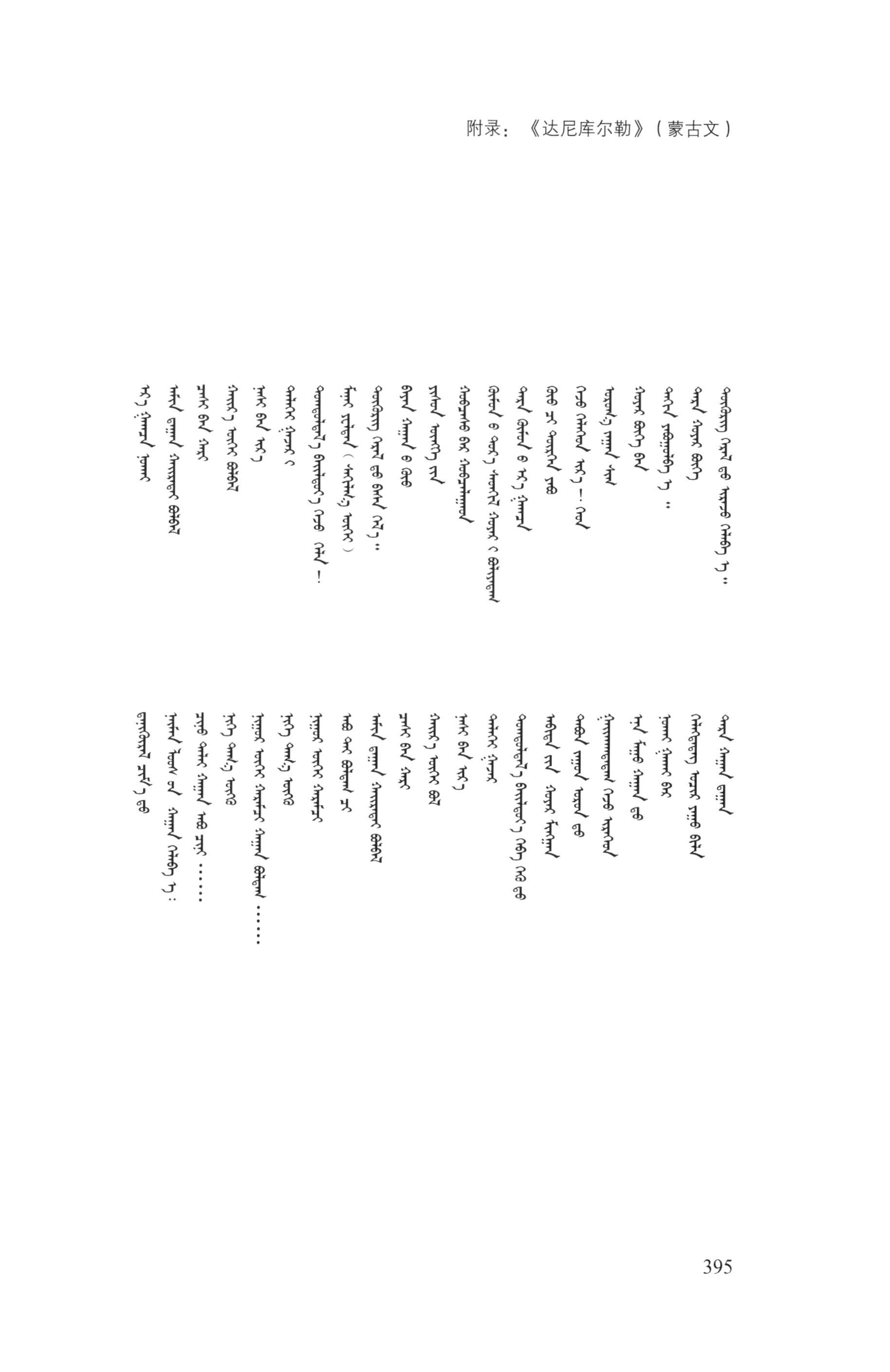

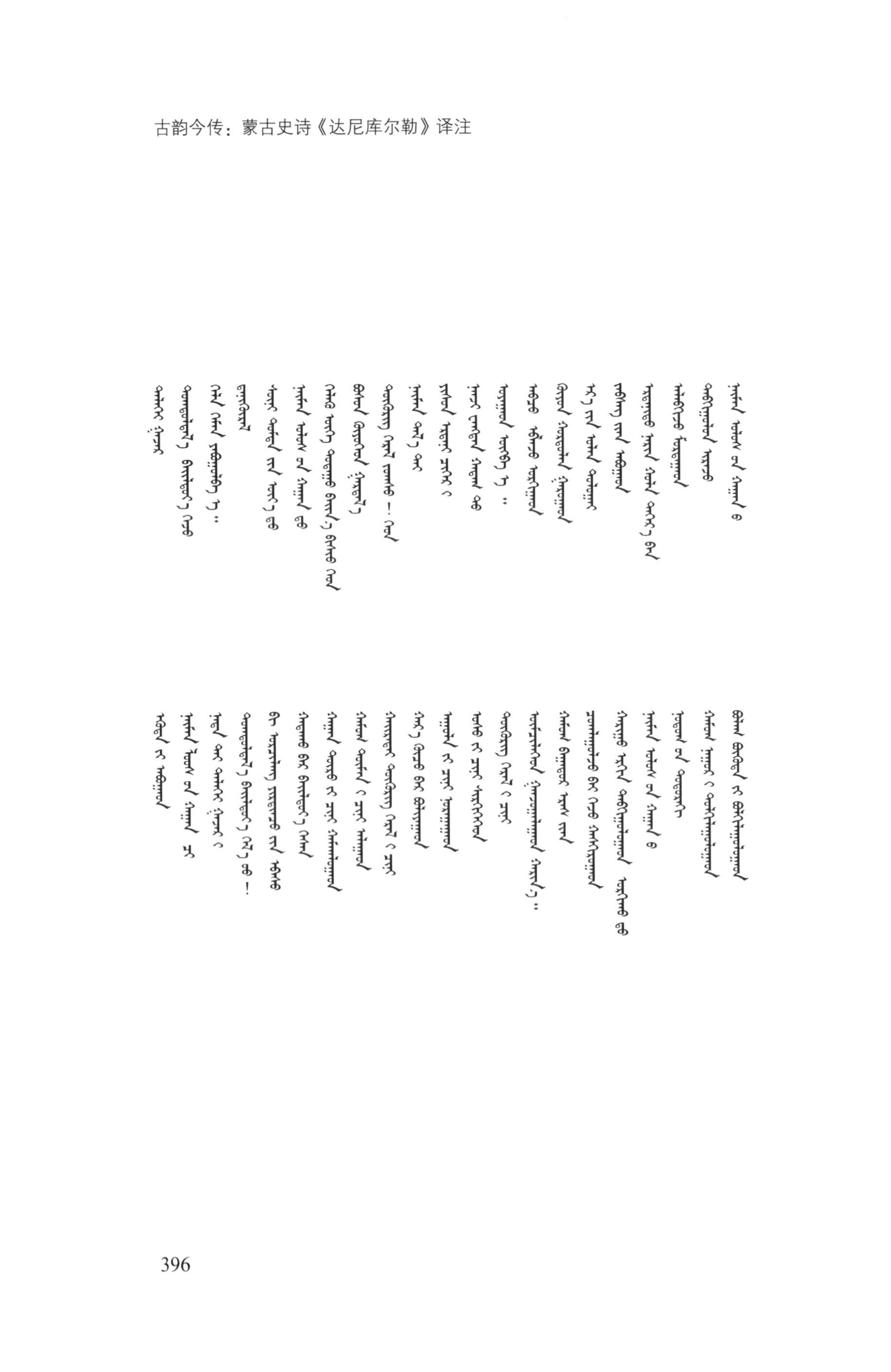

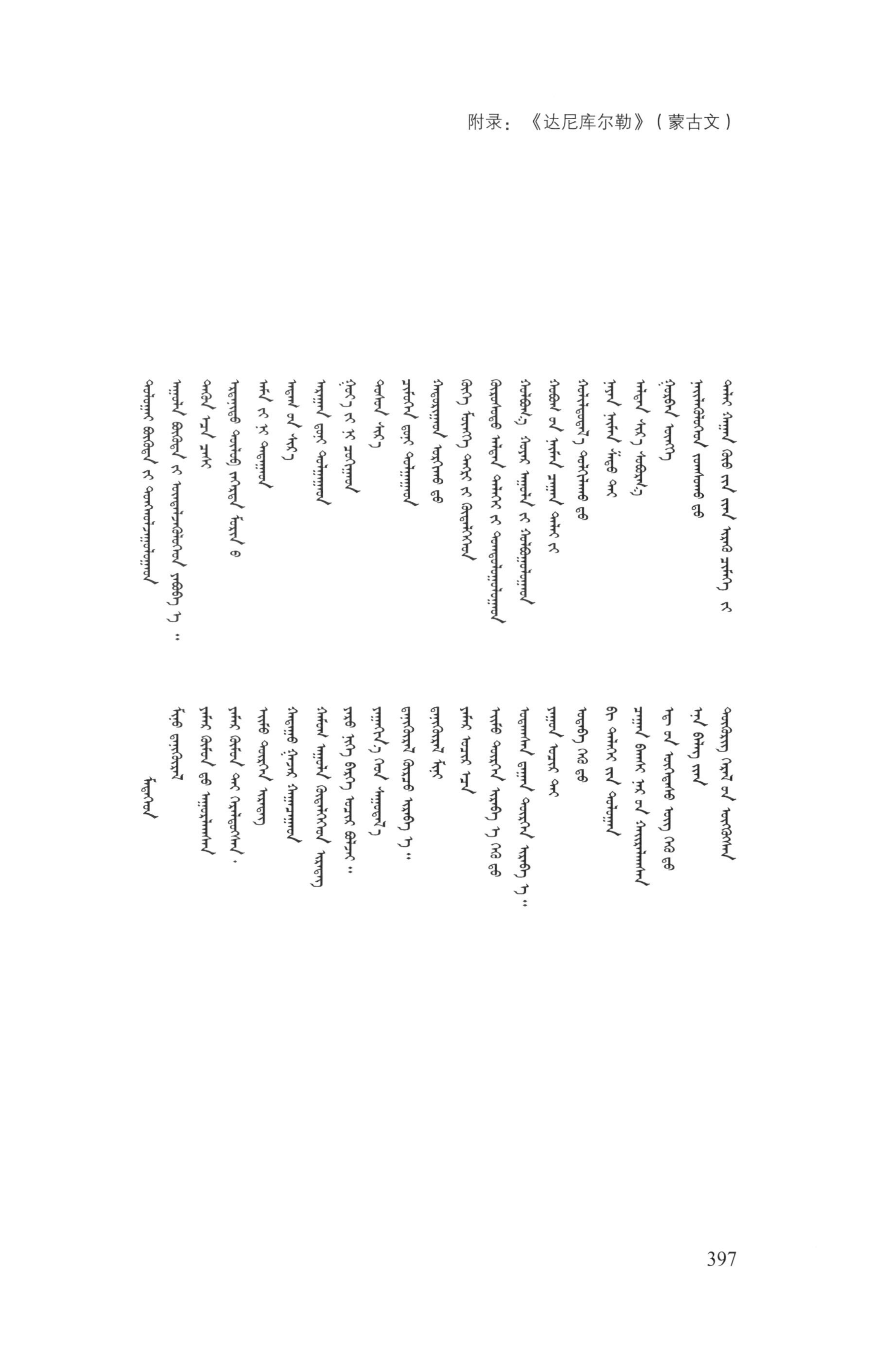

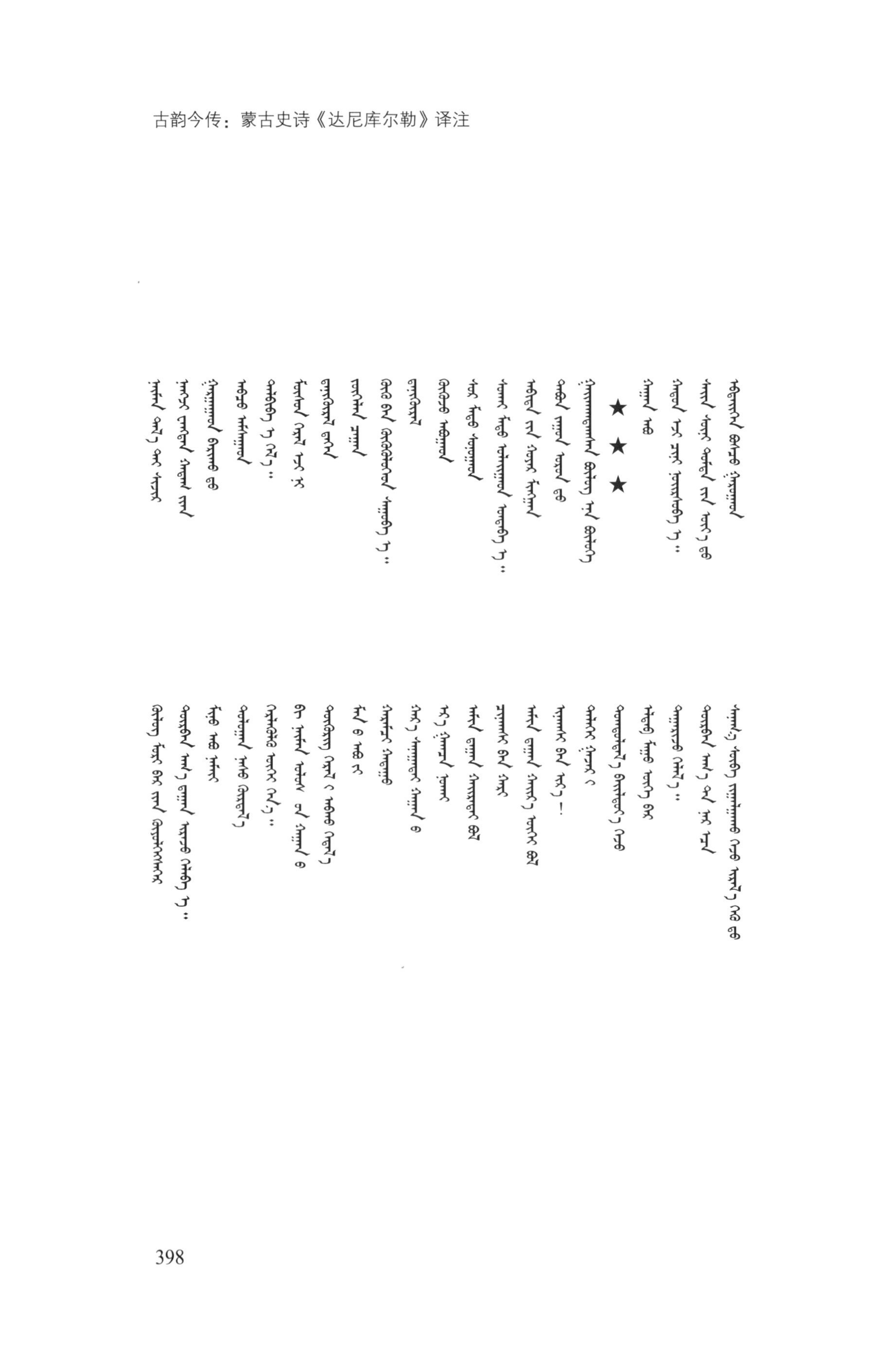

★ ★ ★

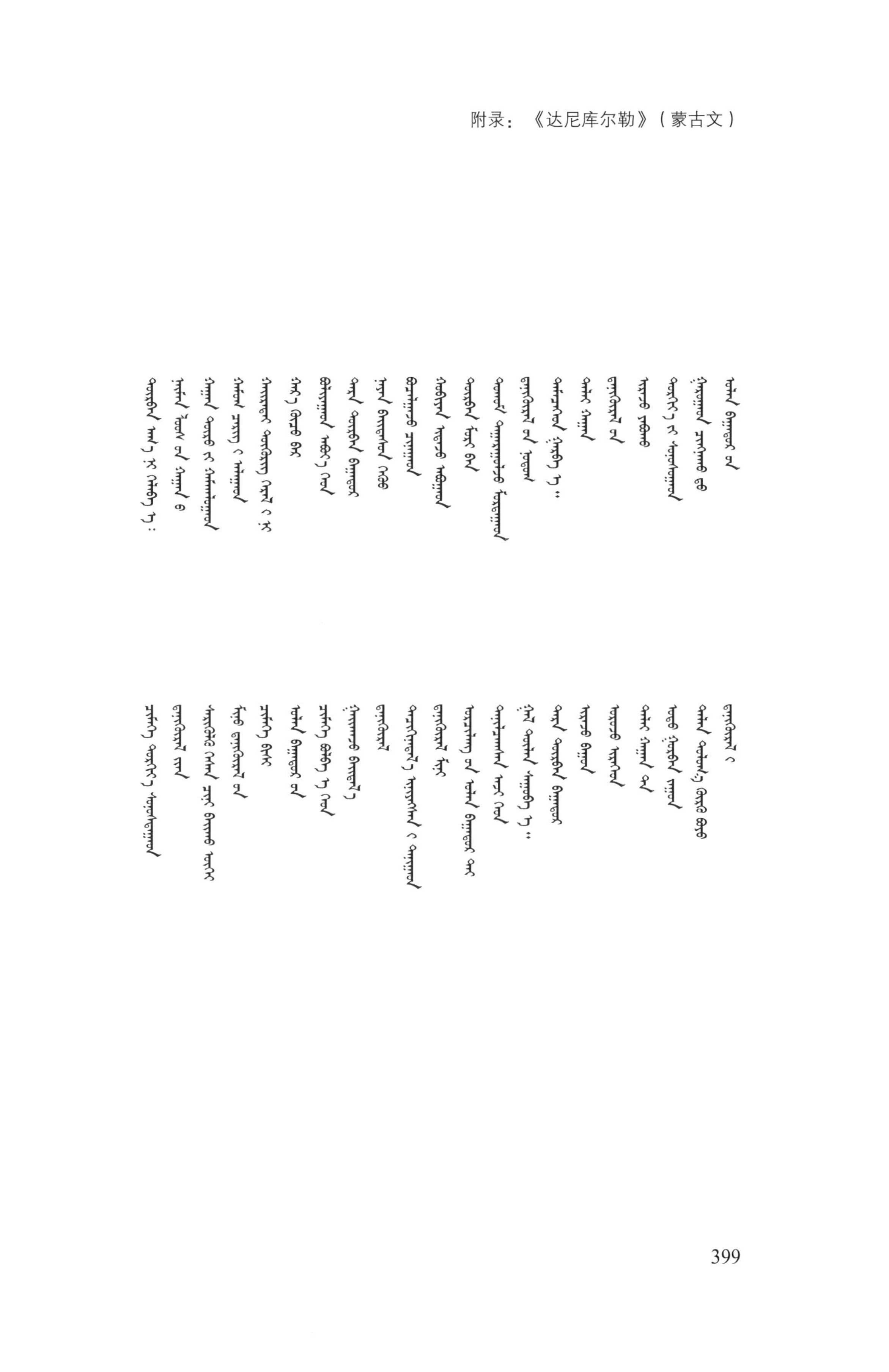

[illegible]

[illegible]

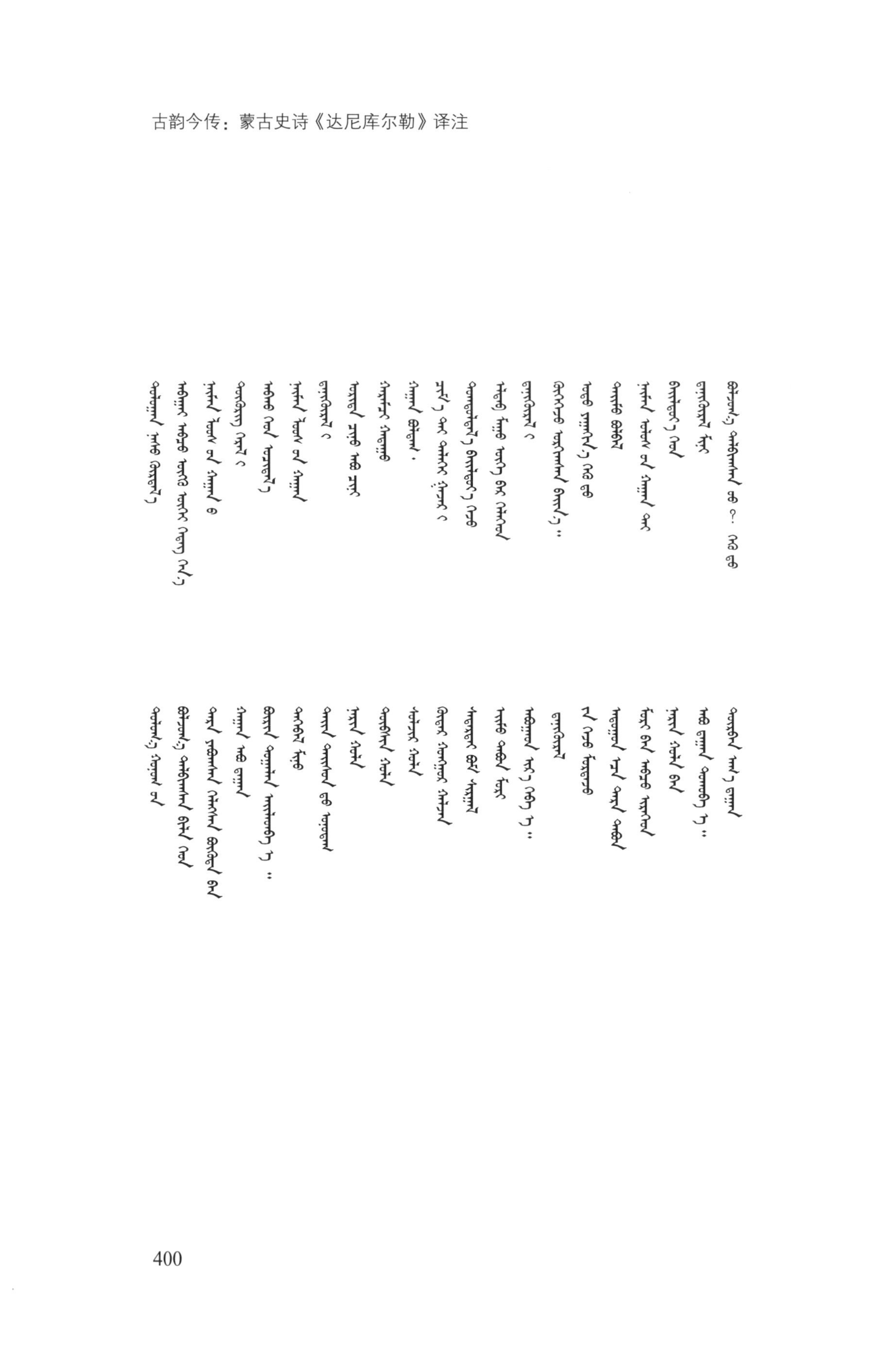

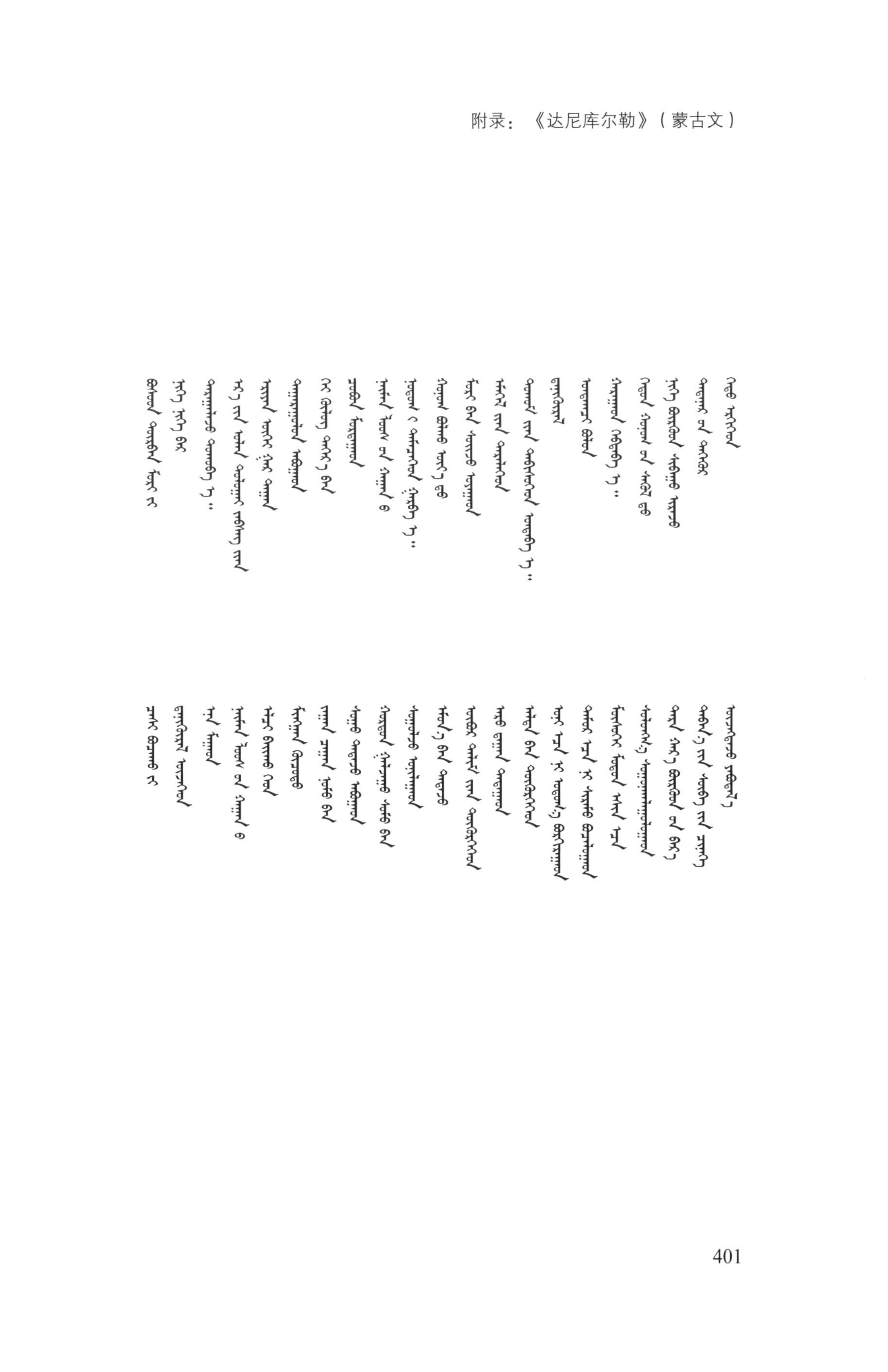

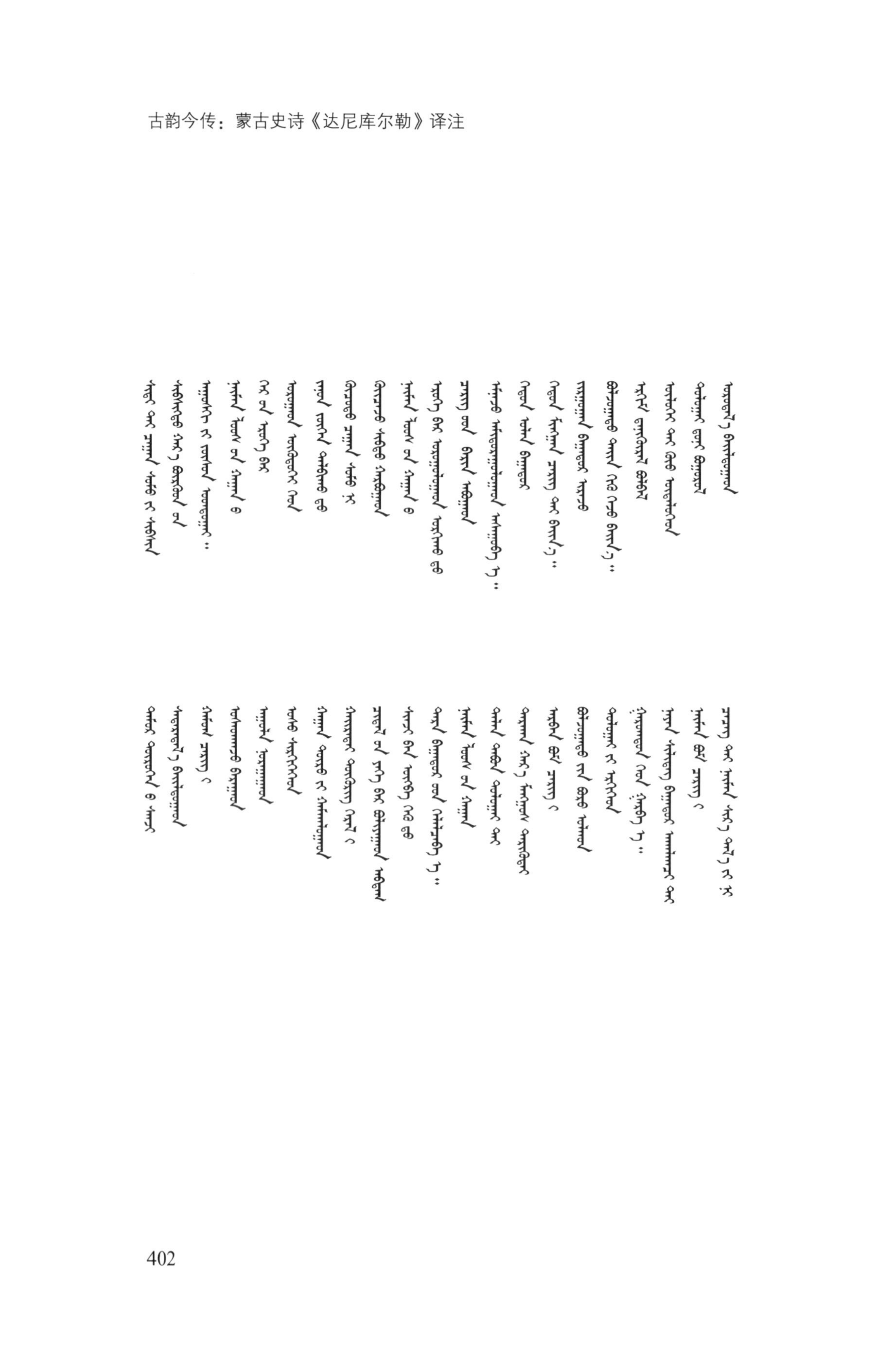

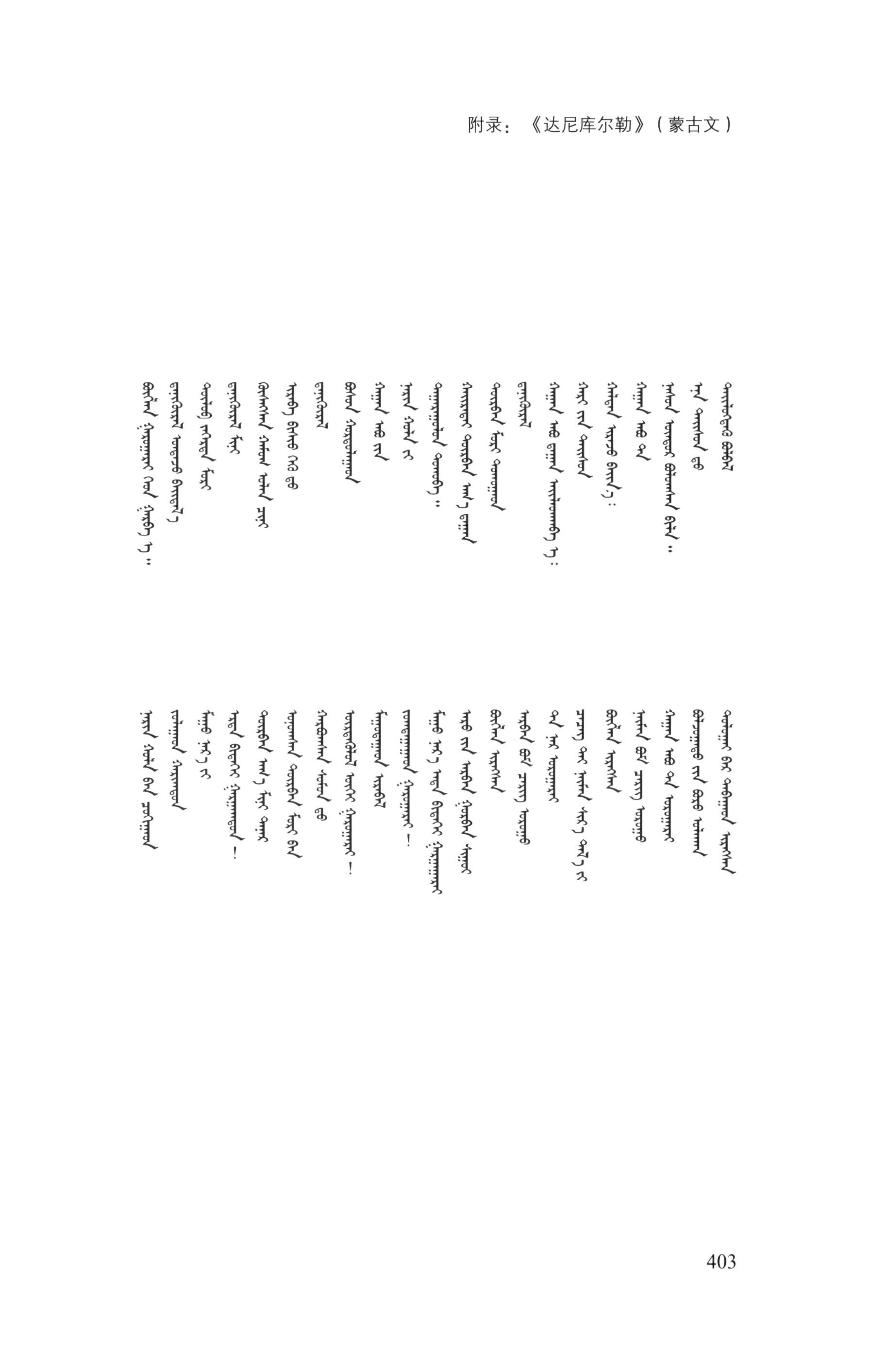

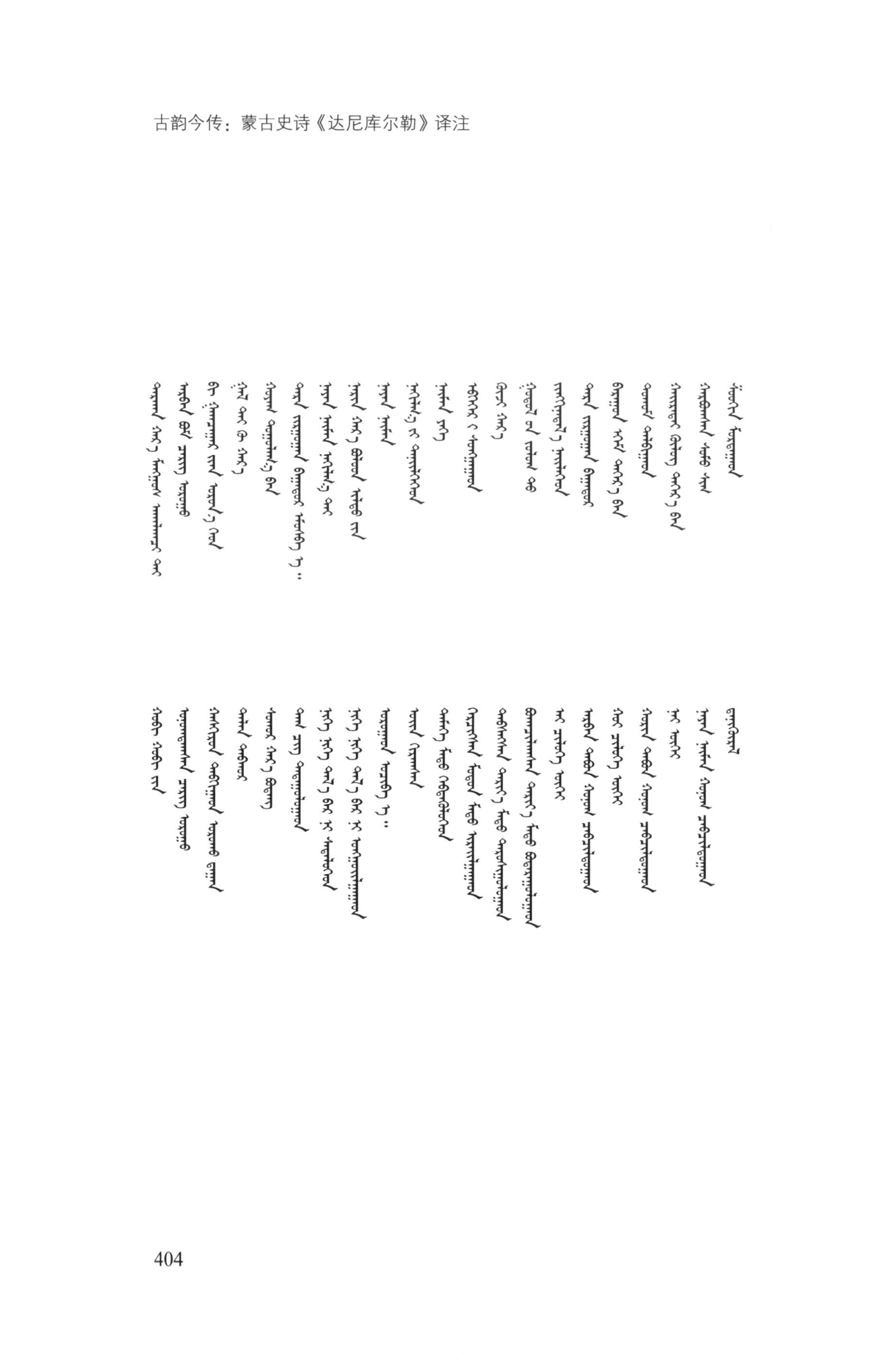

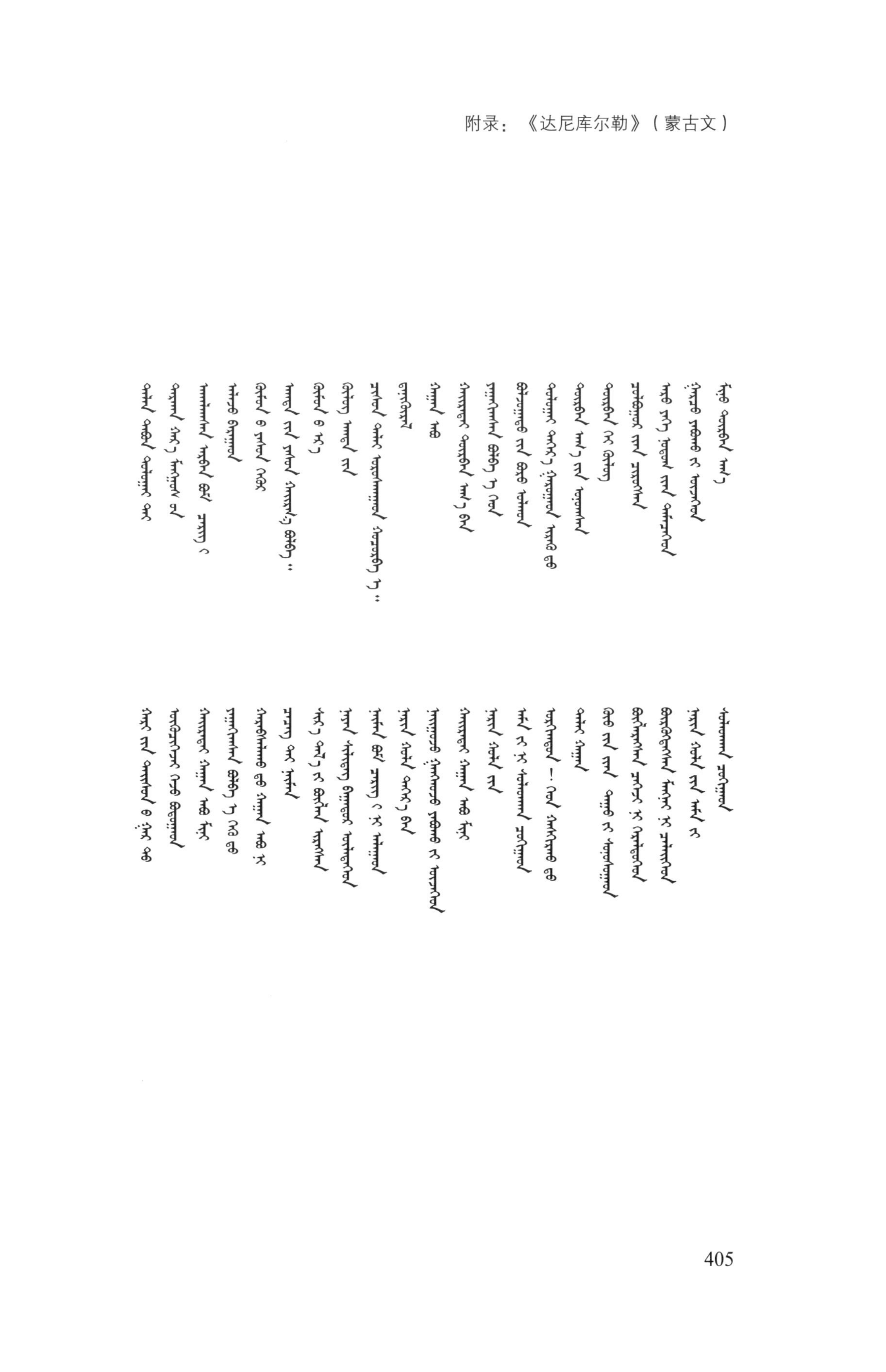

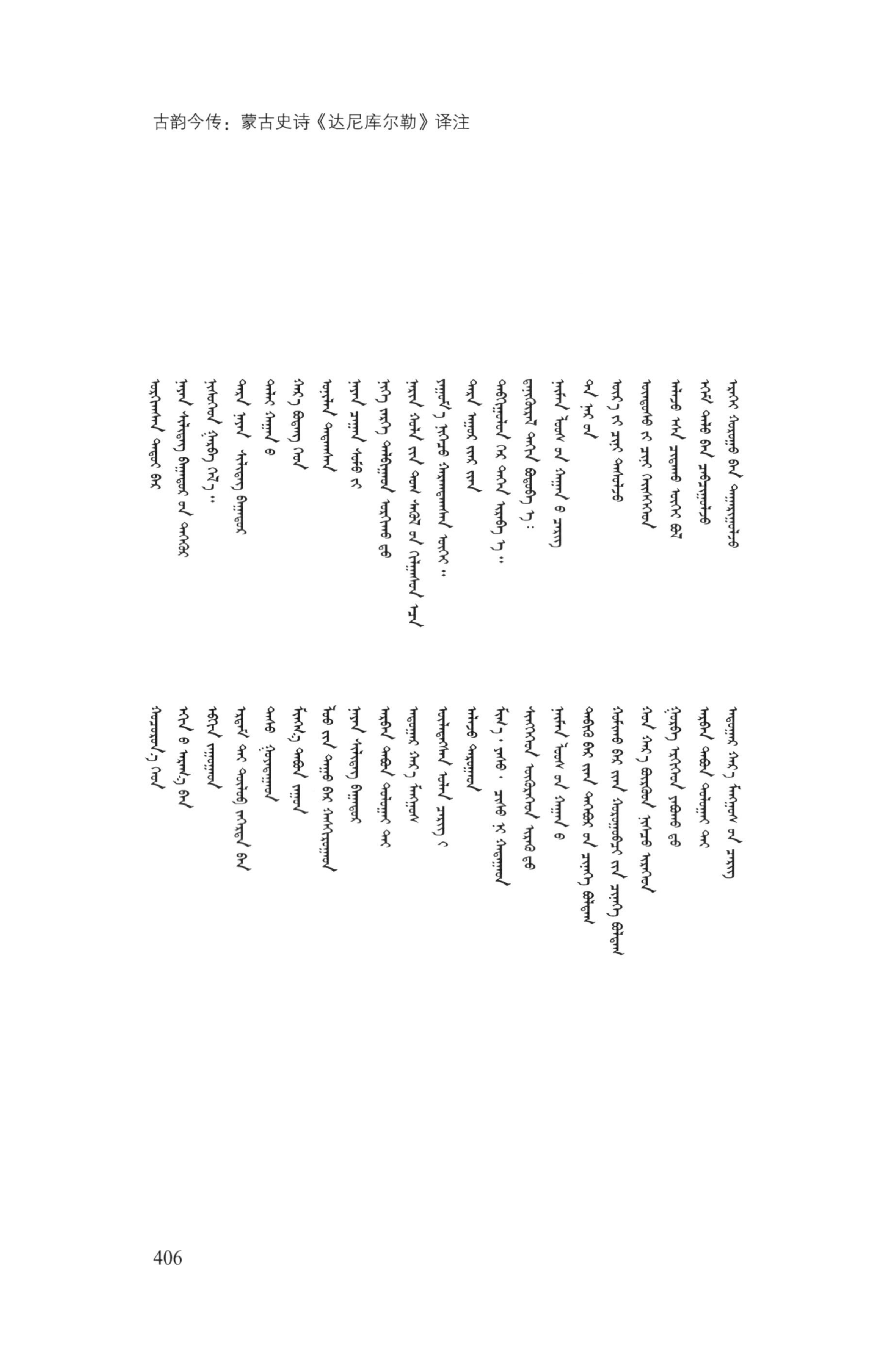

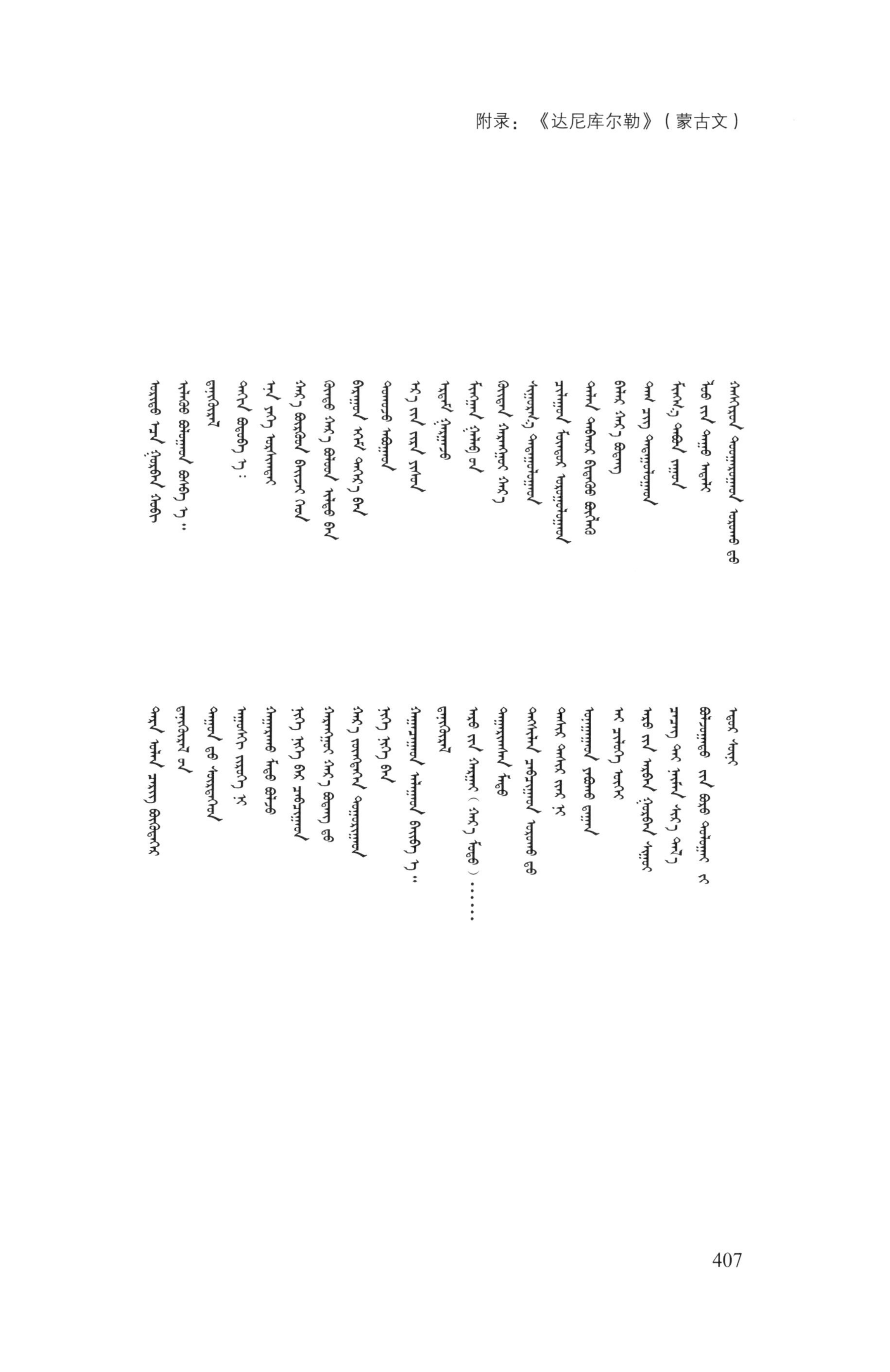

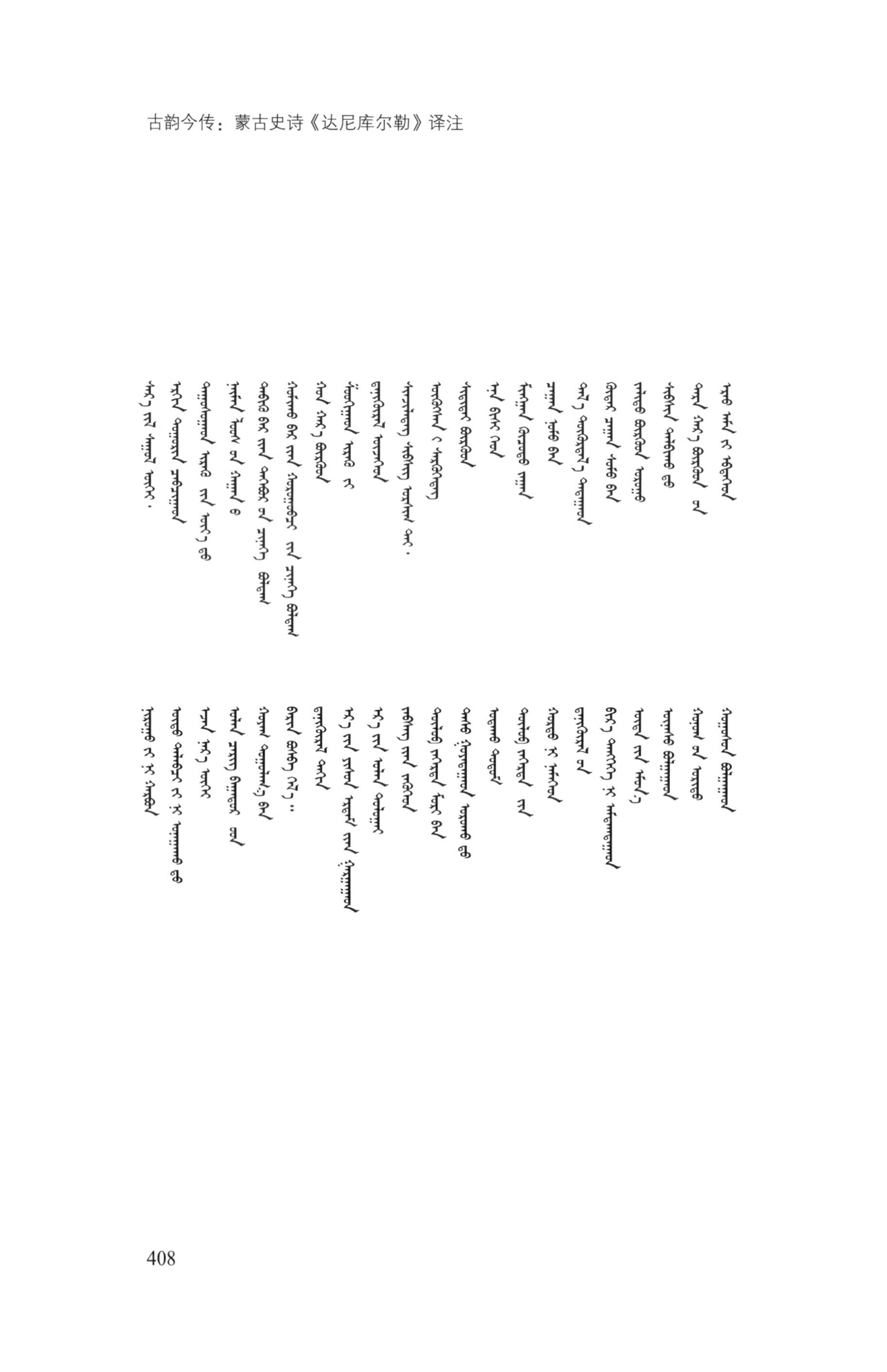

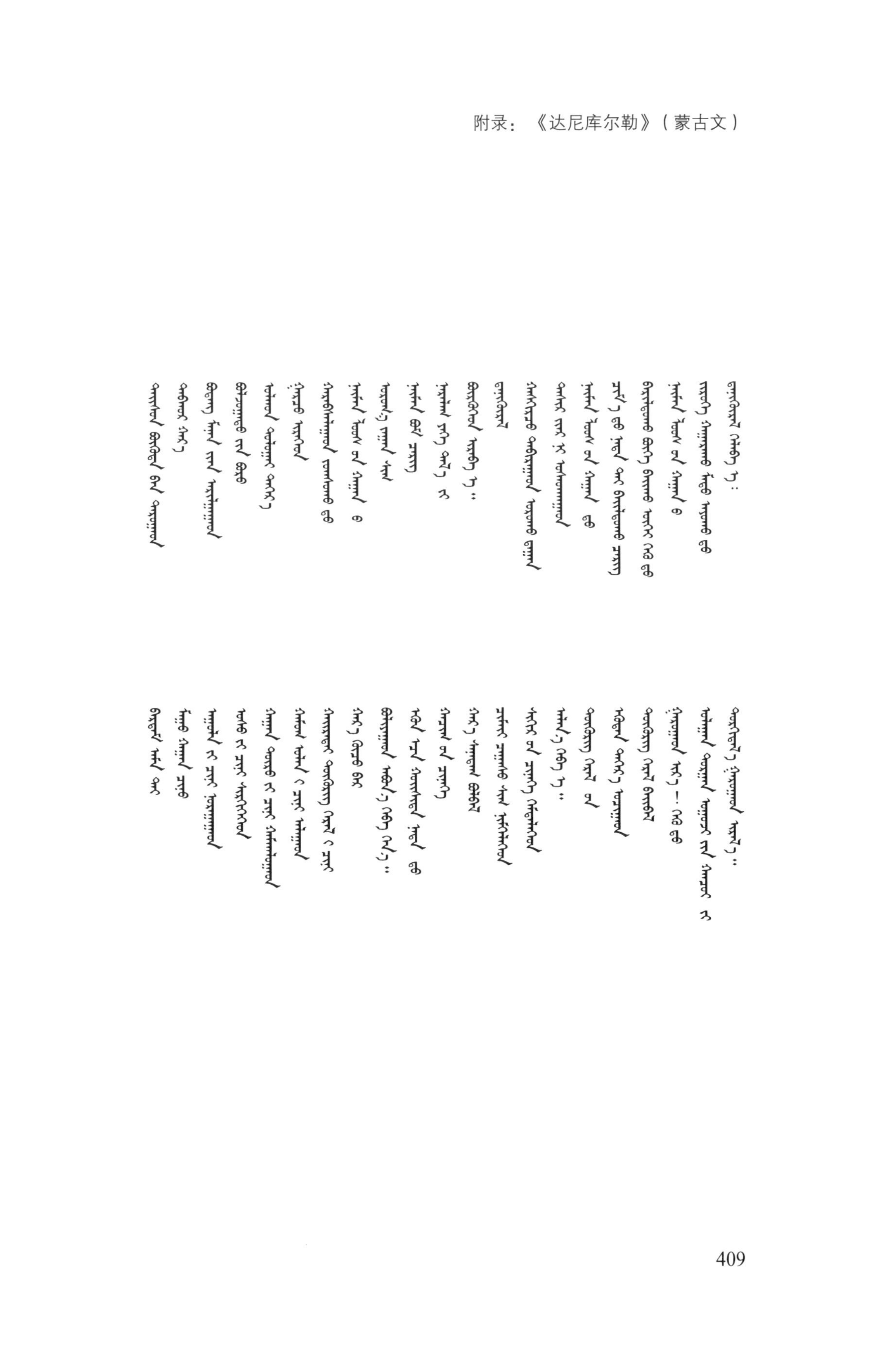

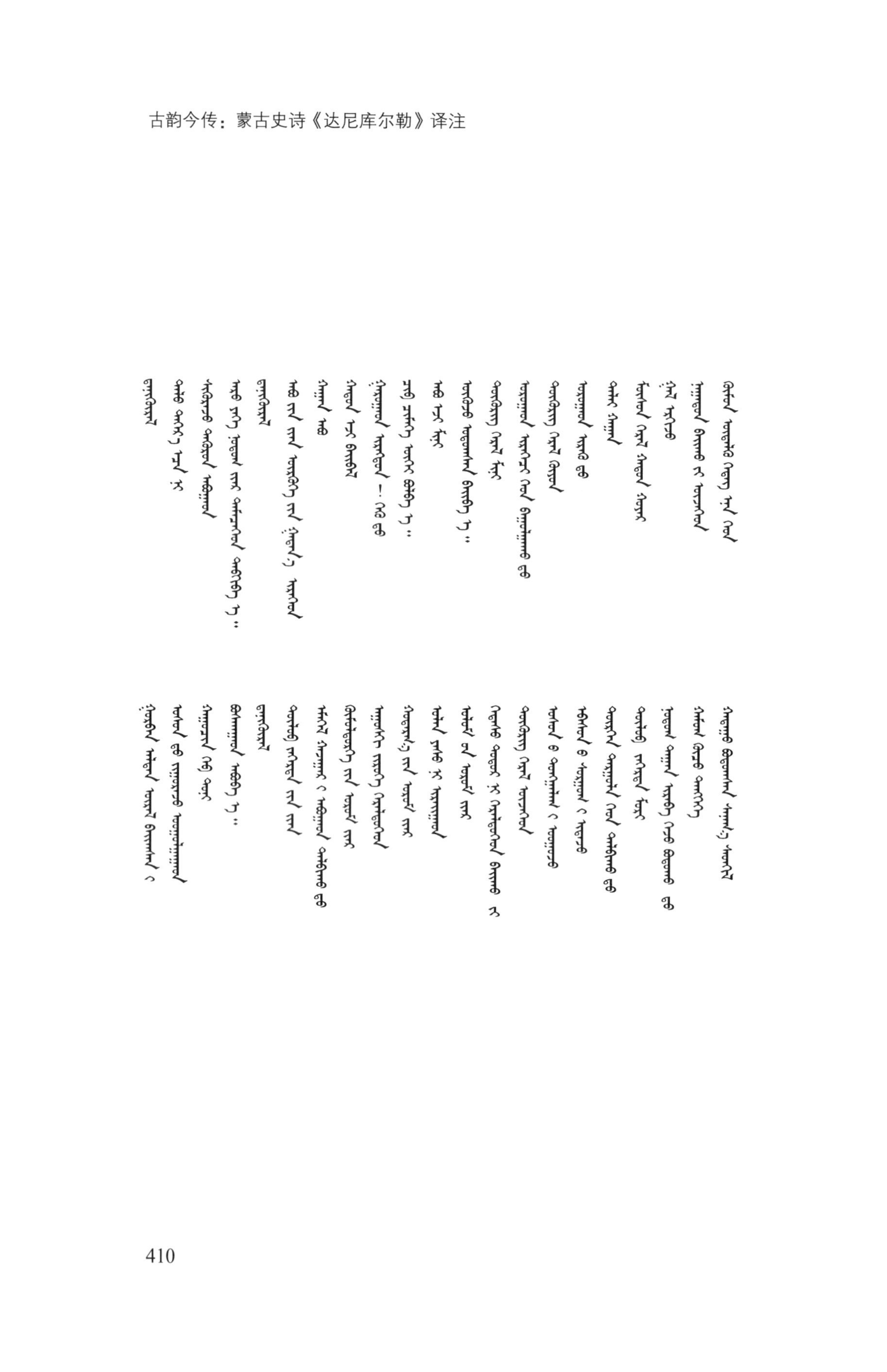

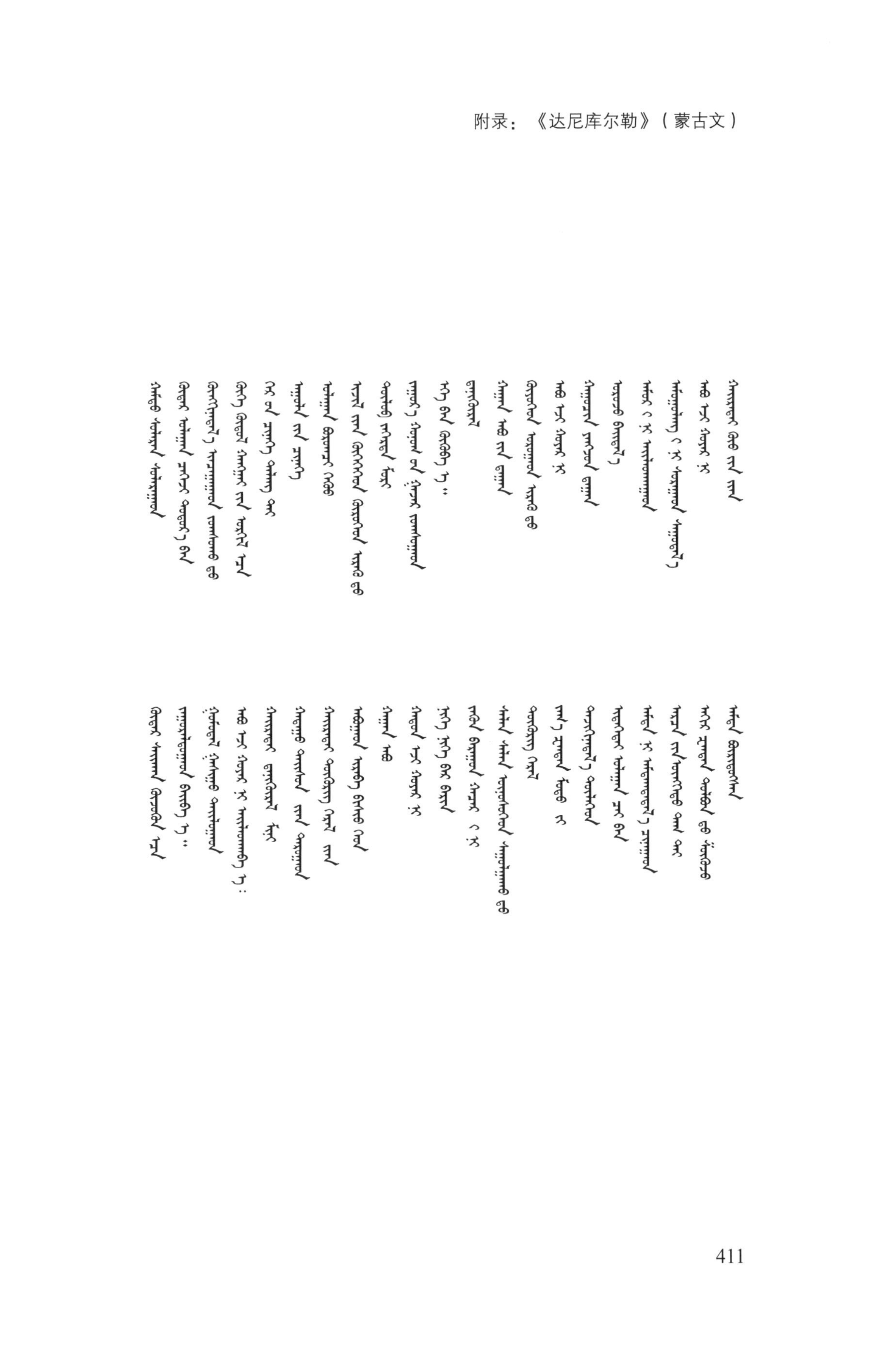

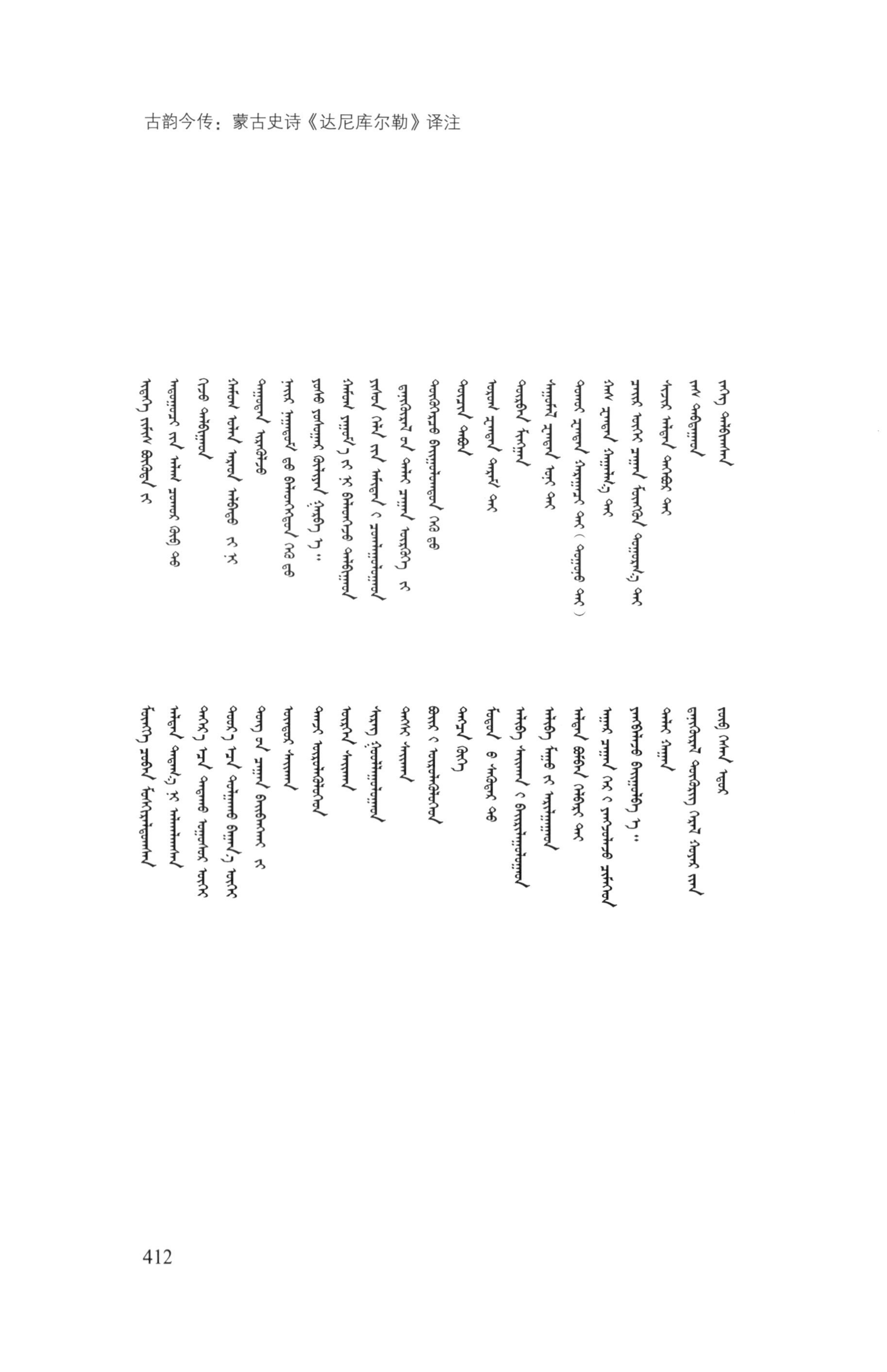

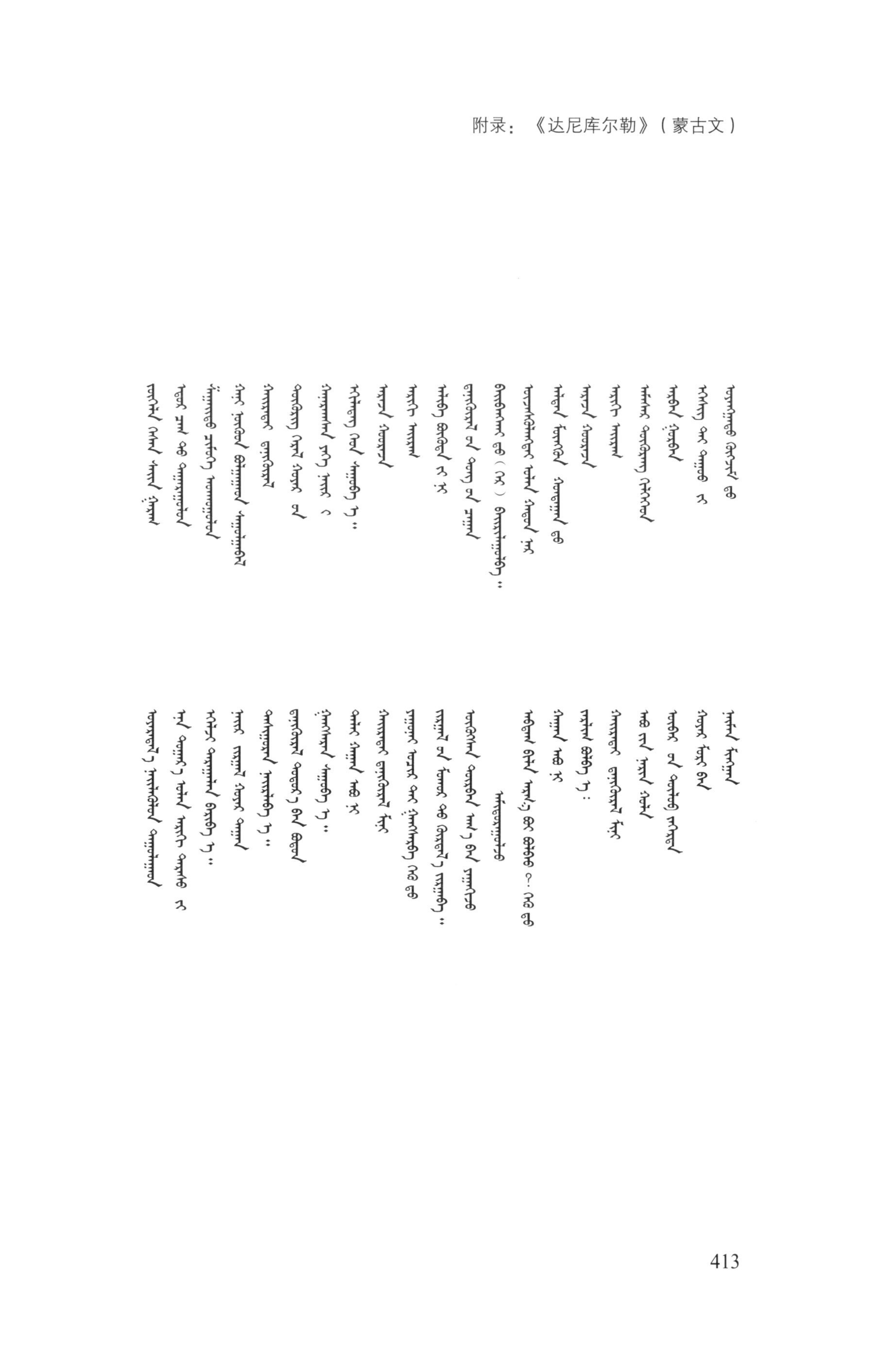

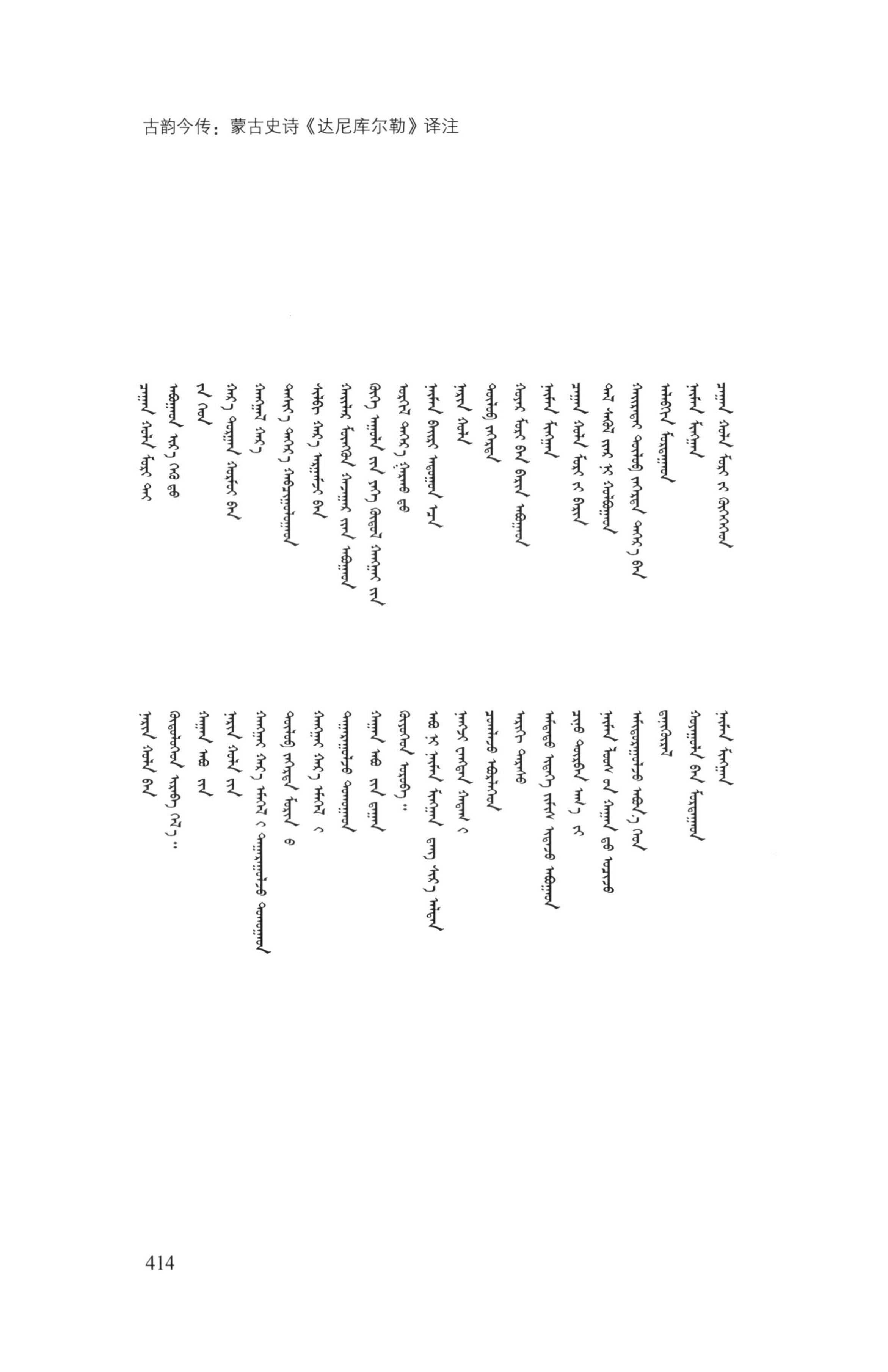

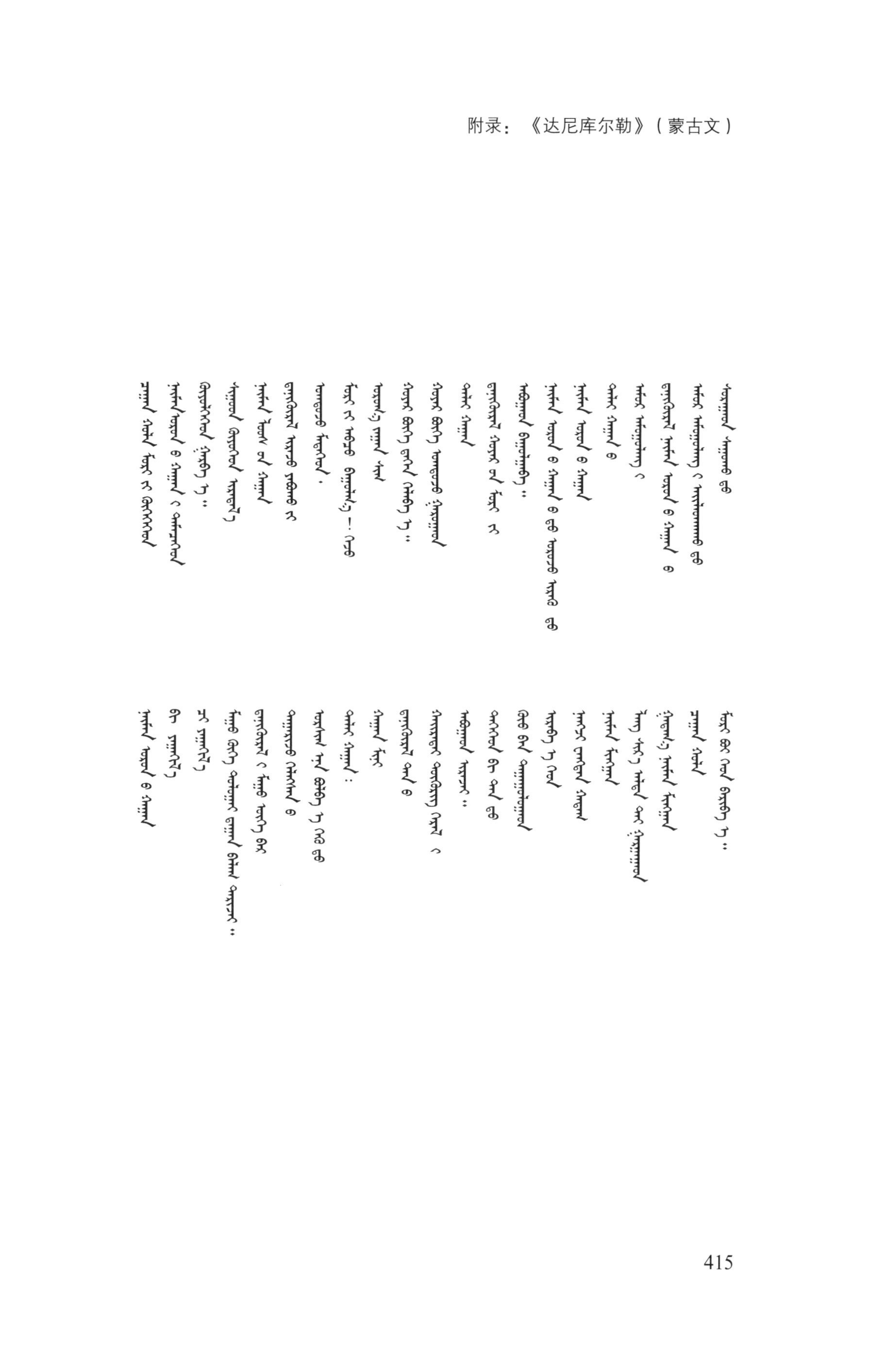

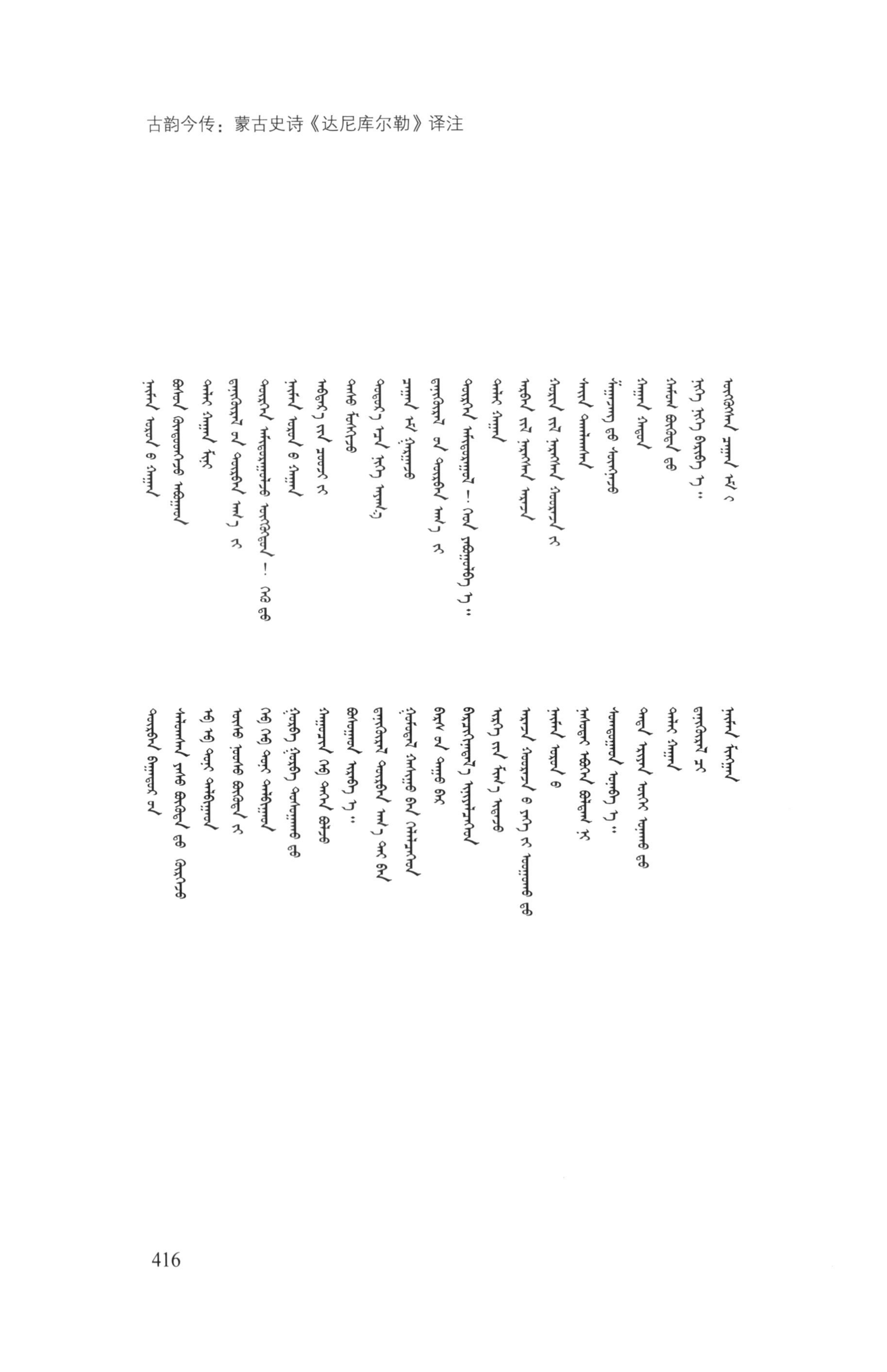

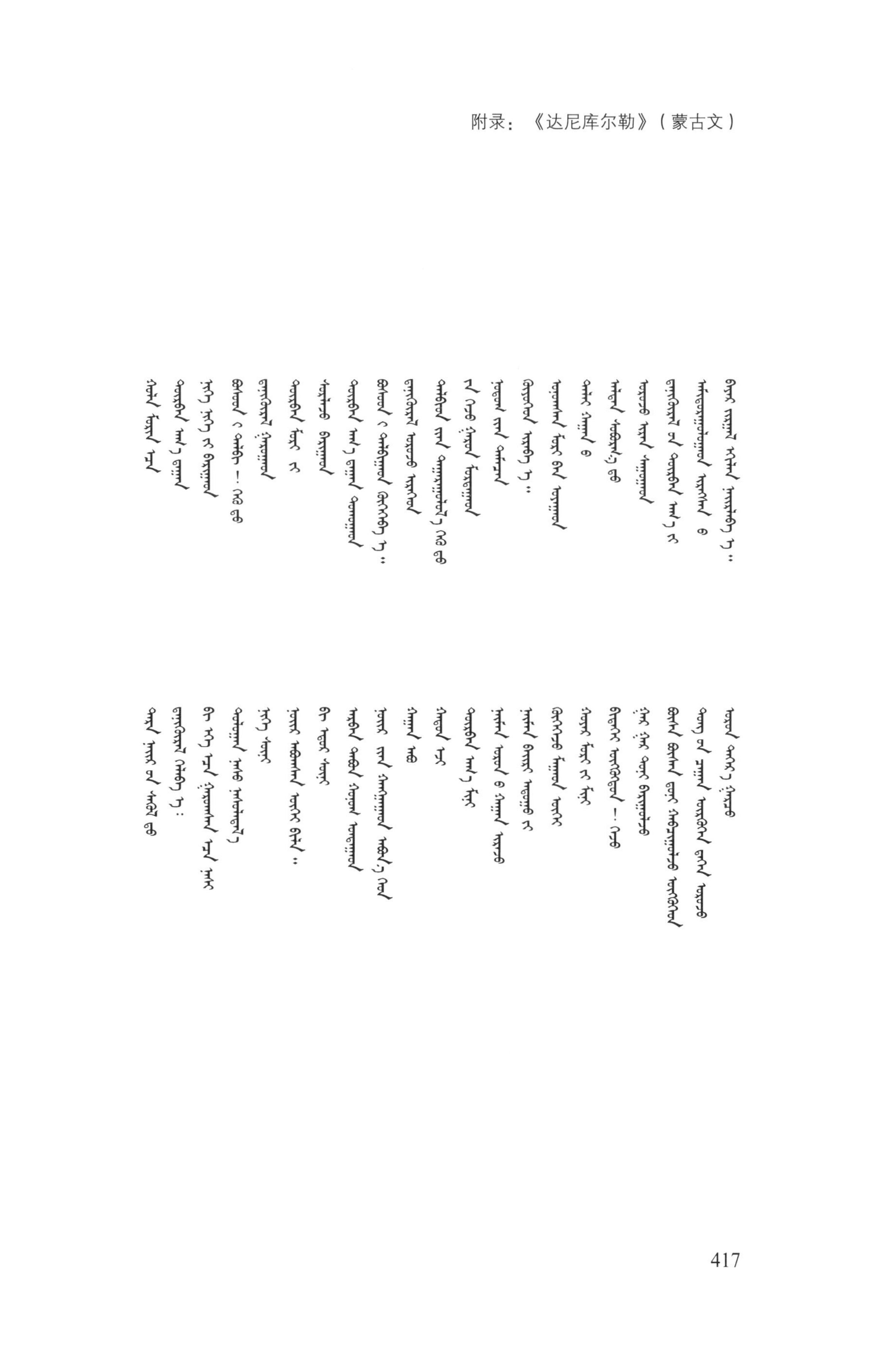

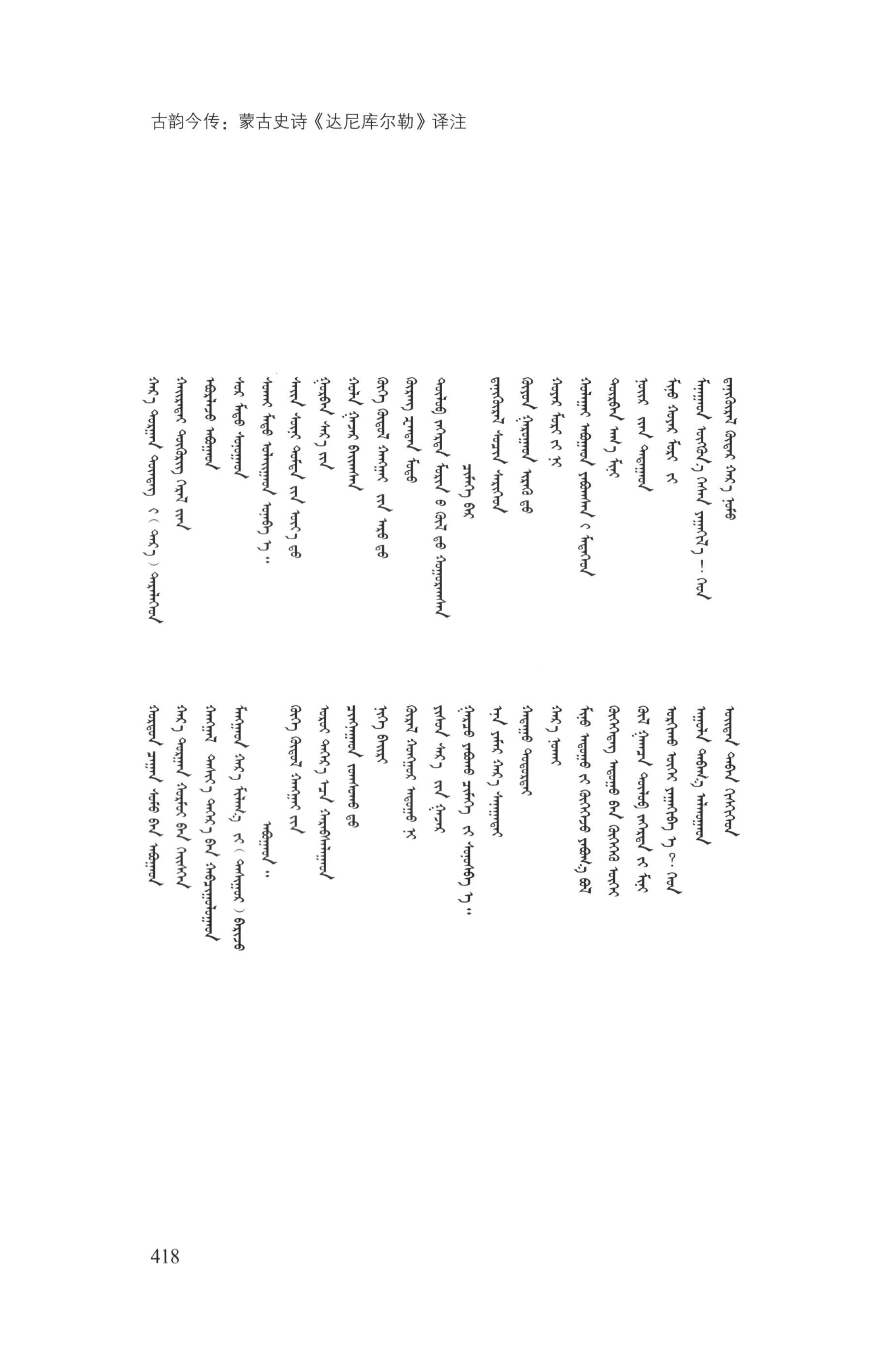

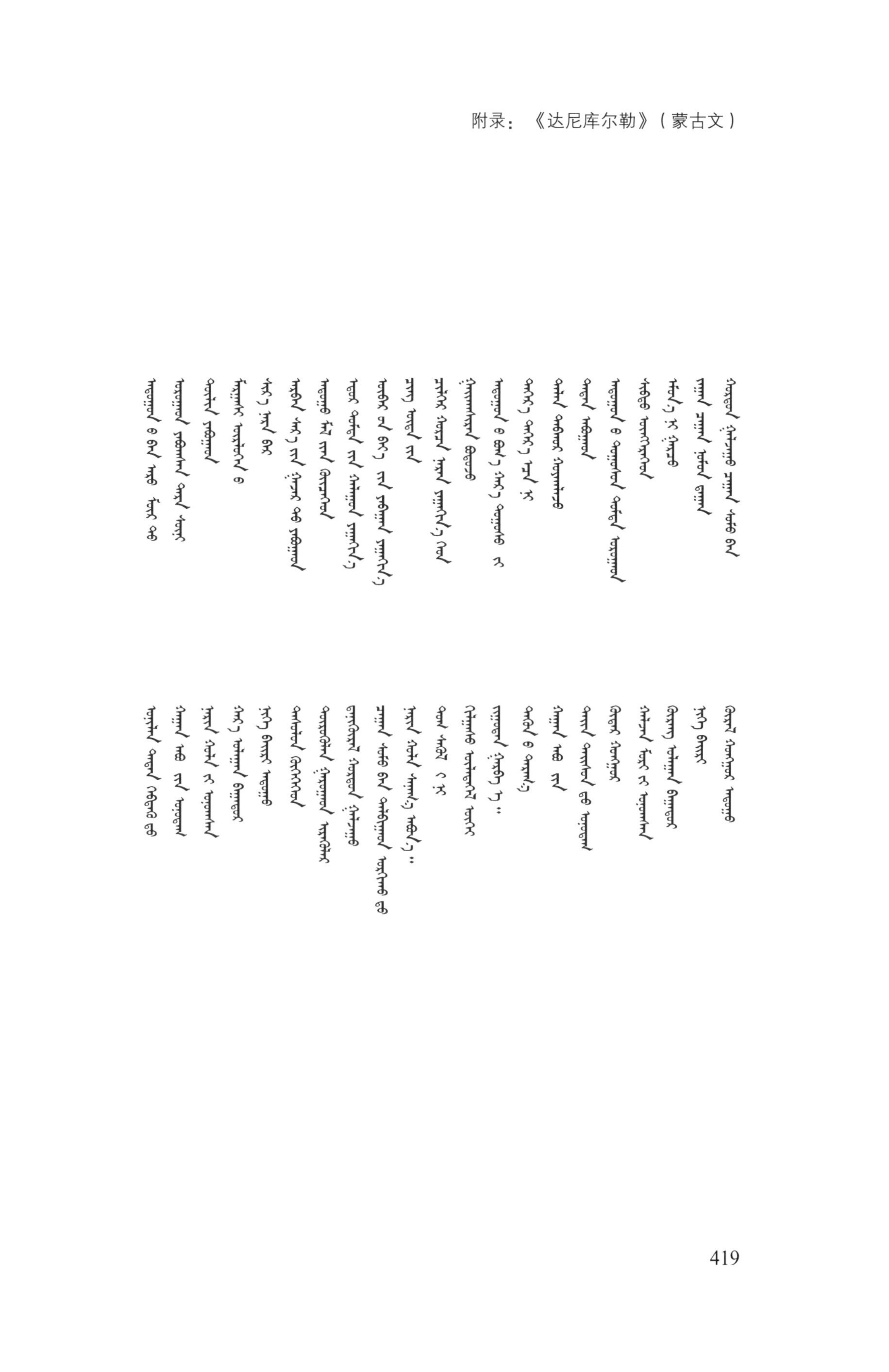

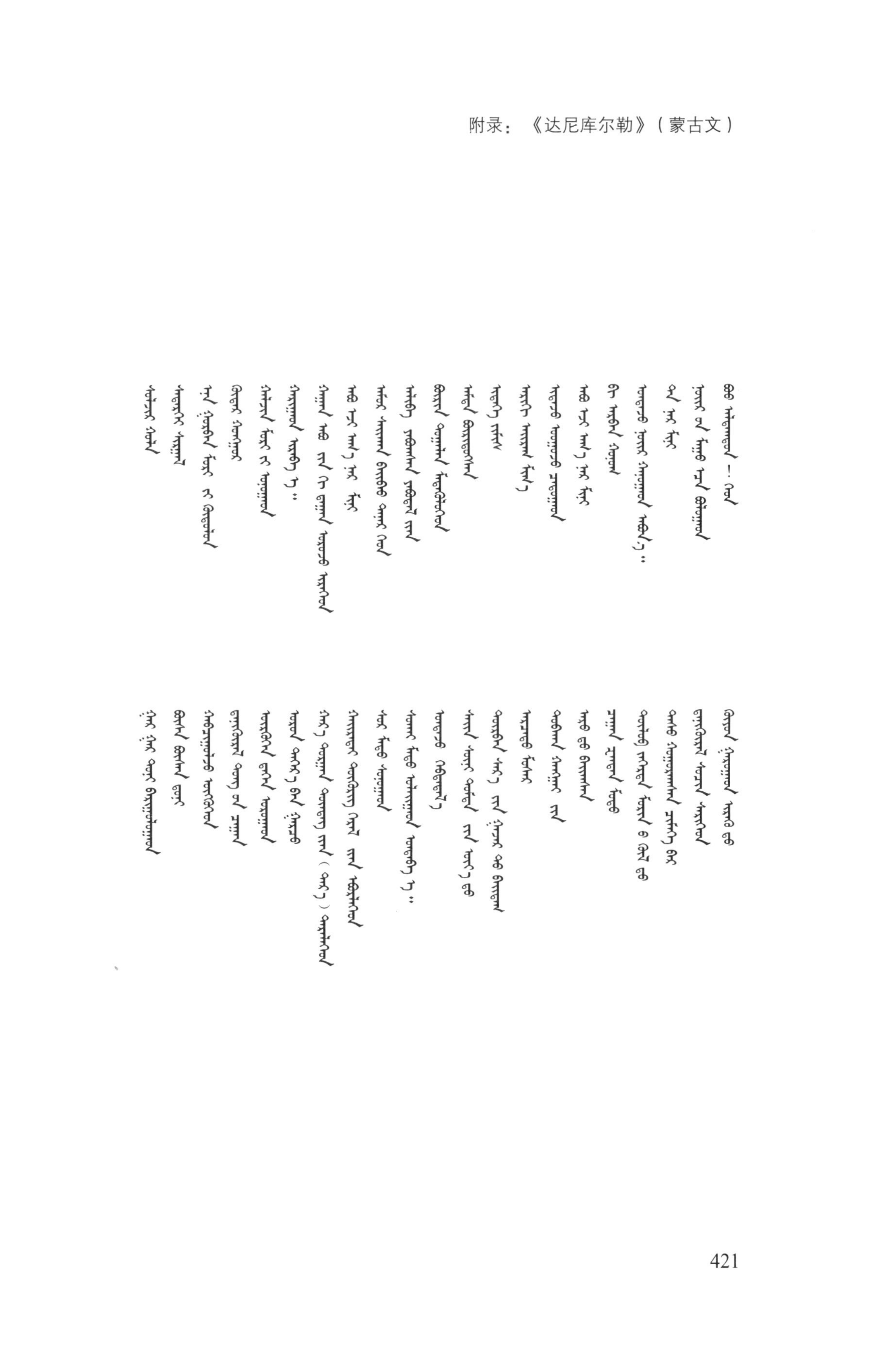

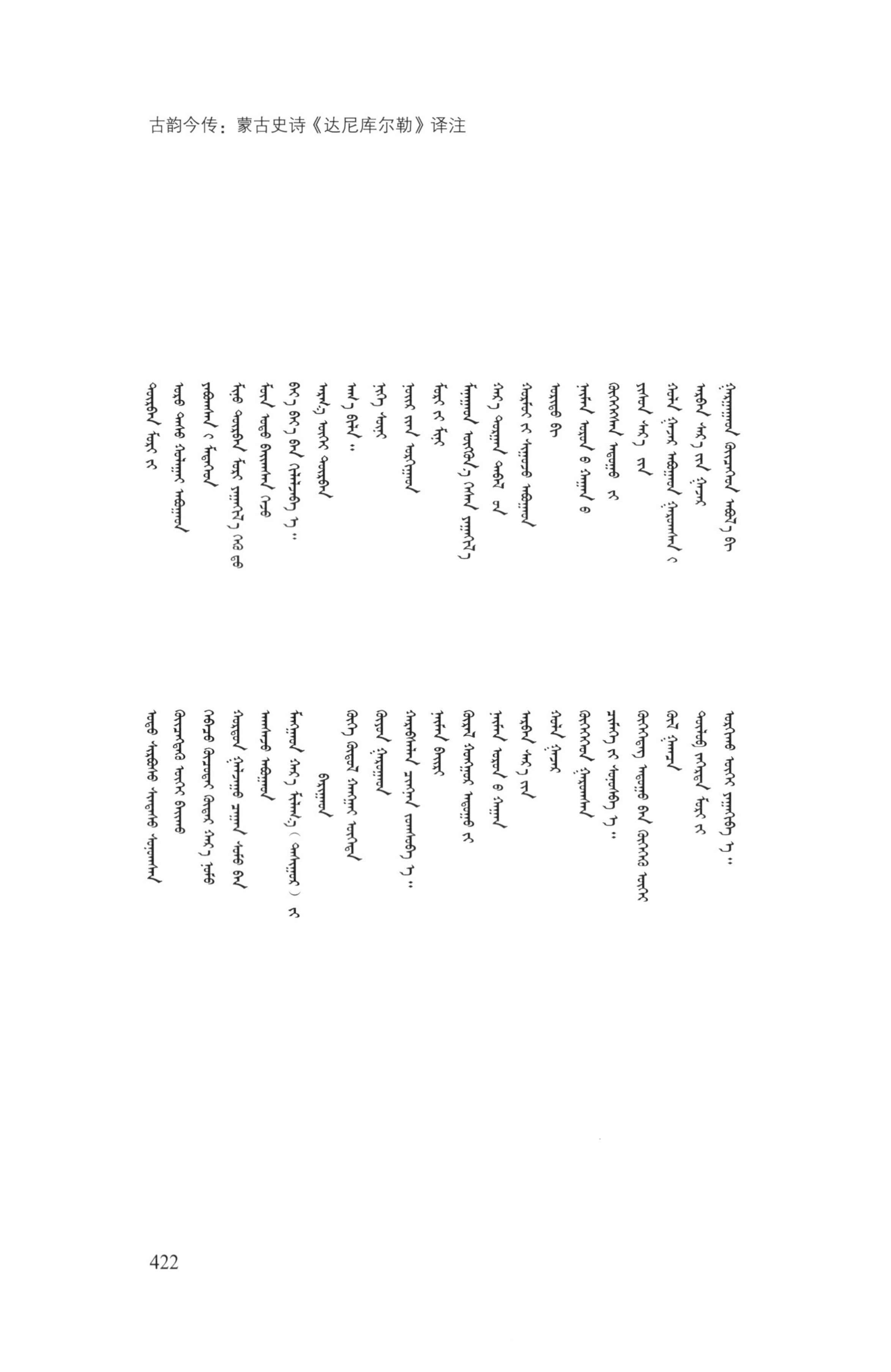

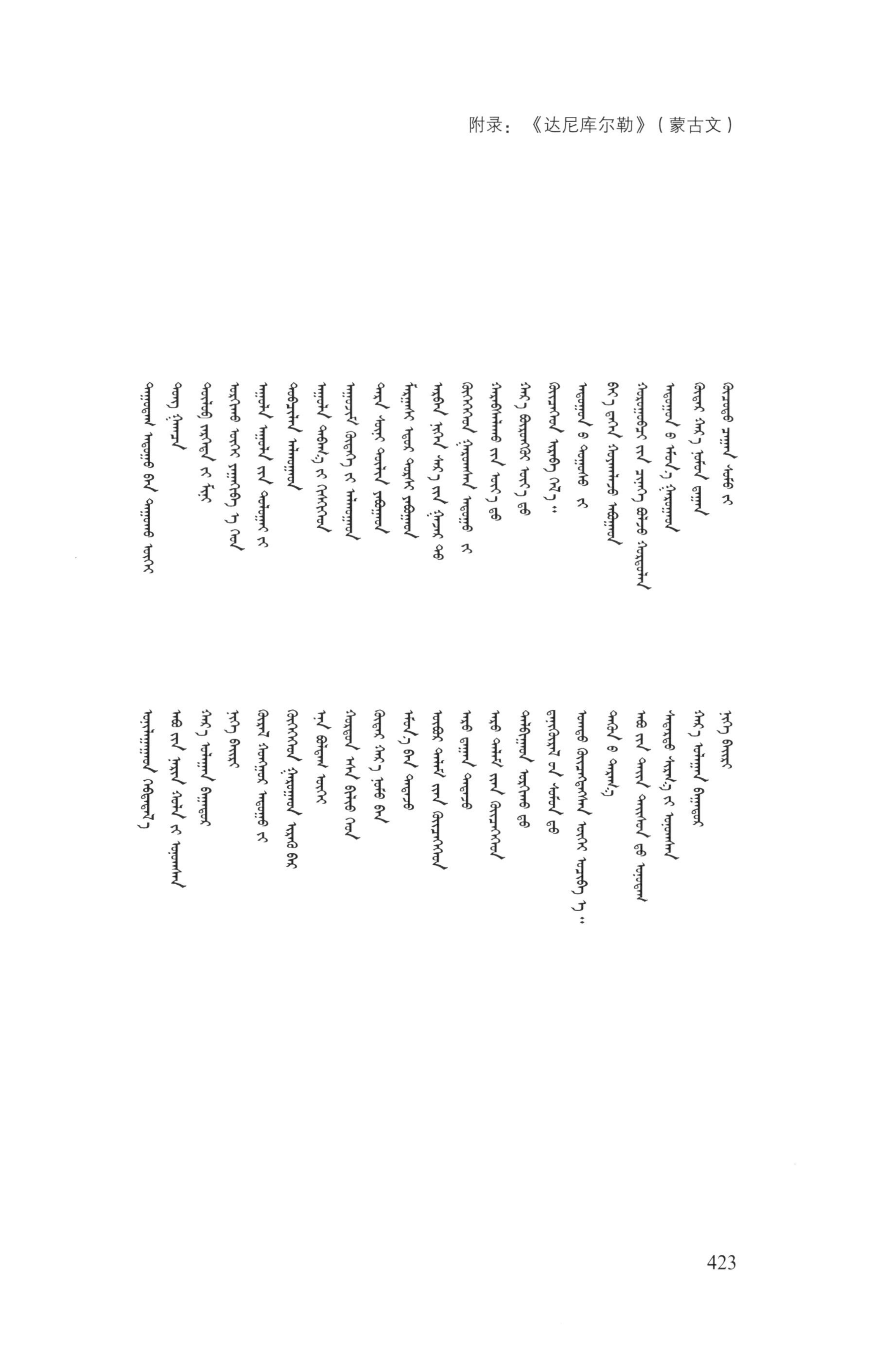

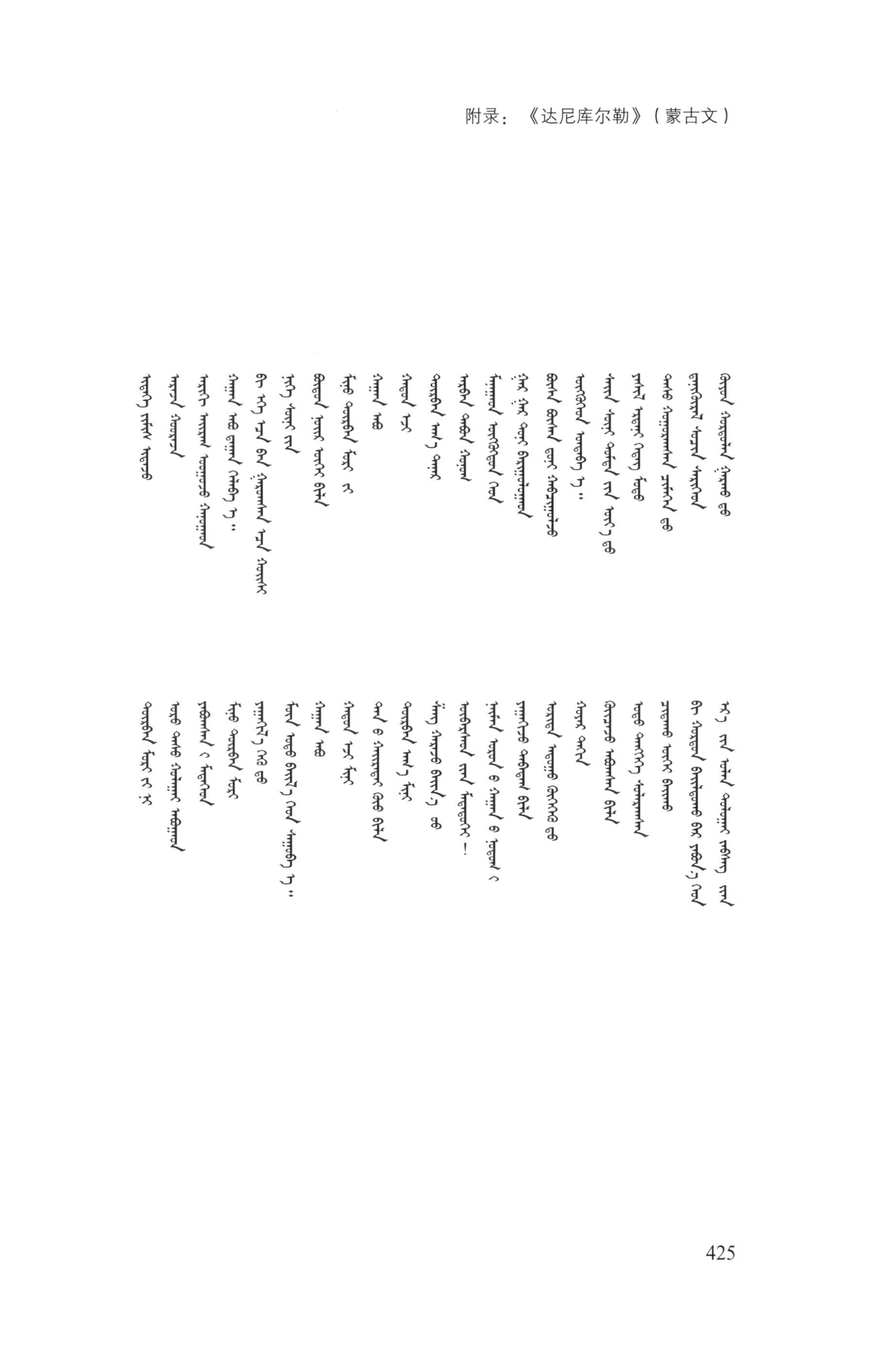

[illegible]

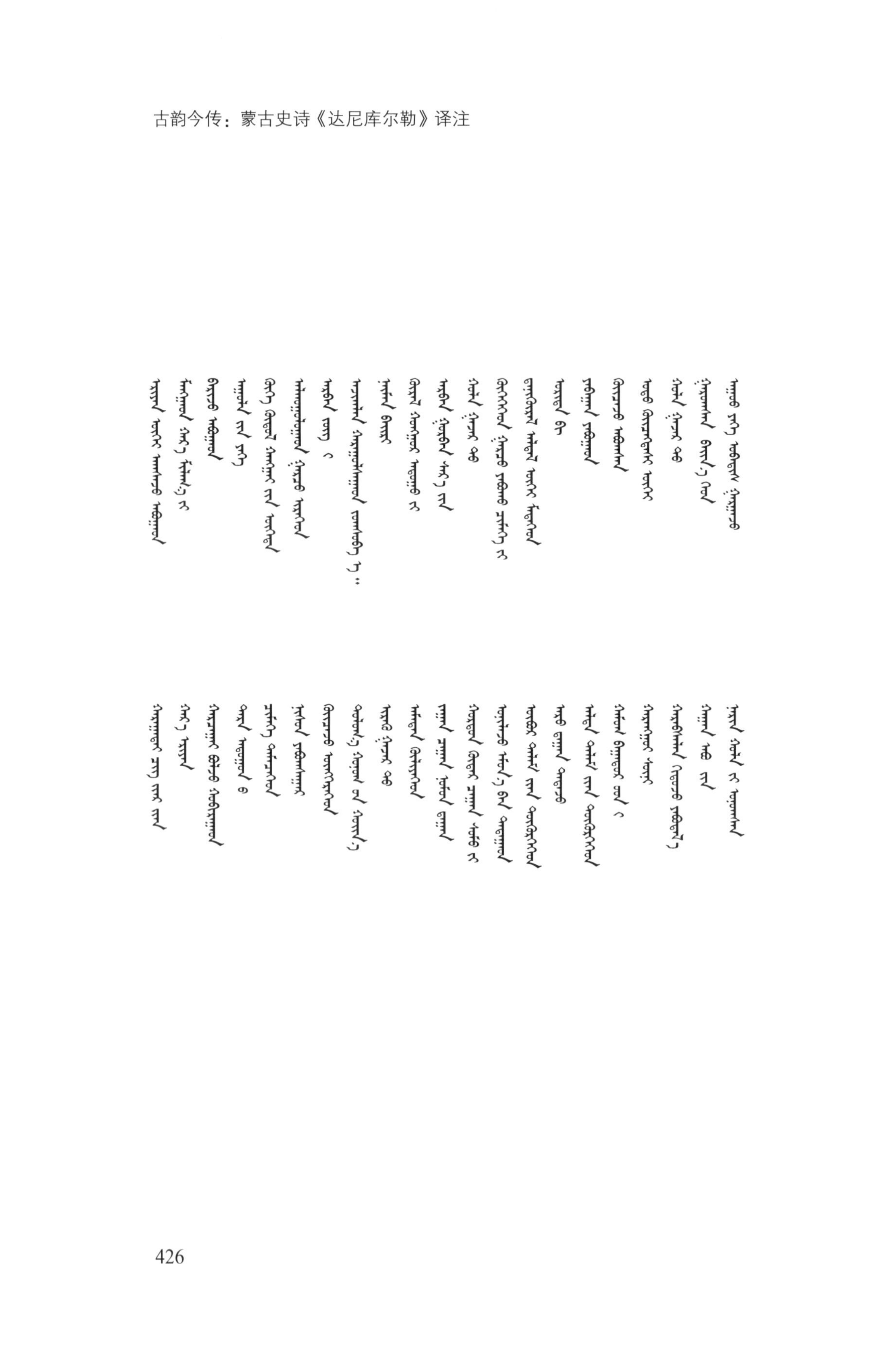

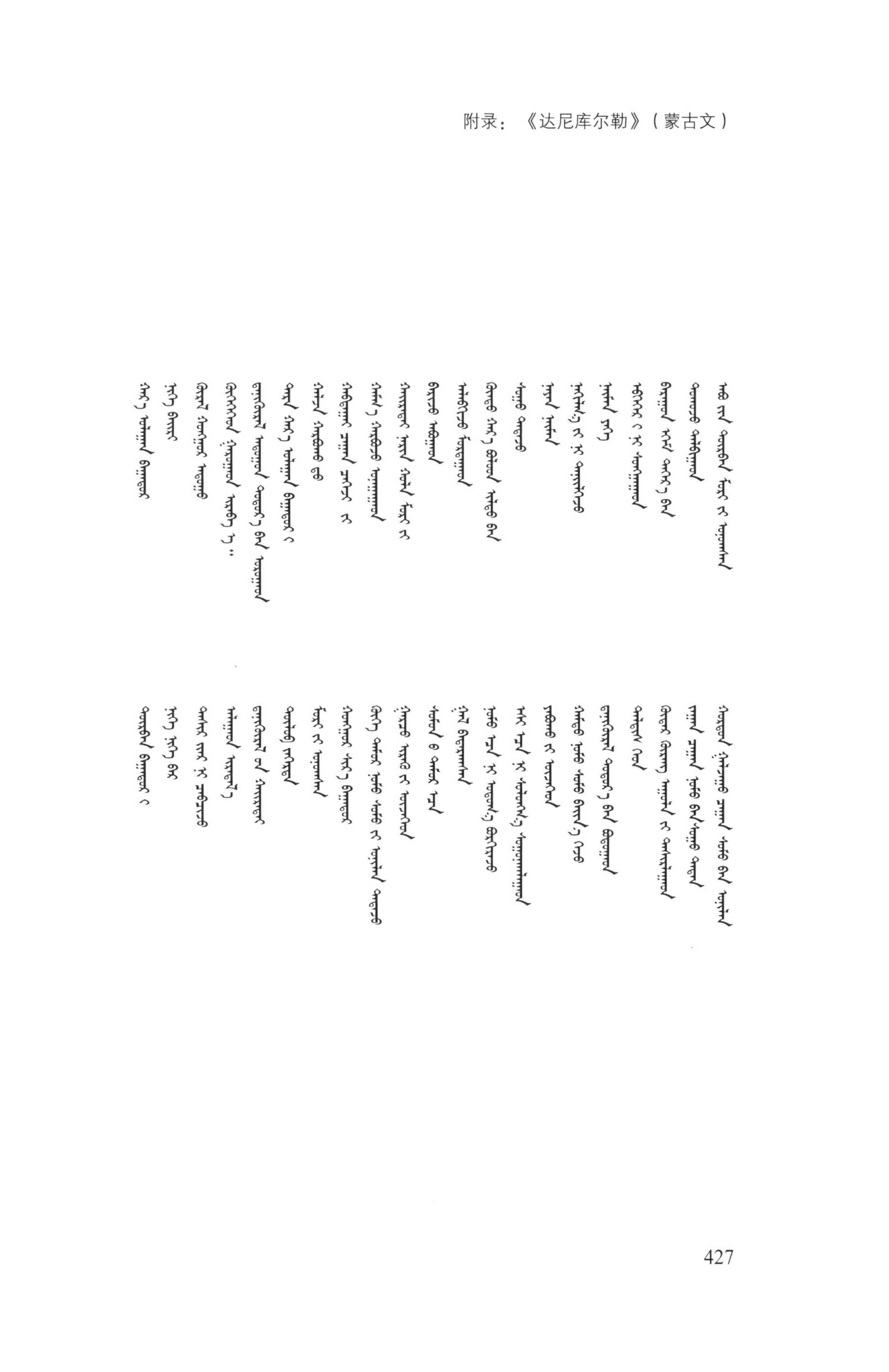

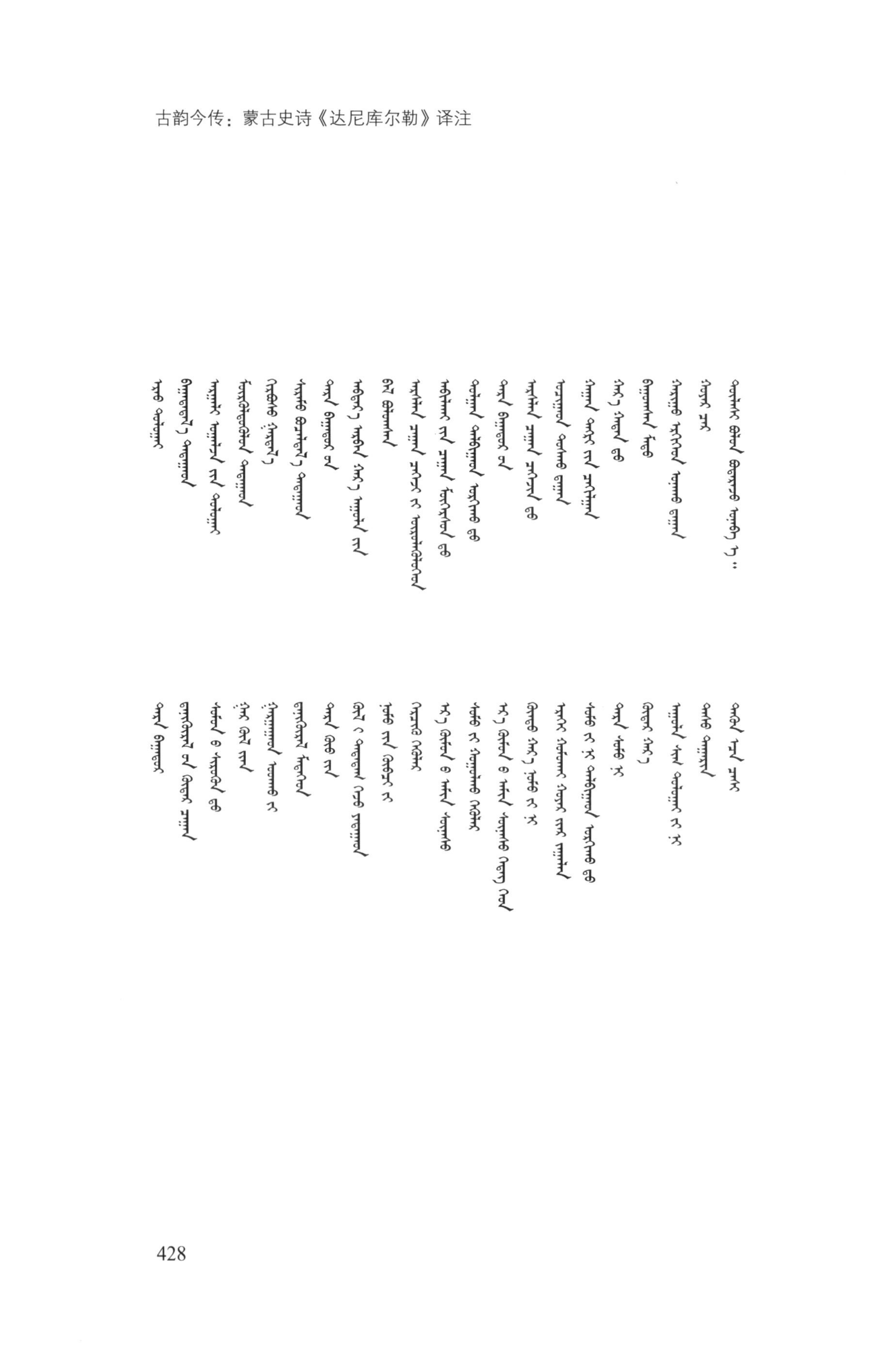

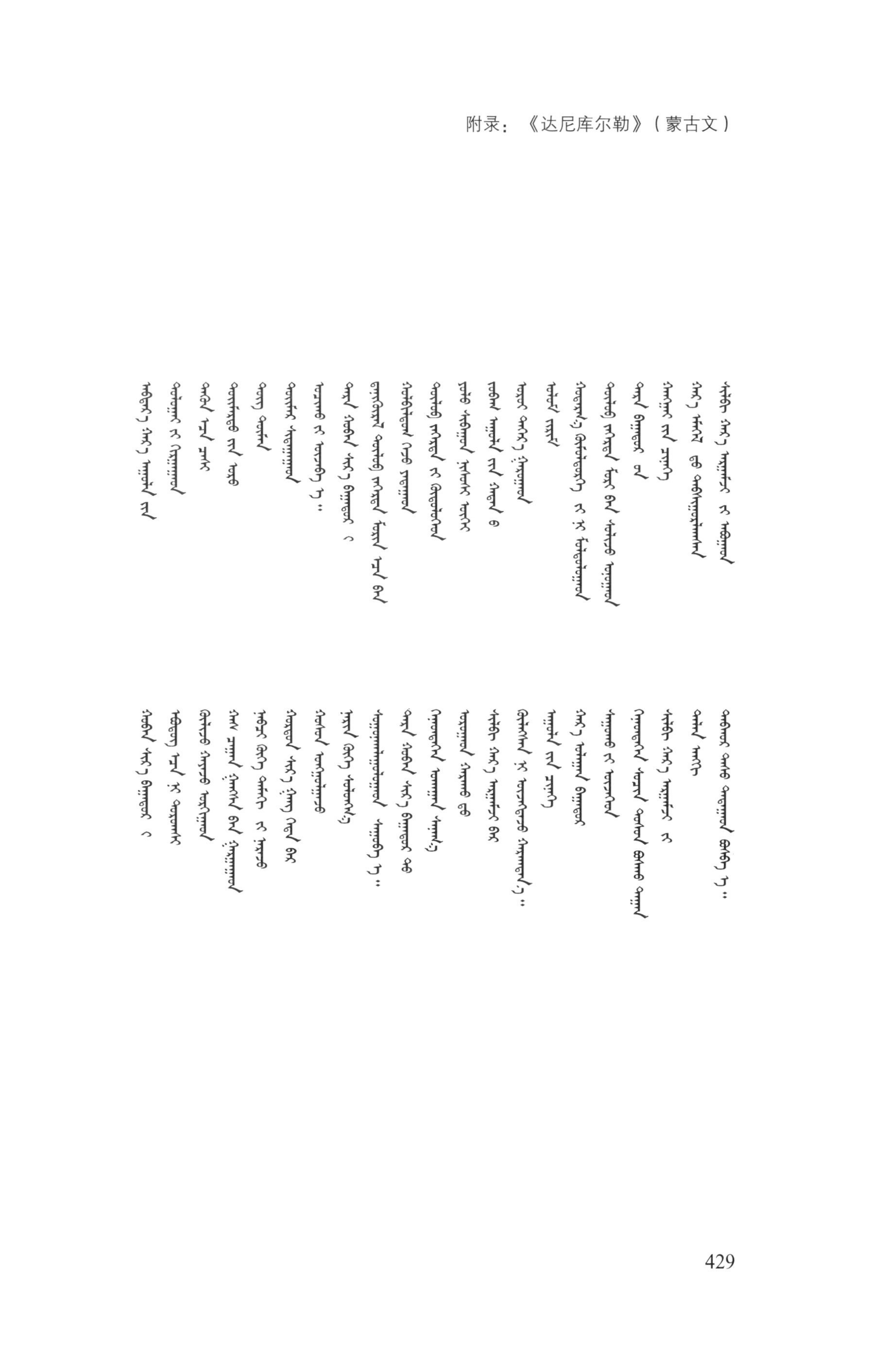

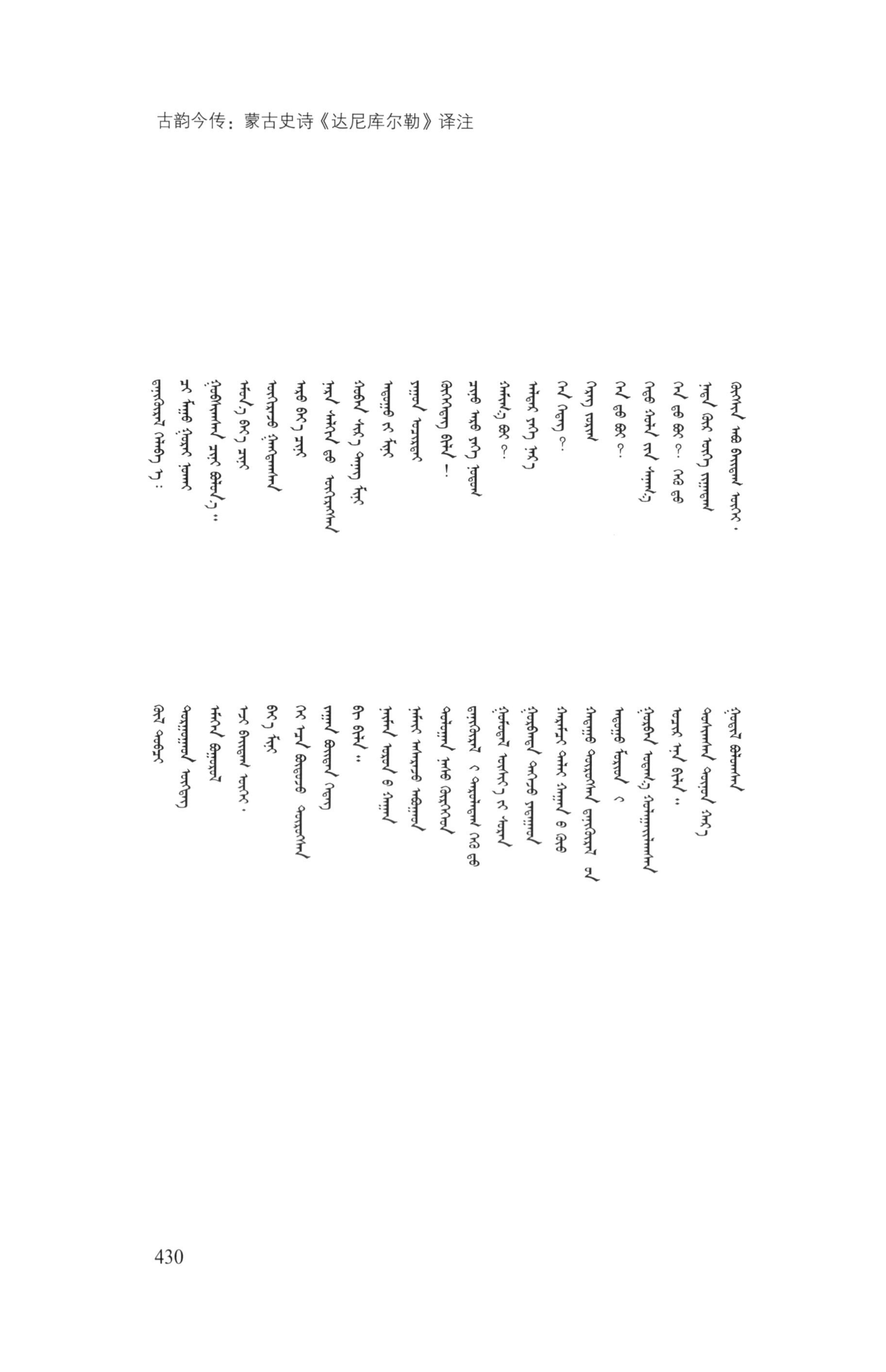

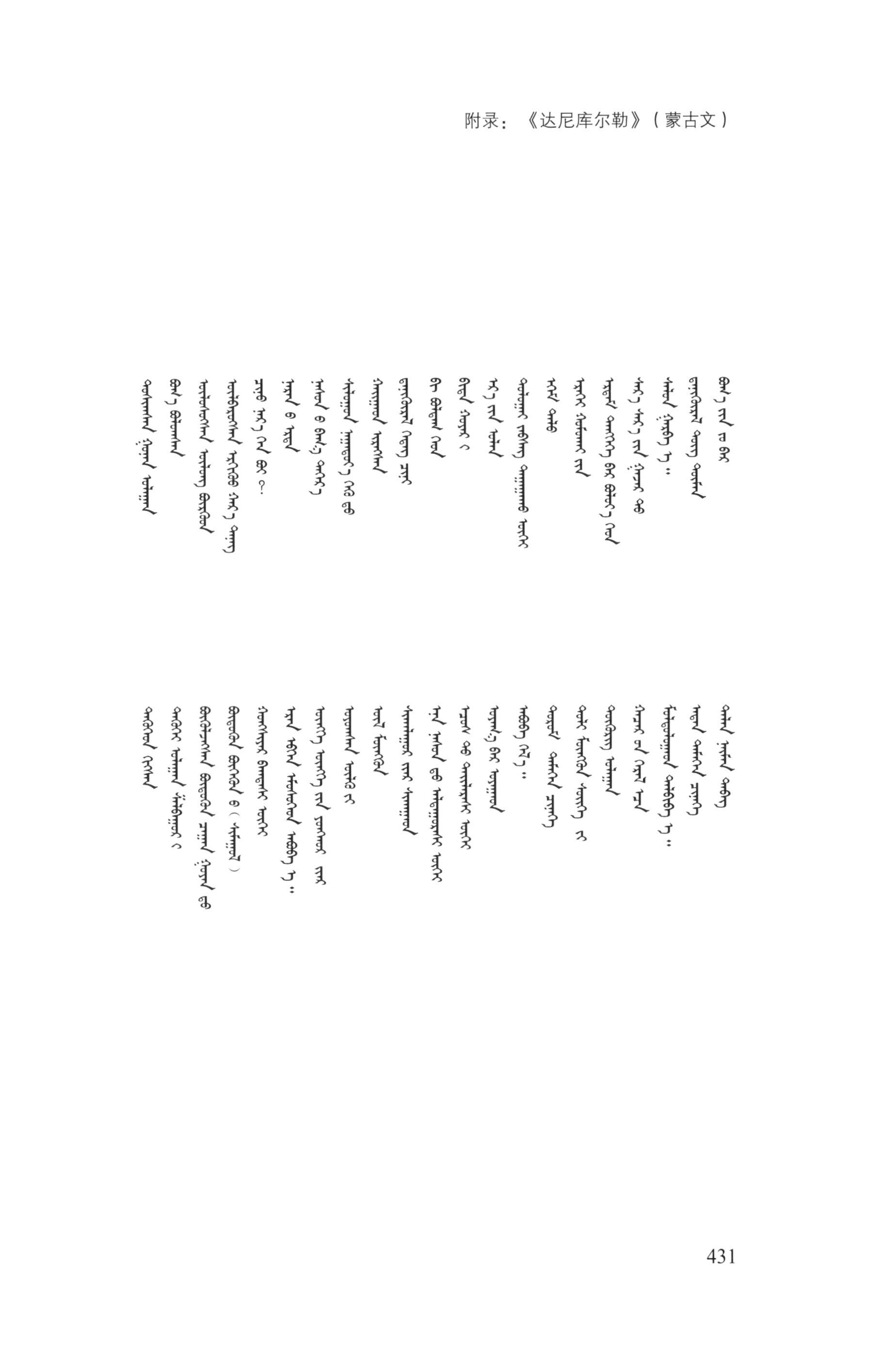

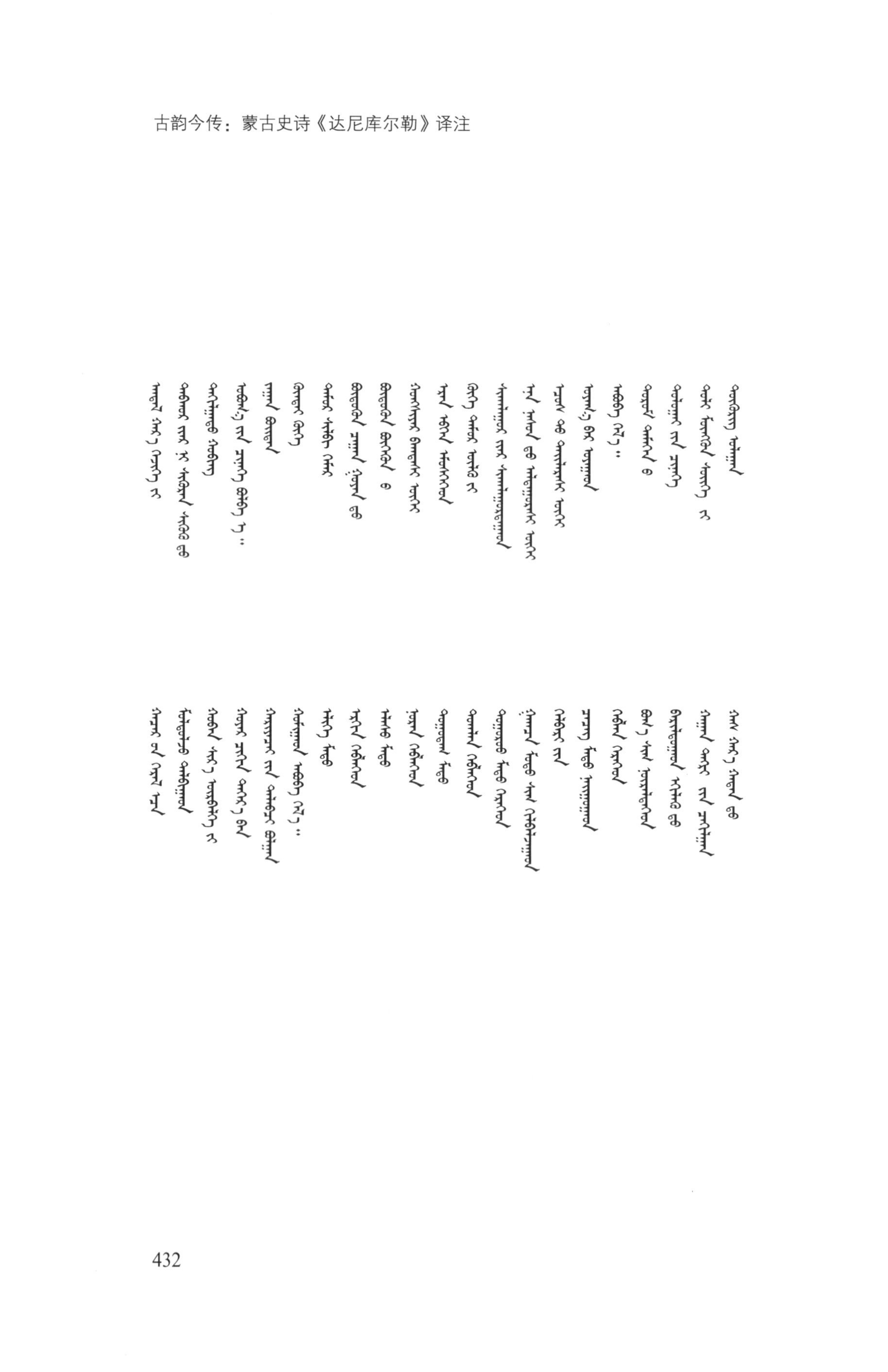

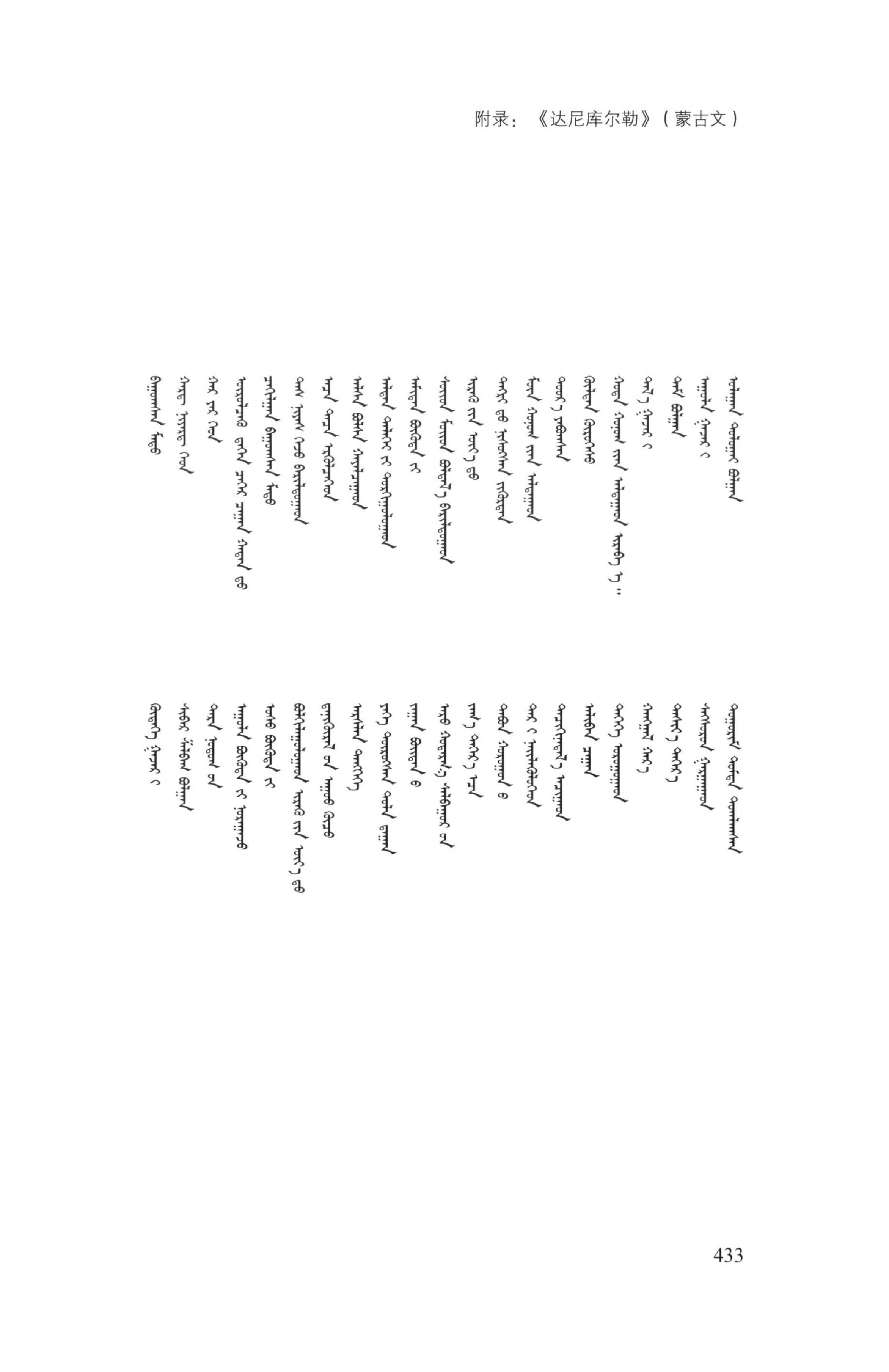

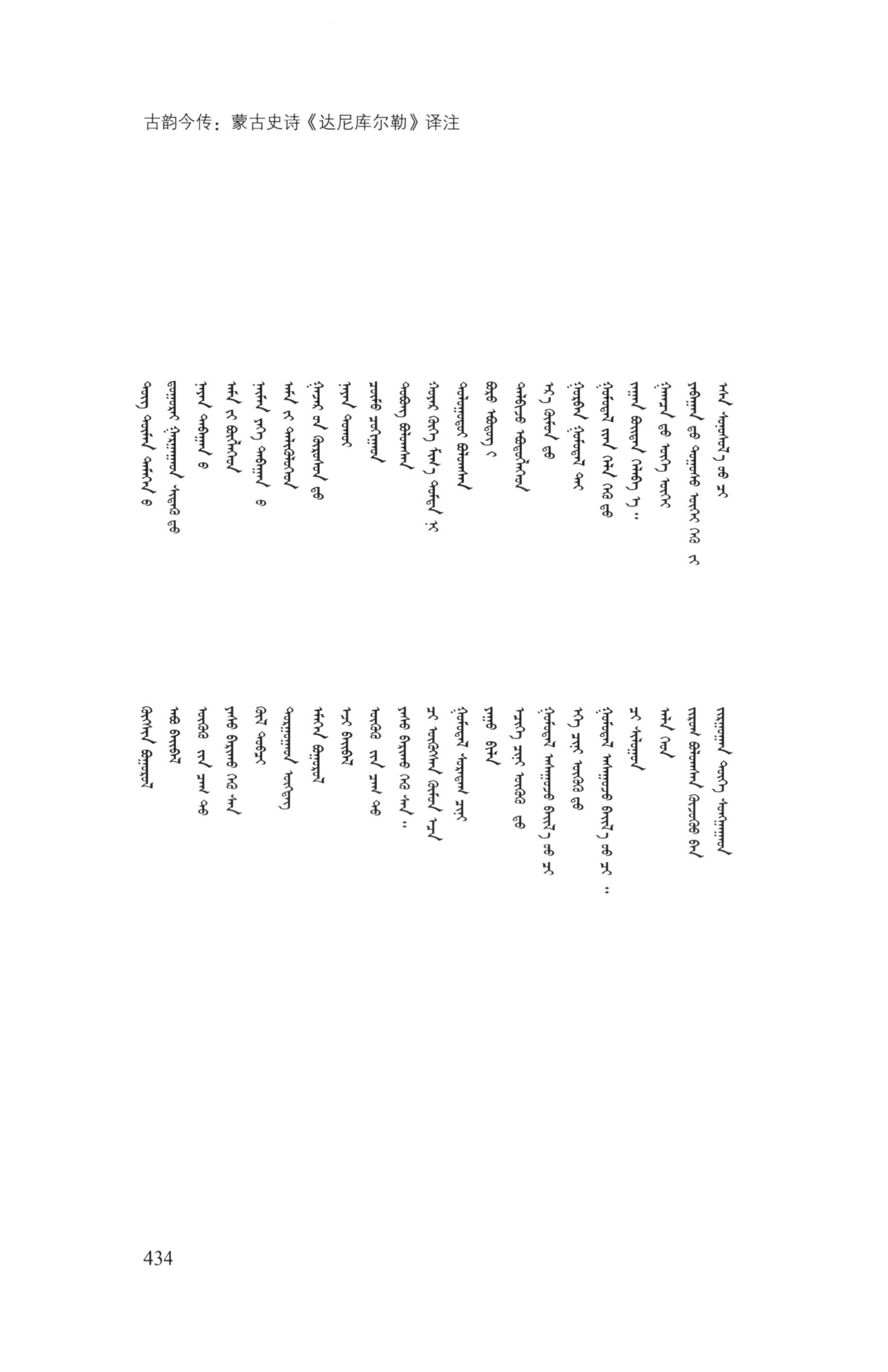

[illegible]

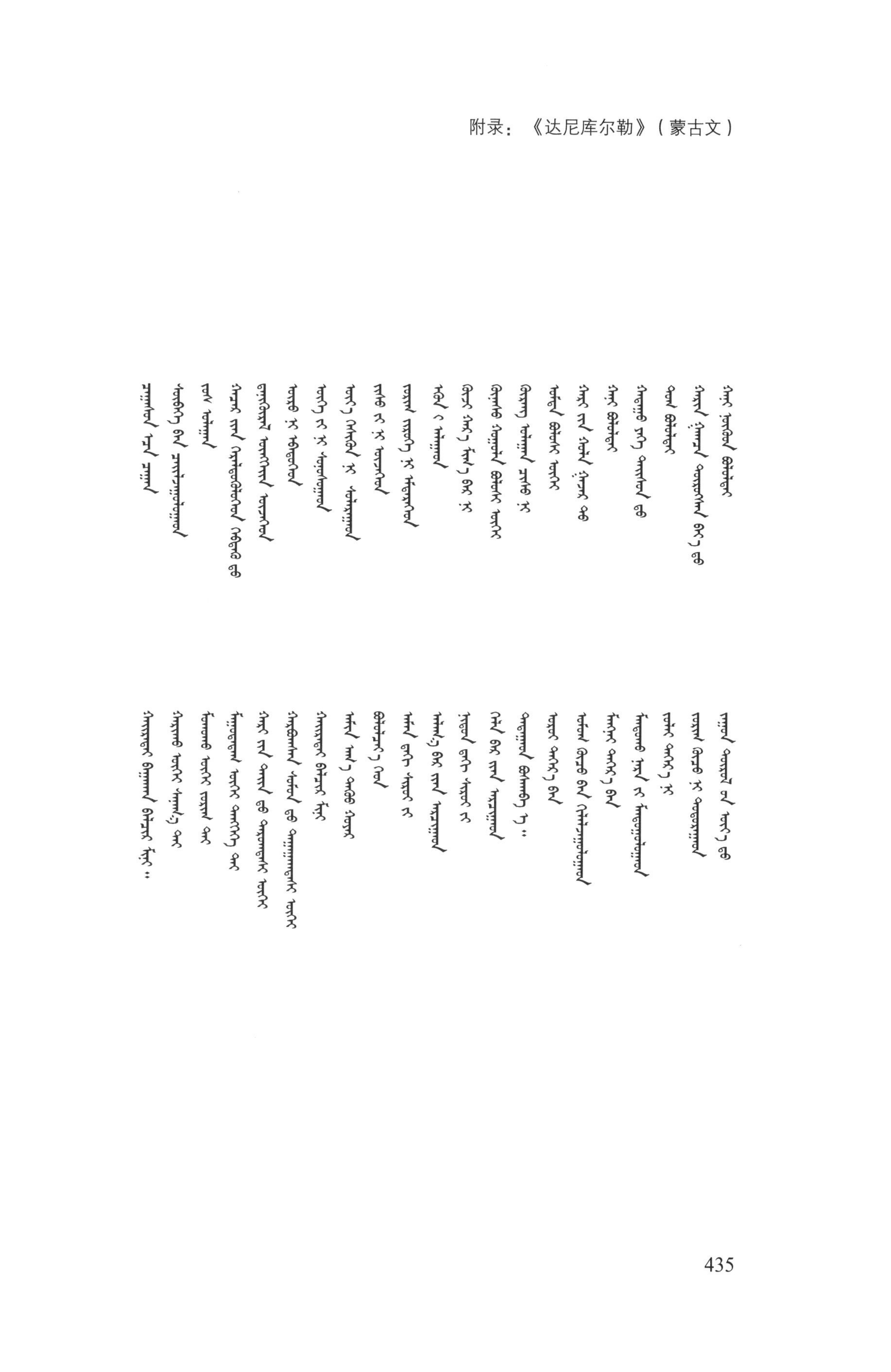

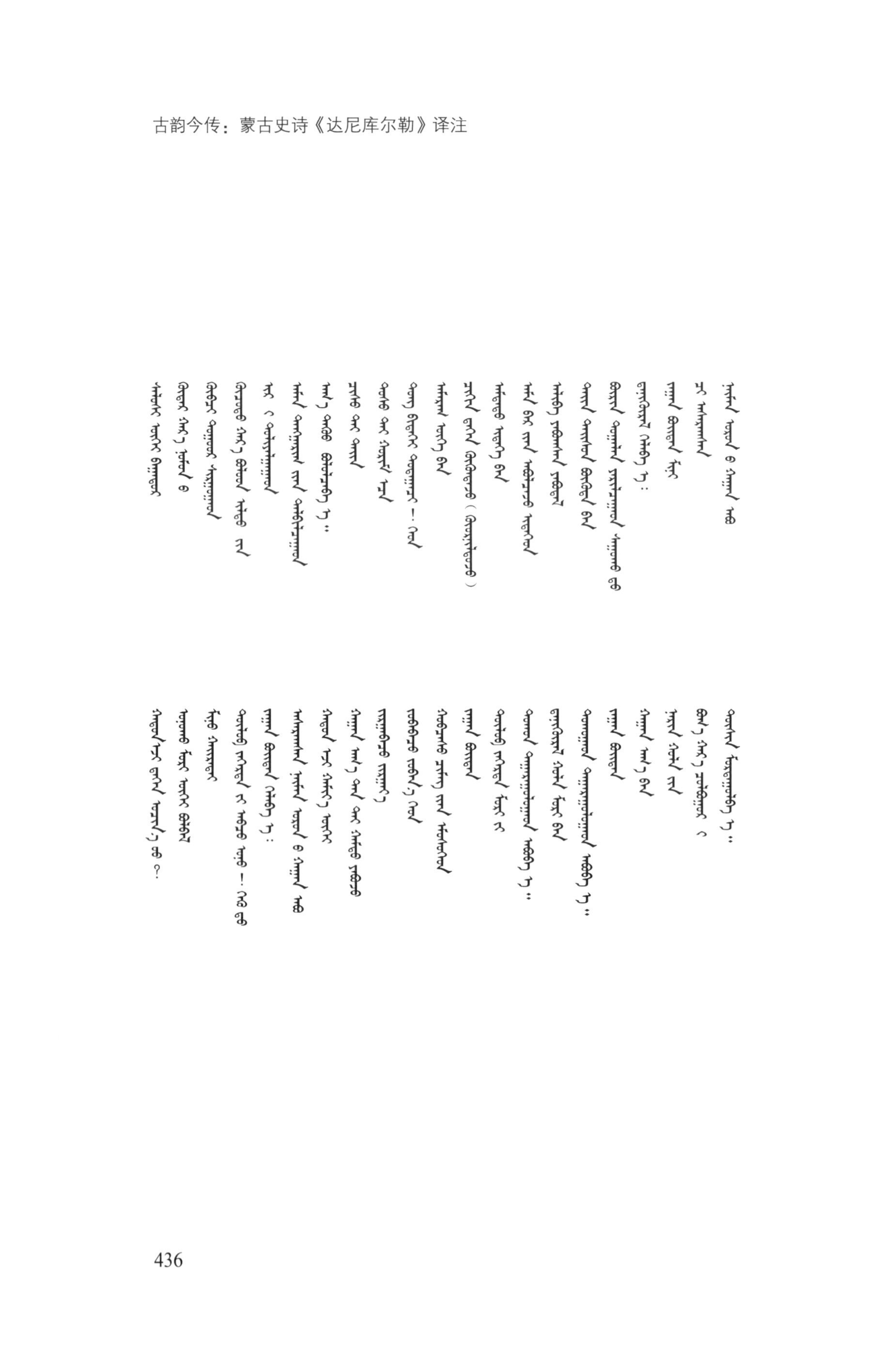

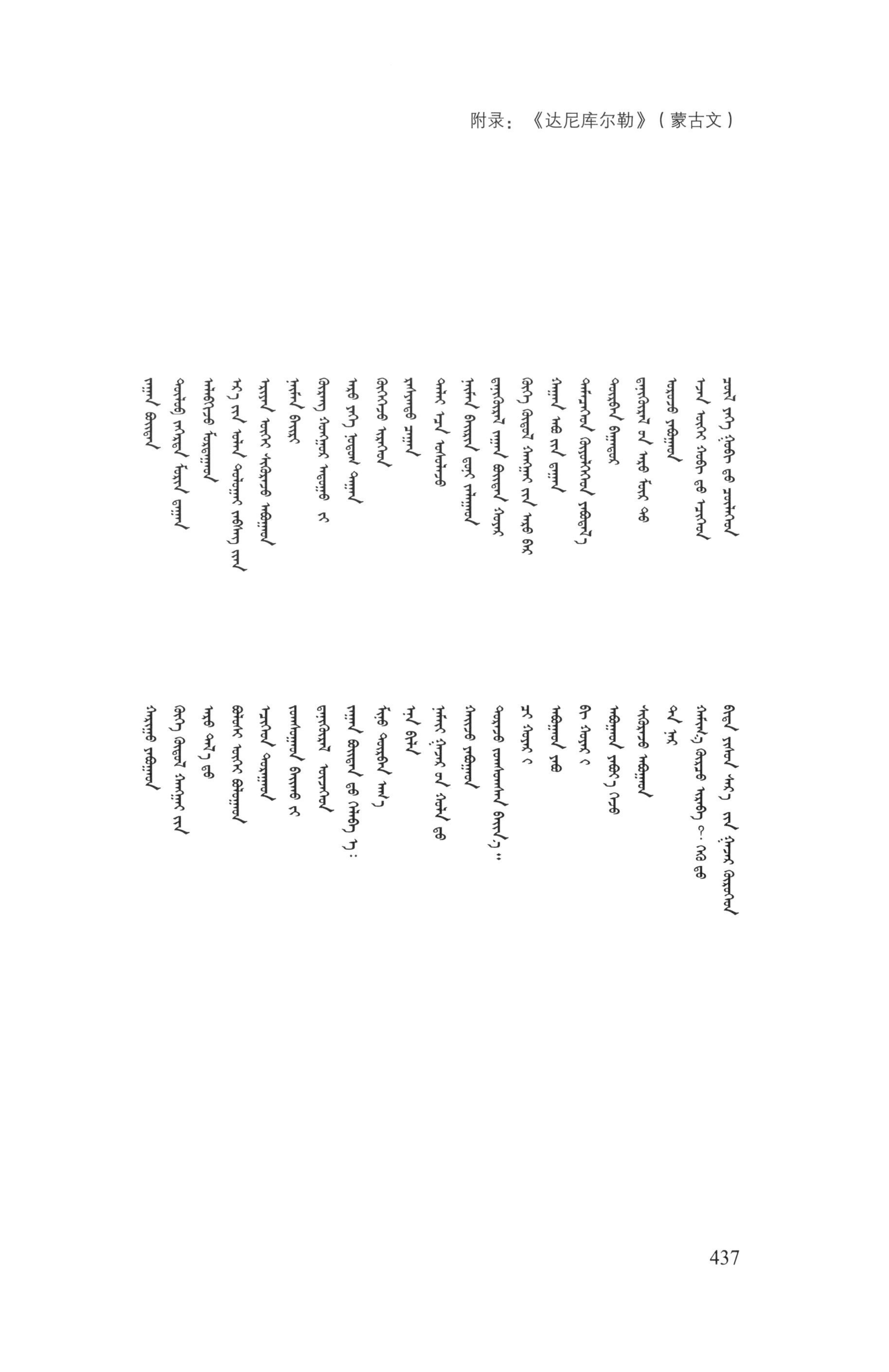

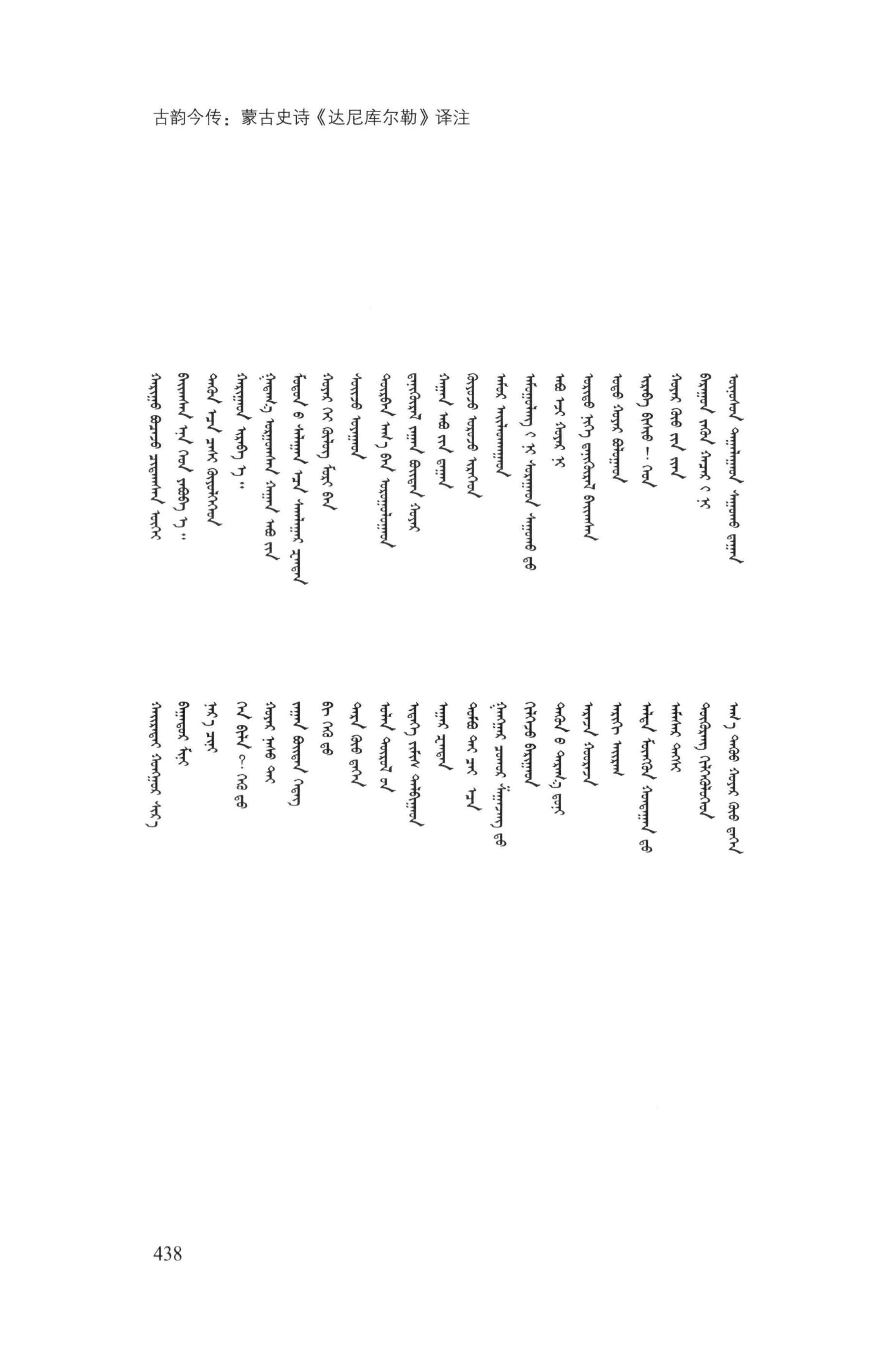

[illegible]

[illegible]

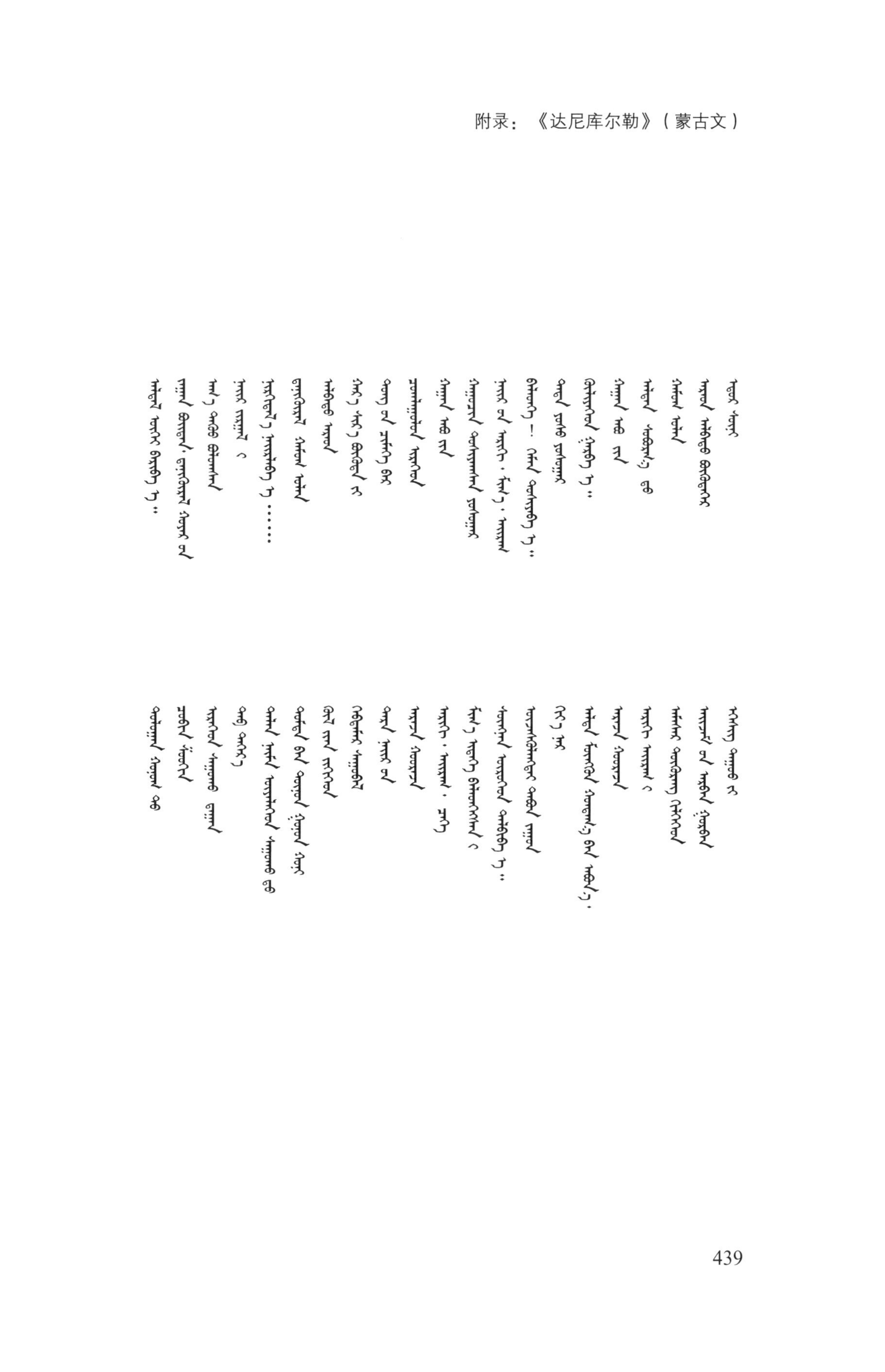

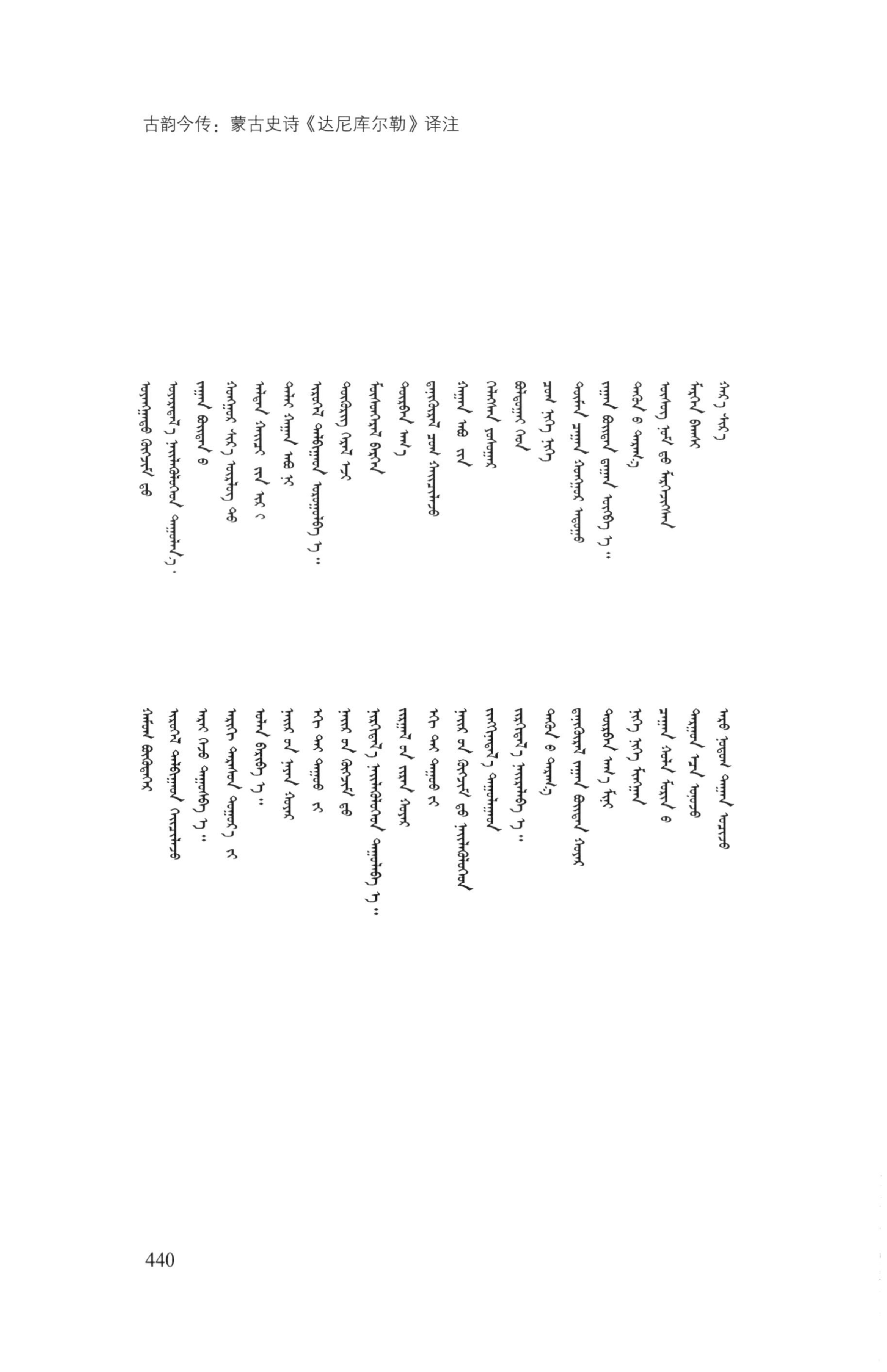

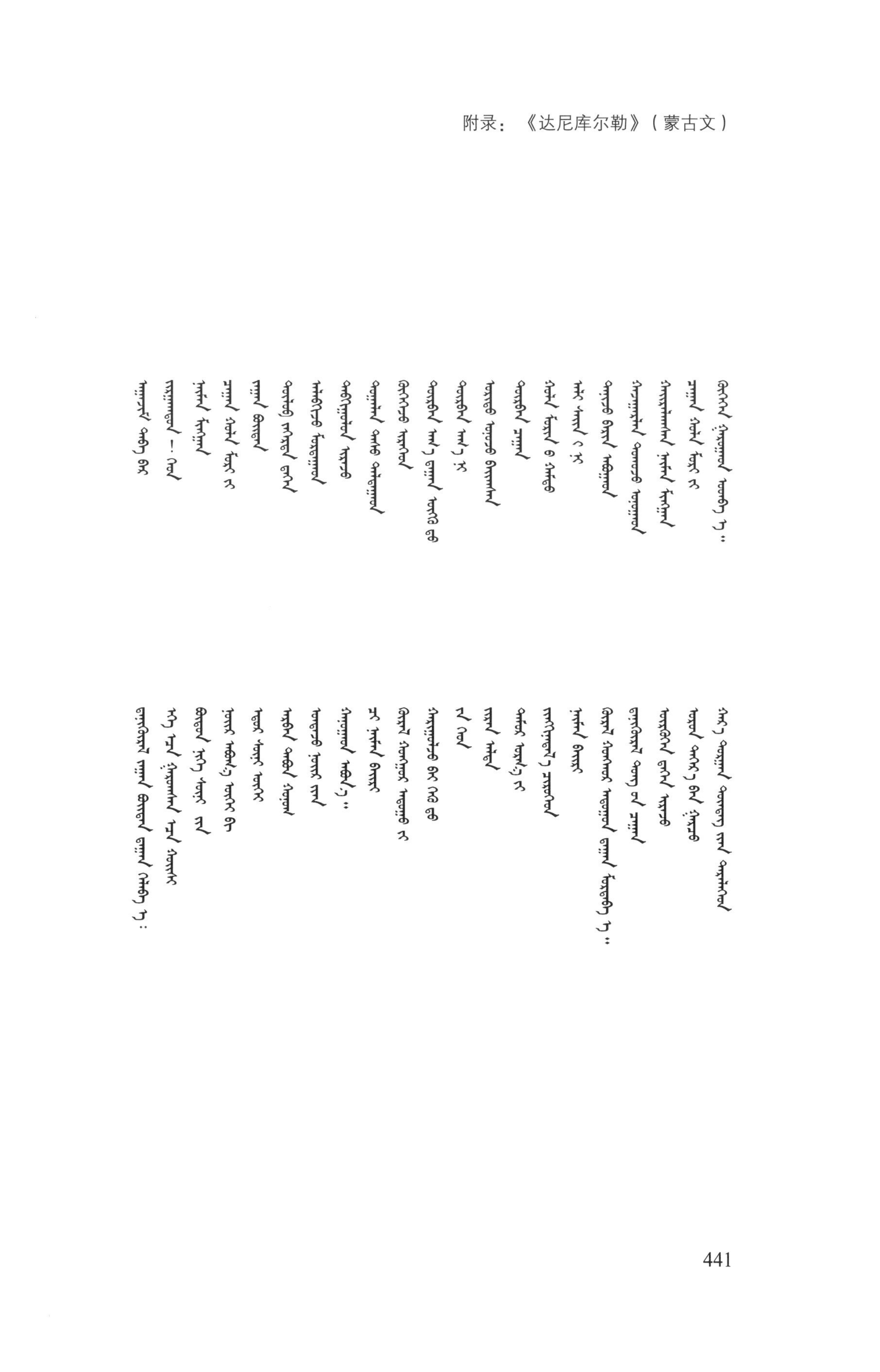

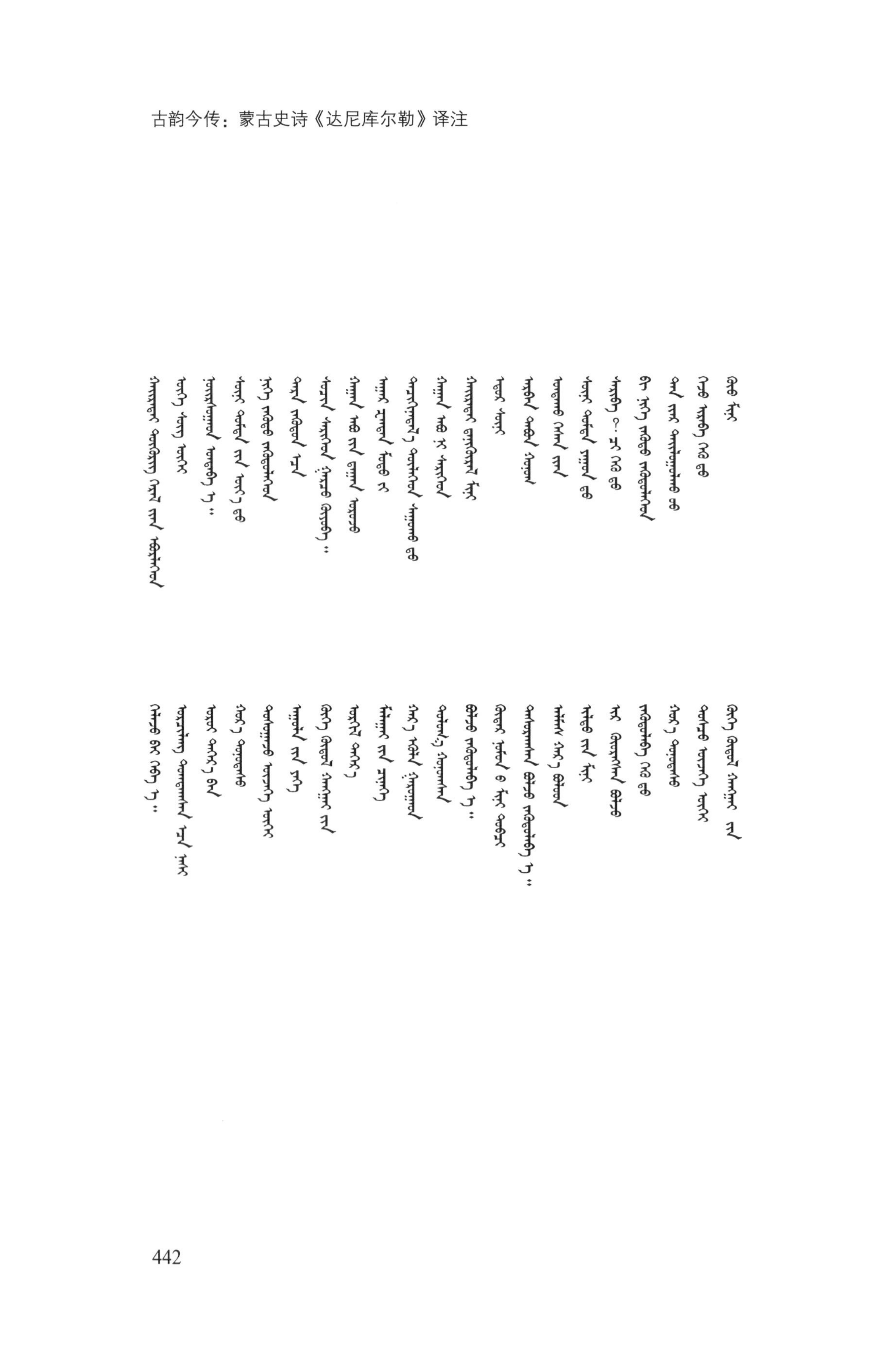

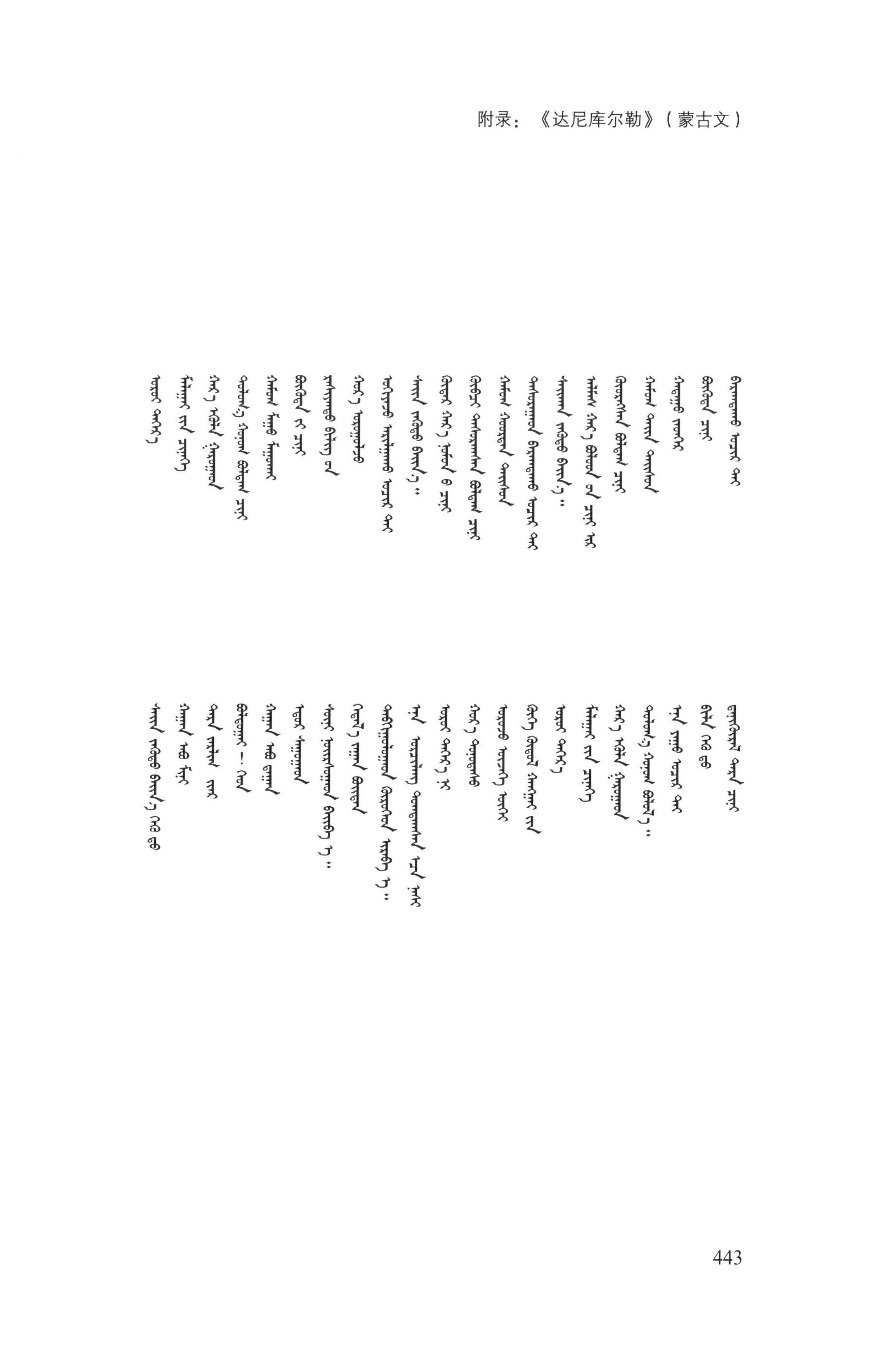

[illegible]

[illegible]

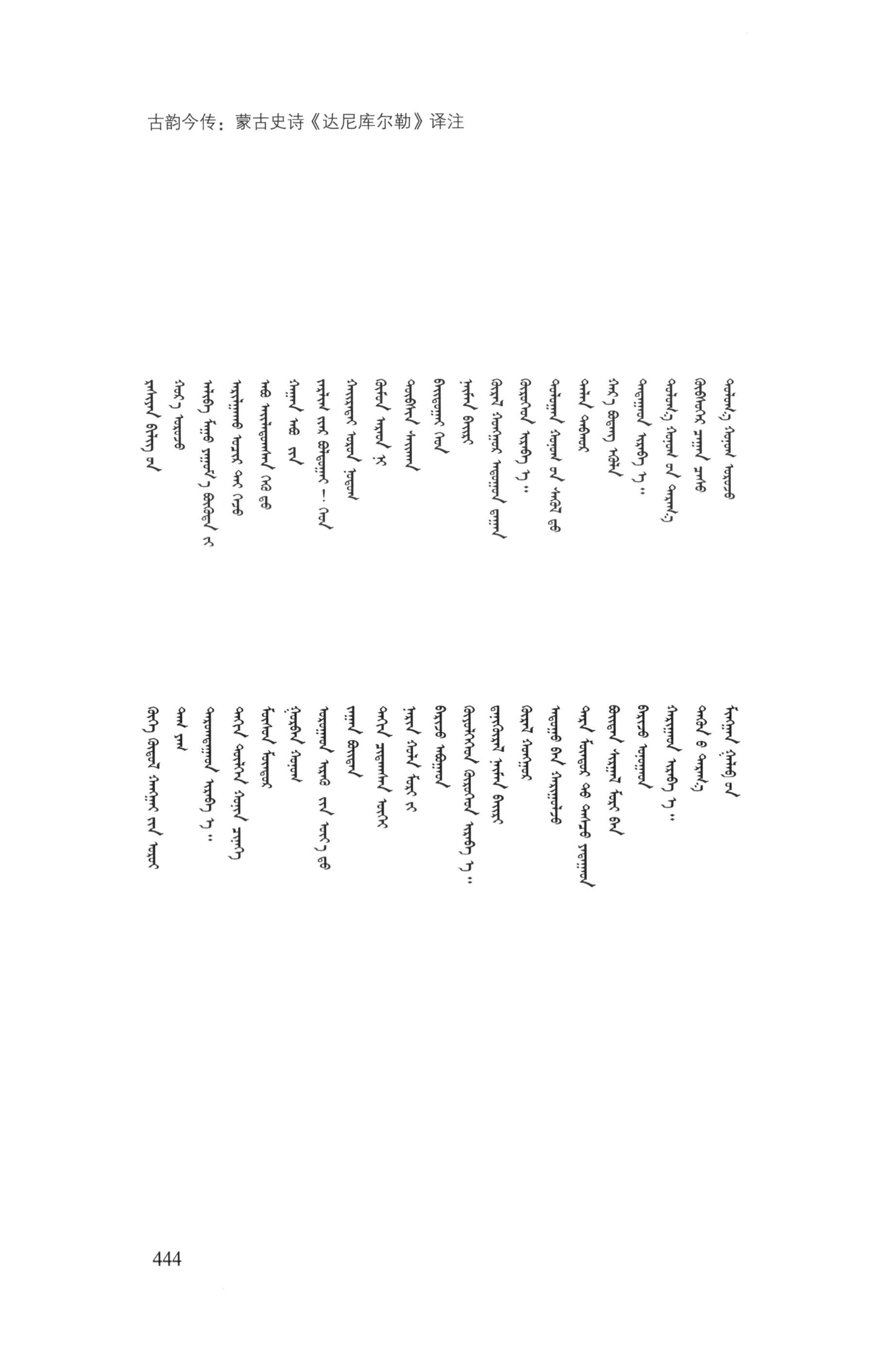

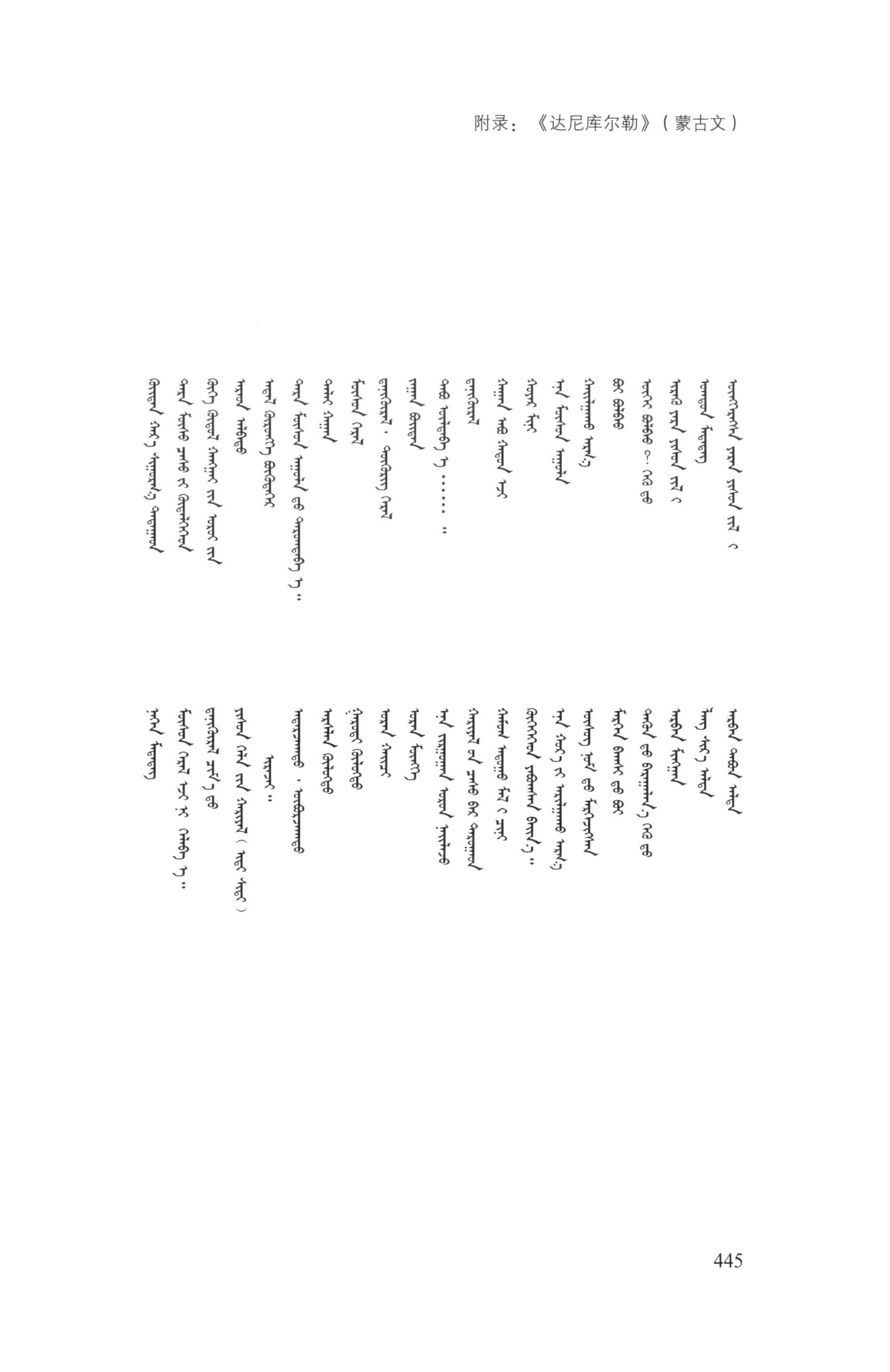

[illegible]

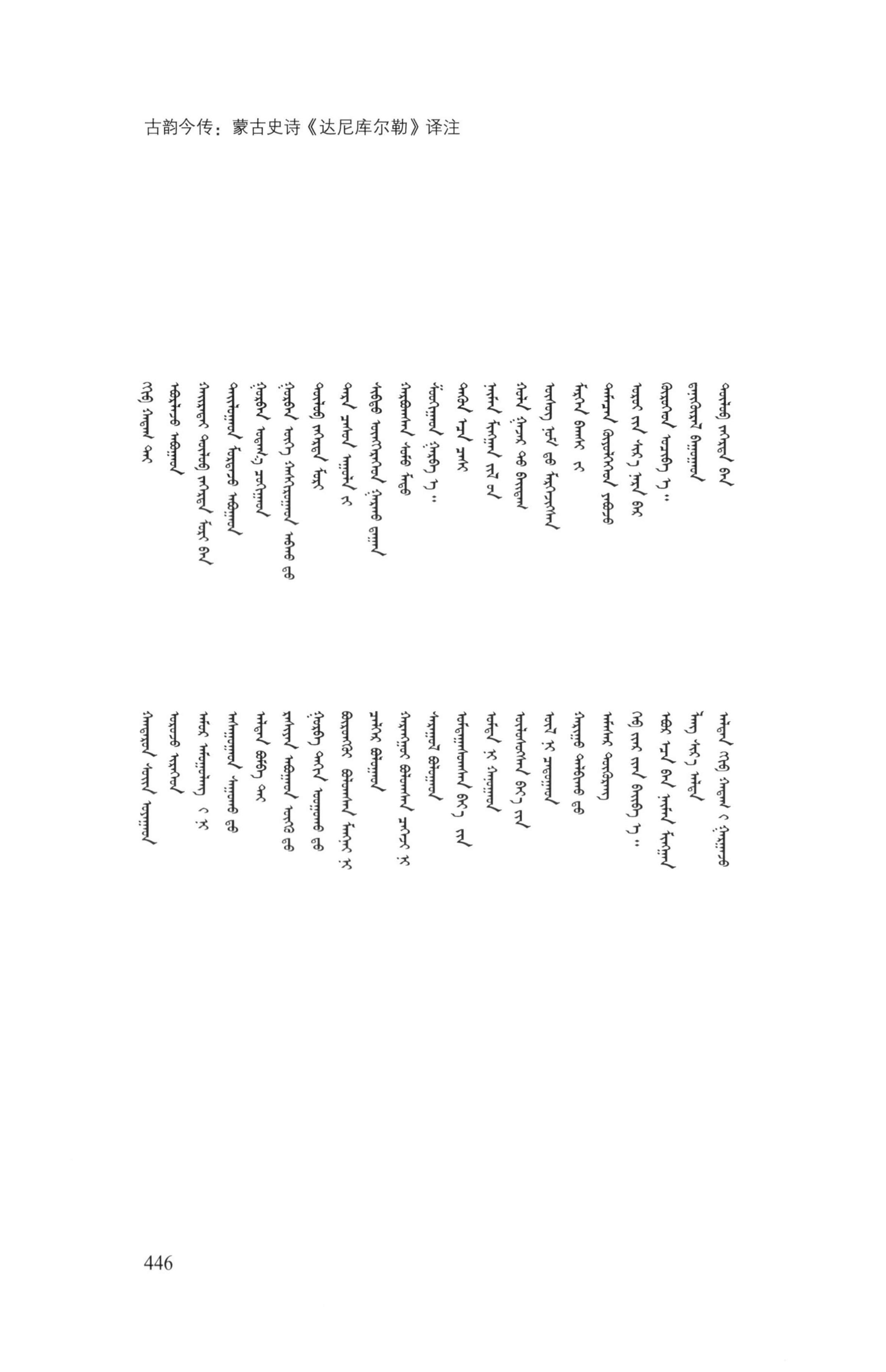

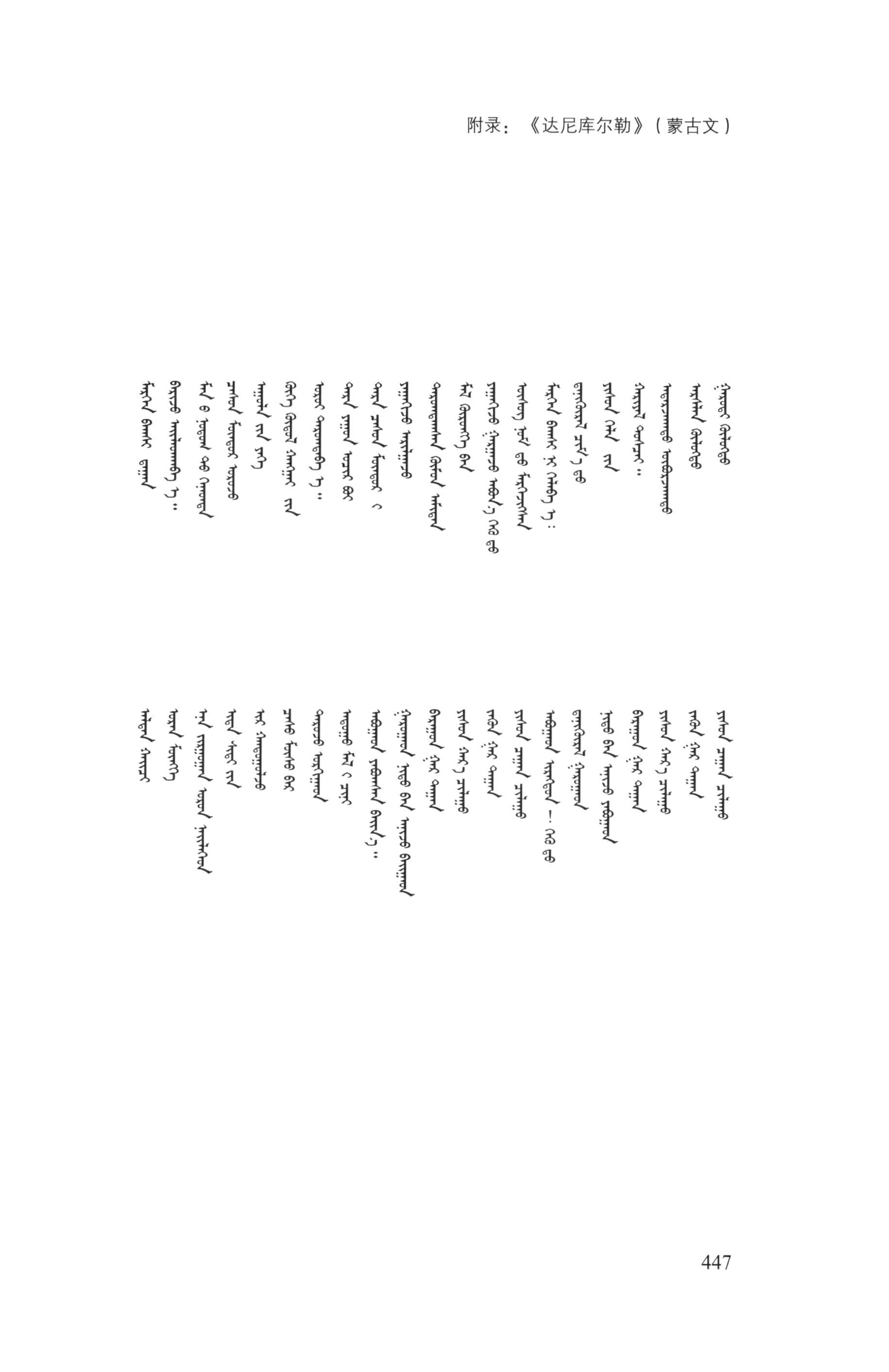

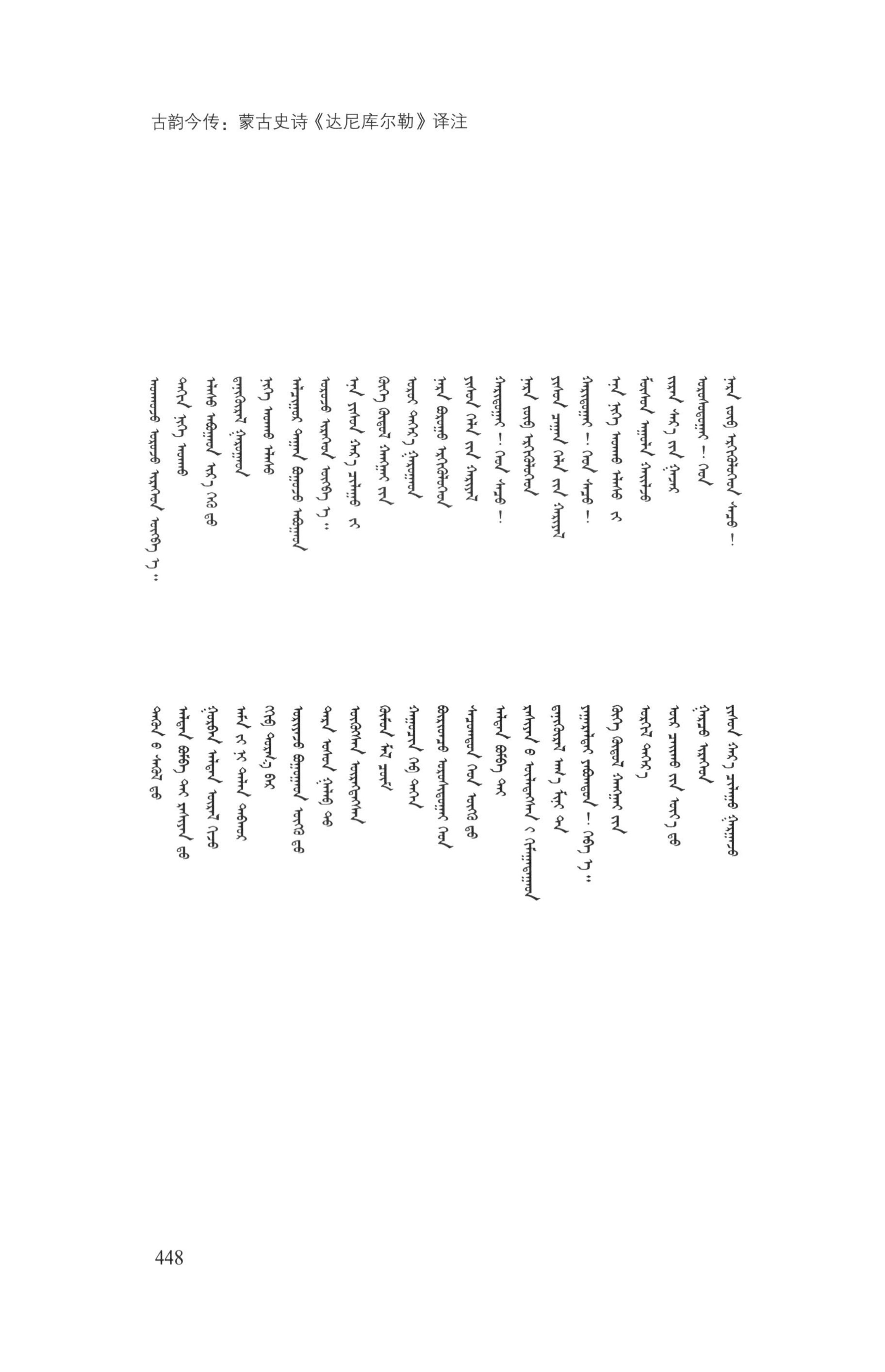

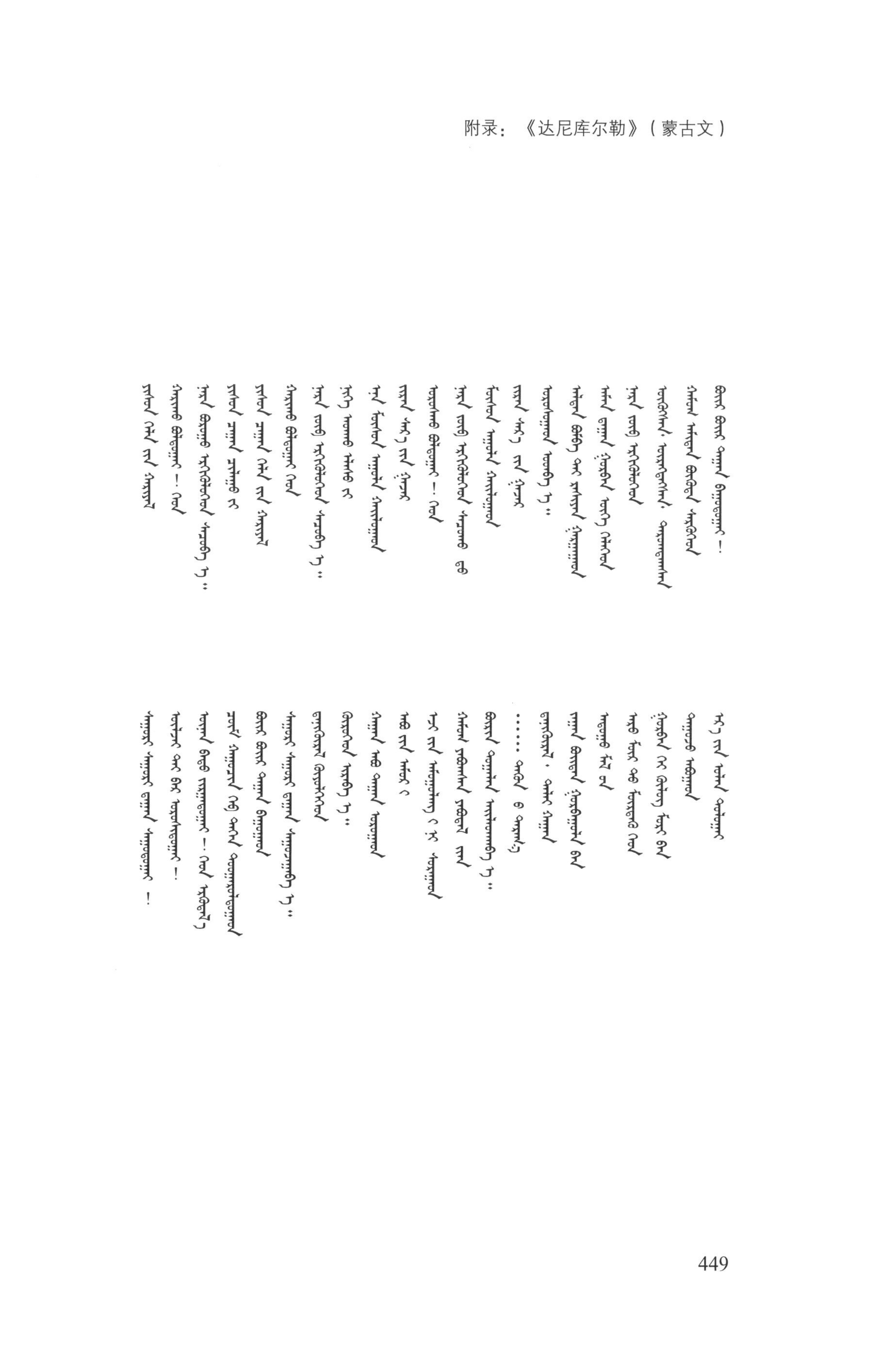

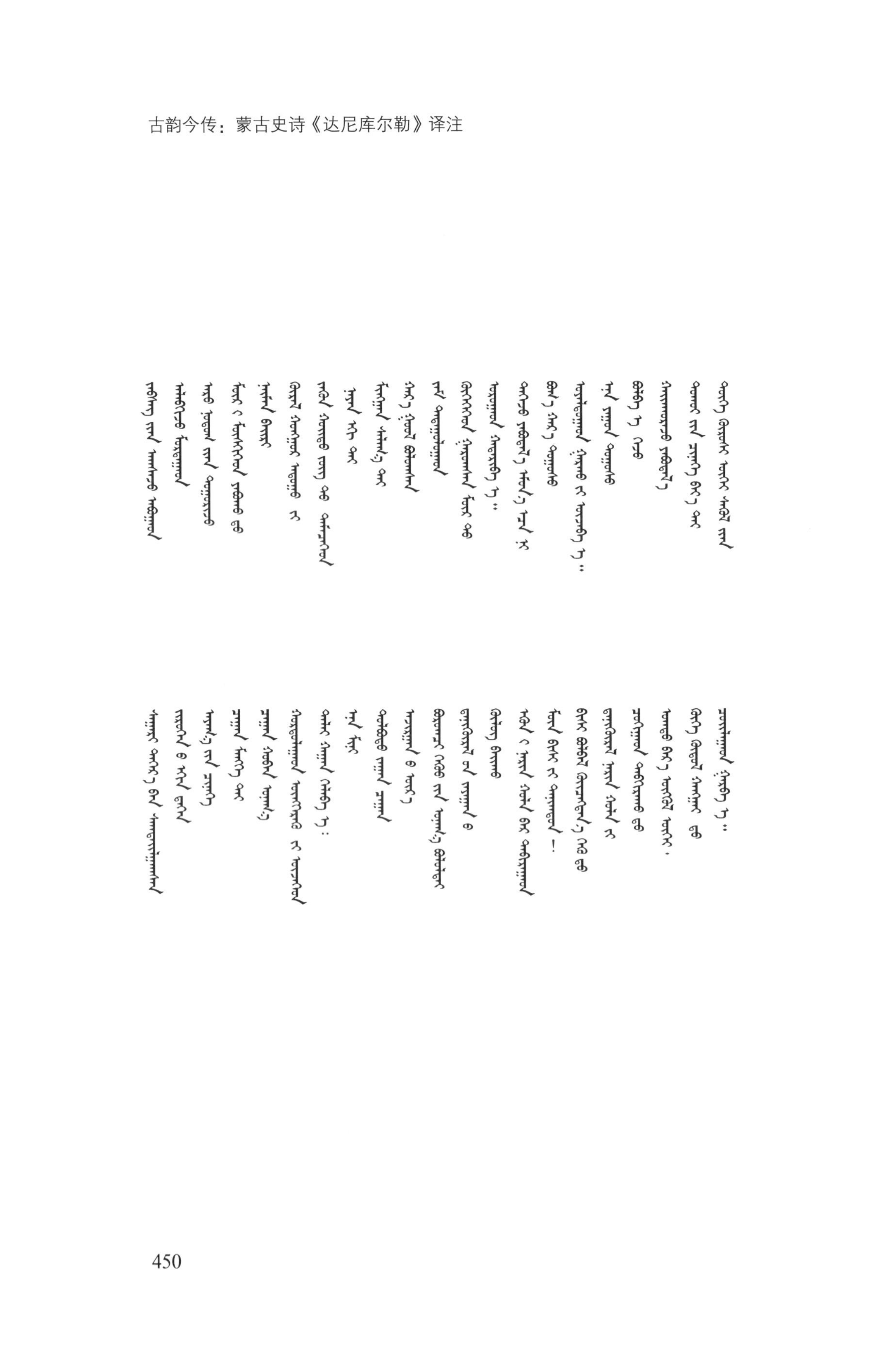

[illegible]

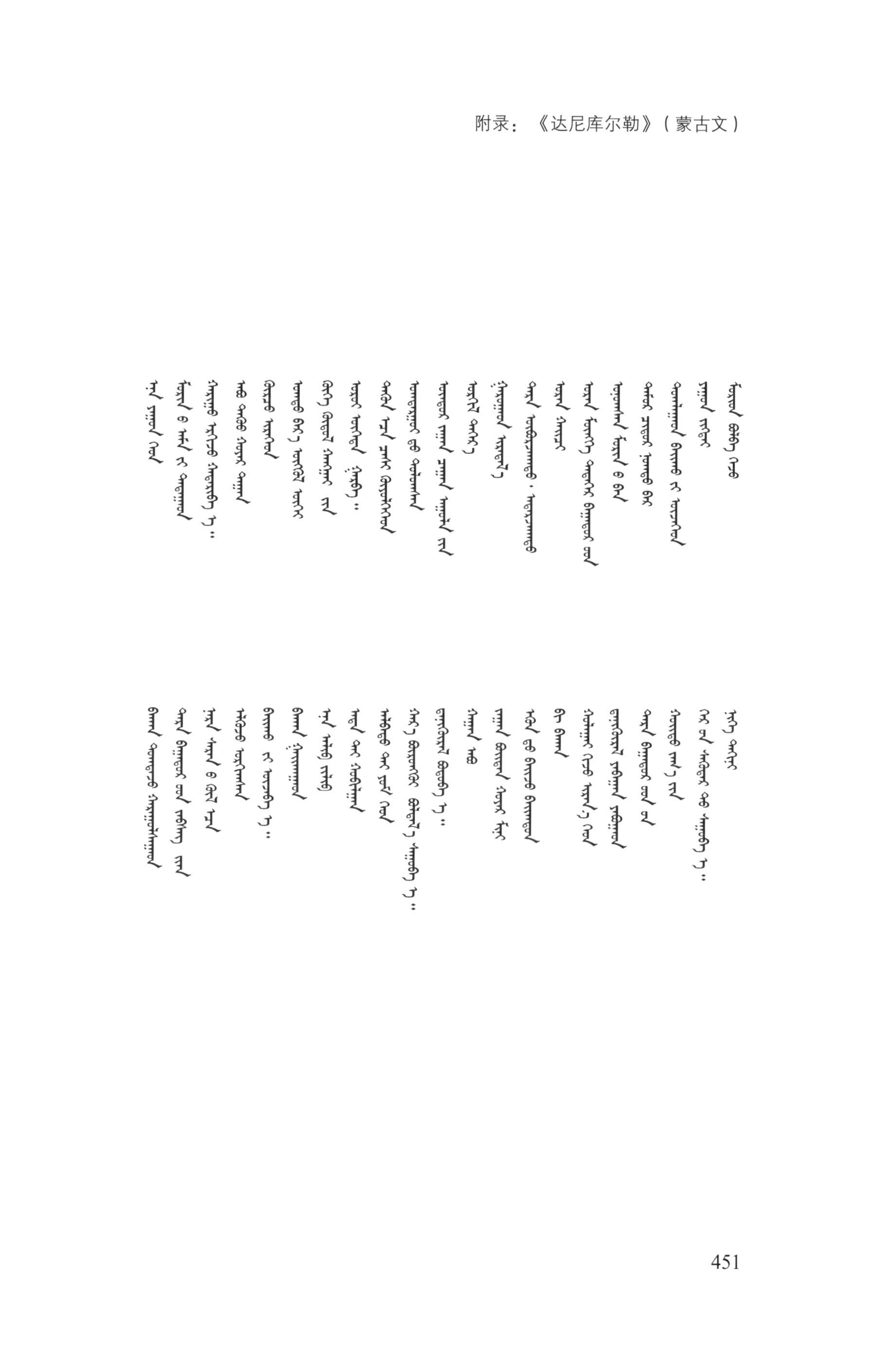

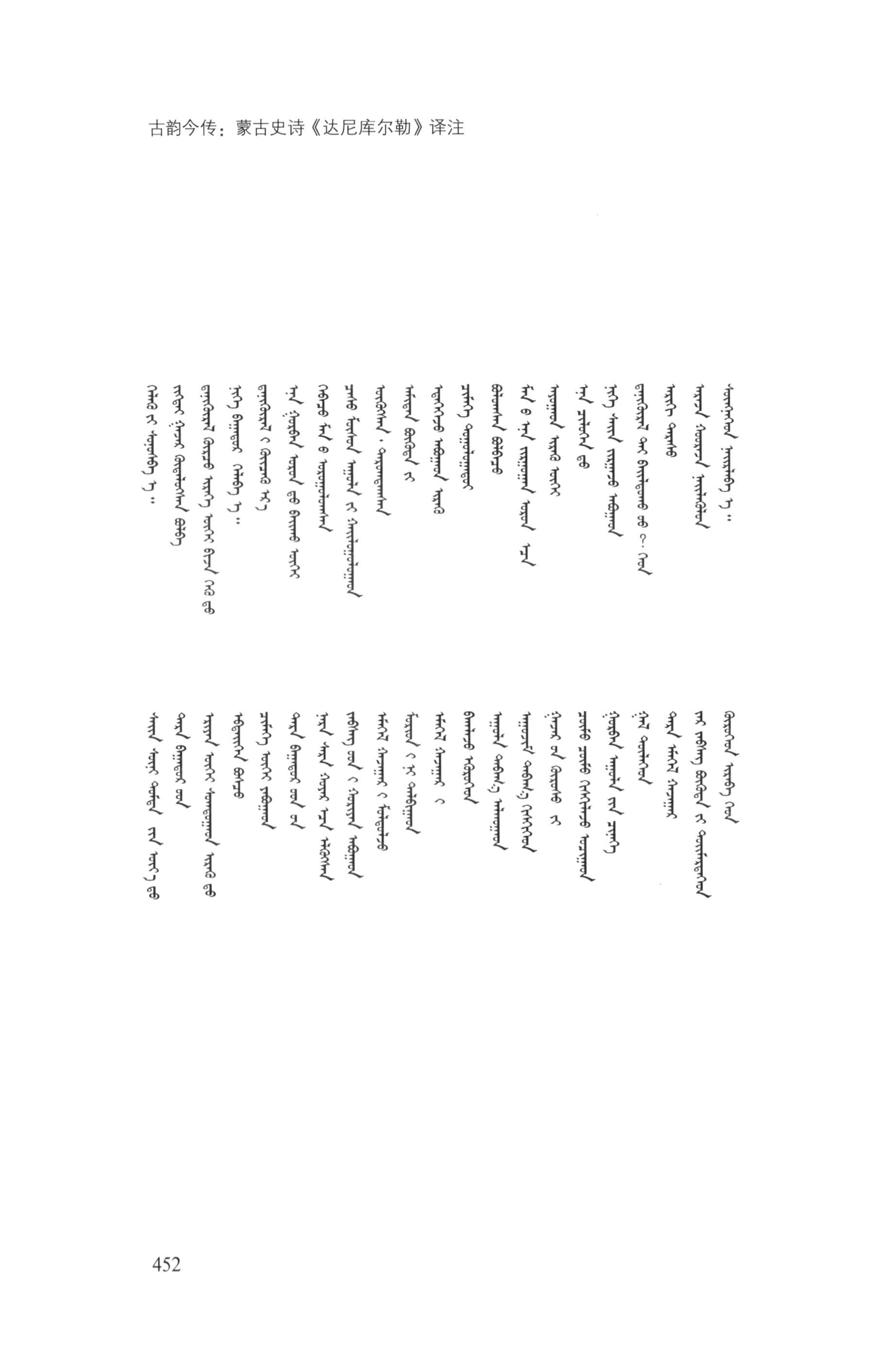

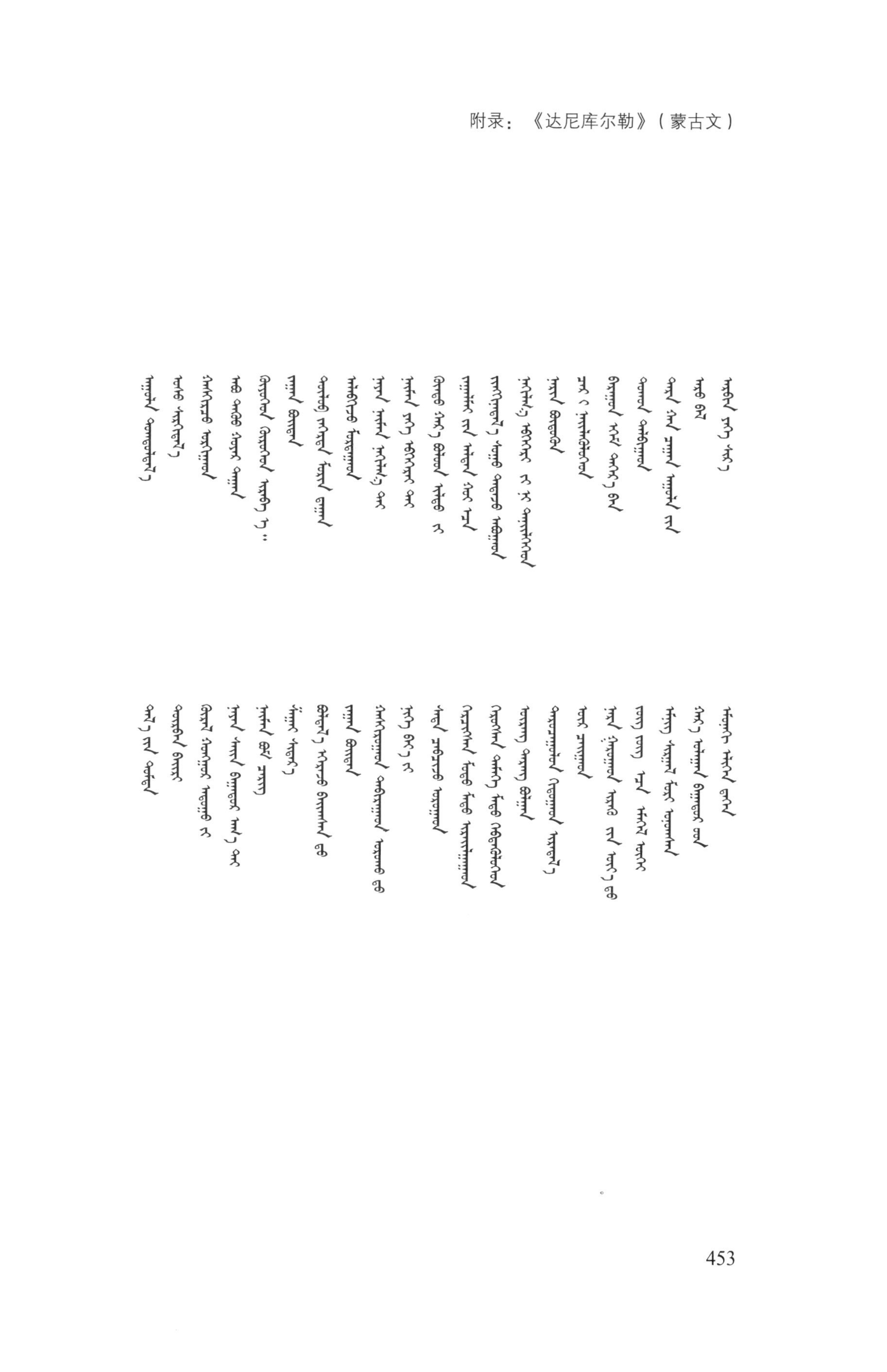

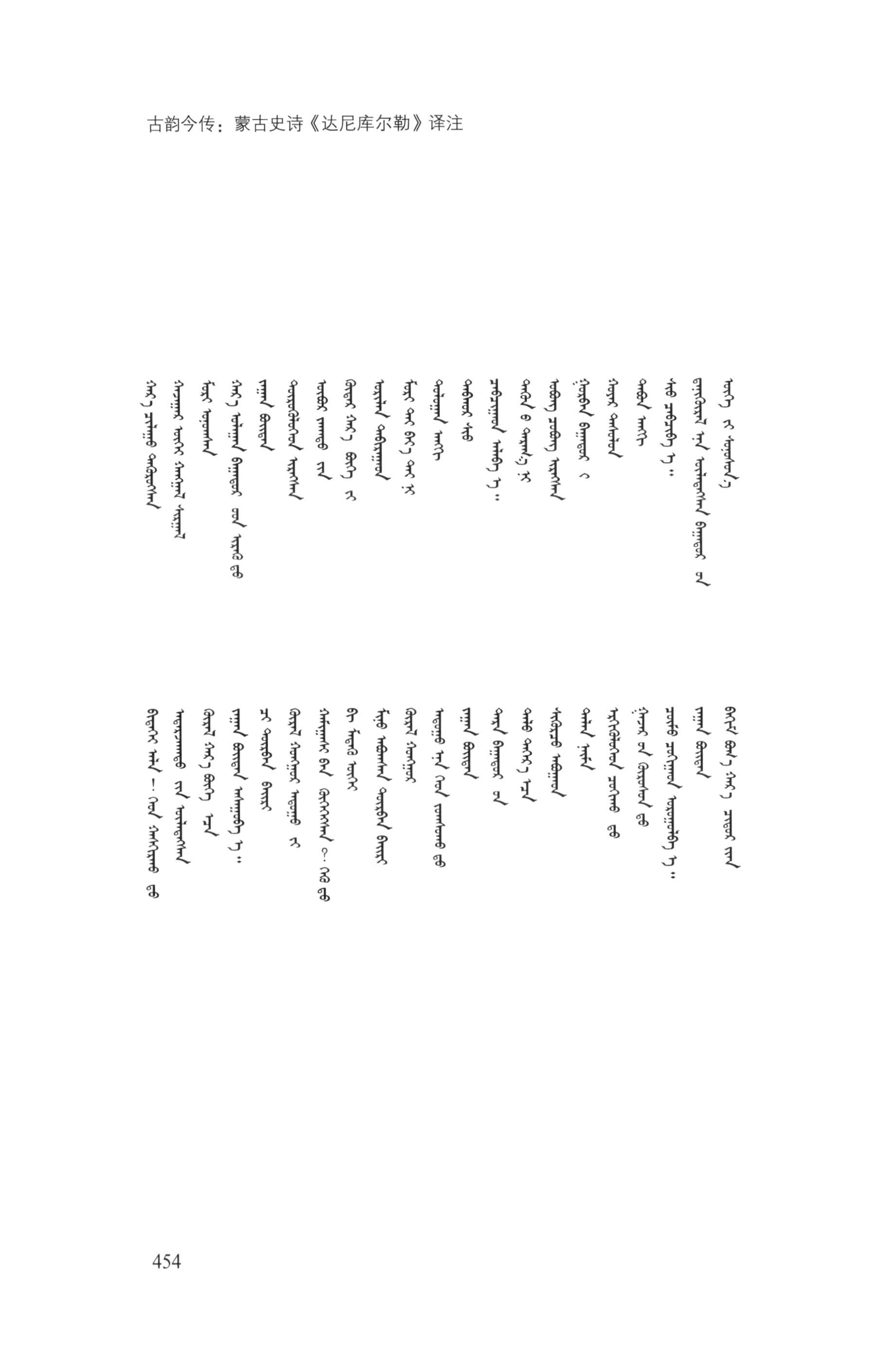

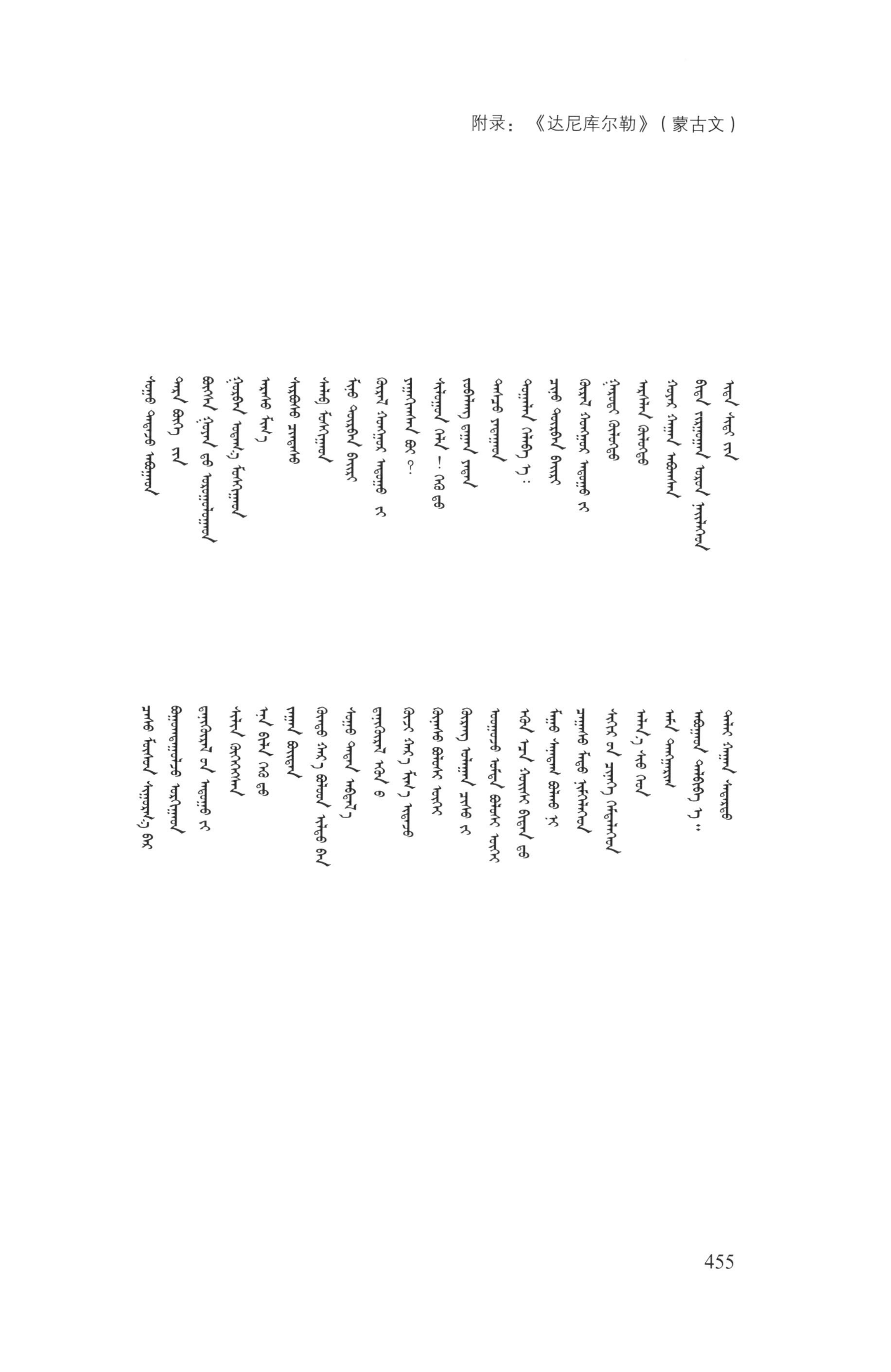

[illegible]

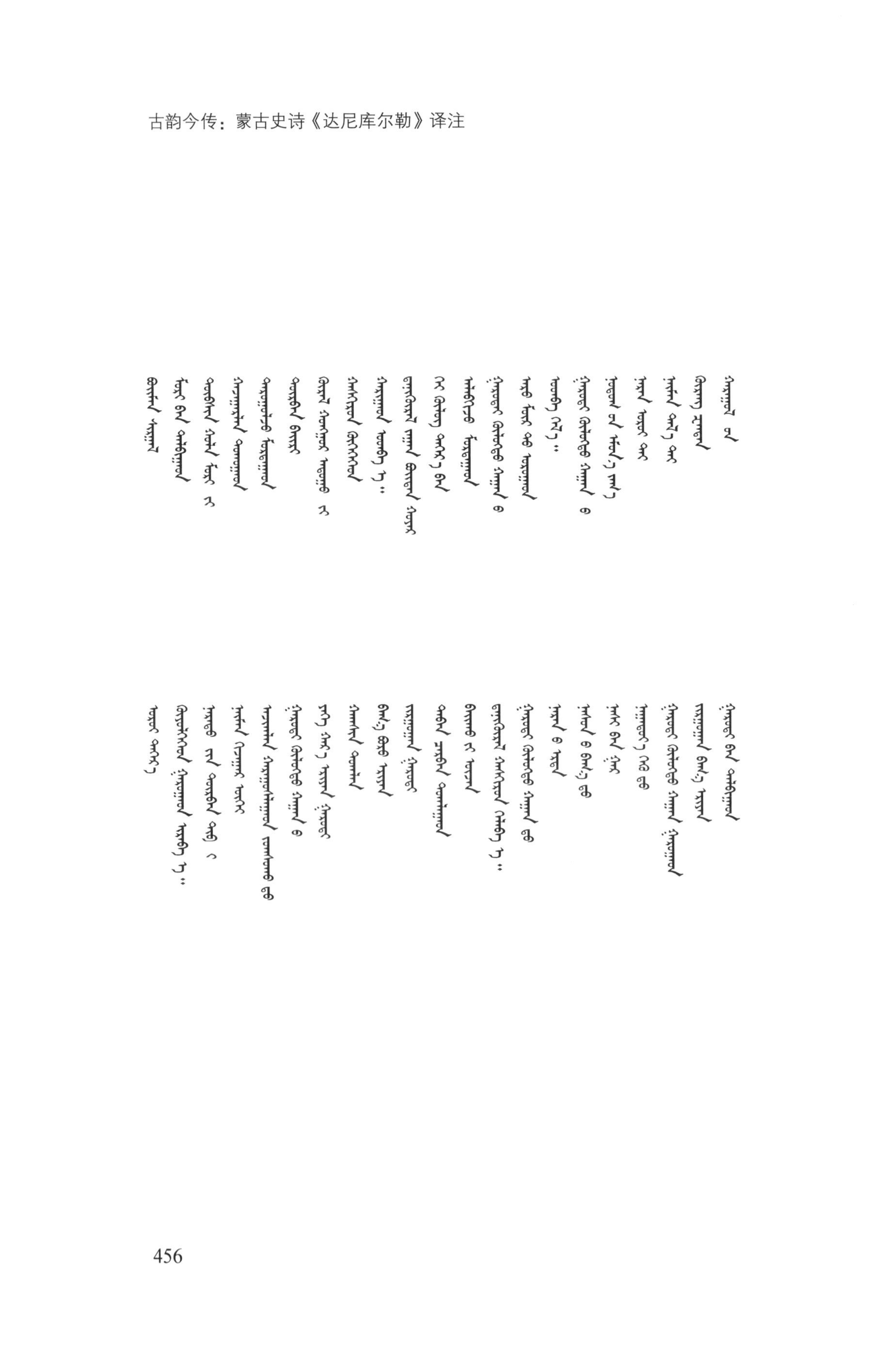

[illegible]

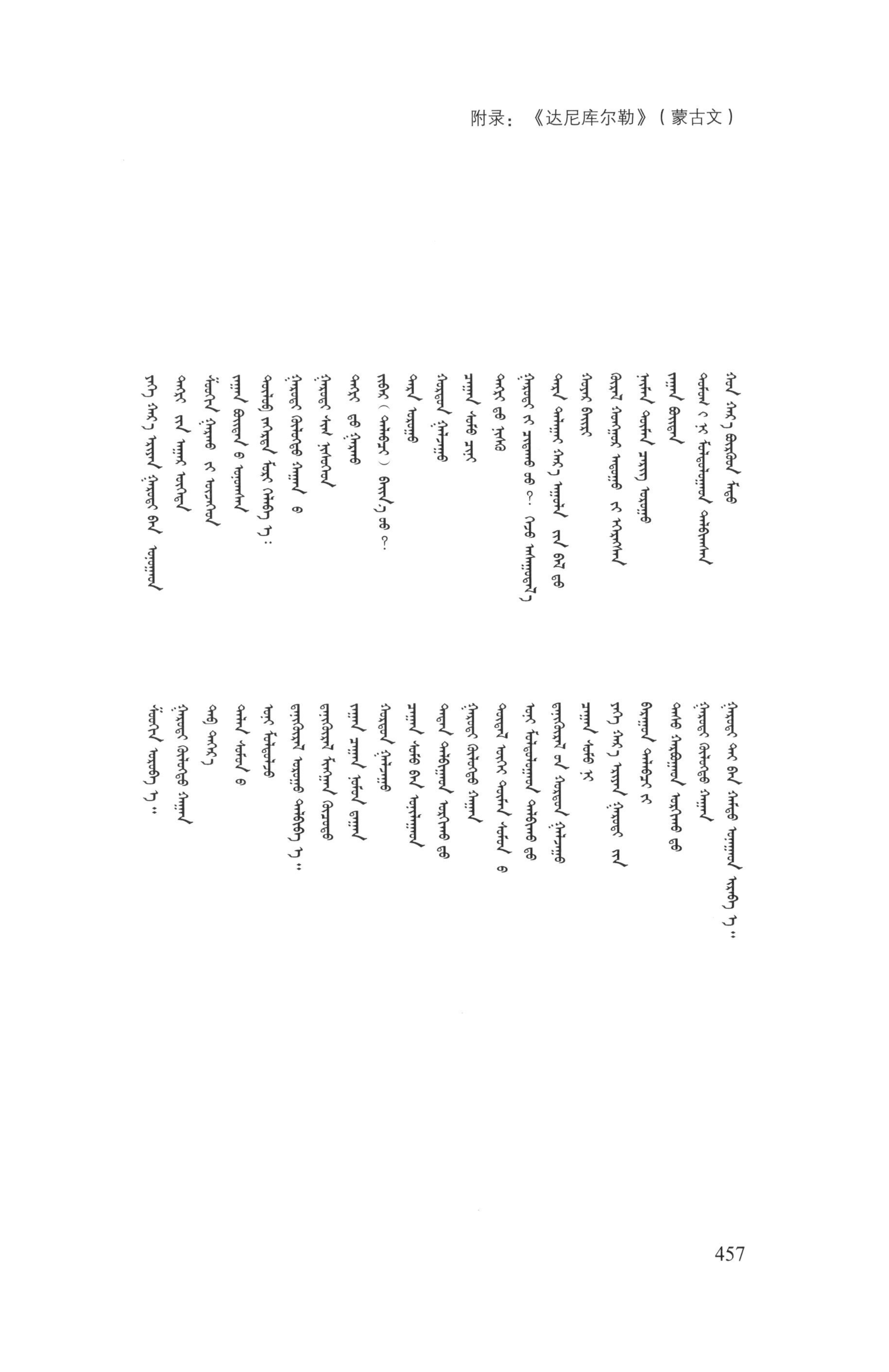

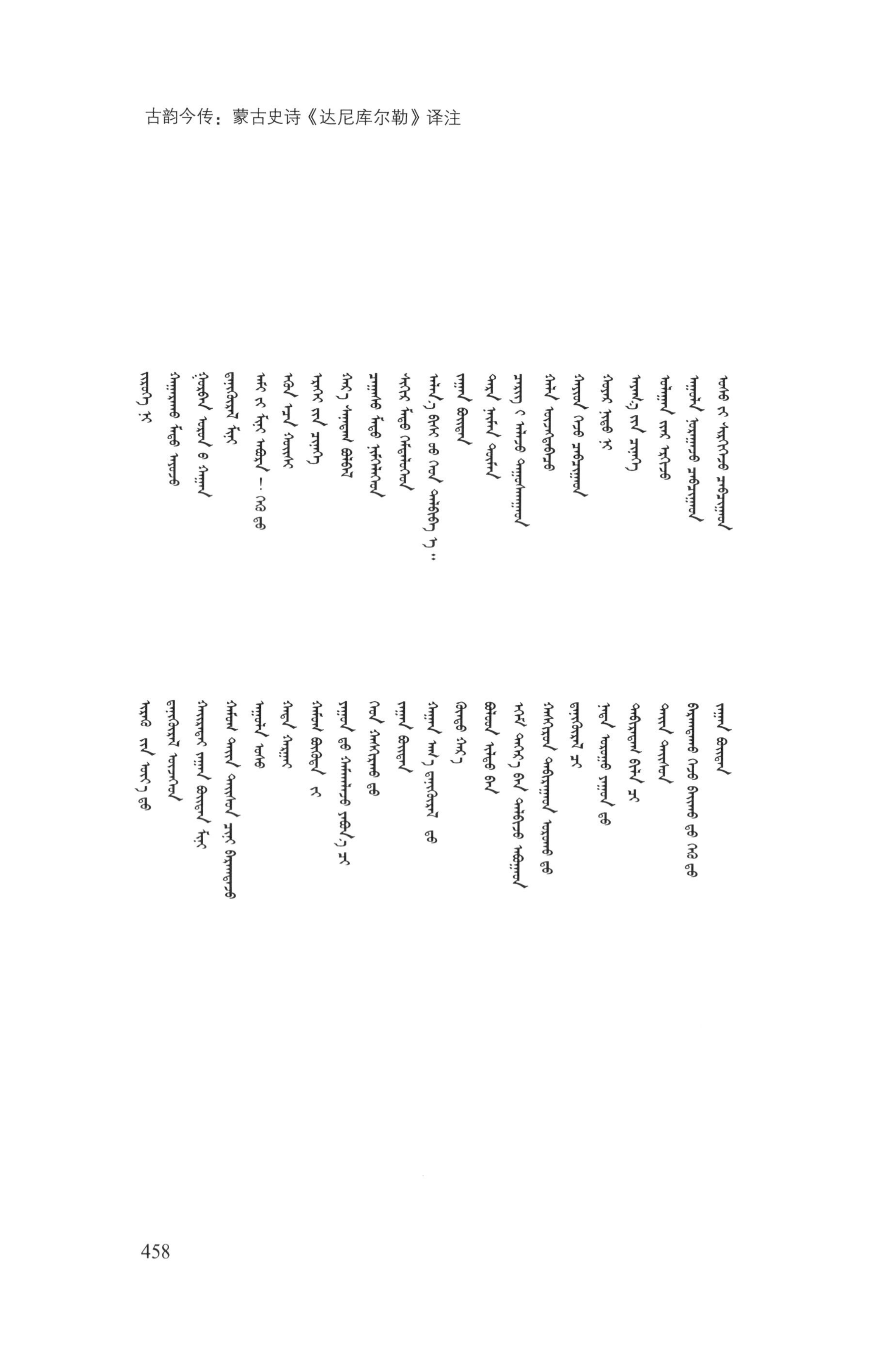

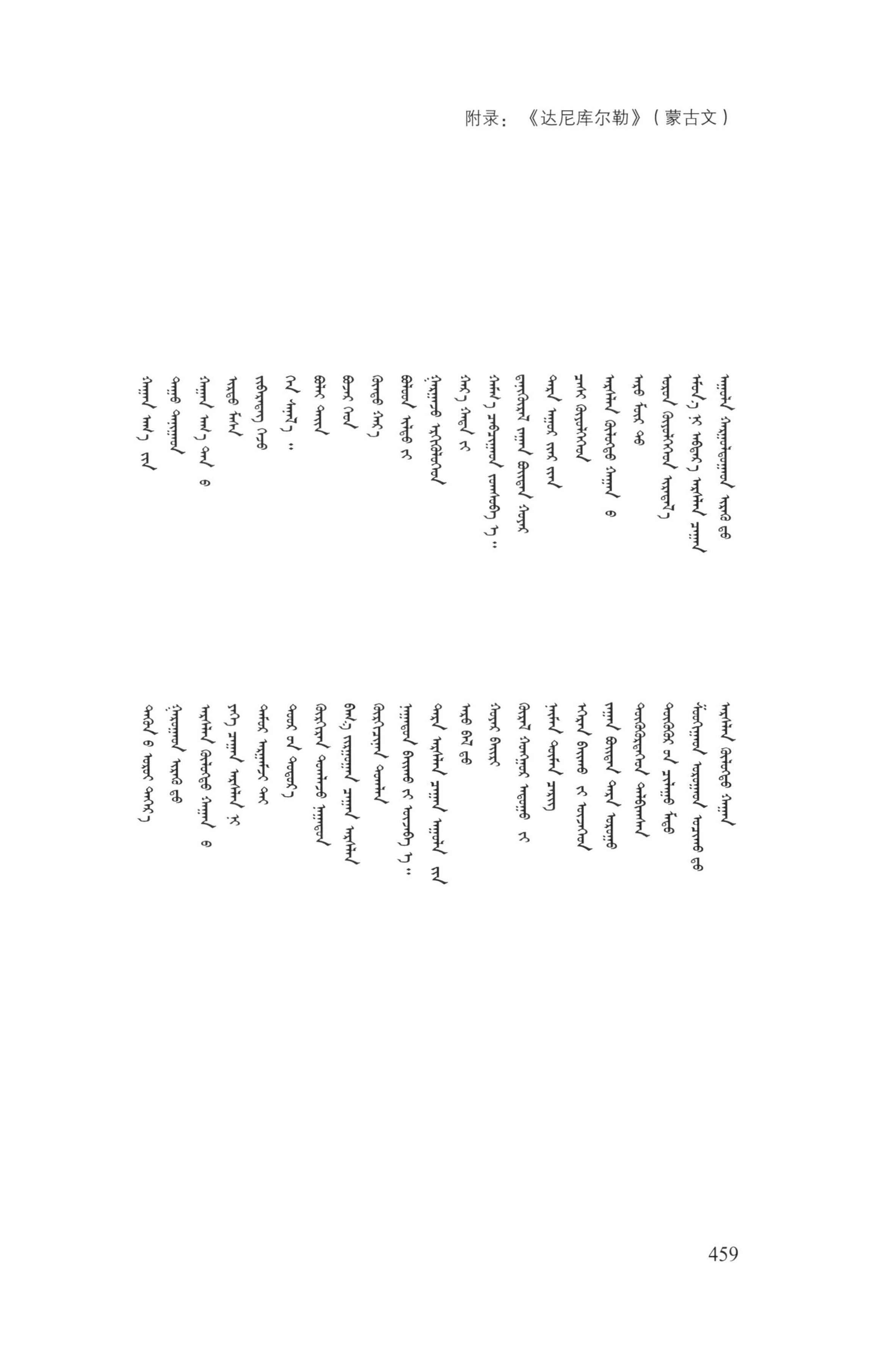

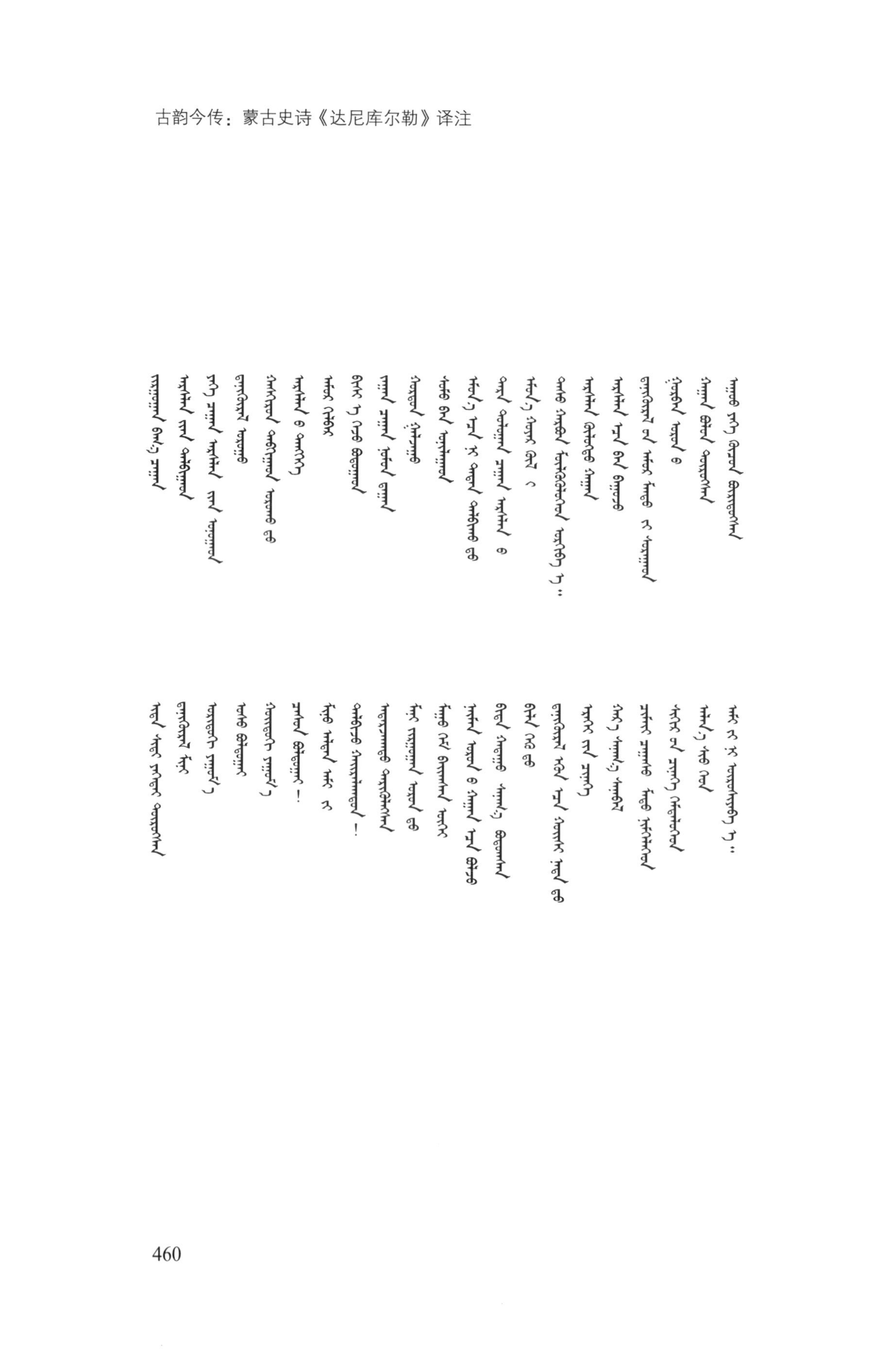

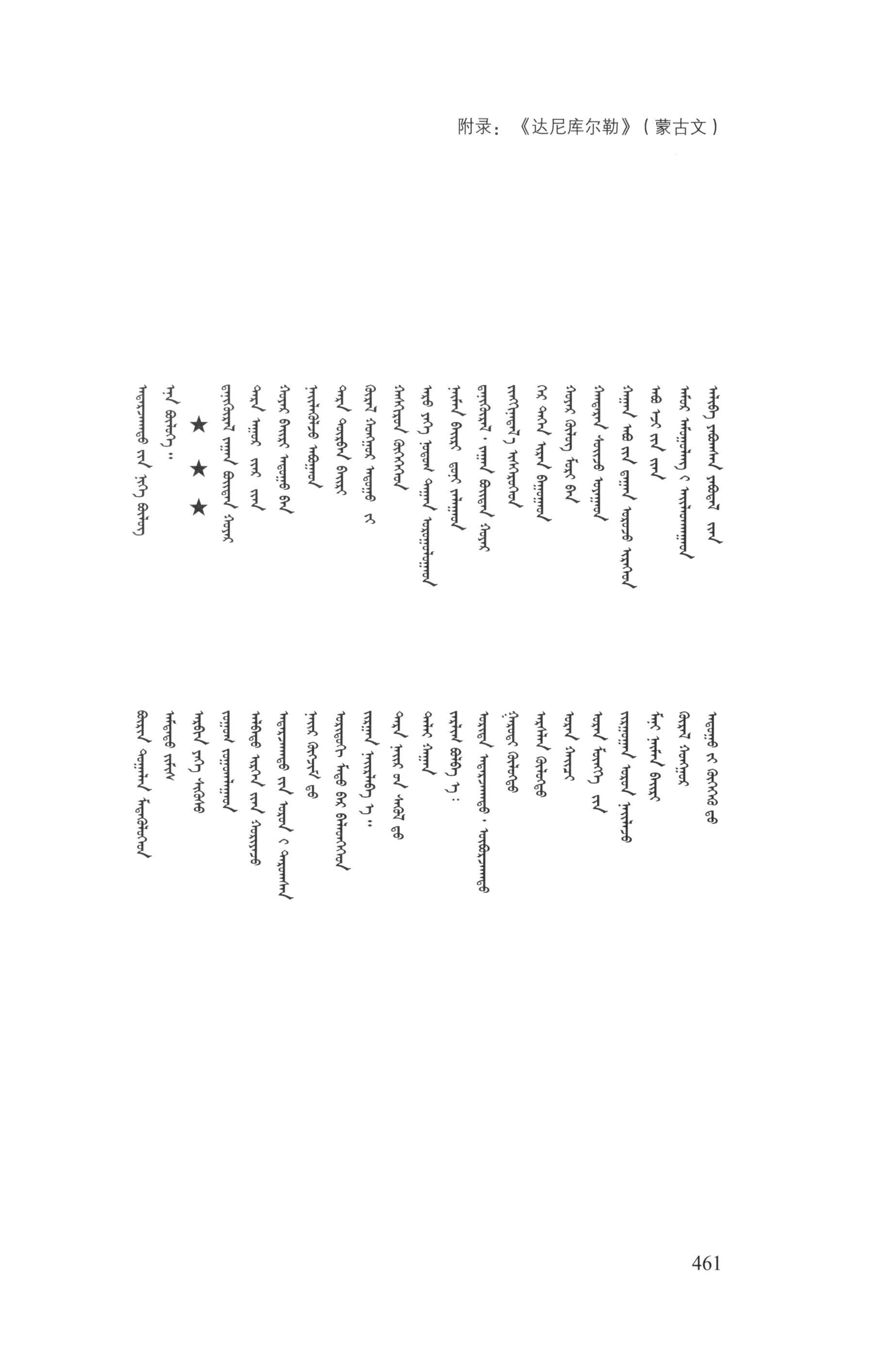

★ ★ ★

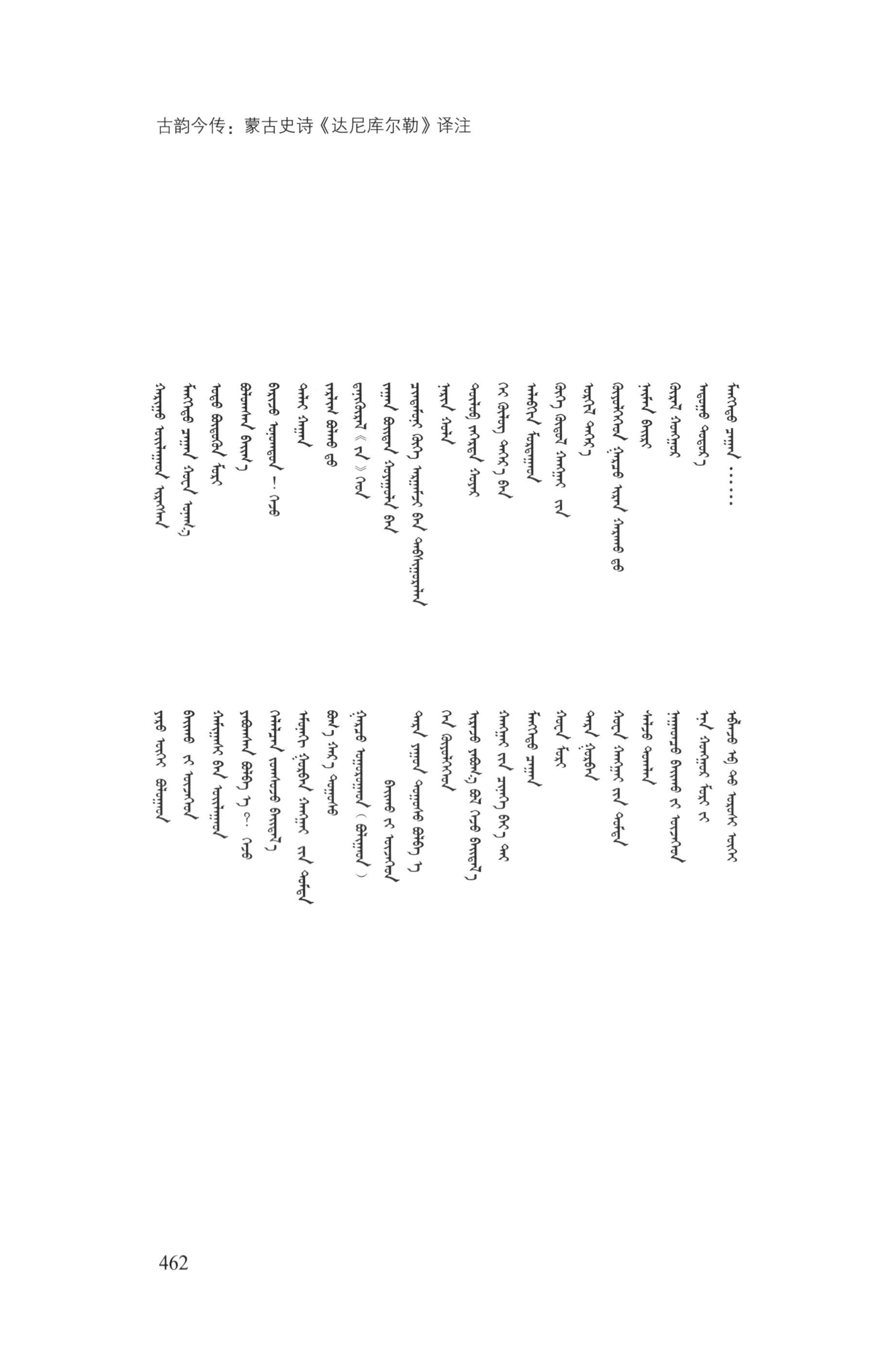

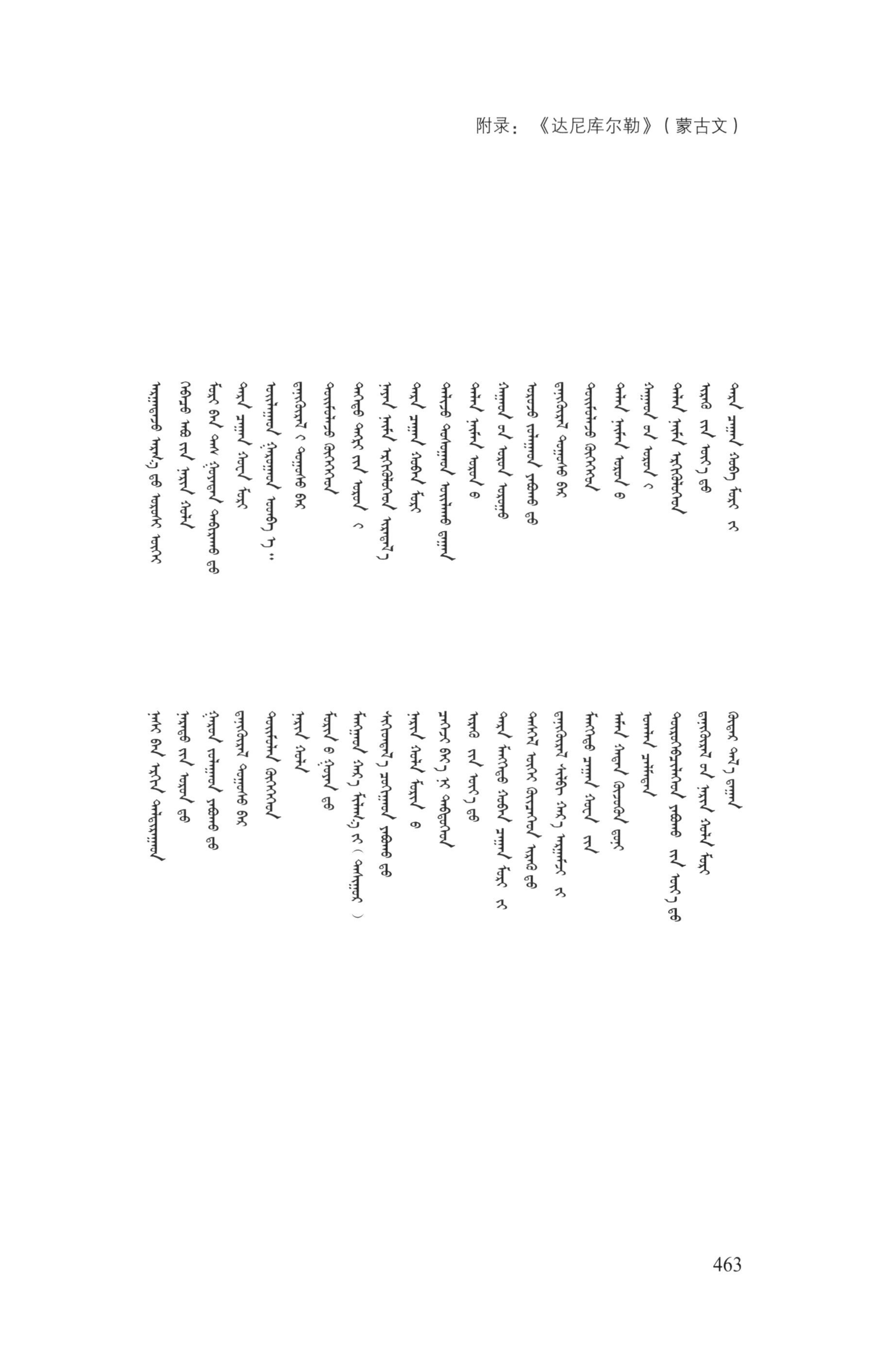

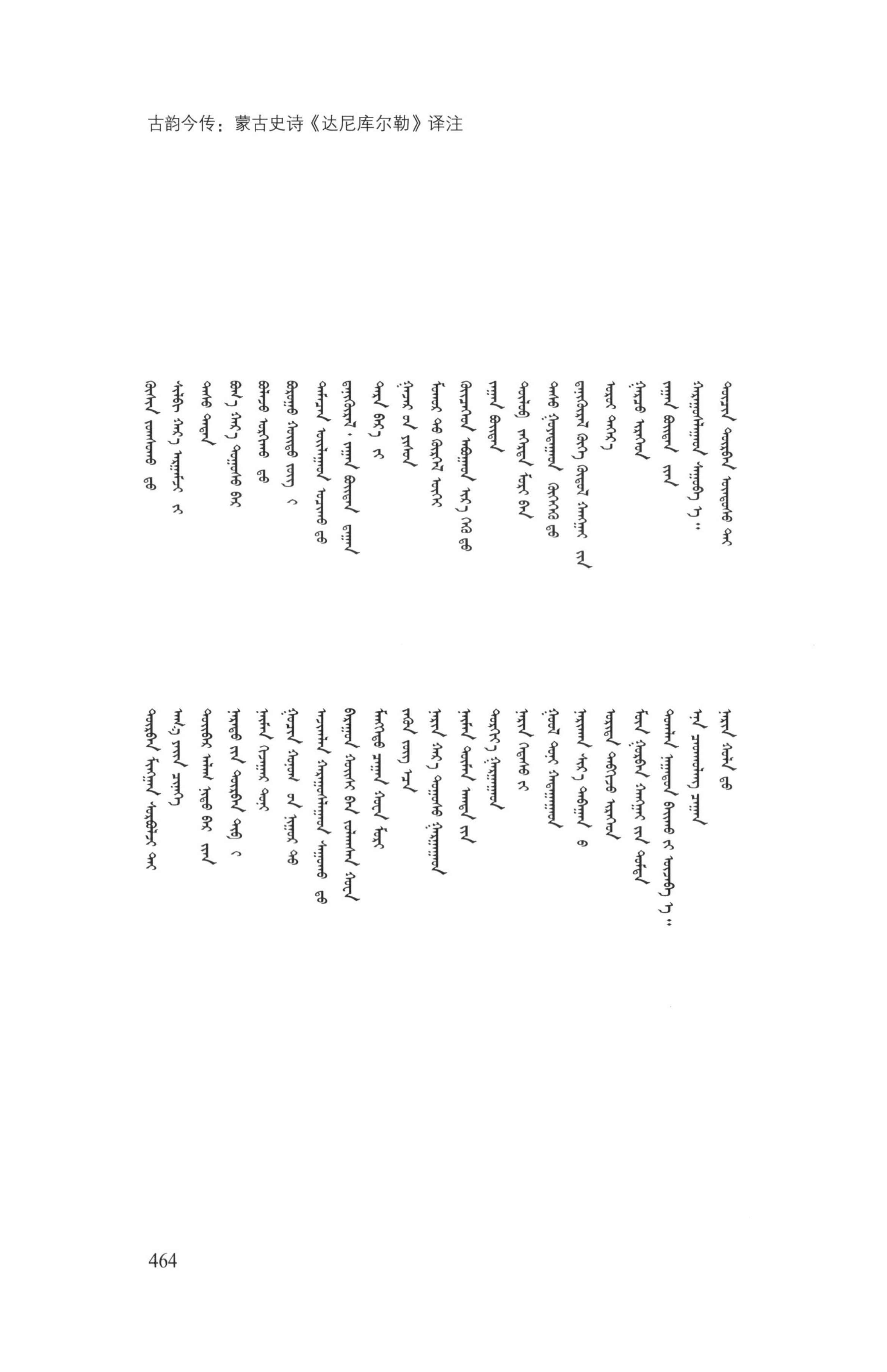

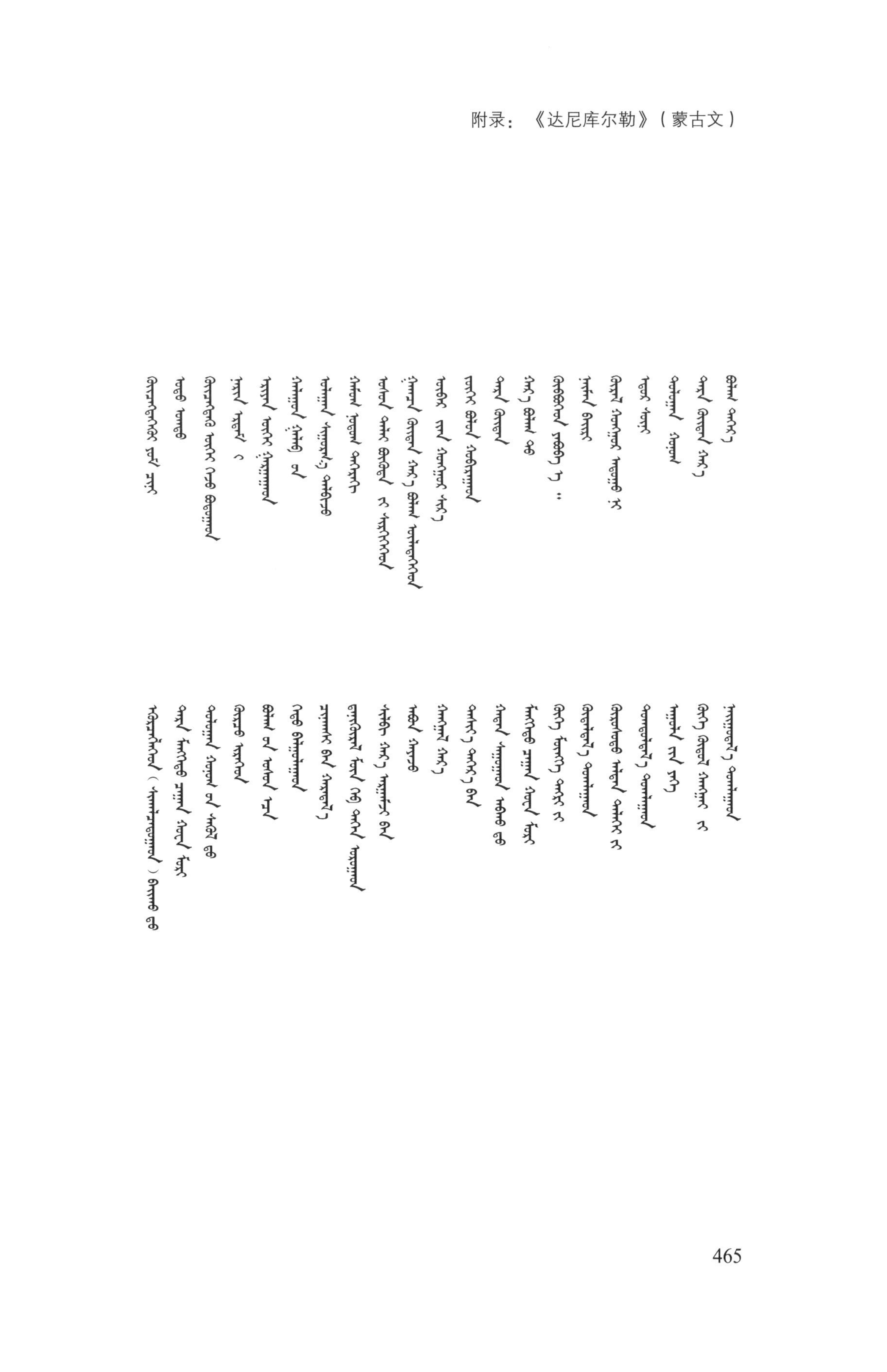

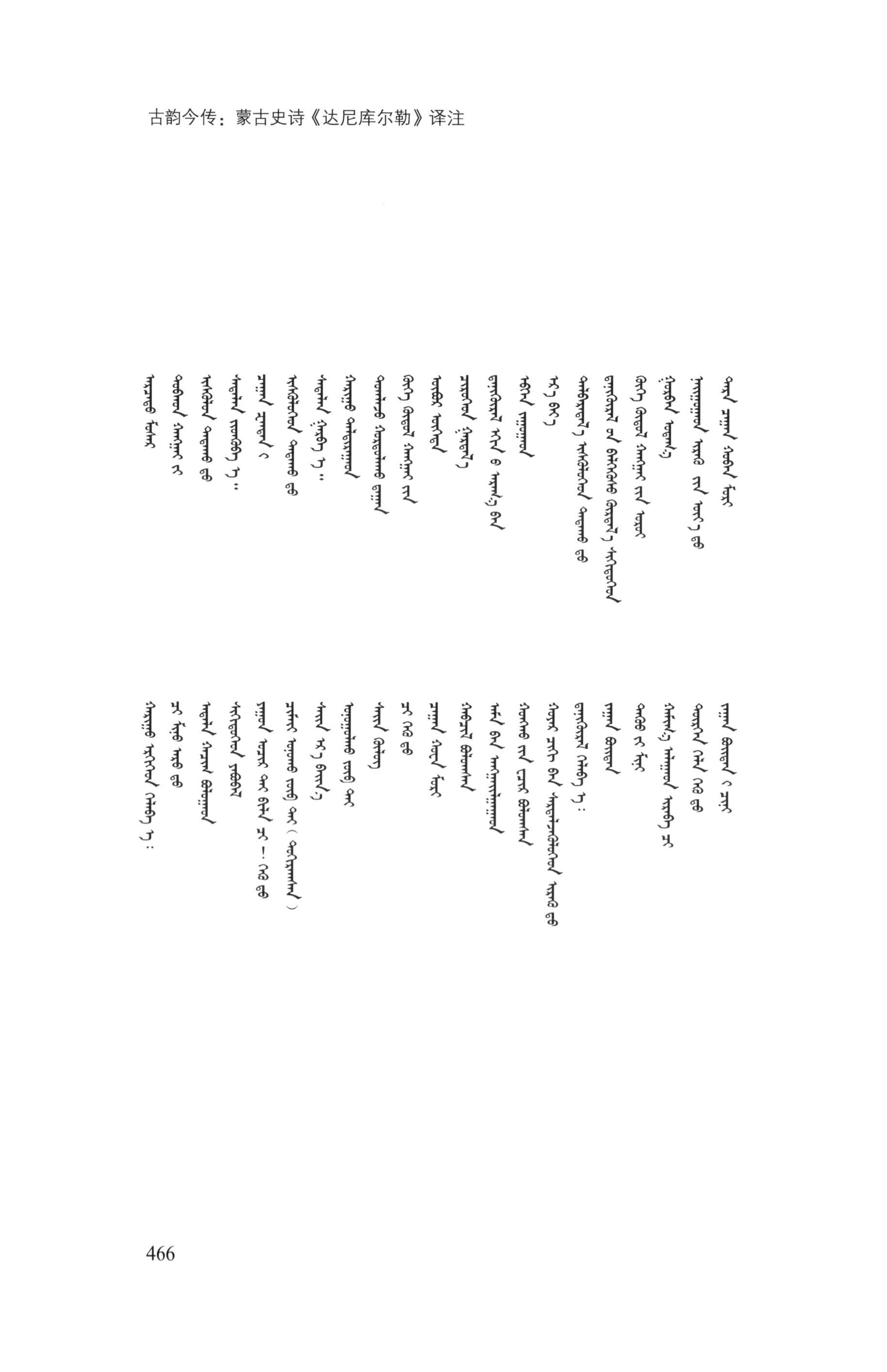

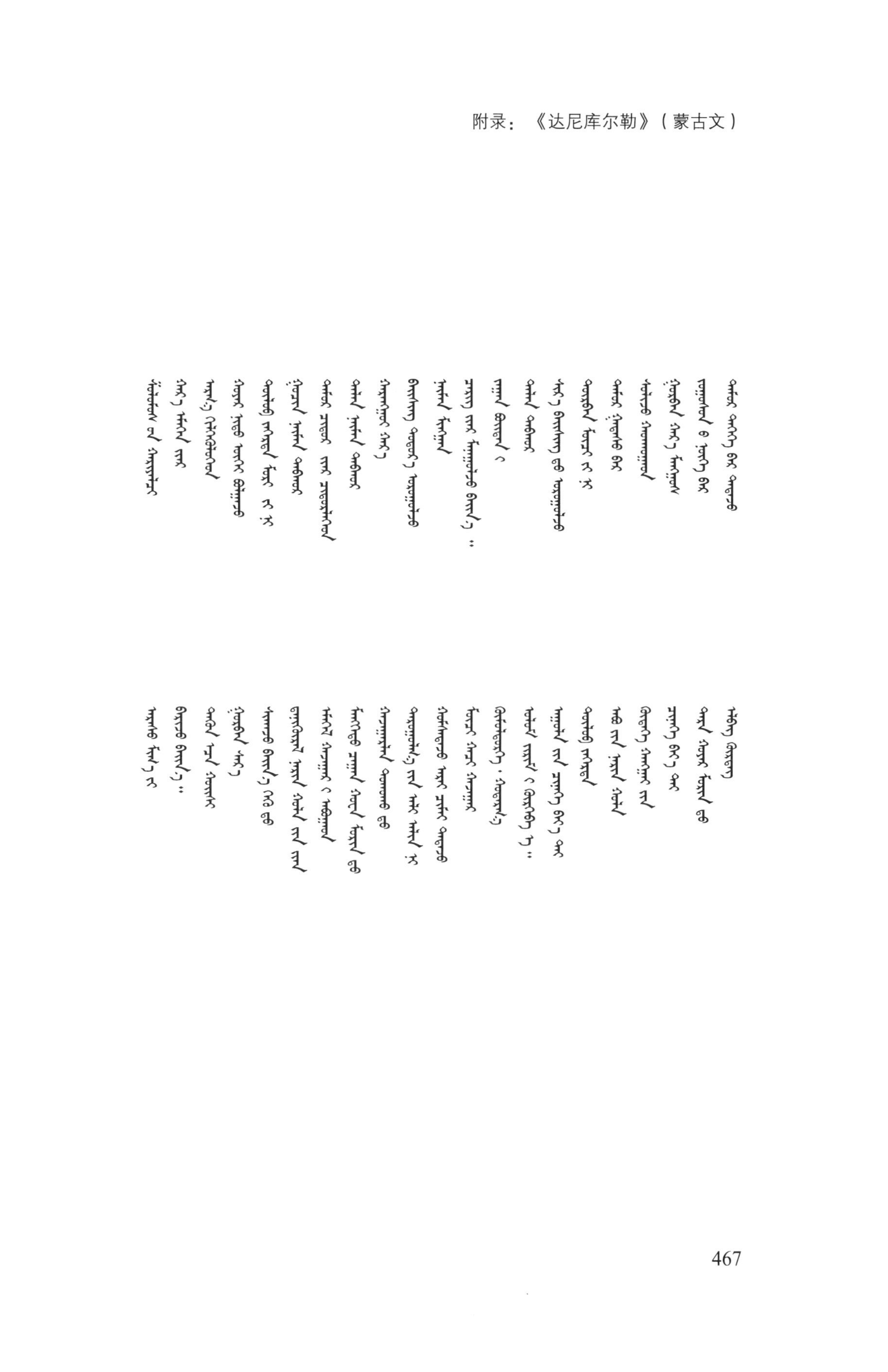

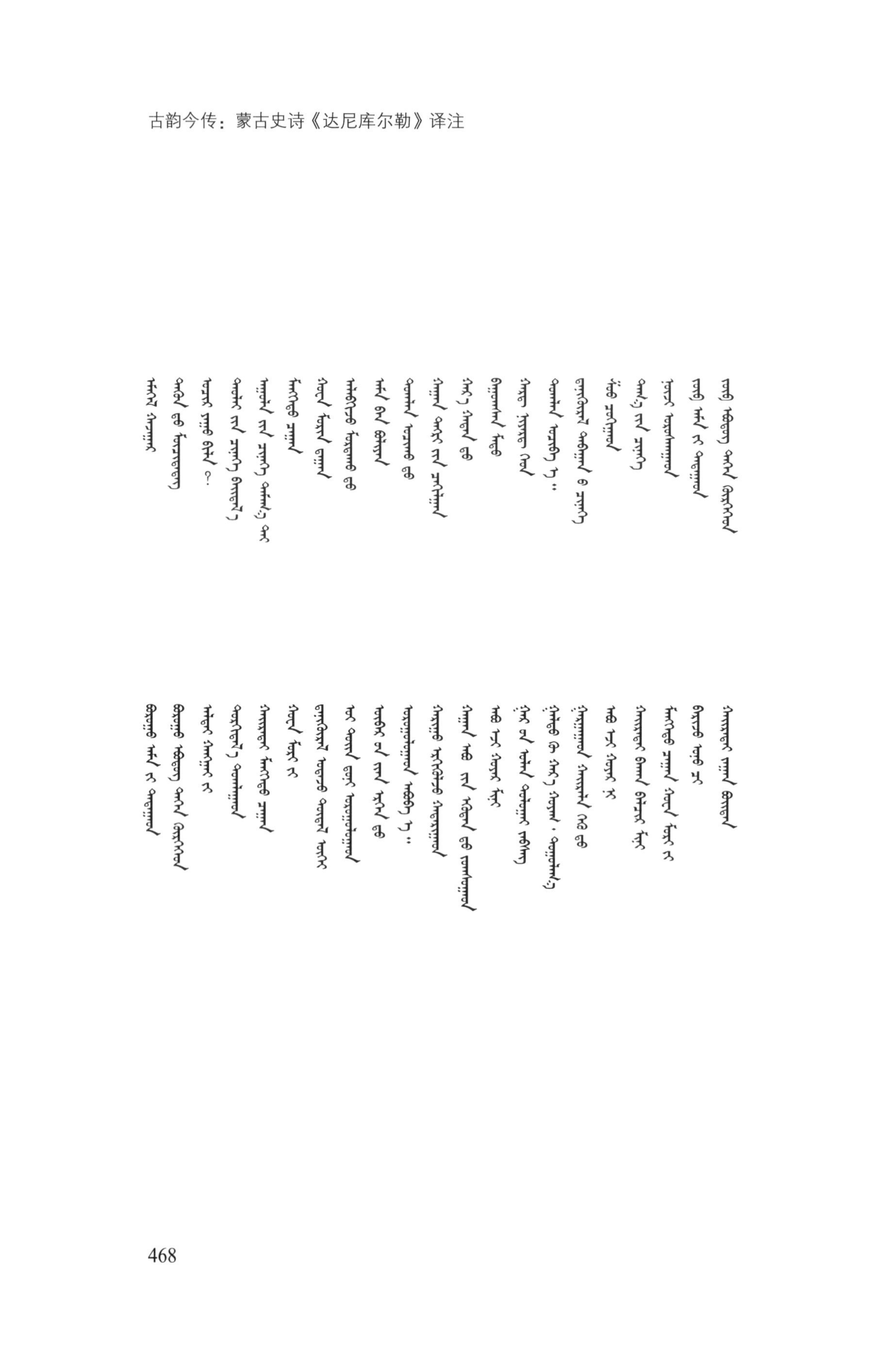

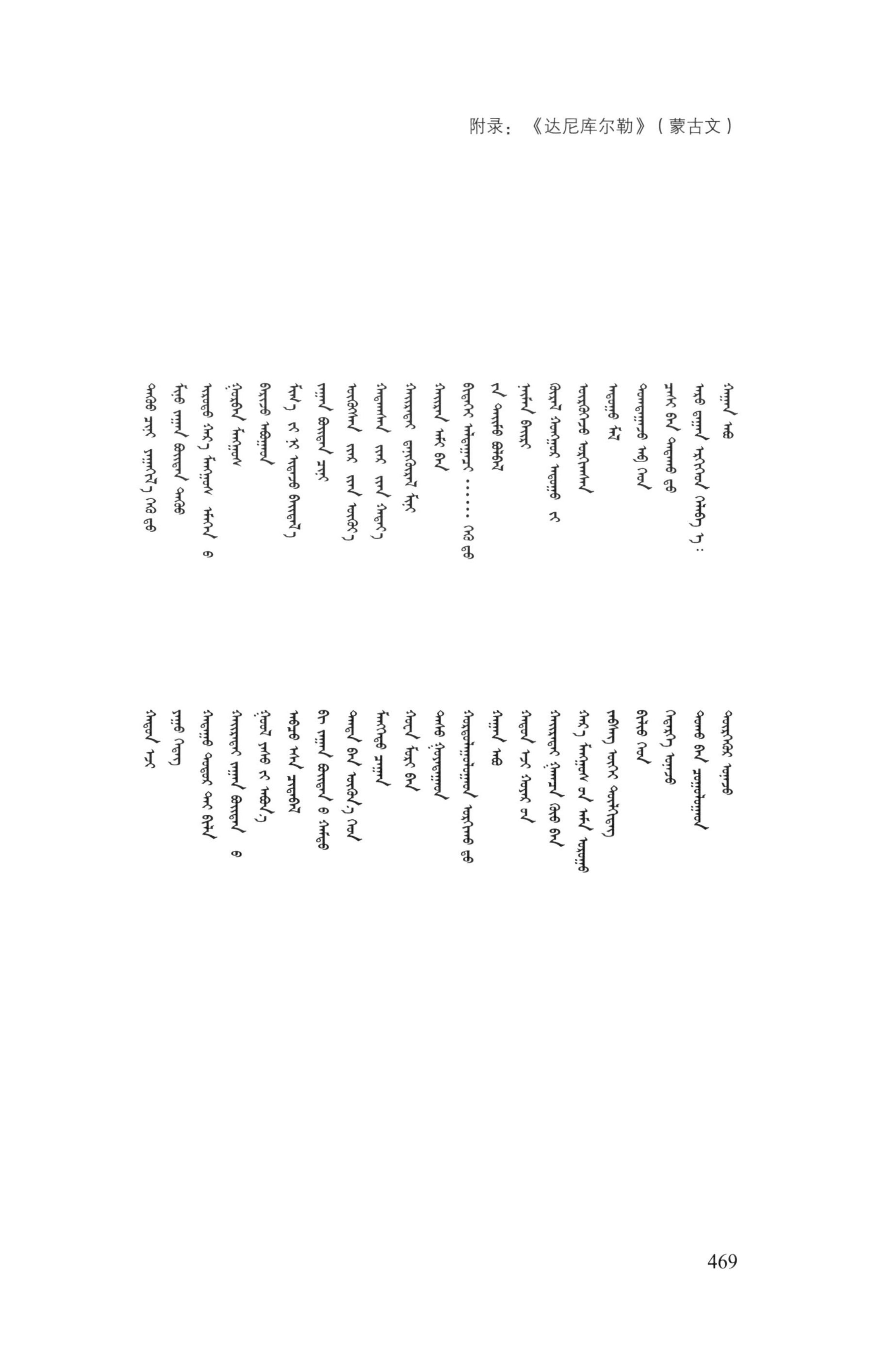

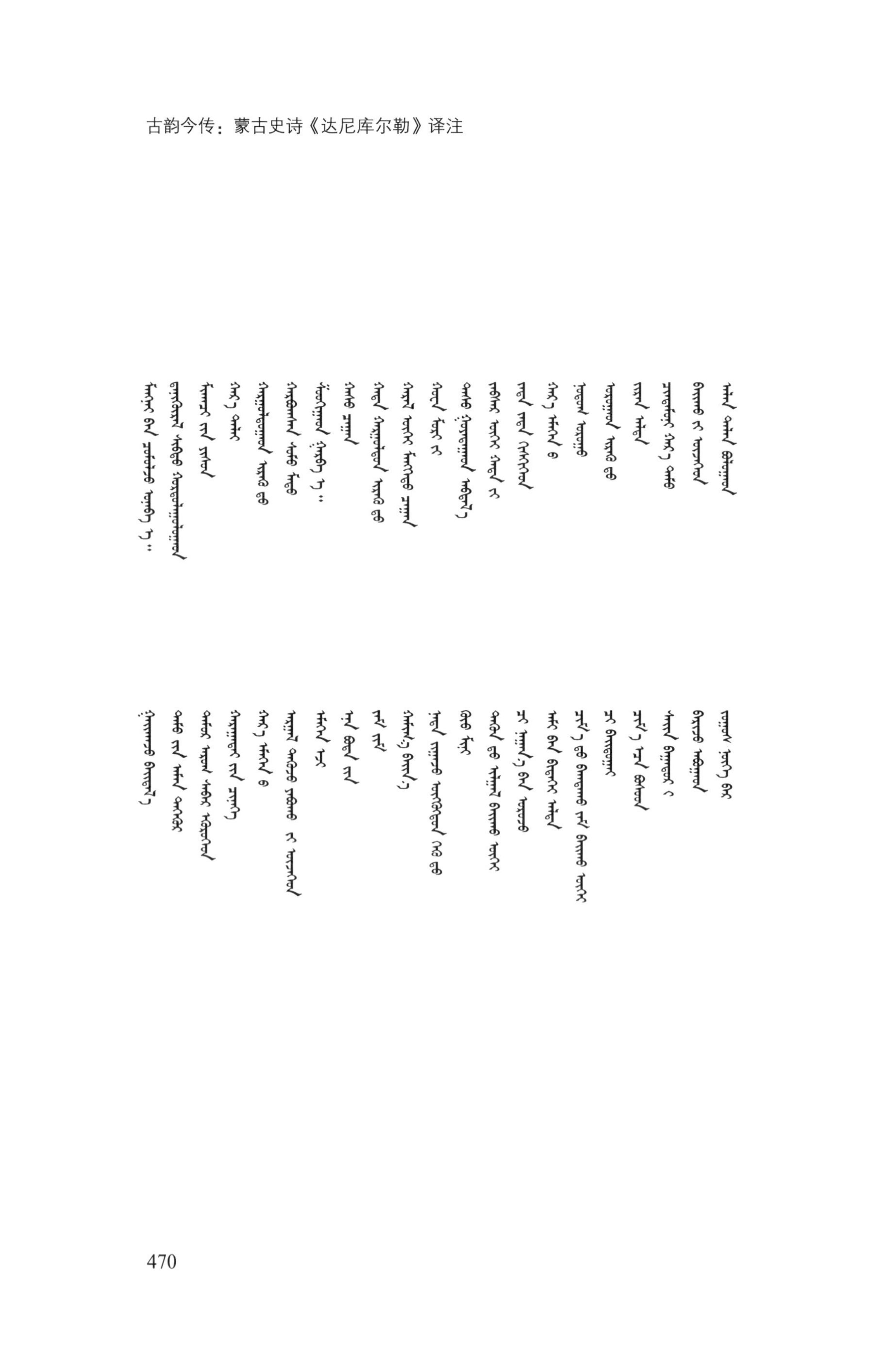

[illegible]

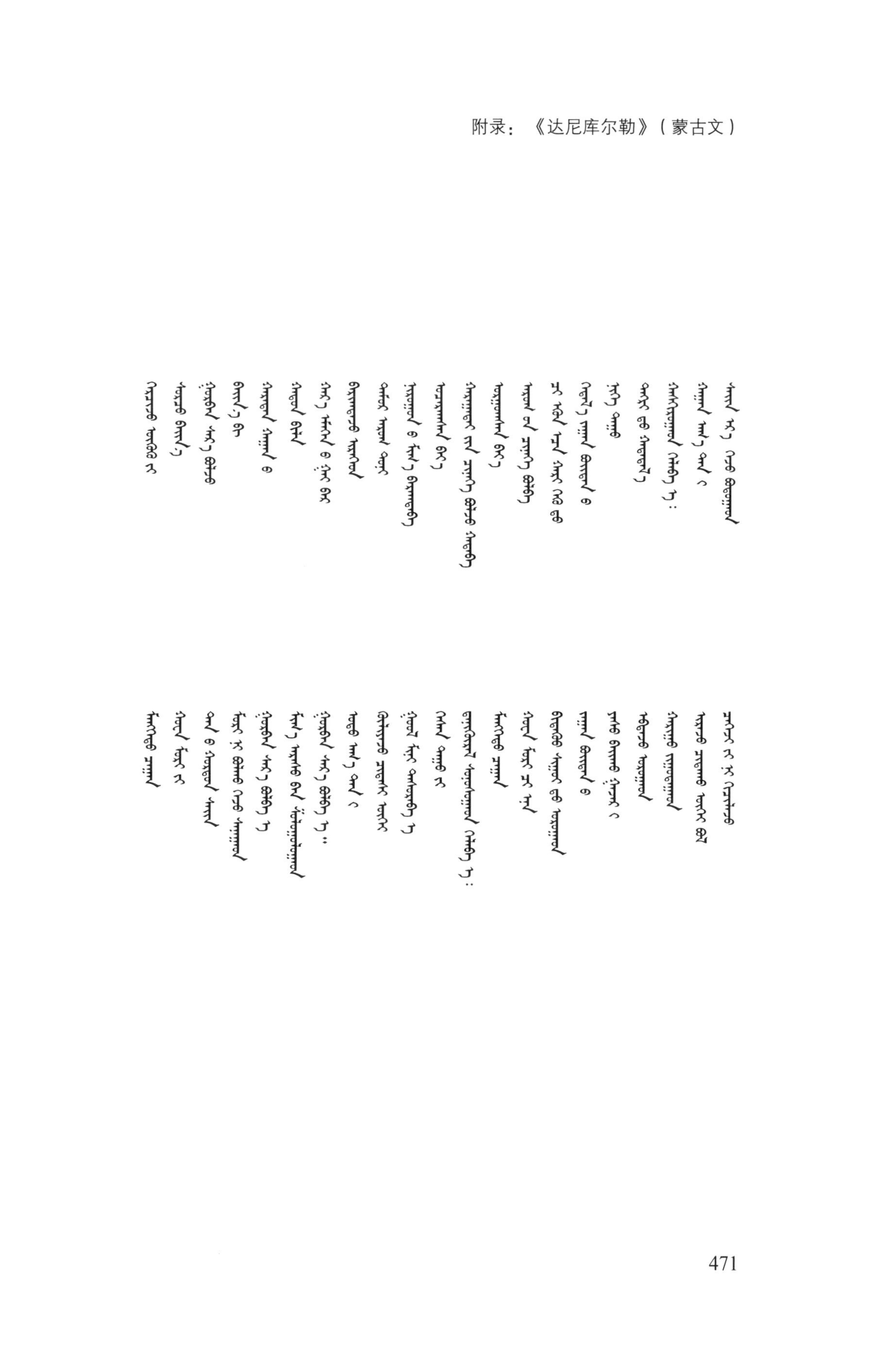

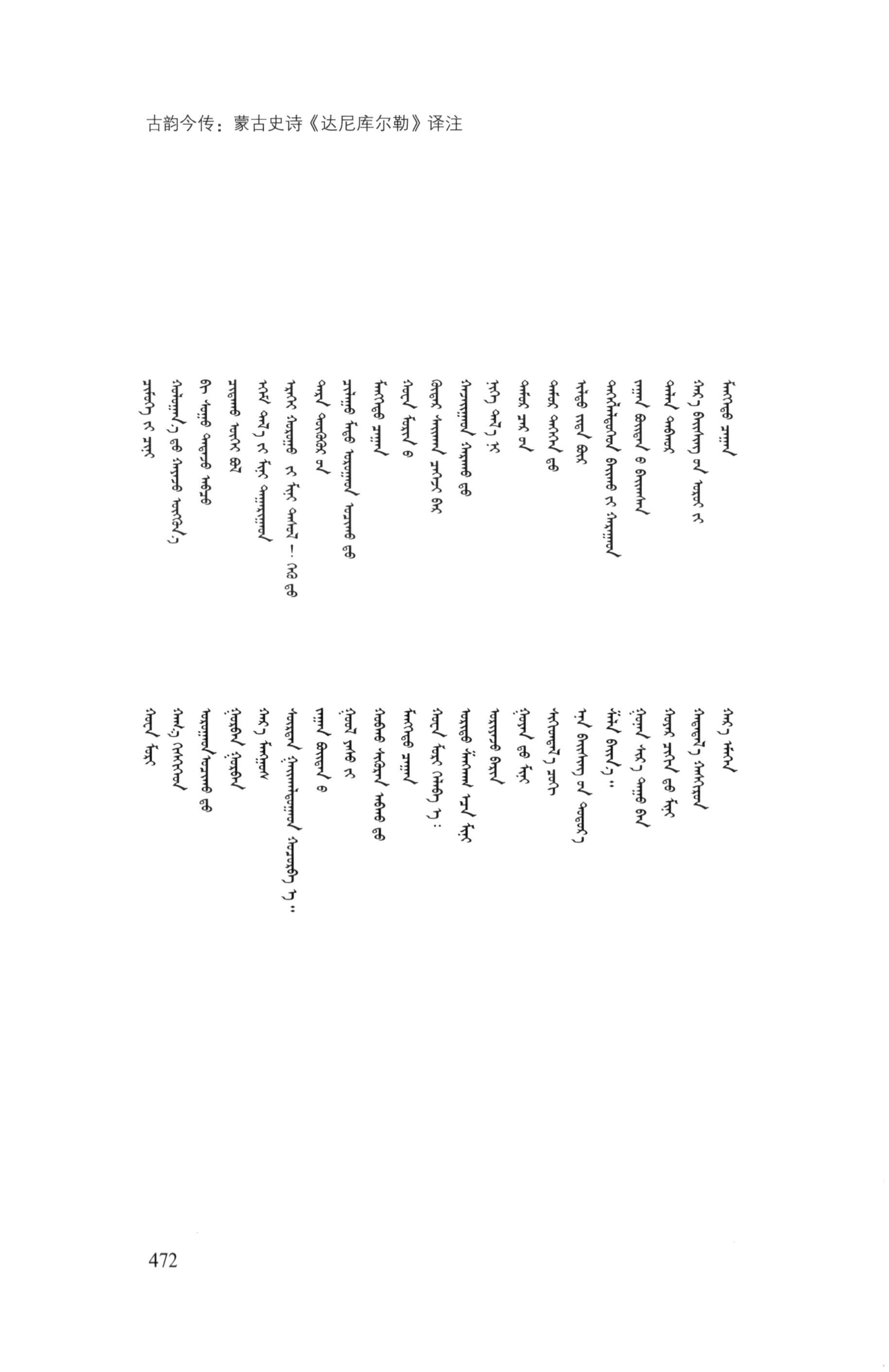

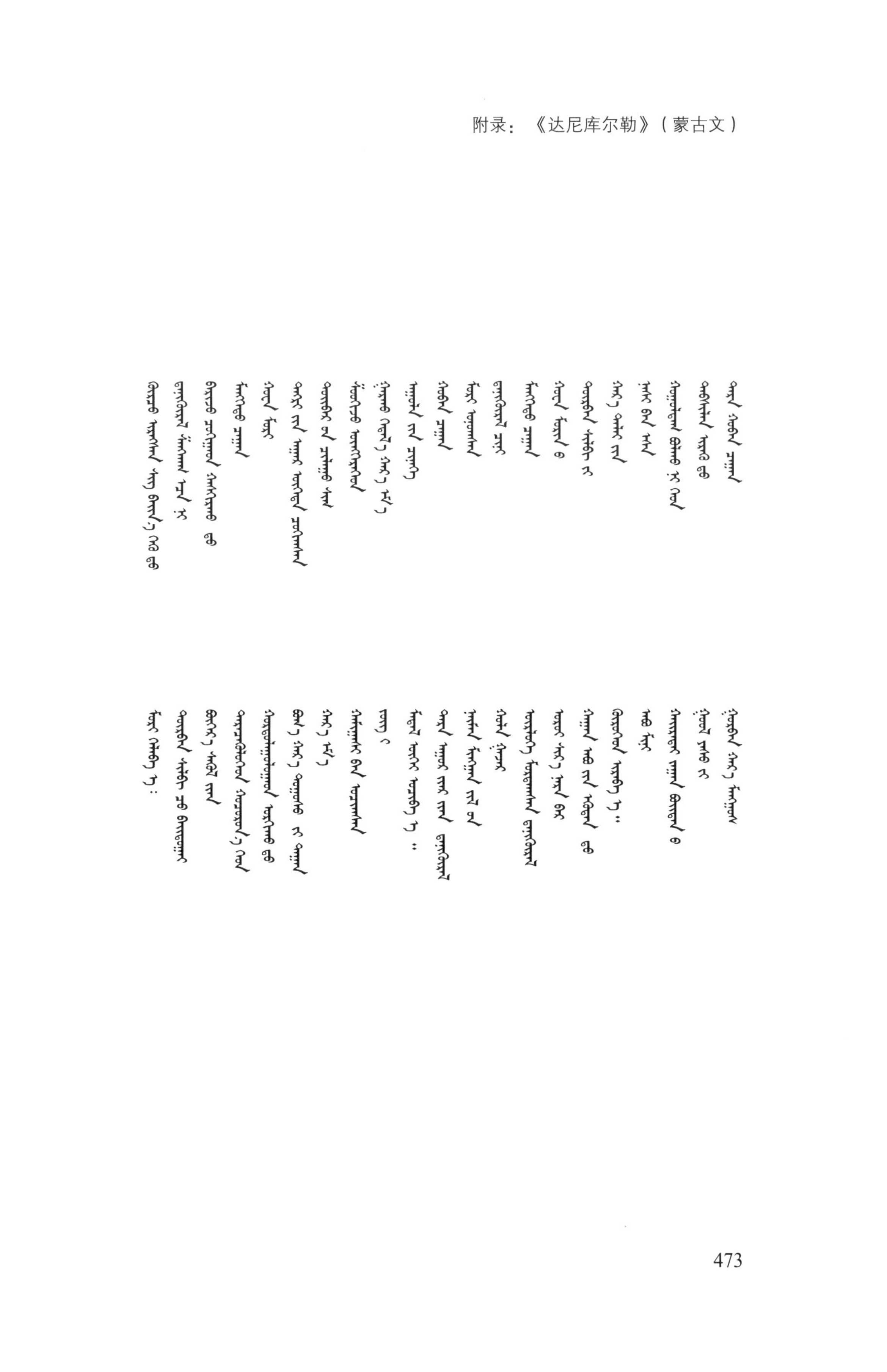

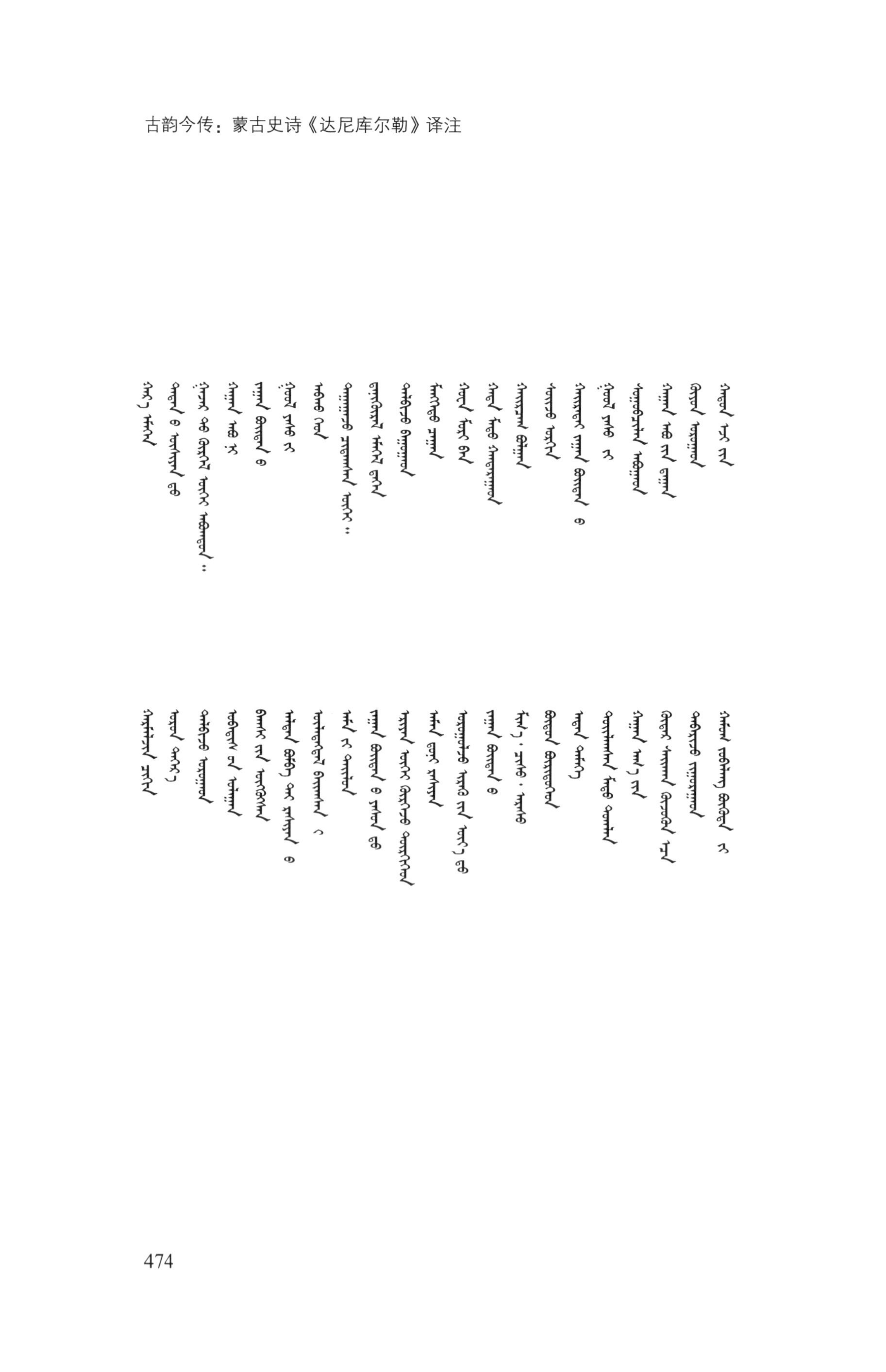

[illegible]

ᠪᠣᠷᠣᠭᠣ ᠣᠷᠣᠭᠣᠯᠤᠨ
ᠭᠡᠳᠡᠨ ᠶᠠᠭᠤ ᠪᠡᠨ
ᠪᠠᠶᠠᠷᠯᠠᠭᠠ ᠶᠢᠯᠪᠡᠭᠡ ᠴᠢᠮᠡᠭᠡ
ᠮᠡᠳᠡᠬᠦ ᠬᠡᠷᠡᠭᠰᠡᠨ ᠮᠡᠳᠡᠭᠳᠡᠪᠡ ᠶᠤ ᠃
ᠣᠷᠣᠭᠣ ᠲᠤᠨ ᠣᠪᠣᠷ
ᠠᠷᠠᠳ ᠣᠯᠠᠨ ᠵᠣᠪᠠᠯᠠᠩ ᠲᠣᠭᠣᠯᠠᠬᠤ ᠶᠤ ᠃
ᠠᠷᠠᠢ · ᠠᠷᠠᠭᠠᠨ · ᠢᠳᠡᠭᠡᠨ ᠪᠠᠭᠠᠳ ᠴᠤ
ᠣᠳᠣᠭᠣᠳᠤ ᠠᠪᠤ
ᠠᠷᠠᠬᠠᠷᠠᠩᠭᠤᠢ ᠰᠢᠭᠤᠳ ᠶᠤ ᠃
ᠠᠮᠤᠷ ᠠᠮᠤᠭᠤᠯᠠᠩ ᠤ ᠶᠢ
ᠬᠠᠪᠤᠷ ᠠᠪᠤ · ᠡᠵᠢ · ᠠᠬᠠ ᠳᠠᠨ
ᠬᠠᠮᠲᠤᠷᠠᠭᠠᠨ ᠠᠶᠠᠯᠠᠨ
ᠬᠠᠷᠢ ᠳᠠᠨ ᠬᠦᠷᠦ ᠪᠡᠷ
ᠪᠠᠷᠢᠯᠴᠠᠭᠠᠨ ᠠᠶᠠᠯᠠᠨ
ᠪᠠᠢ ᠳᠤ ᠬᠦᠷᠦ ᠪᠡᠷ
ᠪᠣᠯᠣᠭᠠᠨ ᠪᠡᠶ᠎ᠡ ᠶᠢᠨ
ᠠᠪᠤ ᠰᠠᠶᠢᠨ ᠭᠣᠶᠣᠭᠠ
ᠭᠣᠶᠢᠨ ᠠᠬᠠ ᠪᠠᠷᠢᠯᠠᠨ ᠭᠣᠷᠠᠨ᠎ᠠ
ᠠᠮᠢᠳᠤᠷᠠᠯᠲᠠᠢ ᠠᠪᠤᠯᠠᠨ
ᠪᠠ ᠣᠳᠣᠬᠣ ᠪᠣᠯᠪᠠᠰᠤ
ᠬᠠᠭᠠᠴᠢᠯ ᠶᠠᠯᠠᠭᠠᠨ

ᠬᠣᠷᠢᠪᠠᠨ ᠢᠳᠡᠭᠡ ᠪᠣᠯᠬᠤ ᠪᠤ
ᠠᠬᠠ ᠶᠢᠨ ᠰᠢᠨᠡ
ᠶᠠᠭᠠᠨ᠎ᠠ ᠪᠠᠷᠢᠬᠤ ᠲᠤᠬᠠᠢ
ᠲᠡᠭᠦᠨ ᠪᠠᠶᠢᠭᠠ ᠢᠨᠡ
ᠪᠠᠶᠠᠷᠯᠠᠭᠠ ᠶᠢᠨ ᠶᠤ ᠄
ᠲᠤᠬᠠᠢᠨ ᠶᠠᠭᠤᠬᠤ ᠪᠤ
ᠲᠡᠭᠦᠨ ᠪᠠᠶᠢᠭᠠ
ᠠᠷᠠᠢᠬᠠᠨ ᠪᠣᠯᠪᠣ ᠶᠠᠯᠠ
ᠲᠤᠪᠠᠳᠤ ᠪᠠᠶᠢᠭᠠ ᠪᠣᠯᠪᠣ
ᠲᠡᠭᠦᠳᠦ ᠪᠠᠶᠢᠭᠠ ᠪᠣᠯᠪᠣ
ᠬᠣᠷᠢᠬᠤ ᠳᠠᠭᠤᠯᠠᠨ ᠢᠨᠡ
ᠢᠨᠡᠪᠡ ᠭᠠᠷᠭᠠᠭᠠᠨ
ᠲᠡᠭᠦᠳᠦ ᠪᠠᠶᠢᠨ᠎ᠠ
ᠲᠡᠭᠦᠨ ᠳᠤ ᠢᠷᠡᠬᠦ ᠪᠠᠶᠢᠭᠠ ᠶᠢ
ᠠᠬᠠ ᠬᠠᠨ ᠪᠠ ᠠᠳᠠ ᠪᠡᠷ
ᠭᠠᠯᠠᠭᠠᠨ ᠶᠠᠭᠤᠬᠤ ᠶᠤ ᠄
ᠲᠡᠭᠦᠨ ᠪᠠᠶᠢᠭᠠ
ᠬᠠᠪᠤᠷ ᠪᠠ ᠬᠠᠷᠢᠭᠠᠨ᠎ᠠ

★ ★ ★

ᠠᠮᠢᠳᠤᠷᠠᠯᠲᠠᠢ ᠪᠠᠶᠢᠬᠤ ᠶᠢᠨ ᠪᠠᠶᠢᠨ᠎ᠠ ᠃
ᠲᠡᠭᠦᠨ ᠪᠠᠶᠢᠭᠠ ᠴᠤ

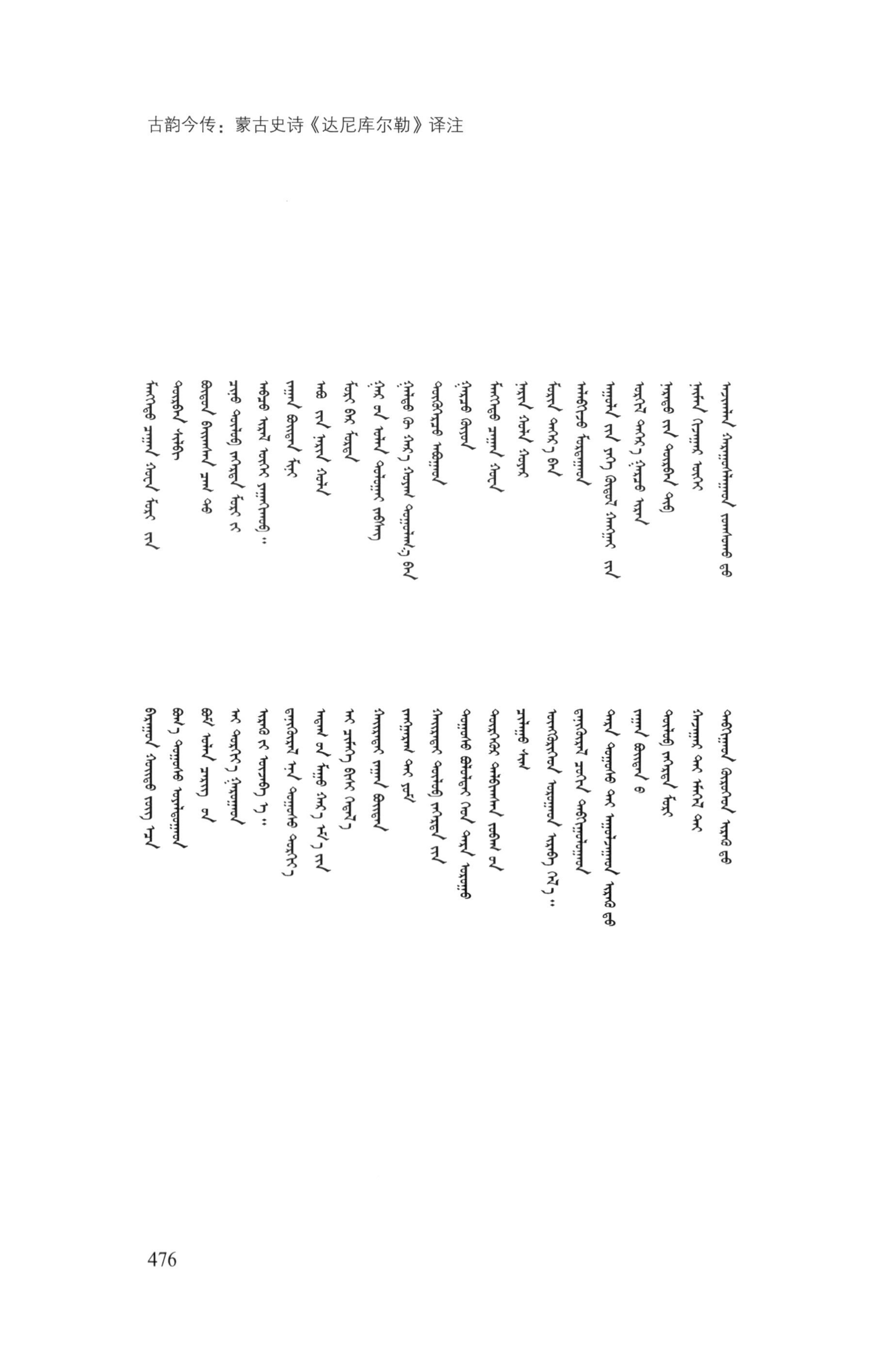

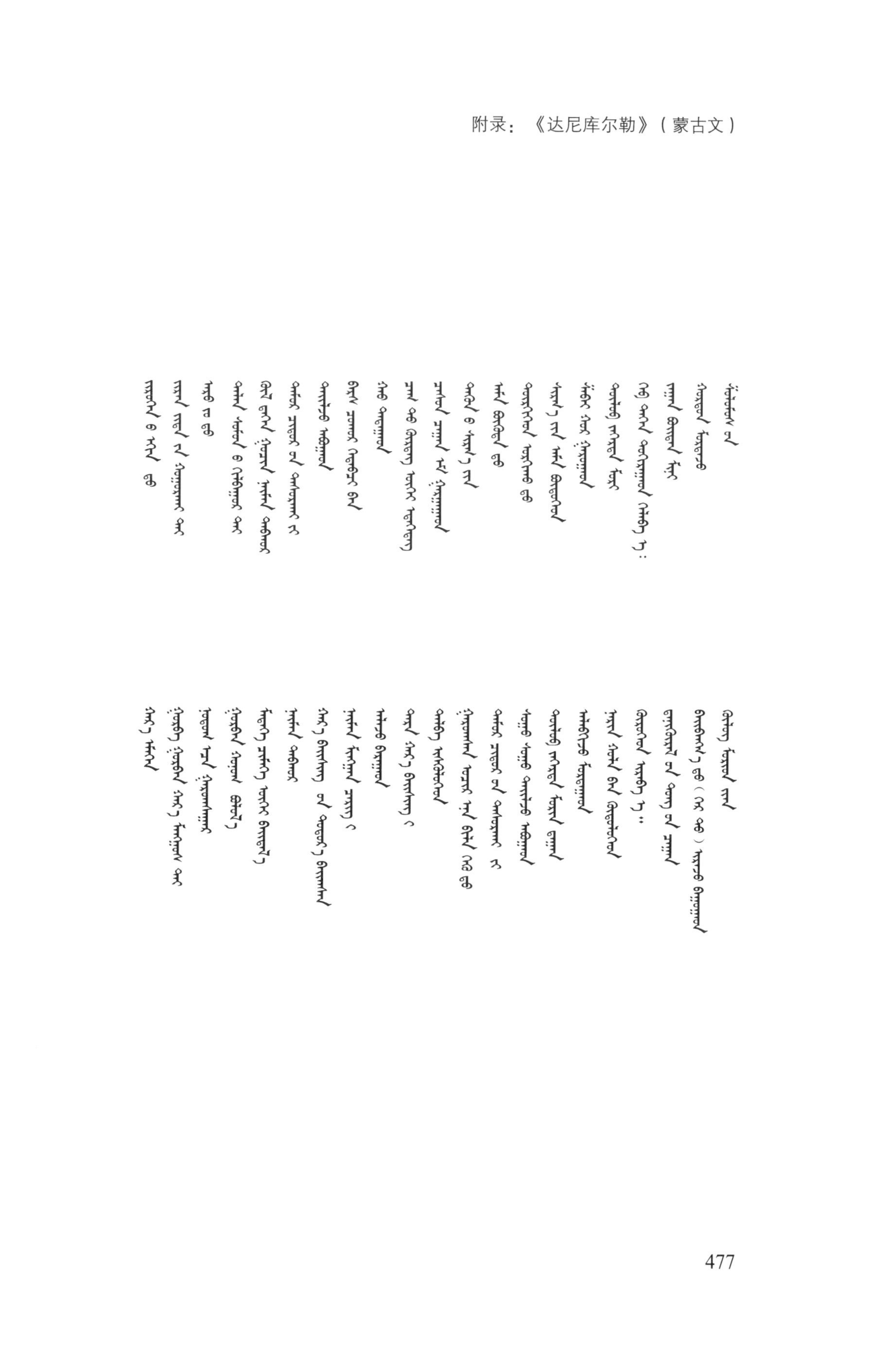

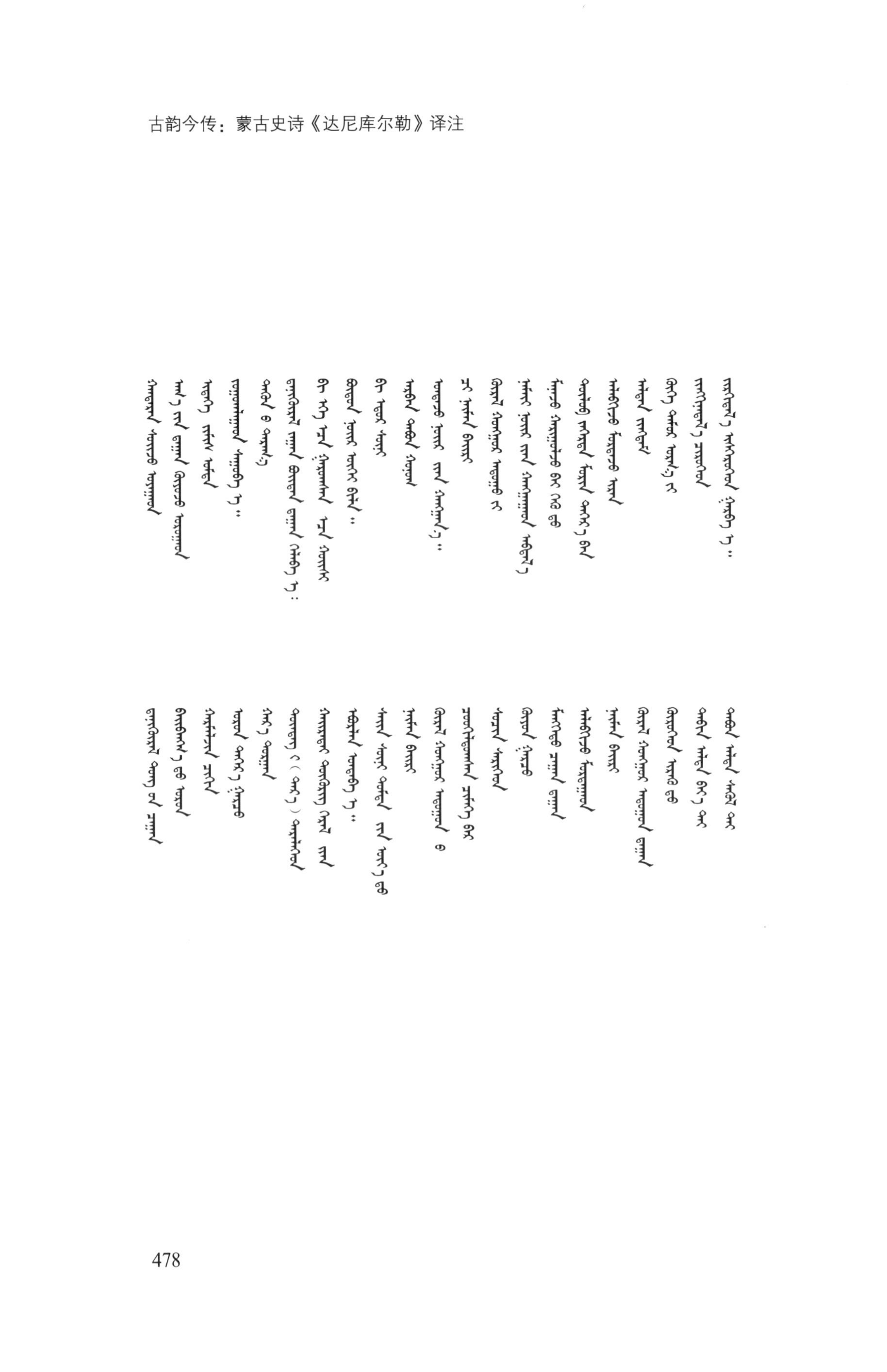

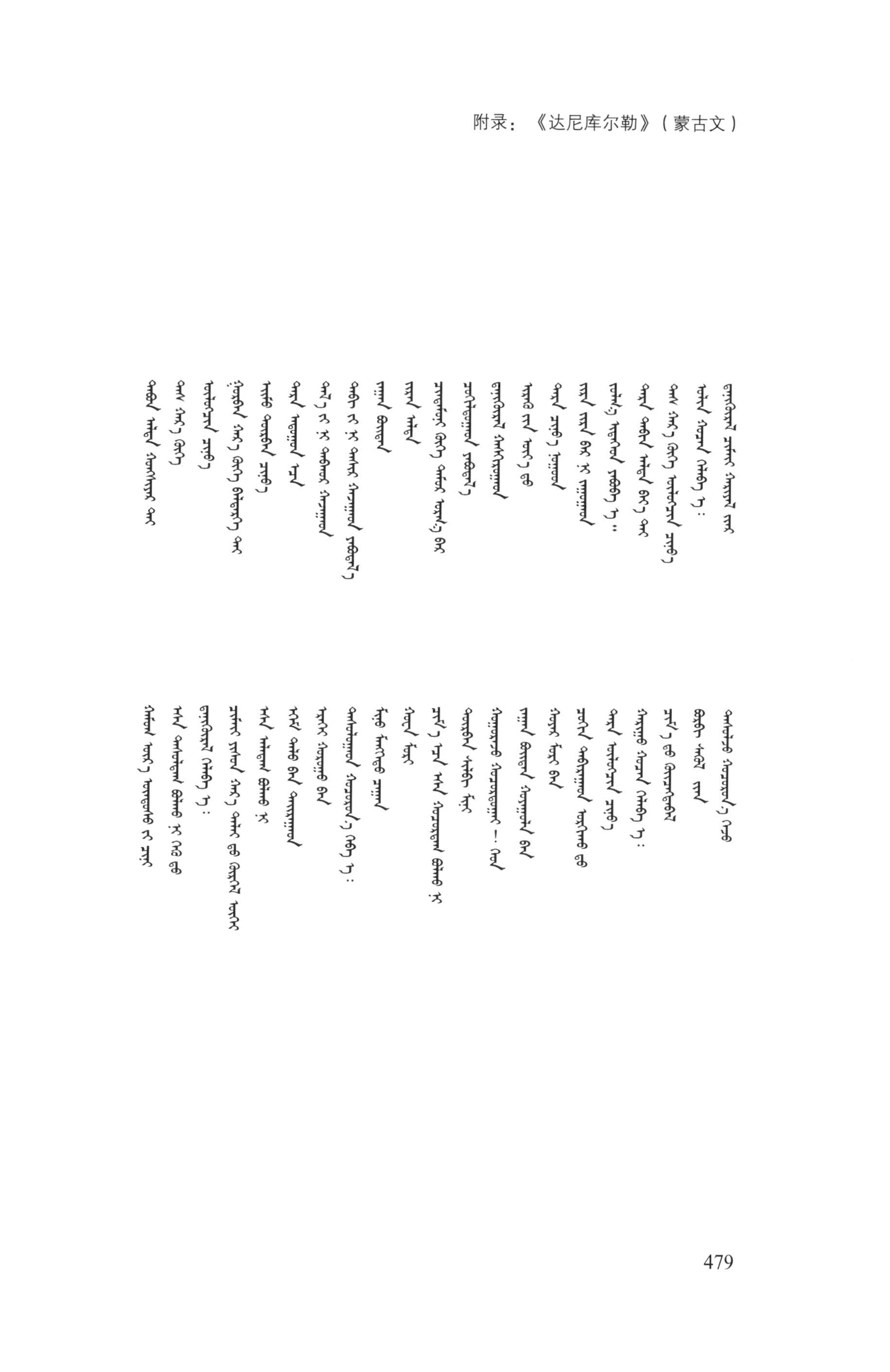

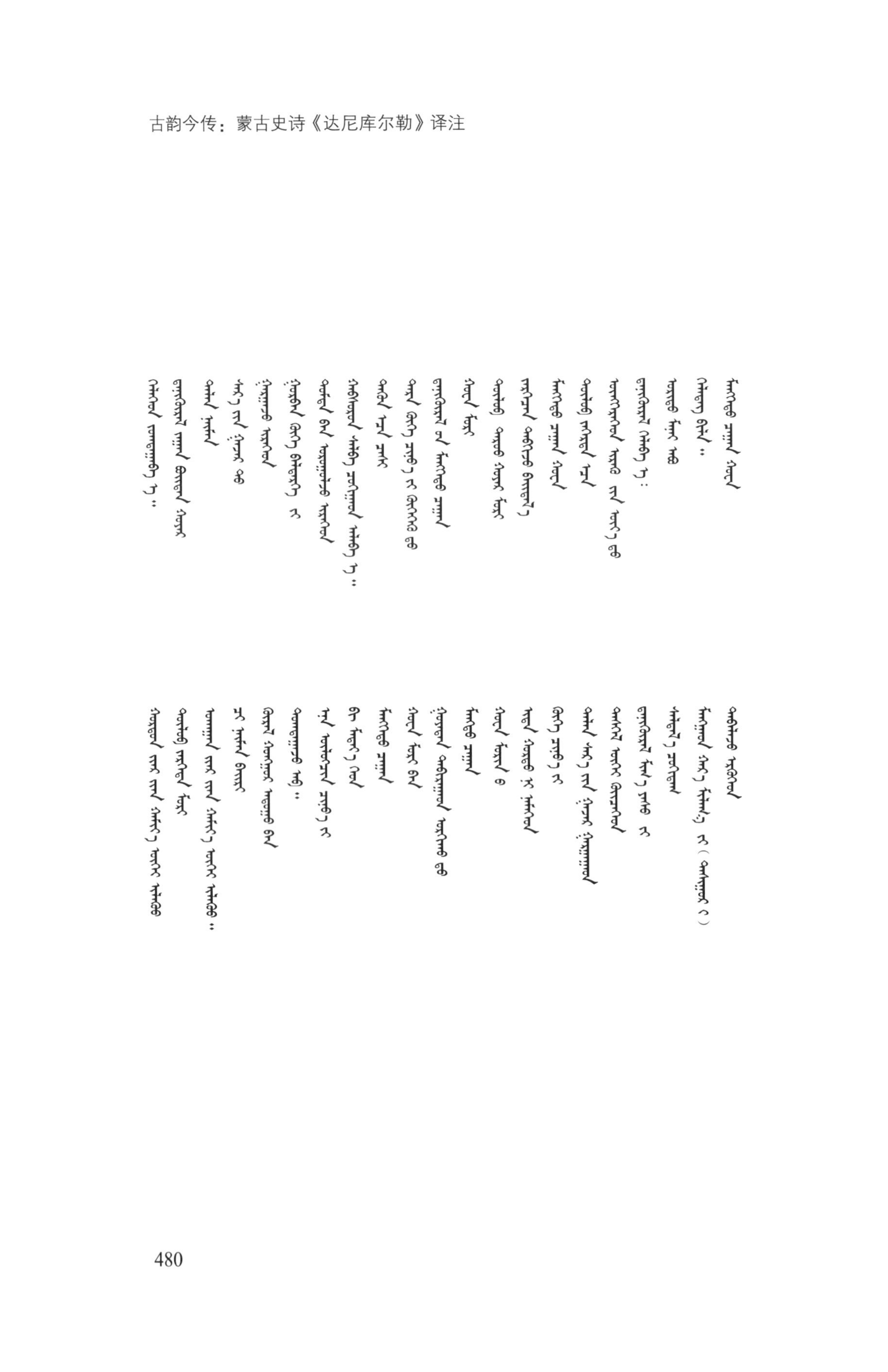

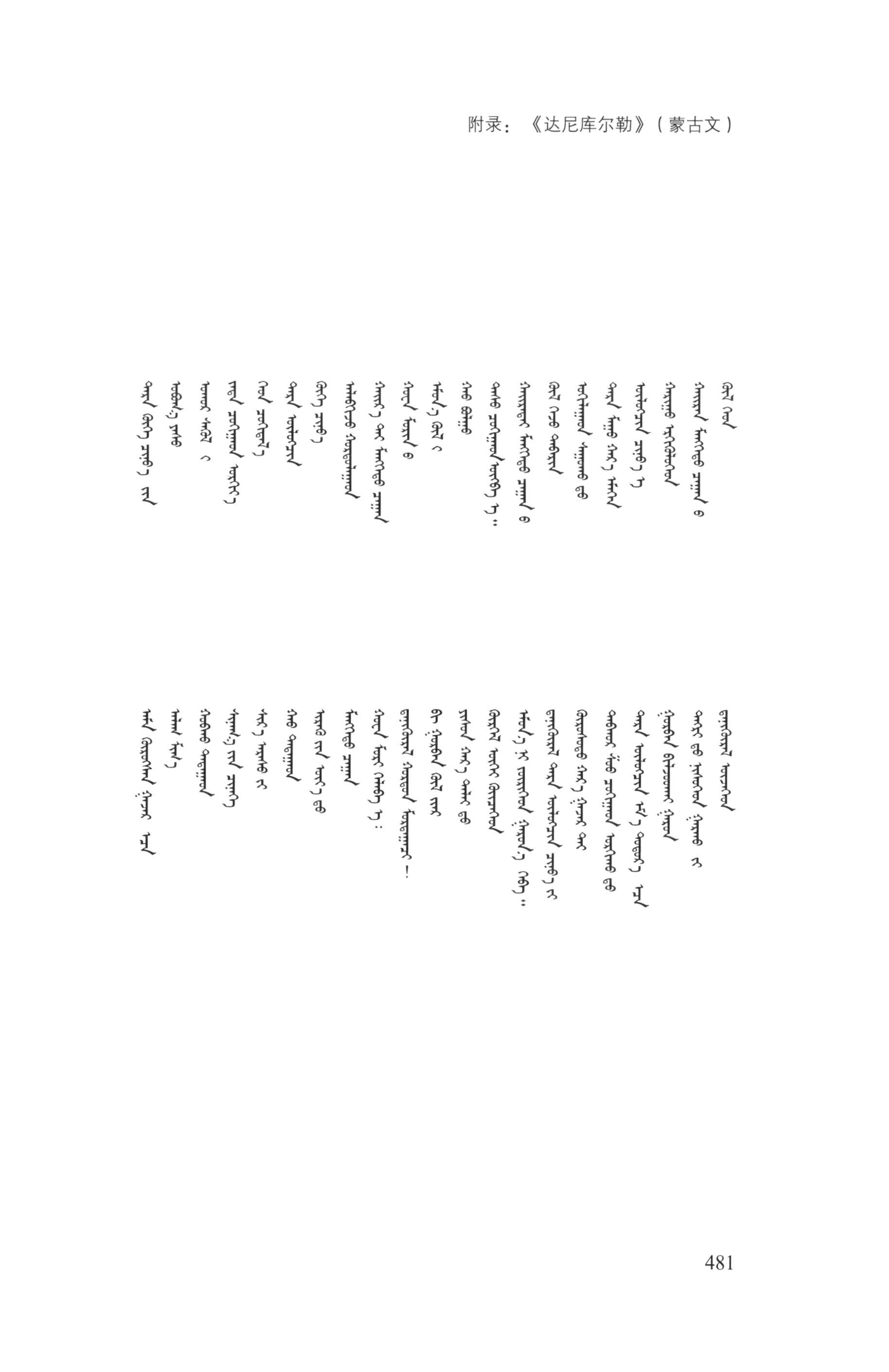

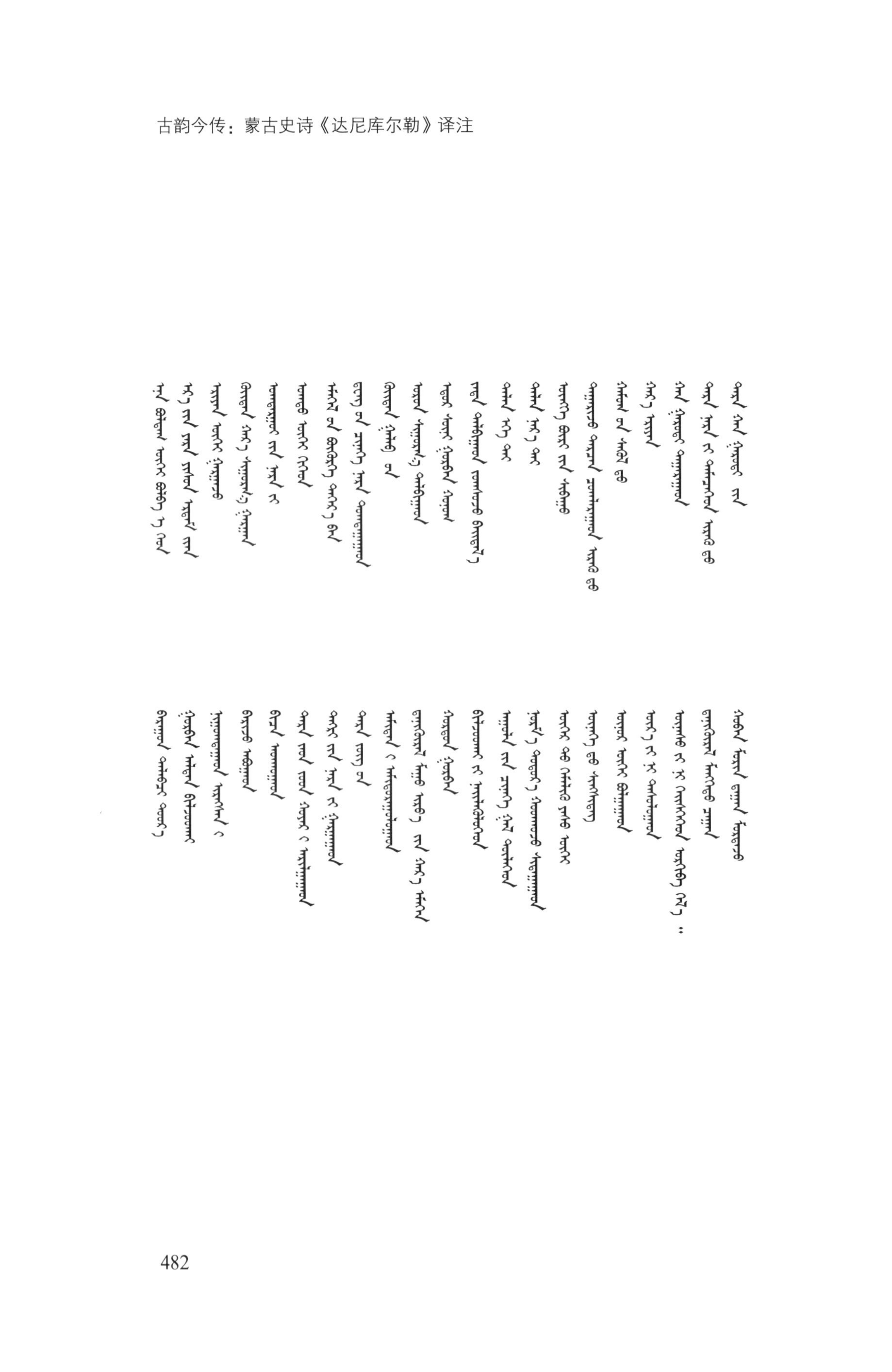

[illegible]

[illegible]

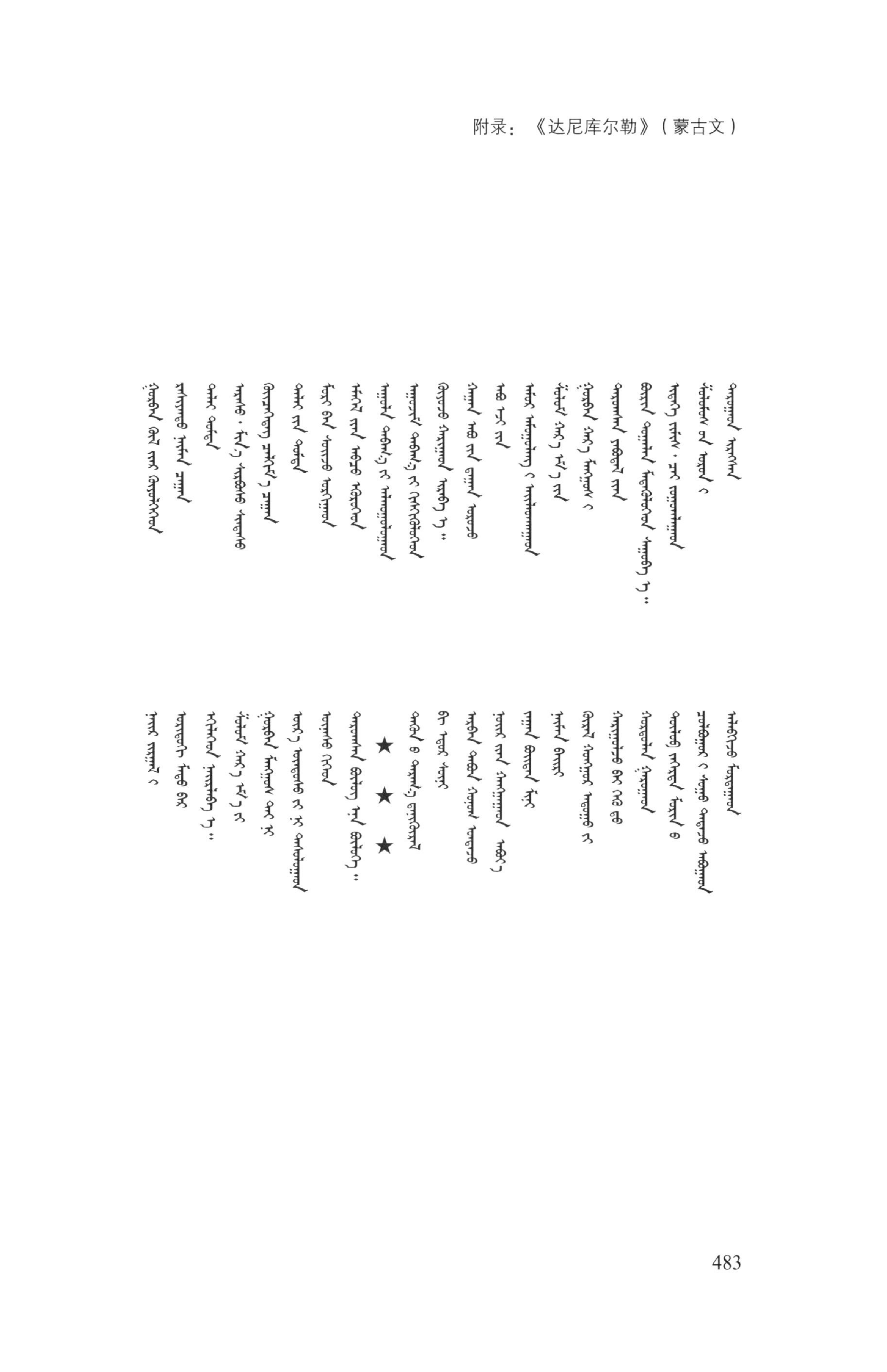

★ ★ ★

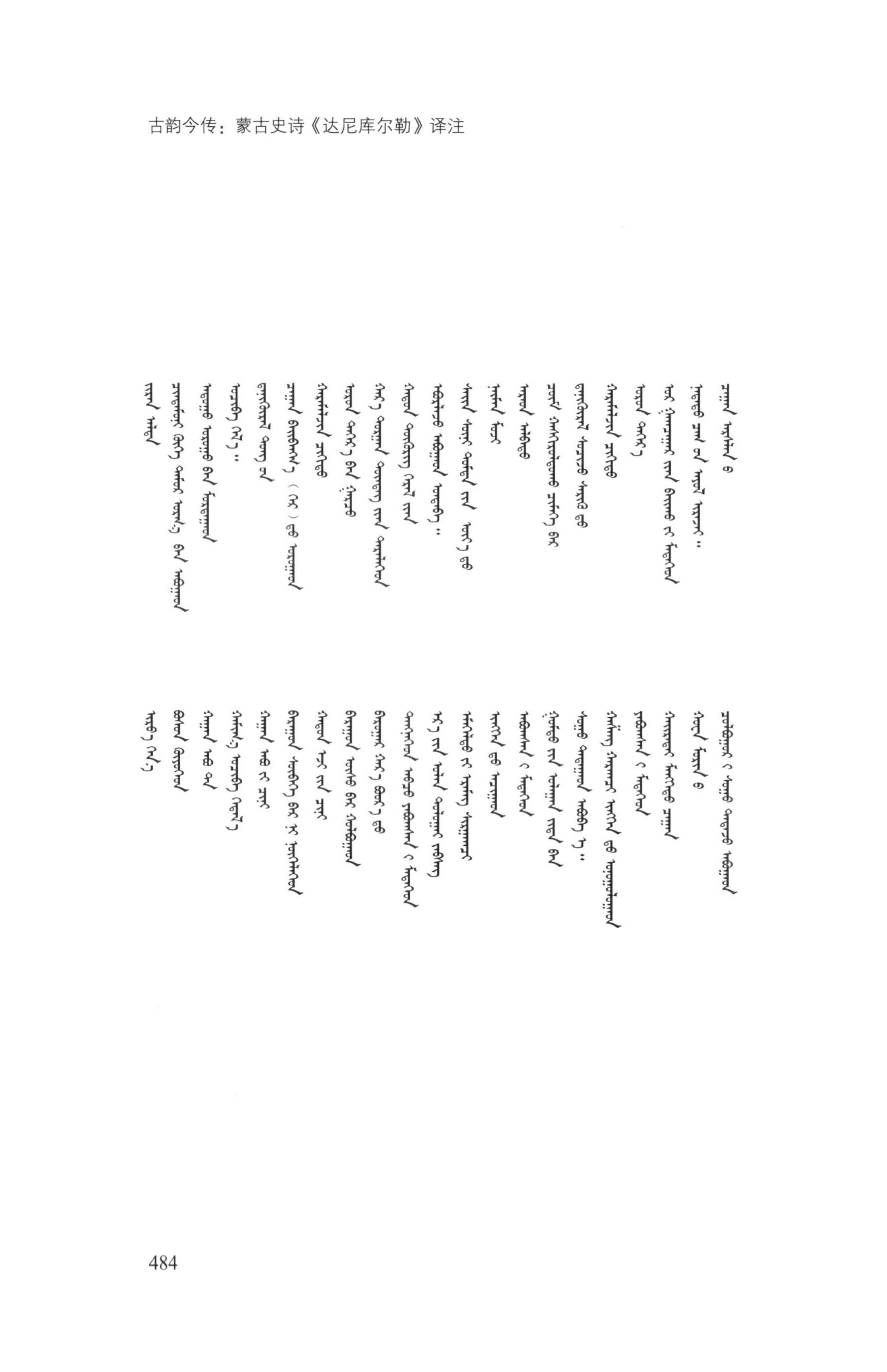

[illegible]

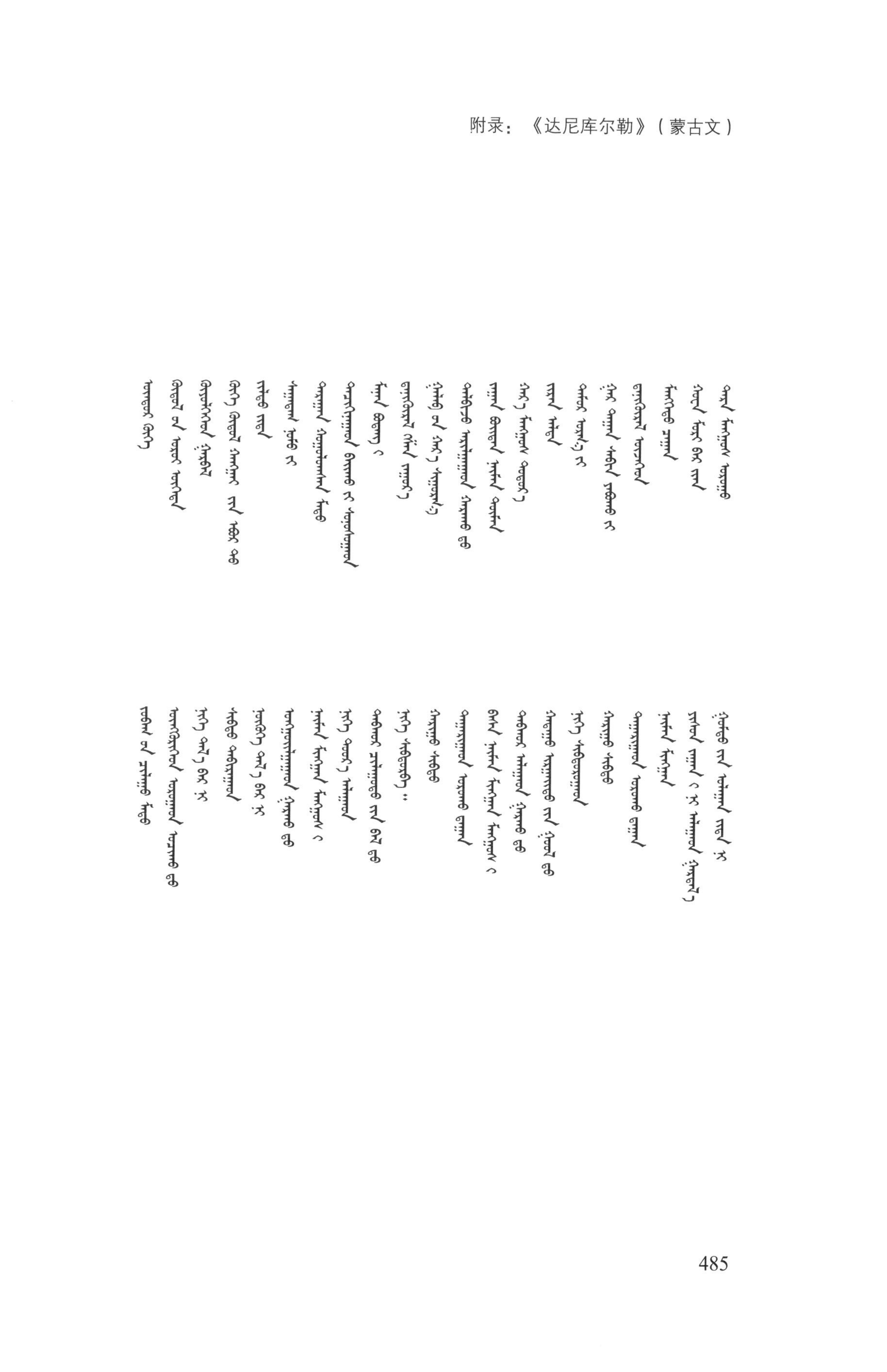

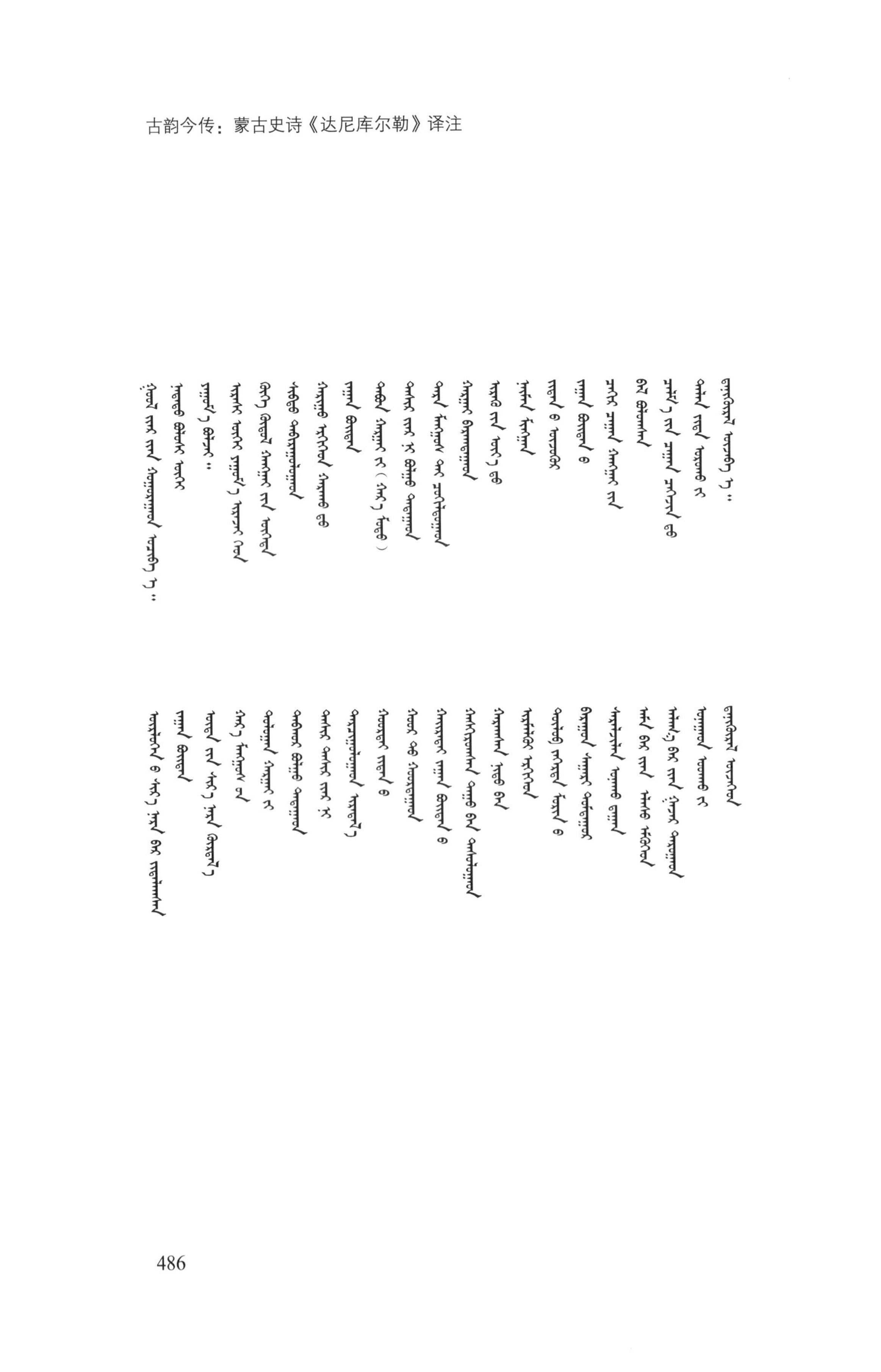

[illegible]

[illegible]

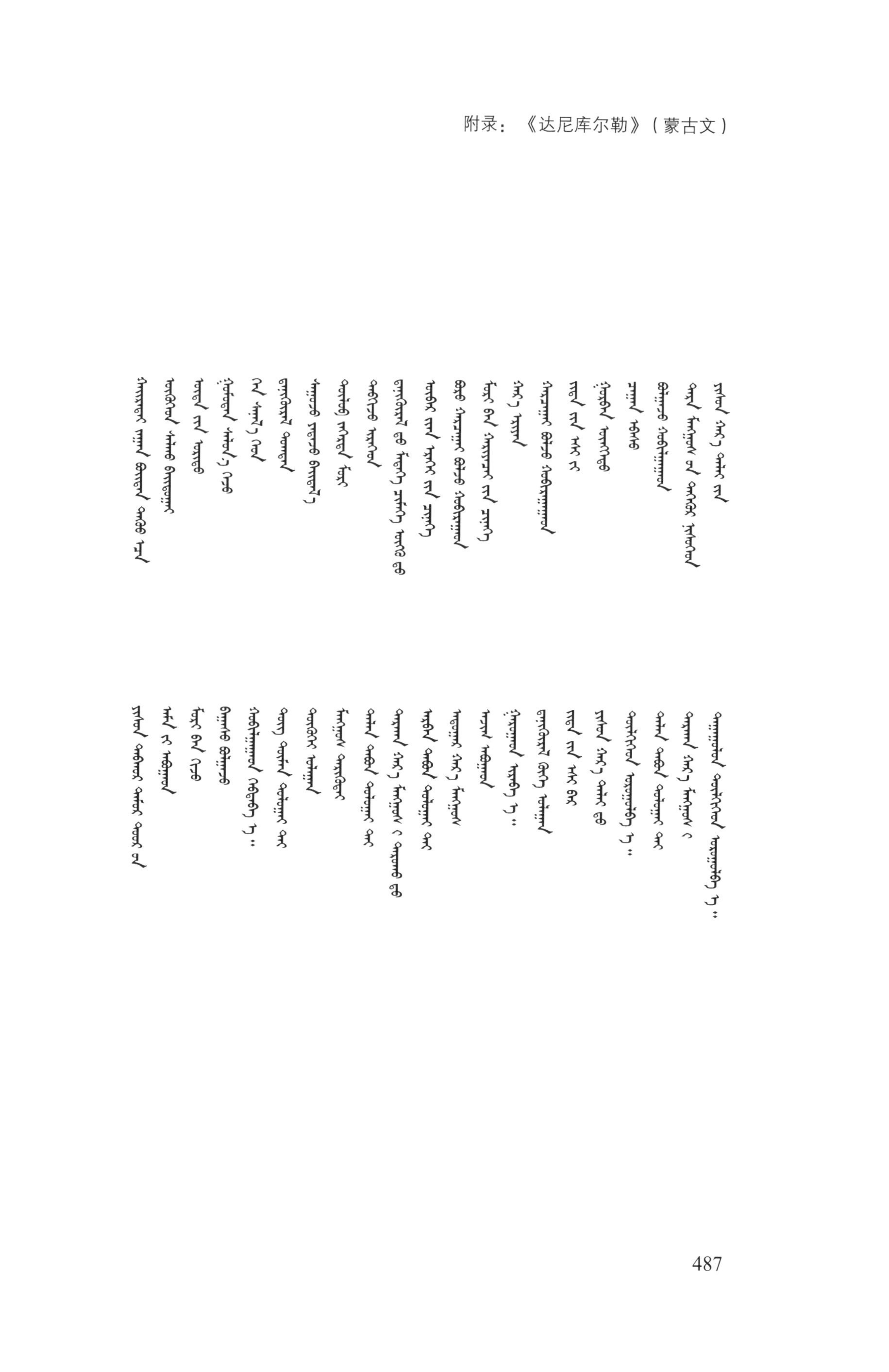

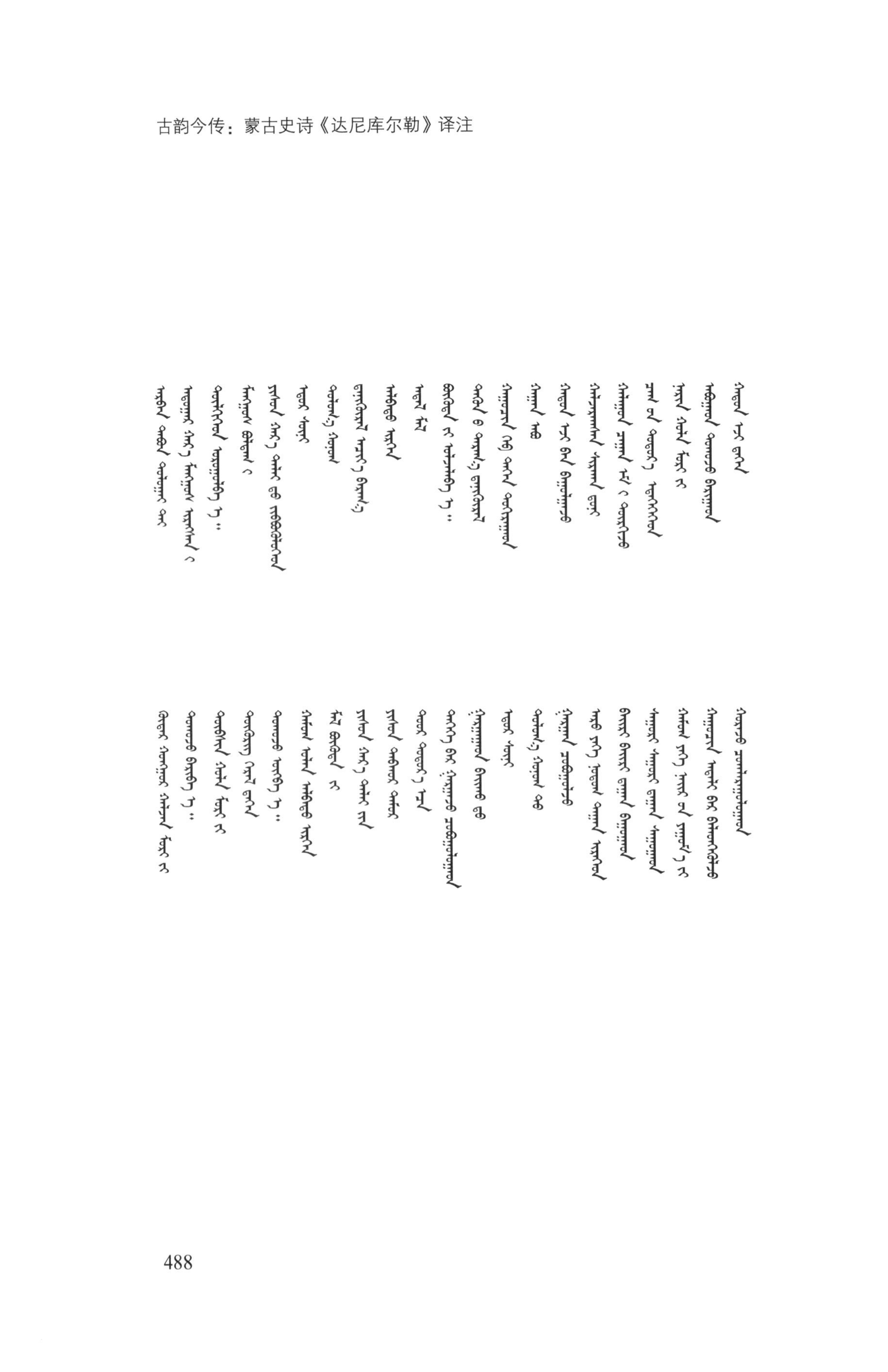

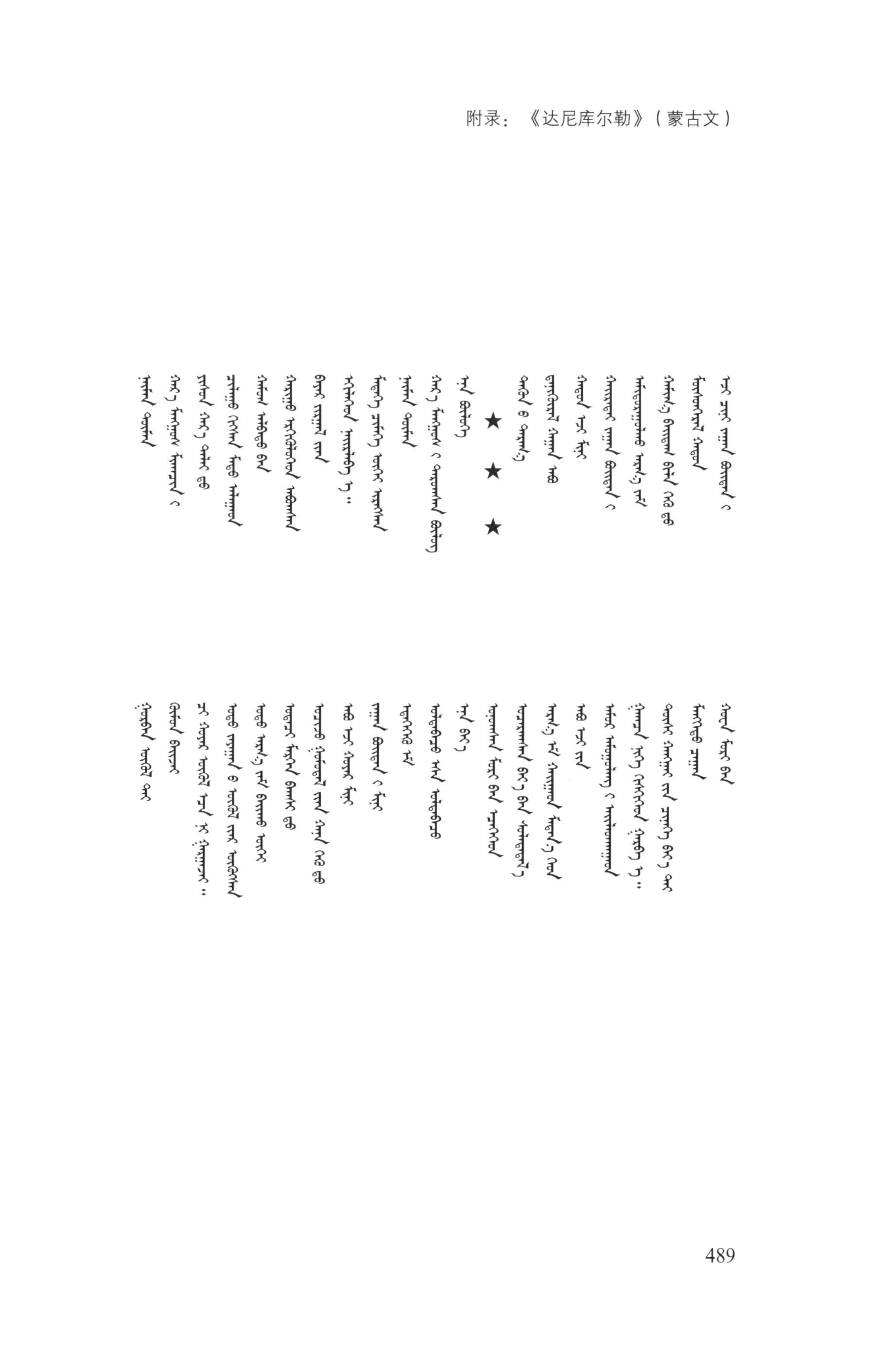

[illegible]

★ ★ ★

[illegible]

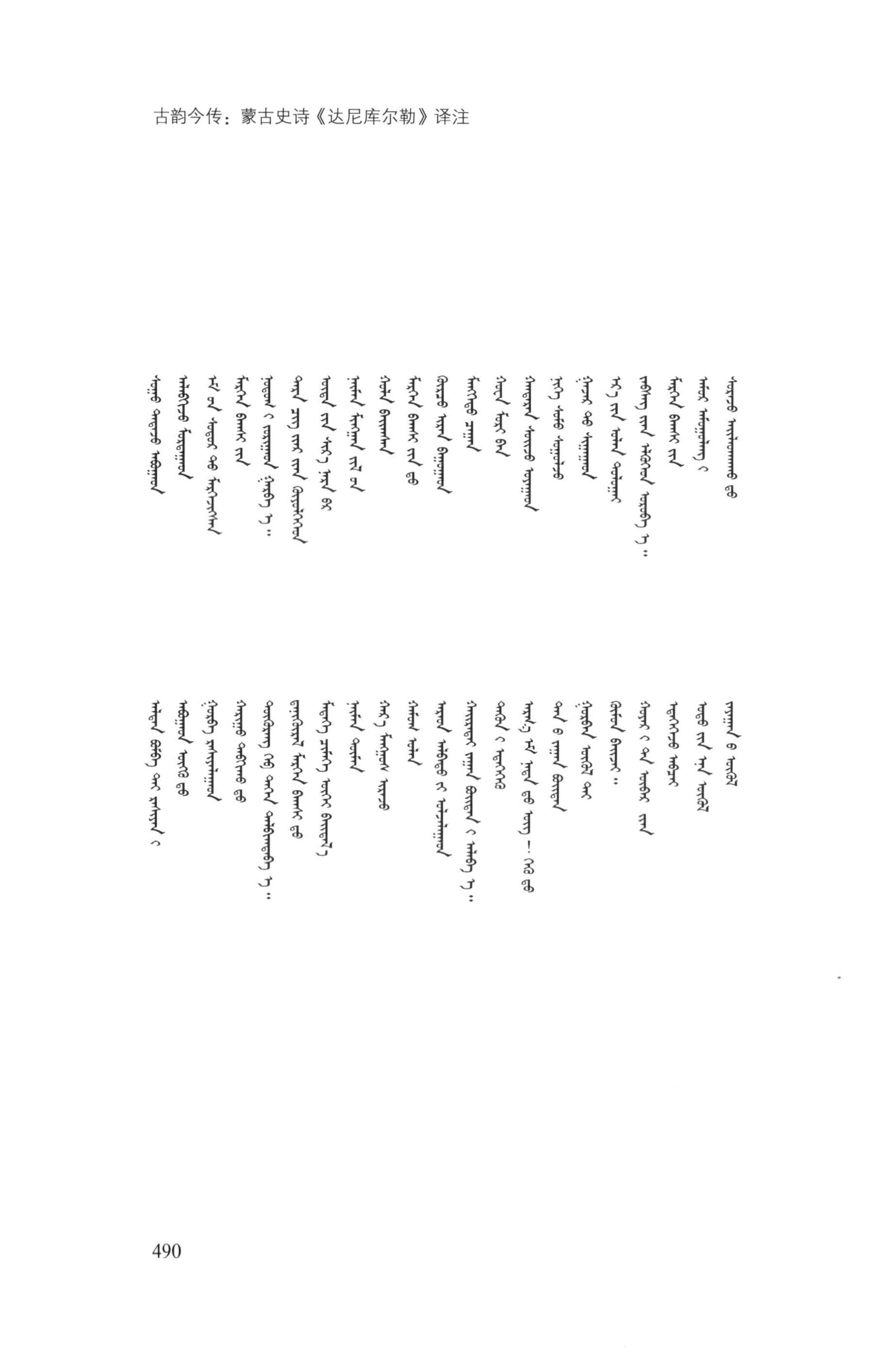

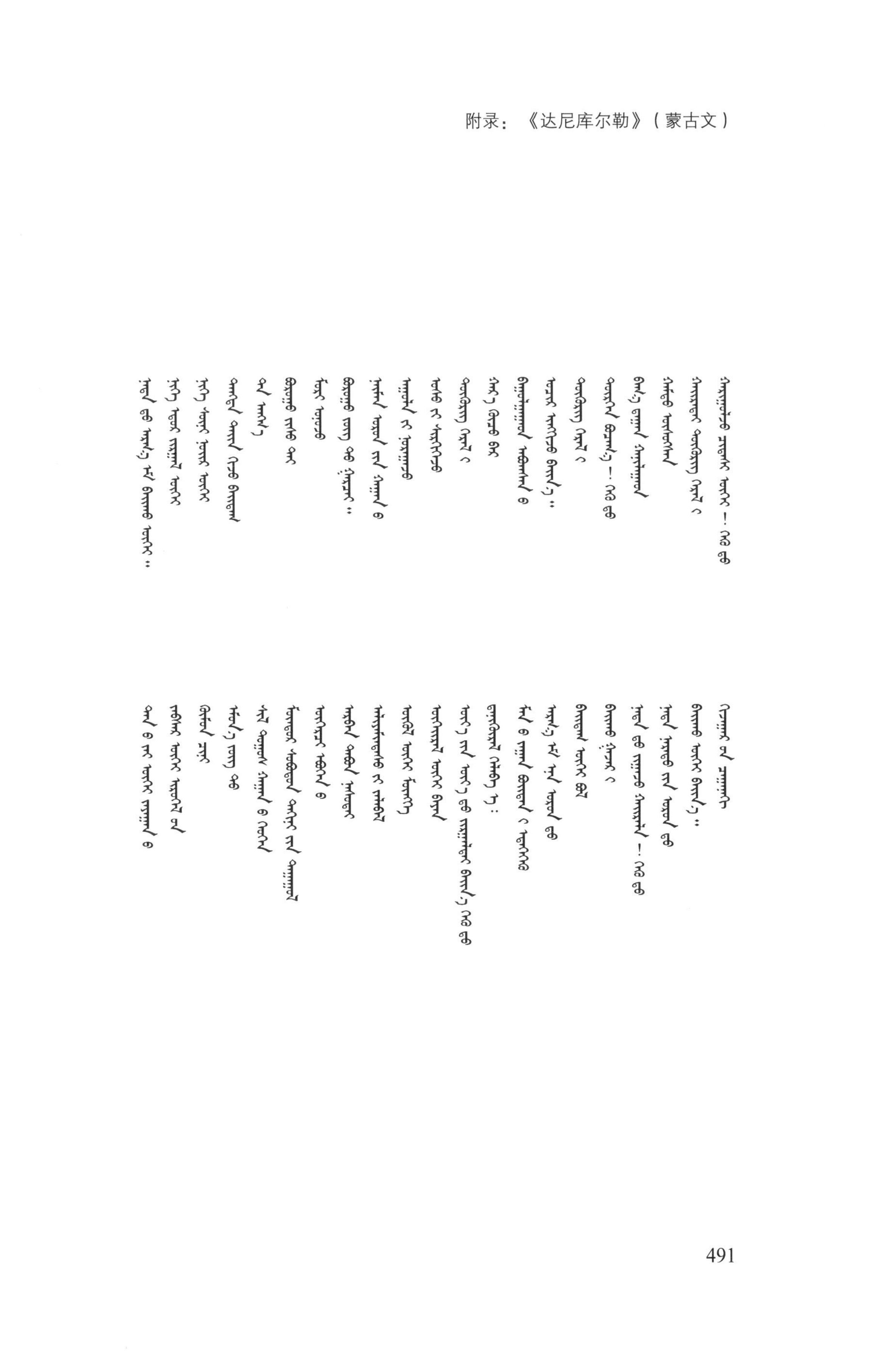

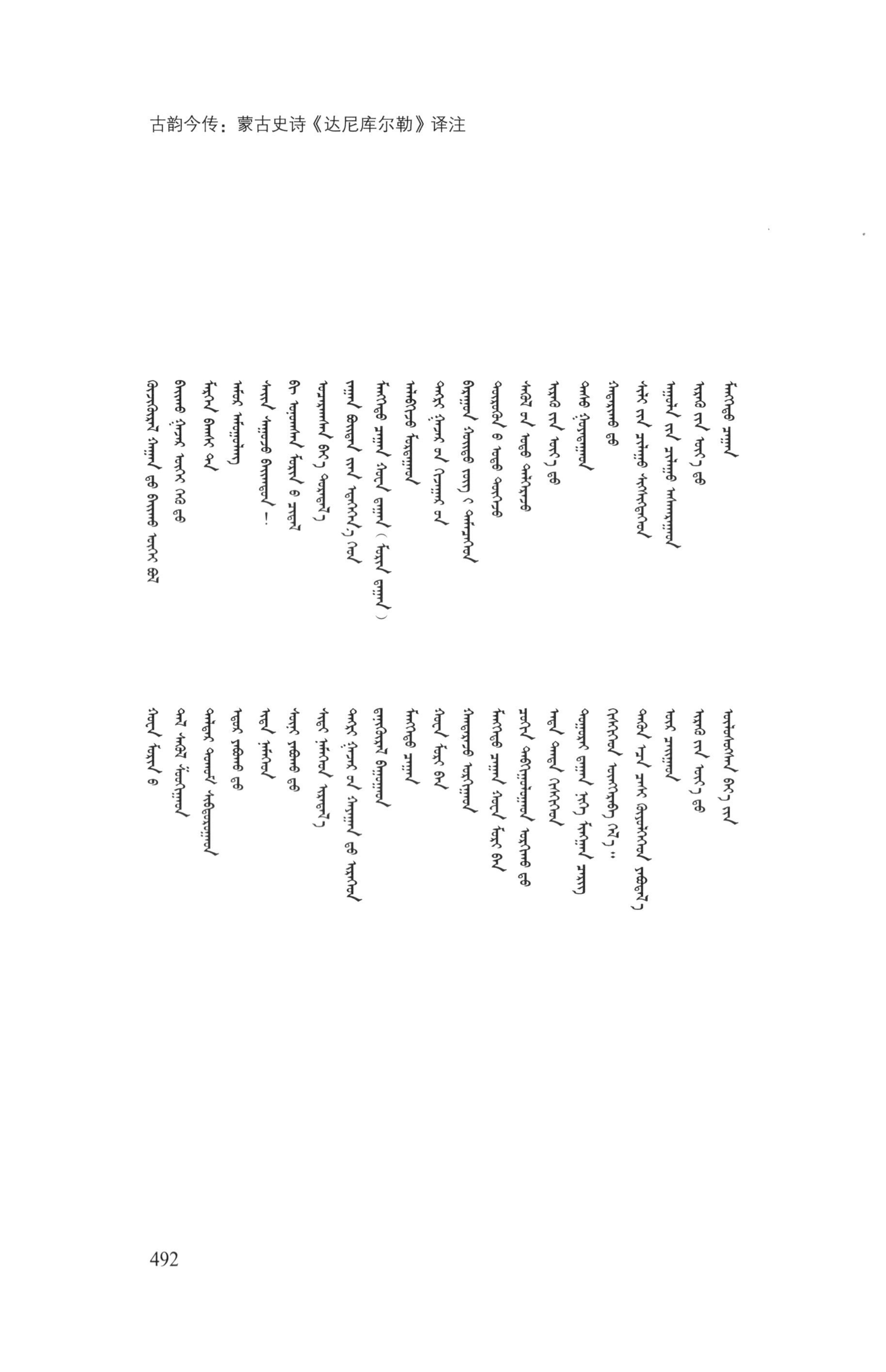

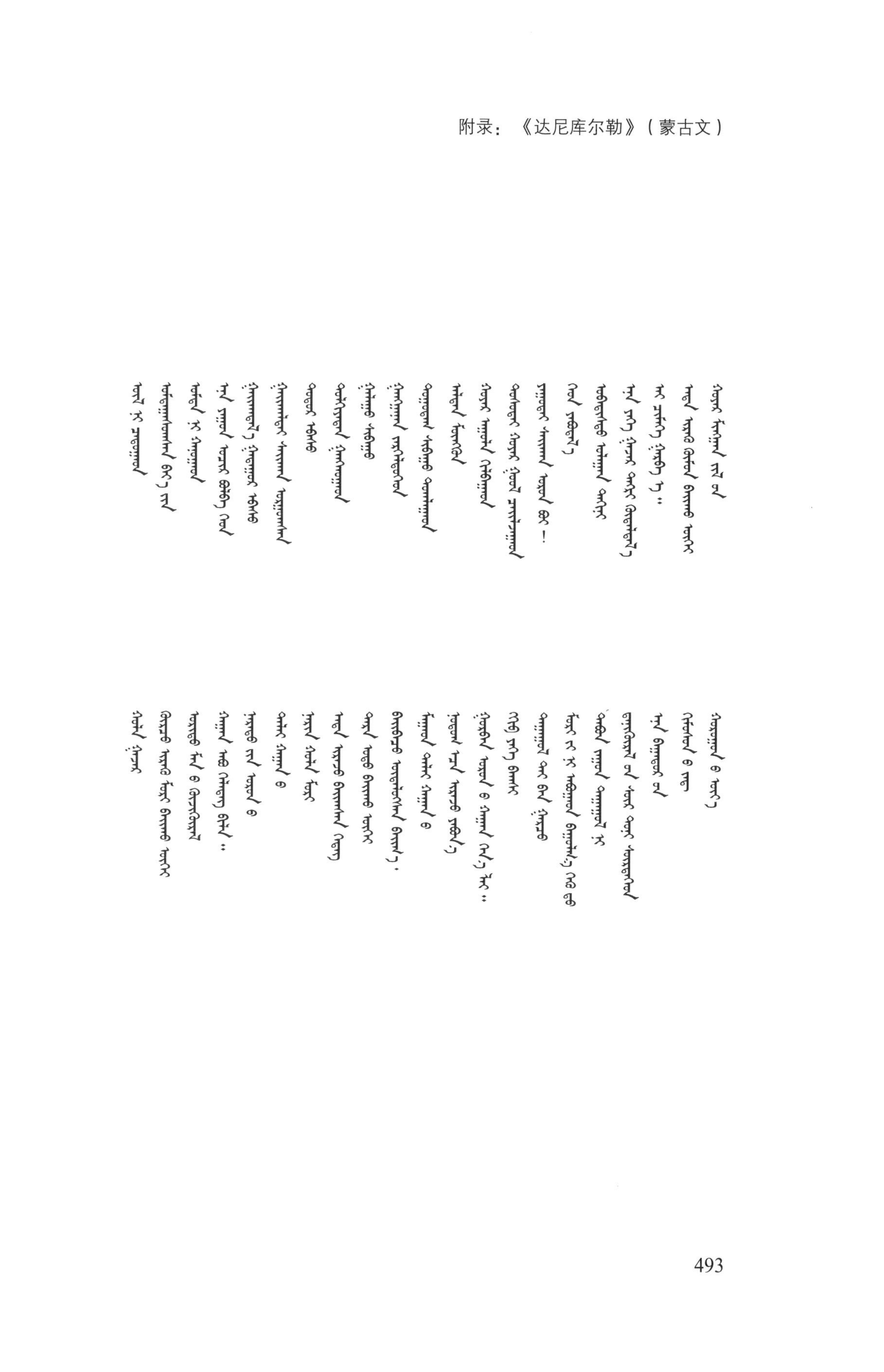

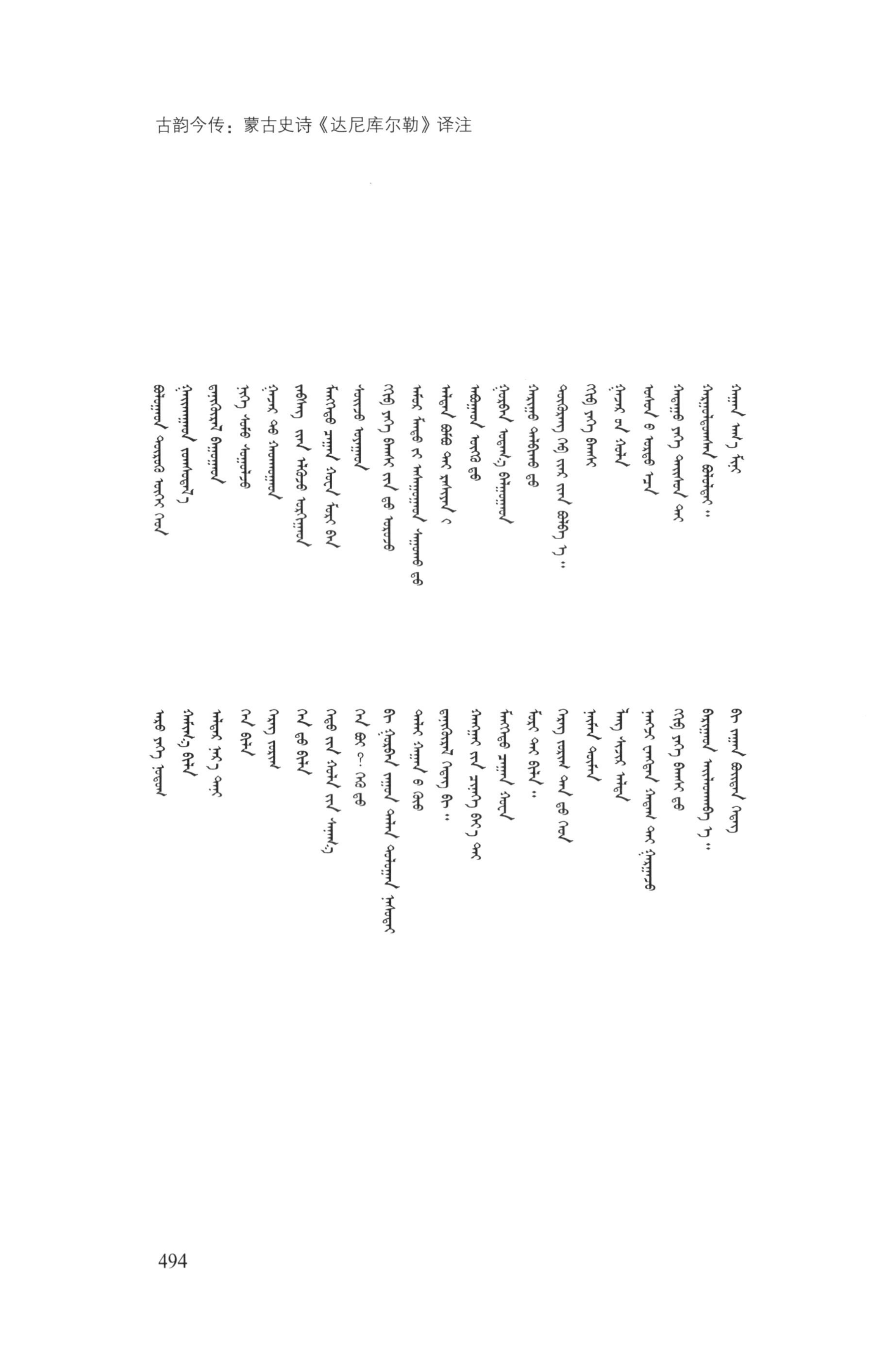

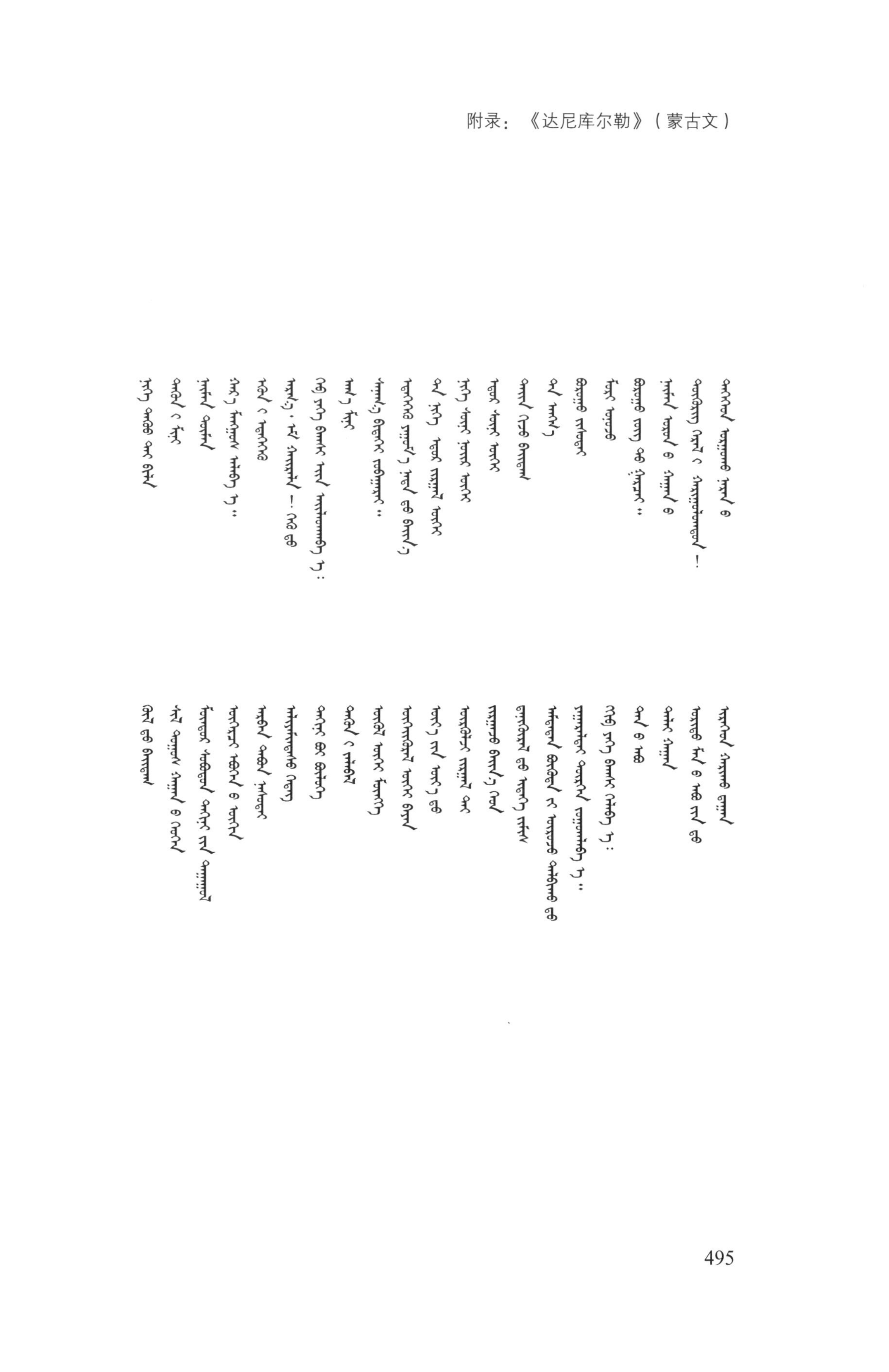

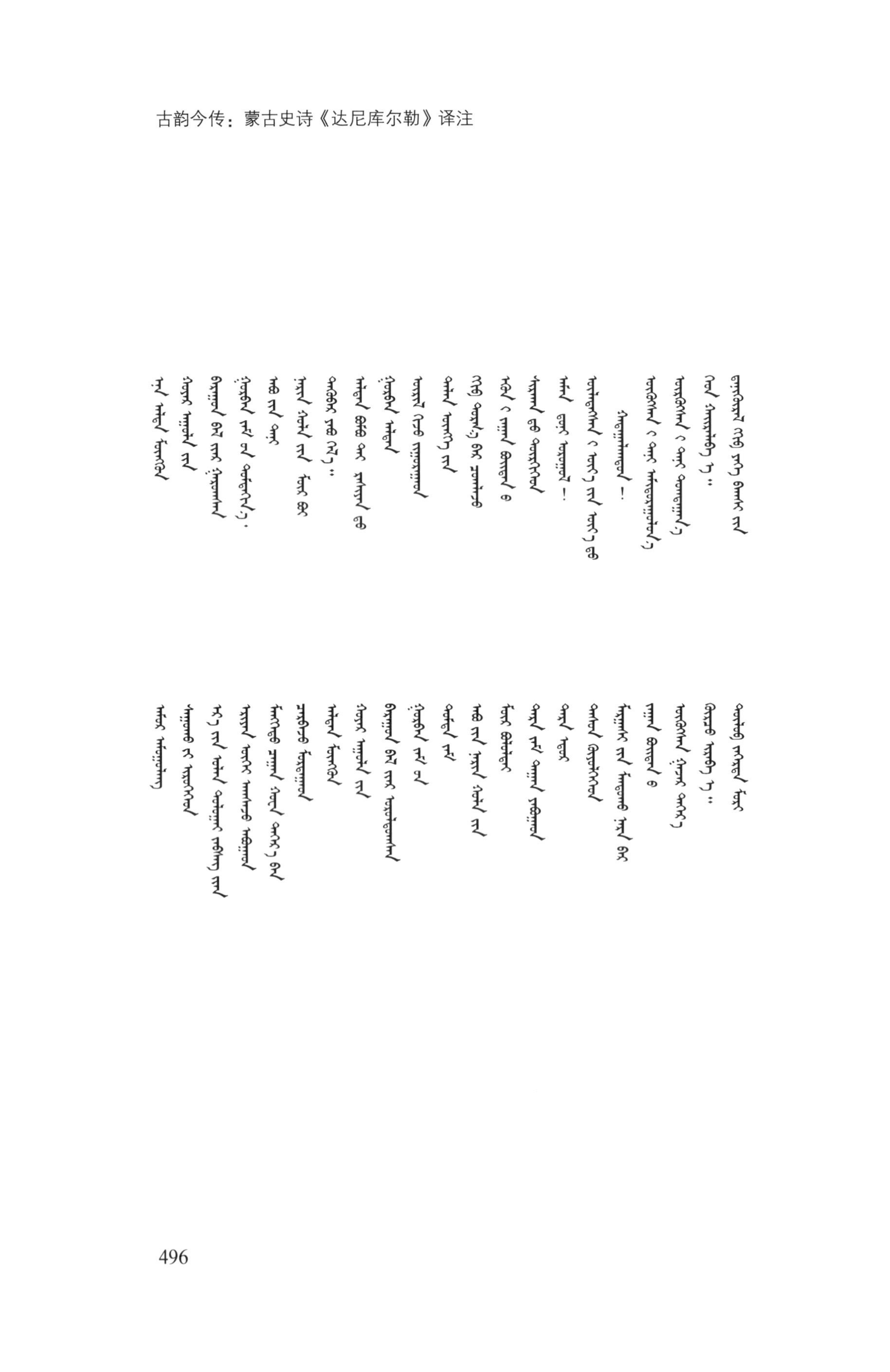

[illegible]

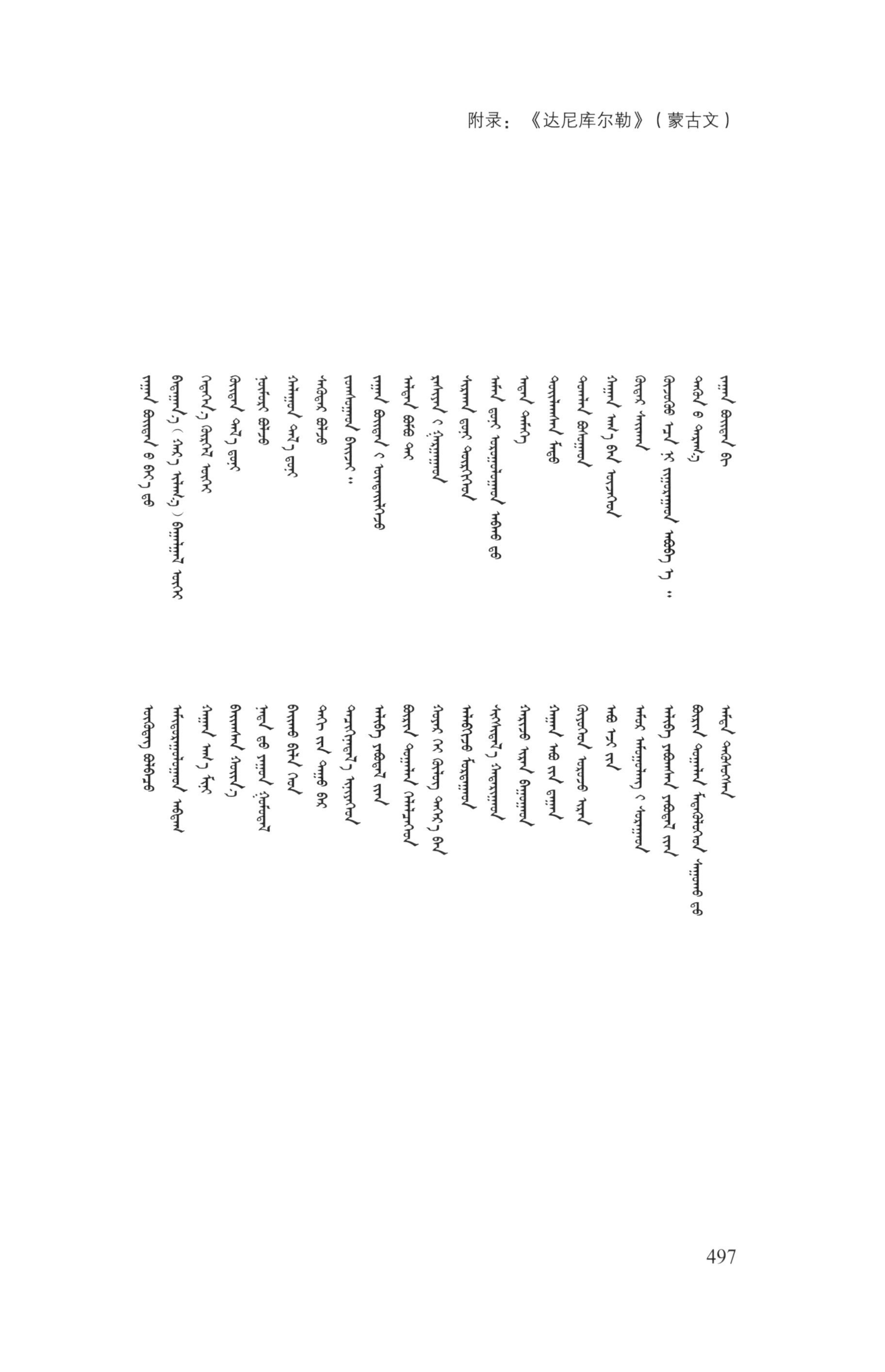

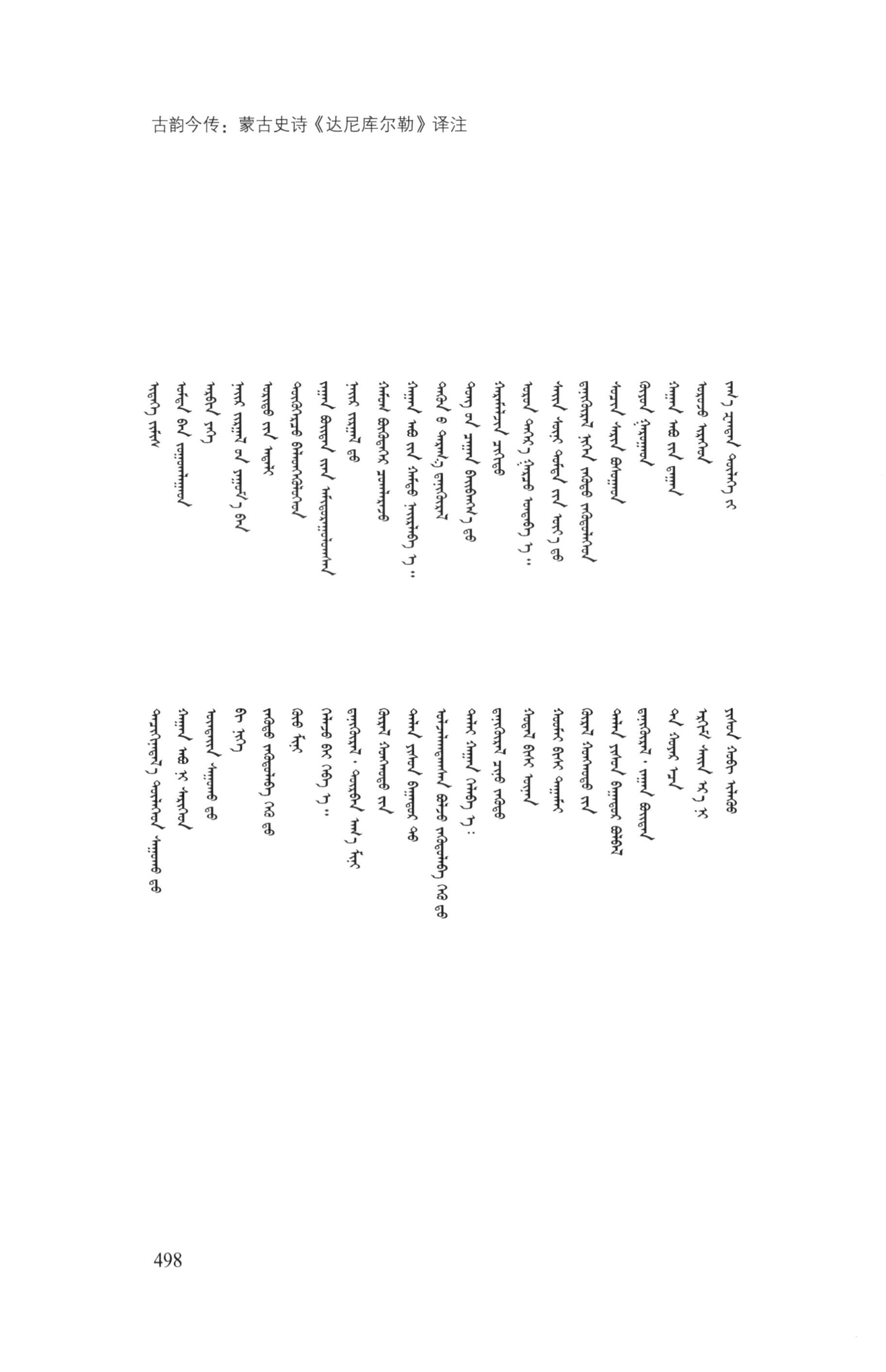

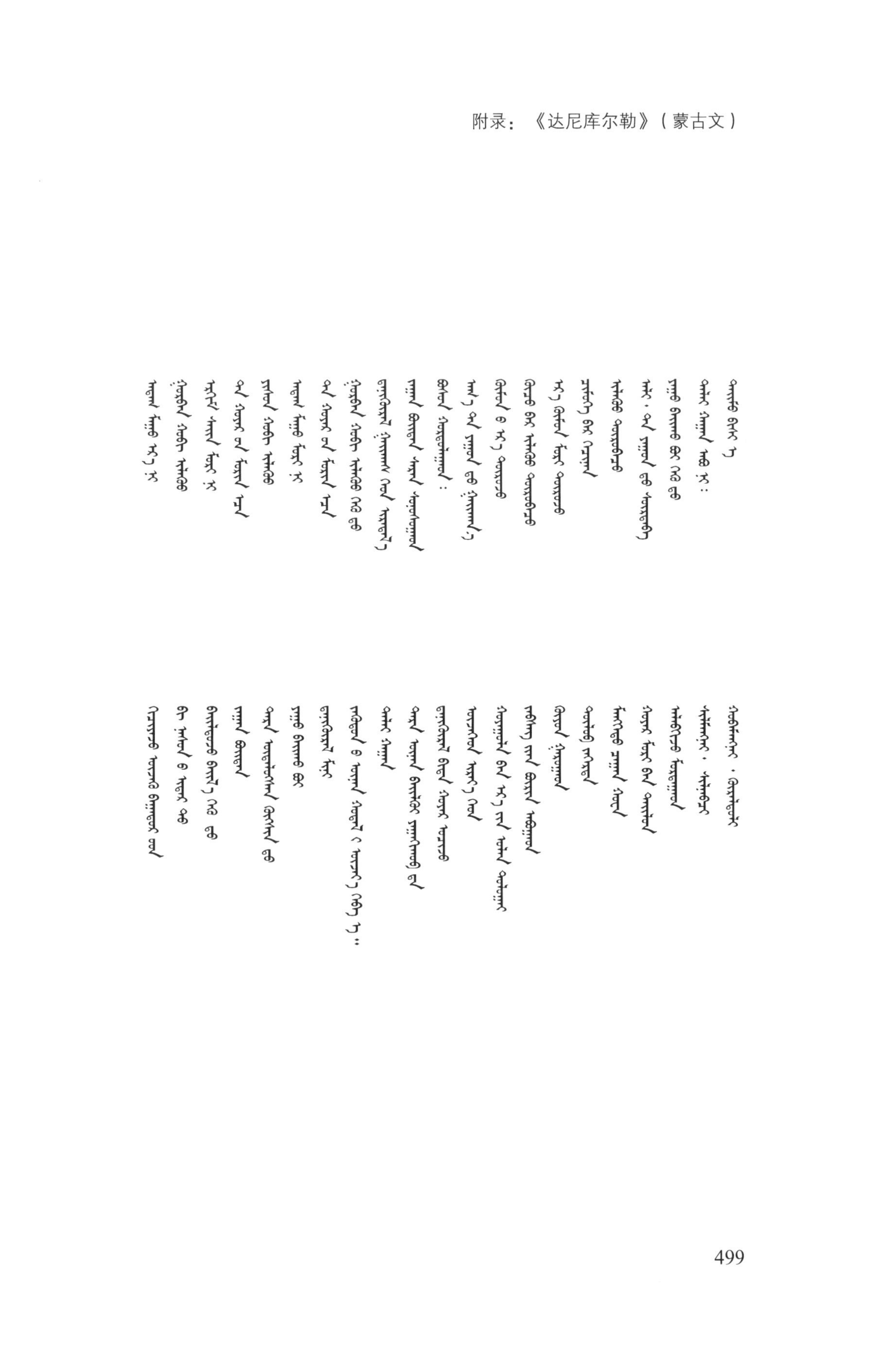

[illegible]

[illegible]

[illegible]

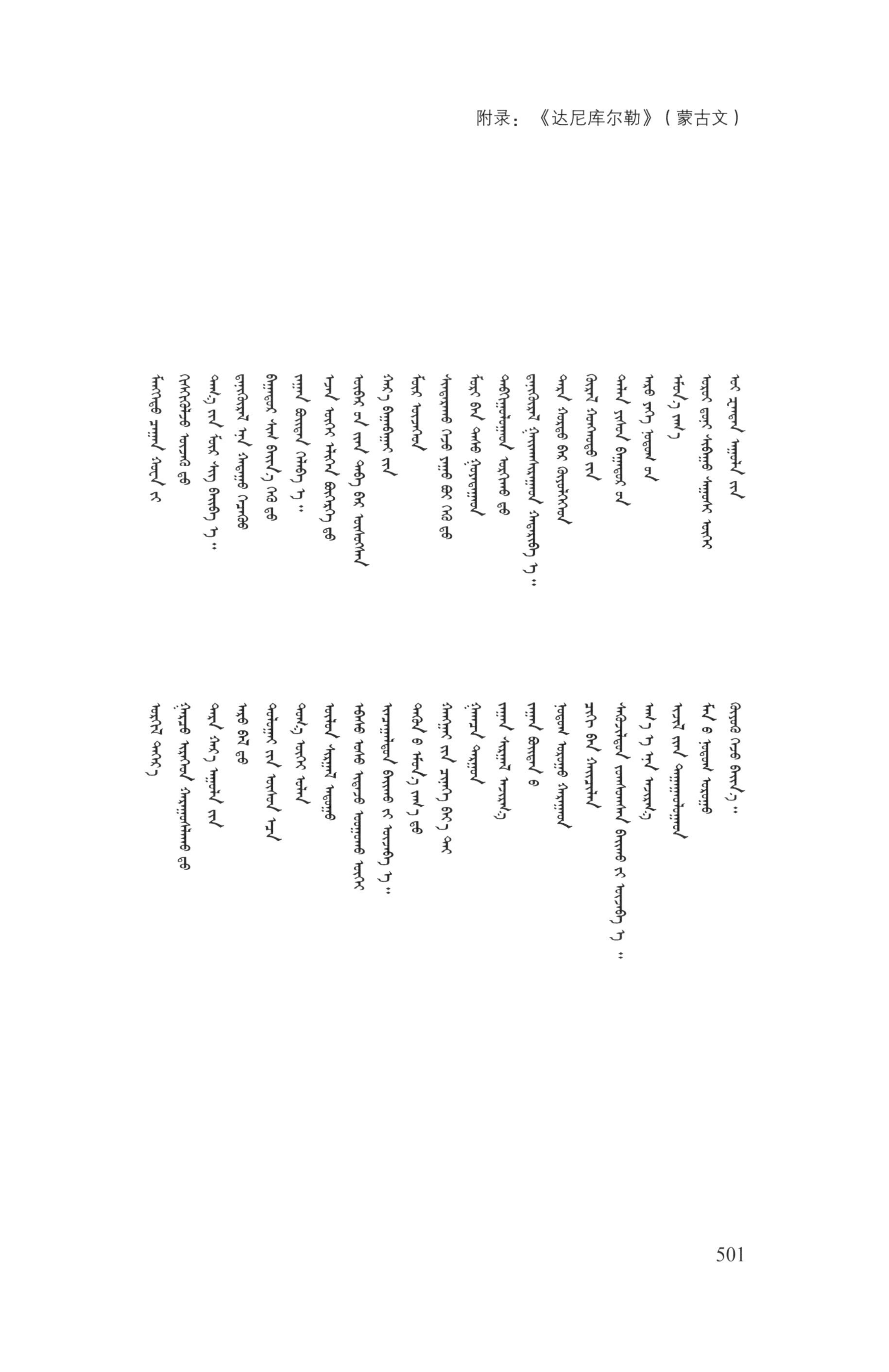

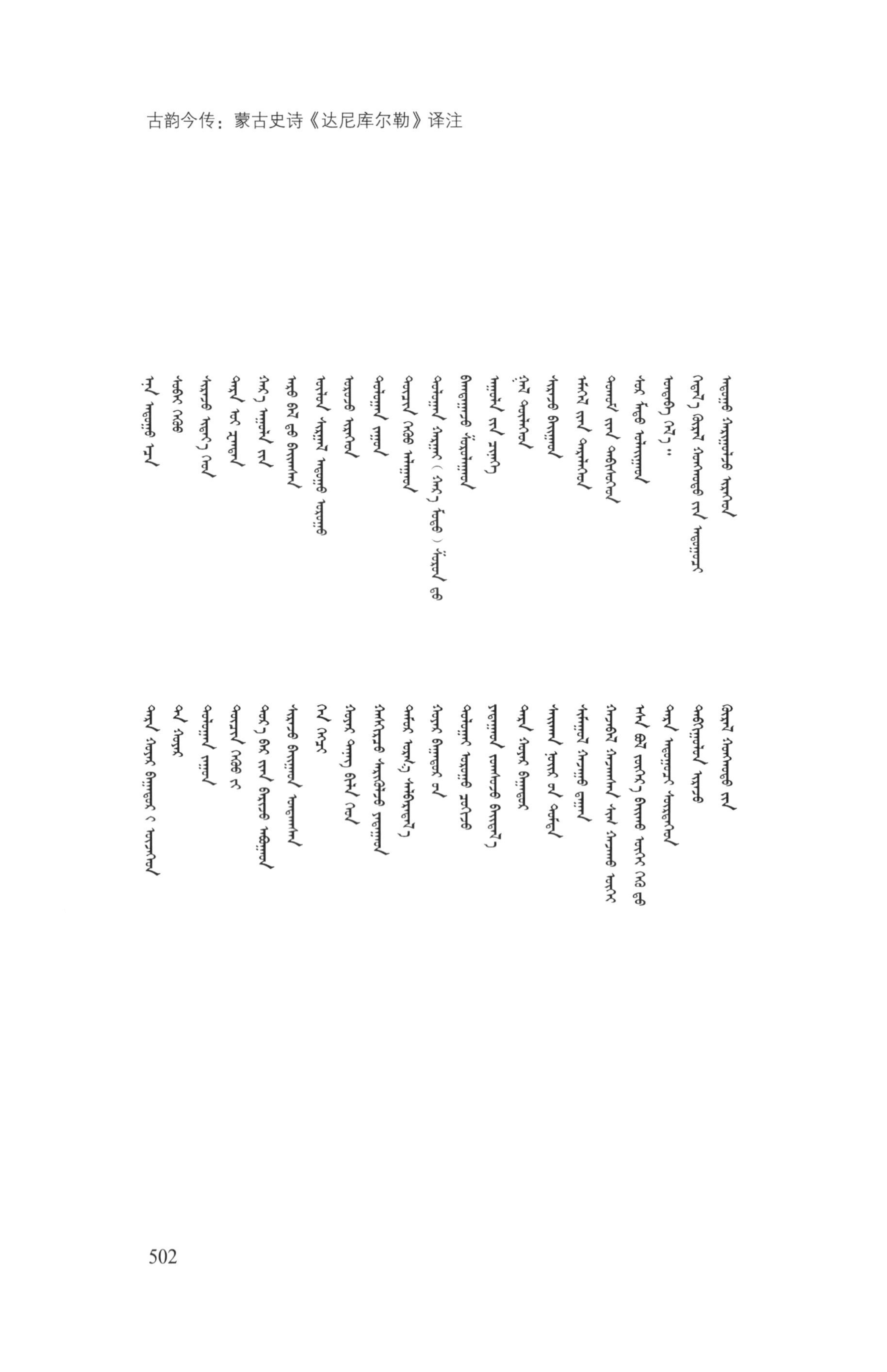

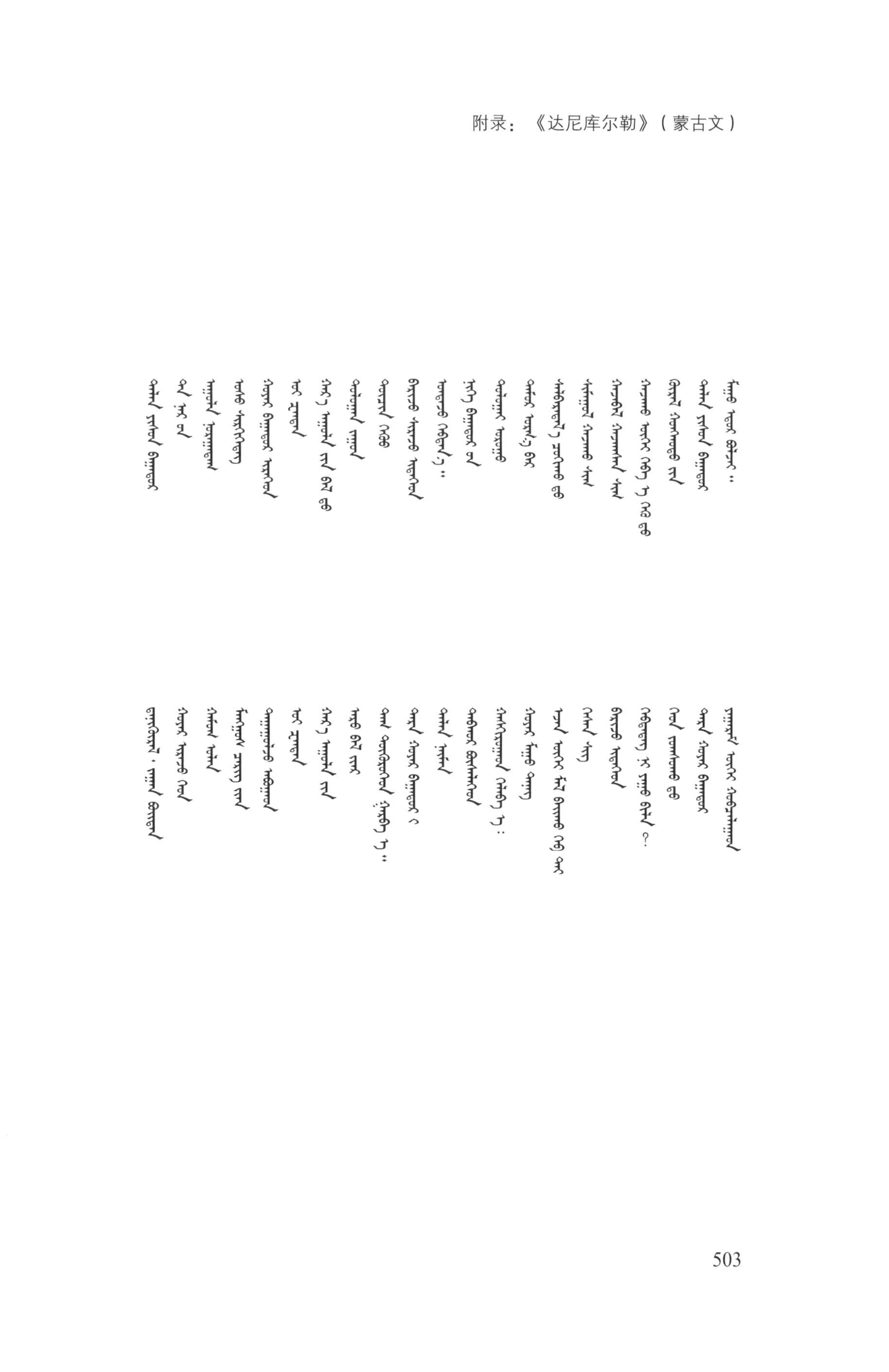

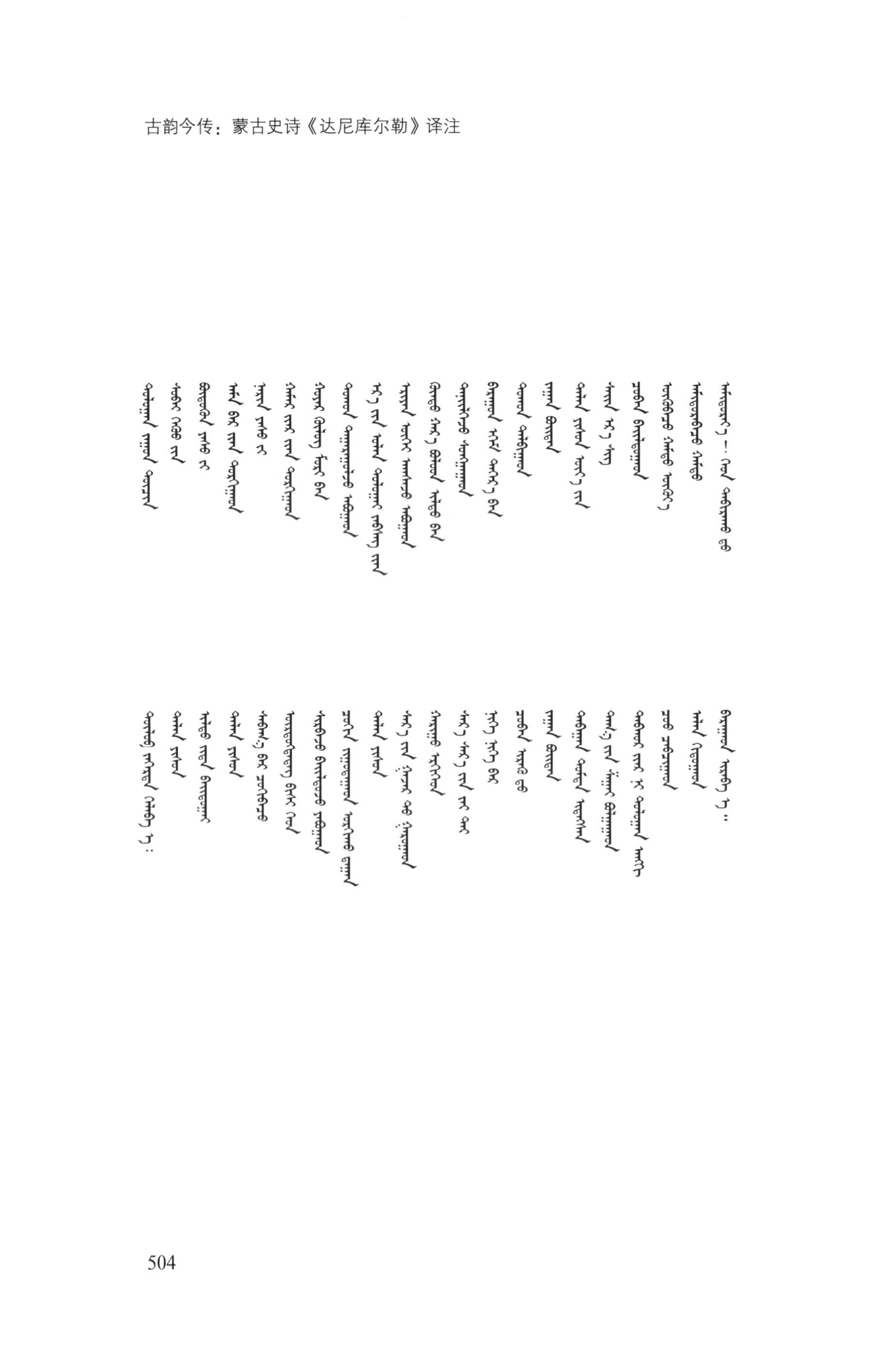

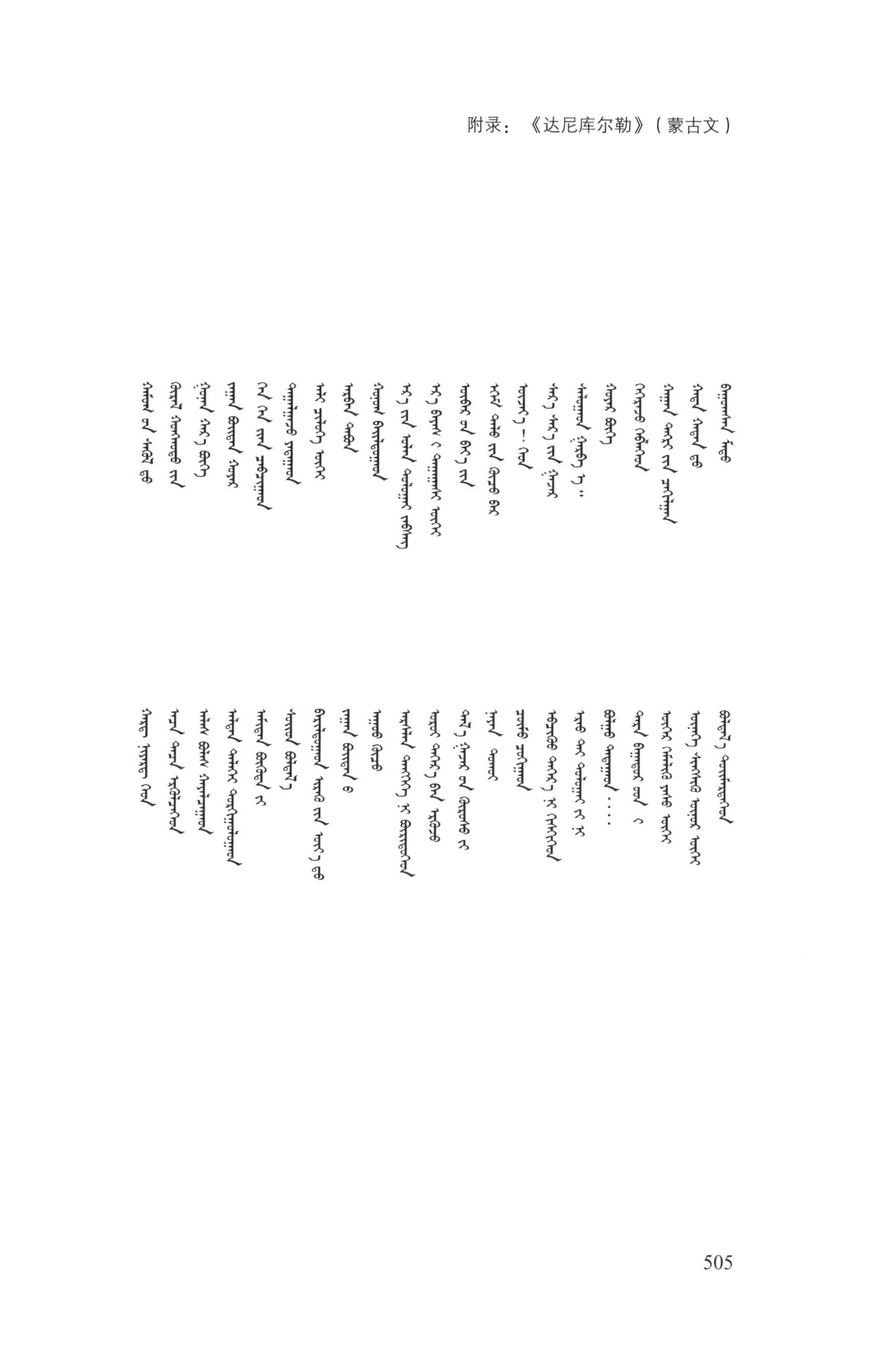

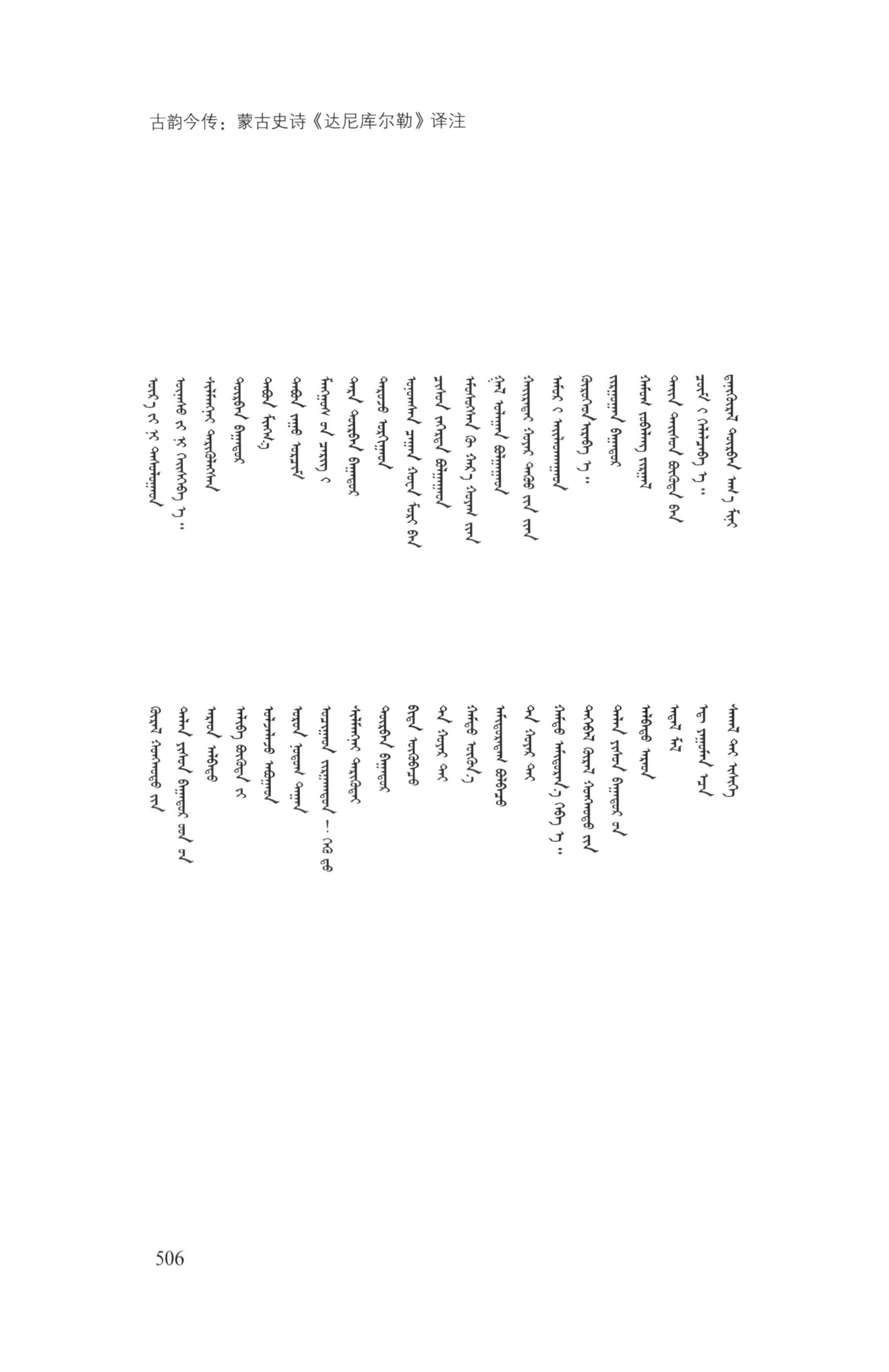

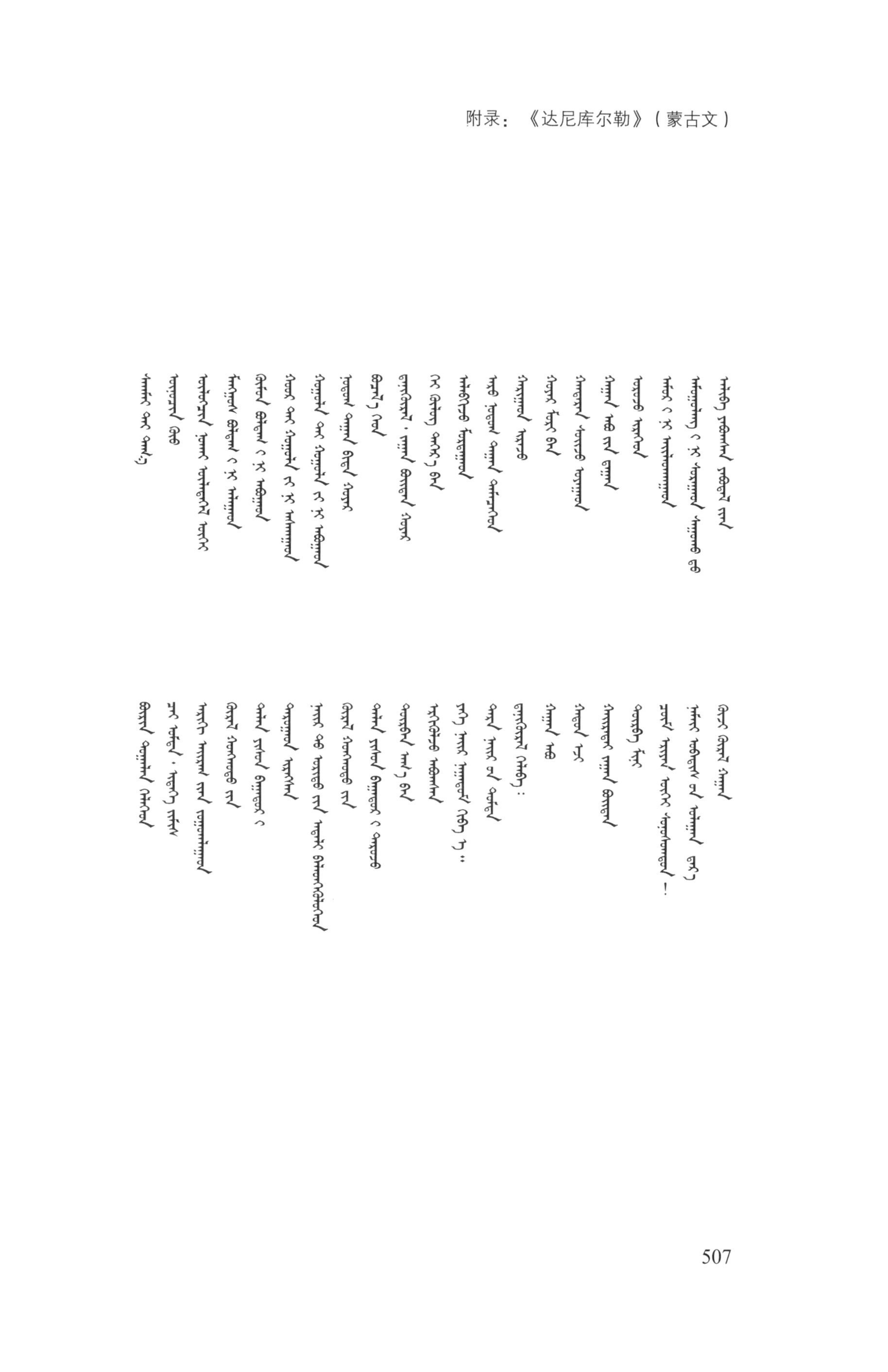

[illegible]

[illegible]
ᠳᠠᠨᠢᠬᠦᠷᠡᠯ ᠬᠠᠭᠠᠨ ᠤ [illegible]
[illegible] ::
[illegible]
[illegible]
[illegible]
ᠳᠠᠨᠢᠬᠦᠷᠡᠯ ᠬᠠᠭᠠᠨ [illegible]
[illegible] ::
[illegible]
[illegible]
[illegible]
[illegible] ::
[illegible]
ᠳᠠᠨᠢᠬᠦᠷᠡᠯ ᠬᠠᠭᠠᠨ ᠤ
[illegible]
[illegible]
[illegible]
[illegible]
ᠳᠠᠨᠢᠬᠦᠷᠡᠯ ᠬᠠᠭᠠᠨ ᠤ [illegible]
[illegible] ::
[illegible]

[illegible]
[illegible]
[illegible]
[illegible]
[illegible]
[illegible]
[illegible]
[illegible] ::
[illegible]
[illegible]
[illegible]
[illegible]
[illegible]
[illegible]
[illegible]
[illegible]
[illegible]
[illegible]
[illegible]
ᠳᠠᠨᠢᠬᠦᠷᠡᠯ ᠬᠠᠭᠠᠨ ᠤ [illegible]
[illegible]

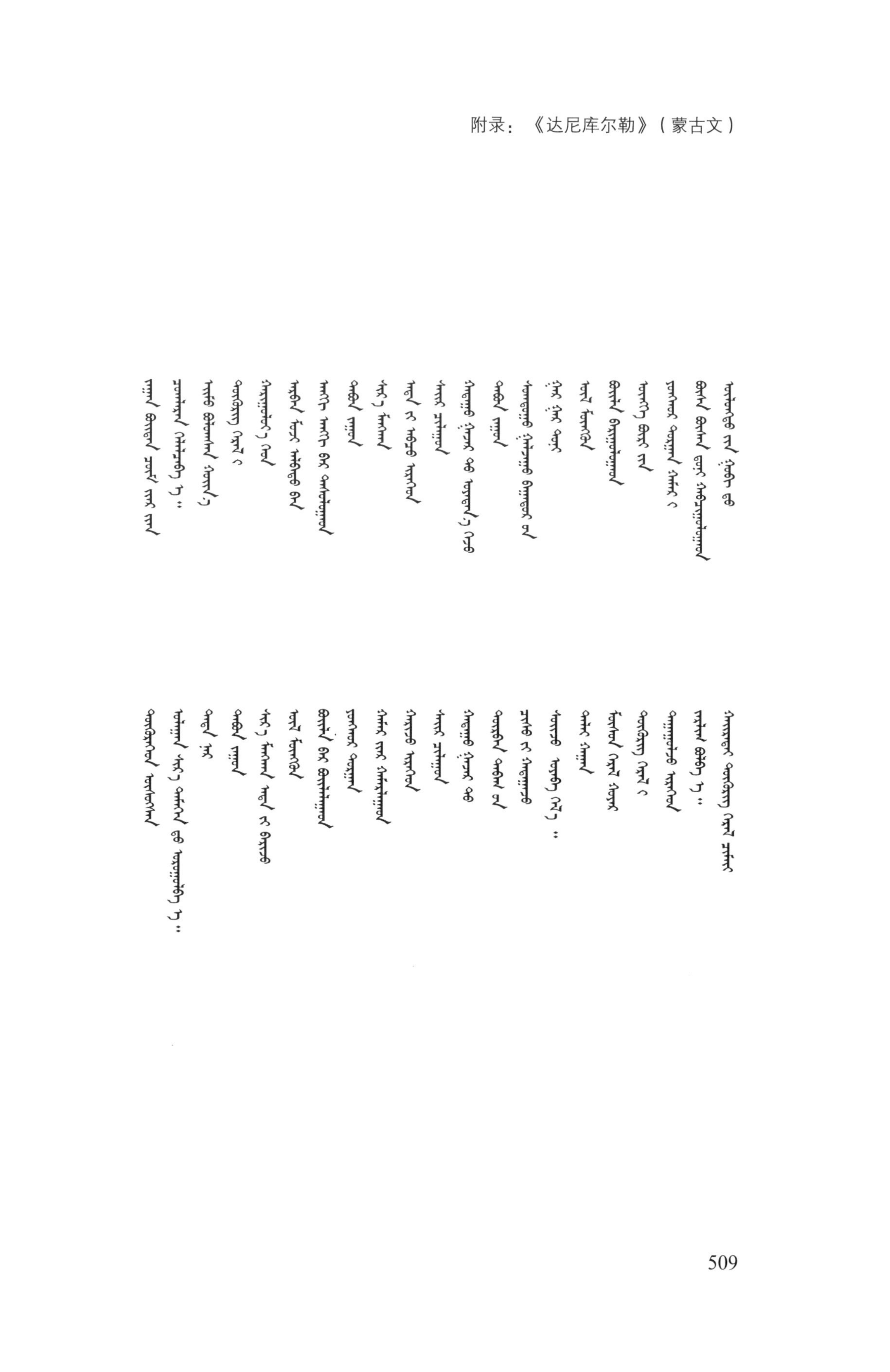

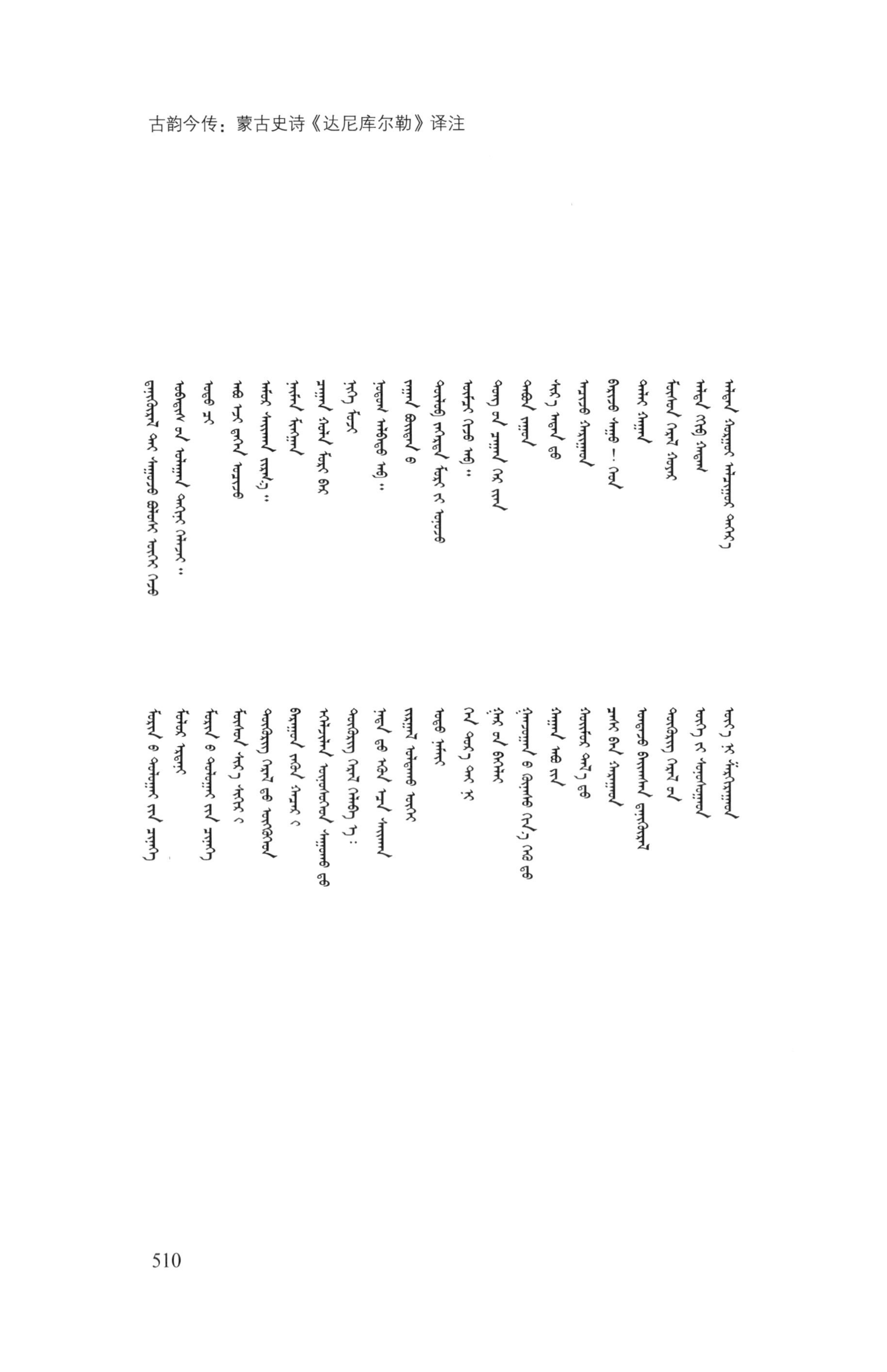

[illegible]

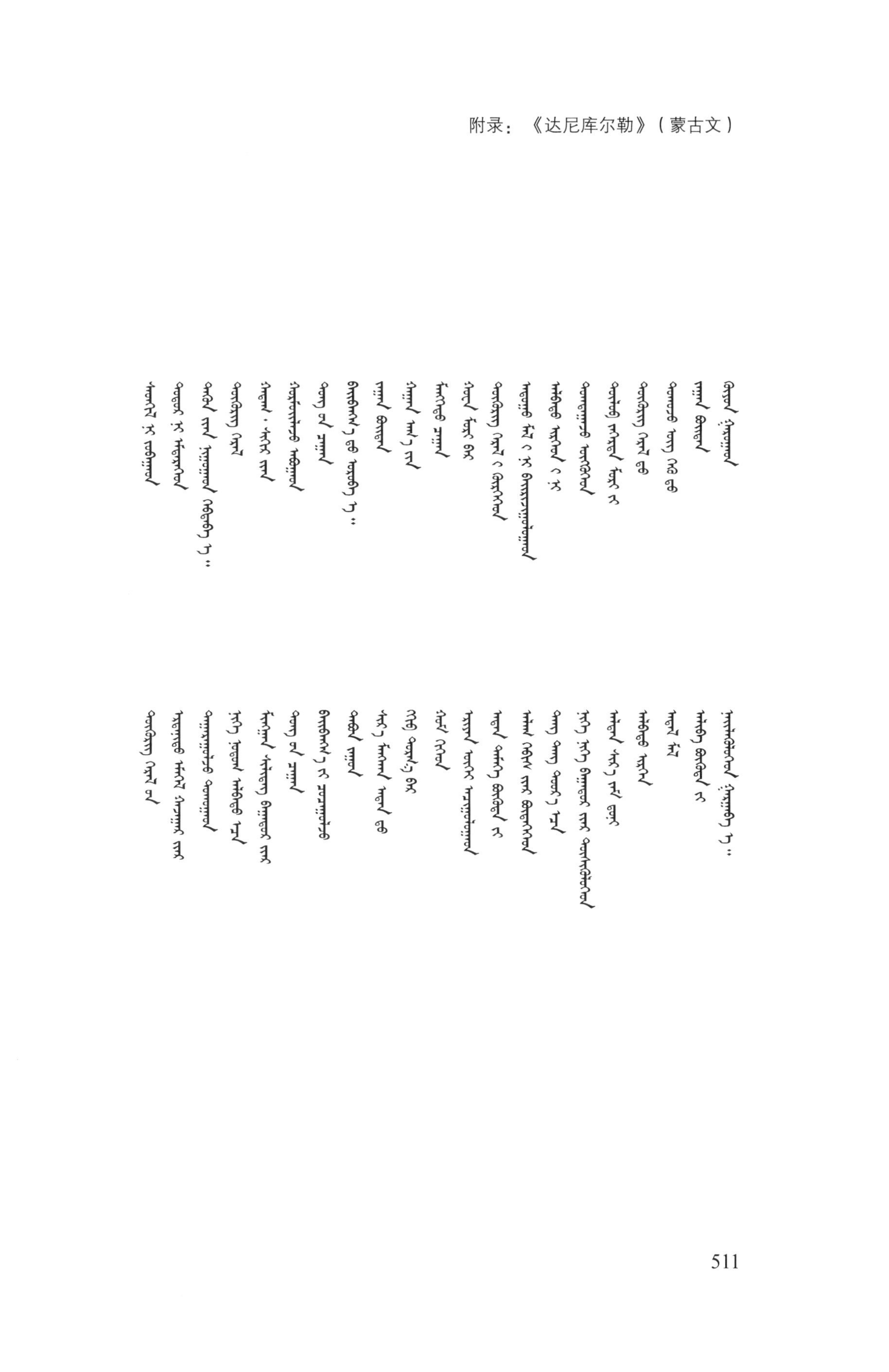

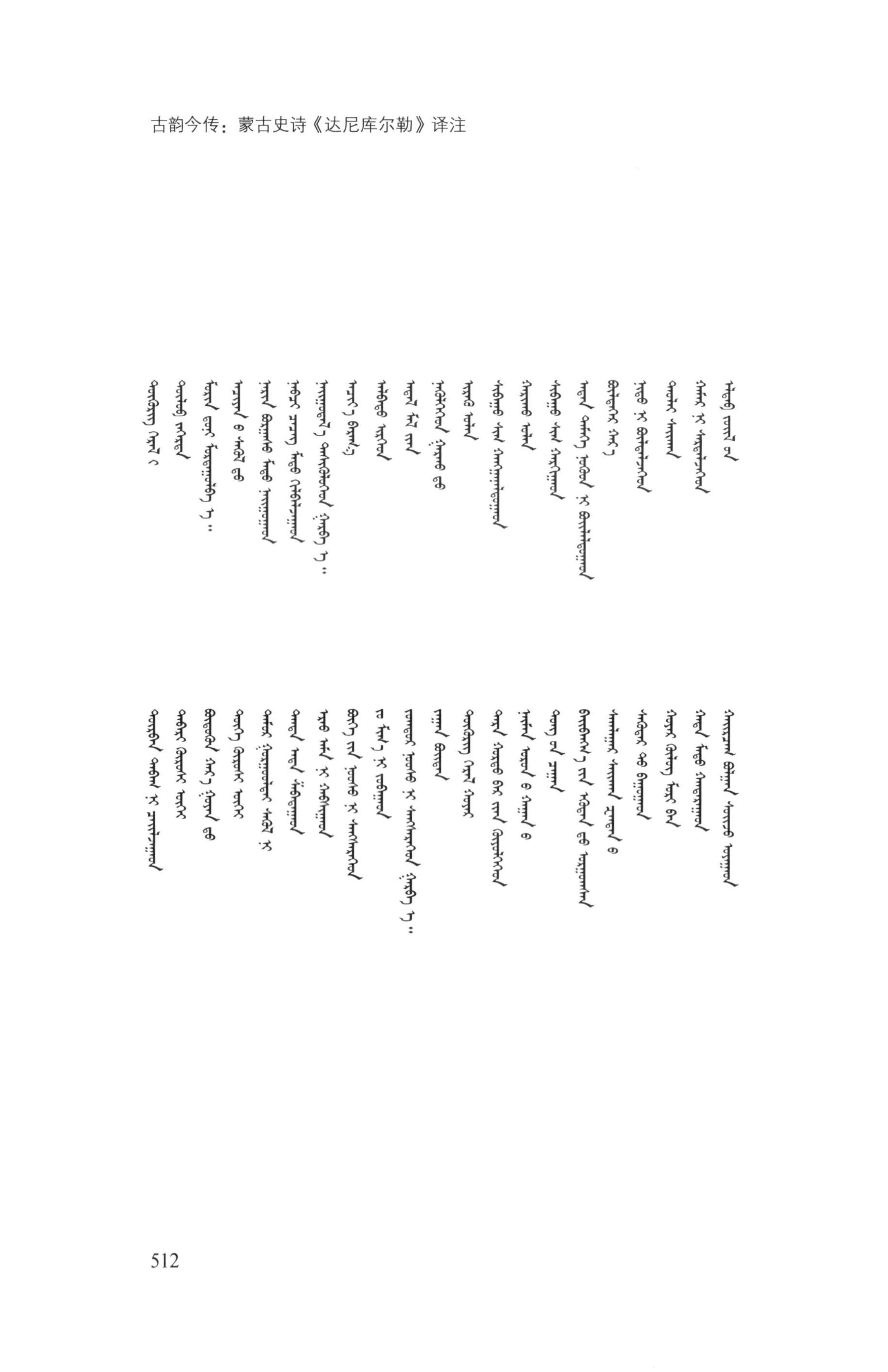

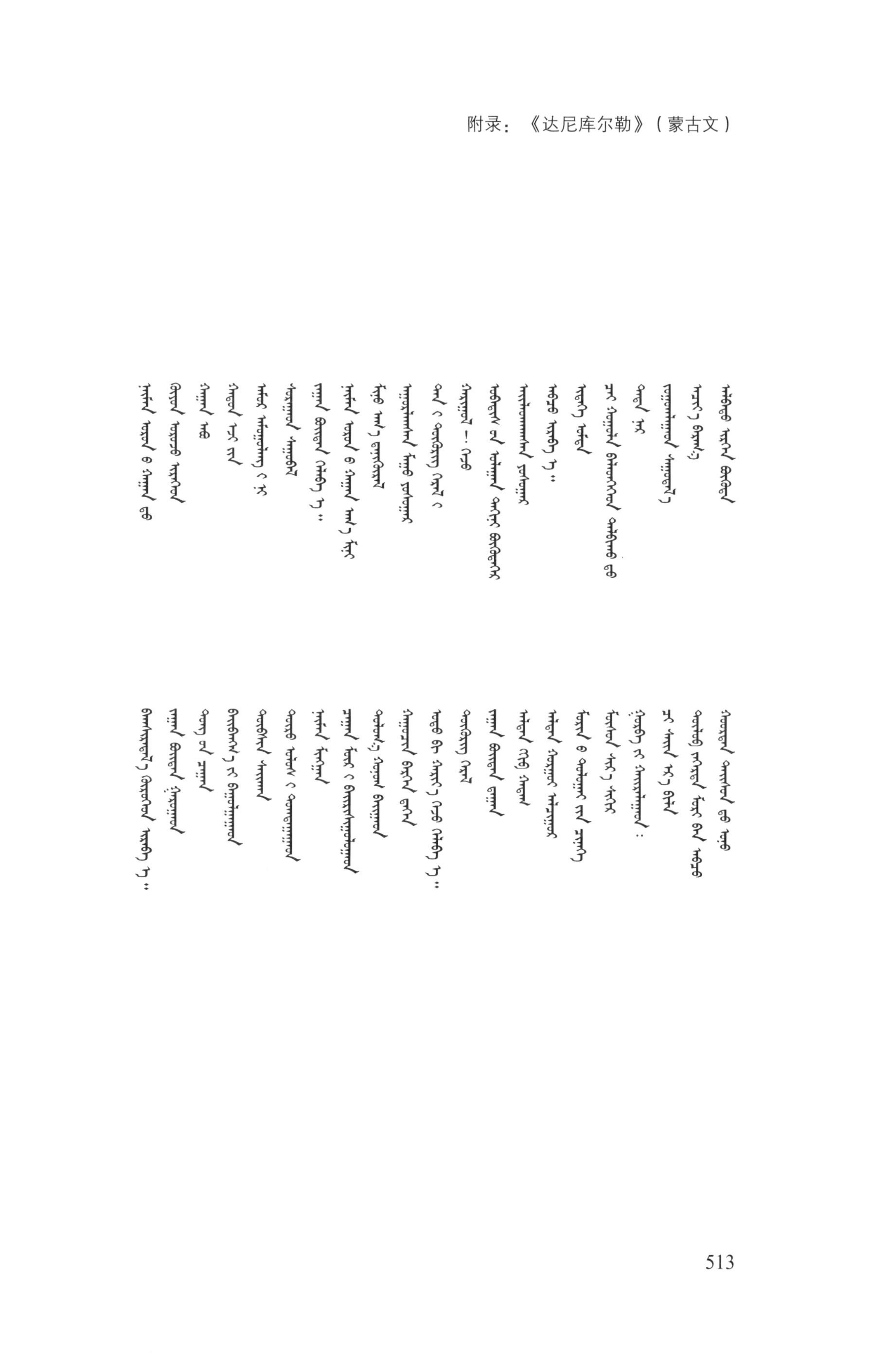

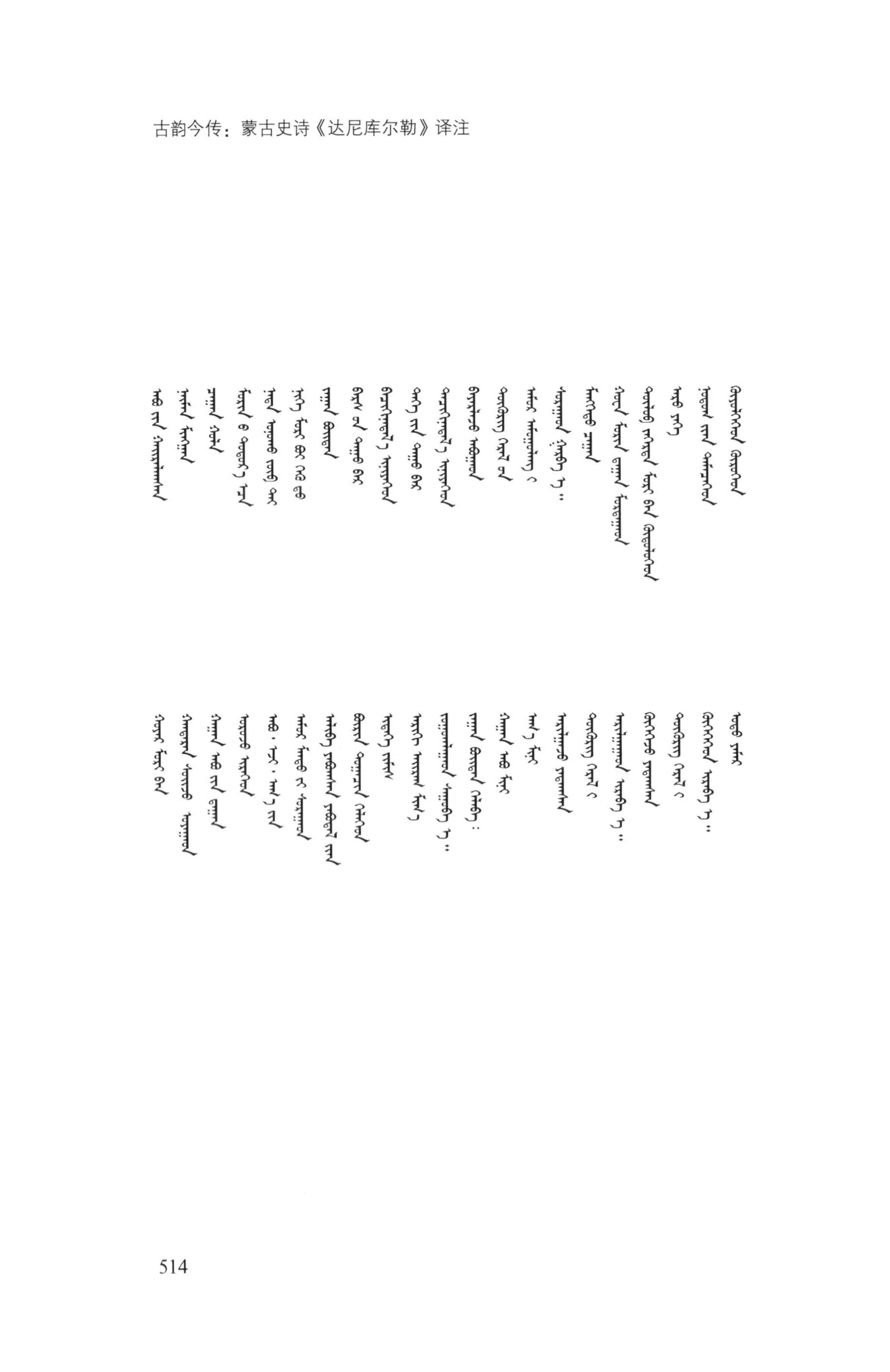

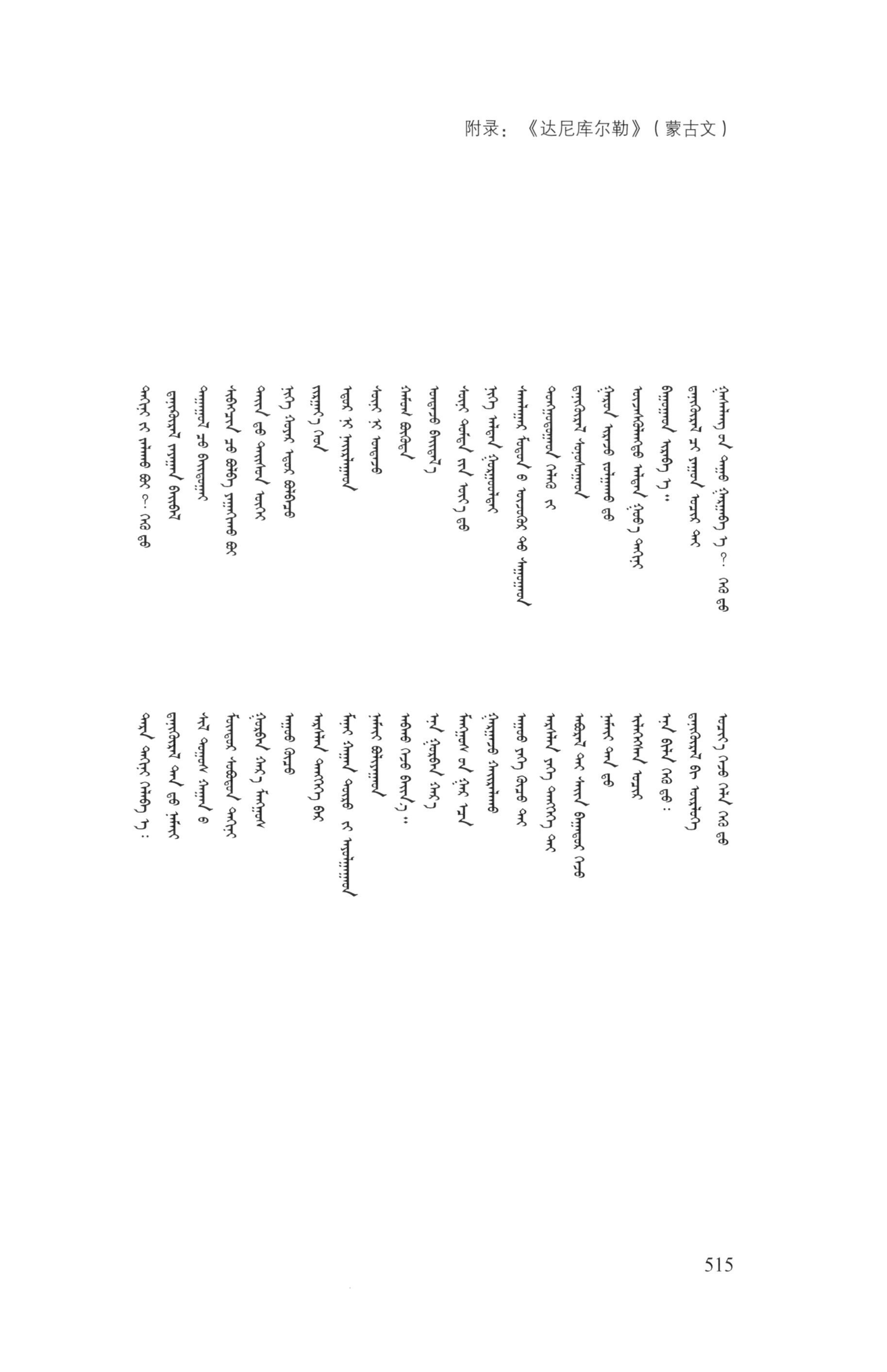

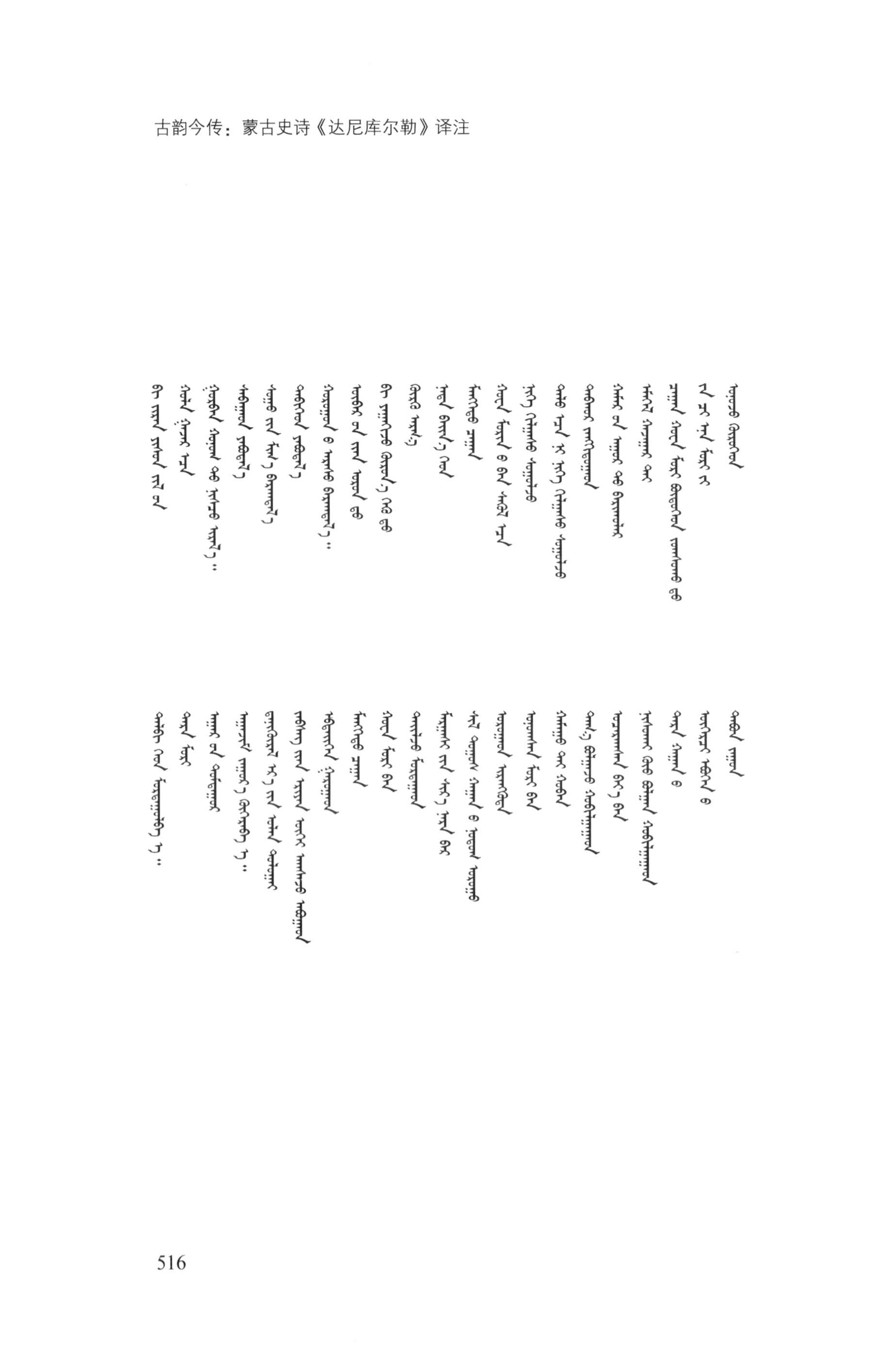

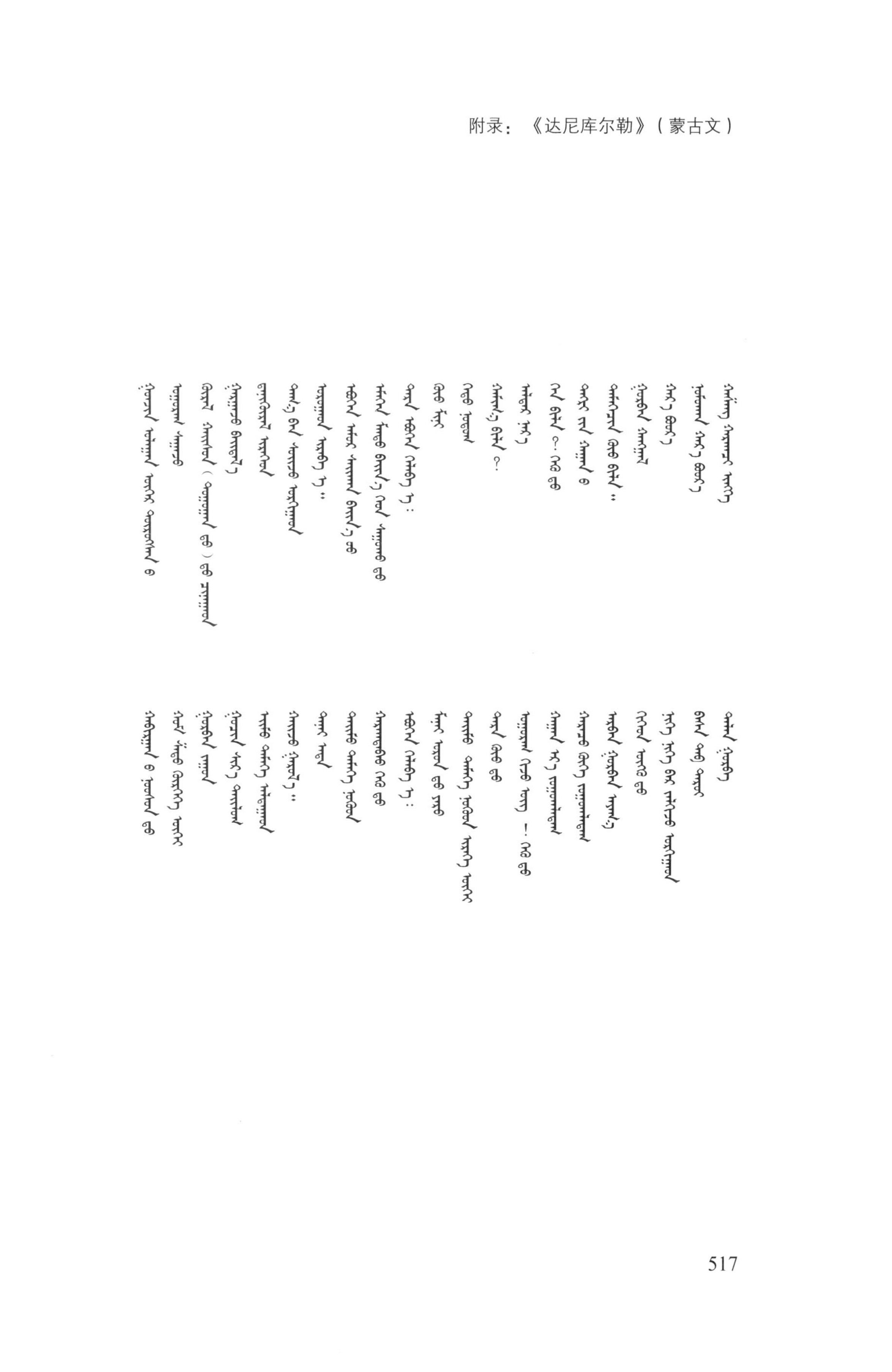

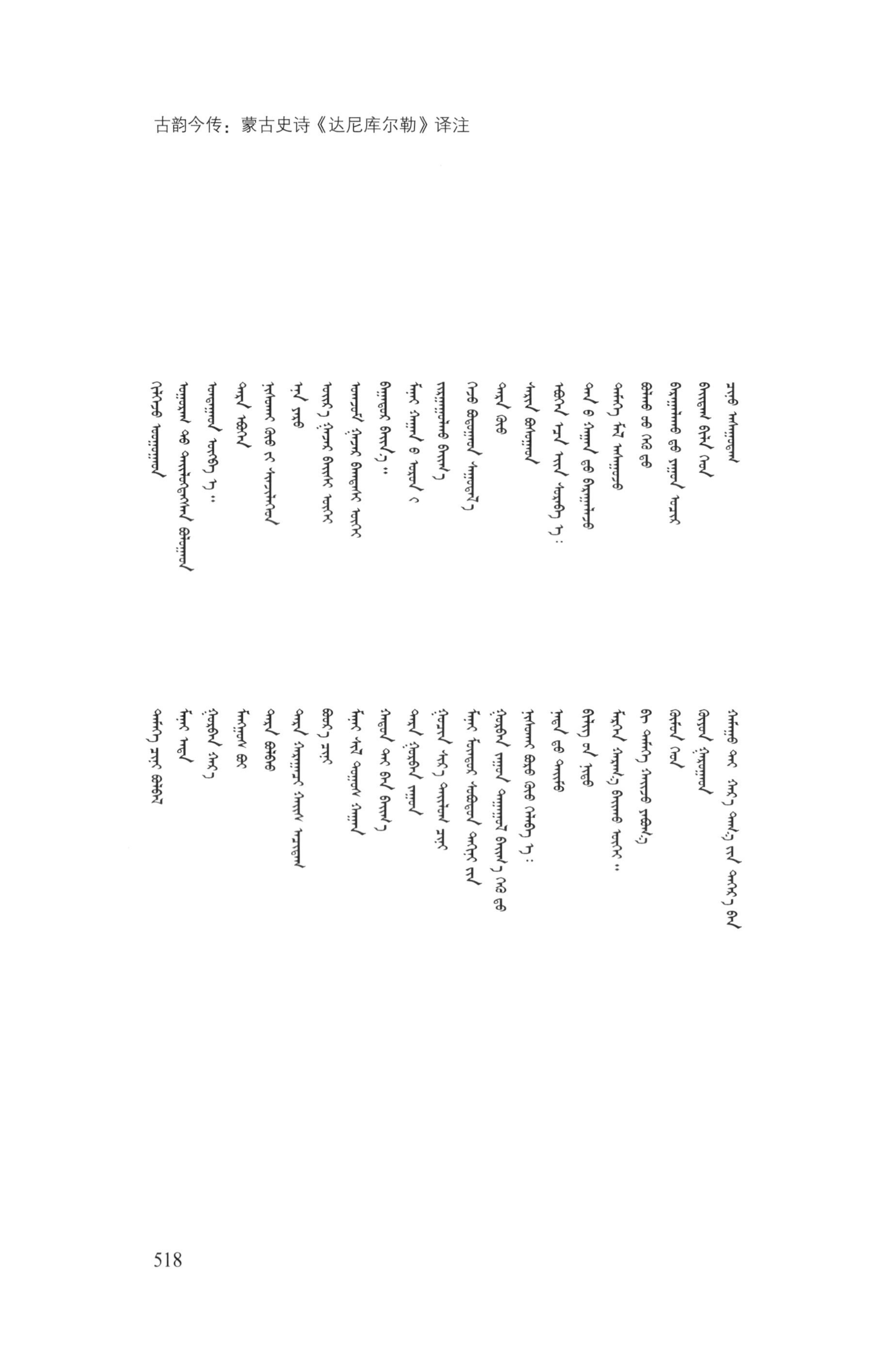

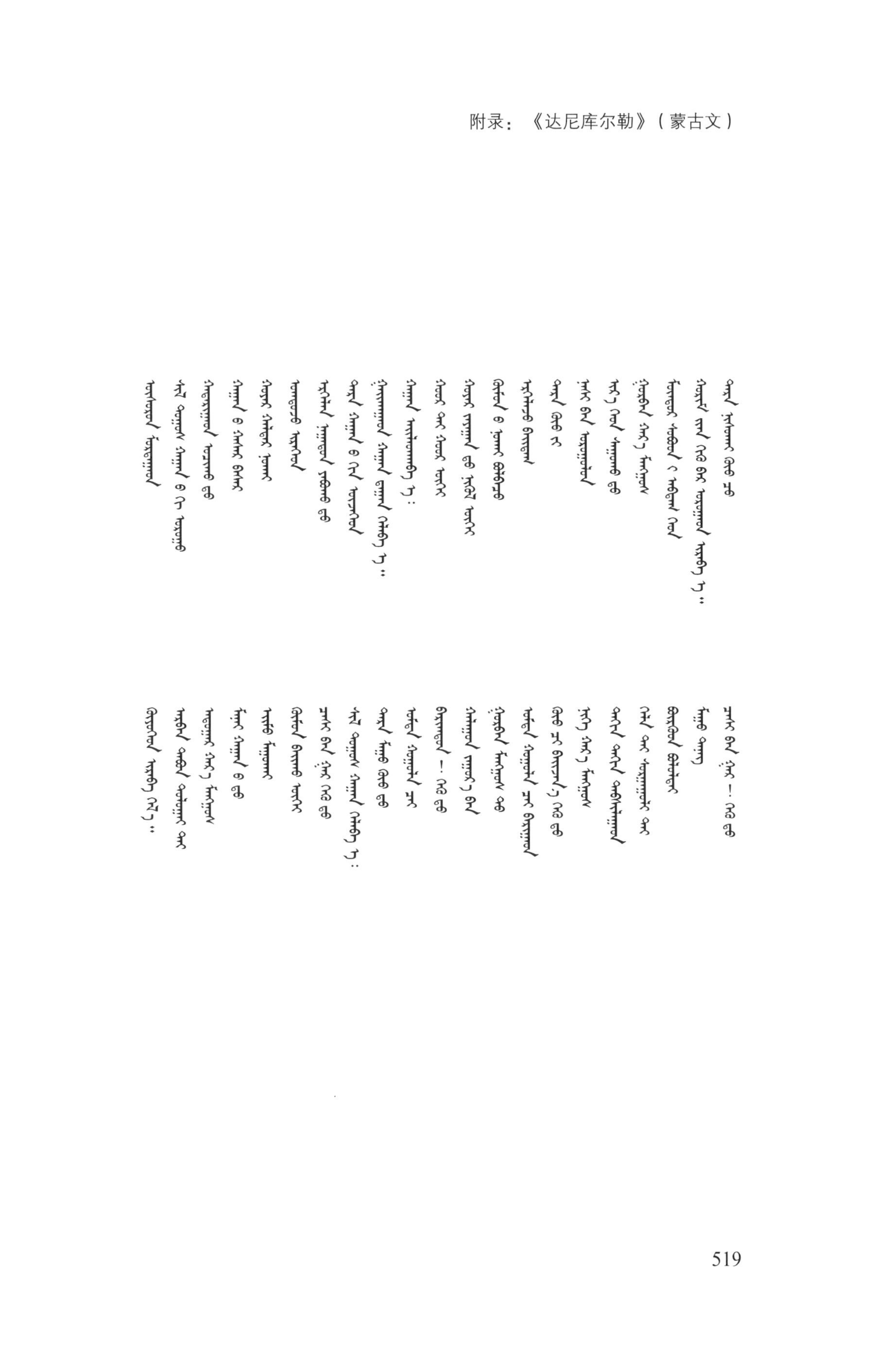

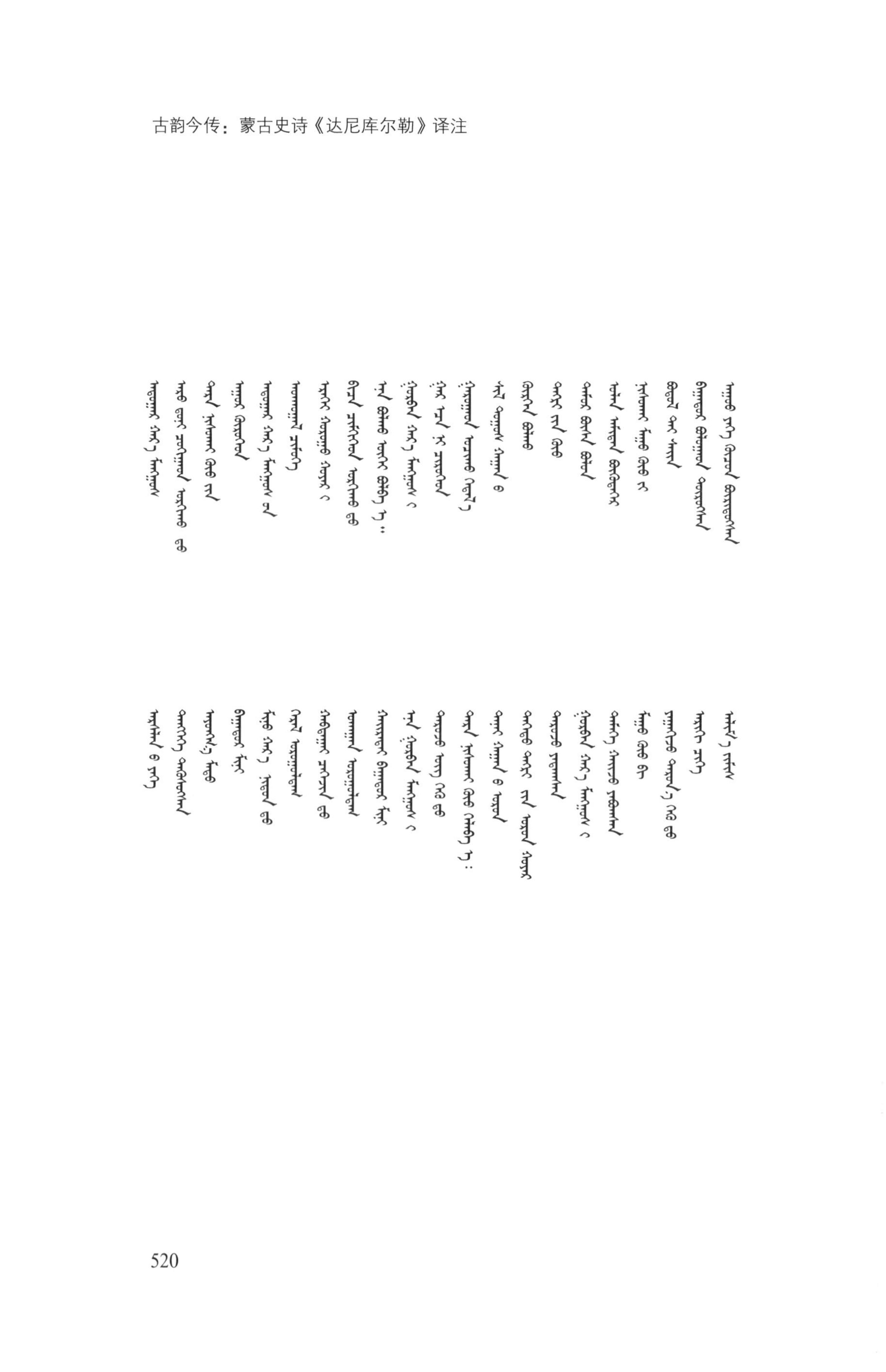

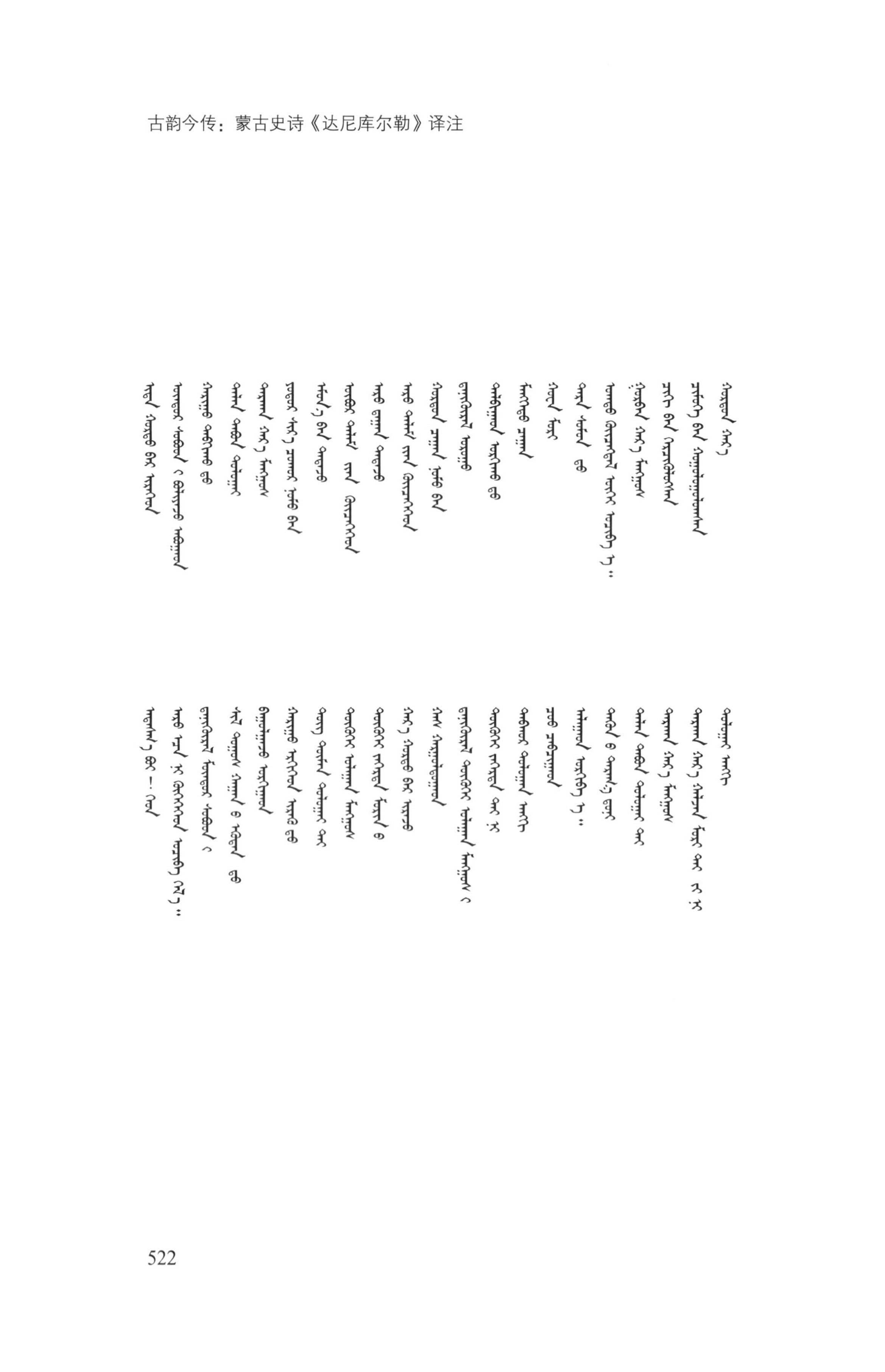

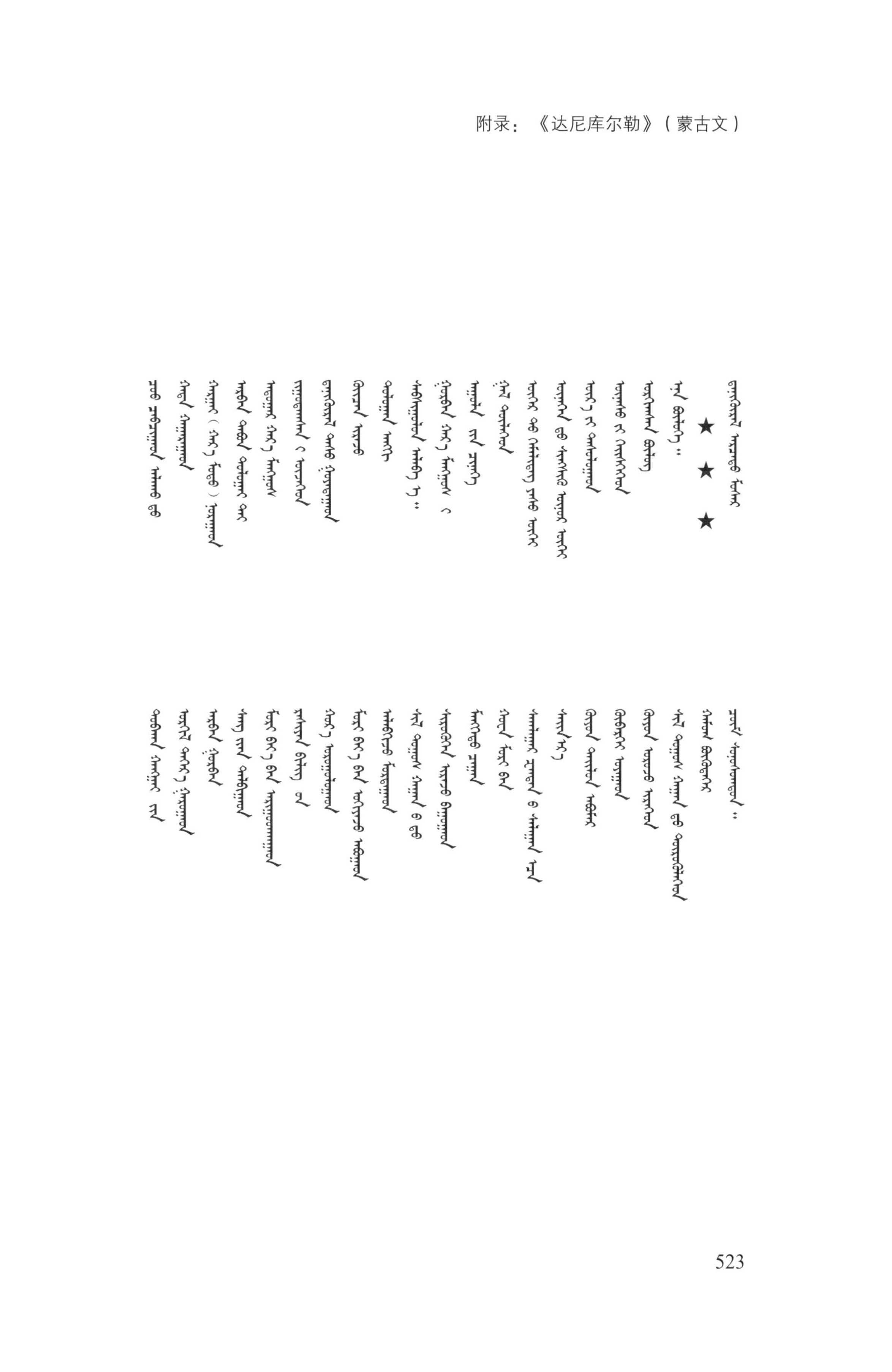

★ ★ ★

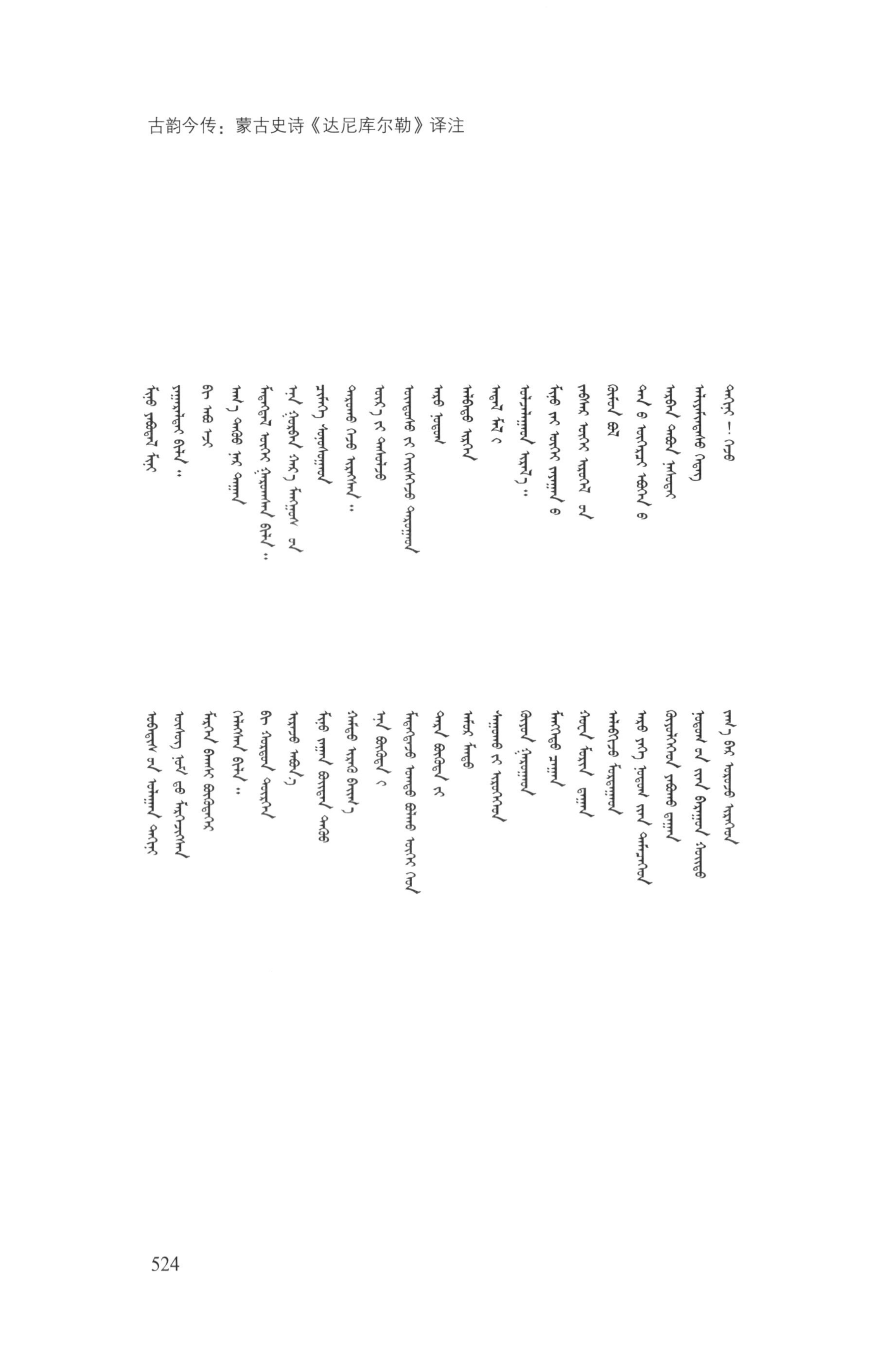

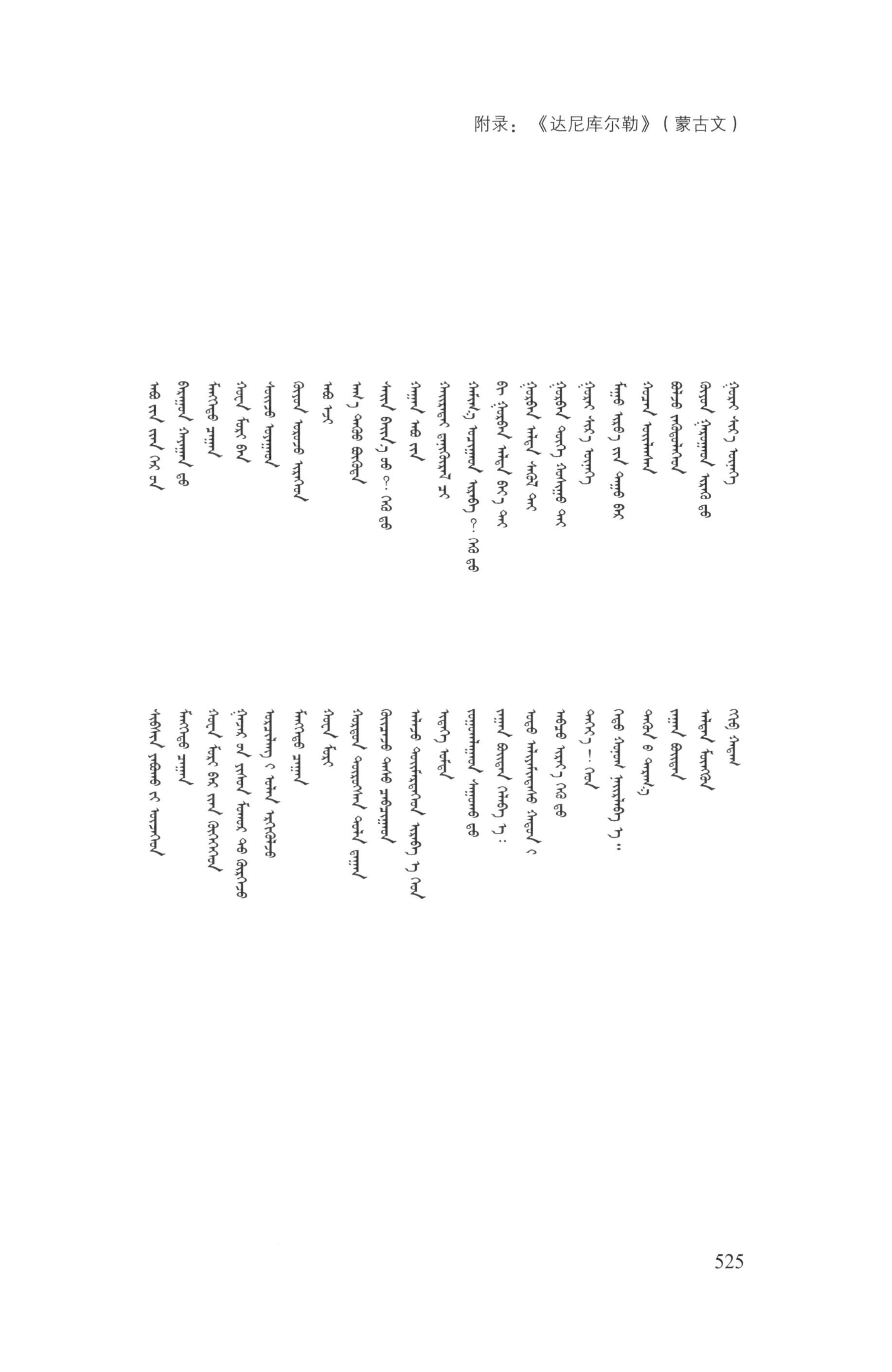

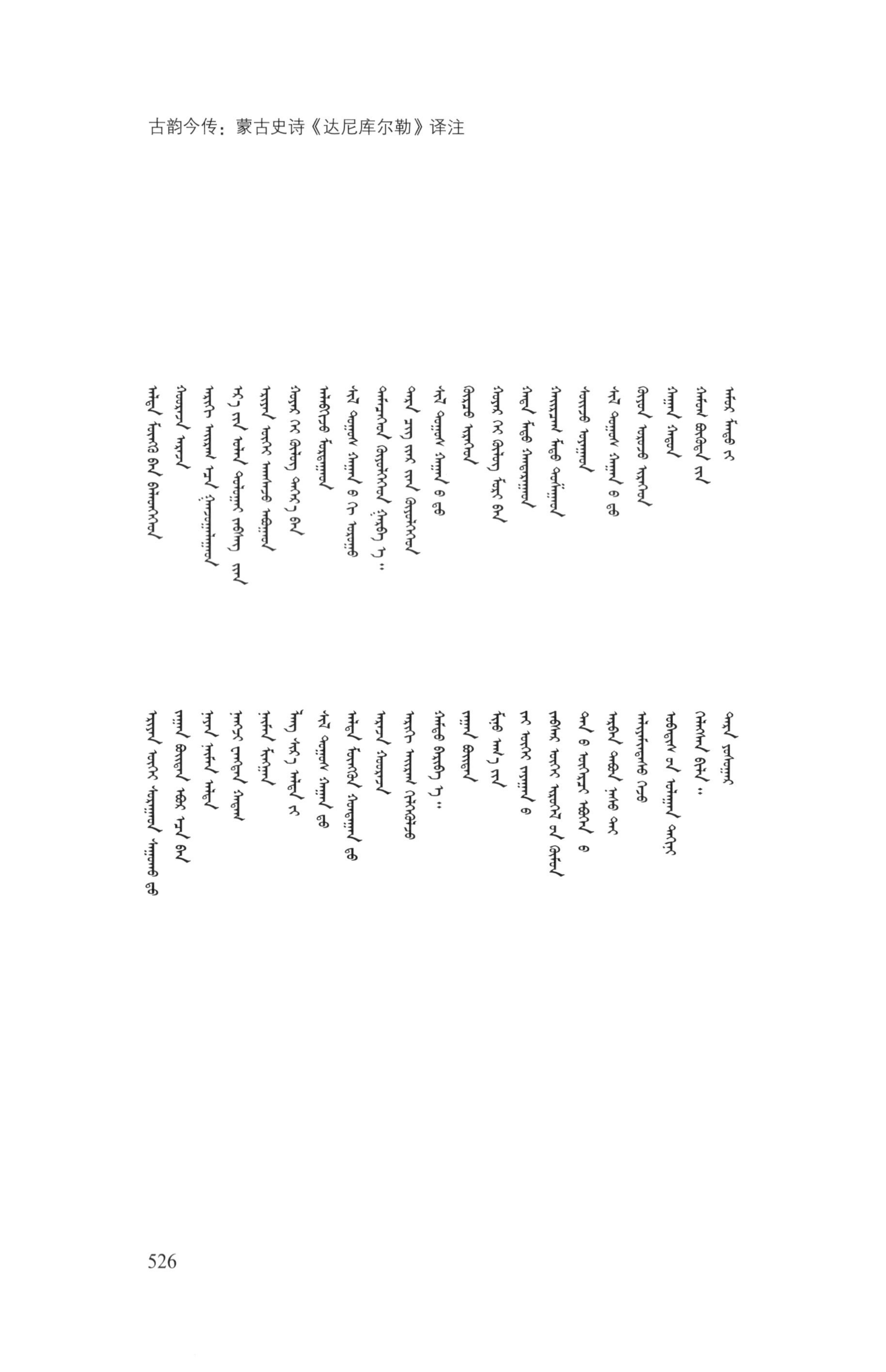

[illegible]

[illegible]

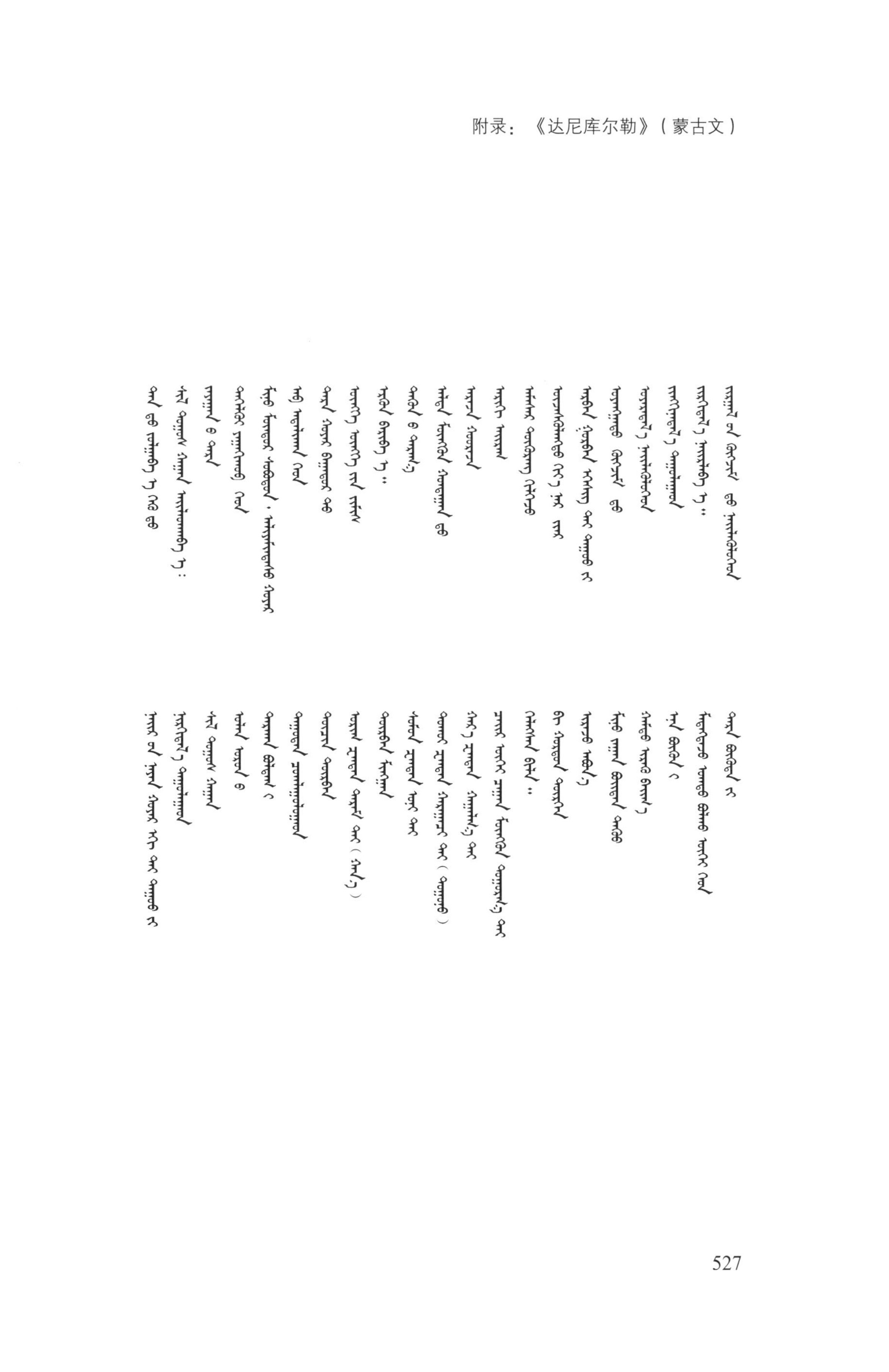

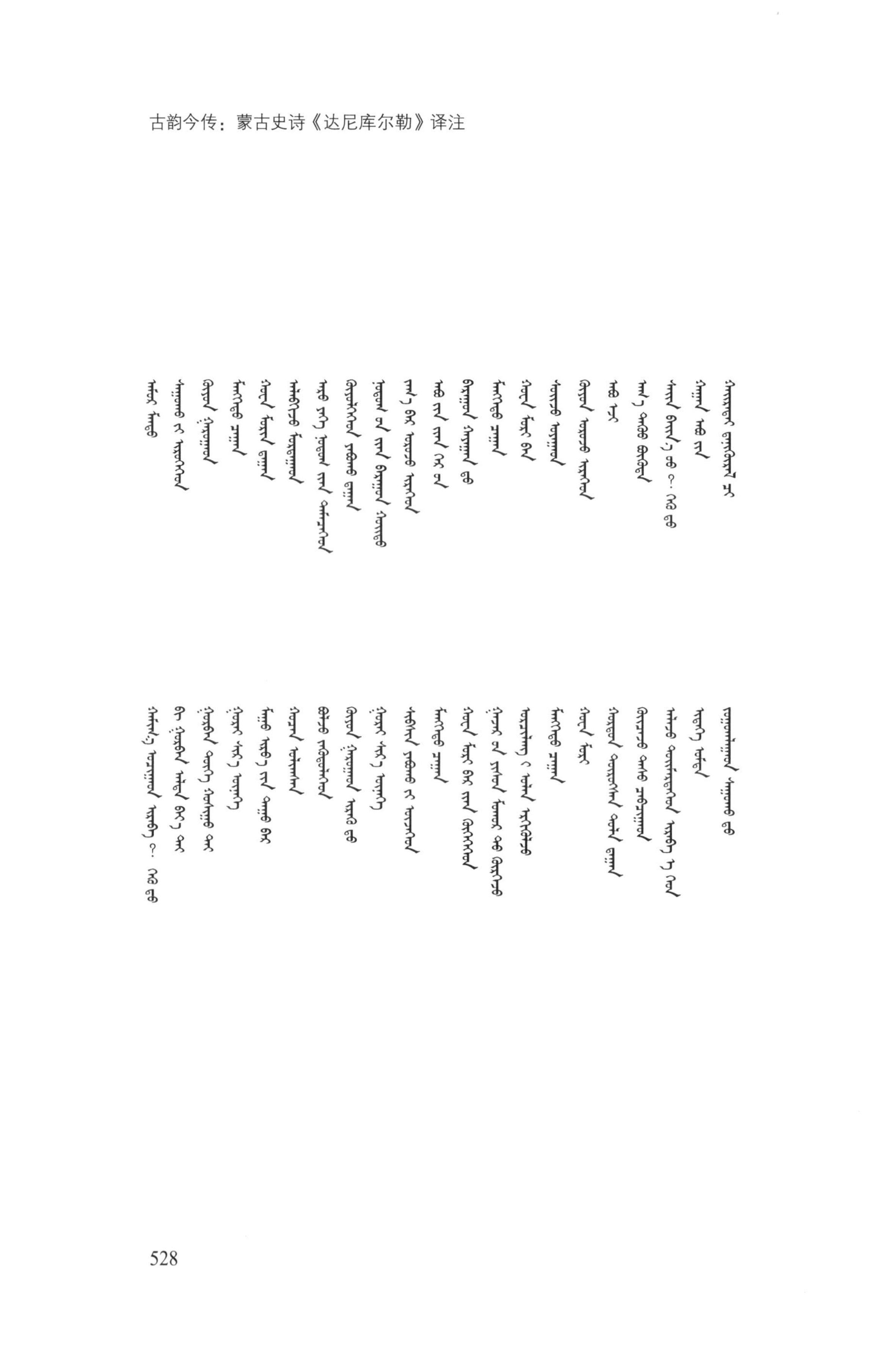

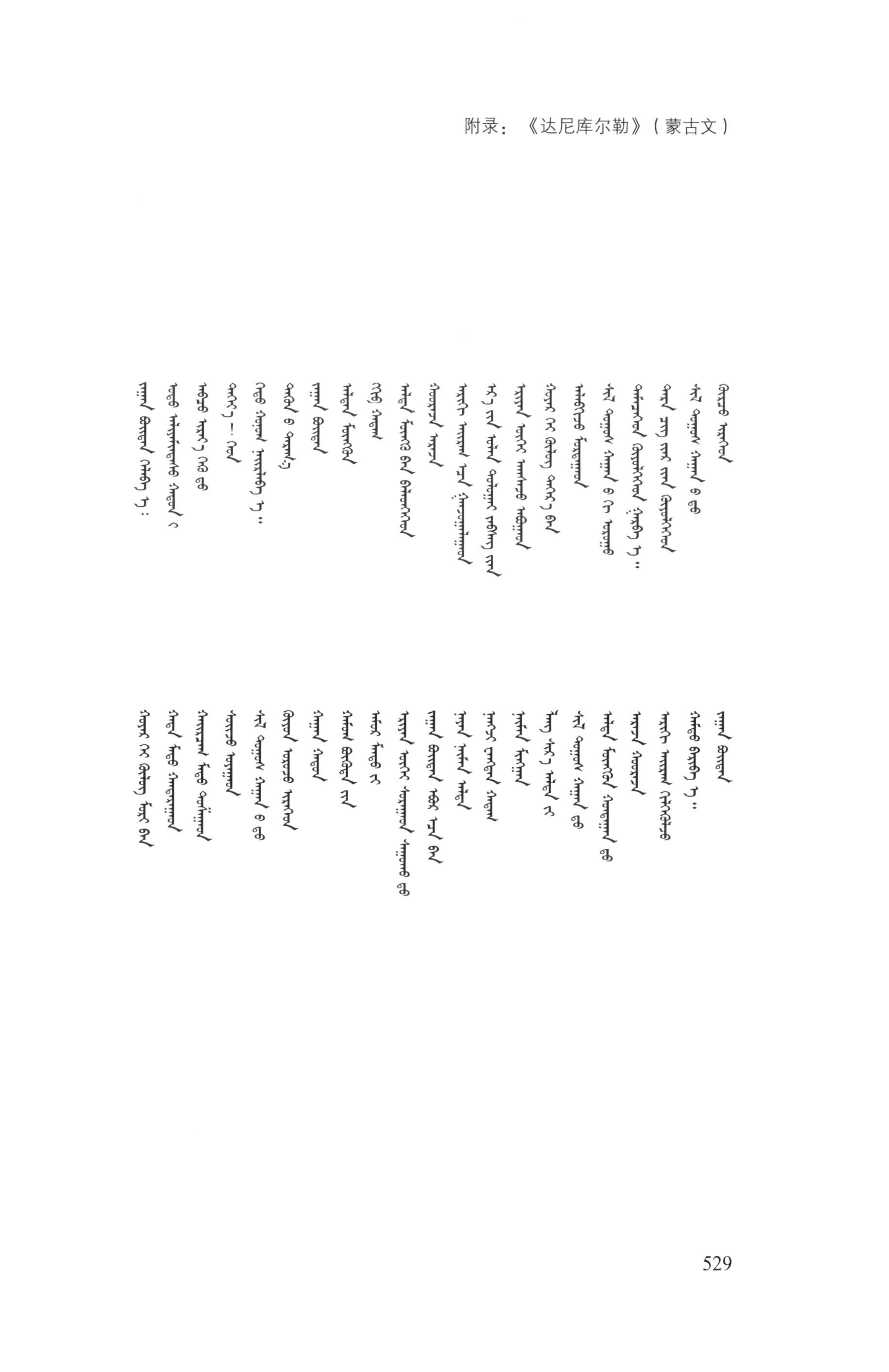

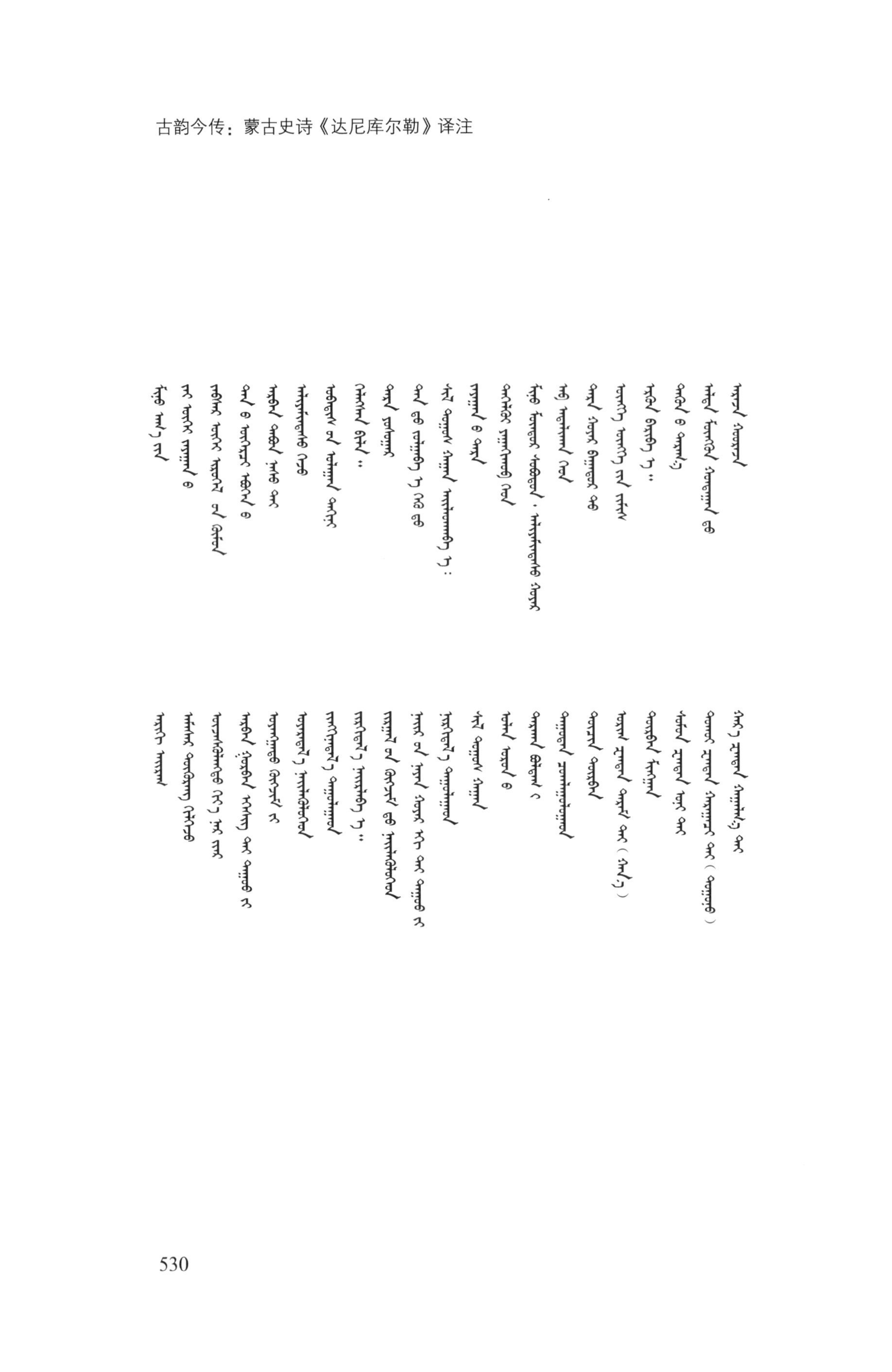

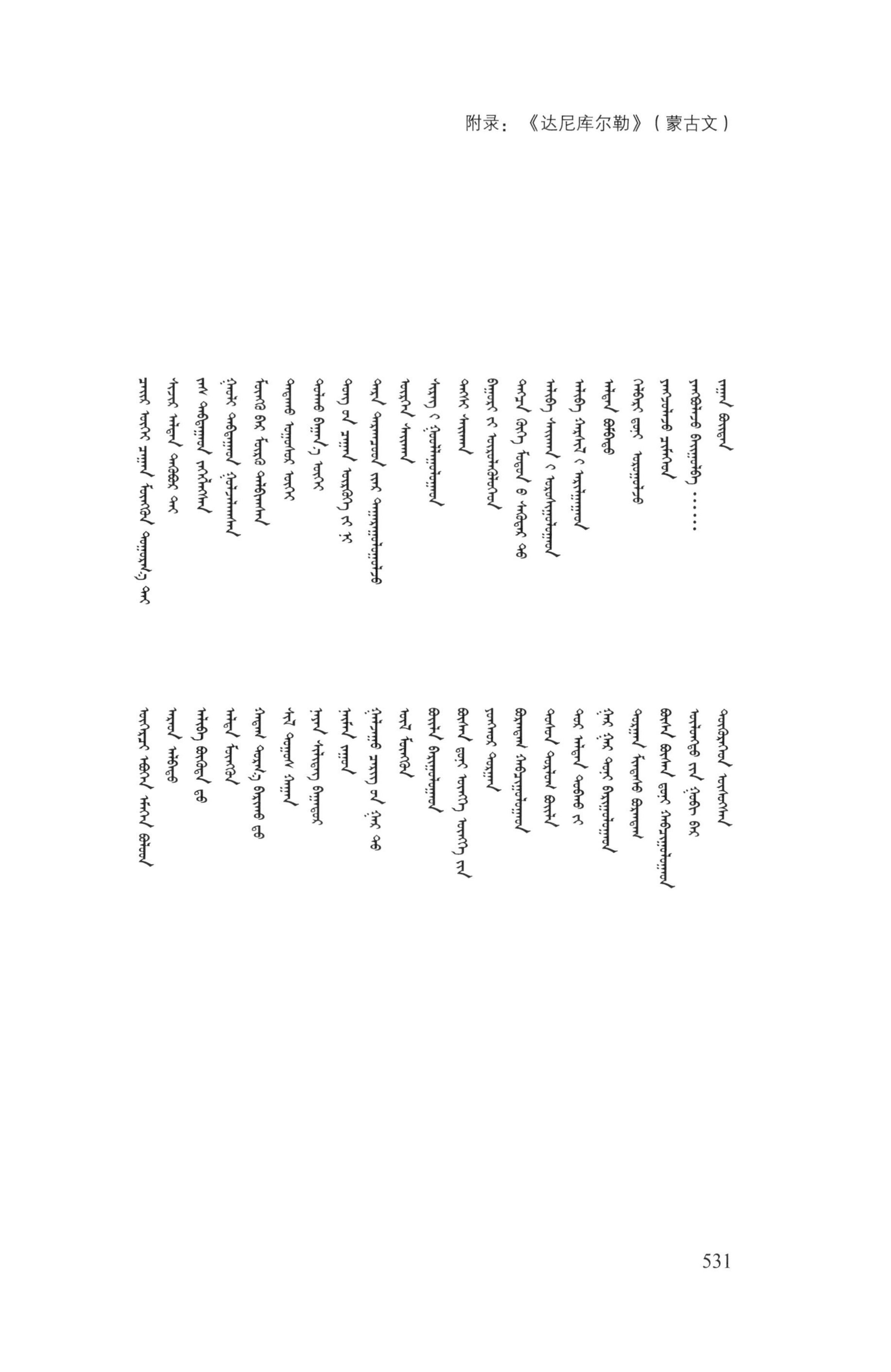

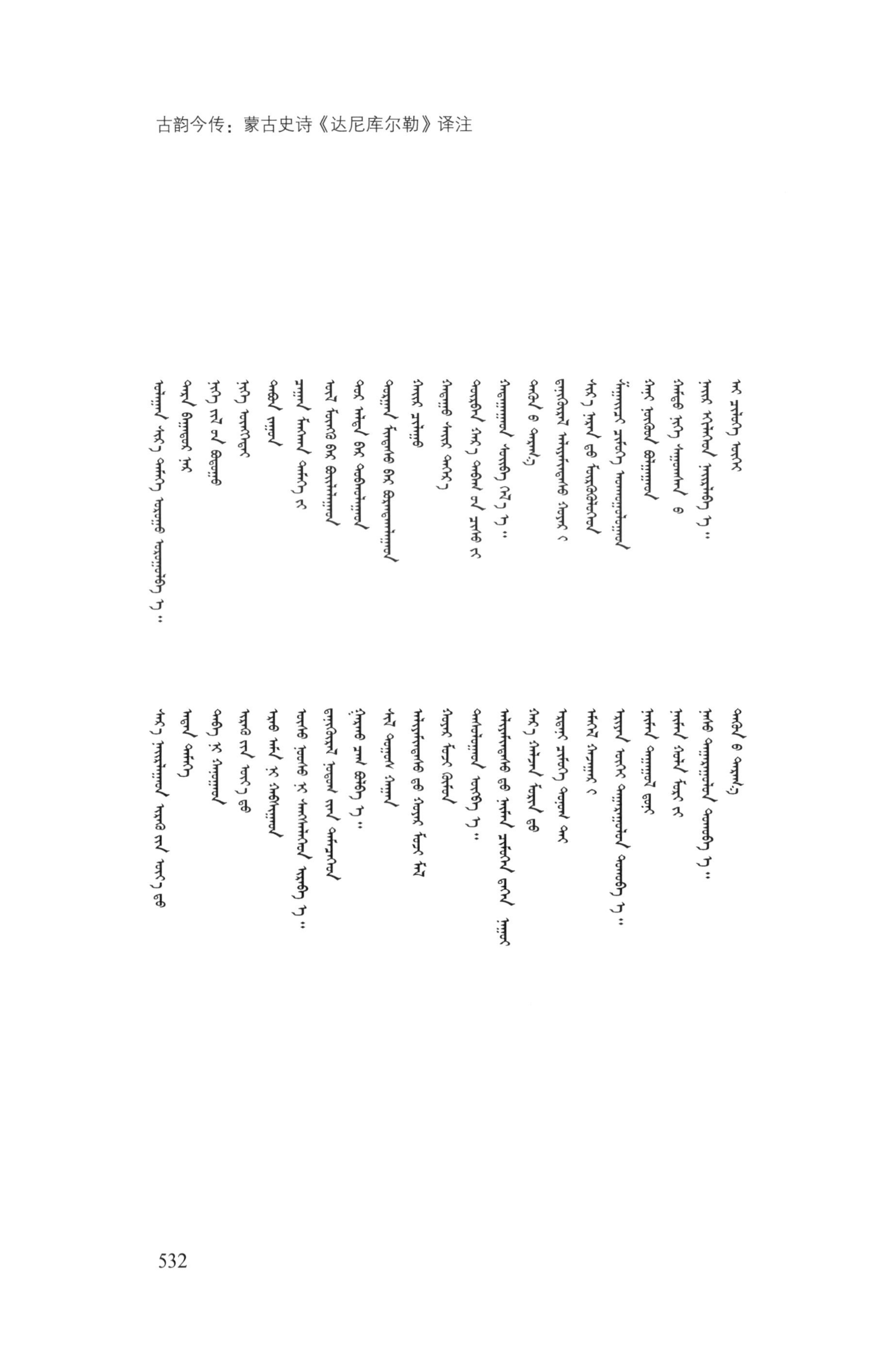

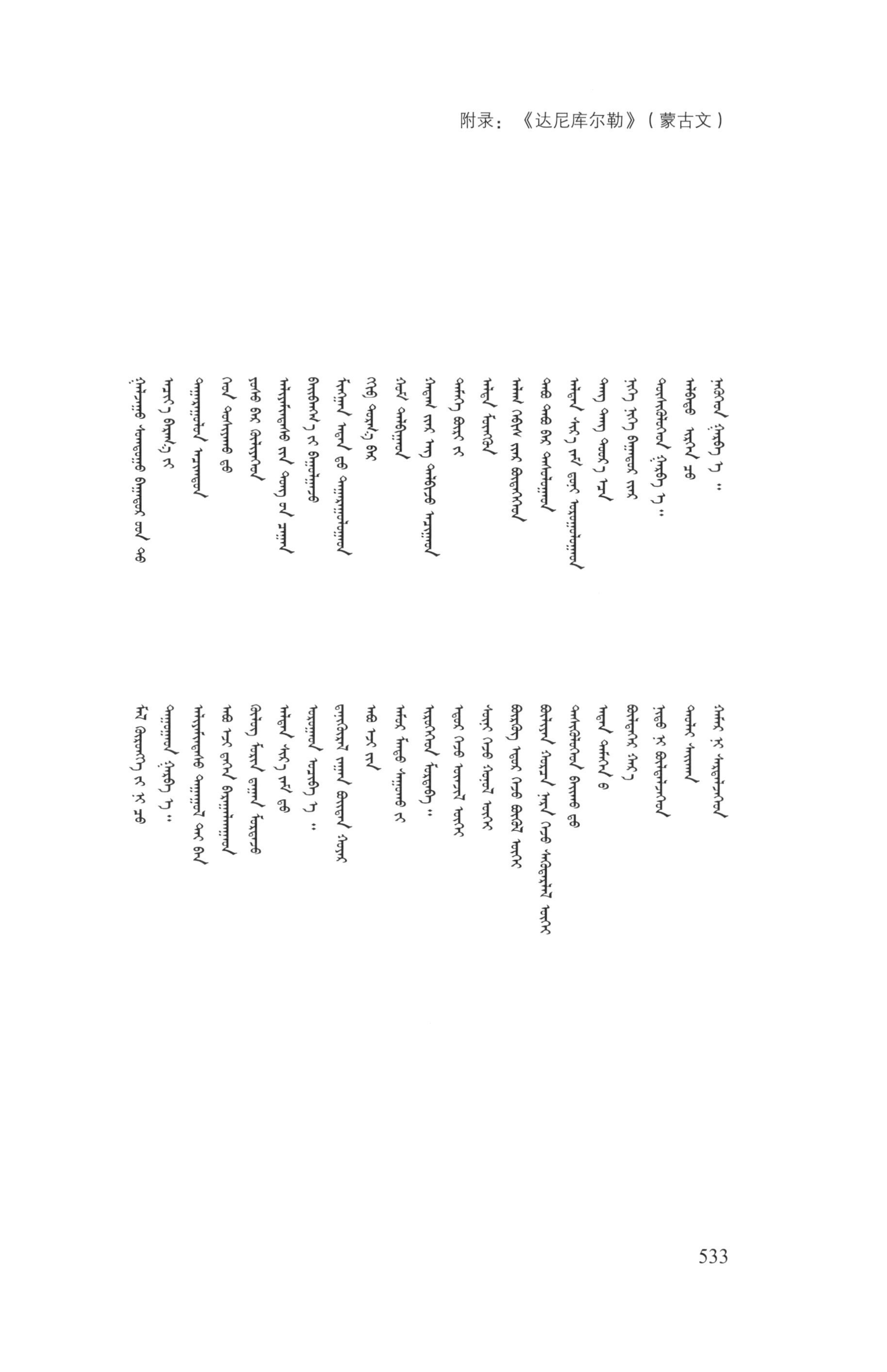

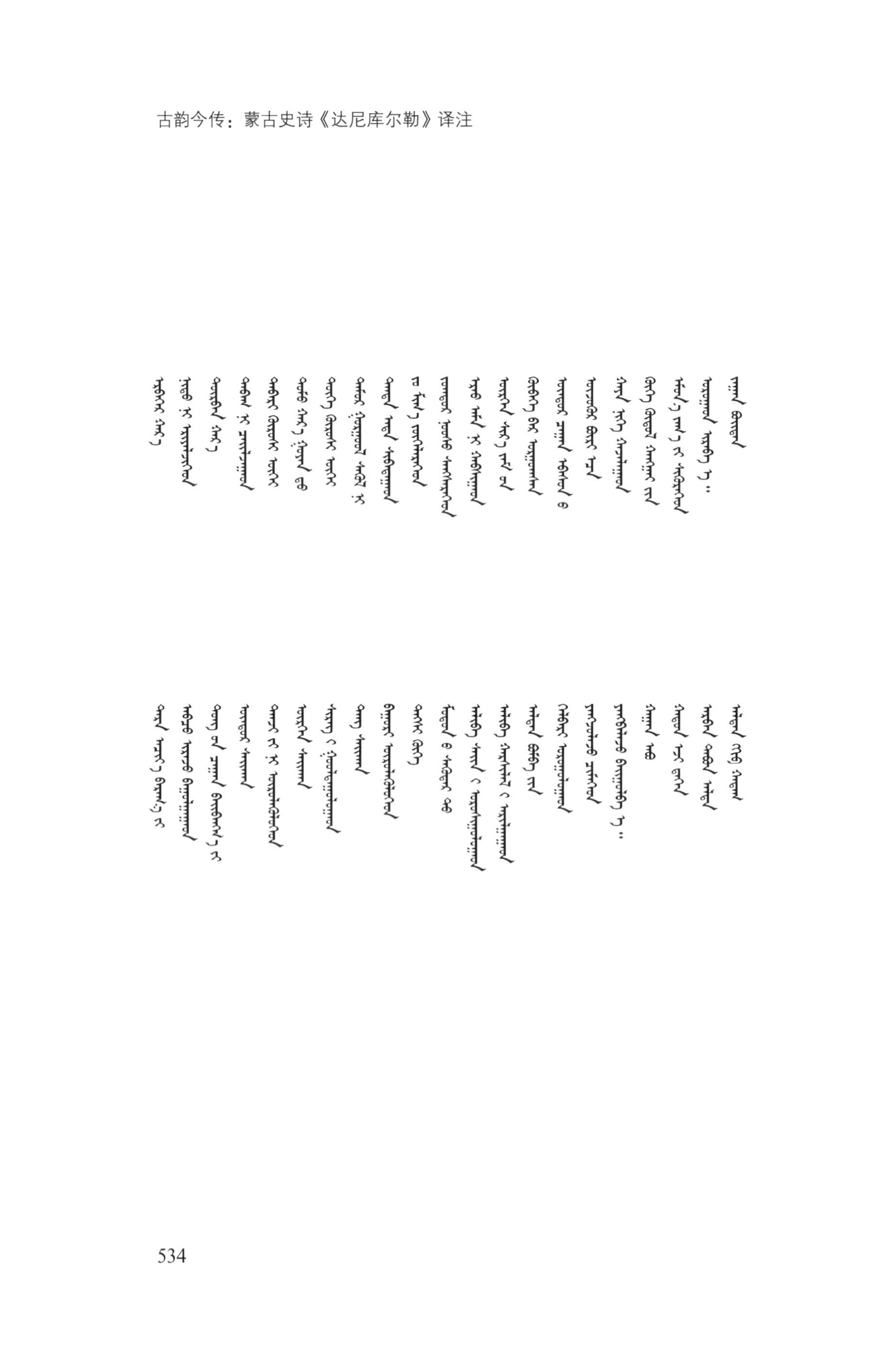

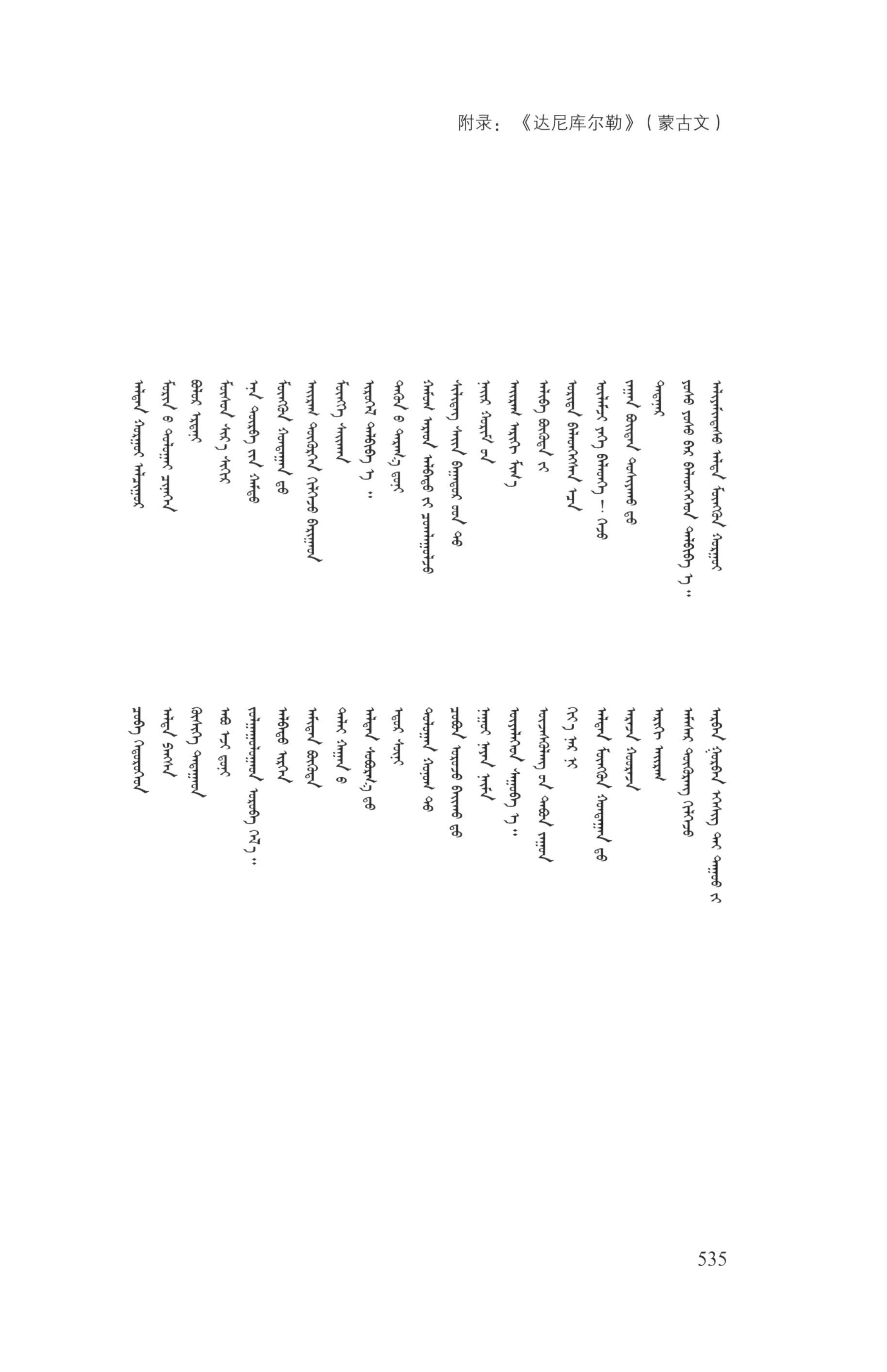

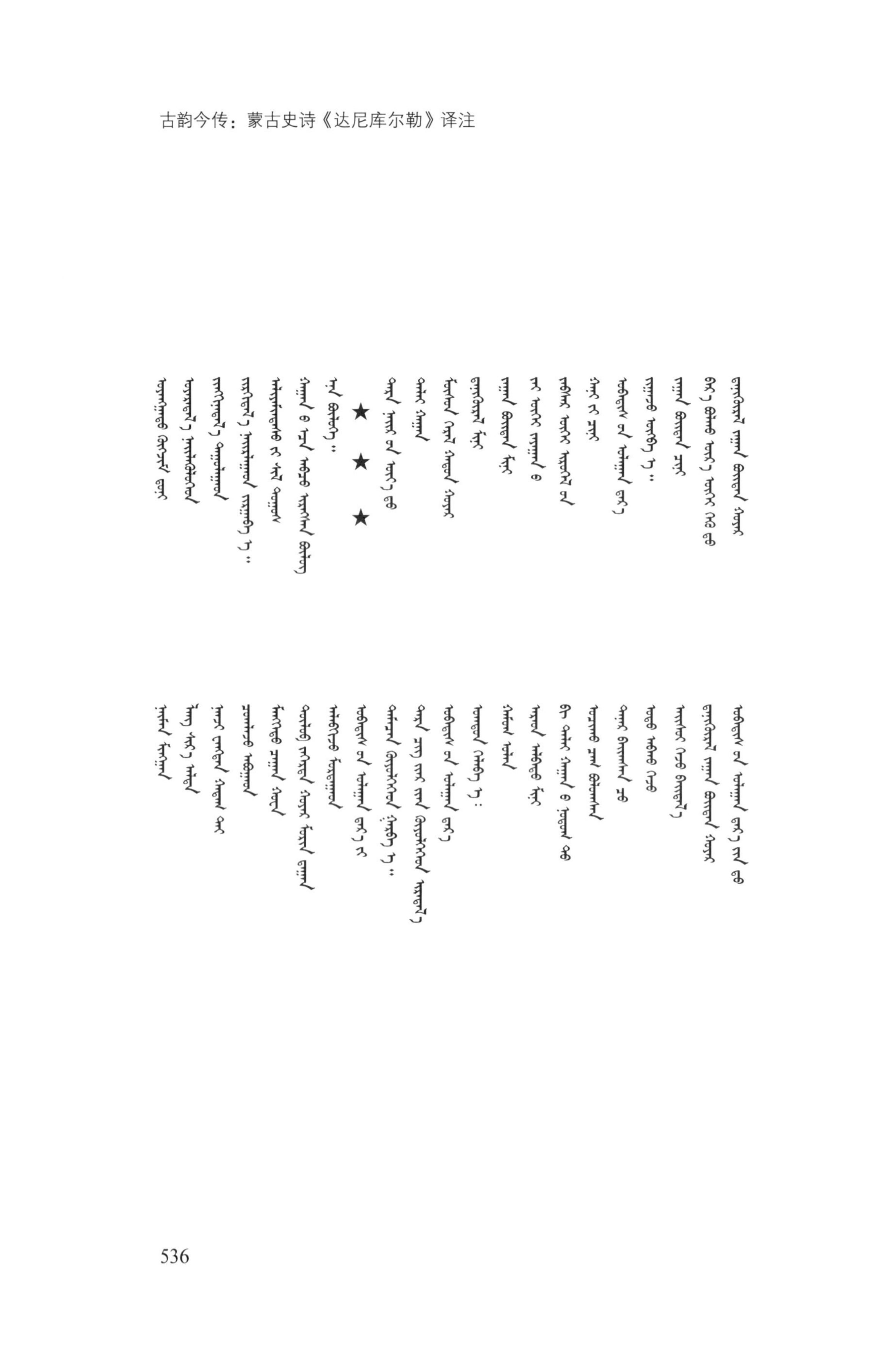

[illegible]

★ ★ ★

[illegible]

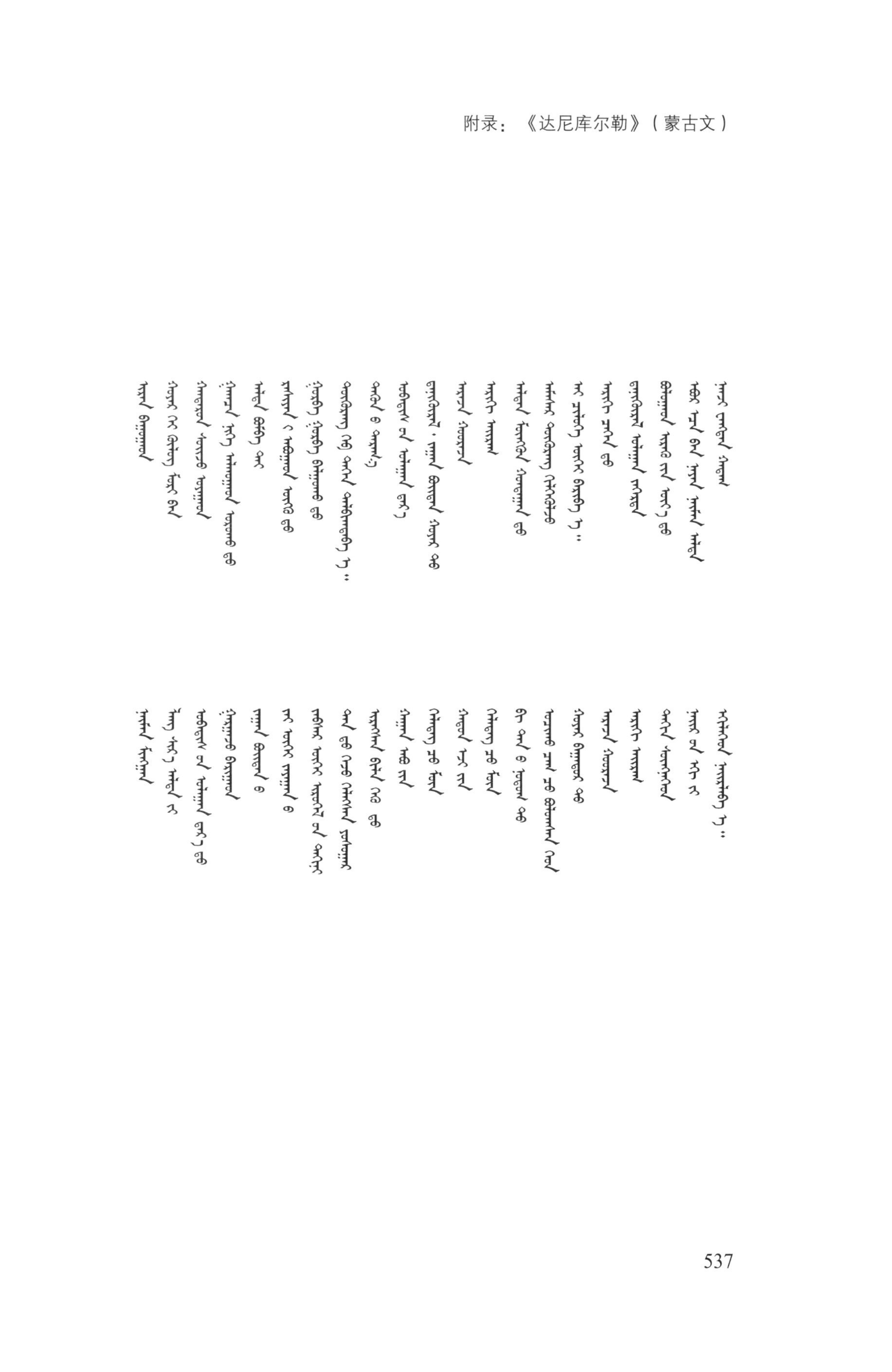

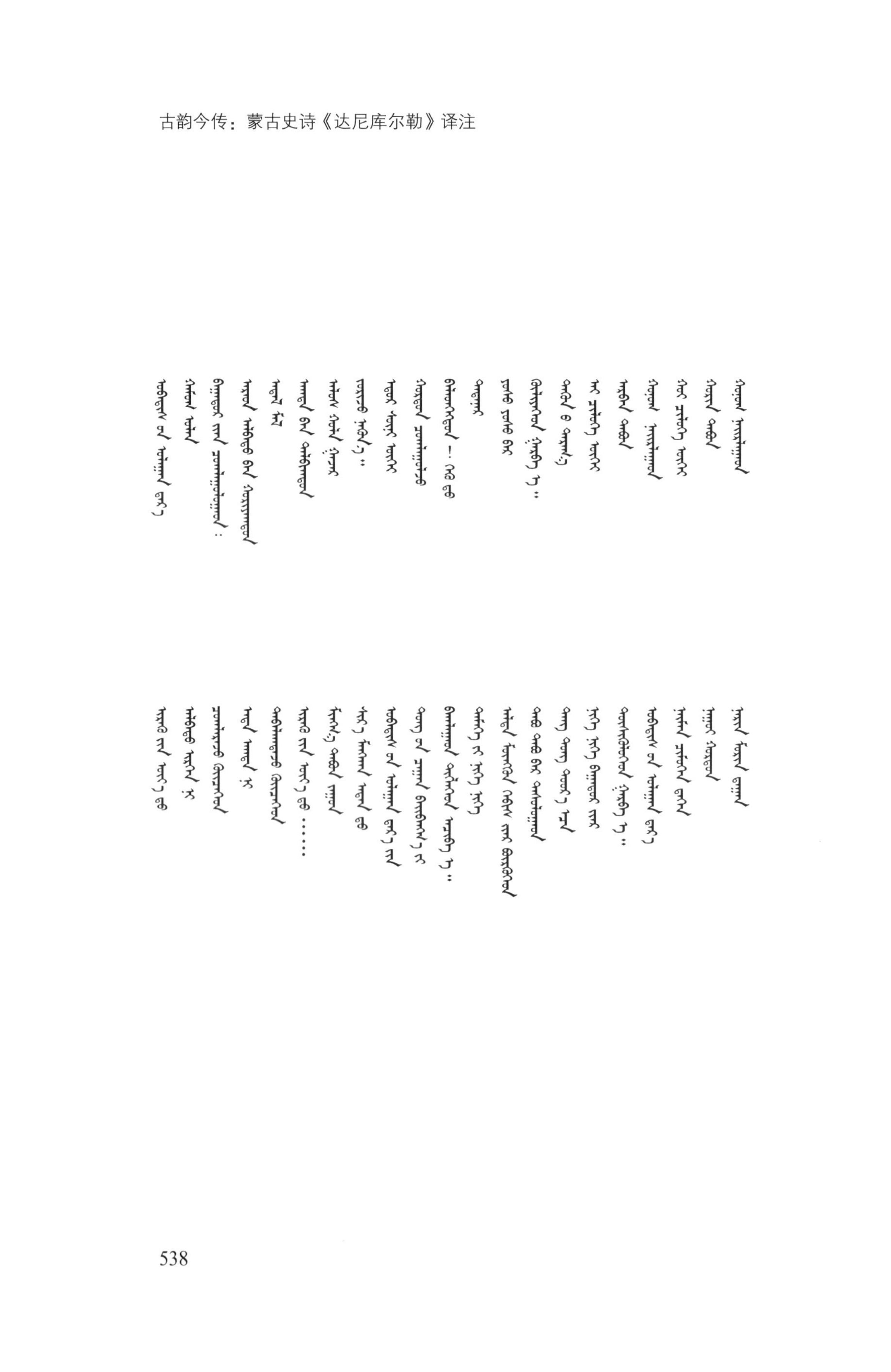

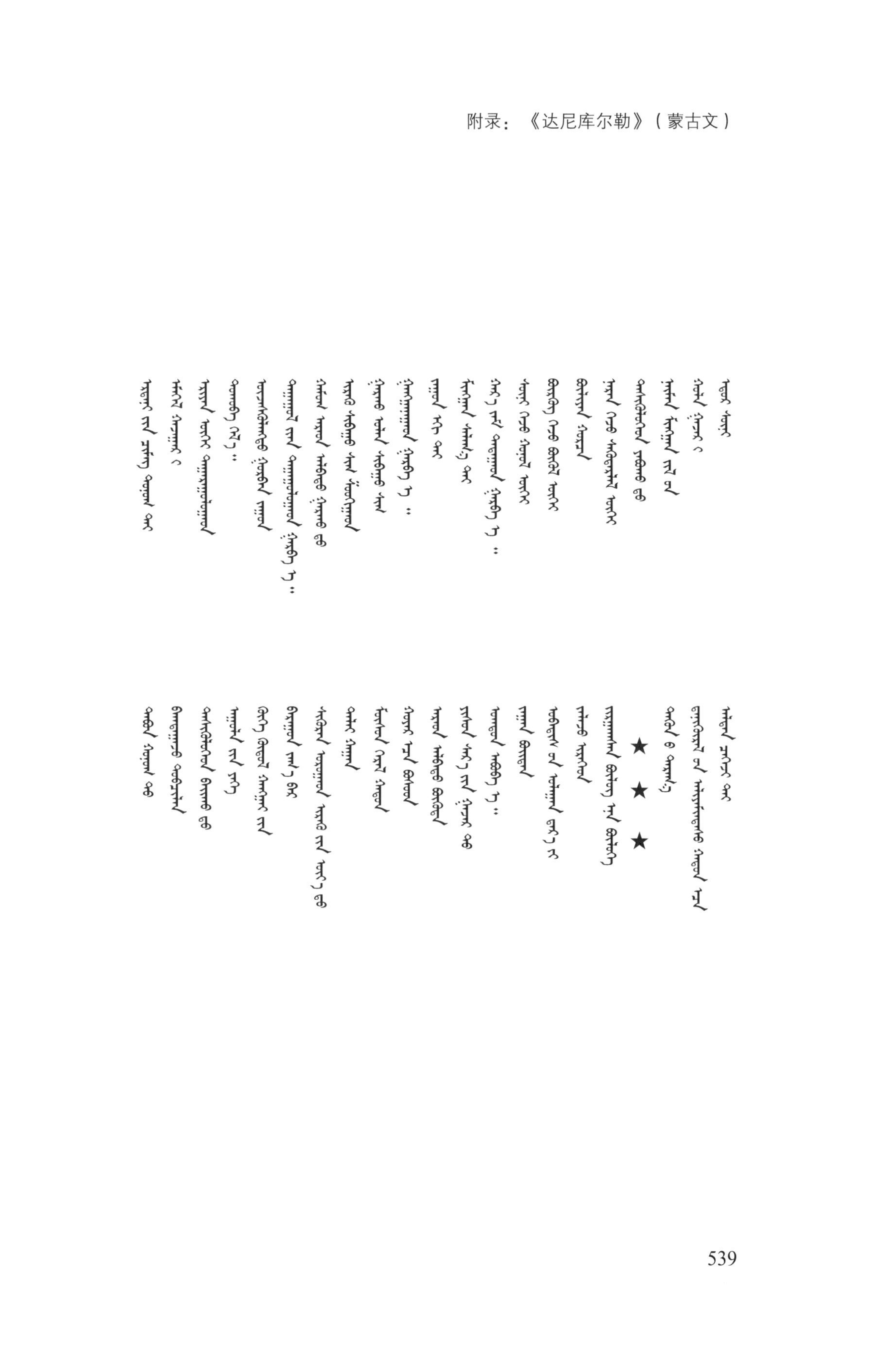

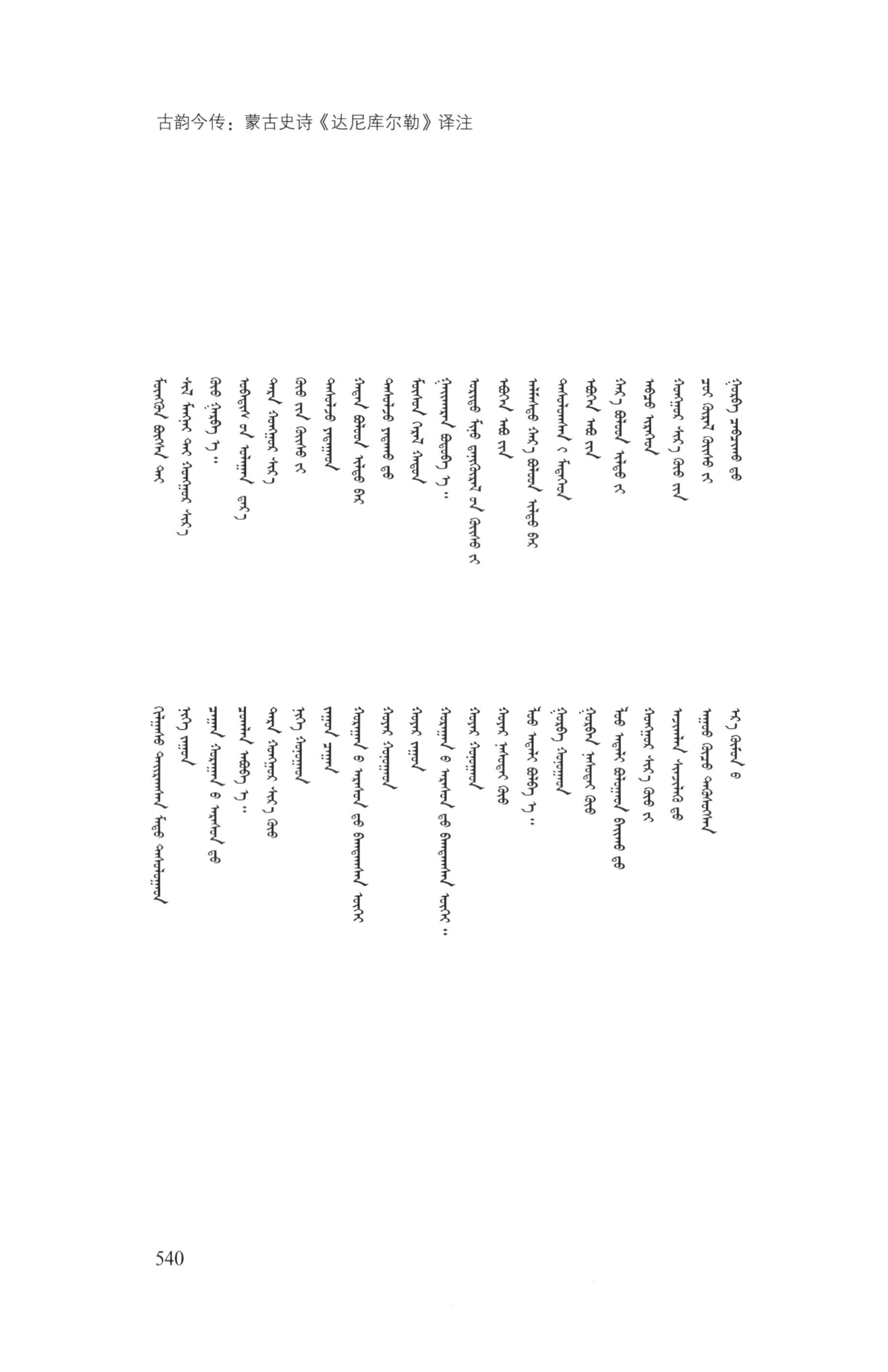

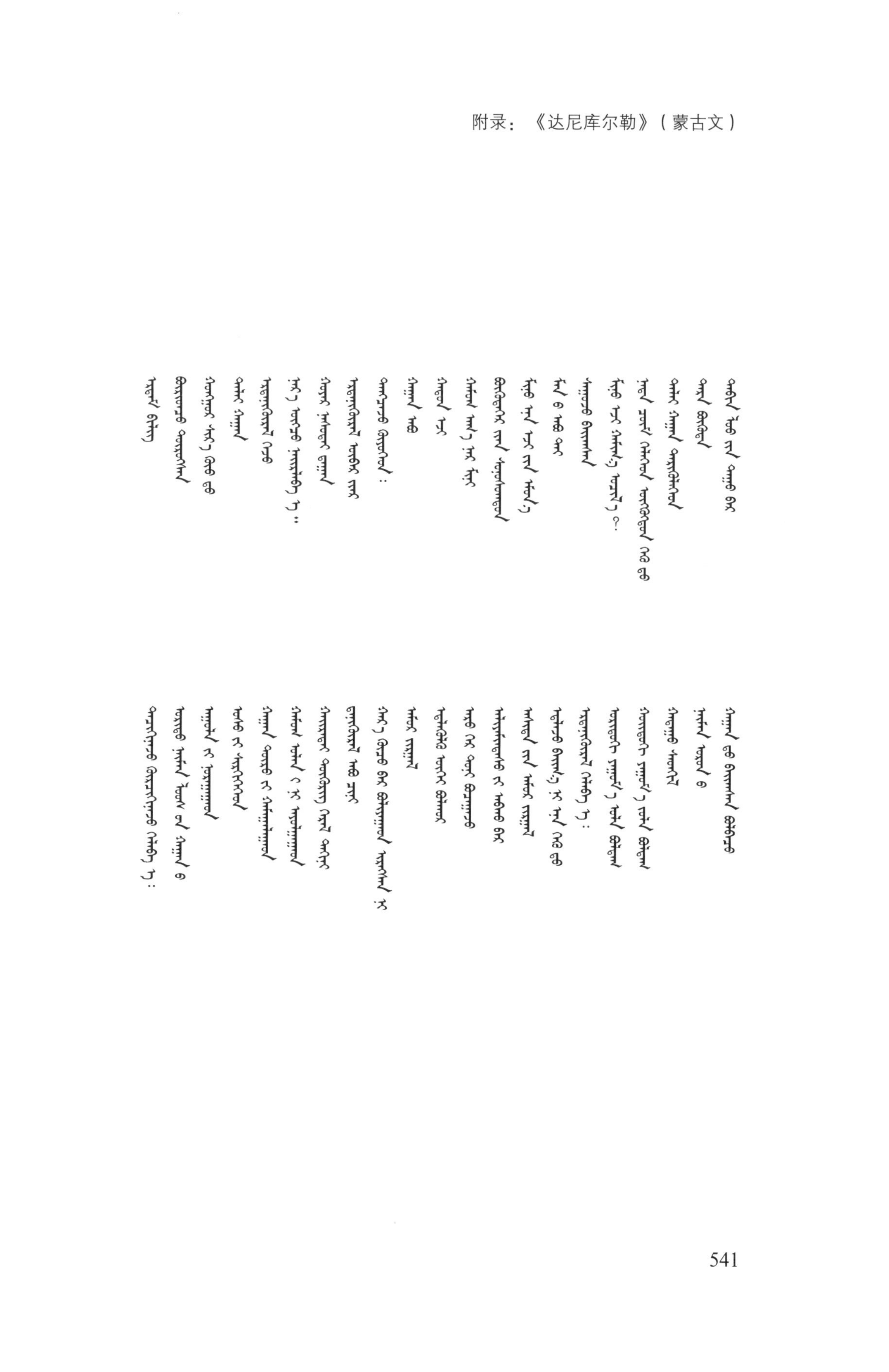

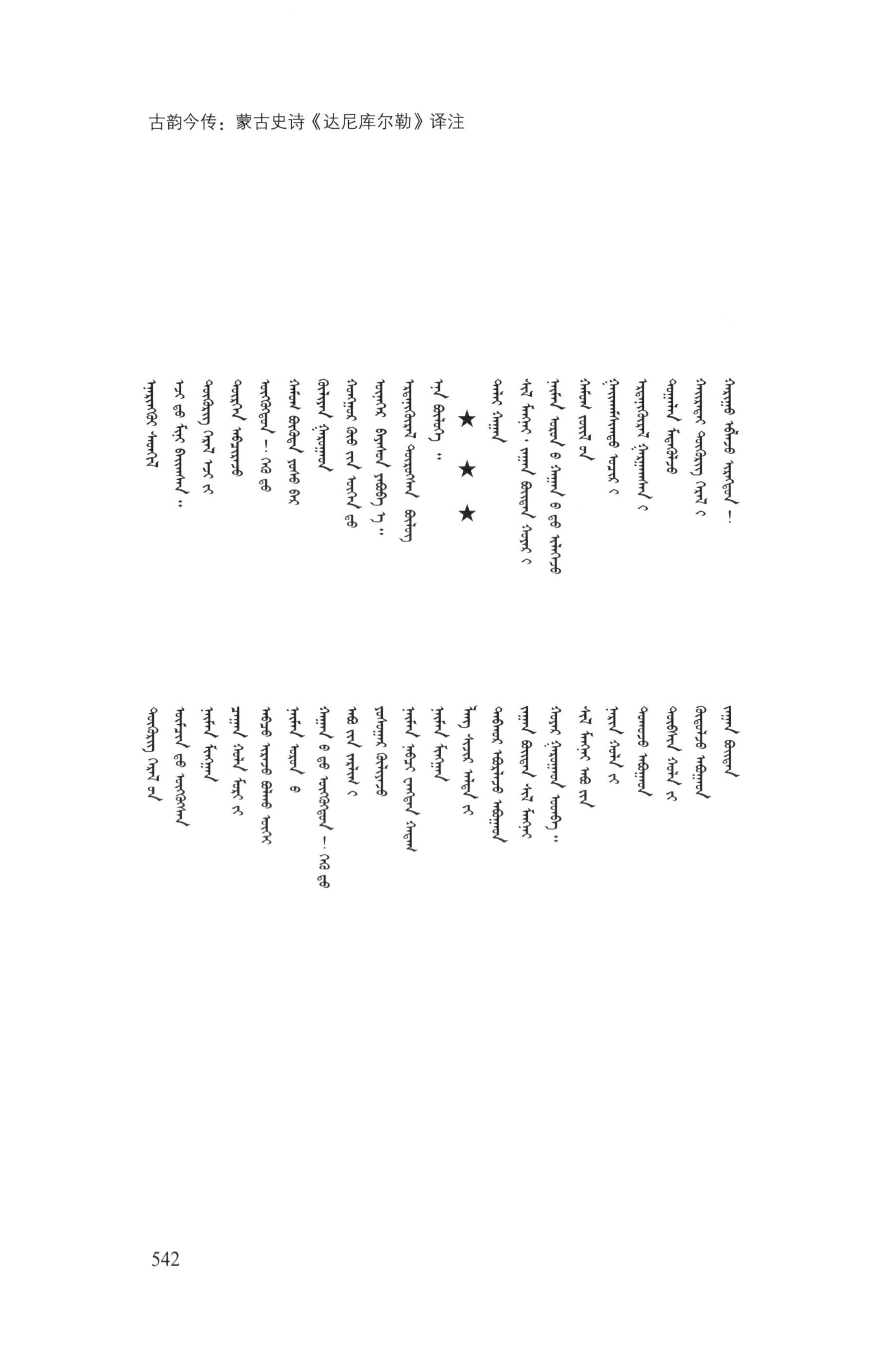

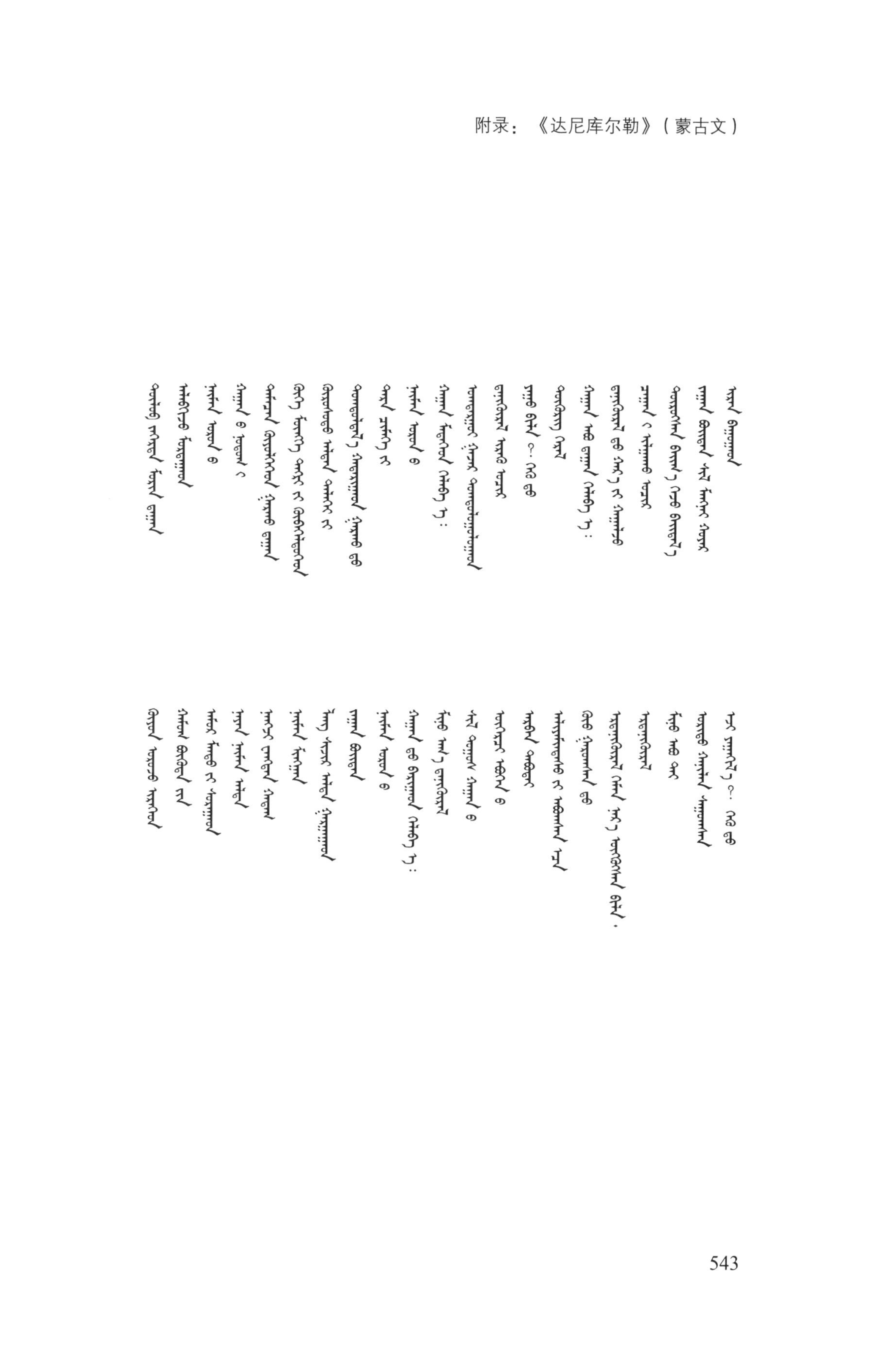

[illegible]

[illegible]

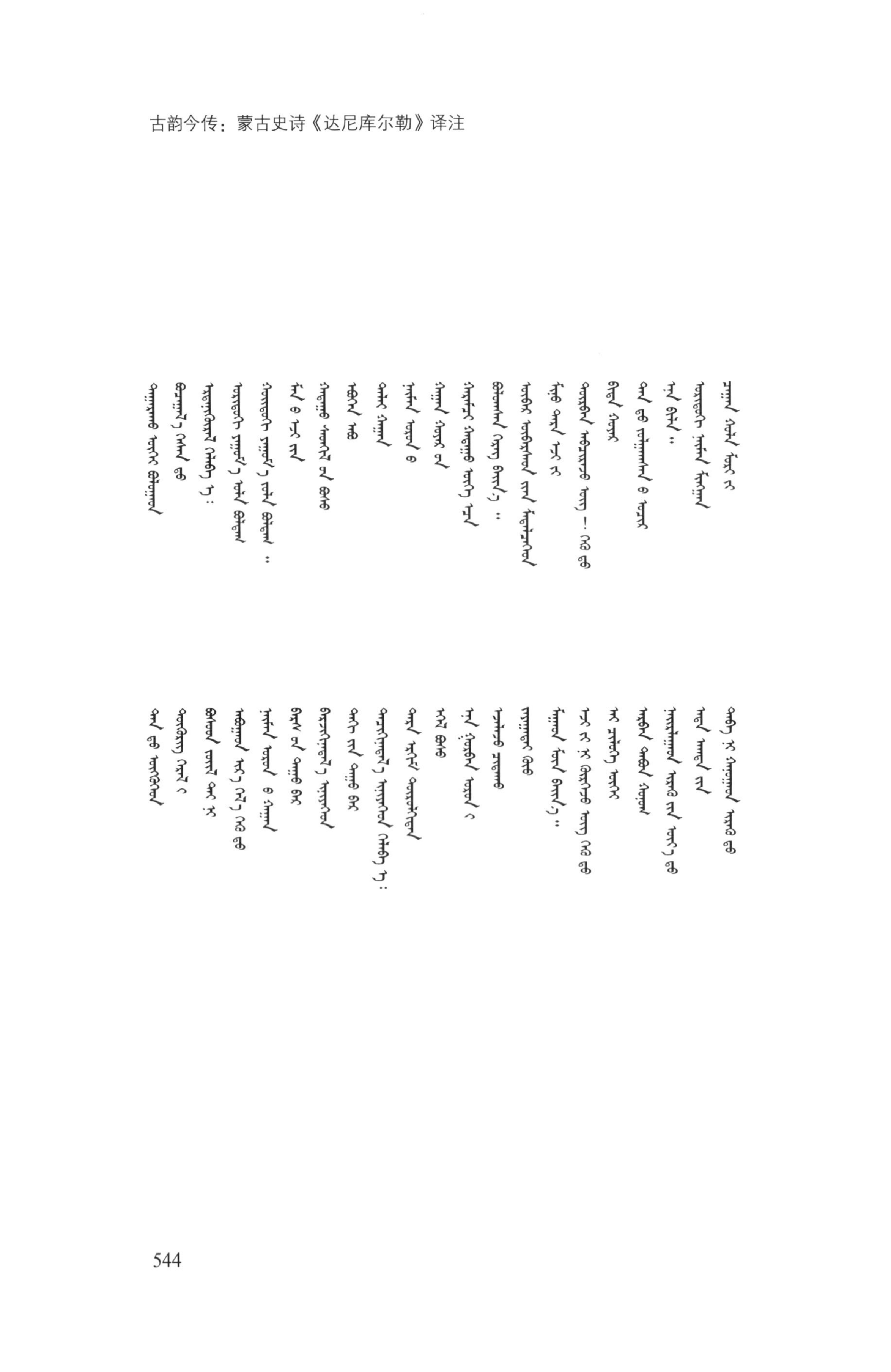

[illegible]

[illegible]

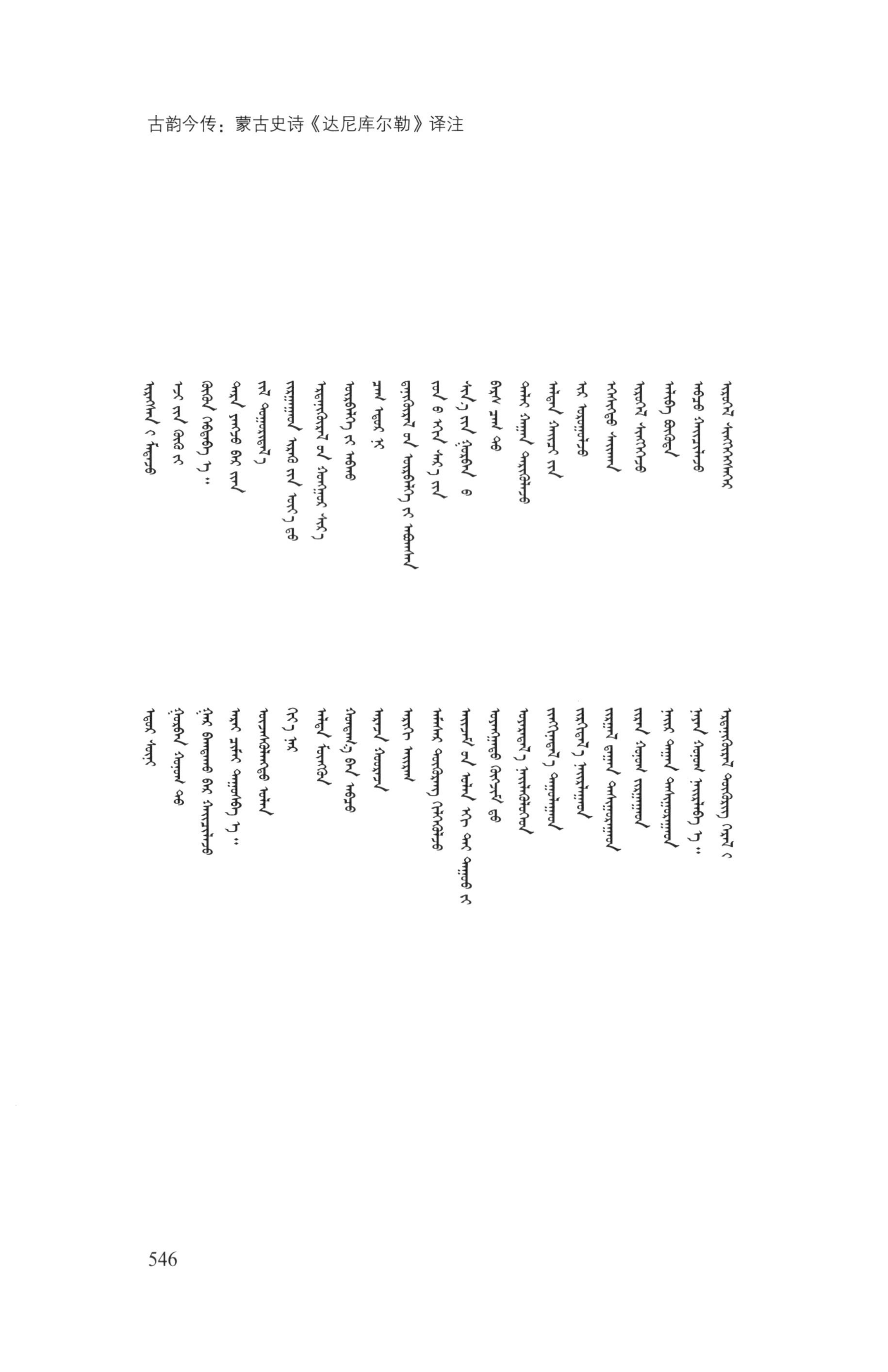

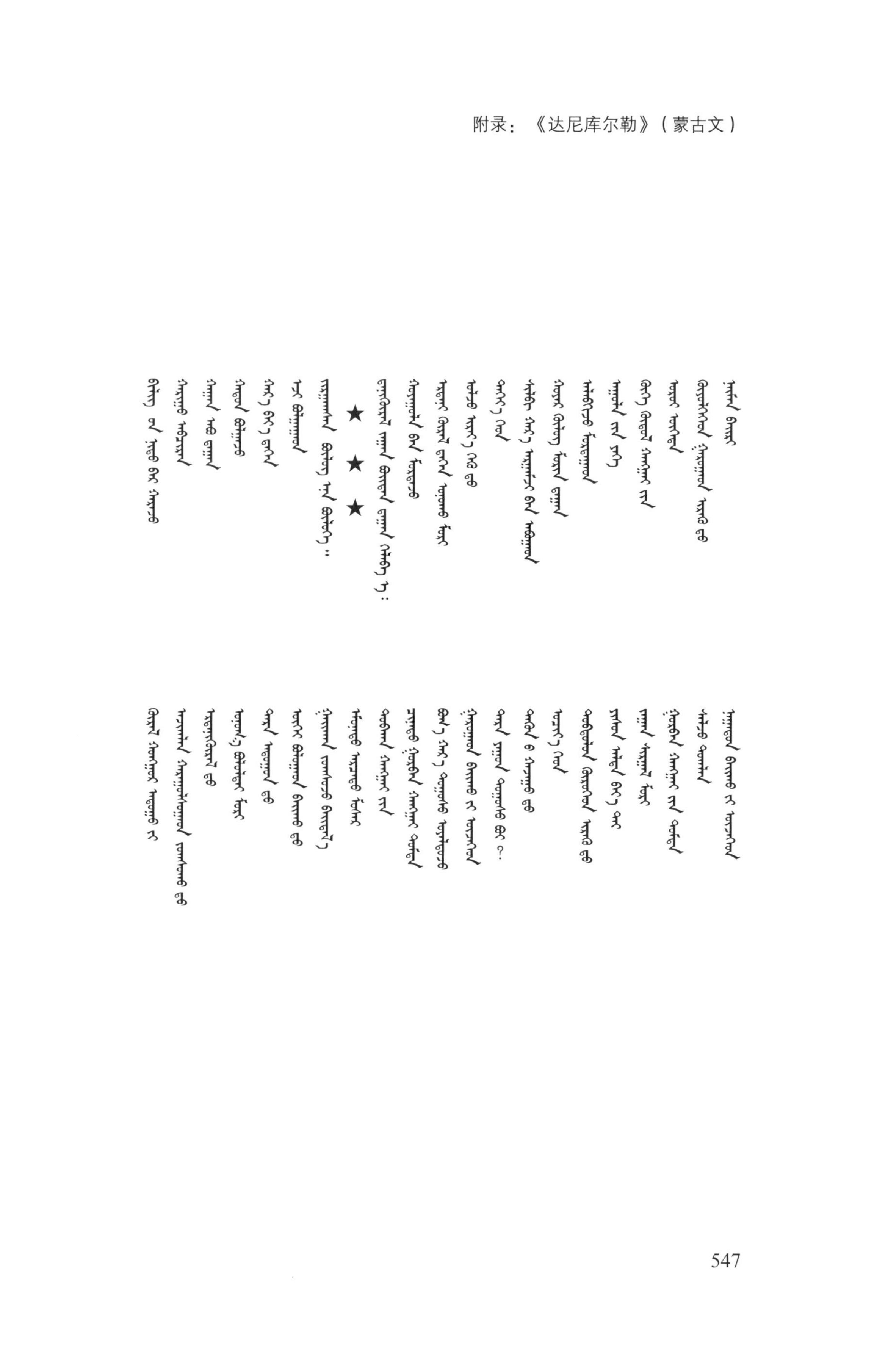

★ ★ ★

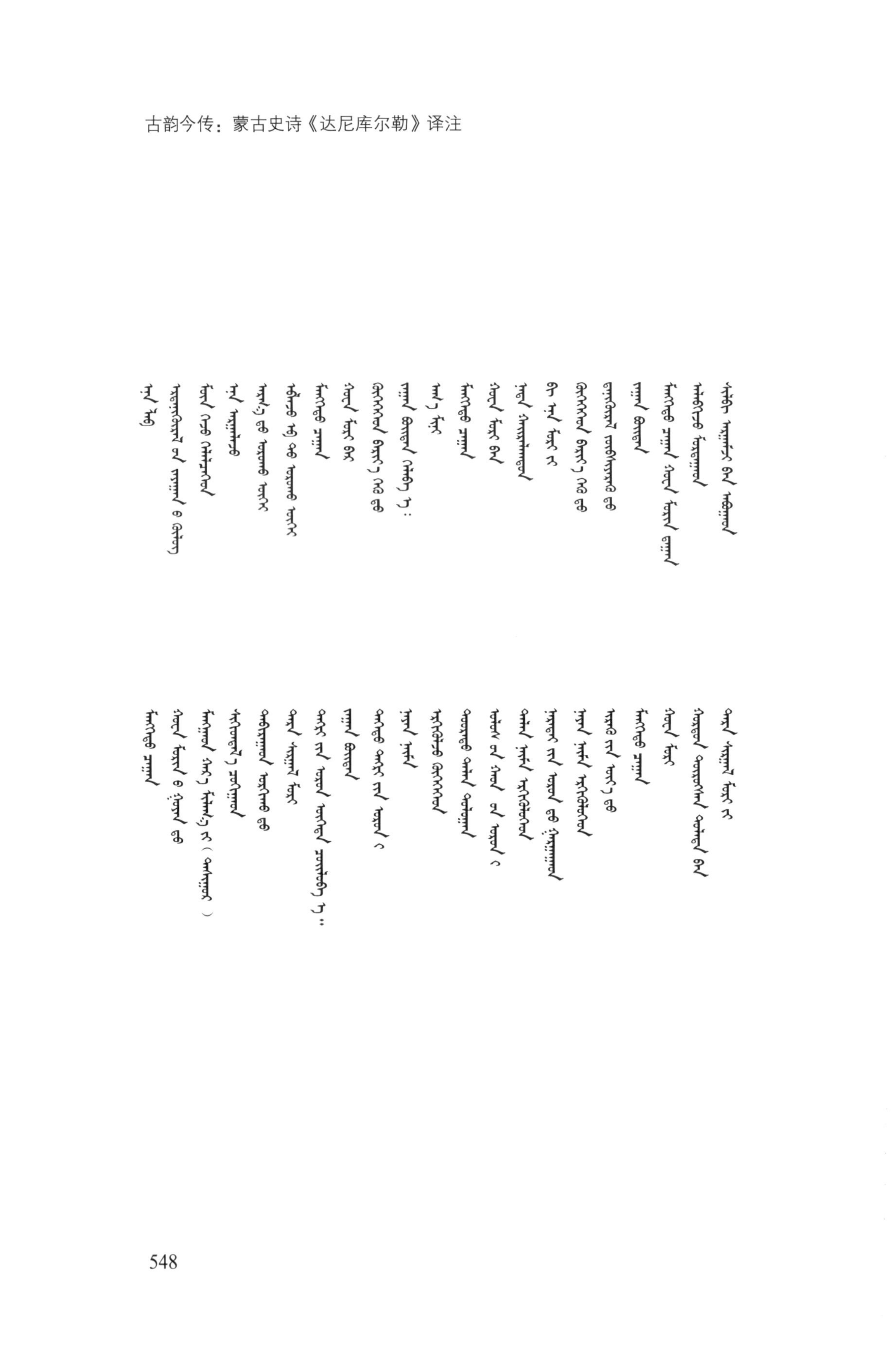

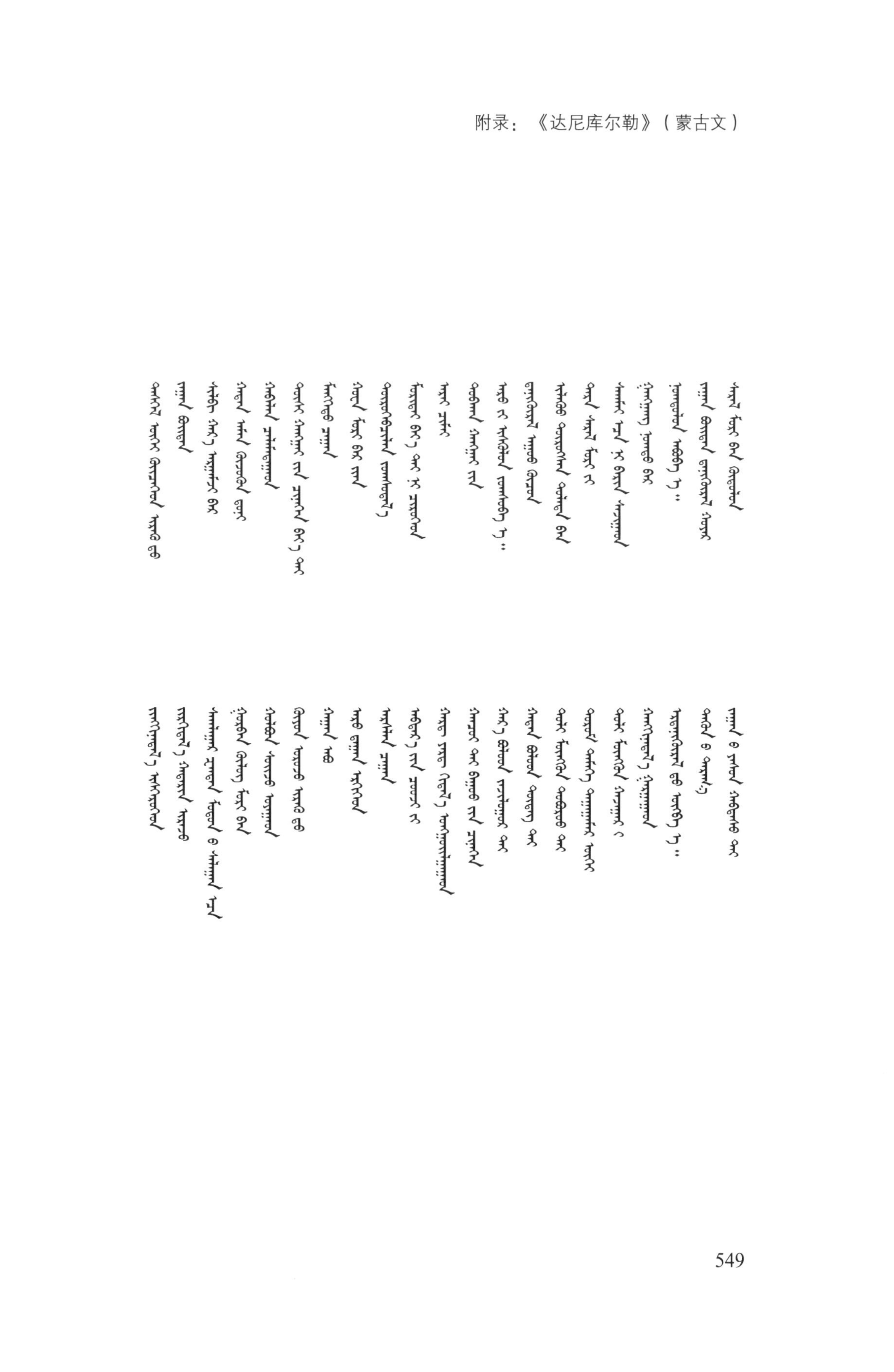

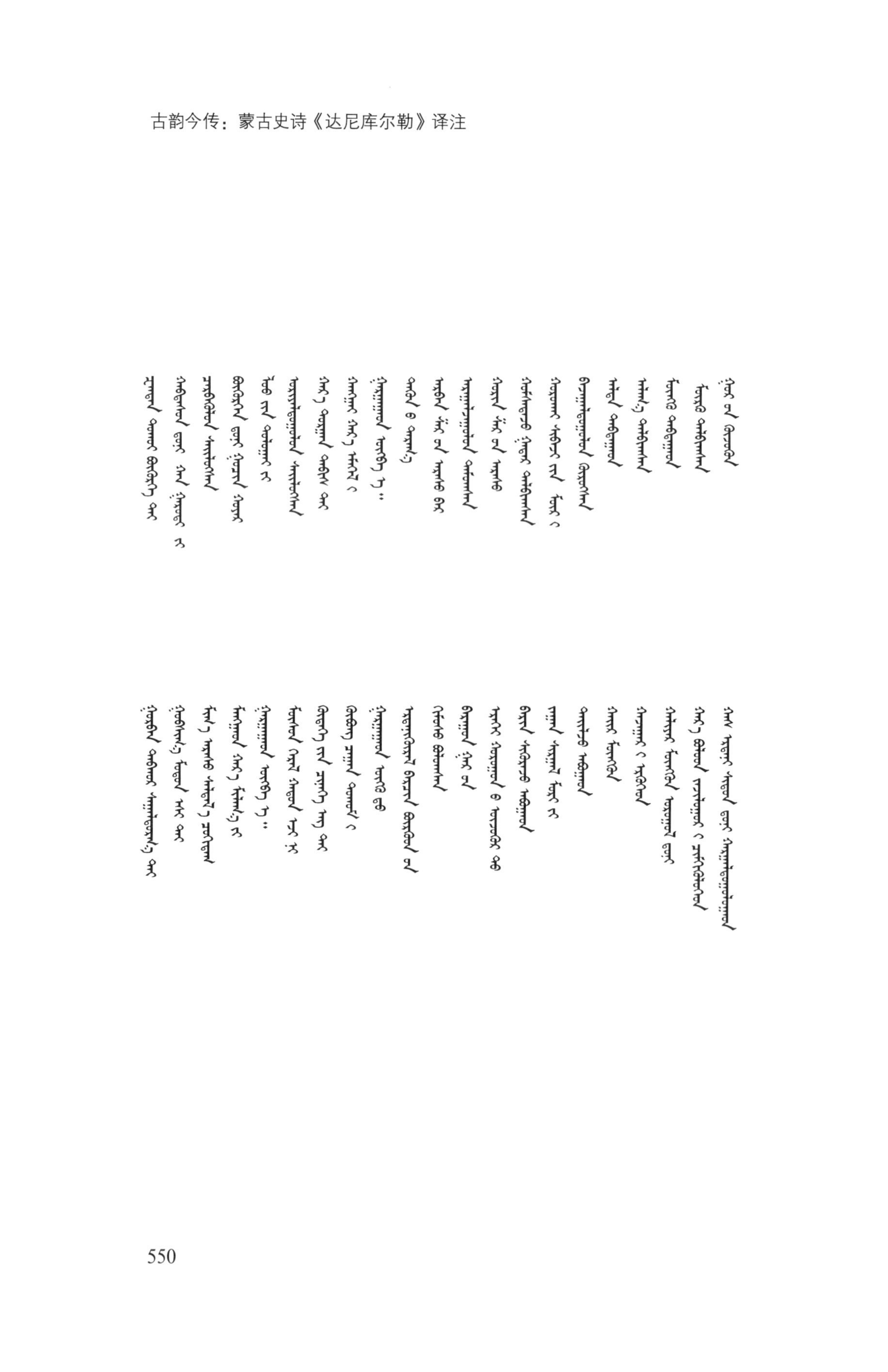

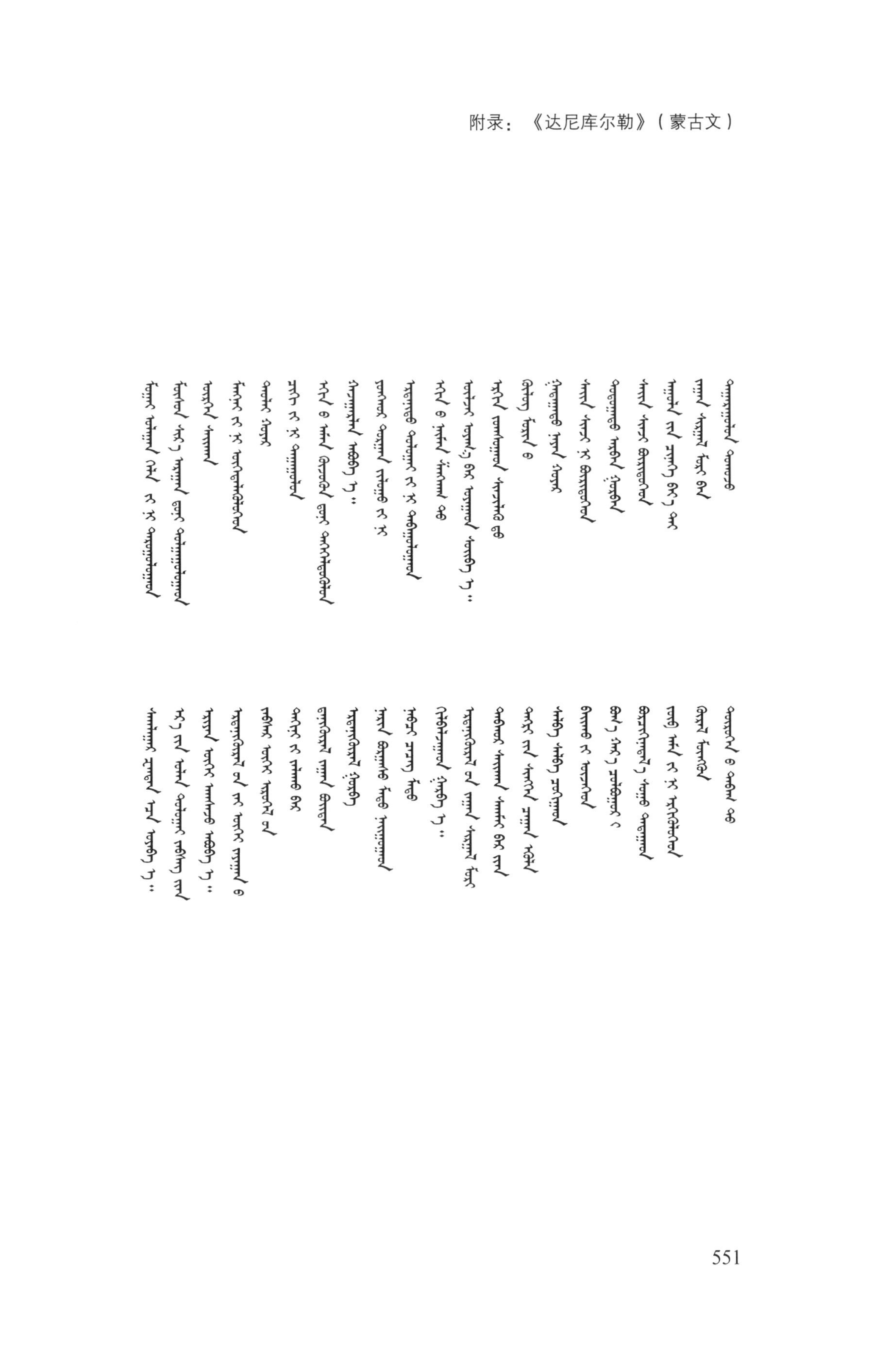

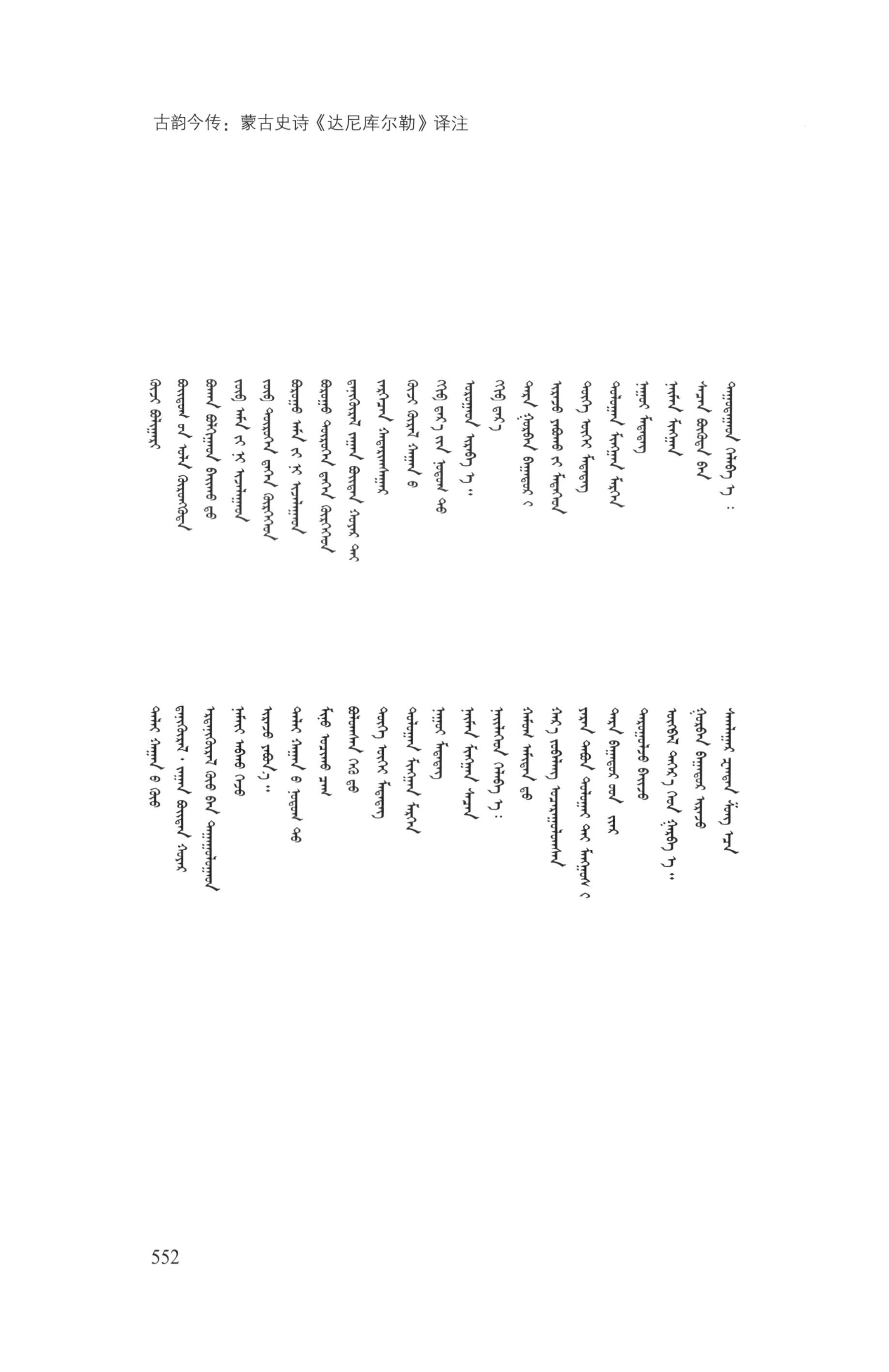

[illegible]

[illegible]

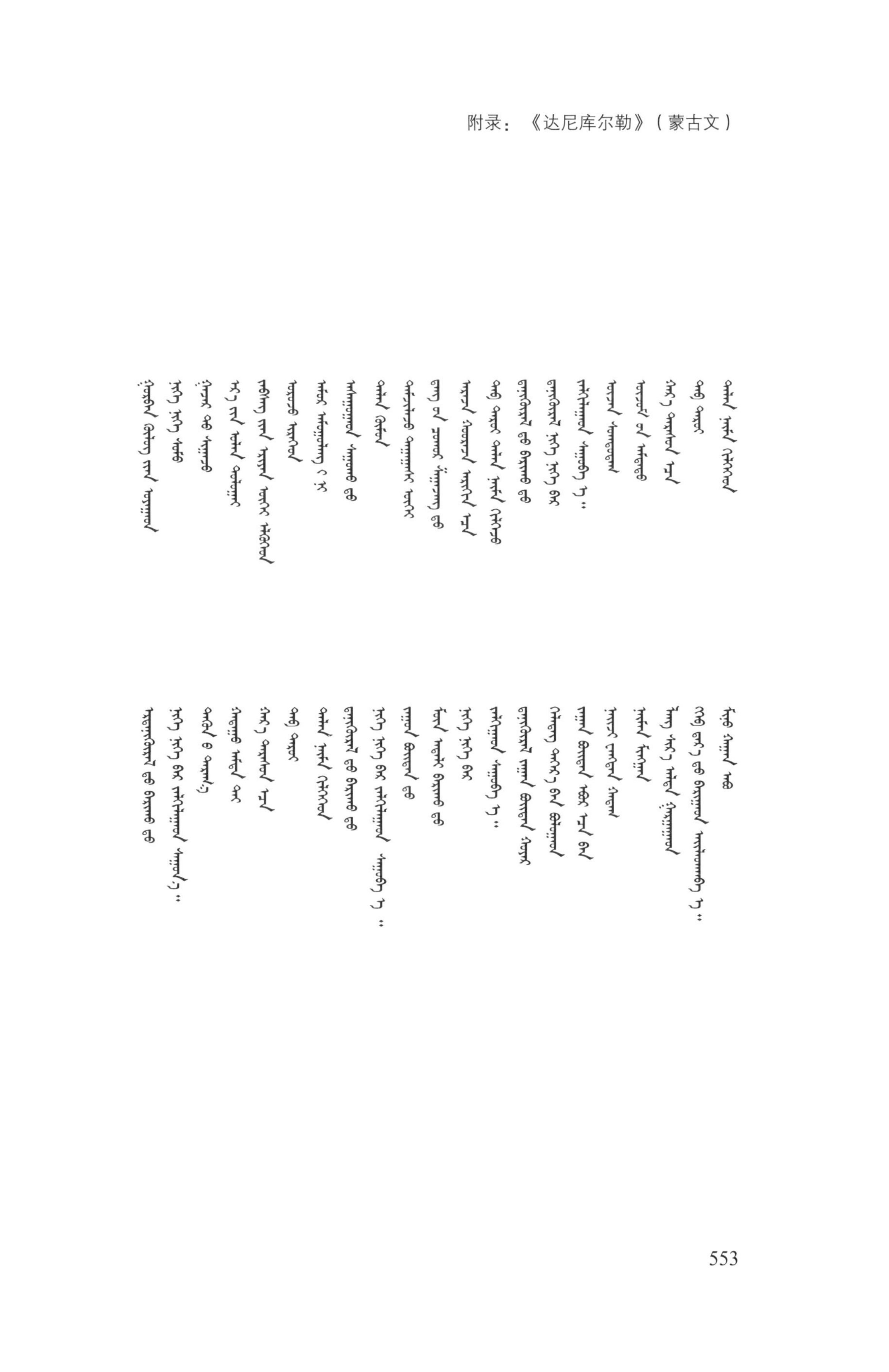

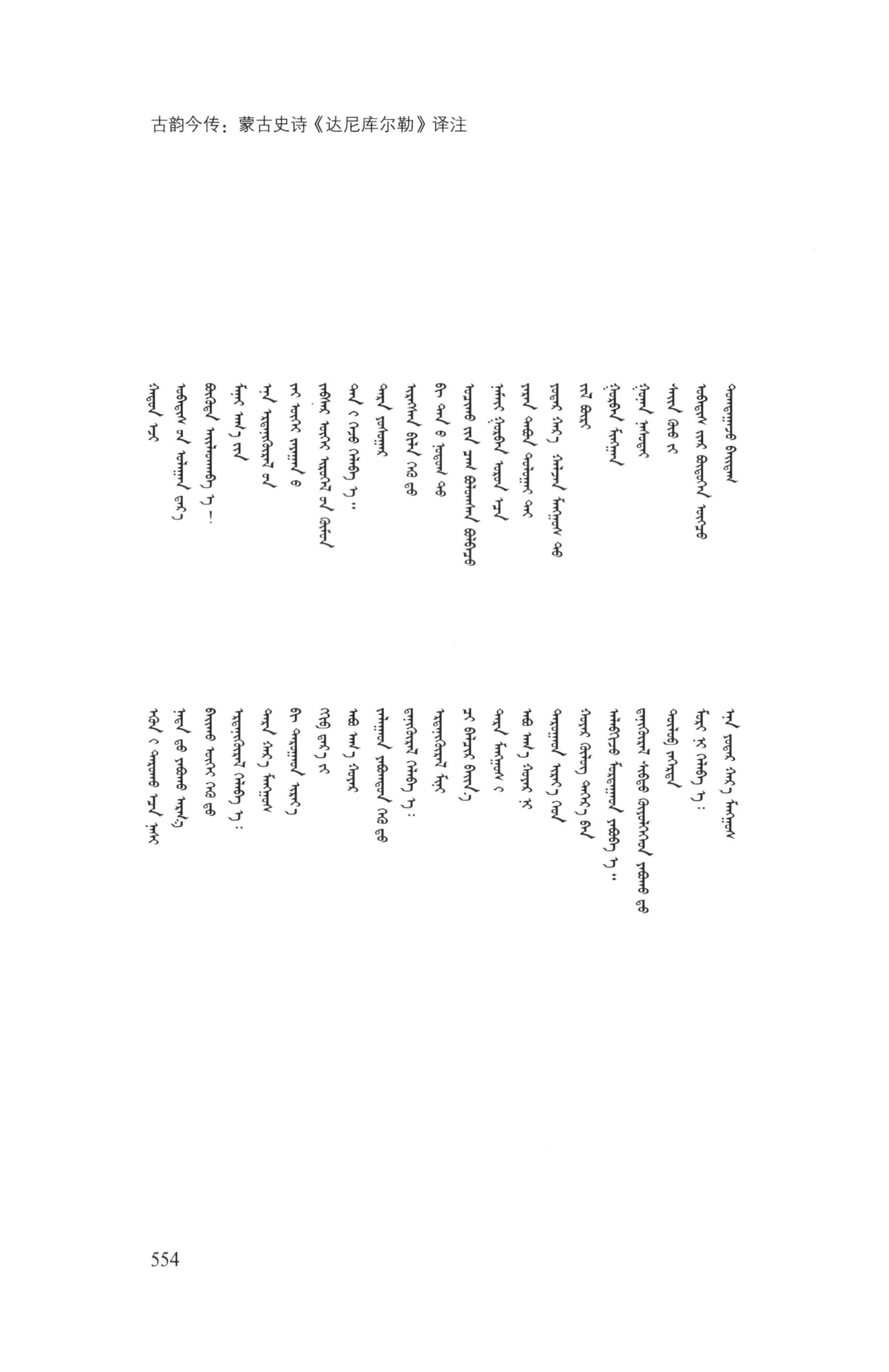

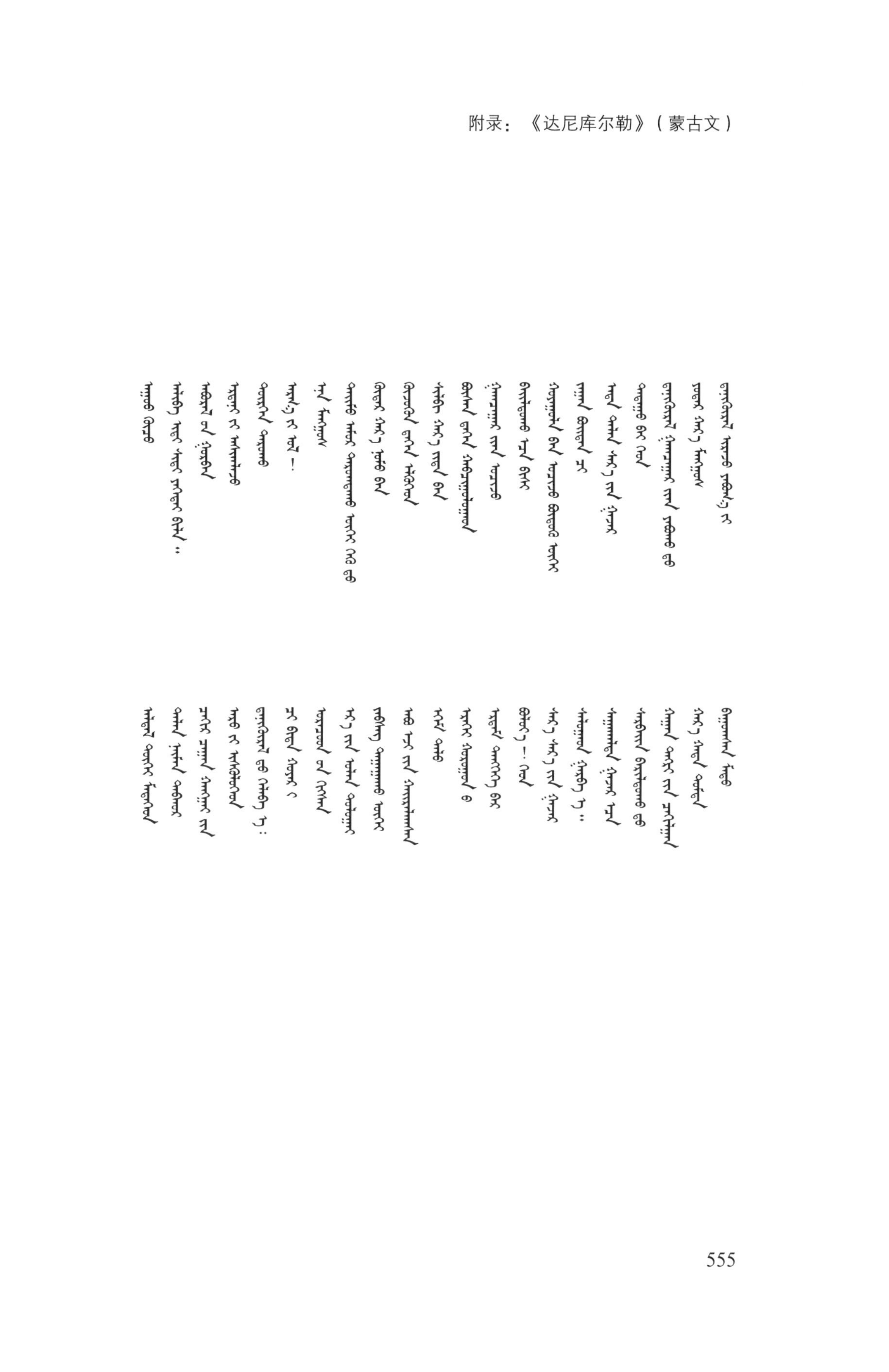

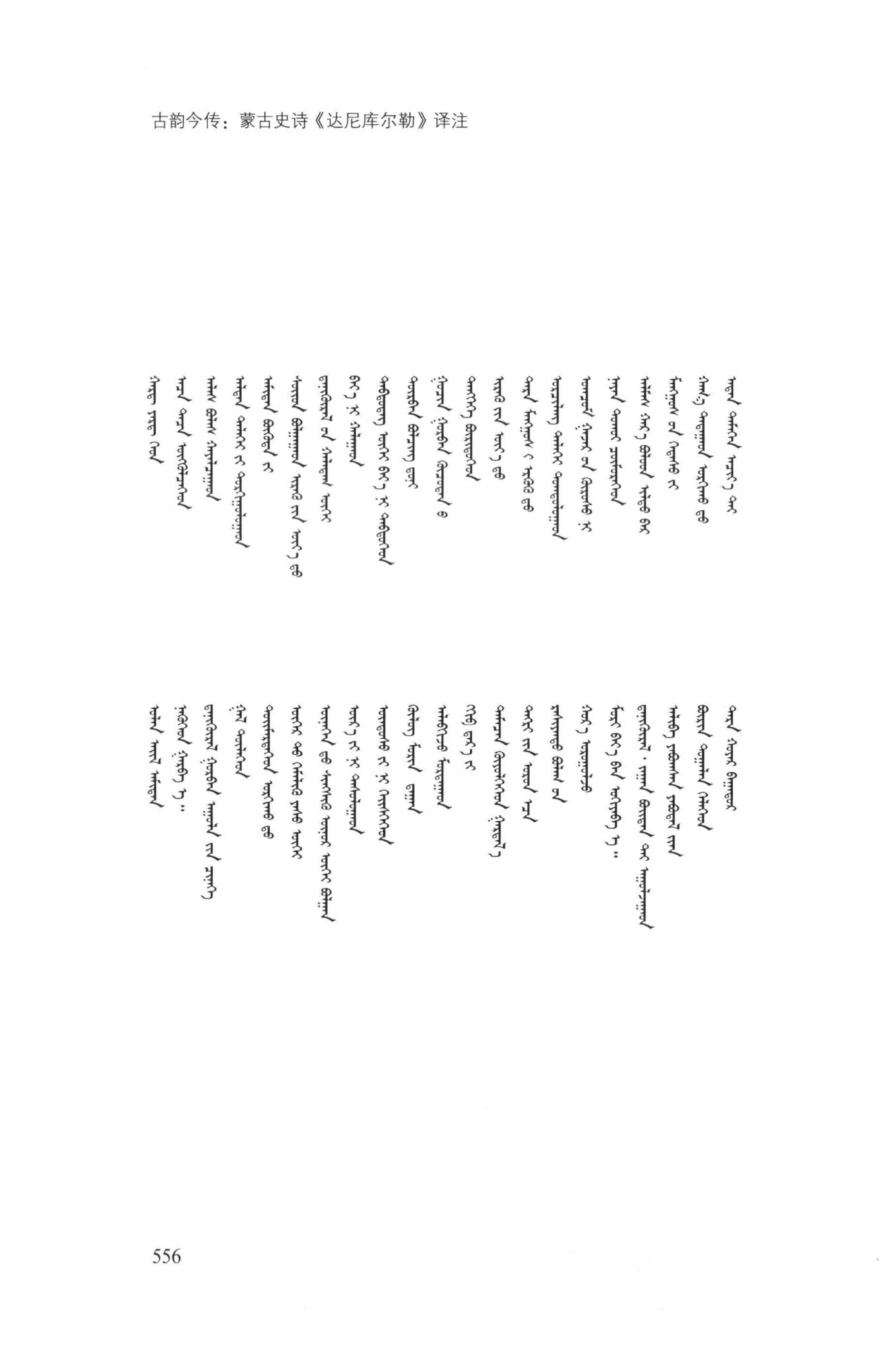

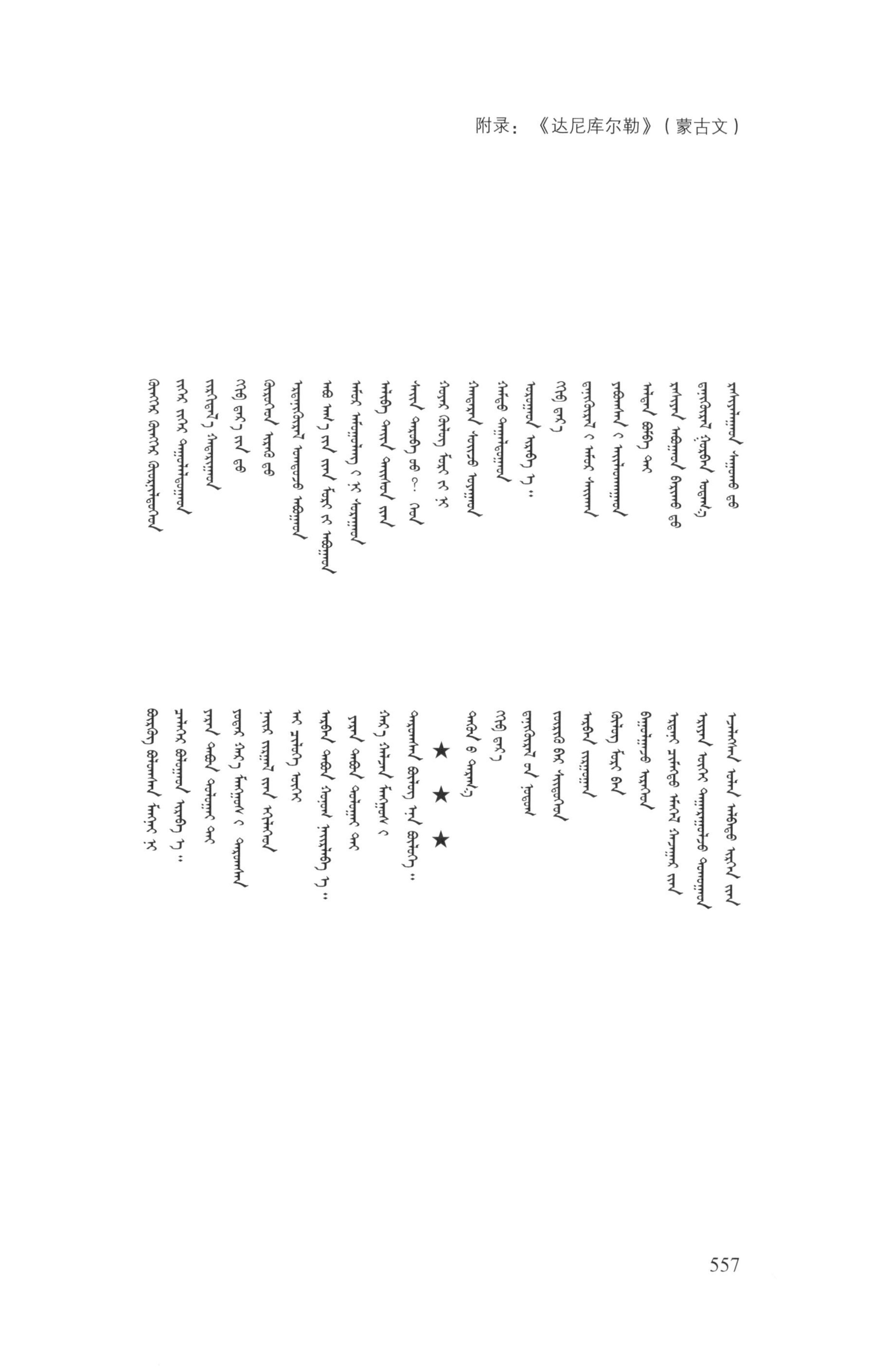

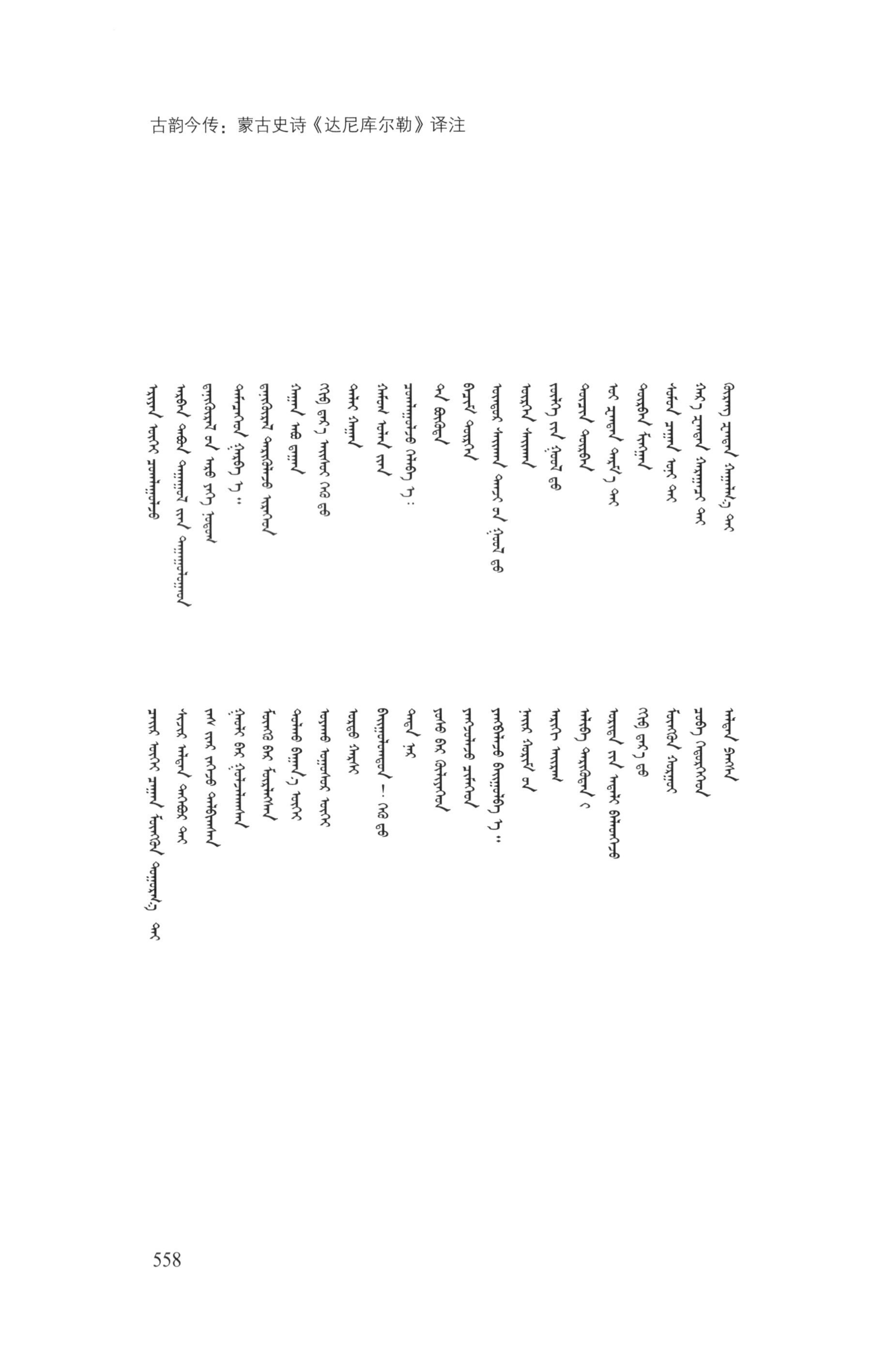

[illegible]

(ᠳᠠ · ᠰᠢᠳᠤᠷᠭᠤ · ᠳᠤᠭᠤ · ᠪᠢᠴᠢᠵᠦ ᠲᠡᠮᠳᠡᠭᠯᠡᠪᠡ ::)

ᠬᠠᠷᠠᠯᠠᠭᠰᠠᠨ ᠪᠠ ᠳᠡ ᠮᠡᠳᠡᠬᠦ ᠦᠭᠡᠢ ::

ᠬᠠᠷᠢᠭᠤᠯᠵᠤ ᠪᠣᠯᠤᠭᠰᠠᠨ ᠭᠡᠵᠦ

ᠮᠡᠳᠡᠨ᠎ᠡ ᠪᠠ ᠮᠡᠳᠡᠬᠦ ᠦᠭᠡᠢ

ᠪᠠᠢᠨ ᠠᠰᠠᠭᠤᠨ ᠭᠡᠵᠦ

ᠠᠰᠠᠭᠤᠨ ᠠᠰᠠᠭᠤᠪᠠ ᠭᠡ ::

ᠮᠣᠳᠤ ᠶᠢ ᠪᠣᠯᠭᠠᠭᠰᠠᠨ

ᠠᠰᠠᠭᠤᠭ ᠮᠡᠳᠡ

ᠮᠡᠳᠡᠭᠰᠡᠨ ᠦᠭᠡᠢ ᠮᠡᠳᠡᠬᠦ

ᠬᠠᠷᠠᠭᠤᠯ ᠠᠰᠠᠭᠤᠭᠰᠠᠨ ᠢ ᠦᠭᠡᠢ ᠮᠡᠳᠡ

欧亚古典学研究丛书

青册金鬘——蒙古部族与文化史研究
五色四藩——多语文本中的内亚民族史研究
天竺云韵——《云使》蒙古文译本研究
经略西北——巴达克山与乾隆中期的中亚外交
九州四海——文明史研究论集
般若至宝——亦邻真教授学术论文集
明流道场——摩尼教的地方化与闽地民间宗教
同文之盛——《西域同文志》整理与研究
知止斋存稿
还音杂录
大鹏展翅——藏传佛教新旧译密咒在西夏的传播
山林之间——乌梁海部落史研究
朔漠烟云——蒙古史与内蒙古地区史研究
古韵今传——蒙古史诗《达尼库尔勒》译注

图书在版编目(CIP)数据

古韵今传 ：蒙古史诗《达尼库尔勒》译注 / 乌云毕力格主编 ；赵文工译注．-- 上海 ：上海古籍出版社，2024．7．--(欧亚古典学研究丛书 / 上海古籍出版社)．
ISBN 978-7-5732-1231-3

Ⅰ．I222.7

中国国家版本馆CIP数据核字第20240QT498号

欧亚古典学研究丛书
古韵今传：蒙古史诗《达尼库尔勒》译注
赵文工　译注
特·莫日根毕力格　审校
上海古籍出版社出版发行
（上海市闵行区号景路159弄1-5号A座5F　邮政编码201101）
（1）网址：www.guji.com.cn
（2）E-mail：guji1@guji.com.cn
（3）易文网网址：www.ewen.co
启东市人民印刷有限公司印刷
开本710×1000　1/16　印张36.75　插页2　字数511,000
2024年7月第1版　2024年7月第1次印刷
ISBN 978-7-5732-1231-3
K·3645　定价：178.00元
如有质量问题，请与承印公司联系